María Dueñas

Il ritorno di Sira

ROMANZO

Traduzione di Eleonora Mogavero e Giuliana Carraro

MONDADORI

Della stessa autrice in edizione Mondadori

La notte ha cambiato rumore
Un amore più forte di me
Un sorriso tra due silenzi
Le figlie del Capitano

mondadori.it

Il ritorno di Sira
di María Dueñas
Collezione Scrittori italiani e stranieri

ISBN 978-88-04-74626-3

Titolo dell'opera originale
Sira
I edizione aprile 2022

Il ritorno di Sira

Per Ana Castro,
un'altra donna coraggiosa
che ammiro e amo

Indice

Prima parte

PALESTINA

1

Quella macchina da scrivere non sconvolse il mio destino. Sbagliai a pensarlo quando ero ancora giovane e ignorante; quando non avevo ancora archiviato nella memoria parole come violenza, amarezza, desolazione o rabbia, e non ero in grado di prevedere le ferite che la vita aveva in serbo per me. No, a sconvolgere il mio destino non fu un innocente meccanismo destinato a combinare lettere. Avrei tanto voluto che fosse stato così, invece il futuro mi riservava una sorte diversa. Trecentocinquanta chili di esplosivo nascosti nel seminterrato di un albergo a Gerusalemme: una cosa infinitamente più sinistra.

L'estate del 1945 ci portò in Medio Oriente; ci lasciavamo alle spalle una Spagna affamata e sottomessa, e un'Europa massacrata che avviava la propria ricostruzione con dolore e fatica. Un anno e qualche mese prima, per convinzione reciproca e per proteggermi da eventualità indesiderabili nelle mie funzioni di collaboratrice dei servizi segreti britannici, io e Marcus ci eravamo sposati a Gibilterra in una ventosa giornata di marzo, con la penisola da un lato e il Nordafrica dall'altro, due terre diverse e visceralmente vicine che per noi significavano tanto.

Al posto della consueta cerimonia, ci sottoponemmo a una semplice procedura ufficiale tanto breve quanto austera; la Rocca era militarizzata dalle gallerie al suo picco più alto, e la popolazione civile era stata evacuata quasi tutta all'inizio della Seconda guerra mondiale per timore di un'invasione tedesca. Non ci furono fiori né foto, e nemmeno anelli, in quell'ufficio di The Convent, la residenza del governatore. Marcus presentò il suo vero documento, un passaporto diplomatico rilasciato a Mark Bonnard, la sua reale identità: Logan era solo una copertura per tempi torbidi. Dopo gli "*I do*" di rigore, pronunciai nel mio inglese incerto il giuramento di fedeltà al re previsto dal protocollo e venne subito emesso un altro documento con le mie nuove generalità. Sira Bonnard, già Arish Agoriuq, già Sira Quiroga, era appena diventata una suddita inglese a tutti gli effetti. Le mie ultime parole furono un lieve mormorio: «*So help me God*». Forse nessuno ci fece caso, ma al momento di pronunciarle non riuscii a non emozionarmi: nonostante la freddezza della procedura, con quell'atto sancivamo un'alleanza capace di superare avversità e smarrimenti, frontiere e distanze.

Al nostro ritorno a Madrid, il certificato di matrimonio e il mio nuovo passaporto rimasero in custodia nell'ambasciata, noi continuammo a condurre vite apparentemente diverse, a vederci sempre di nascosto, lui con le sue attività, gli andirivieni nell'interesse del suo paese, e io a riferire informazioni carpite alle mogli dei dirigenti nazisti, nascosta dietro le sembianze di un'apprezzata creatrice di moda apparsa dal nulla nella capitale.

Quando la Germania firmò la resa e interruppe tutte le operazioni belliche, all'inizio di maggio del 1945, chiusi l'atelier che a suo tempo gli inglesi avevano aperto per me in calle Núñez de Balboa e andai a vivere con Marcus nel suo appartamento. Non mi fu facile abbandonare il lavoro, le occupazioni che mi avevano riempito le giornate procurandomi soddisfazioni e orgoglio, contatti e redditi. Ma, visti gli avvenimenti degli ultimi tempi, smettere di cucire fu un sollievo: quello che era stato il mio mestiere fin da bambina era diventato alla fine un compito sgradevole, che mi costringeva a trattare con persone detestabili cui dovevo mostrare ipocritamente la mia cortesia più falsa. Arrivai al punto che stoffe e cartamodelli mi sembravano pesanti come macigni, i fili erano diventati corde che mi soffocavano e il semplice fatto di provare le mie creazioni sui corpi di donne che disprezzavo finì per darmi la nausea. Smettere di fingere, dimenticare tutte le mie clienti e non avere più niente da nascondere placò il mio malessere e mi restituì la pace.

Ero però consapevole che la nostra convivenza in quell'appartamento spoglio di calle Miguel Ángel non sarebbe durata a lungo. Il crollo del Terzo Reich e la vittoria degli Alleati significavano anche la fine della missione nella penisola del mio fino ad allora segreto marito. Era arrivato il momento di riprogrammare il futuro, e i nostri interessi puntavano in direzioni diverse.

Marcus desiderava che ci trasferissimo in Inghilterra, voleva dare il suo contributo per restituire prosperità alla sua patria. Anch'io non vedevo l'ora di abbandonare la Madrid delle interruzioni di corrente, della propaganda urlata, del pane nero e delle vendette, dove in ogni casa c'era un morto da piangere, la gente dormiva ancora con il rancore sotto il cuscino e ai bambini rapavano la testa perché non gliela divorassero i pidocchi. No, non volevo continuare a vivere in quell'ambiente terribile, preferivo che i miei figli nascessero in un posto senza tracce di orrore nelle strade e di disperazione sulle facce delle persone. Così gli proposi di tornare al calore luminoso del Marocco, nel ricordo dei giorni passati e vicino a mia madre. Non vedevo l'ora di allontanarmi dallo scenario di quella nostra esistenza furtiva, piena di segreti e bugie, di dimenticare chi eravamo stati e cominciare a mostrarci così come eravamo, a viso scoperto, senza falsità, incognite e paure.

I nostri desideri, però, andarono entrambi in fumo dopo poche settimane, quando ci stavamo ancora abituando a camminare insieme per strada senza stare sempre all'erta e stentavamo a credere di poter fare in pubblico cose semplici come andare in un cinema della Gran Vía o a ballare al Pasapoga fino all'alba. Marcus aveva ricevuto un ordine tassativo. Gli avevano affidato un nuovo incarico nella Palestina sottoposta al Mandato britannico. "Presentarsi immediatamente, moglie benvenuta" tradusse per me a voce alta. Nuove mansioni sotto l'ombrello del Secret Intelligence Service. Non mi diede altre spiegazioni. Preferii non fare domande.

Malgrado lo sconcerto, mi sforzai di nascondere la delusione. Se fossero venute a conoscenza del mio comportamento e mio marito non fosse stato inglese, le falangiste della Sezione femminile sarebbero state fiere di me: ecco una vera spagnola che aderiva al modello di moglie devota imposto dal nuovo regime franchista, la donna obbediente e volenterosa, l'angelo del focolare, la consorte perfetta. In fondo, io ero solo una sarta che non cuciva più, mentre Marcus, grazie ai suoi successi, era diventato una risorsa di valore al servizio del suo governo. Al di là dei doveri matrimoniali, era vero che il tempo aveva consolidato il nostro amore fugace nato a Tetuán, quando io ero solo una ragazzina spaventata e lui un giovane agente che camminava con l'aiuto di un bastone e si spacciava per giornalista.

Adesso, gli ingranaggi che muovevano l'ancora grandioso Impero britannico avevano disposto un trasferimento che non coincideva con l'iniziale intenzione di Marcus di stabilirsi nel suo paese, e ancor meno con la mia aspirazione a tornare in Africa. Ma, dal momento che l'insubordinazione e la disobbedienza non rientravano nei nostri principi, infilammo indumenti ed effetti personali in un paio di bauli e alcune valigie e, alla fine di giugno, ci mettemmo in viaggio verso un nuovo posto del mondo, con una breve sosta a Londra: giusto il tempo perché Marcus ricevesse istruzioni, per vedere sua madre e per osservare con i nostri occhi la triste realtà di un'altra capitale tormentata.

Affrontare la sconosciuta lady Olivia Bonnard mi provocava un'ansia sconcertante. Io, che da anni mi destreggiavo con tatto fra un'umanità varia, mi sentii improvvisamente insicura. «Devo chiamarla così, con quel "lady" davanti al nome?» sussurrai a Marcus quando arrivammo a destinazione, senza distogliere lo sguardo dalla facciata di stucco bianco, opaca, scrostata, eppure meravigliosa. Lui mi strizzò l'occhio con un'espressione che non riuscii a interpretare. Forse cercava di calmare con l'ironia il mio nervosismo di sposa novella davanti alla figura sempre inquietante di una suocera. O mi stava solo preavvertendo del tipo di donna che ci aspettava in quella casa di The Boltons, nella zona di Brompton, Kensington: un'area la cui distinzione non era servita come difesa contro i sanguinari attacchi dell'aviazione tedesca.

La casa e la sua proprietaria sembravano intonarsi alla perfezione: provate e al tempo stesso formidabili, armoniose nello scheletro come nelle viscere. Entrambe un po' in declino, ma decorose e integre. Imponenti. Per fortuna potevo contare su anni di esperienza nell'arte della simulazione e avevo imparato a muovermi con disinvoltura in ambienti pieni di individui e stravaganze di ogni genere; quindi accantonai il nervosismo iniziale e riuscii a mantenere l'aplomb durante quel primo tè nel bel giardino inselvatichito. Fingendo sicurezza, sfoderai tutto il mio charme, ostentai le migliori maniere e mi limitai a qualche sorriso discreto e a brevi osservazioni. Insomma, mi comportai come la più adorabile delle mogli.

In risposta, il suo atteggiamento nei miei confronti oscillò a tratti fra il minimo della cortesia propria del suo ceto, qualche gesto sprezzante e un'eterea indifferenza. La sua immagine coincideva esattamente con quella che avevo previsto: austera e sobria, consona ai tempi duri che la nazione aveva vissuto e continuava a vivere. Ma questa immagine si disintegrò completamente. Olivia Bonnard era fatta di un'altra pasta.

Con quel viso spigoloso e una lunga treccia spruzzata di grigio che le ricadeva sulla spalla sinistra, avvolta in una tunica di velluto liso, mentre fumava una dietro l'altra le Chesterfield americane che Marcus le aveva procurato al mercato nero di Madrid, lady Olivia si occupò perfino di dare al mio morale più di una botta. Non nascose qualche smorfia altezzosa per il mio inglese imperfetto e in un paio di occasioni finse di non ricordare come si pronunciasse il mio nome: Saira? Sirea? Seira?; in altre, mi lasciò con una frase a metà per chinarsi a mettere un pezzo di sandwich al cetriolo in bocca a qualcuno dei suoi tre cani, pazzi dal primo all'ultimo, uno zoppo, tutti vecchi.

Era chiaro che trovava difficile accettare come nuora una straniera senza lignaggio o patrimonio, proveniente da un paese rozzo, arretrato e cattolico, in cui l'uccisione tra fratelli era diventata una sanguinaria abitudine.

Riversò tutto il suo affetto su Marcus, il primogenito, l'unico discendente vivo di quella famiglia rimpicciolita che ormai aveva solo loro due come componenti. Secondo la tipica usanza inglese, non ebbero quasi alcun contatto fisico: né baci né abbracci né smancerie. A un certo punto, lei gli scompigliò i capelli con le dita ossute, ma niente di più. La sintonia però era indubbia, trasudavano complicità e si somigliavano nel colore verdastro degli occhi, nelle vene del collo evidenti, persino nella forma delle orecchie. Inanellando argomenti di conversazione in un inglese tagliente che faticai a seguire, in alcuni momenti della sua inarrestabile parlantina si lasciò andare a qualche pettegolezzo carico di elegante sarcasmo che lo fece ridere a crepapelle, rilassato come poche altre volte, seduto sull'erba troppo alta con le lunghe gambe incrociate e gli occhi semichiusi per il sole estivo, nel giardino della sua infanzia: l'agente navigato e scettico di quarant'anni compiuti, ridiventato per alcuni istanti bambino sotto l'ala protettrice della madre.

«La guerra è stata dura per lei» mormorò Marcus mentre risalivamo sulla macchina che ci avrebbe portati a Heathrow. Come se volesse giustificarla. La osservammo dal finestrino: ci guardava partire dallo scalino più alto dell'ingresso, impassibile tra le due colonne di stucco sporche che sostenevano il portico, insolitamente maestosa nella sua vecchia tunica, i cani idioti ai piedi, una sigaretta fra le labbra e quella strana capigliatura. La morale vittoriana con cui era cresciuta le impediva di mostrare apertamente i suoi sentimenti; si limitò ad agitare una mano per salutarci. Ma intuii che, mentre si separava dal figlio, un nodo simile a un pugno le stringeva la gola.

Vedova di sir Hugh Bonnard, aveva perso l'unica figlia ancora adolescente per una meningite e il figlio maschio più giovane, pilota della RAF, in un combattimento all'inizio della campagna di Francia. Fino ad allora, nella vita si era dedicata solo alle oziosità tipiche della sua condizione sociale e del suo sesso, ma il dolore e il patriottismo contagioso del momento la portarono a scrollarsi di dosso l'indolenza e ad aprire la casa a chiunque ne avesse bisogno, con l'intento di dare tutto l'aiuto possibile. Svendette perfino alcuni mobili, molti bronzi, gioielli e quadri, porcellane, pellicce e tappeti: il ricavato lo utilizzò per provvedere alle necessità degli sventurati che la dea della fortuna aveva dimenticato di baciare. Marcus mi aveva già raccontato qualcosa a Madrid, in un tono puramente informativo. Adesso invece lo faceva con il cuore, indicandomi le devastazioni dei bombardamenti nei dintorni di casa sua mentre vi passavamo accanto in macchina. La grandiosa proprietà di Bladen Lodge era ridotta a uno sterrato pieno di macerie, la vicina chiesa anglicana di Saint Mary The Boltons era rimasta senza organo, senza vetrate, senza tetto. Perfino la cancellata di ferro che circondava il parco era stata demolita per essere fusa e utilizzata per fabbricare armi.

La notizia che la guerra era finita aveva riempito i londinesi di gioia: dopo l'annuncio, più di un milione di persone si erano riversate nelle zone del centro; arrivarono su autobus e camion gremiti, in macchina, a piedi, di corsa, in metropolitana, in bicicletta. Gli aerei sorvolarono la città in segno di festa, nell'aria risuonarono le sirene dei rimorchiatori fluviali e le campane fragorose delle parrocchie. La folla si ammassò urlando fino a perdere la voce, cantando, ridendo, applaudendo e agitando bandiere, con in testa cappelli di carta, lontana da qualsiasi solennità, libera dal panico. A Piccadilly Circus, ragazzi in uniforme crearono lunghi trenini insieme a ragazze radiose vestite a festa, frotte di giovani si rimboccarono i pantaloni ed entrarono nella fontana di Trafalgar Square; il re, la regina e il primo ministro Winston Churchill, affacciati al balcone di Buckingham Palace, vennero acclamati con entusiasmo e applausi festosi.

Tuttavia, quando io e Marcus facemmo la nostra breve sosta nella sua città, di quella euforia collettiva per la vittoria non c'era più traccia. Erano già passati quasi due mesi, e adesso non rimanevano che la realtà e una dura certezza. Quasi sei anni di guerra lasciavano il passo a una Gran Bretagna devastata, impoverita ed esausta. Oltre alle centinaia di migliaia di soldati caduti o feriti gravemente sui vari fronti europei, i bombardamenti della Luftwaffe tedesca avevano causato la morte di più di sessantamila civili sulle isole, quasi novantamila feriti e un'infinità di gente senza tetto, senza lavoro, senza energie. Nella sola Londra, il blitz aveva distrutto oltre quarantamila edifici, riducendoli in macerie, ferri contorti, legno bruciato e cenere. Mancava tutto, case e generi alimentari, materiali da costruzione, carbone, indumenti. Le casse del Tesoro erano vuote e i debiti contratti ammontavano a cifre gigantesche, ogni angolo trasudava avvilimento.

Quando salii sul nostro aereo della BOAC, provai un'immensa sensazione di sollievo perché non avrei più dovuto vedere quell'isola straniera alla quale, tuttavia, mi legavano irrimediabilmente un passaporto e un marito. Non guardai neppure dal finestrino, mi limitai ad afferrare la mano di Marcus e strinsi gli occhi con forza quando decollammo. Con lui al mio fianco, tutto sarebbe stato tollerabile, ne ero sicura.

Seguendo una classica rotta dell'Impero, facemmo il primo scalo a Malta; poi proseguimmo fino al Cairo e il giorno dopo, finalmente, atterrammo nel piccolo aeroporto di Lydda, costruito una decina di anni prima dagli inglesi sul suolo palestinese.

Come avrei potuto immaginare, mentre scendevamo la scaletta di quell'Avro York per mettere piede in Terra Santa, che dopo solo un anno e mezzo sarei tornata in quella Londra in rovine?

Come prevedere il tratto di vita, aspro e drammatico, che io e Olivia Bonnard avremmo finito per percorrere insieme? Senza Marcus. Senza accordarci. Senza capirci.

2

Solo quattro passeggeri scesero con noi dall'aereo; gli altri proseguivano il viaggio fino a Karachi. A bordo pista ci aspettava un autista arabo ossequioso e corpulento. Impiegammo quasi due ore per raggiungere Gerusalemme; di tanto in tanto incrociavamo veicoli militari britannici: pattuglie notturne in un territorio che si stava armando in silenzio. Marcus tacque per quasi tutto il tragitto. Io non insistetti per fare conversazione, conoscevo bene i suoi mutismi. Pensava, rifletteva, si ambientava. Arrivava nella Palestina sotto il Mandato coloniale del proprio paese a guerra appena conclusa, quando non si sapeva ancora se si sarebbero ripresentate, e in quale forma, le tensioni fra arabi, ebrei e inglesi dopo la tregua del conflitto. Durata della permanenza indefinita, massima discrezione, estrema prudenza. Era tutto quello che dovevo sapere: niente delle modalità in cui avrebbe operato, né dei suoi protocolli, contatti o attività. Non si trattava di mancanza di fiducia: si lavorava così e basta. Come se ci separasse un vetro. In compartimenti stagni.

«Non si prevedono tempi facili» brontolò vedendo passare l'ennesimo veicolo pieno di connazionali in uniforme. Non aveva torto. Nel 1917, con la Dichiarazione Balfour, il governo di sua maestà si era impegnato ad appoggiare le aspirazioni degli ebrei sionisti, che reclamavano una sede definitiva per il loro popolo; *a national home*, un concetto vago e ambiguo che per alcuni implicava speranze e, per altri, sospetto. Significava la creazione di un nuovo Stato ebraico indipendente in Palestina? O, forse, un'enclave per la minoranza giudaica all'interno di uno Stato arabo? In un primo momento, nessuno si era soffermato ad approfondire la questione.

Anche se in macchina rimanemmo in silenzio, nelle settimane precedenti e durante i voli Marcus mi aveva fornito una visione d'insieme del luogo e del periodo in cui avremmo vissuto per un tempo indeterminato. Alla fine della Prima guerra mondiale e con l'auspicio della Società delle Nazioni, l'Impero britannico aveva iniziato a esercitare in modo attivo il Mandato coloniale sul territorio palestinese, installandovi i propri militari e civili, spesso intere famiglie, con le loro istituzioni e forme organizzative di vita, la loro lingua, le loro arroganze, i loro modi e interessi. Contemporaneamente, si intensificò l'insediamento di centinaia di ebrei provenienti dall'Europa centrale e orientale, gente che fuggiva da pogrom, persecuzioni, avversione e umiliazioni, stanca di vedersi rifiutare l'accesso a professioni per le quali era più che idonea, stanca di essere disprezzata e presa a sassate. Gli ebrei in fuga arrivavano in Palestina in ondate successive dalla fine del XIX secolo; con il Mandato britannico, però, le cifre si moltiplicarono e gli arabi locali – abitanti in maggioranza nel territorio da secoli – a poco a poco cominciarono a sentirsi minacciati e a opporsi.

Intanto la popolazione ebraica continuava a crescere, portava con sé denaro e comprava terre, con la ferrea intenzione di stabilirsi nei confini della regione cui diede il nome biblico di Eretz Israel. Alla fine degli anni Trenta, gli ebrei costituivano già oltre un terzo della popolazione locale; a metà dei Quaranta, erano quasi pari. E continuavano ad aumentare. E più aumentavano, più la convivenza si faceva tesa.

La situazione esplose con le proteste arabe del 1936, e culminò in rivolte e violenze da entrambe le parti.

In risposta alle richieste degli arabi, nel maggio 1939 gli inglesi pubblicarono un *White Paper*, documento che evidenziava la loro volontà di non permettere la divisione della Palestina in due Stati, fissava i numeri per mantenere l'immigrazione ebraica sotto stretto controllo e restringeva in modo drastico il diritto degli immigrati ad acquistare proprietà. Qualche mese dopo, sarebbe scoppiata in Europa la Seconda guerra mondiale.

Anche se proseguirono gli attacchi da parte di piccoli gruppi ribelli, il conflitto comportò un periodo abbastanza tranquillo, che si concluse non appena gli Alleati ottennero la vittoria. La fine della guerra, lungi dal portare la pace anche in Palestina, minacciava una ripresa delle ostilità tra arabi ed ebrei, ebrei e inglesi, inglesi e arabi: tutti insieme e malamente mischiati. Dopo la sconfitta della Germania, i sopravvissuti all'Olocausto anelavano più che mai di fuggire dall'Europa insanguinata che aveva sterminato milioni dei loro cari e di insediarsi in modo permanente nella Terra Promessa, per costruire quella *national home* alla quale gli inglesi avevano dato il loro appoggio quasi trent'anni prima. Li aspettavano amici, familiari o anche solo altri ebrei disposti ad accoglierli.

Ma l'Amministrazione britannica, che si era impegnata a mantenere un equilibrio e a salvaguardare i diritti di tutti, si rifiutava di annullare le rigide quote d'ingresso stabilite, una decisione che i rifugiati ebrei sfidavano sistematicamente approdando in imbarcazioni stipate fino all'inverosimile di immigranti clandestini. Gli arabi, intanto, si sentivano sempre più traditi dagli inglesi, sempre più pressati dagli ebrei e sempre meno disposti ad accettare le ondate di arrivi dei sopravvissuti di una guerra tra potenze cristiane cui non avevano preso parte. Il risultato era percepito come una frustrazione collettiva con ostilità da parte di tutti, posizioni sempre più radicali e nessuna prospettiva di un possibile accordo.

Quando quella sera arrivammo a destinazione, stanchi e affamati, all'American Colony trovammo solo luci fioche e un incaricato morto di sonno. Abituata ai grandi alberghi di Madrid dove spesso mi portavano i miei impegni di lavoro, quel posto, a prima vista, non mi sembrò un albergo vero e proprio; piuttosto una casa riconvertita, una sorta di grande villa di pietra che per qualche ragione accoglieva clienti. Ma era troppo tardi per soffermarsi a indagare su quelle sottigliezze. Divorammo il vassoio di pietanze fredde che ci offrirono e ce ne andammo di corsa a dormire, abbracciati, esausti e silenziosamente inquieti.

Come tante altre volte nel corso del nostro rapporto sempre avventuroso, quando mi svegliai il mattino dopo, Marcus non era più lì. Scalza e con i capelli arruffati, andai al balcone, aprii le persiane di legno e lasciai entrare a fiotti la luce limpida e trasparente. La nostra stanza si affacciava su un cortile frondoso, sentii il gorgoglio della fontana al suo centro e uno scambio di voci femminili in una lingua che aveva un suono familiare anche se non la capivo. Una lanciò un'esclamazione, le altre risero tra le buganvillee, i grandi vasi e le palme. Comparvero dopo pochi secondi: tre giovani inservienti vestite di bianco con la testa coperta da grandi fazzoletti, che reggevano tra le braccia montagne di biancheria da letto. Mi ricordarono la dolce Jamila di quei giorni moreschi ormai lontani nel tempo, ma sempre così vicini nella mia memoria.

Si girarono tutte e tre quando una voce sonora le fece tacere di colpo: da un'arcata laterale, una signora di una certa età stava entrando nel cortile, alta, energica, con le spalle ampie, il seno voluminoso e i capelli bianchi raccolti in uno chignon, impeccabile nel suo vestito da mattina. In un miscuglio di inglese e arabo, diede ordini in un tono deciso, le ragazze assentirono obbedienti e tornarono ognuna alle proprie occupazioni. Rimasta sola, la donna si chinò per raccogliere alcune foglie di gelsomino cadute nell'acqua della fontana. Mi sembrò che, rialzandosi, lanciasse un'occhiata al mio balcone, furtiva, discreta. Poi si allontanò; anche quando la sua figura uscì dalla mia visuale, l'eco dei suoi passi continuò a risuonare sul lastricato.

Sì, mi aveva vista. Aveva scoperto che ero sveglia. Lo capii dopo soli dieci minuti, quando un'altra inserviente bussò alla porta della mia stanza e mi consegnò un biglietto: "Mrs Bertha Spafford Vester ha il piacere di invitarla a colazione alle nove e mezzo". Guardai l'ora, erano le nove e dieci. Venti minuti dopo, entrai nella sala da pranzo senza avere ancora deciso quale delle mie identità sarebbe stata la più adatta per presentarmi: la sarta di Madrid, la marocchina collaboratrice degli inglesi o la moglie pronta ad accompagnare il marito fino in capo al mondo. In definitiva, erano tutte più o meno vere.

«Quando mi è possibile, amo dare di persona il benvenuto ai nostri nuovi ospiti.»

Seduta di fronte a lei a un tavolo d'angolo, separate da tovaglia di lino, porcellane delicate e posate d'argento, mi accorsi che era più anziana di quanto avessi creduto all'inizio. Avrà avuto una settantina d'anni; più di mia madre, pensai. Anche più di lady Olivia e completamente diversa da entrambe, almeno in apparenza. Accettai il caffè. «È turco, ottimo» disse categorica. Accettai il pane tostato e la marmellata di arance amare. «La facciamo qui» precisò «con le nostre arance. Anche le uova sono nostre, come le preferisce, fritte o strapazzate?»

Continuai a osservarla mentre impartiva ordini a un cameriere dalla carnagione scura. Aveva gli occhi azzurri, portava perle al collo e alle orecchie. Una luminosa spilla a forma di serpente appuntata sul seno florido chiudeva la scollatura del vestito.

«Siamo americani, cristiani indipendenti; la nostra non è una grande comunità, ma è attiva da decenni, soprattutto nel campo delle questioni sociali e delle iniziative filantropiche» spiegò mentre spalmava il burro sul pane; intuii che si riferiva alla colonia o all'associazione alla quale apparteneva. «I miei genitori lasciarono Chicago alla fine del secolo scorso; la morte delle mie quattro sorelle maggiori, annegate in un naufragio da bambine, li sconvolse per sempre. Da quel momento decisero di stabilirsi in Terra Santa alla ricerca di pace per le loro povere anime; avevo solo quattro anni quando mi hanno portata qui. Loro non ci sono più, nemmeno mio marito, e i miei sei figli sono sparsi per il mondo. Adesso sono io a capo dell'istituzione, con l'aiuto di un gruppo di collaboratori volenterosi e impegnati.»

Avevamo finito la prima tazza di caffè, dolce e denso; una vera delizia, in confronto al surrogato che in quei giorni si beveva in Spagna. Senza chiedermelo, ne versò dell'altro.

«Gestiamo un ospedale infantile e terreni produttivi» proseguì mentre il getto di liquido scuro cadeva con un borbottio sulla porcellana. «Abbiamo anche aperto un laboratorio per ragazze arabe e varie mense dei poveri.»

L'interesse della mia ospite a mostrare innanzitutto le proprie credenziali era evidente; descrivere gli obiettivi della sua colonia doveva essere la lettera di presentazione con cui salutava chiunque alloggiasse sotto il suo tetto.

«Abbiamo comprato questa casa sulla strada per Nablus dalla potente famiglia Husseini e siamo venuti a viverci vari decenni fa per condurre un'esistenza in comunità; poi abbiamo deciso di trasformarla in albergo per reinvestire i profitti nelle nostre attività umanitarie.»

Fece una pausa, masticò la sua fetta di pane tostato, bevve di nuovo.

«Inoltre, facciamo pressioni sulle autorità e sulle famiglie privilegiate di Gerusalemme in favore di chi ne ha più bisogno; quando è necessario, ci procuriamo aiuti rivoltando anche le pietre e cerchiamo, se possibile, di trovare nuovi adepti alla nostra causa.»

«E qual è la vostra causa, Mrs Vester?»

«Se mi sta chiedendo se siamo filoarabi o filoebraici, sappia, cara, che la nostra colonia non ha mai preso partito. Desideriamo solo il bene comune. Non ci occupiamo di politica.»

Nonostante l'eccesso di spiegazioni, Bertha Vester mi piacque fin dall'inizio; la trovai chiara e diretta, con un inglese per me comprensibile malgrado il suo accento. A differenza della madre di Marcus con la sua cadenza tagliente, si impegnò per farmi seguire senza difficoltà il filo del discorso.

Quando finimmo di fare colazione, la sala da pranzo era quasi vuota; rimanevano solo una giovane madre con due bambini e una coppia di anziani che leggevano il giornale. Mentre ci alzavamo, mi tornò in mente l'immagine di una donna altrettanto ospitale, anche se con uno stile diversissimo: Candelaria, a Tetuán, quando ero solo una giovane ingenua abbandonata da un mascalzone. Da allora erano passati quasi dieci anni, e quella modesta pensione di calle de La Luneta non somigliava per niente a questa magnifica villa nel ricco quartiere di Sheikh Jarrah. Nemmeno il portamento e i modi della mia contrabbandiera avevano qualcosa in comune con la sobria distinzione di questa splendida signora. Neanch'io ero la stessa: nella mia vita c'erano stati avvenimenti burrascosi, sentimenti, responsabilità e gente diversa che mi avevano aperto gli occhi sugli aspetti migliori e peggiori della condizione umana, e mi avevano insegnato a capire dove si nasconde la meschinità e da dove nascono l'integrità e la decenza.

Stavo per ringraziare la mia ospite per la colazione, quando lei mi anticipò.

«In camera c'è qualcosa che richiede la sua attenzione immediata?»

Il mio gesto negativo fu eloquente.

«Devo andare in banca a depositare degli assegni. Sarò felice se vorrà accompagnarmi» propose a quel punto.

L'autista era un sudanese nero, e la macchina, una Ford,

americana come la sua padrona. Sedute sul sedile posteriore, a mano a mano che ci addentravamo nel centro di Gerusalemme lei mi indicava i luoghi da cui passavamo: la cattedrale anglicana di Saint George, le mura, la Porta di Damasco, l'ufficio postale russo, la Porta Nuova, l'ospedale francese, la cappella di San Vincenzo de' Paoli, una *police station*... Io, intanto, registravo tutto con lo sguardo, dubbiosa. Cosa avrebbe portato nelle nostre vite questo luogo straniero? Saremmo riusciti a essere abbastanza felici qui, a ricavarci una nostra nicchia? Ce l'avremmo fatta a restare al margine delle tensioni di quel posto o avremmo finito per rimanerne travolti?

All'inizio del nostro tragitto vidi soprattutto arabi, per lo più uomini. Alcuni indossavano gli abiti tradizionali, altri portavano completi all'europea e avevano la testa coperta da un fazzolettone stretto intorno alla fronte; in seguito avrei imparato che si chiamava *kefiah*. C'era anche chi sfoggiava il fez rosso tipico delle classi agiate, lo stesso che ricordavo del tempo passato a cucire in Marocco.

Via via che ci addentravamo nella zona moderna si videro meno arabi e il loro posto fu preso dagli ebrei, non gli ultraortodossi con folte barbe, soprabiti neri, caviglie scoperte e grandi cappelli, ma uomini di città in giacca e pantaloni con cui avrebbero potuto passeggiare per Amsterdam, Berlino o Varsavia, e donne con abiti a fiori e le braccia nude, ragazzi in camicia bianca con le maniche arrotolate e il collo aperto, ragazze con i capelli arricciati dal ferro e camicette estive dai colori chiari. Insomma, una folla variopinta che camminava in un'apparente normalità sui marciapiedi, attraversava strade, saliva o scendeva dagli autobus, si fermava a un angolo per salutare qualcuno o si sedeva nel dehors di un caffè a leggere "The Palestine Post" o un giornale in lingua ebraica. Fra tutta quella gente, in contrasto con l'apparente tranquillità della scena, vidi anche soldati, numerosi soldati inglesi con le loro uniformi cachi, i pantaloni sopra il ginocchio, le calze lunghe e il basco inclinato. E poliziotti al servizio di sua maestà. Tantissimi poliziotti, poliziotti a non finire.

Le strade che si aprivano davanti a noi erano ben asfaltate, con marciapiedi ampi e edifici armoniosi. Le facciate erano in maggioranza di pietra color sabbia, belle e ordinate, nel rispetto delle normative del Mandato coloniale che interveniva su tutto, anche in materia di architettura e urbanistica: fin dall'inizio aveva ordinato che le case fossero costruite in pietra delle cave vicine. Grandi tende di tela chiara proteggevano le facciate di uffici, cinema, alberghi, negozi, agenzie. In quella zona, cartelli e insegne erano per lo più in inglese, spesso in ebraico, mai in arabo.

La banca della mia ospite comparve davanti ai nostri occhi con la sua forma semicircolare, archi all'ingresso e, in cima, una fiammante Union Jack che agitava dolcemente i colori dell'Impero sotto il sole del mattino. BARCLAYS BANK DOMINION COLONIAL AND OVERSEAS: le maiuscole metalliche splendevano sulla facciata. Scendemmo lì, io lentamente, guardandomi intorno nel tentativo di assorbire tutto, ancora incapace di capire le regole del gioco, come si muovevano i pezzi su quella nuova scacchiera.

«Mustafa, per favore, venga a prenderci all'una al King David» ordinò Bertha Vester all'autista, chinandosi per farsi sentire attraverso il finestrino aperto.

"Al King David" aveva detto. Non sapevo neppure a cosa si riferisse. Sentivo per la prima volta quel nome che avrebbe continuato a echeggiarmi nell'anima per il resto dei miei giorni.

Nella banca c'erano decine di clienti, quasi tutti inglesi. I nostri cappelli estivi, i nostri vestiti e i guanti formavano un vivace contrasto con la maggioranza di uomini che ci circondava. La mia ospite distribuì saluti e le risposte furono sempre affettuose. *Good morning, Mrs Vester. Good morning, my dear friend. Isn't it a wonderful day?* Non mi presentò nessuno; non erano né il luogo né il momento adatti. Le proposero di informare il direttore perché la ricevesse, ma rifiutò. La pratica si concluse rapidamente, non dovette quasi aspettare; come se quel tipo di transazione fosse abituale, e lei un personaggio trattato sempre con deferenza.

Stavamo per lasciare la banca quando per poco non ci scontrammo con un individuo che entrava di corsa, sommerso da questioni urgenti e scartoffie. In effetti, le nostre spalle si sfiorarono. Era alto, robusto, con folti capelli castani e un abito di cotone chiaro, la giacca mezza stropicciata, il nodo della cravatta un po' allentato.

«Stia attento, Soutter!» lo redarguì la mia compagna senza dargli nemmeno il modo di scusarsi. «Perché ha sempre tanta fretta, caro? Il PBS non può fare a meno di lei neppure per un momento?»

3

Una rapida panoramica del maestoso lounge bar mi bastò per individuarlo. Marcus era seduto a un tavolo sulla sinistra e stava chiacchierando con altri due uomini. Sembrava rilassato, ma questo non voleva dire niente: lui non perdeva quasi mai la calma, nemmeno nei momenti più tesi e difficili. In una mano reggeva un whisky con ghiaccio, nell'altra una sigaretta. L'espressione del suo viso non cambiò quando mi vide. Di fronte a quella reazione, mi comportai nello stesso modo.

Era stata la nostra procedura per anni: quando ci incontravamo in un luogo pubblico, nessuno dei due lasciava trapelare che ci conoscessimo. Per sicurezza, per precauzione, un semplice protocollo basilare. Ci comportavamo sempre così, come se non avessimo niente a che fare l'uno con l'altra. Come se non avessimo mai condiviso timori e pelle, inquietudini, lealtà e carezze. Certo, qui non c'era bisogno di essere così cauti: non eravamo più nella Madrid filotedesca del nostro primo dopoguerra, dove Franco aveva continuato a coccolare i nazisti mentre trattava da cani gli inglesi. Ma senza esserci messi d'accordo, forse per pura inerzia, quel giorno ci attenemmo al nostro solito codice. Distacco simulato. Calcolato disinteresse. Ci ignorammo del tutto, come se fossimo trasparenti.

A differenza dell'American Colony, con il suo fascino raccolto, il King David Hotel era un albergo maestoso: il Palace o il Ritz che ero abituata a frequentare, in confronto, mi sembrarono modesti. Questa era un'altra categoria, un omaggio all'opulenza che combinava elementi genuinamente tipici del Medio Oriente con un ambiente mondano. Sei piani innalzati su una grande base rettangolare, costruito con denaro ebraico proveniente dall'Egitto e edificato da manodopera araba con la pietra di una cava nei dintorni di Gerico. Decorato con marmi bianchi e verdognoli, aveva pareti ornate da scene bibliche ed enormi lampade bizantine appese con catene ai soffitti. Questo era il King David.

Un premuroso cameriere europeo di cui non riuscii a identificare l'origine ci fece accomodare a uno dei pochi tavoli liberi, accanto a una vetrata che dava sul giardino. Lontano da Marcus, per fortuna.

«I luoghi più iconici di Gerusalemme sono di altra natura, come immagino sappia» disse Bertha Vester sventagliandosi con discrezione il décolleté. «Per visitarli e capirli, però, serve un diverso raccoglimento. Nella zona moderna, fuori dalle mura, questo è forse il posto migliore per cominciare il suo soggiorno.»

Ordinò un succo di frutta, la imitai.

«Qui ogni giorno si radunano tutti per parlare all'infinito di soldi e politica; e per brigare e procurarsi informazioni sul mondo e il Medio Oriente in generale, e su questa nostra povera Palestina in particolare. Imprenditori, turisti raffinati, alte cariche societarie, giornalisti e commercianti, trafficanti, opportunisti vari. E, com'è ovvio, un sacco di ricchi ebrei locali e arabi di nobili famiglie: li trova tutti qui» mi avvisò mentre percorreva con lo sguardo il vasto spazio. «Possiamo dire che il King David è il luogo pubblico più cosmopolita della Palestina. E del tutto neutrale. Per ora.»

Ci passarono accanto tre militari. Ufficiali di alto grado, dedussi dai galloni e dal contegno.

«Al di sopra di tutti, come vedrà, naturalmente ci sono gli inglesi» aggiunse mentre rispondeva con un gesto educato al saluto di uno di questi. «Hanno insediato qui il loro quartier generale l'esercito e il Secretariat, il governo civile del Mandato. Si sono trasferiti in questo albergo poco prima che iniziasse la guerra in Europa, durante la sanguinosa rivolta araba, per sicurezza e convenienza. Lo occupano quasi per metà, l'ala sud al completo. Anche se per queste stanze circolano solo gli ufficiali e le alte cariche, è ovvio. Le truppe hanno le loro caserme e i loro club da un'altra parte. E gli impiegati, le dattilografe, le centraliniste e il personale subalterno entrano dalle porte sul retro e usano scale di servizio.»

Un cameriere nero e snello, vestito come un personaggio da operetta, ci portò le bevande su un vassoio di rame sbalzato che maneggiò con destrezza.

«Ragazzi sudanesi per servirli e arabi per tenere puliti i pavimenti e lavare i piatti, lunga vita all'Impero!» aggiunse Bertha Vester con una strizzata d'occhio sarcastica.

Mi portai il bicchiere alle labbra e bevvi piano, senza smettere di guardarla. Poi lo posai sul tavolo, sempre lentamente. Anni di minuziosa collaborazione con i servizi segreti mi avevano insegnato non solo ad ascoltare con la massima attenzione, ma anche a fare in modo, con i miei silenzi, che gli altri continuassero a parlare.

«Ma la vita là fuori è dura, *my dear*. Si renderà conto lei stessa che gli inglesi e gli altri espatriati vivono qui come se Gerusalemme fosse una specie di transatlantico. Si incontrano negli stessi posti, alla stessa ora e con le stesse persone, si muovono tutti allo stesso ritmo, sempre apparentemente imperturbabili. E intanto, nelle periferie e nei villaggi, nei campi e negli insediamenti, c'è miseria. E odio, mia cara. Un odio intenso che continua a crescere.»

Un'altra capacità sviluppata nel corso delle mie attività clandestine era quella di ripartire l'attenzione senza che i miei interlocutori se ne accorgessero. Così, mentre ascoltavo la mia ospite stando attenta a non perdere nemmeno una sillaba, notai che Marcus e i suoi accompagnatori avevano finito i loro aperitivi e si stavano alzando. Uno dei due sconosciuti prese il cappello e gli tese la mano per salutarlo. L'altro fece cenno a un cameriere e indicò il luogo all'interno verso cui intendevano dirigersi; vista l'ora, immaginai che si trattasse del ristorante.

«Mio marito» mormorai allora con un leggero cenno del mento verso di lui. «*My husband*.»

Era la prima volta che pronunciavo insieme quel possessivo e quel sostantivo davanti a qualcuno. Non avevo motivo per farlo: quelle parole non erano mai uscite dalla mia bocca, dato che ci eravamo sempre tenuti nascosti, falsificando la realtà, non mostrando i nostri sentimenti. Avevo appena rotto unilateralmente la mia invisibilità, la perenne discrezione che ero stata costretta a mantenere. Ma non importava, dal momento che Bertha Vester ci ospitava insieme nella sua casa, dove condividevamo camera e letto, bagno, armadio.

Qualcosa, tuttavia, lei dovette indovinare, dal mio tono o dalla mia espressione.

«Ci sono coppie fuori dal comune» affermò con la saggezza intuitiva accumulata nei suoi settant'anni di vita.

Adesso fissavamo entrambe Marcus che si stava allontanando, con quella schiena solida capace di darmi appoggio nelle notti difficili e sicurezza nei giorni incerti. Camminava accanto all'altro uomo, mentre chiacchieravano.

«Le cose sono sempre più facili» proseguì lei, «quando ci si lega a qualcuno simile a noi, a una persona dello stesso ambiente. Eppure a volte, per strane ragioni, ci imbarchiamo su navi che ci faranno attraversare temporali e tempeste.»

Marcus e il suo accompagnatore scomparvero dietro un'enorme porta di cedro, Bertha Vester continuò a parlare.

«So quello che dico, amica mia; ho una certa esperienza. Mio marito era di origine svizzero-tedesca; all'inizio del nostro rapporto, quando mia madre venne a sapere che ci vedevamo, decise che tutta la mia famiglia sarebbe dovuta tornare per un po' a Chicago. Non smisi di pensare a lui, a Frederik Vester, nemmeno per un giorno di quei due anni che passammo divisi. Alla fine tornammo in Palestina, lui venne accettato e si integrò con facilità. Siamo stati una coppia felice finché una crisi cardiaca me lo ha portato via, tre anni fa.»

Sviò lo sguardo verso il giardino, come se stesse riflettendo per qualche istante. Dietro il vetro si vedevano un bel rosaio, fontane e sentieri lastricati, cipressi tagliati come se gli avessero fatto la manicure.

«Ma avremmo anche potuto essere infelici.»

I suoi occhi azzurri tornarono a guardare i miei. Sospirò con forza, e quel sospiro fece sollevare il petto con la grossa spilla.

Rimasi in silenzio a guardarmi le mani poggiate sul marmo del tavolo, mani di figlia unica nata da una madre nubile, mani stanche di cucire fin da un'infanzia piena di ristrettezze. Le mie esperienze relative al matrimonio erano minime e, nel mio ambiente più vicino, non avevo punti di riferimento per confermare o confutare il suo giudizio. I miei genitori non si erano sposati; mio padre sposò una donna che non conobbi mai e, per quanto ne sapevo, non furono molto felici, ma non indagai mai sulle ragioni o le colpe di entrambi. Un paio di anni addietro, nella chiesa di Tetuán, mia madre, Dolores, aveva accettato di essere fedele sempre, nella gioia e nel dolore, nella salute e nella malattia, a un funzionario delle poste in pensione, un vedovo sereno che le aveva portato compagnia, sostegno economico e affetto, ma quella era una coppia completamente diversa dalla mia, la chiusura di un cerchio piuttosto che l'avvio di un percorso vitale che aspirava a essere fortunato e duraturo.

Quando ci dirigemmo verso l'uscita, prima di essere inghiottite dalla grande porta girevole, Bertha Vester mi indicò un bancone di legno lucido su cui erano poggiati opuscoli, mappe, dépliant turistici e un espositore di cartoline.

«Magari le farà piacere spedire ai suoi qualche immagine di questa terra tanto santa quanto complicata.»

4

Mandai quelle cartoline, sì. Poi, con il passare dei giorni, delle settimane e dei mesi, cominciai a scrivere lettere. Lettere a mia madre, spedite a Tetuán al suo indirizzo da sposata. Lettere a mio padre, all'indirizzo del suo appartamento in calle Hermosilla. Al mio amico Félix, che si era trasferito a Tangeri dopo avere sepolto l'odiosa madre senza versare neppure una lacrima. A Candelaria, a Rosalinda, anche se il suo indirizzo cambiava in continuazione. Lunghe lettere a tutti con le quali, nonostante la sequenza di vocali e consonanti, non dicevo mai granché. Riferivo solo notizie superficiali, piccoli dettagli e aneddoti, come se i miei occhi fossero quelli di una turista di scarsa intelligenza ed estrema frivolezza. Le angurie dolcissime, le interminabili contrattazioni con i venditori dei bazar, l'immagine impressionante degli ebrei ultraortodossi che battevano la testa contro il Muro del Pianto.

Non raccontai mai il lato più scabroso, non scrissi una parola sulle esplosioni di violenza. Come se Gerusalemme fosse una località termale e io vivessi una perenne luna di miele. Perché descrivere le complicazioni e i conflitti che si intrecciavano senza possibilità di soluzione in questa parte del mondo? Che senso avrebbe avuto parlare degli impegni di Marcus e delle mie inquietudini, delle sue incertezze, delle mie paure?

L'estate finì con pronostici sgradevoli: il nuovo governo britannico del laburista Clement Attlee rimaneva fermo nella decisione di non permettere l'accoglienza su vasta scala di ebrei europei in terra palestinese. In risposta, gli ebrei locali mostrarono apertamente il loro dissenso. La maggior parte della popolazione incanalava il proprio notorio malessere in proteste e rivendicazioni esigenti ma pacifiche; c'erano però altri modi di manifestare il disaccordo. I tre gruppi armati clandestini – l'Haganah, l'Irgun e la Lehi – che fino ad allora avevano esercitato la loro violenza separatamente, misero per il momento da parte le divergenze e si unirono nella ribellione comune contro il Mandato britannico. In quei giorni, presero di mira stazioni di polizia, radar, raffinerie petrolifere, linee ferroviarie. Da dove sarebbero arrivate le prossime aggressioni e su quali obiettivi avrebbero diretto la loro furia era per arabi e cristiani un motivo di perenne incertezza.

Intanto io e Marcus continuavamo ad alloggiare all'American Colony, lontano dalla confusione cittadina. La partenza di altri ospiti ci permise di trasferirci in stanze più grandi, quasi un appartamento. Bertha Vester e il suo impeccabile personale continuavano a occuparsi di noi, ci preparavano da mangiare, ci lavavano i vestiti, mettevano a mia disposizione una macchina con autista quando ne avevo bisogno, mi invitavano a partecipare ad attività ed eventi. Eppure, forse per la mancanza di funzioni concrete o per l'estraneità dell'ambiente, malgrado i miei sforzi e il passare dei giorni stentavo a adattarmi al ruolo di moglie espatriata e, soprattutto, inattiva.

L'inizio dell'autunno portò con sé tempeste di sabbia e polvere del deserto; proseguivano le sparatorie e gli arresti, i tafferugli di strada con armi che passavano di mano in mano e lo scoppio di ordigni di fabbricazione artigianale. Poi arrivarono le prime piogge, purificatrici, benvenute, un toccasana per le menti turbate e i terreni inariditi. Le giornate si accorciavano, la città sembrava ripiegarsi su se stessa. E in mezzo a tutto questo c'ero io, la sarta che non cuciva più, la cospiratrice che non cospirava più, la moglie disoccupata di un inglese con mansioni indefinite che passava più tempo fuori che con lei. La mia esistenza trascorreva così, divisa a metà, mentre mi sforzavo di rimanere in equilibrio sulla corda, come un funambolo.

Da una parte avrei voluto godermi l'esperienza di vivere in quella Gerusalemme così importante per tre religioni. Quindi mi ero unita a varie visite alla Città Vecchia; i miei piedi avevano percorso la Via Dolorosa e salito i gradini delle viuzze di diversi quartieri, i miei occhi avevano contemplato il Santo Sepolcro e il Cenacolo, la Torre di Davide, la Cupola della Roccia e la cattedrale armena di san Giacomo. Imparai a distinguere le caratteristiche delle diverse comunità, riuscii a identificarle in base alla lingua, agli oggetti di culto, all'abbigliamento. I sacerdoti greci con le loro barbe e le mitre, i miei compatrioti francescani e le loro tonache marroni strette in vita dal modesto cordone a tre nodi, gli ebrei ortodossi con i loro soprabiti neri, gli enormi cappelli e i riccioli a cavatappi davanti alle orecchie, a entrambi i lati del viso.

Accanto a questi, in movimento nel labirinto di stradine, vidi anche gente comune, musulmani, ebrei e cristiani, bambini, donne, uomini impegnati nelle loro piccole attività quotidiane, nella vendita e nell'acquisto di pane, olio, fichi, ceci, candele, pesce. Mescolati agli abitanti di sempre notai anche giovani coloni ebrei bruciati dal sole e in tenute color cachi che andavano e venivano con passo entusiasta, pellegrini e visitatori appena arrivati da ogni parte del globo terracqueo, capre magre e asini carichi di merci, beduini del deserto, bionde bambine inglesi in divisa scolastica e una gran quantità di individui diversi che continuavano a incontrarsi e separarsi, si amalgamavano e si dividevano nelle strade, nelle piazzette e nelle viuzze come vetri colorati in un caleidoscopio.

Per quanto ci provassi, comunque, non riuscivo a smettere di sentire nelle ossa un'inquietudine costante. Marcus usciva presto, spesso tornava teso, a volte stava via due o tre giorni, a Tel Aviv o a Giaffa o Dio solo sapeva dove, mi ripeteva sempre che non dovevo preoccuparmi per lui, insisteva perché anch'io stessi attenta. Quando era con me, però, cercava di alleviare le mie preoccupazioni, di minimizzare le mie paure. Certe sere – le più rare – ci ritiravamo presto nella nostra stanza dell'American Colony e mi parlava del suo lavoro fin dove era possibile, a volte anche un po' più di quanto fosse prudente, poi facevamo l'amore senza fretta e ci sussurravamo all'orecchio promesse e progetti. In altre occasioni – le più frequenti – mi chiedeva di uscire. Senza dubbio era sincero quando insisteva per propormi qualche svago, cene, balli, posti, gente. Ma era anche vero, e io lo sapevo, che quell'intensa vita sociale notturna favoriva la sua missione: in un modo o nell'altro, acquisire informazioni era il suo lavoro e queste, all'alba, potevano annidarsi in qualsiasi angolo.

Andavamo spesso al Fink's Bar, un piccolo locale pieno di fumo e di una grande varietà di facce, bevande e lingue, altre serate trascorsero nel club del Semiramis o nel piano interrato del Jasmin House Hotel, che Marcus chiamava *the press ghetto* perché era l'albergo in cui soggiornavano gli inviati inglesi e americani. Ma per lo più andavamo in case private, dove si organizzavano riunioni affollatissime, cene nei quartieri arabi di Katamon o Talbiya, ogni tanto in quello ebraico di Rehavia, cocktail o serate nelle ville di avvocati, intellettuali o imprenditori che avevano legami di qualche tipo con l'Europa, connazionali di Marcus o stranieri di passaggio: tutte scuse per continuare a dibattere, con un calice o un bicchiere in mano, la questione palestinese e il suo allarmante futuro.

A volte, dopo che eravamo tornati all'American Colony alle tre o alle quattro del mattino, Marcus si toglieva giacca e cravatta, si rimboccava le maniche della camicia, accendeva la piccola lampada della scrivania e si sedeva a lavorare, tenace e concentrato, insonne. Lo guardavo dal letto, sforzandomi di non cedere al sonno. Mi piaceva vedere il suo profilo ritagliato dalla luce gialla della lampadina, le braccia nude dal gomito in giù, i capelli che, a quell'ora, erano un po' scompigliati. Finché il fruscio della penna sul foglio finiva per farmi chiudere gli occhi, senza che sapessi per quanto tempo ancora avrebbe continuato a scrivere e quali parole avrebbe usato per trasferire nei rapporti le inquietudini elaborate dal suo cervello.

L'inizio di novembre portò infine con sé l'arrivo del nuovo alto commissario, sir Alan Cunningham, uno dei destinatari di quei documenti dettagliati che Marcus accumulava negli archivi dell'ufficio assegnatogli all'interno del King David, accanto a quelli dei suoi compatrioti del Secretariat. Era un veterano militare dal portamento autorevole cui avevano appena conferito un incarico pieno di ostacoli e contrarietà. A dargli il benvenuto nella Government House accorsero funzionari di alto rango, militari decorati, diplomatici di ogni angolo del mondo, rappresentanti di grandi società e cittadini eminenti. E, va da sé, i leader del Comitato Supremo Arabo e dell'Agenzia Ebraica. E noi, Marcus in smoking, io con un abito disegnato da me.

Ci accolse la guardia d'onore della Highland Light Infantry, nei giardini della residenza del Monte degli Ulivi risuonarono salve di artiglieria e acclamazioni al re e all'Impero mentre la sera scendeva sulla Città Vecchia, facendo risplendere le cupole dorate e strappando riflessi magici alle pietre. Il documento della nomina venne letto cerimoniosamente nelle tre lingue all'interno della grande sala da ballo. La massima carica della Corte suprema del Mandato prestò giuramento indossando una lunga parrucca e abbigliato con tutta la pompa protocollare. Era la settima nomina del più alto dignitario dell'Amministrazione britannica. Nessuno immaginò che sarebbe stata l'ultima.

Mentre la banda militare faceva risuonare gli accordi di *God Save the King*, non riuscii a non pensare a quell'altro ricevimento nell'Alto Commissariato di Tetuán, otto anni addietro, la prima e ultima volta in cui io e Marcus avevamo partecipato insieme a un incontro ufficiale, quando Serrano Suñer aveva voluto conoscere Beigbeder e quest'ultimo lo aveva accolto con lusinghe e attenzioni, senza sospettare che anni dopo il Cognatissimo avrebbe finito per rifilargli un gran calcio metaforico nel didietro. Adesso, a Gerusalemme, era tutto diverso: in fatto di potere coloniale, gli inglesi si classificavano in una categoria superiore. Tutto avveniva con un altro stile e un'altra dignità, un protocollo infinitamente più eccelso di quello previsto dal nostro umile Protettorato.

Non riuscii a trattenermi, la mia voce arrivò alle orecchie di Marcus come un sussurro.

«Per quanto tempo rimarrà?»

Rispose con una sola parola.

«Indefinito.»

Mi morsi la lingua per non domandargli: "E noi?". Non vedevo l'ora che ce ne andassimo da quella terra convulsa. Non importava dove. Al più presto.

5

Due settimane dopo, la carismatica Katy Antonius ci invitò a una delle sue feste. Senza dubbio le più riuscite di Gerusalemme, mi anticipò Bertha Vester. Comunque, non avevo il minimo interesse a parteciparvi. Da un paio di giorni non mi sentivo bene, avrei preferito mille volte una delle nostre serate tranquille, senza muoverci dall'American Colony, solo io e Marcus, a cenare con una cosa qualsiasi. O anche senza cenare.

Glielo ripetei mentre finivo di truccarmi, piegandomi le ciglia davanti allo specchio con indosso il vestito di voile granata e le scarpe di marocchino; avevo ancora in testa le mollette che modellavano le onde dei capelli. Lui, dietro di me, finì di allacciarsi i gemelli, si avvicinò, mi mise le mani sulle spalle e mi fece girare.

«E io cosa farei senza te, solo in mezzo a tutta quella gente?»

La mia risposta fu una risata debole, mi mancavano le forze.

«Bugiardo» sussurrai.

Una dopo l'altra, cominciò a togliere le mollette che mi trattenevano i capelli.

«Non racconto bugie; tu riesci a conquistare chiunque» disse piano, sfiorandomi con il suo alito.

Tolse la prima molletta e la gettò per terra, sulle piastrelle risuonò un tintinnio metallico. Alcune ciocche si posarono sulla mia spalla sinistra.

«Entri appoggiandoti al mio braccio come una sposa bella e strana...»

Tolse la seconda, si sentì un altro "tin", questa volta le ciocche scesero sulla spalla destra.

«... esamini con attenzione lo scenario facendo finta di ammirare la decorazione o l'ambiente...»

Quando tolse la terza, le altre ciocche mi caddero sulla schiena.

«... individui il tuo bersaglio e lo analizzi con cura...»

La quarta e ultima fece sì che una cortina di capelli mi coprisse il viso. Lui la scostò con l'indice.

«... e in mezz'ora raggiungi il tuo obiettivo.»

Nonostante il malessere, non potei evitare di sorridere con ironia: sapevo fin troppo bene che dietro quei complimenti c'era uno scopo.

«E stasera, amore mio, chi dovrei raggiungere?»

«Una coppia di ebrei. Credo che alla festa ci saranno i Valero.»

Agivamo spesso così, coordinati, complici. Quando inseguiva un obiettivo con il pretesto di un evento sociale amichevole, gli davo una mano. Prima mi forniva sempre un piccolo arsenale di dati.

«Origine sefardita» proseguì in tono quasi telegrafico mentre si infilava la giacca. «Lui è medico. Discende da una ricca famiglia di banchieri locali, i suoi antenati sono venuti qui dalla Spagna secoli fa.»

Mi girai di nuovo verso lo specchio, affondai le dita nei capelli che Marcus aveva appena sciolto e finii di pettinarmi.

«Convivono serenamente con gli arabi da generazioni, fanno affari insieme, intrecciano relazioni fluide senza alti e bassi. Ma negli ultimi tempi, dopo che dall'Europa centrale e orientale sono arrivate qui ondate di ebrei ashkenaziti, i sefarditi sono diventati una minoranza. Ecco perché mi interessa conoscerne qualcuno. Voglio verificare di persona se mantengono una certa influenza.»

Presi il rossetto.

«Di cosa hai bisogno esattamente?»

Me lo passai sulle labbra, prima quello superiore, poi quello inferiore. Alle mie spalle, Marcus aveva infilato le mani nelle tasche dei pantaloni e mi osservava con approvazione. Premetti le labbra per fissare il rossetto, le riaprii.

«Un invito a cena da loro, per esempio?»

L'autista dell'American Colony ci portò a Karm al Mufti, l'imponente villa di Katy Antonius alle pendici del monte Scopus, relativamente vicino al nostro albergo. Superammo un cancello di ferro battuto ricco di arabeschi e davanti a noi comparve il giardino, illuminato dalle fiaccole. Quando scendemmo dalla Ford dei Vester, la musica arrivava fino al portico. Appena entrammo, un servitore dalla pelle scura con una vistosa tunica di velluto prese i nostri soprabiti, un altro vestito nello stesso modo ci presentò un vassoio di bevande, un terzo ci tentò con stuzzichini e frutta secca. Marcus mi conosceva bene: il tempo che impiegai a rifiutare con cortesia cocktail e aperitivi fu giusto quello che mi servì per elaborare una visione d'insieme. Più o meno.

Un centinaio di invitati affollavano il salone fra tappeti antichi, tappezzerie damascate e mobili francesi art déco. Donne europee in abito da sera sedute in ottomane e poltrone, con le gambe accavallate e un Pink Gin in mano, donne arabe, alcune coperte da preziosi caffetani e altre vestite alla moda, tutte con lunghe sigarette dal filtro cremisi fra le dita. Burocrati coloniali rigorosamente in smoking, ufficiali dell'esercito di sua maestà in uniforme di gala e arabi di una vasta gamma di età, alcuni con una lunga tunica bianca, la maggioranza in completo a tre pezzi. Mescolati a tutti questi – su uno sfondo di scaffali pieni di libri, grandi lanterne, belle incisioni e quadri espressionisti – si aggiravano diplomatici e intellettuali di varia origine, aristocratici di passaggio, giornalisti in attività, esuli di lusso e una manciata di personaggi che trovavo difficile inserire in una casella concreta. Ma non c'erano ebrei, tranne qualche cronista: la tensione crescente non incoraggiava il contatto in occasione di feste, e Katy Antonius era un'araba filobritannica sfegatata.

Da un grammofono, le voci e le maracas delle Andrews Sisters diffondevano nella sala il ritmo melodioso di *Rum & Coca-Cola*. Nell'ambiente aleggiavano il fumo delle sigarette, conversazioni accalorate e, di tanto in tanto, uno scoppio di risa. La mia valutazione fu rapida: era uno scenario molto più suggestivo dei tanti ricevimenti cui avevo spesso partecipato a Madrid, dove imperava una discrezione illuminata da lampadine a basso voltaggio, forse perché la mia patria si stava ancora curando le ferite della guerra mentre in quei giorni la Palestina viveva l'effervescenza piuttosto temeraria di chi ancora non sa cosa lo aspetta.

Una donna di bassa statura avvolta in strati di organza ci venne incontro a braccia tese. Il viso era cordiale e la voce un po' stridula. Era oltre la quarantina, aveva i capelli corti, ricci e scuri tranne una ciocca bianca che le ricadeva sulla fronte. Al collo portava una lunga collana di perle barocche.

«*Welcome, welcome*, miei cari amici...»

Ci conoscevamo a malapena, ci eravamo incrociati in qualche occasione quasi senza scambiare parola. Ma avendoci visti non molto tempo prima al ricevimento nella Government House, doveva aver intuito che Marcus svolgeva qualche mansione interessante tra i suoi e aveva deciso di coinvolgerci. Dal calore della sua accoglienza quella sera, chiunque avrebbe potuto pensare che ci legava un'amicizia decennale.

«Venite avanti! Che gioia avervi tra noi, miei cari; siete una coppia fantastica» proseguì esultante. «Mark, diventi ogni giorno più attraente. E tu, *my dear*, come al solito sei uno schianto con questo vestito meraviglioso, ti invidio proprio, non sai quanto mi piacerebbe avere la tua sarta. Vieni, tesoro, moriamo tutti dalla voglia di ascoltare la tua opinione su come se la passa la Spagna da quando quel piccolo generale ha preso il potere...»

Katy Antonius apparteneva al gruppo degli arabi cristiani di Gerusalemme: secondo gli inglesi, quelli che mantenevano un punto di vista più moderato nel conflitto. Non erano la maggioranza, poco più di centomila, ma erano colti e viaggiavano, molti di loro esercitavano professioni prestigiose, quasi tutti abitavano in quartieri eleganti, vestivano quasi sempre all'occidentale, amavano i cavalli e le partite a tennis alla YMCA, la Young Men's Christian Association, iscrivevano i loro figli alle università inglesi o alla tollerante American University di Beirut o al rinomato Victoria College di Alessandria. Spesso occupavano posizioni importanti nell'amministrazione del Mandato, e per alcuni di loro la soluzione del problema territoriale non passava per la creazione di due Stati indipendenti ma, al contrario, si sarebbe risolto se fossero diventati una vera colonia britannica. La nostra ospite, figlia di un ricco editore egiziano e vedova dello storico di origine libanese George Antonius, cresciuta nella religione greco-ortodossa e educata in un collegio londinese per signorine di buona famiglia, corrispondeva perfettamente al modello.

Con una loquacità scoppiettante, Katy Antonius mi prese per la vita e mi fece avanzare nel salone, mentre Marcus rimaneva indietro, occupato a salutare per conto suo. La nostra anfitriona aveva deciso di trasformarmi nell'attrazione della serata, un'insolita spagnola per dare colore alla festa. Io invece avrei dato non so cosa per potermene andare di corsa, tornare in camera mia e rannicchiarmi sotto le coperte.

«Permettimi di presentarti qualche amico, ma prima mangia, tesoro, dimmi cosa preferisci...»

Cercai di rifiutare mentre faceva un cenno imperioso a un servitore. Davanti a me comparve un intero vassoio.

«Guarda, questo è *hummus*, immagino tu lo conosca già.»

Certo che lo conoscevo; conoscevo benissimo tutto quello che voleva offrirmi, lo conoscevo e di solito lo apprezzavo, in un altro momento sarei stata felice di accettare. Ma adesso no. Adesso non volevo niente, avevo avuto lo stomaco sottosopra tutto il giorno e il fumo denso del salone, o forse il calore sprigionato da tanti corpi accalcati, o chissà che altro, peggioravano il mio malessere di minuto in minuto. Ma Katy Antonius, ospitale fino all'eccesso, non sembrava disposta a mollarmi.

«Li chiamiamo *fatayer*, questo è ripieno di formaggio, ed è delizioso: assaggia, tesoro, assaggia...»

Cominciai a sentire un calore intenso, mi accorsi di avere le mani e la schiena sudate. Come si chiamava quella coppia che dovevo avvicinare? Se mi fossi concentrata su questo, forse sarei riuscita a tenere a bada la nausea. Valero, ecco qual era il nome, ma dov'erano? Il malessere aumentava e la mia implacabile ospite non accennava a tacere.

«E questi sono *kibbeh*, di agnello. Assaggia, per favore, sono appena usciti dalla mia cucina.»

Non mi rimase che accettare. Presi con le dita una di quelle polpette e la portai alla bocca piano, con estrema precauzione, come se stessi per inghiottire una fiala di cianuro e non un impasto di grano duro, carne tritata e spezie. Ne morsi un pezzetto, lo masticai come potei. Intorno a me, come in un universo parallelo, continuava a suonare musica americana, continuavano a fluttuare le conversazioni, in uno dei gruppi scoppiò un'improvvisa raffica di risate.

Malgrado gli sforzi, non riuscii a inghiottire. E non fu questa la cosa peggiore. Il mio stomaco non solo si rifiutava di far entrare quel pezzetto di cibo, minacciava anche di vomitare tutto quello che conteneva. Completamente spossata, cercai di mormorare qualcosa ma, a giudicare dalla reazione di Katy, i suoni non riuscirono a prendere forma.

«*I beg your pardon?*»

Riprovai.

«Non capisco, cara. Stai bene? Sei così pallida...»

No, non stavo bene. Dovevo uscire di lì immediatamente.

«Vuoi andare in bagno, cara? È nel corridoio, in fondo...»

Non riuscì a finire la frase: le misi in mano il resto del *kibbeh* e mi avviai di corsa nella direzione che mi stava indicando. Finché, tutt'a un tratto, un corpo bloccò le mie falcate. Un corpo. Un grande corpo maschile che in quel momento si allontanava da un gruppo di invitati in cerca di un altro calice, o se ne stava già andando, o forse fuggiva una conversazione che non gli interessava.

Un vago sprazzo di memoria mi attraversò la mente. Quell'uomo, quella spalla. Quell'uomo, la sua spalla e io ci eravamo già incontrati in una circostanza simile. Alla Barclays Bank, ricordai all'improvviso, come un lampo. Lui entrava, io uscivo, ci eravamo urtati.

«Sembriamo destinati a scontrarci, la prego di perdonare la mia goffaggine. Ne approfitto per presentarmi, sono Nicholas Soutter, del...»

Ancora prima che finisse di pronunciare le tre lettere del PBS, non riuscii più a trattenermi e gli schizzai di vomito l'orlo dei pantaloni e le scarpe.

6

La notizia della mia gravidanza ci turbò. Non rientrava nei nostri piani, non era prevista. Un figlio in arrivo, mio Dio. Non ero una bambina, avevo più di trent'anni, alla mia età molte donne avevano già una famiglia. Ma mi sentivo molto sconfortata: così lontana dai miei punti di riferimento, in questa Palestina inquieta, con Marcus sempre impegnato e spesso assente.

A lacerarmi l'anima, inoltre, sopravviveva il ricordo amaro di un altro tempo, Tangeri, l'hotel Continental, la fuga di Ramiro, la mia confusione nel leggere quella lettera che alla fine mi aveva aperto gli occhi sulla realtà dei suoi interessi e dei suoi sentimenti. La corriera per Tetuán, l'emorragia inarrestabile, il commissario Vázquez e i debiti ingiustamente ricaduti sulle mie spalle. Erano passati quasi dieci anni da quell'estate del 1936, la ragazza ingenua di allora era lontana nel tempo e Marcus non somigliava affatto a Ramiro Arribas: il padre della creatura che cominciava a crescere dentro di me era un uomo onesto, non un mascalzone. Eppure non riuscivo a evitare di sentire di nuovo l'angoscia di quei giorni terribili. L'incertezza. Lo sconforto.

Marcus, come sempre, reagì con efficienza. La sua mente pragmatica razionalizzò subito la situazione per vederla dal punto di vista migliore.

«Prima o poi dovevamo lanciarci in questa avventura. E a

Gerusalemme c'è un ottimo ospedale inglese» mi assicurò. «Non c'è il minimo rischio di mancanza di igiene, il cibo dell'American Colony è assolutamente garantito, Bertha Vester è disposta a ospitarci fino a quando vorremo...»

Gli poggiai le dita sulle labbra per farlo tacere, avevo bisogno di un'altra certezza.

«Ma ce ne andremo prima che nasca, no?»

Senza rispondere, mi strinse al petto e mi abbracciò, come se volesse trasmettermi una parte della solidità che emanava e che in me, negli ultimi tempi, era così scarsa.

«Non lo so, Sira. Non lo so ancora.»

Il malessere iniziale, le nausee che mi avevano portata a vomitare sul pavimento di Katy Antonius e sui piedi di un estraneo cominciarono a scomparire a mano a mano che dicembre avanzava. Nelle case ebraiche si celebrava Hanukkah, la Festa delle Luci, con l'accensione progressiva dell'hanukkiah, il candelabro a nove bracci. Intanto nelle case cristiane ci si preparava al Natale e tutti si scambiavano auguri sinceri, nella speranza che quei giorni e l'anno nuovo avrebbero portato la pace di cui quella terra aveva tanto bisogno.

Bertha Vester fece collocare un grande albero nel salone principale dell'American Colony e mi invitò a partecipare alla sua decorazione, come se si trattasse di un'attività entusiasmante. Durante la mia infanzia in calle de la Redondilla, ci limitavamo a mettere sulla stufa un umilissimo presepe di terracotta; negli anni passati a Tetuán non avevo mai avuto lo stato d'animo adatto per addobbi festosi, e nel mio appartamento di adulta in calle Núñez de Balboa mi ero vista costretta ad appendere anno dopo anno qualche decorazione al solo scopo di accontentare le mie clienti. Ma non avevo mai adornato un albero. Per me, semplice bambina della Madrid più autentica, giovane sarta in Africa e subdola creatrice di moda in un quartiere signorile, un abete tutto lucchichii aveva poco senso. Ma dissi di sì per educazione.

Due giorni dopo, arrivò l'invito per infornare dolci natalizi. Accettai di nuovo, senza interesse né voglia. Il terzo invito prevedeva di andare a cantare *Christmas Carols*. Lì decisi di impuntarmi. Sebbene non mi mancassero né le mie fatiche quotidiane in sartoria né le mie mansioni clandestine, sempre così pericolose, desideravo sentirmi attiva, utile in qualche modo. Ma appendere festoni di carta e palle colorate, preparare *gingerbread cookies* e intonare canti natalizi davanti a sconosciuti era qualcosa di molto lontano dalle mie aspirazioni in questa nuova fase della mia vita.

«Capisco, cara» disse Bertha Vester quando rifiutai la sua proposta con scuse fumose. «Nel suo stato, ha bisogno di riposo. A ogni modo, se si sente meglio e decide di aggregarsi, usciremo di qui alle tre e mezzo.»

No, non era di riposo che avevo bisogno. La gravidanza non mi stava debilitando: avevo energia, avevo forza. Mi succedeva una cosa diversa, e non riuscivo a trovare le parole per descriverla. Come una sorta di malinconia, una costante sensazione di inquietudine. O forse erano solo i miei ormoni in subbuglio.

Mangiai in camera, Marcus non tornava quasi mai a pranzo. Dopo le due mi buttai sul letto, cercai di dormire ma me lo impedirono i latrati di un cane nei recinti sul retro, o voci nel cortile, o il gocciolio del rubinetto chiuso male del lavandino. O forse, semplicemente, non avevo sonno. Guardai l'ora, le tre meno venti. A quel punto decisi di leggere, negli ultimi tempi avevo cominciato ad affrontare in inglese romanzi non troppo difficili. Ma le righe di *Hungry Hill* di Daphne du Maurier mi ballavano davanti agli occhi, e non riuscivo a concentrarmi. Guardai di nuovo l'ora: le tre e cinque. Mi poggiai le mani sulla pancia per scoprire un battito o un movimento, anche se sapevo benissimo che non lo avrei trovato: era ancora fisicamente impossibile sentire quell'esserino minuscolo. Come l'avremmo chiamato? Avrebbe avuto il naso di Marcus, i miei occhi scuri, le sue ginocchia ossute, i miei piedi sottili, il suo colore di capelli? La sua solidità? Le mie paure? Incapace di trovare risposta, mi girai su un fianco e tornai a fissare la sveglia. Mancavano dieci minuti alle tre e mezzo.

Raggiunsi la hall infilandomi i guanti proprio mentre Bertha Vester stava per uscire; era in compagnia di altre due ospiti, americane di una certa età, come lei.

«Sono felice che abbia deciso di venire, cara. Sarà un concerto davvero speciale, vedrà che non se ne pentirà.»

Non sapevo neppure con esattezza dove stessimo andando, e mi limitai a osservare il paesaggio mentre scendevamo verso sud da Sheikh Jarrah. Nella tranquillità della sera, durante il tragitto vidi bambini che giocavano sul ciglio della strada, arabe con fascine sulle spalle, un pastore con la sua *kefiah* in testa impegnato a guidare un gregge di capre fameliche. Passammo accanto alla Porta di Damasco, poi ci dirigemmo verso la bella via dei Profeti, piena di consolati, scuole straniere, piccole cliniche e ville splendide. Svoltammo a un angolo, Queen Melisande's Way, lessi. Finalmente ci fermammo davanti a un grande edificio di pietra simile a tutti quelli costruiti dagli inglesi. In alto sventolava furiosamente l'immancabile Union Jack.

Avevamo raggiunto Broadcasting House, altre macchine stavano arrivando o avevano appena parcheggiato; rigurgitavano una quantità di bambini accuratamente pettinati con la riga da una parte e decine di donne, le loro madri. I primi salivano di corsa l'ampia scala; le seconde, con stole di pelliccia intorno al collo, cappelli di feltro ed eleganti *pochette*, si fermavano a salutarsi, gentili e compiacenti. Erano per la maggior parte connazionali di Marcus, le famiglie degli alti comandi militari e dei funzionari più importanti. Alunni della Saint George's School, alunne dell'English Girl's College e le mogli più cosmopolite di tutta Gerusalemme, come faceva notare sempre Marcus con ironia. Quelle che avevano al loro servizio *nanny* del sud dell'Inghilterra, cameriera personale russa, giardiniere cipriota, cuoco berbero e autista armeno. "Forse dovrei sforzarmi e cercare di somigliare a loro" pensai guardandole: pronte a adattarsi agli andirivieni dei mariti nei vari incarichi che ricoprivano in giro per l'Impero, pienamente consapevoli del loro ruolo di sostegno, perfette conoscitrici dell'etichetta, del protocollo, delle gerarchie e delle nomine; esperte di opere benefiche e dell'arte di preparare la tavola.

Nel bene e nel male, però, fra tutte quelle impeccabili consorti apparivo come un'entità anomala. Ero la moglie di un inglese, ma non parlavo né mi vestivo né mi muovevo come loro, non capivo i loro codici e non conoscevo i segreti dell'Amministrazione coloniale o le norme più comuni della perfetta gestione domestica. Quindi aspettai che occupassero le prime file dell'auditorium, pronte ad ascoltare i canti dei loro figli. Bertha Vester mi fece cenno di andarmi a sedere accanto a lei. A gesti, la ringraziai e le indicai la porta di uscita: preferivo rimanere dietro, da sola, nel caso fossi dovuta fuggire con urgenza. Ecco cosa le lasciai intendere. Una bugia come qualsiasi altra.

Quando si alzò il sipario, comparvero un pianoforte a un lato, una direttrice bionda e rotondetta con la bacchetta in mano e un coro di quaranta o cinquanta bambini sotto i dieci anni; dopo quell'età, di solito venivano mandati in Inghilterra per proseguire la loro educazione in un collegio. Nel buio della sala, mentre risuonavano le prime note di *Silent Night*, mi misi di nuovo la mano sul ventre, dove qualcosa sarebbe cresciuto con il passare dei mesi. Sarei stata capace anch'io di separarmi dalla mia creatura appena mi fosse arrivata all'altezza del gomito, come facevano queste inglesi raffinate? O sarei diventata una madre ingombrante, possessiva, urlante, sul genere delle donne del mio paese e della mia classe?

La solitudine nella retroguardia durò poco. A uno a uno, a due a due, diversi ritardatari entrarono senza fare rumore nella sala e occuparono con discrezione posti sparsi. Ne rimanevano solo due o tre liberi quando qualcuno si sedette alla mia destra. Il coro finì *O Come, All Ye Faithful*, tutta la sala si unì in un applauso.

«Spero che adesso stia meglio.»

Mi girai di colpo e accanto a me vidi un uomo; nonostante la penombra, lo riconobbi subito. Era lo stesso a cui avevo schizzato i piedi di vomito. Dopo la mattina in cui ci eravamo quasi scontrati nella Barclays Bank e il disastroso incidente della festa, lo avevo visto da lontano in qualche occasione, ma non ci avevano mai presentati.

Cercai di sorridere per salutarlo, ma riuscii solo a fare una smorfia nervosa. Mi tornarono in mente lampi di quella scena imbarazzante; sapevo che nel momento più critico mi aveva detto il suo nome, ma non riuscii a ricordarlo. Quando Katy Antonius e altri invitati mi avevano portata in bagno quasi di peso e i servitori si erano affrettati a inginocchiarsi per rimediare al mio disastro, lui doveva essersi allontanato; poi qualcuno aveva avvertito Marcus e ce n'eravamo andati subito. L'indomani, o un paio di giorni dopo, o in un momento impreciso, pensai che magari avrei dovuto scoprire chi era, rintracciarlo, porgergli le mie scuse. Ma non lo feci mai. E adesso era di nuovo lì, a qualche palmo di distanza, che mi sfiorava quasi il braccio con il suo, mentre il pubblico entusiasta aderiva all'invito della direttrice del coro a intonare tutti insieme un altro canto natalizio. Fummo i soli a rimanere in silenzio.

«Perché non canta? Non la commuove tutta questa dolcezza?» mormorò.

Mi sembrò di cogliere una sfumatura di ironia nella sua voce, ma preferii essere discreta.

«Non conosco il testo» ammisi semplicemente. «Non sono inglese.»

«Io non la sopporto» confessò senza arrossire. «Sono venuto qui solo per qualche minuto, per dovere di cronaca.»

Dalla fila davanti, un paio di teste si girarono con un'espressione di malumore. Per poco non scoppiai a ridere. A quel punto lui abbassò la voce fino a prendere un tono misurato.

«Mi permette di invitarla a bere un tè, così potrà scusarsi per aver rovinato le mie scarpe più belle?»

Il nome che non riuscivo a ricordare era Nicholas Soutter. O Nick, come lo salutarono alcuni colleghi. Lavorava nell'edificio in cui ci trovavamo per il Palestine Broadcasting Service, comunemente chiamato PBS, l'emittente ufficiale del Mandato britannico. Me lo raccontò lui stesso mentre percorrevamo un paio di corridoi e mi faceva entrare in un'ampia stanza con due grandi finestre e una scrivania piena di fogli e cartelle. Sul lato opposto, sotto un grande planisfero incorniciato, c'erano un piccolo divano, un tavolo basso e due poltrone. Mi invitò a sedermi; in quel momento, una giovane segretaria con la gonna plissettata si affacciò alla porta, lui le chiese di portarci un tè, lei annuì e si allontanò.

«Sono felice di sapere che abbiamo in comune un'antipatia per i canti natalizi» disse sedendosi davanti a me.

Stirai le labbra con un'espressione neutra che poteva significare qualsiasi cosa. Nemmeno io sapevo per quale assurda ragione avessi deciso di abbandonare il recital di voci infantili per seguire alla cieca uno sconosciuto fino al suo ufficio.

Si chinò in avanti per spegnere la sigaretta, premendola con forza sul fondo del posacenere. Lo osservai. Abbastanza meno gelido degli alti funzionari dell'amministrazione del Mandato, infinitamente meno rigido dei militari. Più sullo stampo dei corrispondenti che discutevano urlando mentre bevevano intere casse di brandy di Cipro nel piano interrato del Jasmin House Hotel. E, al tempo stesso, diverso.

«La prego di perdonare la mia intromissione, ma non potevo fare a meno di scoprire chi fosse la bella donna con cui mi scontravo dappertutto. Dopo averlo saputo sono stato varie volte sul punto di telefonarle all'American Colony, o di cercare di contattarla tramite suo marito.»

Rimasi impassibile; anni di collaborazione con gli inglesi mi avevano insegnato a comportarmi come loro quando mi trovavo coinvolta in circostanze di cui non controllavo la natura. Immobile, impavida, in attesa.

«Sì, ci conosciamo. Io e Mark Bonnard ci siamo trovati insieme più volte e abbiamo anche diversi amici comuni sparsi per il mondo.»

Fece una breve pausa, come se di colpo avesse ricordato qualcosa in proposito, un aneddoto, un'impressione o un momento preciso.

«Una brava persona, suo marito» concluse tendendomi il portasigarette.

Rifiutai, lui se ne accese una e aspirò con forza. Le parole gli uscirono dalla bocca avvolte in un fumo denso.

«A dire il vero, sono felice di conoscerla, finalmente. E sappia che qui, al PBS, è a casa sua. Non so se ci ha già sentiti, trasmettiamo sulle onde medie.»

«Non ascolto molto la radio» dissi. In realtà non era così. Ma era vero che da quando ero arrivata lì non l'ascoltavo mai.

«Dal PBS ci rivolgiamo alle varie comunità in inglese, arabo ed ebraico. Il nostro modello è la BBC, una radio pubblica: non abbiamo inserzionisti pubblicitari né interessi commerciali. L'emittente è nata nel 1936 con la ferma decisione di non trattare questioni politiche, ma di dedicarsi solo a temi formativi e educativi, a promuovere la cultura e la conoscenza. Insomma, questi sono gli ordini che arrivano da Londra: i nostri programmi devono contribuire a modernizzare la popolazione araba rurale e analfabeta, procurare a quella ebraica professionale e urbana spazi culturali stimolanti e fare in modo che quella inglese non muoia di noia.»

Per pura inerzia dopo tanti anni di attività, continuai a esaminarlo senza smettere di prestargli attenzione. Avrà avuto più o meno la stessa età di Marcus e la stessa statura. La somiglianza però finiva lì. Marcus era snello, muscoloso ed elastico, castano con la carnagione chiara, di carattere prudente, armonioso nei tratti. Nick Soutter invece era robusto, con capelli scuri, lineamenti decisi e sopracciglia prominenti; più spontaneo, più aperto, quasi esplosivo.

«Questa è la parola d'ordine» proseguì «e per rispettarla possiamo contare su una programmazione indipendente e su numerosi collaboratori, arabi ed ebrei. In confidenza le dico che, per quanto buone siano le intenzioni, dubito molto che questo atteggiamento paternalista e una programmazione così nettamente separata possano in qualche misura favorire una convivenza pacifica; anzi, credo che così si mettano solo in risalto le differenze, ma questa in fondo è un'altra storia con cui adesso non voglio annoiarla.»

No, non mi annoiava. Anzi.

«E non vi allontanate mai dalle questioni più immediate? Dal quotidiano, da quello che succede in questa bolla, intendo.»

«Sì, certo. In effetti, come programmatore di contenuti questa è una delle mie intenzioni: aprire prospettive nuove, far entrare aria fresca. Per questo sono sempre alla ricerca di nuovi collaboratori, perché propongano argomenti interessanti che non riguardino il nostro difficile presente.»

«Che genere di argomenti?»

«Mah, qualsiasi cosa possa essere stimolante per il pubblico. Abbiamo appena ospitato un dottore che ha parlato della penicillina, qualche settimana fa un professore di storia greco-romana che era qui in visita, il mese scorso il cuoco del King David che ci ha istruiti sulla cucina francese...»

«E la Spagna?»

Si prese qualche secondo, adesso era serio.

«Cosa vuole dire?»

La mia espressione dovette essere così eloquente che scoppiò a ridere. A gola spiegata.

«Mi sta proponendo di collaborare con noi, signora Bonnard?»

«È un'idea che mi è appena venuta, perdoni la mia sfacciataggine.»

«No, no, assolutamente...»

«Forse è un po' presuntuoso da parte mia, ma a un certo punto ho pensato che magari i suoi ascoltatori potrebbero essere interessati a conoscere qualcosa del mio paese.»

In quel momento si cominciò a sentire un vocio nel corridoio, come se il repertorio di canti natalizi fosse terminato e l'auditorium si stesse svuotando. Mi alzai, lui si affrettò a imitarmi.

«Non la trattengo oltre, immagino che mi stiano cercando» dissi porgendogli la mano. «Ci pensi con calma, senza impegno. Capirei se la mia proposta dovesse sembrarle fuori luogo, ma nel caso le interessi sa dove trovarmi.»

Cercai di salutarlo con una stretta decisa, come se fossi piena di fiducia in me stessa. Dietro quella finta sicurezza, nascondevo un enorme stupore per la mia faccia tosta.

7

Nick Soutter non era tipo da ritardi e temporeggiamenti: me ne resi conto il mattino dopo, quando mi chiamò come prima cosa. Nonostante lavorasse con le parole, non tendeva a sprecarle, quindi usò con me quelle giuste e necessarie, non una di più. Né una di meno.

«Accetto. Ho fiducia in lei. Cominceremo a gennaio.»

Con la prospettiva di questo nuovo impegno, arrivammo a Natale del 1945. Davanti alle porte della basilica della Natività a Betlemme, la vigilia, la folla urlava chiedendo di entrare mentre uno stretto cordone di poliziotti inglesi le negava l'accesso a muso duro. L'ingresso era consentito solo a chi aveva il permesso ufficiale. Noi, naturalmente, eravamo tra i fortunati. E in quanto tali cercavamo di farci strada fra la ressa con enorme fatica, io con una sciarpa che mi copriva fino al naso, aggrappata al braccio di Marcus e proteggendomi il ventre, lui con il viso contratto per la tensione e il clamore che ci circondavano. *Gloria in excelsis, in terra pax.*

Fuori rimaneva una folla brulicante di cristiani. Molti protestavano, spingevano e si lamentavano a gran voce per il permesso negato, altri si disperdevano per le strade vicine urlando, cantando, esultanti per la festa: in entrambi i casi, tutto il contrario del raccoglimento o della spiritualità che avevo immaginato per quel luogo. Vestiti con i loro abiti tradizionali, erano arrivati nel villaggio di Betlemme portando fiaccole copti dall'Egitto, maroniti dal Libano, anatolici dall'Asia Minore, siriani, etiopi, armeni e palestinesi da tutto il territorio. Oltre a migliaia di occidentali i cui veicoli formavano una carovana lunga chilometri, senza poter avanzare di un palmo. Soffiava un vento tagliente e nei dintorni avevano installato una quantità di bancarelle e posti di ristoro, illuminati da lanterne a cherosene. La carne dei kebab, appena cotta sulla brace, sprigionava verso il cielo odore e fumo.

All'interno della chiesa, sotto la luce tenebrosa di uno sciame di lampade appese, tra la pompa e la cerimonia del servizio religioso, tra gli andirivieni del patriarca latino, le pianete variopinte dei sacerdoti, i galloni, gli abiti di velluto Manchester, le uniformi e i mitra, non rimaneva quasi più posto per nessuno. *Once again*, il corpo consolare, gli alti funzionari, i comandanti dell'esercito e gli stranieri altolocati avevano la precedenza sulla popolazione locale. Qualche anno prima, a quanto si diceva, non era così: l'accesso era libero, tumultuoso, popolare e caotico. Ora non più. A causa della crescente tensione, si imponevano le massime precauzioni.

La mia religiosità non era mai andata oltre le messe domenicali della mia infanzia nella chiesa di San Andrés del quartiere in cui abitavo. In seguito, le vicende della vita esaurirono quel poco di fede che un tempo avevo avuto, fino a lasciarmi attaccata unicamente alle cose terrene. Ma quella notte, tra i salmi, la musica d'organo e un nauseante odore di incenso, nel villaggio in cui si raccontava che quasi duemila anni prima una donna aveva partorito un figlio e lo aveva avvolto negli stracci, mi sforzai di cercare nel più profondo di me stessa un barlume di fede e pregare per tutti noi. Per quelli che prima o poi se ne sarebbero andati e per quelli che sarebbero rimasti per sempre in quella Palestina turbolenta. Per i miei genitori e per i miei amici, ovunque si trovassero, per il mio povero paese affamato e in rovina, per l'Inghilterra esausta di mio marito. Per Marcus, per me, per la nostra creatura.

La notte di San Silvestro, al contrario, fu un trionfo di opulenza. Il King David Hotel, nelle cui ali Marcus e i suoi connazionali militari e civili avevano installato il loro quartier generale, ci accolse insieme a centinaia di privilegiati con bottiglie di Laurent-Perrier, ostriche e altre squisitezze, stelle filanti, coriandoli e un'orchestra. Anche questa volta, l'accesso era strettamente controllato. All'interno, invece, tutti sembravano avere dimenticato per qualche ora la violenza, il terrore e gli sforzi snervanti per raggiungere un'intesa razionale fra tre gruppi di esseri umani che sembravano condannati a un'eterna discordia. Come se ci fossimo provvisoriamente trasferiti in un universo parallelo, io e Marcus ballammo a ritmo di swing e brindammo a un felice 1946. Sereni per una notte, forse un po' brilli dopo diverse coppe di champagne, né l'agente navigato né la bella creatrice di moda riuscirono a immaginare quanto sciagurato sarebbe stato l'anno entrante.

La mattina del 6 gennaio, nella nostra stanza, accanto alla porta, trovai un pacco. Marcus, al solito, era uscito presto. Non lasciava mai niente fuori posto: in questo, come quasi in tutto, era preciso ed estremamente metodico. Non una camicia abbandonata in giro, né un libro aperto o una busta in vista. Neppure un calzino solitario dimenticato una volta sotto il letto, niente. Eppure scoprivo sempre le sue tracce in ogni angolo: il tepore del corpo tra le lenzuola, le gocce d'acqua sulla tenda della doccia, il rasoio umido sulla mensola del lavandino. Quel giorno, senza avvisarmi, aveva lasciato anche qualcosa di voluminoso con un breve biglietto scritto a mano. "Un regalo per te" diceva. Allora capii e, con un'improvvisa ondata di nostalgia, mi tornarono in mente le mattine dell'Epifania di quando ero bambina, i poveri regali che trovavo accanto al camino, un pacchetto di confetti, due paia di calzini, una bambola di stracci cucita da mia madre con ritagli sottratti al suo lavoro. Entusiasta come se avessi di nuovo sette anni, mi affrettai a togliere le etichette, la paglia e il cartone dell'imballaggio. All'interno trovai una radio.

«Suo marito stamattina non è in ufficio, Mrs Bonnard» mi disse la voce gentile di Esther Klausner, la sua segretaria.

Telefonare a Marcus nel suo ufficio al King David era stata la mia prima reazione, per ringraziarlo e dirgli cosa significasse per me quel regalo: sapevo che così mi incoraggiava a portare avanti le collaborazioni radiofoniche sulla Spagna, mi diceva che era contento di vedermi affrontare per conto mio un nuovo impegno, contento che le mie giornate avessero un po' di brio e non mi limitassi a essere una moglie silenziosa nell'ombra.

Non mi stupì la sua assenza dal Secretariat, era abbastanza frequente non trovarlo lì. A volte lavorava in ufficio, ma spesso se ne andava per conto suo, a incontrare gente, a inserirsi in altri circuiti, attento a tutto, in movimento.

Chiesi allora al centralino di chiamarmi il PBS.

«In questo momento Mr Soutter è in sala controllo» sentii dire all'altro capo del filo. «Se mi lascia i suoi dati, la richiamerà fra poco.»

Diedi il mio nome alla voce femminile, immaginando che fosse un'altra segretaria giovane, ebrea e competente, una delle ragazze che lavoravano per gli inglesi occupando vari posti nell'organizzazione del Mandato. Mezz'ora dopo suonò il telefono. Ci bastarono pochi secondi per concordare il nostro incontro.

Nicholas Soutter mi aspettava al caffè Atara alle undici. Stava leggendo "The Palestine Post", seduto accanto a una finestra. Davanti a lui, sul tavolo, c'erano un posacenere con un paio di mozziconi, un caffè nero in cui galleggiava una spirale di buccia di limone e un quaderno aperto, con la penna senza cappuccio poggiata di traverso sulle righe scure delle annotazioni. A quell'ora la clientela era numerosa, molti uomini e un certo numero di donne, la norma in tutti i caffè delle vicinanze – il Vienna, l'Europa, il Kapulski, l'Alaska –, tutti proprietà di ebrei immigrati dall'Europa centrale e simili nello stile ai locali che questi ultimi avevano lasciato nelle loro patrie di origine, quando non ce l'avevano fatta più a sopportare l'emarginazione e gli insulti, o quando erano riusciti a fuggire per un pelo da arresti e persecuzioni, appena prima della guerra. Nelle vicinanze c'erano anche alcuni caffè arabi: la grossa differenza era che lì le donne non entravano.

Appena mi vide si alzò, piegando distrattamente il giornale. Scostò la sedia perché potessi sedermi, poi fece cenno a un cameriere. Nei pochi minuti che impiegarono a servirci, mentre parlava con me salutò tre o quattro persone, scambiò qualche frase con tre o quattro clienti.

«Questo per me è un secondo ufficio; appena posso, scappo da Broadcasting House e vengo qui. Lavoro, organizzo, incontro chi devo incontrare e ogni tanto, se la giornata è fiacca, chiacchiero con i camerieri. Guardi, quello è un musicista» disse indicando un uomo magro che in quel momento faceva equilibrismi con un vassoio pieno di consumazioni. «Prima della guerra, suonava il flauto traverso nella Filarmonica di Berlino. E quest'altro che viene verso di noi è un filosofo polacco, ha pubblicato diversi libri. Quello dietro al bancone era proprietario di una fabbrica di lampade con più di cinquanta dipendenti, a Praga.»

Lo sapevo bene: era la deplorevole situazione di molti ebrei arrivati negli ultimi tempi. Gente colta, qualificata, capace, che si era vista costretta ad abbandonare il proprio mondo e adesso sopravviveva in un modo o nell'altro, con i lavori che riusciva a trovare.

«Inoltre» proseguì, «in questo modo tasto meglio il polso alla città e ai suoi abitanti; non immagina cosa bolle in pentola qui dentro, sotto questa cappa di apparente normalità.»

Me lo immaginavo benissimo. Negli ultimi anni, avevo passato gran parte del lato oscuro del mio lavoro in sale da tè, ristoranti e hall di alberghi, carpendo informazioni, riportando dati con precisione ed efficienza estreme. Quindi non mi sarei meravigliata se alla luce del sole, tra caffè, fette di torta, pasticcini e tazze di cioccolata densa, fossero passati di lì in segreto anche intrighi e cospirazioni di ogni sorta. In risposta, però, mi stampai in faccia una cinica espressione di innocenza. Agli occhi di quell'uomo, ero solo l'appendice di un connazionale, una moglie sfaccendata e un po' esotica.

«Bene, veniamo a noi...»

In seguito alla mia offerta, Nick Soutter aveva previsto di propormi tre collaborazioni di quindici minuti. Tre interventi sulla Spagna, registrati in anticipo, che sarebbero stati trasmessi settimanalmente. Arte, geografia, un pizzico di storia, gastronomia, costumi, tradizioni, quello che volevo. In inglese, ovvio. Con la mia voce, il mio forte accento, i miei piccoli errori di pronuncia e gli scivoloni imprevisti che si fossero verificati sul momento.

«Non si preoccupi per qualche svista, aggiungerà naturalezza. Così come mi sta parlando adesso, la sua voce ha un suono adorabile. L'unico peccato è che non possano anche vederla.»

Se fossi stata la Sira di qualche anno prima, non avrei potuto evitare di arrossire fino alle orecchie. Visto che non lo ero più, mi limitai a girare il tè con il cucchiaino nascondendo un mezzo sorriso: da molto tempo uno sconosciuto non mi faceva un complimento così apertamente. O forse Nick non aveva nemmeno avuto l'intenzione di farmelo. Tornai a osservarlo un momento dopo, mentre scambiava uno *shalom* con un tizio in abito grigio che ci passava accanto.

Nella sua maniera poco canonica, Nicholas Soutter risultava attraente, con il suo collo forte e le spalle larghe, quei capelli folti e castani, qualche filo bianco che cominciava a intravedersi sulle tempie. Non era certo bello, non aveva i tratti eleganti e armoniosi di Marcus, tantomeno l'avvenenza seducente di Ramiro Arribas. Eppure, nei lineamenti decisi del mio interlocutore, nel suo mento duro, nel naso pronunciato, nei denti grandi e nelle sopracciglia spesse sugli occhi dallo sguardo intelligente, c'era un raro magnetismo, qualcosa di diverso.

«E la politica?» domandai quando tornò a prestarmi attenzione scusandosi per aver interrotto la nostra chiacchierata. «Dovrei fare qualche accenno alla situazione politica, o preferisce evitare?»

Tamburellò con le dita sul marmo del tavolino.

«Niente mi piacerebbe di più che andare fino in fondo alla questione, ma ho paura che non sia possibile.» A quel punto mi guardò accigliato. «Cosa pensa della situazione del suo paese, se la domanda non la infastidisce?»

No, la domanda non mi infastidiva. Mi sorprendeva che me l'avesse rivolta in modo così diretto. Ma non mi disturbava affatto.

«Non mi piace per niente» risposi solo. Non mi sembrò necessario aggiungere altro.

«Lo immagino. Come al resto del mondo, anche se adesso qualcuno vorrebbe fare finta di niente.»

Il tamburellare delle dita si trasformò in un picchiettio ritmico con il pugno sinistro. Come se il pensiero che stava elaborando lo rendesse un po' nervoso.

«Anche la nostra è stata una guerra cruenta» aggiunsi. «Ne soffriamo ancora gli effetti.»

«Lo so» disse Nick. «L'ha vissuta lì, a Madrid?»

«No, mi trovavo in Marocco. Ma so com'è stata, giorno dopo giorno, da racconti di prima mano di mia madre, di amici e di persone che l'hanno subita da vicino. Io sono tornata in Spagna quando è finita; da allora sono stata una testimone diretta delle sue conseguenze.»

«Dato il legame con suo marito» azzardò, «immagino fosse al corrente della posizione del regime franchista nei confronti della Gran Bretagna e della Germania durante la guerra mondiale.»

La mia risposta fu chiara.

«Dato il nostro legame e per mia esperienza personale.»

Mi guardò di nuovo con un lampo di curiosità negli occhi, ma non aggiunsi altro e lui non fece altre domande.

«Anche se al momento di scegliere i nostri contenuti siamo operativamente indipendenti, il PBS, fra le altre cose, si regola in base a criteri stabiliti da fonti ufficiali, e le direttive, negli ultimi tempi, sono di non scagliarsi contro la Spagna di Franco.»

Ci passarono accanto, dirette verso il loro tavolo, tre signore avvolte in pellicce e cappotti di panno, le mogli di altrettanti servitori dell'Impero coloniale. Ci salutarono, ricambiammo il saluto. Le conoscevo per averle già incontrate altre volte a cena nella Government House e forse a qualche tè di beneficenza o a qualche concerto, ma non ricordavo i nomi. Nemmeno Nicholas Soutter badò a loro. Forse si meravigliarono di vederci insieme e offrimmo un argomento di conversazione che mise un po' di pepe nel loro incontro mattutino.

«A Londra cominciano a innervosirsi per i successi del comunismo dopo la guerra. Quindi, finché il suo *Generalísimo* terrà a bada i comunisti, la Gran Bretagna non lo attaccherà e gli lascerà fare quello che vuole.»

Disse *Generalísimo* in spagnolo, con una pronuncia terribile che mi fece quasi ridere, anche se la questione non aveva nulla di divertente.

«Insomma, non voglio trattenerla; è meglio tornare al dunque…»

Mettemmo a punto gli ultimi dettagli, ci alzammo e ci dirigemmo verso l'uscita. Notai che non si fermava a pagare le consumazioni; era probabile che avesse un conto aperto.

«Se ha qualche dubbio mi chiami» disse porgendomi la mano. Ferma, di nuovo sicura.

Eravamo usciti in Ben Yehuda Street, dove Mustafa mi aspettava con l'auto di Bertha Vester.

«Certo, Mr Soutter.»

«Perché non mi chiama Nick?»

Feci un'espressione che poteva significare tutto e il contrario di tutto. Una volta in macchina, mentre partivamo, lo seguii con lo sguardo attraverso il finestrino. Si faceva strada tra altri passanti, uomini in kippah o con il cappello di feltro, donne che spingevano carrozzine, anziani a passeggio, venditori di giornali. Lo persi di vista mentre si dirigeva verso Zion Square, con l'ennesima sigaretta in bocca e il passo deciso.

8

Capii fin dall'inizio che non ero pronta a piazzarmi davanti a un microfono con un groviglio di idee che mi fluttuavano nella testa; dovevo assolutamente prepararmi in anticipo. La mia esperienza in fatto di scrittura si limitava per lo più ad annotare le informazioni che carpivo alle clienti tedesche del mio atelier, e alla stesura di rapporti e messaggi clandestini che trascrivevo per poi farli arrivare agli inglesi; non avevo mai lavorato con idee e concetti, sempre solo con le mani, gli occhi, le dita. Eppure, contro ogni previsione, furono le mie doti di sarta a illuminarmi il cammino. Al momento di procedere alla creazione di un nuovo modello, fosse un sofisticato abito da sera, un vestito da cocktail o una semplice camicetta di mussola, era sempre necessario rispettare una serie di passaggi fondamentali. Bisognava concepire in anticipo un'idea chiara e scegliere bene il tessuto, prendere misure accurate, usare estrema precisione nel taglio e cucire con perizia, provare il capo per individuare eventuali errori. Adesso, pur con tutte le differenze, progettavo qualcosa di analogo. Ma avrei lavorato con parole anziché con stoffe. E invece di clienti avrei avuto ascoltatori.

In una cartoleria di Mamillah Road comprai tre quaderni, una scatola di matite e un moderno strumento che il venditore chiamò biro, un aggeggio a forma di matita che permetteva di scrivere con l'inchiostro senza bisogno di pennino e di calamaio. Con il mio armamentario, per varie mattine di seguito mi trasferii nell'imponente centro della YMCA, proprio di fronte al King David. Si diceva che lo avesse costruito lo stesso architetto dell'Empire State Building di New York. Che una generosa donazione di un milione di dollari fosse servita per edificarlo pietra su pietra, con i suoi alti archi e le sue cupole, la torre grandiosa, i servizi moderni, la biblioteca. In realtà, di tutto quel complesso mi interessava solo l'ultima cosa. E tra le migliaia di volumi che riempivano gli scaffali, la mia attenzione si concentrò solo su ciò che l'*Encyclopaedia Britannica* diceva della Spagna. Io, che avevo un'istruzione limitata ed ero cresciuta in una casa in cui non era mai entrato un libro, mi dedicai a leggere, rileggere, tradurre e mettere a confronto, copiare, cancellare e comporre elenchi, e ogni tanto strappare pagine dai quaderni riducendole in pallottole compatte. Finché ottenni una massa di dati sul mio paese che giudicai coerenti e che andavano dalla geografia alla gastronomia, dai mari che ci bagnavano alla musica che intonavamo e ai re che ci avevano governati con maggiore o minore gloria.

Piantai il mio secondo accampamento nella sala lettura dell'American Colony, tra arazzi, tappeti e acquerelli, su una piccola scrivania di ulivo. Passai le giornate successive a organizzare tutto il materiale accumulato nella YMCA, per aggiungerlo alle mie conoscenze e dargli un tono proprio, personale, non enciclopedico. Quasi ogni giorno telefonavo a Nick Soutter; quando non riuscivo a rintracciarlo, prima o poi mi richiamava sempre. Le sue idee erano chiare, le sue indicazioni sicure, ogni mio dubbio o insicurezza trovava risposta immediata; a volte era lui stesso a offrirmi un supporto o ad accogliere le mie proposte con una sonora risata. Alle fine di tutte le nostre conversazioni, gli promettevo che il giorno dopo non lo avrei disturbato.

«Non pensarci neppure» diceva; a quel punto avevamo

abbandonato le formalità. «Chiamami quando vuoi, Sira. Sentirti è una gioia, in questi tempi cupi.»

Il pomeriggio mi chiudevo in camera ad ascoltare i programmi del PBS in inglese, a volte quelli della BBC, e assimilavo modi e stili: come modulavano la voce i conduttori, come facevano le pause, come alternavano sequenze più lente ad altre piene di brio. Alla fine della giornata, Marcus diventava il mio pubblico. In quel periodo uscivamo meno, gennaio era un mese poco piacevole; la tensione nelle strade non diminuiva, tutti sembravano chiusi in se stessi, come in attesa. Con lui, nelle nostre stanze, provavo l'ordine delle parole, la pronuncia, il ritmo e la cadenza. Nei mesi trascorsi a Gerusalemme, il mio inglese aveva fatto notevoli progressi; non avrebbe potuto essere altrimenti, visto che non avevo nessuno con cui parlare la mia lingua. Eppure, di tanto in tanto le vocali mi scivolavano via, le consonanti si facevano lo sgambetto, a volte cadevo nei trabocchetti del vocabolario; per fortuna, il mio paziente marito si offriva di ascoltarmi e correggermi come avrebbe fatto un maestro per vocazione con un'alunna che avesse saltato troppe lezioni. Rideva perfino di me quando fingevo di mettermi davanti a un microfono, usando una spazzola per i capelli come apparecchio. «Al contrario, Sira» mi diceva quando gli domandavo se si era stufato di farmi da Pigmalione. «Ascoltarti è come un balsamo, in questi giorni bui.»

Né a Nick né a Marcus mancavano ragioni per sentirsi demoralizzati, nell'atmosfera generale di quei momenti. A parte il calore dell'American Colony e delle nostre stanze, la quiete della biblioteca della YMCA e di altri ambienti privati o esclusivi, l'anno era iniziato senza prospettive di cambiamenti a breve termine e il nervosismo era palpabile in ogni angolo. I gruppi estremisti ebraici proseguivano le loro azioni sanguinarie. Ad attaccare, in certe occasioni, erano i membri dell'Irgun agli ordini di un certo Menahem Begin. In altre, quelli della Lehi, che si definivano Combattenti per la libertà di Israele e che, in inglese e alludendo al loro fondatore, erano comunemente noti come la Stern Gang, la banda Stern. A volte si trattava di azioni dell'Haganah, l'esercito non ufficiale dello Yishuv appoggiato dall'Agenzia Ebraica. In ogni caso, a prescindere dai responsabili delle singole violenze, la cruda realtà era che in quei giorni si erano uniti tutti sotto la bandiera del Movimento di resistenza ebraica, mobilitandosi in vista di un obiettivo fermo e concreto: colpire gli inglesi, il loro personale e le loro installazioni. La fondazione dello Stato di Israele come nazione indipendente, ecco il loro obiettivo. E per questo, gli inglesi erano un ostacolo.

In ogni momento del giorno o della notte venivamo spaventati da una raffica di spari o dallo scoppio di una granata. Gli attacchi contro edifici pubblici si ripetevano con frequenza incessante, a distanza di pochi giorni dalla precedente arrivava la notizia di un nuovo sabotaggio, di un'altra imboscata, di un'ulteriore offensiva o dell'ennesimo furto di armi e munizioni.

Nonostante tutto, la vita quotidiana proseguiva con apparente normalità: la gente andava al lavoro, i negozi rimanevano aperti, nei cinema arrivavano i film americani e nelle cucine ribollivano le pentole. Finalmente il 18 gennaio mi misi d'accordo con Nick Soutter per fare una prova della voce e definire gli ultimi dettagli; il giorno dopo avremmo fatto la registrazione definitiva. Sola davanti al mio armadio come tutte le mattine, tolsi dalla sua gruccia un sobrio tailleur blu marino. Mentre abbottonavo la giacca, notai per la prima volta che il mio punto vita non era quello di sempre. Mi turbò rendermi conto che il mio corpo stava cambiando, si espandeva, facendo posto alla creatura che cresceva al suo interno.

Una macchina del PBS venne a prendermi all'American Colony e mi lasciò davanti a Broadcasting House qualche minuto prima delle dieci. Scesi tenendo stretti i miei appunti, sforzandomi di controllare il nervosismo. Negli ultimi anni, durante la mia collaborazione con il SOE, lo Special Operations Executive, a Madrid e Lisbona, mi ero trovata coinvolta in operazioni estremamente delicate e avevo maneggiato informazioni scottanti, mettendomi in situazioni pericolose. Adesso, invece, avevo davanti un compito privo di complessità, un'avventura innocua. Eppure, non riuscivo a evitare che una sensazione di inquietudine si insinuasse dentro di me come un serpente.

Mi annunciai alla reception, Nick Soutter venne ad accogliermi dopo appena un paio di minuti, così energico e risoluto che il mio malessere svanì di colpo. Mentre attraversavamo corridoi, passaggi, uffici e studi, mi illustrò sezioni e organigrammi; in qualche caso mi presentò ai responsabili dei servizi. Azmi Nashashibi, supervisore dei programmi in lingua araba e membro di una delle più potenti famiglie di Gerusalemme, mi fece un inchino con aria da casanova e mi baciò la mano. Edwin Samuel, il direttore generale, un ebreo inglese di nascita altolocata e coerente al cento per cento con la sua tripla natura, mi rivolse un saluto formale che mi sembrò sincero. Ruth Belkine, produttrice di programmi, un'ebrea russa piccoletta e di una certa età con anni di esperienza alle spalle, promise di assistere alla prova e di rimanere accanto a me nello studio il giorno dopo. Fui felice di notare una nutrita presenza femminile dietro i banconi e le scrivanie: era la prima volta che vedevo un ambiente di lavoro con tante impiegate. Rimanevano in minoranza e forse non svolgevano mansioni ad alto livello, ma provai una punta di sana invidia vedendole lavorare con dinamismo, coinvolgimento, efficienza.

«Arriviamo a un organico di oltre un centinaio di persone tra produttori, sceneggiatori, conduttori, attori, personale amministrativo e tecnico, più l'orchestra, più i collaboratori occasionali come te» disse Nick. «Trasmettiamo in onda media in tre lingue, abbiamo personale di tre religioni, alcuni di noi dipendono dall'Amministrazione coloniale e altri no, e ogni giorno riceviamo dagli ascoltatori centinaia di lettere con lodi, critiche, proposte o lamentele. Ci destreggiamo di continuo per evitare frizioni e soddisfare tutti.»

Finalmente raggiungemmo lo studio in cui dovevamo incidere le mie chiacchierate. Ruth Belkine mi spiegò come dovevo mettermi davanti al microfono, la respirazione, la postura, la distanza; mi insegnò anche a capire i segnali che loro mi avrebbero inviato usando solo le mani. A quel punto iniziai la prova. Davanti a Ruth, a Nick e a un tecnico arabo, cominciai a leggere in una lingua straniera il mio testo sulla vecchia pelle di toro, il mio paese dall'altra parte del Mediterraneo. Quando dopo un quarto d'ora alzai lo sguardo dai fogli, si sentì un applauso. Erano solo i battimani di tre persone, una piccolissima ovazione, ma la accolsi come se mi avessero conferito un premio insigne.

La registrazione definitiva venne dunque fissata per il giorno dopo.

«Alle dieci, come oggi?» domandai.

«Alle dieci» confermò Nick.

Ruth consultò un modulo e corresse il suo capo.

«No, meglio anticipare, nel caso ci fosse qualche contrattempo.»

«Alle nove?» proposi.

«Forse sarebbe meglio un po' prima» concluse lei. «Alle otto e mezzo sarebbe perfetto.»

L'indomani io e Marcus facemmo colazione insieme: lui, con uova fritte, salsicce e caffè abbondante; io, con una tazza di tè e appena tre bocconi di pane tostato. Sempre insieme, uscimmo dall'American Colony. Due macchine ci aspettavano all'ingresso. Quel momento mi piacque immensamente, quasi mi commosse. Se ci fossimo trovati in un'altra parte del mondo, quella scena avrebbe rappresentato il mio ideale della nostra vita di coppia: uscire di casa e iniziare la giornata con un impegno stimolante per ognuno di noi due. Marcus mi diede un bacio al volo, mi fece gli auguri e mi ripeté di stare attenta. Sapevo che avrebbe preferito che rimanessi in albergo, a scrivere cartoline, leggere romanzi, ascoltare la radio o veder crescere i gelsomini di Bertha Vester. Rispettoso come sempre delle mie decisioni, tenne il pensiero per sé e mi sussurrò all'orecchio: buona fortuna.

Le due auto partirono insieme. Quella di Marcus procedeva davanti; la mia, una Morris del PBS, la seguì da vicino. Scendemmo fino alla Porta di Damasco e lì ci separammo. Il mio autista svoltò a destra e prese la via dei Profeti, quello di Marcus proseguì verso Julian's Way. Guardai l'orologio, erano le otto e venti. Faceva freddo, albeggiava, si annunciava una giornata di sole invernale, tagliente e luminosa. Seduta sul sedile posteriore, con il collo del cappotto rialzato, il cappello e i guanti di pelle, continuai a ricontrollare i miei testi, i loro contenuti, la mia pronuncia, quelle esse difficili che mi scivolavano fra i denti. Il traffico era quasi inesistente, c'erano pochi passanti e poche macchine, superammo un carretto carico di legna tirato da un vecchio asino, accanto al quale camminava trascinando i piedi un arabo ancora più vecchio, con la sua *djellaba* stracciata e la *kefiah* nera in testa.

All'altezza dell'imponente Ospedale Italiano svoltammo in Saint Paul's Road, poi imboccammo Queen Melisande's Way, in fondo alla quale si innalzava Broadcasting House con i suoi due piani di pietra, le piante di mimosa senza fiori davanti all'ingresso, la grande scala. All'interno si vedeva qualche luce accesa, ma fuori non c'era quasi nessuno, era ancora presto. La macchina procedeva senza fretta, io rimanevo avvolta nel tepore del mio cappotto, con i miei guanti caldi, la mente immersa negli appunti sulla mia patria.

Inaspettatamente, proprio mentre arrivavamo davanti all'ingresso, qualcosa attraversò di corsa la strada di fronte a noi. Un'ombra, una presenza rapida, indefinita, umana. L'autista frenò di colpo e mi urlò qualcosa che non riuscii a capire, il mio corpo si sbilanciò bruscamente in avanti per effetto dell'inerzia, d'istinto incrociai le braccia sul ventre.

L'esplosione echeggiò con violenza brutale, la macchina tremò come se l'avesse scossa la mano di un gigante furioso e le orecchie mi rimbombarono. Tutto si riempì di fumo polveroso; subito risuonarono raffiche di mitra, grida rauche e passi di corsa, l'autista si girò verso di me e mi afferrò la testa senza riguardo, facendomi cadere il cappello e obbligandomi a chinarmi mentre urlava in arabo e cercava di fare retromarcia per allontanarsi da lì.

Per il resto del tempo rimasi raggomitolata sul sedile posteriore, a occhi aperti, muta, paralizzata e insieme stranamente calma, con le braccia strette come tenaglie sul torso e le gambe piegate contro il petto. Gli spari, le grida laceranti in ebraico, inglese e arabo, i motori di altre macchine sopraggiunte di corsa, con gli pneumatici che slittavano sul ghiaietto, le sirene che cominciarono a suonare in lontananza diventando sempre più forti: rimasi indifferente a tutto. La mia freddezza era granitica, la mia tranquillità aveva un unico scopo. Il solo pensiero che mi ossessionava era che le mie braccia non si muovessero dal loro posto, che continuassero a proteggere la mia creatura, a trasmetterle calore, incoraggiamento.

9

A fatica, senza smettere di lanciare urla e imprecazioni, l'autista riuscì infine ad abbandonare l'infernale tratto di strada davanti a Broadcasting House e a tornare in Saint Paul's Road, dove si ammassavano curiosi agitati, macchine ferme e furgoni della polizia che cercavano di farsi largo a sirene spiegate. Con la gola secca, gli chiesi di portarmi al King David; non appena frenò davanti alla facciata, mi lanciai verso la porta girevole. La macchina era coperta da una fitta cappa di polvere, io avevo i capelli arruffati e mentre scendevo dall'auto mi si era smagliata una calza. Stavo per entrare quando Marcus, frenetico e con il panico dipinto in faccia, uscì dalla parte opposta. Veniva a cercarmi, la notizia si era diffusa in un baleno. Mi strinse a sé, mi domandò se stavo bene una, due, tre, quattro volte, mi accarezzò la schiena e la nuca intanto che affondavo il viso nel suo petto, mi propose di accompagnarmi immediatamente all'ospedale perché mi visitasse un dottore.

«No, no, no...» ripetei senza staccarmi da lui.

Avevo la voce strozzata; Marcus insistette, io continuai a rifiutare.

«Entriamo» sussurrai. «Ho solo bisogno di silenzio e di un bicchiere d'acqua.»

Rimanemmo seduti in un angolo della hall finché il rumore assordante che sentivo nelle orecchie si spense. In un modo primordiale, per puro istinto organico, sapevo che mio figlio era ancora aggrappato alle mie viscere.

A metà mattina Marcus mi riaccompagnò all'American Colony, parlò con Nick Soutter e gli diede mie notizie; nel pomeriggio, Nick venne a trovarmi. Arrivò con una bottiglia di Borgogna, la faccia stanca e il vestito stropicciato. A mo' di saluto, allargò le braccia in un gesto di impotenza e mormorò un fievole mi dispiace. Non aveva nessuna colpa di quell'atrocità, ma in qualche modo si sentiva responsabile per avermi dato appuntamento quel giorno proprio alla maledetta ora dell'attentato. Lo abbracciai commossa, un gesto che non rifiutò, anche se di sicuro lo trovò strano.

Ci trasferimmo nella sala di lettura, nell'angolo in cui giorni prima mi ero seduta a preparare le mie chiacchierate radiofoniche. Non gli dissi niente di quelle ore passate davanti alla scrivania di ulivo; non c'era bisogno che sapesse quanto aveva significato per me quel piccolo impegno, quanto mi aveva fatto piacere sentirmi di nuovo attiva, nonostante si trattasse di un compito così modesto. Che cosa importava, ormai.

«Sarebbe stato più signorile da parte mia regalarti fiori o cioccolatini, ma non ho avuto tempo» disse mentre posava la bottiglia su un tavolino laterale. «Questa è l'unica cosa che avevo a portata di mano, l'ho rubata a un collega.»

Si sedette di fronte a me su una poltrona di pelle, accanto al camino. Il fuoco era acceso e l'ambiente, con le sue tappezzerie, i pesanti tendaggi e i tappeti persiani, confortevole. Ma il nostro stato d'animo era gelido.

«Tuo marito mi ha detto che aspetti un bambino, non ne avevo idea...» borbottò un po' a disagio. «Sono felice di sapere che... che non ci sia...»

Lo interruppi con un gesto. Non sapevo se Nick Soutter avesse figli, se avesse vissuto l'esperienza di generare una vita poi troncata. Soprattutto, non avevo nessuna voglia di parlare con lui di una cosa tanto intima. Sentivo ancora la paura nelle ossa, questa creatura arrivava nel momento peggiore, in tempi convulsi, in una terra aspra e straniera. Ma l'idea di perderla mi terrorizzava.

In quel momento Assim, uno dei camerieri, arrivò con un vassoio e ci servì il tè in silenzio. Quando riprendemmo la conversazione, Nick si limitò a commentare brevemente le conseguenze dell'attentato sul personale del PBS e sull'edificio.

«La Stern Gang ne ha rivendicato la paternità; per fortuna non ci sono state vittime.»

Il giovane che aveva piazzato l'ordigno esplosivo era riuscito a fuggire, ma avevano sospetti sulla sua identità.

«Comunque hanno raggiunto in parte il loro obiettivo, facendo saltare la rete elettrica nella zona.» Si riempì di aria la bocca e sbuffò con forza. «Non è la prima volta che succede qualcosa del genere» aggiunse. «L'anno scorso hanno fatto un attentato contro il centro trasmissioni di Ramallah; in un'altra occasione, prima della guerra, tre bombe erano scoppiate una dopo l'altra durante la fascia oraria dedicata ai bambini. Una aveva distrutto la sala di controllo, l'altra un corridoio. La terza aveva ucciso la giovane conduttrice di "Children's Hour" e il tecnico.»

Evitando di approfondire il lato luttuoso, Nick spostò a poco a poco la conversazione su terreni meno accidentati: il mondo della radio, la sua precedente destinazione al Cairo, gli andirivieni, i cambiamenti di rotta.

«Immagino che nemmeno la vita di una straniera legata al servizio dell'Impero sarà facile» disse a quel punto.

«Non avrei mai immaginato che il mio destino sarebbe stato questo.»

Senza volere, il mio tono suonò duramente sincero, forse perfino con un tocco di amarezza. Lasciava intendere quanto mi costasse lottare con l'inattività, con le assenze di Marcus e la mia vita tra le pareti di un albergo, in quella terra violenta.

«Non tutte le donne sono disposte ad accompagnare i mariti in luoghi come questo» replicò fissando il tappeto. «La mia, per esempio, si è rifiutata categoricamente.»

Si passò le mani tra i capelli, dalle tempie all'indietro, affondando le dita fino al cuoio capelluto, come se in questo modo riattivasse il pensiero. Era stata una brutta giornata, e con ogni probabilità i suoi demoni personali ne avevano approfittato per riaffacciarsi. La sua voce risuonò con un tono più basso, rauca, secca.

«E adesso ne paghiamo le conseguenze.»

Cercai di immaginarmi la moglie di Nick Soutter, che cosa ne fosse stato, dove si trovasse mentre lui era lì a Gerusalemme, in mia compagnia. Proprio in quel momento entrò Marcus.

Si salutarono con affetto, solidali davanti alla sventura. Proponemmo a Nick di rimanere a cena con noi, ma lui rifiutò l'invito con un accenno al proprio aspetto impresentabile, menzionò anche qualche vago impegno. In ogni caso, le scuse erano superflue. Aveva avuto una giornata tremenda e preferiva starsene per conto suo. A bere qualche bicchiere al Fink's bar, quasi di sicuro. A dimenticare l'orrore e scaldarsi l'anima, senza la moglie, prima di tornare alla fredda solitudine del suo appartamento.

A partire da allora, per prevenire altri potenziali attacchi, sul tetto di Broadcasting House si insediò un distaccamento della Legione Araba integrato nelle forze britanniche, con tutti gli uomini armati fino ai denti. Il perimetro delle installazioni fu delimitato da filo spinato, le visite di personale esterno vennero ridotte al minimo e ai membri dell'organico furono assegnati orari e lasciapassare speciali.

Mentre le autorità adottavano queste misure e i terroristi cambiavano rotta inseguendo nuovi obiettivi, rimasi tre giorni chiusa nell'American Colony, senza uscire dalle nostre stanze, senza parlare con qualcuno, solo con Marcus quando tornava la sera, e poco, a dire il vero. Passai così tre giorni interi, praticamente isolata, e per tutto il tempo non smisi di rimuginare un pensiero che finì per diventare quasi un'ossessione: dovevo andarmene. Lasciare la Palestina, vegliare sulla vita che si formava dentro di me, allontanarla da fatalità e pericoli. Quell'aggressività fra arabi, ebrei e britannici non c'entrava niente con me, avevo già sofferto per la guerra nel mio paese, avevo già collaborato in modo volontario con gli inglesi durante la loro, la mia parte l'avevo fatta. Mi dispiaceva per il dramma che stavano vivendo gli ebrei senza patria, gli arabi minacciati dal sionismo vorace e i connazionali di mio marito, disprezzati dagli uni come dagli altri, ma né io né il mio bambino avevamo qualcosa a che vedere con quel sanguinario vespaio.

Segregata nelle nostre stanze, mentre contemplavo il soffitto sprofondata nel letto, mi affacciavo con occhi persi al balcone che dava sul cortile o mi guardavo allo specchio senza vedermi, ora dopo ora accumulai, scartai, feci e disfeci piani, finché ne rimase uno: tornare a Tetuán, la città bianca dove la vita era lenta e aveva un costo abbordabile, senza i rigori, le amarezze e le privazioni della capitale. Lì, per quanto ne sapevo, le abitazioni disponibili erano poche; alla fine della guerra civile, molti miei connazionali avevano abbandonato la penisola devastata e si erano trasferiti nel Marocco spagnolo in cerca di un futuro. Ma forse mia madre avrebbe potuto ospitarmi per qualche tempo nell'appartamento che condivideva con suo marito in calle Mohamed Torres. O forse Candelaria avrebbe avuto una stanza libera, magari la stessa cameretta in fondo alla pensione dove mi aveva sistemata una decina di anni prima, quella con le perdite d'acqua e le cianfrusaglie, il materasso di lana grezza e l'armadio senza ante con le grucce di filo di ferro. Non importava. Sarei andata avanti, avrei trovato il modo per farlo. Quei giorni erano stati ancora più duri, ed ero riuscita a superarli.

Continuai a rimuginare quei propositi e altri ancora: cosa avrei fatto dopo la nascita di mio figlio, se avrei aperto una nuova sartoria, se avrei trovato un altro lavoro per poterci mantenere. Con Marcus, però, non condivisi nessuno di quei pensieri. Era escluso in anticipo che venisse con me: non potevo chiedergli di piegarsi alle mie paure, le sue priorità erano chiare. I suoi obblighi erano tassativi, così come erano ferrei il suo senso del dovere e il suo impegno verso la patria in quei momenti bui. No, non lo avrei invischiato nelle mie angosce, aveva già abbastanza problemi, abbastanza doveri, quali che fossero.

Ecco perché ogni sera, quando tornava, mi sforzavo di presentargli la Sira di sempre: ben vestita, truccata, innamorata, affascinante e premurosa. Non gli chiedevo nemmeno del suo lavoro, preferivo evitargli il fastidio di dovermi mentire. In quei giorni cenammo insieme come se niente fosse, parlando di banalità, condividendo i piccioni ripieni del cuoco Alí, gli arrosti, il pesce che arrivava dal lago di Tiberiade, e anche la bottiglia di Borgogna che mi aveva portato Nick Soutter. Ci godemmo ogni cosa seduti uno di fronte all'altra, masticando con apparente normalità. Ma non intrecciammo mai le dita sulla tovaglia, né ci sfiorammo le caviglie sotto il tavolo. Eravamo entrambi consapevoli che tra noi si stava aprendo una sorta di frattura.

Le mie bugie e la mia clausura durarono tre giorni. Il quarto uscii non appena Marcus ebbe lasciato le nostre stanze. Non dormivo quando si era staccato da me e si era alzato senza bisogno della sveglia, come sempre. Ma rimasi a letto, coricata su un fianco, fingendo un sonno che in realtà mi aveva abbandonata prima dell'alba. A occhi chiusi, lo sentii muoversi con il suo solito silenzio. Avvertii a malapena i cigolii delle molle del materasso, dei cardini, delle maniglie. Come sempre, in bagno fu veloce, nemmeno le suole delle scarpe fecero rumore. Prima di andarsene, si chinò su di me e mi accarezzò il collo.

Trasalii, ma continuai a fingere. Stentai a trattenermi, dovetti serrare i pugni, conficcare le unghie nelle palme e stringere i denti per non lanciarmi verso di lui e supplicarlo di ignorare le sue responsabilità, prendermi per mano e venire con me in cerca di un angolo luminoso in un altro posto del pianeta.

10

Prima di uscire, vuotai un cassetto del comò e cercai sul fondo. Tenevamo lì dei soldi, in una busta, che a sua volta era dentro una cartella. Conteneva sterline, alcune centinaia. E dollari, un fascio di biglietti da cinquanta. Più duemila nuove pesetas, di quelle emesse dopo la fine della guerra. Non sapevo di quanto avrei avuto bisogno; presi tutto. Per ogni evenienza.

Chiesi a Mustafa, l'autista dell'albergo, di portarmi di nuovo a Gerusalemme, fra le strade trafficate e la folla rumorosa. Rimasi con lo stomaco contratto per l'apprensione lungo tutto il tragitto: dietro ogni altura e dentro ogni furgone immaginavo si nascondesse una minaccia; in ogni giovane che incontravamo vedevo un terrorista. Ma niente di tutto questo si materializzò nel percorso che separava l'American Colony dalla mia destinazione.

Un dipendente stava sistemando all'esterno alcune grosse lavagne piene di annunci: l'agenzia Thomas Cook & Son iniziava un'altra giornata nella sua sede vicina alla Porta di Giaffa. Erano passati quasi trent'anni da quando il generale Allenby aveva preso Gerusalemme in nome della sua graziosa maestà e, smontato da cavallo in segno di rispetto, aveva attraversato a piedi quel magnifico varco nelle mura, segnando così l'inizio del Mandato. In quei giorni gli abitanti di Gerusalemme, arabi ed ebrei, avevano accolto con soddisfazione l'arrivo degli inglesi in Palestina: i primi erano stati liberati dal dominio turco e credevano di vedere sgombro il cammino verso l'indipendenza; ai secondi veniva data la speranza di avere finalmente una patria. Adesso, sia gli uni che gli altri non vedevano l'ora che gli inglesi tornassero da dove erano venuti per poter determinare da soli il futuro di quella terra. Anche con una guerra sanguinosa, se fosse stato necessario.

In quella mattina d'inverno, però, nei dintorni di quell'accesso alla Città Vecchia si vedeva solo gente comune. Contadini che montavano le loro bancarelle di verdura, frutta, polli vivi e uova, un anziano ricurvo che spazzava davanti alla porta del suo negozio, venditori ambulanti di souvenir religiosi, uomini che consegnavano cherosene, bambini di tre religioni diretti verso le loro scuole.

Davanti a me c'erano tre clienti mattinieri: un signore con il borsalino e un paio di giovani americani con apparecchiature nelle loro custodie e borsoni di tela. Immaginai che fossero archeologi, geologi, topografi o appartenenti a qualcuna di quelle specie rare. Dietro il bancone, sotto l'insegna WORLD TICKET OFFICE, due impiegati cominciarono a occuparsi di loro mentre io mi sedevo su una panca di lato, in attesa. Con la borsa sulle ginocchia e le mani sulla borsa per proteggere i soldi, mi dedicai a osservare le pareti coperte di manifesti e mappe. Promuovevano visite alla Galilea, al fiume Giordano, al monte Sinai, al deserto della Giudea. Si offrivano interpreti e guide, mulattieri, il noleggio di tende e biciclette.

Intanto erano arrivate altre persone: un arabo tronfio con fez rosso e abito occidentale, un paio di suore benedettine, un tizio che si limitò a guardare i manifesti attraverso le spesse lenti degli occhiali. Dopo qualche minuto entrò una donna frettolosa e sola. Appena vide quanta gente c'era, fece una smorfia di fastidio.

Avrà avuto più o meno la mia età; immaginai che fosse inglese, come tante altre. Ma non sembrava la moglie di un militare o di un funzionario del Secretariat: nessuna di loro si vestiva la mattina con una giacca dal taglio maschile, pantaloni di flanella e scarpe robuste, per di più risultando a modo suo attraente. Si sedette accanto a me e mormorò un secco *good morning*, tirò fuori da una tasca un quadernetto chiuso da un elastico che a sua volta tratteneva una matita. Accavallò le gambe e cominciò a scrivere appoggiandosi sulla coscia sinistra. Senza cambiare posizione, la guardai di sottecchi.

Aveva il naso affilato e i capelli chiari, ricci e raccolti sulla nuca in una crocchia mezzo disfatta; un ricciolo le cadde sul viso, lo sistemò distrattamente dietro l'orecchio. Cercai di decifrare cosa stesse scrivendo, ma non ci riuscii: la sua grafia aguzza avanzava come se lasciasse le parole a metà. Dopo aver riempito mezza pagina, alzò lo sguardo. Gli impiegati continuavano a servire i primi clienti, le cose andavano per le lunghe. Contrariata, fece ballare per qualche secondo la matita fra le dita; poi cercò di proseguire con le sue annotazioni, ma il disappunto la portò a premerla sulla carta con violenza. Tanta da rompere la punta.

Inveì fra i denti e cominciò a tastarsi le tasche in cerca di qualcosa con cui continuare a scrivere, ma non trovò nulla. Senza alcuna ragione, quasi inconsciamente, aprii la borsa, scostai la busta con il denaro e infilai le dita fino in fondo. Lì c'era la biro, il moderno cilindro con serbatoio di inchiostro che mi avevano venduto nella cartoleria di Mamillah Road quando i miei ingenui entusiasmi radiofonici erano ancora intatti.

La tirai fuori. Gliela porsi. La donna girò la testa e mi guardò, senza prenderla.

«Lei non è inglese, vero?»

«No, ma mio marito sì.»

«Ah» disse. A quel punto prese la biro, mormorò uno stentato *thank you* e riprese a scrivere. Cinque o sei righe dopo, si fermò e tornò a guardarmi. «Di dov'è?» Il tono suonò aspro, quasi esigente.

«Madrid, Spagna» dissi.

«Ah» mormorò di nuovo. Questa volta, la sua interiezione mostrò un fondo di sorpresa. «Da quanto siete in Palestina?»

Risposi senza esitazioni, avevo calcolato il tempo con precisione cronometrica.

«Quasi otto mesi.»

«E ha idea di come vadano le cose laggiù?»

Qualche giorno prima avevamo ricevuto l'invio settimanale di giornali spagnoli commissionato prima della nostra partenza; ci arrivavano tramite un amico di Marcus che lavorava all'ambasciata. Quindi ero più o meno al corrente di quanto accadeva nel mio paese; non granché, certo.

Tralasciai alcune frivolezze che lei non avrebbe capito: i trionfi di Manolete, il successo di *Garbancito de La Mancha*, la popolarità della canzone *Mi vaca lechera* o il recital dei prigionieri politici di Carabanchel con le strofe di Juanito Valderrama. E non commentai il fatto che i fortunati della Madrid altolocata pranzavano all'esclusivo Jockey aperto da poco, mentre la maggior parte della popolazione era sottoposta al razionamento di prodotti essenziali come verdura, zucchero e olio. O che grazie alla recente produzione del disinfettante DDT sembrava ci fossero meno cimici e pidocchi.

Le riassunsi in qualche frase concisa le notizie mediamente interessanti.

«Sono stati richiamati tutti gli ambasciatori stranieri.»

«E questo chi lo dice?» domandò in tono inquisitivo.

«"ABC", "Ya", "La Vanguardia"...»

«Giornali vicini al regime di Franco, immagino.»

«Ne abbiamo forse altri?»

Assentì con il mento, seria, senza condividere il mio sarcasmo. Proprio in quel momento, il tizio con il cappello finì le sue pratiche e un impiegato baffuto alzò la mano per indicare che potevo avvicinarmi: era arrivato il mio turno. Mi alzai, anche se avrei preferito evitarlo. Non mi piaceva l'idea che quella donna strana e impicciona rimanesse alle mie spalle, forse in ascolto. Non sapevo niente di lei, poteva essere una missionaria laica o la moglie di un dipendente di qualche società straniera o una semplice turista di passaggio; probabilmente non l'avrei più rivista. Ma io ero andata in quell'agenzia per una faccenda privata. Non mi faceva affatto piacere che arrivasse alle orecchie di quella donna.

«Partenze per la Spagna?» domandai cercando di alzare la voce il minimo indispensabile.

«Partenze per la Spagna?» ripeté l'impiegato con aria stupita. «Spagna, Europa?»

Esatto, volevo che mi dicesse qual era il modo migliore per andare in Spagna. Una volta chiarito come potevo arrivare lì, avrei raggiunto Tetuán per conto mio.

L'impiegato corrugò la fronte e si grattò la nuca, pensieroso; era chiaro che la mia destinazione non era delle più comuni. Consultò una cartina.

«Gibilterra potrebbe andarle bene?»

Assentii di nuovo. Gibilterra mi andava benissimo. Il mio ricordo volò al giorno delle nostre nozze nella Rocca, all'austerità della cerimonia, al forte vento di levante che soffiava sullo stretto, alla quasi inesistente luna di miele nell'hotel The Rock, così effimera che durò solo un pomeriggio, una notte e la mattina dopo. Mentre l'unghia dell'uomo scorreva su un lungo elenco di compagnie e luoghi, qualcosa si agitò dentro di me. A Gibilterra era iniziato il mio matrimonio con Marcus e lì, forse, sarebbe finito: non avevo la minima idea di come avrebbe reagito alla mia partenza, se sarebbe stato comprensivo o l'avrebbe considerata un abbandono sleale e traditore.

Il baffuto consultò una seconda guida, poi una terza.

«Gerusalemme-Cairo in treno o forse in aereo, poi Cairo-Alessandria-Famagosta, Cipro - La Valletta, Malta, e infine

Gibilterra in nave: è l'opzione migliore. Prossima partenza il 5 marzo, 65 sterline. Vuole che le faccia subito una prenotazione, o preferisce che le annoti tutto?»

Feci un rapido conto. Era solo questione di giorni. E avevo i soldi con me. L'impiegato rimase a fissarmi, immobile, in attesa. Girai il collo e guardai alle mie spalle: erano entrate altre persone. Vidi pure che stavano già servendo l'anonima cliente della matita spuntata.

«Allora, signora?»

Non ce la feci. Mi mancò la decisione. O il coraggio. Lo guardai senza rispondere. Notai che aveva qualche pelo bianco nei baffi.

«È meglio se le scrivo tutto, così ci pensa?»

Mi limitai a piegare il foglietto su cui aveva annotato le informazioni, bisbigliai un impercettibile *thank you very much* e me ne andai. Mi diressi turbata verso l'uscita, affrettando il passo, arrabbiata con me stessa. Per la mia vigliaccheria. Per la mia poca forza d'animo.

Mi ero appena accomodata sul sedile posteriore della macchina e stavo per chiudere la portiera, quando una mano che aveva afferrato il bordo superiore me lo impedì.

«Non le ho restituito la biro» disse la donna porgendomela.

Di nuovo quella straniera impertinente.

Presi la biro, mormorai un ringraziamento.

«Perdoni la mia indiscrezione, ma mi sembra di avere sentito che ha intenzione di tornare nel suo paese. Presto?»

Mi morsi la lingua per non domandarle "e a lei cosa importa?". Non me ne diede la possibilità, continuò a parlare.

«Vede, c'è qualcosa che vorrei proporle, se rimane qui ancora per un po'.»

La guardai senza nascondere il fastidio.

«Non ho ancora deciso» dissi con asprezza.

La mia scarsa empatia la lasciò indifferente; instancabile, tornò alla carica.

«Ha mai lavorato?»

Non capii la domanda. O meglio: la capii alla lettera, ma mi sembrò così indiscreta che ebbi qualche attimo di esitazione.

«*For a living*, vuole dire? Per guadagnarmi la vita?»

Assentì. Continuava a guardarmi dritto negli occhi. Le sue pupille avevano uno strano colore azzurro scuro, quasi metallico.

«Sì, ho lavorato. Per molti anni.»

Mi pentii subito. Non le avevo dato informazioni concrete, non avevo menzionato il mio mestiere di sarta, tantomeno le collaborazioni clandestine. Eppure mi rimproverai per non essermi morsa la lingua.

Ignara delle mie elucubrazioni, infilò la mano in una tasca della giacca. Non trovò quello che cercava e provò in un'altra, finalmente tirò fuori un biglietto da visita un po' sgualcito.

«Mi chiamo Frances Nash, sono una giornalista canadese» disse porgendomelo. Poi cominciò a legarsi una sciarpa grigia intorno al collo, con un nodo stretto. «Mi piacerebbe poter parlare con lei. Adesso vado di fretta, ma se mi lascia un messaggio a questo numero verrò a trovarla dove mi indicherà, all'ora che preferisce.»

Senza aspettare risposta, si girò verso una jeep scoperta posteggiata qualche metro più in là. Quel veicolo senza protezioni non aveva autista, si mise lei stessa al volante. Prima che la nostra robusta Ford prendesse la strada del ritorno, la sconosciuta partì con un'accelerata e si diresse verso Jaffa Road, in una nuvola di polvere.

11

Tornai all'American Colony furiosa con me stessa per la mia mancanza di audacia, per non aver osato comprare quel biglietto che garantiva la mia sicurezza e quella della vita che portavo dentro. Quando dopo qualche ora Marcus arrivò, relativamente presto quella sera, nascosi l'irritazione dietro il pretesto di fastidi inesistenti.

«Non credo che rimanere chiusa qui tutto il giorno ti aiuti.»

Non gli risposi e non lo contraddissi, ma sapere che con il mio silenzio distorcevo la verità fece aumentare il mio nervosismo. Per nasconderlo, evitai di guardarlo in faccia e cominciai a ordinare la biancheria su un ripiano dell'armadio.

«Che ne dici di cenare fuori?» propose.

Si era seduto in una poltrona accanto al balcone, con le gambe accavallate e l'aria serena, e mi osservava mentre continuavo a dargli le spalle. Se mi fossi fermata un momento per prestargli un briciolo di attenzione, avrei colto una lieve ombra di sospetto nel suo atteggiamento. Ma continuai a fare quello che stavo facendo, apparentemente presa dall'assurdo compito di impilare fazzoletti.

«Da Hesse's? Alla Régence?» insistette. «Mi hanno detto che hanno un nuovo chef, sembra che lo abbiano rubato allo Shepheard's del Cairo. Lo proviamo?»

Alla fine mi voltai, indossando in un attimo la mia maschera da brava moglie. Feci un mezzo sorriso, mi avvicinai, gli accarezzai una guancia quasi senza sfiorarlo; la parola "traditrice" mi risuonò in testa, implacabile.

Appena un'ora dopo, un sollecito cameriere ci condusse al nostro tavolo. Per raggiungere il night club del King David avevamo dovuto percorrere le strade semideserte di Gerusalemme, varcare l'ingresso ferreamente sorvegliato dell'albergo e scendere due rampe di scale. Se nei piani alti uno squadrone di militari e civili si dedicavano durante la giornata lavorativa alle incombenze ufficiali del Mandato, e se al piano terra, suddivisi tra l'Arab Lounge, la hall o il grande ristorante, abitanti del posto e stranieri discutevano continuamente di politica, terrorismo e affari, lì sotto, nel piano interrato del grandioso edificio, il club La Régence offriva di sera un ambiente rilassato, in cui dimenticare per qualche ora le attività dei piani superiori e la loro truculenza.

L'illuminazione era soffusa, la sala aveva le pareti tappezzate di tessuto e un soffitto piuttosto basso. Un pianista suonava musica melodica; in un angolo c'era una piccola pista da ballo ancora deserta, non erano nemmeno le nove. Il locale però era strapieno. In fondo, accanto al bancone di legno lucidissimo, sugli sgabelli e ai tavoli bassi, tra liquori e cocktail si riunivano i compatrioti di Marcus, imprenditori, diplomatici e cospiratori di passaggio, prosperi commercianti e giornalisti, ricchi turisti in visita alla Terra Santa e anfitrioni arabi ed ebrei che viziavano i loro invitati. Io riconobbi poche facce; Marcus, più di una decina. Ma non parlammo con nessuno. Ci limitammo a qualche cenno di saluto.

Prendemmo posto un po' lontani dalla confusione, accanto a una delle ampie colonne; il pensiero che era uno fra gli elementi architettonici destinati a sostenere quell'ala dell'edificio non ci sfiorò neppure. Il maître ci portò i menù, in francese e con una copertina di pelle granata.

«Ti ricordi la nostra prima cena, all'Hotel Nacional?»

La domanda mi stupì, Marcus non era un nostalgico.

«Certo» mormorai, e abbassai subito gli occhi sul menù per evitare di incontrare il suo sguardo.

No, non avevo dimenticato un solo istante della sera in cui era arrivato a Tetuán con la presunta identità di giornalista dal fisico provato, appoggiandosi a un bastone di bambù e con la faccia piena di ferite. Avevo appena aperto la mia attività, insieme a Candelaria, e mi spacciavo per una sarta di altissimo livello; dietro quella facciata c'era solo una ragazza impaurita e sola, costretta a rimanere in un luogo estraneo. Marcus arrivava con la promessa di far partire mia madre da Madrid in cambio della lunga intervista con l'alto commissario Beigbeder che gli offriva la mia amica Rosalinda Fox; appena ci avevano serviti, lei se n'era dovuta andare.

«Hai ordinato una sogliola» disse Marcus.

Non potei fare a meno di sorridere con una punta di malinconia, senza schiudere le labbra. Una sogliola, sì. E lui, pollo con contorno. Vino, due o tre bicchieri. E doppia porzione di budino per dessert. Il suo temperamento calmo sopportava tutto; i miei nervi, invece, mi avevano fatto stringere lo stomaco.

Dopo una rapida occhiata chiuse il menù, lo poggiò sulla tovaglia.

«L'hai assaggiata a malapena» aggiunse.

Era entrato nella mia vita camuffato; non intendeva pubblicare la sua chiacchierata con Beigbeder su nessun giornale, voleva solo sondarlo, parlare con lui; era un agente dei servizi segreti del suo paese, anche se ci avrei messo un po' a scoprirlo. Eppure, fin dall'inizio, la sua presenza divenne un punto fermo per i miei giorni incerti.

«Poi ti ho accompagnata a casa.»

Aveva insistito per farlo, sì; fu la prima di molte volte. A Tetuán in calle Sidi Madri, a Madrid in calle Núñez de Balboa. E se avessi traslocato mille volte prima che andassimo a vivere insieme, mi avrebbe accompagnata fino a mille portoni, sera dopo sera.

Invece di uno dei camerieri locali del Nacional, alla Régence fu un sudanese a portarci i nostri piatti. *Courgettes à la turque* per me, Marcus preferì della carne al sangue. Mentre masticavo senza appetito le mie zucchine ripiene, osservai di nuovo la sua faccia illuminata dalla fiamma di una candela. Il giovane Marcus Logan di nove anni prima era e non era lo stesso Mark Bonnard che avevo davanti adesso. A testimonianza di quelle vecchie ferite, gli erano rimaste un paio di cicatrici sul lato sinistro del viso, vicino all'orecchio. Come prova del passare degli anni, agli angoli della bocca si erano formate alcune pieghe e tra i capelli castano chiaro spuntavano i primi fili bianchi. Il corpo muscoloso ed elastico, invece, non era quasi cambiato. E la sua solidità era intatta. Non mi aveva mai delusa; io, invece, senza farne parola con lui, sleale, ingrata e completamente alle sue spalle, da giorni tramavo per abbandonarlo.

«Adesso non hai più bisogno che venga con te da nessuna parte» disse a quel punto.

Lo guardai attonita: non fluttuavamo più nella malinconia di un tempo. Di colpo, avevamo fatto un brusco ritorno al nostro difficile presente. Cercai di dire qualcosa, ma alzò la mano e mi frenò, chiedendomi tempo prima che aprissi bocca.

«Non ti ho seguita, Sira, questo va detto subito. Non ti sorveglio e non ti controllo; semplicemente, questa mattina ho avuto una soffiata sulla tua presenza in un'agenzia di viaggi e ho fatto due più due.» Alzò le spalle, come per esprimere rassegnazione davanti al proprio atteggiamento ineccepibile. «È quello che faccio ogni giorno con questioni che mi interessano molto meno di te. Sai qual è il mio lavoro.»

Annuii in silenzio. Qualsiasi domanda sarebbe stata superflua. Poco importava, adesso, chi gli aveva detto di avermi vista; poteva essere stato chiunque, in modo innocente o insidioso, con il candore più assoluto o con l'insano proposito di intromettersi.

«Da giorni fai finta che tutto sia normale, ma è evidente che, dietro l'apparenza, nascondi altri sentimenti. So bene che quello che sta accadendo a Gerusalemme è duro e inatteso, tutta questa aggressività, questa asprezza. Mi rimprovero spesso di averti portata con me; a mia difesa, posso solo dire che alla fine della guerra nessuno si aspettava che l'eversione ebraica si sarebbe riattivata in modo così radicale e violento. Quindi non ti biasimo se vuoi andartene. E non lo considero nemmeno un tradimento, non devi sentirti in colpa.»

Abbandonai le posate sul piatto. Ero invasa da una sensazione di immensa stanchezza, come se di colpo mi avessero risucchiato tutto il sangue dal corpo. Non avevo previsto che sarebbe andata così; avrei voluto esporgli la mia decisione in modo argomentato e convincente, non che ne venisse a conoscenza in anticipo attraverso chissà quali vie.

«La paura è lecita» proseguì. «Soprattutto nel tuo stato. È naturale che tu non regga, è comprensibile; capita spesso ad altre donne in circostanze simili, quando si vedono costrette a seguire i mariti in destinazioni problematiche. Non sei la prima né l'ultima, tranquillizzati. Qualcuna si è abituata, o forse sapeva già cosa comportasse sposare un militare o un pubblico funzionario dell'Amministrazione.»

Il pianista aveva smesso di suonare, adesso era una voce femminile a rendere piacevole l'ambiente. Ma noi rimanevamo in una sorta di isola privata, un isolotto arido e deserto in mezzo a un temporale, al margine della musica, dei camerieri, dei clienti.

«Il tuo caso, però, è diverso. Sei una straniera fra stranieri, la tua situazione è doppiamente difficile perché non puoi nemmeno sentirti protetta da altri connazionali. Non hai amici, non hai un lavoro, non conosci i codici, il sistema, i referenti. Non puoi nemmeno parlare la tua lingua con qualcuno. E porti dentro una vita. È ragionevole che tu voglia fuggire, mettere in salvo tutti e due. Responsabile, perfino.»

Annuii di nuovo, deglutii.

«Ma io non posso andarmene, Sira. Per quanto lo desideri, non posso accompagnarti, e non devi pensare che sia per disinteresse. Non so quanto tempo ci rimanga da passare in questa terra dove nessuno ci vuole più, ma abbiamo un mandato da rispettare, un incarico conferito dalla Società delle Nazioni che ci impedisce di fare un passo indietro unilaterale. E finché il mio paese avrà bisogno di me, devo restare qui.»

Qualcuno ci passò accanto e ci salutò con apparente cordialità, ma le parole non arrivarono alle mie orecchie. Il cameriere venne a togliere le briciole dalla tovaglia con la sua spazzola d'argento. Quando vide le nostre facce, fece un passo indietro e si allontanò con discrezione.

Probabilmente gli animatori del club continuavano a esibirsi in temi leggeri, probabilmente da tutti gli angoli fluivano le conversazioni, qualche risata, il rumore dei piatti. La mia mente, però, non registrò nessuno sfondo sonoro. Solo la voce di Marcus. E, intorno, un silenzio abissale.

«L'unica cosa che ti chiedo è di non sparire, quando te ne andrai.»

Cercai di protestare, volevo dirgli che non mi sarebbe mai venuto in mente di farlo. Ma le parole mi rimasero impigliate in gola, senza poter uscire dalle labbra.

«Non escludere dalla mia vita nostro figlio, o nostra figlia, quando tornerai dalla tua gente.»

Riprese forchetta e coltello, tornò a guardare la carne. Aveva già detto tutto quello che doveva dirmi. Ma prima che la lama sfiorasse il suo *filet mignon*, riuscii finalmente a reagire: allungai le braccia al di sopra della tovaglia e gli afferrai i polsi.

«La mia gente sei tu, Marcus.»

Nell'istante in cui le mie dita strinsero il tessuto della giacca e sentii le sue ossa, capii che non sarei partita. Nonostante i tempi fossero duri e le circostanze amare, e i venti soffiassero forte, avremmo vissuto insieme tutto quello che il destino ci riservava.

Avevo sbagliato a pensare che mi fosse mancato il coraggio di comprare il passaggio in nave. Era il contrario, l'esatto contrario. Il coraggio non consisteva nel prendere la ferma decisione di dileguarsi per fuggire dai problemi. La mancanza di vigliaccheria stava nel resistere accanto a chi aveva bisogno di me: al suo fianco senza fratture, pronta a condividere, a incoraggiare. No, non me ne sarei andata, non avrei separato la mia creatura da suo padre. Il mio posto era accanto a Marcus, e non perché lo imponesse un dovere matrimoniale, ma per amore, senso di responsabilità e impegno.

La cena si prolungò fino a tardi, alla fine rivelammo apertamente le nostre incertezze e le nostre preoccupazioni e le mettemmo in tavola come carte da gioco. Lasciammo la Régence tenendoci per la vita mentre la cantante intonava *You Are My Sunshine*; nel corridoio che portava all'uscita, Marcus mi sussurrò all'orecchio: «*You make me happy when skies are grey...*».

Quanto eravamo incauti, avventati. Non avevamo la minima idea del fatto che stavamo abbandonando la giugulare del King David, il centro esatto dell'orrore.

12

Seguii le indicazioni fino a trovare la sede del Public Information Office in King George V Street, all'interno di un edificio moderno e funzionale. Aspettai che la ragazza dietro il bancone finisse di parlare al telefono ammirando tutta la sua abilità nel sostenere la cornetta tra la spalla, la mandibola e l'orecchio.

«Cerco Frances Nash» dissi quando riagganciò.

Tirai fuori il biglietto da visita che quella sconosciuta mi aveva dato il giorno prima davanti all'agenzia di viaggi, prima di mettersi al volante della sua jeep. Cercai di mostrarlo alla ragazza, ripetei il nome.

«È stata lei a dirmi che avrei potuto trovarla qui.»

Il telefono suonò di nuovo, la receptionist mi parlò mentre copriva con la mano il microfono della cornetta.

«Non so se la signora Nash sia dentro o no; se vuole, può entrare e cercarla nella sala comune.»

Esitai. In realtà, il tentativo di incontrarla era solo una sorta di prova del fuoco. Avevo deciso di rimanere a Gerusalemme, con tutte le conseguenze. E intuivo che la prima cosa da fare per rafforzare la mia risoluzione era perdere la paura di uscire. Le persone continuavano la loro vita, andavano a lavorare, a trovare gli amici, salivano sugli autobus, compravano pane e olive, facevano l'amore, frequentavano i cinema. Davanti all'ingresso di Broadcasting House mi ero presa un terribile spavento che metteva fine alla mia carriera radiofonica, d'accordo. Ma questo non poteva bloccarmi. Senza un posto concreto dove andare, qualcuno da incontrare o prospettive di attività, avevo deciso di riprendere i contatti con l'estranea che mi aveva abbordata vicino alla Porta di Giaffa. Non avevo la minima idea di cosa potesse volere da me, ma almeno era un aggancio con il mondo esterno. O una pura e semplice scusa per evitare che le basi della mia decisione vacillassero.

Andai nella direzione che mi aveva indicato la receptionist ed entrai in una stanza ampia e luminosa con una ventina di scrivanie, in parte occupate e in parte vuote. Alcuni dei presenti sembravano lavorare, battendo con impegno sui tasti o parlando al telefono. Altri chiacchieravano, a gruppi di due o tre. Tra loro individuai un paio di donne, ma vidi subito che non c'era quella che cercavo.

Nessuno interruppe la propria attività per domandarmi cosa volessi, e immaginai che fosse normale veder entrare e uscire sconosciuti. Decisi di rivolgermi all'uomo e alla donna della scrivania più vicina; lui era seduto su una sedia girevole, con la giacca appesa allo schienale, lei aveva appoggiato una natica su un ripiano laterale. Parlavano, o per meglio dire lei parlava e lui si limitava ad ascoltare.

«Scusatemi. Sto cercando Frances Nash.»

Mi guardarono senza troppo interesse. Lei esaminò la sala con un'occhiata.

«Mi sembra che non ci sia.»

L'uomo, intanto, mi osservava con curiosità.

«Scusi, lei non è la moglie di Mark Bonnard?»

Si alzò, mi venne vicino.

«Douglas Gallagher, del "Daily Mail". Ci siamo già visti...»

In effetti, da qualche parte Marcus mi aveva presentato quell'uomo dallo sguardo acuto e dall'aspetto trasandato. A casa di qualcuno a Rehavia o Katamon, o forse nel bar del Jasmin.

«Abbiamo parlato del mio lavoro in Spagna durante la vostra guerra civile, si ricorda?» disse porgendomi la mano. «Allora lavoravo per il "Daily Express"...»

A quel punto, mi tornò in mente l'episodio e lo riconobbi: tempo addietro, avevamo fatto una chiacchierata a casa di un avvocato arabo, Henry Qatan. Mi aveva raccontato che era stato uno degli ultimi giornalisti a lasciare Barcellona e l'unico inviato straniero a coprire l'entrata dei nazionalisti a Madrid; quella sera avevamo parlato fino a quando ero riuscita a levarmelo di torno. La sua conversazione era senza dubbio interessante, ma a un certo punto mi aveva messo una mano sulla coscia e l'aveva lasciata lì, come se l'avesse dimenticata; me l'ero svignata appena possibile. Adesso era mal rasato come allora, e con la memoria intatta.

«Certo» risposi con la gentilezza più falsa. «Lieta di rivederla.»

«Fran Nash al momento non è qui, sa, questa è una sala di libero accesso, noi corrispondenti entriamo e usciamo senza programmi o orari fissi. È probabile che nessuno sappia se a un certo punto la sua amica passerà da queste parti» aggiunse. «Potrebbe non farsi vedere per tutto il giorno.»

Il giornalista rimase qualche istante in silenzio, forse ripensava al tatto della seta del vestito sulla mia gamba.

«Ma se vuole aspettarla, posso accompagnarla al bar» propose. Guardò l'ora con aria compiaciuta. «È quasi mezzogiorno, l'ora giusta per il primo sorso della giornata.»

Mi liberai di lui con la scusa della fretta e di impegni inesistenti, scesi a piedi i due piani che mi separavano dalla strada, e mi rimanevano solo gli ultimi gradini per arrivare nel grande ingresso quando la vidi entrare nell'edificio, stagliata nel vano della porta dai battenti spalancati. Un paio di ciocche sfuggite dalla crocchia le ricadevano di nuovo sulla fronte, anche quel giorno indossava abiti dal taglio maschile cui riusciva a dare, probabilmente senza volere, un'aria di rara eleganza. La tracolla di un borsone di pelle le attraversava il petto.

Appena mi vide, le si disegnò in viso un'espressione soddisfatta, quasi trionfante. Venne verso di me con la sua falcata agile, aspettò che scendessi gli ultimi gradini.

«Ho appena perso una scommessa con me stessa, ma non sa quanto mi faccia piacere.»

L'aperitivo che mi aveva proposto Gallagher finii per prenderlo con Frances Nash, nello snack bar che il Public Information Office aveva aperto in un locale annesso. Non avevo idea di cosa volesse da me. Di lei, non sapevo niente. Eppure mi lasciai trascinare lì, pronta ad ascoltarla.

«Da quando è finita la guerra, il nuovo direttore non sa più come fare per convincere i corrispondenti ad appoggiare la causa britannica» disse mentre ci accomodavamo in due poltrone di velluto. C'erano solo due o tre tavolini occupati, era presto. «Una delle sue grandi idee» aggiunse «è stata aprire il *press center* di sopra e questo magnifico locale.»

Indicò l'ambiente con un lieve gesto per me indecifrabile, che avrebbe potuto significare sarcasmo o apprezzamento. Un cameriere stava riponendo bicchieri puliti sui ripiani dietro il bancone, dalle finestre si scorgeva l'andirivieni incessante di gente e veicoli. Era un posto piacevole, con la sua moquette arabescata e gli spessi tendaggi, ma continuavo a non capire il collegamento con l'agenzia di stampa del piano di sopra. E visto che lei parlava con una spontaneità contagiosa, mi decisi a domandare apertamente:

«Mi sta dicendo che vogliono comprare i giornalisti stranieri a forza di whisky, gin e birra?»

Scoppiò a ridere, scoprii che dietro le labbra senza rossetto aveva denti grandi, dall'aspetto forte e sano. Il suo umore era alquanto migliorato, rispetto alla nostra attesa nell'agenzia di viaggi.

«Non intendo proprio dire che vogliano comprarci, ma è ovvio che cercano di attirarci qui per sottrarci all'influsso della Jewish Agency e del suo abile ufficio stampa.» Fece una pausa per ringraziare il cameriere che ci aveva appena portato i nostri Gin and Bitters. Io mi bagnai appena le labbra; lei invece assaporò con voluttà il primo sorso. «Durante la guerra» proseguì intanto che posava il bicchiere sul tavolino di vetro «a nessun mezzo d'informazione straniero importava molto di quello che succedeva in Palestina; ma adesso che nel mondo c'è un nuovo ordine e qui cresce la tensione, noi corrispondenti stranieri siamo sempre più numerosi; l'altro giorno, qualcuno mi ha detto che sfioriamo l'ottantina.»

Ne avevo conosciuti alcuni tramite Marcus, per la maggior parte inglesi, come quel Gallagher di poco prima. Anche qualche americano, di vista.

«E quelli dell'Agenzia Ebraica» proseguì lei allungando un braccio sullo schienale della poltrona «sono più furbi di una volpe, e hanno capito subito come bisognava trattare con la stampa in questa nuova tappa tanto essenziale per il loro popolo. Così, mentre gli inglesi continuavano a lavorare come durante la guerra, limitandosi alla burocrazia dei permessi e delle autorizzazioni, ai comunicati, ai bollettini e agli incontri soporiferi con i militari e le autorità del Mandato, l'agenzia di stampa ebraica ha reagito con rapidità e si è affrettata a buttarsi su qualsiasi giornalista straniero che mettesse piede qui.»

Bevve di nuovo. Io no. Mi limitai ad ascoltarla. Con le dovute differenze, mi ricordava la Rosalinda Fox che avevo conosciuto ai tempi del Marocco: sicura di sé, con opinioni precise, disinibita e aperta. Non si somigliavano affatto: Frances Nash non aveva la delicatezza della mia amica, i suoi lineamenti spigolosi erano meno armonici, i capelli meno curati e il suo stile in generale era lontano dalla raffinatezza, con quelle unghie corte, neppure un filo di trucco e nessun tipo di ornamento o accessorio. Eppure, avevo la sensazione che qualcosa le unisse e per qualche istante sospettai ingenuamente che nelle vene delle suddite della loro graziosa maestà scorresse un sangue diverso dal nostro: non ricordavo di aver conosciuto nessuna mia compatriota altrettanto audace, sbrigativa e risoluta. Anche se conclusi che tutto, forse, era dovuto al fatto che nessuno aveva mai imbavagliato il loro pensiero.

«Tutto quello che serve ci viene fornito dal *press bureau* dell'Agenzia Ebraica» continuò. «Appena succede qualcosa, un attacco, un incidente, qualsiasi evento, ancora prima che il rumore si spenga e la polvere si posi, emettono un comunicato stampa; con la propria e parziale visione dei fatti, ovvio, ma con informazioni dettagliate e complete. Quando un leader ebreo fa una dichiarazione o un discorso, le trascrizioni in inglese sono immediatamente disponibili. Se i media sollecitano un'intervista a qualcuno dei loro governanti, si fanno carico della richiesta in pochi giorni, a volte in poche ore. Vogliamo visitare un kibbutz o un insediamento: ci portano lì, con macchina, autista e interprete inclusi nel pacchetto. Ci mettono perfino a disposizione i loro uffici, con tanto di trasmissione via cavo, linee telefoniche e qualsiasi altro mezzo necessario. Insomma, sanno come essere efficienti, risolutivi e rapidi nelle relazioni esterne e questo, naturalmente, è gradito.»

Ci passarono accanto due tizi, immaginai che fossero colleghi. «Hey Fran» salutarono; lei ricambiò con un gesto brioso della mano. Continuavo a non sapere perché diavolo mi stesse raccontando tutte quelle cose, ma non mi dispiaceva ascoltarla. Tutt'altro. Parlava con disinvoltura e naturalezza, la capivo senza problemi e non avevo niente di meglio da fare in quel primo mezzogiorno del resto della mia vita.

«Dov'ero rimasta?» disse dopo aver bevuto un altro sorso del suo cocktail. Era una domanda puramente retorica: al contrario della mia assoluta ignoranza, lei sapeva benissimo dove voleva andare a parare con quella chiacchierata. «Ah, sì. Come dicevo, non appena è arrivato qui in autunno per assumere il suo incarico, il nuovo direttore dell'agenzia di stampa britannica, Dick Stubbs, si è reso conto di quanto fossero obsoleti e poco operativi i suoi servizi e ha deciso di rivitalizzarli da cima a fondo. Gli inglesi stanno vivendo in Terra Santa il loro momento peggiore, non è nei loro interessi che le notizie diffuse nel mondo da qui favoriscano la causa ebraica e pertanto siano critiche nei confronti del Mandato. Ne hanno già abbastanza dei numerosi corrispondenti di religione ebraica o apertamente filosionisti inviati da fuori.»

Non riuscii a trattenermi e la interruppi senza troppi riguardi.

«E lei...?»

«Chiamami Fran, ti va?»

«D'accordo. E tu, Fran, da che parte stai?»

«Personalmente credo che ogni fazione, arabi ed ebrei, abbia la sua parte di ragione in tutte e in ognuna delle sue rivendicazioni. Così come ce l'hanno gli inglesi, è ovvio. Ma non è questo il mio lavoro, signora Bonnard.»

«Chiamami Sira.»

«Bene, Sira. Il mio lavoro non è mettere in chiaro chi abbia maggiore o minore peso sulla bilancia degli argomenti, ma raccontare le cose così come succedono, senza tergiversare, senza manipolazioni o simpatie per una parte o per l'altra. La verità, in sintesi, è che gli ebrei stanno ricevendo dalla stampa mondiale un'attenzione molto più favorevole di quella che ottengono gli arabi e gli inglesi, in parte grazie alla capacità del loro ufficio stampa, ed è lo svantaggio che il nuovo direttore di questa agenzia sta tentando di ovviare. Ecco la ragione di questi nuovi servizi per gli inviati, che devono permetterci di non dipendere solo dalle generose offerte della Jewish Agency. Per questo il Public Information Office ha aperto da qualche mese la sala di libero accesso che avrai visto sopra, ha ampliato il suo organico e istruito il personale in modo che possa intraprendere tutte le iniziative necessarie con un piglio più deciso. Dopo di che ha stabilito con noi corrispondenti relazioni più fluide, in tutti i sensi, perfino facendoci ottenere i permessi per accompagnare i militari in certe missioni o mentre intercettano le imbarcazioni cariche di ebrei che continuano ad arrivare sulle coste.»

«E poi c'è questo bar» aggiunsi.

«E poi c'è questo bar» confermò. E vuotò il bicchiere.

Rimanemmo in silenzio per qualche istante, finché decise di lasciar perdere le spiegazioni ed entrare nel vivo della questione.

«Télam. Ti dice qualcosa?»

Aveva cambiato di colpo tono e argomento, io scossi la testa negativamente.

«Telenoticiosa Americana» disse nella mia lingua, con un accento pessimo. «Conosci l'Argentina?»

Scossi di nuovo la testa.

«Ma lo spagnolo che si parla lì è simile al tuo, immagino.»

Ricordai la voce di Carlos Gardel, Celia Gámez che cantava tanghi prima di intonare *Ya hemos pasao*. Le mie poche conoscenze di quel paese lontano finivano lì. E sì, i testi li capivo benissimo.

Era quasi ora di pranzo e a poco a poco il locale si era riempito di gruppi piccoli e meno piccoli; tra questi qualche donna, non moltissime. Se tutti i presenti erano giornalisti, la nuova politica dell'agenzia di stampa britannica era senza dubbio azzeccata. Rimanemmo sedute al nostro tavolino, Frances aveva ordinato dei sandwich, io non avevo rifiutato la sua proposta di pranzare insieme.

Dopo il primo boccone, abbandonò le ricerche geografiche.

«Voglio collaborare con loro e ho bisogno di qualcuno che traduca i miei testi dall'inglese allo spagnolo. Con precisione e, soprattutto, sul momento.»

Per poco non scoppiai a ridere. Dunque si trattava di questo. Dopo i suoi prolegomeni per orientarmi nel mondo in cui si muoveva, infine era venuta al sodo. Una traduttrice, ecco di cosa aveva bisogno. Nelle mie ipotesi campate in aria, avevo cominciato a sospettare che fosse venuta a conoscenza del mio talento per il cucito, o magari che fosse al corrente dei miei contributi al SOE attraverso cartamodelli e punti finti.

«Non sono una traduttrice» dissi con semplicità.

«Ma potresti provare. Vedi, non lavoro per un giornale in particolare, ma come freelance per una società del mio paese, la Southam Company, proprietaria di varie testate. Non sono esattamente una loro inviata, ma mi sono stabilita qui in Palestina alla fine della guerra, ho offerto loro i miei servizi e hanno accettato quasi tutti i pezzi che ho scritto da allora.» Si strinse nelle spalle, come se stesse per dire un'ovvietà. «Facciamo parte del Commonwealth, come sai, e le questioni britanniche ci interessano sempre. Inoltre in Canada vivevano già più di centomila ebrei prima dell'ascesa del nazismo, e dopo l'Olocausto ne sono arrivati a migliaia dall'Europa, quindi c'è una crescente sensibilità per tutto quello che succede in questa Eretz Israel dove gli ebrei vogliono creare uno Stato.»

Fece una pausa e domandò: «Mi segui?». Risposi di sì.

«Bene, con queste collaborazioni me la cavo, e devo riconoscere che non mi va male: ho la mia autonomia, non seguo direttive o parole d'ordine, mi pagano dignitosamente e mi muovo come voglio. La parte negativa, però, è il fatto che lavorare come freelance equivale a camminare sempre su una corda. Quindi credo che mi convenga avere un altro appiglio a cui afferrarmi, nel caso la corda si rompesse, o fossi io a scivolare o il vento soffiasse in una direzione sfavorevole.»

Inarcò le sopracciglia come per chiedermi di nuovo: "Mi segui?". Questa volta feci un'espressione meno convinta.

«Riassumendo: ho bisogno di più lavoro, ecco in breve cosa volevo dire. Devo aprirmi altre strade, ottenere altre collaborazioni. Ed è qui che entra in gioco la Télam.»

Fummo interrotte da altri saluti, qualcuno arrivava, qualcuno andava via. *Good to see you, Fran; See you soon, Nash,* sentii dire ripetutamente. Lei rispose a tutti con brevi gesti. Era chiaro che preferiva rimanere concentrata sulla nostra questione.

«Grazie a un diplomatico mio amico, sono venuta a sapere che in Argentina è appena nata una nuova agenzia di stampa, la Télam.» Mi guardò, di colpo sembrò rendersi conto di chi ero io in realtà: un'estranea lontana dal suo mondo. «Prima che continui, dimmi una cosa, sai come funziona un'agenzia di stampa?»

Dopo i miei prolungati rapporti con gli inglesi, lo sapevo fin troppo bene. Ma preferii optare per una conferma discreta.

«Non me ne viene in mente nessuna del tuo paese» disse.

«C'è la EFE.»

L'aveva creata Serrano Suñer a Burgos verso la fine della guerra civile, quando si intrometteva a suo piacimento nell'organizzazione del nuovo Stato franchista, proponeva o affossava ministri così come aveva fatto con Beigbeder, e si affannava per mantenere un ferreo controllo informativo dal suo potente ministero dell'Interno. Lo sapevo perché Marcus, a Madrid, si lamentava spesso della sfacciataggine con cui alteravano le notizie provenienti dall'estero nel tradurle, censurandole, ignorandole o manipolandole a piacimento prima di pubblicarle. La stella del Cognatissimo aveva finito per spegnersi in modo fulmineo, ma l'agenzia rimaneva in piedi, operativa e pronta a favorire i propri interessi.

«Già, la EFE» confermò. «Inoltre mi sembra che sia statale, quindi mi serve da esempio perfetto per parlarti della Télam, che è soprattutto di proprietà dello Stato. A ogni modo, è un'agenzia che può cominciare a crescere con successo: l'Argentina è ancora un paese ricco in confronto a quelli europei, le sue casse sono piene, perché durante la guerra è rimasta neutrale e ha esportato in Gran Bretagna milioni di tonnellate di carne e cereali. Finora, per le notizie internazionali gli argentini si sono serviti dell'Associated Press e della United Press International, le grandi agenzie americane. Ma vogliono rendersi indipendenti da quei colossi, e hanno i soldi per riuscirci. E in quella prospettiva sono interessati ad avere un corrispondente a Gerusalemme, forse perché il loro progetto di espansione è molto ambizioso, o perché nel paese vivono centinaia di migliaia di ebrei e vogliono essere aggiornati sulle attività sioniste, le navi cariche di rifugiati e tutte le tensioni che viviamo qui.»

Approfittai di un altro morso che stava dando al suo sandwich per elaborare rapidamente tutto quello che mi raccontava: se l'ambiente del giornalismo mi era estraneo, ancora di più lo era l'Argentina, quella nazione sudamericana in cui i miei compatrioti emigravano da secoli per sfuggire alla fame. Sulle complessità della Palestina invece ero bene informata, purtroppo.

«Il mio problema» spiegò senza avere ancora inghiottito del tutto il boccone «è che devo essere sicura di poter inoltrare i miei servizi direttamente in spagnolo. E devo trovare il modo al più presto, perché non mandino qui qualcuno da fuori, o perché qualcuno dei miei colleghi non mi batta sul tempo. So che per molti di loro questo contratto sarebbe un'inezia; per esempio, non vedo lottare per l'incarico quell'elegantone di Geoffrey Hoare del "Times", che si sposta in Wolseley con un'aria da Fred Astaire come se fosse un ministro, né quello spocchioso di Clifton Daniels, il corrispondente del "New York Times". Ma tanti altri, come me, hanno accordi più deboli, e possono considerare questa occasione tutt'altro che disprezzabile. Il problema iniziale, però, è lo stesso per tutti.»

«Che nessuno di voi conosce lo spagnolo.»

«Nemmeno una parola. Immagino che molti potrebbero contare su un traduttore o una traduttrice nella sede della loro agenzia a Londra o a New York, o su qualcuno preso apposta dal di fuori; possibilità ce ne sarebbero, ma rallenterebbero tutte il procedimento e si perderebbe l'immediatezza delle notizie.»

Mi sforzai di pensare a qualcuno in grado di prestarle quel servizio, per replicare. Il console spagnolo no, ovvio. Forse il viceconsole, che era giovane e intraprendente, ma no, neppure lui. Non mi risultava che ci fossero rappresentanti diplomatici o residenti di altri paesi di lingua spagnola. Forse qualche ebreo sefardita che avesse mantenuto la conoscenza del giudeo-spagnolo, anche se avrebbe sicuramente faticato a adattarsi allo spagnolo del XX secolo. E c'erano i membri di alcuni ordini religiosi, ma anche in questo caso dubitavo della loro disponibilità.

Ignara delle mie elucubrazioni, ribadì con decisione la sua idea.

«Sei tu l'unica, Sira. Ti sto proponendo di lavorare insieme e diventare socie. Io elaborerei la notizia in base al materiale raccolto per la mia società canadese, mi richiederebbe poco lavoro. Tu la tradurresti velocemente in spagnolo, e io mi occuperei di farla arrivare alla Télam. Appena ricevuto il pagamento, ce lo divideremmo.»

Quasi dieci anni prima, nell'autunno del 1936, quando ero bloccata a Tetuán con il morale a terra e piena di debiti, Candelaria la contrabbandiera mi aveva proposto di unirci per aprire una sartoria. Mi spiegò il progetto tra le pareti della sua pensione, una sera di pioggia: per investire nella nostra attività, contava di vendere un mucchio di pistole, e finì che dovetti occuparmene io. Qualche anno dopo, nel settembre 1940, Rosalinda Powell Fox mi chiese di collaborare con i servizi segreti del suo paese. Mi diede appuntamento nel magazzino del Dean's Bar di Tangeri, dove sul grammofono c'era un disco di Billie Holiday e, tra casse impilate e sacchi di caffè, mi prospettò una collaborazione con gli Alleati per il bene comune delle nostre patrie.

Adesso mi trovavo in pieno mezzogiorno nella zona moderna di Gerusalemme, in uno snack bar aperto di recente dagli inglesi nell'illusorio tentativo di riequilibrare un ordine turbato e avverso. Davanti a me c'era una corrispondente canadese di cui non sapevo nulla. Non mi proponeva di vendere pistole né di trasmettere messaggi segreti; tuttavia, la sua offerta mi colpì di nuovo. Forse perché temeva di essere stata troppo diretta, invece di aspettare la mia risposta, Frances Nash cercò di svicolare e mi abbordò da un'altra parte.

«Mi hai detto di avere già lavorato. Posso domandarti cosa facevi?»

La mia risposta fu trasparente solo a metà.

«Facevo la sarta. Avevo una mia attività.»

«Andava bene?»

«Benissimo» ammisi. «Ma era una cosa temporanea. La chiusi alla fine della guerra.»

«E non ti manca?»

Non dissi né sì né no, lei mi rivolse di nuovo uno sguardo acuto, come se cercasse di entrare nel mio cervello per scoprire quali pensieri si agitavano lì dentro.

«Potremmo provare, vedere se funziona. Scusami se sono indiscreta, ma ieri ho verificato che non hai comprato nessun biglietto. Immagino che non partirai presto.»

La scusai, sì. O sorvolai.

«Ieri ho avuto una brutta giornata.»

«Anch'io» ammise. «E ti chiedo scusa. Sono stata brusca perché ero nervosa, avevo una fretta tremenda di comprare un biglietto, e tutto per niente, perché...» Sul viso le si disegnò un'espressione di stanchezza. «Mio marito... il mio ex marito ha il dono di farmi uscire di testa e... Insomma, veniamo a noi. Dimmi, perché ti è così difficile accettare la mia proposta?»

Avrei potuto addurre varie ragioni, tutte valide. Ma mi limitai a una.

«Aspetto un bambino.»

Mi guardò incredula.

«E questo cosa ti impedirebbe di fare? Una gravidanza è

qualcosa di fantastico, amica mia. Dà forza, conferisce lucidità, illumina l'anima...»

Non avrei sospettato neppure lontanamente che quella donna singolare potesse essere madre; lei sembrò anticipare il mio pensiero e si accinse a correggere il mio errore. Prese il borsone di pelle, frugò al suo interno, trovò il portafoglio. Si chinò verso di me e lo aprì, me lo mise davanti agli occhi.

«Le mie bambine» annunciò con una punta di orgoglio. Due bionde piene di riccioli sorridevano nella foto, senza traccia di timidezza. «Hanno tredici e undici anni, sono al Cairo, dalle suore francesi del collegio di La Mère de Dieu. Il padre, mio...»

Si interruppe, qualcuno era appena entrato nella sua visuale.

«Ehi, Nick!»

Lo salutò con una cordialità maggiore di quella riservata agli altri colleghi, e gli fece cenno di raggiungerci al tavolo. Via via che si avvicinava e vedeva che ero proprio io la donna in compagnia di Frances Nash, sul viso duro di Nick Soutter, per una frazione di secondo, notai un'ombra di stupore.

Quando fu vicino a noi, rimase in piedi accanto alle nostre poltrone. Si rivolse prima a me, mi domandò come stavo, disse in tono neutro che era felice di vedermi. Poi si girò verso la giornalista.

«Sei tremenda, Nash.»

Lei rispose con una risata.

«Avevi ragione, Soutter. Sira Bonnard è una donna formidabile; conosce già la mia proposta. Ho solo bisogno che mi dica di sì, sto aspettando.»

Lui aprì la bocca per protestare, le puntò perfino contro le due dita con cui teneva la sigaretta, rimproverandole qualcosa senza parole. Come sempre aveva la cravatta un po' allentata, cartelle sotto il braccio e modi frettolosi. Alla fine si trattenne e rimase in silenzio.

Frances invece non tacque.

«In fondo, cara, il responsabile di tutto questo è il nostro comune amico. È stato lui a parlarmi di te. Di una bella spagnola che avrebbe dovuto collaborare con lui alla radio, anche se poi è finito tutto in modo drastico. Ha lodato le tue capacità naturali, il tuo magnetismo; lo hai impressionato e, credimi, non è tipo da lasciarsi sedurre con facilità. Incontrarti ieri nell'agenzia Thomas Cook è stata una di quelle benedette coincidenze che ogni tanto cadono dal cielo.»

Quella confessione non fece affatto piacere a Nick Soutter, che non dissimulò neppure l'espressione severa. Qualcuno lo chiamò dal bancone e lui ne approfittò per salutarci in fretta; rimanemmo entrambe a osservare le sue larghe spalle, il suo passo fermo.

«Paradossalmente, sono le separazioni a unirci» concluse Fran Nash appoggiandosi allo schienale della poltrona. «Ma non pensare che Nick Soutter e io abbiamo una relazione, macché. Siamo vecchi amici dai tempi del Cairo, e adesso abbiamo visto andare a rotoli i nostri matrimoni. Non è un'esperienza piacevole per nessuno e così, ogni tanto, ci facciamo una lunga chiacchierata davanti a una bottiglia di whisky e tiriamo fuori tutti i nostri demoni.»

13

Dopo una settimana arrivò infine la telefonata. Non ero sicura che l'avrei ricevuta; certi giorni l'aspettavo speranzosa, altri mi auguravo che non arrivasse mai.

«*Ready*?»

Deglutii.

«Pronta.»

«Perfetto. Domani cominciamo.»

Mi sedetti alla scrivania, poggiai le palme delle mani sul ripiano. Fran Nash mi aveva appena confermato di avere ricevuto l'autorizzazione formale a trasmettere i suoi servizi come corrispondente della Télam a Gerusalemme. O i nostri servizi, per meglio dire.

Era tutto previsto; avevamo fatto varie prove e verificato che potevamo lavorare insieme senza grossi problemi. Per essere pronta, avevo preso in prestito un dizionario Webster dalla biblioteca di Bertha Vester e disponevo anche di un bilingue che aveva accompagnato Marcus da quando era arrivato in Spagna, all'inizio della guerra civile; per quanto logoro, mi avrebbe reso un buon servizio.

Se Marcus fu meravigliato, infastidito o inquietato dalla proposta della giornalista canadese, non me lo fece mai capire. «Sei sicura?» domandò solo. «Allora fallo.»

Il primo servizio cui mi dedicai riguardava, inutile dirlo, la crescente ribellione ebraica; più precisamente, si riferiva a un'offensiva dell'Irgun contro una stazione di polizia inglese che aveva causato quattro morti e diversi feriti. Non era un bel testo, e nemmeno lungo; si trattava solo di una manciata di righe che raccontavano un fatto in forma succinta. Non si davano spiegazioni, non si tratteggiava lo sfondo e si fornivano appena alcune chiavi per inquadrarlo in un contesto. Informazione concreta ed essenziale, senza aggiunte. Impiegai appena mezz'ora per finire il lavoro, dovetti solo cercare un paio di vocaboli nel dizionario per verificare che il mio intuito ci avesse azzeccato. Poi rilessi tutto almeno dieci volte, sostituii una parola con un sinonimo, cancellai qualcosa, cambiai l'ordine di una frase. Quando mi sembrò di essere sicura, riscrissi tutto, piegai il foglio in tre, lo infilai in una busta e chiamai dal balcone il giovane arabo che aspettava in cortile, con la bicicletta appoggiata alla fontana.

Nel giro di mezz'ora il testo tradotto sarebbe stato sulla scrivania di Fran Nash. Entro quaranta minuti lei lo avrebbe trasmesso via cavo e le mie parole avrebbero attraversato mari e deserti, catene montuose e un oceano fino ad arrivare a Buenos Aires, al 140 di calle 25 de Mayo. Lì, al terzo piano, in un ufficio con mobili nuovi e poco personale, vicinissimo al Banco Nación e a un tiro di sasso dalla Casa de Gobierno, qualcuno avrebbe ricevuto il cablogramma inviato dalla lontana Gerusalemme e avrebbe diffuso il suo contenuto a vari mezzi di comunicazione di tutto il paese. Non avevamo previsto che la notizia sarebbe stata eclissata dall'intensa copertura mediatica delle elezioni generali che avevano luogo in quei giorni in Argentina, e che avrebbero assegnato al generale Juan Domingo Perón la sua prima vittoria. A ogni modo quel testo sarebbe stato lì, a disposizione di chi era interessato alle nostre faccende.

Era firmato da Frances Quiroga, il nome che avevamo deciso di usare: *le nom de plume*, disse la mia collega. Quel

Quiroga garantiva alla corrispondenza una voce in spagnolo e, intanto, recuperavo il cognome che avevo perso nella mia nuova vita di donna sposata e nella mia precedente vita di impostora. Frances, da parte sua, suonava ambiguo, un po' mascolino, cosa che probabilmente avrebbe tranquillizzato i dirigenti della Télam, non lasciando sospettare la presenza di un'anima femminile dietro quei servizi. «In questo modo» concluse lei «evito di espormi più del dovuto.»

Si presentò all'American Colony quel pomeriggio sul presto, senza avvisare. Per festeggiare il nostro esordio, annunciò. Poi chiese del bar.

«Non c'è» confermai.

Il nostro albergo aveva avuto origine nell'ambito di un progetto cristiano, quasi missionario; il tempo lo aveva trasformato in un comodo hotel ma, in certi aspetti, Bertha Vester si rifiutava di modificare la sua essenza.

«Allora andiamocene. Dai, mettiti il cappotto.»

Procedemmo a scossoni verso la città con la sua vecchia jeep, che qualche divisione di chissà quale esercito doveva avere dichiarato inservibile dopo la fine della guerra. Faceva un freddo tagliente, lungo tutto il tragitto mi strinsi il ventre con le braccia, spaventata, rimproverandomi per la mia imprudenza. Forse a lei non importava lasciare orfane di madre le sue figlie se ci fossimo ribaltate in una cunetta, ma proteggere la mia creatura era la mia preoccupazione più grande.

«Non avere paura, Quiroga!» urlò mentre schivava una buca.

Poi evitò dei bambini che ci mandarono un accidente, poi ancora un gruppetto di pecore. Si addentrò nella parte moderna della città, infine parcheggiò in Zion Square, davanti a una vetrina del Café Europe.

«La migliore Sacher di Gerusalemme la trovi qui; il pasticciere era proprietario di una grande pasticceria a Vienna.

Dalla faccia che hai, credo che non ti dispiacerà sostituire il nostro brindisi con una buona dose di zucchero.»

«Posso farti una domanda?»

Ci eravamo sedute, ci avevano servite. Parlò mentre mi portavo la forchetta alla bocca.

«Davvero non hai mai scritto o tradotto niente prima?»

La torta mi sfiorò il palato con un sapore che doveva essere delizioso, ma non riuscii ad apprezzarlo appieno.

Al mio senso del gusto si sovrappose il dubbio di quanto dovessi essere sincera con lei.

«Anche se il mio spagnolo è limitatissimo, credo di poter valutare il tuo lavoro. Mi colpisce la tua...» Si bloccò per un attimo, come se stesse cercando l'espressione più adatta. «La tua concisione nell'uso delle parole e delle strutture; la meticolosità con cui procedi.» Poi concluse: «Non sembri una principiante».

Quanti dati rilevanti avevo appreso dalle mie clienti tedesche a Madrid? Quanti commenti distratti avevo poi trasferito nei miei taccuini? Quante nottate avevo passato a ricomporre quegli appunti in frasi sobrie e concise, riducendole alla pura essenzialità? Centinaia, migliaia di messaggi che trasformavo poi in chilometri di punti e linee, non mi ero mai soffermata a contarli. Giorno dopo giorno, notte dopo notte: quasi cinque anni della mia vita a lavorare con una dedizione silenziosa.

«Sarà per tutti gli appunti che mi è toccato prendere quando facevo la sarta» suggerii con finta innocenza.

Il SOE si era sciolto non appena erano state sconfitte le forze dell'Asse; a quel punto avevo smesso la mia attività di collaboratrice sotto copertura. Tranne che con Marcus, non ne avevo più parlato con nessuno. E non avevo alcuna intenzione di farlo.

Fran Nash mi guardò con sospetto, qualcosa non la convinceva fino in fondo.

«Tuo marito lavora per i servizi segreti, vero?»

Certo; lo aveva sempre fatto. Prima, in Spagna, per l'M16. Adesso per il Defence Security Office, il ramo locale dell'M15. Al servizio di sua maestà e agli ordini diretti di sir Gyles Isham. Di sicuro lei avrebbe potuto verificarlo con relativa facilità. Da me, comunque, non sarebbe mai venuto a saperlo nessuno.

«Dovrai domandarlo a lui. A proposito, vorrebbe conoscerti.»

Rise.

«Te la cavi piuttosto bene a svicolare, Quiroga, per essere una semplice sarta come dici. In fin dei conti, nascondiamo tutti qualche scheletro nell'armadio. Il problema è che a qualcuno apre l'anta.»

«E tu, socia, quali scheletri nascondi, se mi permetti l'indiscrezione?»

Fece un'altra risata, che finì però con un'ombra di malinconia agli angoli delle labbra.

«Almeno una decina.»

Guardò fuori dalla vetrata; era scesa la sera, la gente usciva dagli uffici e dai negozi di Zion Square, indaffarata come sempre. Il vigile inglese dirigeva il traffico. Sui marciapiedi, c'erano ragazzi, ragazze, uomini, donne che facevano gli ultimi acquisti e si avviavano verso le fermate degli autobus, o erano in coda davanti all'entrata del cinema, o camminavano in direzioni diverse per tornare a casa, nei quartieri a ovest, a sud, a nord, zone abitate da ebrei di provenienze varie e separate fra loro da grandi spiazzi pieni di cardi, pietre e terra arida.

«Ho appena compiuto trentaquattro anni» confessò girandosi. «Ho impiegato più di dieci anni a mettere la mia firma sotto i miei testi, ma mi muovo in questo ambiente da quando ne avevo ventuno. Ho cominciato a lavorare come correttrice di bozze al "Globe and Mail" di Toronto e mi è venuta l'assurda idea di innamorarmi di un giornalista sposato che aveva diciassette anni più di me ed era anche il mio capo.» Fece una smorfia di amara ironia. «Immagino che saprai già quanto cieco e imbecille può essere l'amore, a volte. Ho attraversato l'Atlantico con lui quando gli hanno offerto di diventare il loro inviato in Medio Oriente. Ci siamo stabiliti al Cairo, abbiamo preso in affitto una bella casa, siamo diventati soci del Gezira Club e ci siamo inseriti nell'intensa vita sociale della capitale egiziana, molto più animata di quella di Gerusalemme, a dire il vero. E abbiamo messo al mondo due figlie, anche se lui aveva cominciato a mostrare l'altra sua faccia fin dall'inizio. Abbiamo vissuto lì i giorni più cupi e quelli meno cupi della guerra, e da lì si è spostato a Bucarest, Tripoli, Beirut, Atene, andando e venendo di continuo, alternando il lavoro a oscure depressioni, amanti e sbronze; ho perso il conto delle centinaia di servizi che ho scritto e spedito con la sua firma mentre lui si rifiutava di scendere dal letto o passava giornate intere in giardino, a dormicchiare su un'amaca, smaltendo i postumi di una sbronza o semplicemente avvilito.»

Aveva parlato tutto d'un fiato, con nuda franchezza. Io, intanto, mi limitavo a fissare i suoi occhi metallici, la sua faccia tutta spigoli.

«Ho sopportato finché ho potuto ma, per la mia salute mentale, sapevo che tutto doveva finire e ho stabilito io stessa il termine: la caduta della Germania avrebbe segnato l'addio al mio matrimonio. Mi sono organizzata, ho preparato le bambine; sono sveglie, fantastiche, perfettamente consapevoli della situazione nonostante l'età. Hanno accettato senza traumi di rimanere per qualche tempo in collegio dalle suore cattoliche, Dio le benedica, mentre la loro madre andava in giro per il mondo e tornava a riempirsi di aria i polmoni.»

Si fermò per qualche secondo, come se l'improvviso ricordo delle figlie non le permettesse di tornare al presente e richiedesse una riflessione un po' più prolungata.

«Cerco di andare a trovarle una volta al mese» disse poi.

«Mi accolgono sempre come se arrivasse Babbo Natale, non ho mai sentito dalla loro bocca un lamento o un rimprovero. Sono convinta che sia stata la cosa migliore per tutt'e tre, molto più sopportabile che vivere con una madre frustrata e rancorosa che si consuma a poco a poco. Il giorno in cui le ho lasciate in collegio, per evitare che mi si spezzasse il cuore ho dato una grande festa di addio in casa mia; la mattina dopo ho preso il treno. Adesso vivo in un piccolo monolocale all'Ospizio Austriaco. Non ho quasi mobili, nessuna comodità, nessun servizio domestico; eppure, tranne le bambine e pochi amici, non rimpiango nulla della mia vita precedente. Mi sento bene, libera, viva. Il padre delle mie figlie è ancora furioso con me perché l'ho lasciato; l'idiota non sa che, con le sue insidie, mi stimola ad andare avanti e a sforzarmi di farlo sempre meglio.»

"Ammirevole Frances Nash" pensai. Ammirevole per il suo coraggio, la sua incredibile mancanza di timori. O almeno così credevo, finché non mi azzardai a domandarglielo apertamente.

«Davvero non ti spaventa tutto quello che sta succedendo?»

«Mi terrorizza» ammise. «Per il presente, e per quello che potrà venire in seguito. Ma dobbiamo imparare a convivere con la paura, amica mia. Altrimenti crolliamo.»

14

Il resto di quell'inverno del 1946 proseguì mentre nutrivo la vita che portavo in grembo, ascoltavo la radio e traducevo notizie che parlavano di disaccordi, atrocità e scarse possibilità di ottimismo. A volte, a seconda dei suoi impegni, incontravo Fran Nash e chiacchieravamo per ore; in altre occasioni lei si immergeva nel lavoro, andava a trovare le figlie, visitava kibbutz o villaggi arabi, partiva per Tel Aviv o per chissà dove, e passavano settimane prima che la rivedessi. I muezzin continuavano a chiamare alla preghiera dalle moschee, le campane delle chiese cristiane convocavano i fedeli ogni giorno e dal vicino quartiere ultraortodosso di Mea Shearim, al tramonto di ogni venerdì, sentivo annunciare l'inizio dello shabbath.

Parallelamente al trascorrere dei giorni e alle loro vicende quotidiane, le misure di sicurezza a Gerusalemme diventarono sempre più rigide. Il Comitato congiunto angloamericano, formato mesi prima per studiare il problema dei rifugiati che esigevano il permesso di entrata, rese infine pubblica la sua conclusione: sarebbero stati ammessi subito in Palestina 100.000 ebrei.

Davanti alla Gran Bretagna si profilava un diabolico dilemma: se si fosse attenuta alle direttive del comitato e avesse accettato il massiccio arrivo di rifugiati avrebbe accontentato gli ebrei e gli Stati Uniti, ma si sarebbe attirata l'ostilità degli arabi locali e di quelli dei paesi vicini, nei cui territori si trovavano il canale di Suez e gli ambiti pozzi petroliferi. Se invece si fosse rifiutata di accogliere tutti quegli ebrei, si sarebbe accattivata gli arabi, ma avrebbe ignorato le disposizioni degli americani, con i quali aveva contratto prestiti consistenti da cui dipendeva in gran parte la ricostruzione economica del Regno Unito. Intanto, con un maggior numero di ore di sole e le temperature in aumento, all'orizzonte del Mediterraneo comparivano di continuo altre navi stracariche di sopravvissuti alle camere a gas in cerca di un futuro. Alcuni riuscivano a sbarcare clandestinamente, altri rimanevano in balìa dei venti, ammassati a bordo di imbarcazioni sgangherate, in preda alla vulnerabilità e all'incertezza.

La bilancia finì per pendere a favore della seconda ipotesi: il primo ministro laburista Clement Attlee annunciò che la Gran Bretagna avrebbe continuato a opporsi all'arrivo massiccio di rifugiati. Davanti a quel rifiuto, gli attacchi terroristici degli insorti ebrei contro i britannici si inasprirono. Assalti, sabotaggi, sequestri, rapine, attentati contro istituzioni e obiettivi concreti, con nome e cognome. Furti di armi, munizioni e qualsiasi cosa in grado di fare danni: gelignite, dinamite, tritolo, taniche di benzina.

In risposta, la polizia e l'esercito di sua maestà si lanciarono senza tregua alla ricerca dei colpevoli: passavano al setaccio città e insediamenti, dappertutto c'erano checkpoint volanti e perquisizioni nei kibbutz, nei villaggi, in abitazioni anonime delle periferie e dei sobborghi, nei passaggi e nei vicoli, sui tetti e nelle cantine, nei magazzini, nei retrobottega. Contavano su una quantità di dati: nomi, origini, età. Cechi, polacchi, russi, austriaci, iracheni, tedeschi di diciannove, venti, ventidue, venticinque anni. Le loro foto erano appese alle pareti dei commissariati, si offrivano ricompense per informazioni sui loro spostamenti: duecento, trecento, cinquecento sterline. Ma nessuno apriva bocca. Nessuno collaborava, gli ebrei non volevano farsi coinvolgere, si rifiutavano di denunciare la loro gente e mantenevano una ferrea solidarietà, manifestando così il disaccordo verso la politica di non accettazione dei loro correligionari e l'impegno a rimandarli nei campi di rifugiati in Europa.

Ogni mattina moltissimi giovani ebrei, ragazzi, ragazze, bambini, uscivano in strada per lanciare volantini, attaccare manifesti ai pali della luce e ai lampioni, scrivere con il gesso sulle facciate delle case frasi contro quei bastardi dei sudditi della perfida Albione. Spesso si rivolgevano anche agli arabi, nella loro lingua, con la promessa che sarebbero stati bene accetti nel futuro Stato ebraico per il quale loro continuavano a lottare.

Le autorità britanniche cominciarono a proteggere le loro installazioni a Gerusalemme con barricate di sacchi di sabbia e filo spinato. Soldati a piedi in uniforme cachi, mitra e basco sorvegliavano con scrupolo le strade, soldati nelle jeep, nei tank e nei mezzi corazzati le pattugliavano a tutte le ore, le sirene suonavano con sinistra eloquenza. Due squilli di seguito annunciavano l'imminente minaccia di un'azione terrorista. Il traffico si arrestava all'istante, tutti cercavano di mettersi al riparo. Poi uno squillo prolungato indicava che il pericolo era passato, e la vita riprendeva il suo corso.

Visti gli scarsi risultati che dava la ricerca dei colpevoli, fu decretato il coprifuoco nei quartieri ebraici: si volevano così facilitare le perquisizioni in cerca di armi e combattenti. Le proteste della popolazione erano continue: si puniva una maggioranza di innocenti per le atrocità di un pugno di estremisti. A ogni modo, all'ora imposta, in genere le sei di sera, lo Yishuv, tutta la popolazione ebraica, rimaneva confinata in casa lasciando le strade deserte e i negozi chiusi; non era permesso neppure uscire in giardino, affacciarsi alle finestre. Uomini, donne, bambini, vecchi, non importava se si trattasse di lavoratori, imprenditori, commercianti o disoccupati: l'ordine riguardava tutti. Ed era proprio il PBS, la radio pubblica del Mandato, ad annunciare con formalità ufficiale dai suoi microfoni l'inizio del coprifuoco, a intervalli regolari. Al tempo stesso, la polizia percorreva quelle zone ribadendo insistentemente con gli altoparlanti, in inglese e in ebraico, il rigoroso divieto di uscire.

A volte vidi con i miei occhi madri che correvano verso casa nell'ultima mezz'ora, trascinando i bambini, angosciate dal pensiero di non farcela a rientrare per tempo ed essere arrestate, cosa che accadeva senza distinzioni o riguardi. Giorno dopo giorno, oltre settantamila ebrei venivano sottoposti a quelle severe restrizioni, confinati nei loro domicili, fossero piccoli appartamenti, ricche ville o umili case basse costruite con blocchi di cemento, silenziosi e obbedienti nelle loro abitazioni, con le tapparelle abbassate e i portoni chiusi, a leggere i giornali scritti nella lingua dei profeti, ascoltare la radio con il volume al minimo se erano così fortunati da possederne una, umiliati, impauriti, parlando a sussurri nel buio. A quel punto intervenivano le pattuglie della polizia, con torce, riflettori e cani. I poliziotti bussavano a una porta, a qualunque ora, chi stava dentro aveva l'obbligo di aprire. E di lasciarli entrare liberamente.

Il coprifuoco veniva tolto alle prime ore del mattino, quando la radio e i megafoni ne annunciavano la fine: allora le tapparelle si alzavano, i negozi riaprivano, la vita degli ebrei riprendeva il suo corso, e cominciava una nuova e laboriosa giornata di attività quotidiane frammezzate da episodi di resistenza. La combattività dei sionisti era indomabile, si poteva sopportare tutto in vista della creazione del proprio Stato.

Mentre la primavera avanzava, i monti vicini si riempivano di papaveri e il *khamsin* che soffiava dal deserto cominciava a scaldare l'aria, continuai a tradurre le notizie da trasmettere in Argentina, sempre più spesso a mano a mano che aumentavano i disordini. Adesso che la mia forma si era arrotondata, preparavo anche un corredino per la mia creatura: indumenti minuscoli cuciti con piccoli punti su cotone e batista, lenzuolini e fasce. Nemmeno la nostra vita sociale si fermava: sembrava che gli inglesi e gli altri stranieri cercassero di placare il nervosismo ed esorcizzare i fantasmi della paura con una fitta agenda di incontri, riunioni, soirée e cene. In locali pubblici e case private, tra liquori, sigarette e piatti di *mezzeh*, tutti parlavano e discutevano, consigliavano, interpretavano, osservavano, ribattevano e auspicavano.

Le passioni personali rimanevano altrettanto accese, a volte sfacciatamente pubbliche, come se la tensione avesse portato i gelidi inglesi a perdere il pudore e la discrezione. Correva voce che la moglie di un'alta carica del Secretariat avesse un rischioso *affaire* con un attraente arabo membro della potente famiglia dei Nusseibeh. Che il direttore della British Electric Company si rifiutasse di rompere il suo idillio extraconiugale con la segretaria ebrea. Che il tenente generale sir Evelyn Barker, capo delle forze britanniche in Palestina e Transgiordania, fosse perdutamente innamorato della magnifica Katy Antonius, che quei due ballassero cheek to cheek tutte le sere e che lui le scrivesse ogni mattina un'ardente lettera d'amore su carta intestata dell'esercito.

Frivolezze a parte, la verità era che la minaccia terroristica pendeva sulle teste di tutti quelli con cui vivevamo. E Marcus, anche se con me cercava di comportarsi come sempre e si sforzava di nascondermi le sue preoccupazioni, rivelava senza volerlo che le cose stavano precipitando in un pozzo sempre più profondo. In quel periodo mangiava poco e fumava moltissimo, i suoi zigomi si facevano sempre più marcati e quelle piccole pieghe agli angoli delle labbra, segno della maturità, erano diventate quasi solchi. Non usciva più senza pistola, ogni giorno entrava e usciva a un'ora diversa, per una strada diversa, con una macchina diversa. Dormiva male, si alzava all'alba e, per non disturbarmi, andava in silenzio nella stanza attigua alla camera da letto. Ma anche il mio sonno era leggero in quei giorni in cui cominciava a fare caldo, il ventre era diventato pesante, faticavo a trovare una posizione e dovevo andare in bagno a metà nottata.

Ogni giorno, all'alba, dalla fessura sotto la porta vedevo la luce che Marcus teneva accesa dall'altra parte mentre, nella sua insonnia, scriveva o rifletteva con il balcone aperto. Mi rattristava sapere che non potevo essergli di aiuto; a quel punto ero presa da una profonda sensazione di angoscia e mi tenevo il ventre, e così, perfino al buio, chiudevo gli occhi con forza e supplicavo lo Jahvè degli uni e l'Allah degli altri e il Dio dei cristiani di fare qualcosa per portare in quella terra la pace e il buon senso. Purtroppo, tutti e tre rimasero sordi alle mie preghiere.

La notte tra il 16 e il 17 giugno, nel nostro appartamento suonò il telefono. Marcus si vestì in fretta e furia, a malapena mi tranquillizzò e uscì di corsa. L'Haganah, l'organizzazione paramilitare dell'Agenzia Ebraica, aveva fatto saltare tutti i ponti che collegavano la Palestina con i paesi vicini; quei ponti, su cui spesso transitavano i veicoli dell'esercito britannico, erano stati fatti esplodere simultaneamente con la dinamite in un atto simbolico, per ricordare alle autorità del Mandato e al governo di Attlee il potere d'azione dell'insurrezione ebraica.

Con la tensione e gli animi al limite, l'alto commissario britannico Cunningham, al cui formale insediamento avevamo presenziato mesi prima, dalla Government House chiese a Londra l'autorizzazione a lanciare un contrattacco deciso. Dopo alcune giornate di preparativi segreti, il sabato 29 ebbe luogo in Palestina quella che gli inglesi battezzarono con il nome di Operazione Agatha, il Black Sabbath nella memoria ebraica.

Alle 4.15, prima dell'alba, le forze britanniche si diressero verso i loro obiettivi; il PBS non smise di ripetere lo stesso annuncio ufficiale per tutta la mattina. Lo scopo prioritario era la presa della sede dell'Agenzia Ebraica, ma non fu l'unico. Nel corso di quel sabato e dei giorni successivi, migliaia di soldati e poliziotti arrestarono in tutta la Palestina migliaia di ebrei sospettati di avere legami con il terrorismo; al tempo stesso, sequestrarono armi e una gran quantità di documenti. L'alto commissario parlò alla radio; sarei poi venuta a sapere che era stato Nick Soutter a occuparsi della trasmissione. Gli arresti non riguardavano l'intera comunità ebraica – insistette Cunningham – ma solo i partecipanti alle campagne di violenza e i responsabili della loro istigazione.

L'azione si prolungò fino all'11 giugno; da quel momento le truppe britanniche tornarono nelle loro caserme lasciando lo Yishuv, la popolazione ebraica, amareggiata e perplessa. La mattina dopo, le strade tornarono a riempirsi di altri bambini che gettavano manciate di chiodi sulla carreggiata per forare gli pneumatici delle macchine della polizia; di giovani con la faccia nascosta da fazzoletti, pronti ad attaccare cartelli su tutte le superfici visibili. *Nazi-British. Fascist Hooligans. Exterminators.* Chiamavano la polizia *The British Gestapo*; l'esercito, *The British SS*. C'erano anche riferimenti al versetto dell'Esodo: vita per vita, occhio per occhio, dente per dente... Altri volantini annunciavano che la resistenza sionista era appena iniziata.

Nell'aria calda e polverosa di inizio estate rimase ad aleggiare un dubbio sinistro: quanto tempo ci avrebbero messo ad arrivare le rappresaglie contro gli inglesi.

15

Circa una settimana dopo, quando il clamore dell'Operazione Agatha si era un po' spento, andammo a salutare un collega di Marcus: un veterano che si ritirava dal servizio attivo, il cui nome si è perso nelle brume della mia memoria. Era sabato sera, un collega e la moglie avevano organizzato la riunione nella loro casa di Talbiya. Saremo stati venti o venticinque invitati, come sempre più uomini che donne, tutti inglesi tranne me; ormai ero abituata alla mia singolarità. Alcuni avevano una certa età, altri erano più giovani; alcuni sposati, altri no. Gli uomini in smoking bianchi, noi donne con le spalle scoperte. Quel pomeriggio avevo dovuto allargare un vestito per potermici infilare.

Ci accolsero con complimenti e auguri per la mia gravidanza: tutti insistevano a dire che avevo un aspetto radioso anche se ero in dirittura d'arrivo, qualche sguardo maschile di ammirazione rivolto alla mia scollatura non lasciò dubbi sulla sincerità del complimento. Prendemmo l'aperitivo in giardino, tra palme, fichi e cipressi; per un momento pensai che in futuro mi sarebbe piaciuto vivere in un posto così con Marcus e il nostro bambino e i figli che fossero arrivati dopo, in una casa altrettanto bella ma in un'altra parte del mondo, lontano da lì, dove non si sentissero spari isolati mentre ci servivano i cocktail, né raffiche di mitraglia inframmezzate ai vassoi di tartine. Poi ci sedemmo a tavola, ogni cosa rifletteva un'apparente normalità: il servizio, le vivande, il tono di voce misurato dei commensali, la sobria eleganza. Io, invece, continuavo a stupirmi per lo stoicismo di quelle persone.

All'inizio le conversazioni si estesero a ventaglio, ma non ci misero molto a concentrarsi su un unico argomento: il solito degli ultimi tempi, il ruolo della Gran Bretagna in Palestina e le possibili vie di uscita da una crisi che mostrava un centro impenetrabile e una corteccia sempre più spinosa. Davanti alla partenza del collega in onore del quale era stata organizzata la cena, provai soltanto invidia, un'invidia pura e sincera.

Quella domenica avevamo pensato di approfittare della piscina dell'Hotel Semiramis; Marcus si sarebbe potuto rilassare in acqua, io mi sarei riposata all'ombra di un tendone di tela bianca bevendo succhi di frutta o tè ghiacciato. All'ultimo momento, però, lui ebbe un imprevisto; non precisò quale, ma dovette andarsene. Egoisticamente, ne fui felice. Faticavo a salire e scendere dalla macchina, mi facevano male il bacino, le reni, la parte bassa della schiena. A quel punto mi sembrava tutto insopportabile.

Tornò all'American Colony a metà pomeriggio, ma non per riposare; dopo meno di mezz'ora ricevette qualcuno, poi arrivarono altri due uomini. A differenza di altre volte, preferì non incontrare quei colleghi o contatti o qualunque cosa fossero in biblioteca, ma nel nostro appartamento, in una forma più privata. Non ebbi bisogno di indicazioni: in maniera discreta, scelsi di levarmi di torno.

Aggrappandomi al corrimano delle scale, scesi con il mio passo goffo a pianterreno, attraversai la hall centrale fino al salone e mi sedetti in una poltrona sotto un ventilatore. Avevo un romanzo di Graham Greene in una mano e la mia borsa portalavoro nell'altra. Ma per un bel po' non aprii nessuna delle due cose. Rimasi seduta, con gli occhi chiusi e la faccia rivolta al soffitto, le cosce separate e le braccia penzoloni, a rinfrescarmi con l'aria che le pale di legno muovevano con ritmo lento. Per fortuna non c'era nessuno: la mia postura era sgraziata, quasi indecorosa. Con un pizzico di amara ironia, mi domandai se in futuro sarei mai riuscita a recuperare il mio punto vita, le mie caviglie, le gambe accavallate con grazia.

Il momento del parto si avvicinava. La quarta settimana di agosto, aveva previsto durante l'ultimo controllo il medico che mi seguiva al Government Hospital, uno scozzese severo con cui non ero mai riuscita a stabilire la minima empatia: in occasione di ogni visita mi aveva trattata con fredda distanza. Malgrado i suoi calcoli, non ero convinta che il mio corpo avrebbe resistito tanto a lungo, con quella pancia grande e bassa, dura come una grossa palla di pietra.

Al tramonto, finalmente, gli uomini con cui Marcus si era incontrato se ne andarono, silenziosi come quando erano arrivati. Appena venne a cercarmi in biblioteca, senza giacca, con la camicia stropicciata e le maniche arrotolate, notai sul suo viso una fatica immensa. Gli proposi di cenare in cortile, mormorò qualche scusa, finii per convincerlo.

Durante la cena finsi di ignorare i miei fastidi e mi concentrai su un unico obiettivo: volevo che riuscissimo ad avere qualche momento sereno, mediamente piacevole, come se fossimo una coppia comune in un contesto normale. Il cortile ci offriva l'ingannevole sensazione di trovarci in un piccolo paradiso: cullati dagli zampilli della fontana, illuminati dalle lanterne che gettavano ombre danzanti sulle pietre dorate dei muri, avvolti dai profumi di aranci e gelsomini. La pressione del ventre sulla zona pelvica era insopportabile e la mia povera schiena mi urlava di stendermi, ma la mia forza di volontà ebbe la meglio e mi feci coraggio. Anche i sibili dei proiettili sembrarono darci tregua e ci permisero di chiacchierare con tranquillità sulle inezie della nostra nuova famiglia. La nostra creatura sarebbe stata un bambino biondo dai tratti anglosassoni o una piccola spagnola, bruna e leggiadra? L'avremmo chiamata Mark o avremmo optato per Gonzalo, come il nonno materno? Oppure Olivia, come la sua stravagante nonna londinese; Maria, come la donna che duemila anni prima aveva partorito un bimbo divino in quella stessa terra, o magari Sira come me, un nome fuggito dall'almanacco e afferrato per un pelo?

«Decideremo quando vedremo la sua faccia» concluse Marcus.

Alzò il bicchiere di vino a mo' di brindisi e finalmente fece un mezzo sorriso stanco, e anche se proprio allora sentii una fitta acuta al basso ventre, strinsi i denti e sopportai il dolore senza darlo a vedere.

Ci mettemmo un po' a salire in camera; ogni gradino mi costò una fatica tremenda. Ci coricammo con la portafinestra del balcone aperta sulla notte, Marcus abbracciato alla mia schiena, tutti e due inconsapevoli di cosa significasse quel gesto, ignari della sua trascendenza.

«Non andartene…» mormorai.

Il sole era appena spuntato, la luce tenue filtrava dalle imposte. Io rimanevo a letto, in quel periodo mi alzavo tardi, per evitare che le giornate mi sembrassero troppo lunghe. Lui era in piedi accanto a me, pronto a uscire come se quello fosse un giorno qualsiasi. Lo tirai per la giacca, lo obbligai a chinarsi, allungai il mio braccio nudo fino alla sua nuca e gli affondai le dita nei capelli. Lui si avvicinò, mi baciò sulle labbra, mi scostò una ciocca dal viso. Poi alzò il lenzuolo e mi mise una mano sul ventre.

«Vengo a pranzare con te» mi sussurrò all'orecchio.

Mi riaddormentai, con le sue parole che fluttuavano nelle brume del sonno mattutino.

16

Verso le dieci mi alzai piano e aprii le imposte per far entrare il giorno nella stanza. Con gli occhi ancora socchiusi e le mani sui fianchi, inarcai la schiena. Il calore era già forte, mi arrivavano alle orecchie i grugniti, gli strilli e i ragli degli animali nei recinti sul retro. Come ogni mattina, cominciai a prepararmi un bagno. Mentre l'acqua scorreva copiosamente dai rubinetti aperti, scalza sulle mattonelle fredde, alzai le braccia per raccogliermi i capelli. Di profilo davanti allo specchio, osservai il mio corpo nudo e voluminoso.

A quella stessa ora, in una stanza interna di qualche quartiere ebraico in periferia, otto ragazzi si stavano togliendo i loro vestiti di tutti i giorni. Le camicie chiare con le maniche corte e i pantaloni cachi furono buttati sui pagliericci o abbandonati sulle spalliere delle sedie. Al posto di quegli indumenti indossarono una tuta blu, come quelle portate in genere dagli arabi che consegnavano merci.

A un paio di chilometri di distanza, nel King David Hotel, nelle aree ancora aperte al pubblico e ai clienti, i membri del personale si occupavano con zelo delle loro incombenze. Max Hamburger, il distinto direttore svizzero, controllava su un elenco gli arrivi e le partenze degli ospiti, concentrato su nomi, importanza e incarico. Due piani più in alto, la governante assegnava alle varie camere asciugamani, lenzuola e federe. Nelle cucine del piano interrato, una mezza dozzina di cuochi, una ventina di sguatteri e uno squadrone di aiutanti lavoravano senza sosta ai preparativi del pranzo.

Nelle zone dello stesso edificio riconvertite in uffici del Secretariat e nel quartier generale dell'esercito britannico, l'attività era frenetica come tutti i lunedì. Risuonavano ordini e repliche, conversazioni, tastiere e carrelli di macchine da scrivere, squilli telefonici. Il trambusto di funzionari coloniali, militari e impiegati nei corridoi, negli uffici e nelle sale riunioni era incessante; c'era chi entrava e chi usciva, chi informava e chi veniva informato, chi leggeva documenti e chi li redigeva. Anche l'afflusso di estranei era continuo: cittadini comuni che venivano a sbrigare pratiche e aspettavano seduti il loro turno.

In ufficio, Marcus aveva appena chiesto di essere messo in comunicazione con il suo superiore, sir Gyles Isham, che si trovava a Beirut da alcuni giorni. Magrissimo, in abito di lino chiaro e con l'espressione contratta, fumava l'ennesima sigaretta della giornata per ingannare l'attesa.

Io, verso le dieci e mezzo, ero ancora nella vasca da bagno, con la nuca appoggiata sul bordo per non bagnarmi i capelli. La mia pancia spuntava dall'acqua come una mezza anguria, una mezza luna, una mezza sfera di alabastro, tesa e dura.

Alla stessa ora, i giovani ebrei in tuta cominciarono a caricare su un furgone sette grandi bidoni di stagno per il latte. Ogni recipiente misurava quasi un metro di altezza e due palmi di diametro; la base e il corpo erano cilindrici, poi si restringevano formando il collo, e si allargavano di nuovo all'imboccatura. Tutti avevano due maniglie robuste per facilitare il trasporto, e coperchi con chiusura per evitare la fuoriuscita del contenuto. La capacità di ciascun recipiente era di trenta litri; pieni di latte, avrebbero avuto un peso di circa trentacinque chili ognuno. Accanto ai bidoni, nella parte posteriore del furgone, i giovani misero anche alcuni sacchi di grossa tela, di quelli usati per conservare ceci, pistacchi, pinoli, lenticchie. Quel giorno il carico era diverso: generi non commestibili, metallici.

Nelle cucine del King David, il maître Naim Nissam, un ebreo iracheno che in precedenza era stato al servizio della famiglia reale a Baghdad, verificava che tutto filasse liscio: assaggiava salse e condimenti, controllava pani, formaggi, dessert. Due, tre, quattro, cinque piani più in alto, i camerieri sudanesi rifacevano i letti nelle suite e nelle camere. Nel suo stanzino dietro il banco della reception, una giovane centralinista annotava le prime prenotazioni per la cena.

Nell'area dell'ala sud occupata dal Secretariat, le impiegate avevano momentaneamente interrotto le loro occupazioni per il *tea break* di metà mattina. Ventenni arabe, ebree, qualche inglese, alcune armene e greche. Capaci e intraprendenti, tutte si vestivano, pettinavano e truccavano secondo la moda occidentale. Tra tazze di tè e biscotti al burro, durante la pausa parlavano con vivacità dei capi, di smalti per le unghie e di attori cinematografici.

Nel suo ufficio in quella stessa area, Marcus aveva finalmente ottenuto la chiamata con Beirut ed era in linea con il suo diretto superiore. A oltre quattrocento chilometri di distanza, si scambiavano pareri senza mettersi d'accordo.

Verso le undici, appena uscita dalla vasca da bagno e avvolta in un grande asciugamano bianco, riuscii a stento a trattenere la voglia di rimettermi a letto. Resistetti, accesi la radio. Il PBS mandava in onda uno dei suoi programmi in ebraico, girai la manopola, mi sintonizzai su Radio Cairo, trasmetteva musica egiziana, orecchiabile e ritmica; rimasi su quella stazione.

Alla stessa ora, il furgone con i finti arabi, i terribili sacchi e i bidoni di stagno per il latte percorreva Julian's Way, si avvicinava al King David e svoltava per infilarsi nel vicolo che arrivava fino alle porte di servizio dell'albergo, utilizzate normalmente per lo scarico delle merci. Nonostante la stretta sorveglianza degli ingressi principali, lì non c'era nessuno a intimargli l'alt.

In quel momento, nell'elegante salone di barbiere del King David tagliavano i capelli a un arabo facoltoso e regolavano i baffi di un colonnello inglese. Nella hall, un paio di inservienti aiutavano una coppia a portare i bagagli fino alla porta. Nella sala da pranzo del personale, al piano interrato, camerieri e sguatteri stavano per sedersi a tavola. In giardino, il vecchio giardiniere Shlomo annaffiava le rose.

Dopo la pausa, le segretarie erano tornate ai loro posti nell'ala sud. Il caldo non sembrava comprometterne il rendimento: alcune battevano con decisione sui tasti, altre prendevano note sotto dettatura. Qualcuna rispondeva al telefono e qualcun'altra archiviava rapporti o sottoponeva ai suoi superiori documenti da firmare.

Ancora in ufficio, Marcus aveva chiuso la comunicazione con sir Gyles Isham. Si alzò, andò alla finestra. Con le mani in tasca, sembrava contemplare la vicina torre della YMCA. Ma i suoi pensieri avevano preso un altro corso. Anche se il ventilatore di bachelite funzionava alla massima potenza, sudava.

Verso le undici e mezzo aprii le ante dell'armadio, tirai fuori biancheria intima, una gonna blu con l'elastico in vita e una camicetta di cotone bianco, fresca e senza maniche. Sul tavolo c'era il vassoio della colazione che mi portavano tutte le mattine, ancora intatto. Il tè si era raffreddato e il pane tostato si era rinsecchito; sulla frutta tagliata a fette si erano posate un paio di mosche. Una sensazione strana e spiacevole mi pervadeva corpo e anima fin da quando mi ero alzata. Qualcosa come un'impressione sinistra.

Mi vestii, cambiai di nuovo stazione sintonizzandomi sul PBS. La rubrica culturale in inglese stava parlando delle scrittrici vittoriane; negli ultimi tempi, ripetevano spesso quel tipo di programmi, registrati da tempo. La radio pubblica non accettava più collaboratori esterni, si arrangiava con il proprio personale: ero stata la loro ultima invitata, all'inizio dell'anno, e alla fine non ero riuscita a trasmettere niente. Mi sedetti ad ascoltare senza troppa concentrazione; non ero in vena di interessarmi a figlie di vicari, cime tempestose, lande deserte e campagne coltivate. Per qualche ragione imprecisa, però, preferii rimanere in camera e lasciare che le onde radio mi entrassero in testa.

Intanto, all'ingresso di servizio del King David, gli otto giovani ebrei del furgone vennero raggiunti da altri compagni che fino a pochi minuti prima erano rimasti nascosti, abilmente mimetizzati nello scenario stradale: vestiti con abiti e copricapi come quelli degli arabi, non avevano destato sospetti nei numerosi poliziotti e nella sicurezza militare lì intorno. Ognuno di loro passò all'azione come previsto, senza bisogno di istruzioni. I loro movimenti erano regolati meticolosamente: a due a due, scaricarono dal veicolo i bidoni e li trascinarono fino alla porta. Il fatto che contenessero esplosivi anziché latte li rendeva alquanto più pesanti. Nel frattempo, altri compagni aprirono i sacchi di sparto e distribuirono il loro contenuto. Mitra. Sten a canna corta. Pistole.

I giovani con le armi corsero verso le cucine e la sala da pranzo. Dietro le porte a battente echeggiarono d'un tratto ordini, urla, clamori, rumore di piatti rotti e recipienti che cadevano a terra, un paio di spari. Gli incaricati dei bidoni proseguivano il loro compito con scrupolo. A uno a uno, li trascinarono lungo un corridoio fino alla Régence, il club in cui io e Marcus avevamo cenato qualche mese prima, lo stesso luogo in cui avevo deciso di ricacciare le mie paure, di non abbandonare Gerusalemme e rimanere al suo fianco. Il tavolo che avevamo occupato quella sera saltò in aria di botto: lì, accanto a un pilastro, avevano collocato due bidoni pieni di tritolo e gelignite. Avevano distribuito gli altri nel resto della sala, proprio sotto gli uffici del Secretariat, attaccati alle colonne che sostenevano tutta la struttura dell'ala sud. A ogni bidone era collegato un detonatore. Appena ebbero finito, spensero le luci e uscirono di corsa. Era mezzogiorno e un quarto.

Qualche minuto dopo, il centralino del consolato di Francia, vicino al King David, ricevette una chiamata. Da una farmacia nei dintorni, una voce femminile, giovane e nervosa, lanciò un messaggio. In nome del Movimento di resistenza ebraico, annunciava che nell'albergo stava per esplodere una bomba. Il subalterno corse nell'ufficio del console generale; anche se le minacce erano ricorrenti, quest'ultimo scelse di dare credito all'avvertimento e ordinò di mettere in atto il protocollo preventivo: aprirono tutte le finestre, chiusero tutte le tende ed evacuarono immediatamente il personale. Erano le dodici e ventisette.

A distanza di pochi minuti, al centralino del giornale "The Palestine Post" arrivò un'altra chiamata. Dal retrobottega di un magazzino nelle vicinanze, la stessa voce fece lo stesso annuncio. La centralinista cercò di trasmettere il messaggio alla stazione di polizia, ma per un po' nessuno rispose. Erano le dodici e trenta.

Nelle cucine del King David, dopo che i terroristi erano fuggiti lasciando libero il personale, regnavano il caos e l'isteria. In mezzo al tumulto, nell'agitato incrocio di lingue, opinioni e versioni, uno sguattero disse di avere visto degli arabi che trascinavano bidoni per il latte nel corridoio. Nessuno sembrò dargli ascolto.

Alcuni camerieri salirono nella hall e cercarono di far correre la voce, ma le informazioni erano confuse e ormai la gente era più che abituata ai falsi allarmi. In conclusione: fecero tutti finta di niente. I camerieri sudanesi continuarono a servire ai tavoli ciotole di olive e cocktail, imperturbabili con i loro turbanti, le mani inguantate e i vassoi di bronzo. Funzionari e impiegati coloniali, militari decorati, cittadini facoltosi, visitatori e turisti: nessuno dei clienti abituali sembrava disposto a perdersi l'aperitivo per l'ennesima minaccia.

Marcus, ancora in piedi, pensò di chiedere un'altra chiamata per avvisarmi che non avrebbe pranzato con me. Deconcentrato e sospettoso, non riusciva a togliersi dalla testa la sensazione che qualcosa, quel lunedì, non stesse andando come al solito.

Quanto a me, cercavo di distrarmi con la radio ancora in sottofondo, mentre sfogliavo un numero arretrato del "Tatler". Stavo girando una pagina quando echeggiò l'esplosione, così forte che fece tremare i vetri. La mia faccia si contrasse in una smorfia di terrore, mi portai una mano sul cuore e l'altra sul ventre.

Non lo sapevo ancora, ma tutto l'angolo sud del King David era appena saltato in aria. I trecentocinquanta chili di tritolo si erano trasformati in duecentocinquantamila litri di gas che riscaldarono l'aria a più di tremila gradi.

I bidoni per il latte si disfecero. Le colonne che sostenevano la struttura dell'edificio si disintegrarono. Il ferro battuto si fuse come cera. I piani superiori sussultarono come se avessero una vita propria. Le pareti prima si gonfiarono, poi tremarono, quindi collassarono verso l'interno e infine, con un ruggito assordante, esplosero in mille pezzi, lamine di fuoco e nuvole di fumo nero.

I sei piani edificati con pietra di cava e cemento armato crollarono. Nella caduta trascinarono mobili, termosifoni, apparecchi, tubature, attrezzi. E decine di esseri umani.

17

Le prime contrazioni arrivarono dopo l'esplosione: dirette ai reni, penetranti come lame. Non si erano ancora arrestate del tutto quando riuscii ad afferrare la cornetta. Con la gola improvvisamente secca, chiesi di chiamare il Secretariat, ma non ci fu modo di collegarsi: il centralino non dava alcun segnale. Inspirai dal naso, con ansia, mentre il terrore mi percorreva le ossa. Marcus. Marcus. Dov'era Marcus.

Avevo sentito dire che il parto si annunciava in modo più progressivo e meno brusco. Quello che stava succedendo adesso nel mio corpo, però, faceva presagire una diversa variante. E quell'esplosione. Quell'esplosione. Ero abituata a sentire scoppi di granate, raffiche di mitra e botti di ogni entità; ne avevo anche vissuto uno molto da vicino davanti a Broadcasting House, qualche mese prima. Questo boato, però, era stato diverso, un'aberrazione mostruosa.

Le contrazioni successive mi fecero camminare su e giù, avanti e indietro nella stanza da letto, incapace di tranquillizzarmi e stare ferma. Quando cessarono, ripresi la cornetta, chiesi di Bertha Vester al responsabile della reception. Mi rispose che era uscita un'ora prima, Mustafa l'aveva accompagnata dall'ottico con la Ford.

Cercai di mantenere la calma e di respirare con ritmo regolare, come mi avevano insegnato. Ma la paura e l'angoscia non me lo permettevano. Con le mani sulla parte bassa della schiena, mi avvicinai al balcone. Una densa nube di fumo sovrastava una zona di Gerusalemme, grigia e scura, quasi nera; un contrasto raccapricciante con la luminosità del cielo estivo. Cominciai a sentire sirene in lontananza, prima una, poi parecchie, il fumo denso continuava ad alzarsi. La terza serie di contrazioni mi costrinse ad aggrapparmi alla ringhiera. In piedi, mentre stringevo il ferro battuto con lo sguardo fisso in lontananza, mi accorsi che un liquido caldo mi scendeva lungo l'interno delle cosce. Lungo le ginocchia, i polpacci, le caviglie, fino al pavimento.

Spaventata, con il cuore che batteva all'impazzata, lo lasciai fuoriuscire tutto, era impossibile fermarlo; lasciando impronte bagnate sulle mattonelle, riuscii a malapena a raggiungere di nuovo il telefono. Ancora una volta chiesi che mi mettessero in comunicazione con il Secretariat, senza successo. Poi, di passarmi il centralino del King David. «Niente da fare. Marcus» mormorai di nuovo. «Dove sei, Marcus?» Cercai di mettermi in contatto con Frances Nash all'ufficio stampa, ma il segnale indicava che la linea era occupata. "Tranquilla, Sira" mi ripetevo. "Andiamo con ordine: Marcus no, Bertha no, Frances nemmeno" riepilogai cercando di non perdere del tutto la calma. "Forse potrei chiamare direttamente il Government Hospital" pensai. Lo feci, senza alcun risultato.

La mia paura aumentava a mano a mano che sembrava impossibile comunicare con qualcuno. A quel punto mi venne in mente che avrebbe potuto accompagnarmi in ospedale Said, il fattorino che sbrigava commissioni e faceva consegne con il furgoncino dell'albergo; magari poteva caricarmi su quel veicolo che trasportava melanzane e sacchi di miglio, polli o agnelli. Non c'è neanche lui, signora, fu la risposta. Intanto le sirene continuavano a suonare.

Le contrazioni alternavano momenti senza dolore ad altri insopportabili, la gonna bagnata mi si incollava alle gambe, il caldo era spaventoso, continuavo a sudare. Era evidente che il travaglio era iniziato, non c'era nessuno a cui potessi rivolgermi e avevo la triste convinzione che nemmeno Marcus sarebbe stato al mio fianco. Mi affacciai ancora una volta al balcone, calpestando le acque espulse dal mio corpo. Oltre il cortile, in fondo al giardino vidi le donne delle pulizie e altri dipendenti che guardavano angosciati nella mia stessa direzione, verso il fumo che si innalzava dal centro di Gerusalemme, compatto e sinistro. Cercai di urlare, di richiamare l'attenzione delle ragazze. Le conoscevo tutte, Amina, Lamya, Malak, Sharifa, mi toccavano sempre la pancia, scherzavano con affetto sul mio volume. Forse perché anche loro strillavano agitate, o perché mi mancò la voce o la distanza era troppa, non mi sentirono. Nessuna badò alle mie grida, non si girarono neppure.

Dio santo, Dio santo, Dio santo, ripetei in una sorta di balbettio, mentre rientravo di nuovo in camera. Dio santo, Dio santo, Dio santo... Finché mi fermai di colpo in mezzo alla stanza, in piedi con le gambe socchiuse. Avevo sentito una voce familiare. Mi guardai intorno confusa, il mio sguardo si posò sulla radio. Usciva da lì. Nick Soutter stava parlando. Mi avvicinai all'apparecchio, lo fissai. Con tono misurato e solenne, il direttore dei notiziari del PBS dava la notizia della devastante azione terroristica commessa contro il cuore delle più alte istituzioni britanniche in Palestina. «Hanno appena raso al suolo la sede del Secretariat, tutto l'angolo sud del King David» disse. Le vittime erano numerose, non se ne conosceva ancora l'identità.

Il mio urlo dovette risuonare così forte, così lacerante, che di lì a poco due delle ragazze arabe bussarono precipitosamente alla mia porta ed entrarono senza aspettare il mio permesso.

«Nicholas Soutter, PBS» gridai non appena le vidi. «Chiamate Nicholas Soutter al Public Broadcasting Service.» Indicai la radio, mi diressi goffamente verso l'apparecchio e colpii con tutte le mie forze, a palmate, la cassa di legno. «Chiamate Nicholas Soutter, Cristo santo; chiamatelo da parte mia.»

Passò un tempo indefinito, mezz'ora, forse un'ora intera. Le contrazioni proseguivano ogni sei o sette minuti. Una voce che non era più quella di Nick continuò ad annunciare misure di emergenza: imminente coprifuoco, divieto di avvicinarsi a Julian's Way, blocco di strade e accessi, chiusura urgente di negozi. Lamya mi stringeva una mano, Sharifa mi faceva aria con la rivista, entrambe mi dicevano in arabo cose che non capivo; non appena riprendevano le contrazioni mi liberavo con uno strattone, mi alzavo in piedi e camminavo avanti e indietro per la stanza come una matta in una gabbia.

Nick Soutter non venne, ma al suo posto arrivarono due donne: Ruth Belkine, la matura produttrice del PBS, e una giovane che quando mi vide si spaventò come se avesse visto un mostro con tre teste. Andiamo, andiamo, andiamo, ordinò la prima prendendo subito in mano le redini della situazione. Mi aiutarono a scendere le scale, attraversare il pianterreno, uscire e salire in macchina mentre continuavo a chiedere urlando notizie dell'esplosione, del King David, di mio marito. La sconosciuta si mise al volante, Ruth prese posto accanto a me sul sedile posteriore. Respira, respira, *in and out, in and out, in and out,* insisteva senza perdere la calma. Lamya e Sharifa erano rimaste fuori e si torcevano le dita con le facce brune contratte per la tensione, circondate dalle altre compagne.

Non appena lasciammo l'American Colony, mi accorsi che prendevamo la strada opposta a quella dovuta: andavamo verso il monte Scopus e non in direzione del centro.

«Portatemi al Government Hospital» pregai. Forse lo urlai perfino.

«No» disse Ruth, «andiamo all'Hadassah.»

«Al Government Hospital» strillai.

Lì, nell'ospedale inglese, c'erano la mia cartella clinica e il dottore antipatico.

La sconosciuta non mi obbedì e continuò a guidare in silenzio, senza cambiare direzione. Quando infine si fermò davanti al centro medico ebraico, le contrazioni mi impedirono di protestare di nuovo. Giorni dopo sarei venuta a sapere che avevano deciso di non portarmi al Government Hospital perché, quando vi erano passate davanti per venire all'American Colony, le due donne avevano visto quello che avevano visto: una quantità di ambulanze, furgoni della polizia e auto private che arrivavano cariche di feriti, gente mutilata, bruciata, morti.

Tutto quello che venne dopo finì per fondersi nella mia memoria come una sequenza confusa. Mi tolsero gli abiti bagnati, mi fecero indossare una specie di camicia da notte aperta, mi stesero su una barella. Intorno c'erano solo donne: ostetriche, infermiere dall'uniforme immacolata che cercavano di tranquillizzarmi mentre mi aprivano le gambe, donne che mi consigliavano di stare calma mentre mi introducevano le dita nella vagina. Forse non erano molte, appena due o tre o quattro, ma le loro figure si moltiplicavano nella mia testa. Non capivo perché mi avessero portata lì, il dolore era enorme e la paura mostruosa. Non sapevo se Marcus fosse vivo o morto. Dovevo saperlo. Cercate di scoprire come sta mio marito, pregavo ogni volta che le contrazioni mi davano una piccola tregua. Mescolavo inglese e spagnolo, il sudore si fondeva con le lacrime, le grida e le suppliche si confondevano con il pianto. Chiedete di Mark Bonnard al King David; domandate di Marcus Logan.

Spinsero la barella lungo un corridoio di piastrelle bianche, attraversarono porte bianche, mi portarono in un'altra sala ancora più bianca. Adesso le contrazioni erano praticamente continue, mi lasciarono proprio sotto una strana lampada rotonda, enorme, metallica. La accesero, la luce era così intensa che per qualche istante mi accecò. Una donna, credo una levatrice, mi venne accanto e disse qualcosa in un tono autoritario, ma non capii una sola parola.

Allora diede un ordine e un'infermiera avvicinò la mano al mio naso, tra le dita aveva un aggeggio collegato a una bomboletta. Capii che volevano sedarmi e la scostai con una manata; mi afferrarono le braccia, continuai a resistere scuotendo la testa da una parte all'altra, sudavo da tutti i pori, avevo ciocche di capelli incollate alla faccia.

Alla fine non ci riuscirono. In pochi secondi, sentii un enorme bisogno di spingere e urlare, urlare e spingere nello stesso tempo. La creatura che portavo dentro si stava preparando a uscire, chiedeva strada. La levatrice si chinò tra le mie gambe, sentii che mi manipolava, credetti che mi avrebbe spaccata in due, cominciavo a provare una stanchezza immensa. Insistettero perché spingessi ancora di più, lo feci con tutte le mie forze, una, due, cento volte, in qualche momento mi persi e faticai a trovare la via del ritorno.

Mio figlio venne al mondo tiepido, scivoloso e con gli occhi aperti. Urlai che me lo dessero, la levatrice ebbe un attimo di esitazione, alla fine acconsentì. Me lo appoggiai addosso, era violaceo, appiccicoso, caldo. Lo toccai, lo annusai, gli baciai la testa, trattenni l'angoscia per non trasmettergli le mie premonizioni. Lo guardai, mi guardò con i suoi occhi a mandorla, riconoscendomi. Mi strappai la camicia da notte, gli offrii il seno.

Sul pavimento della sala parto rimasero pozze di sangue e asciugamani tinti di un rosso denso, il sole inclemente filtrava tra le stecche delle persiane, gli strumenti metallici sembravano quelli di un macellaio.

Lo chiamai Víctor, perché la sua piccola vita era arrivata come una vittoria in mezzo alla sofferenza.

Seconda parte

GRAN BRETAGNA

18

Arrivammo a Londra agli inizi di febbraio, nel pieno di un inverno terribile.

Demoralizzate di fronte alla mancanza di soluzioni per mettere fine al terrore, le autorità del Mandato in Palestina avevano deciso di imporre la legge marziale e disposto il rientro immediato di tutti i familiari e del personale civile non indispensabile. Io provai a rifiutarmi, riuscii persino a farmi ricevere dall'alto commissario Cunningham. Mi appellai alle mie origini spagnole, alla mancanza di un legame formale con gli inglesi da quando era morto Marcus. Da quel momento ero rimasta sola, aggrappata al suo ricordo e dedita a mio figlio.

Non ci fu nulla da fare. Ufficialmente, ero una suddita britannica, vedova di un funzionario britannico, madre di una creatura britannica. Dunque, dovevo essere urgentemente rimpatriata insieme agli altri: il decreto era categorico e non ammetteva rinvii né eccezioni. Nell'arco di ventiquattro ore ci avrebbero assegnato un mezzo di trasporto. Entro quarantotto ore saremmo partiti.

Ci concessero di portare con noi solo l'essenziale, al massimo un bagaglio a testa. Molti abbandonavano all'improvviso radici decennali, il coniuge, amici e fedeli servitori, alberi che avevano piantato, pareti che avevano dipinto, odori, sapori e suoni che non avrebbero mai ritrovato. Altri, come me, si lasciavano alle spalle amori seppelliti sotto un'austera lastra. Dopo l'orrore del King David, Bertha Vester mi offrì l'alternativa di una sepoltura intima nel piccolo cimitero privato della sua comunità alle pendici del monte Scopus. Stavo per accettare; cosa mi interessava dove avrebbero riposato i resti dilaniati che non mi avevano concesso di vedere, se Marcus non c'era più? Alla fine riuscii a far prevalere un fondo di lucidità nello strazio e scelsi la soluzione che mi sembrò più adatta alle circostanze: lui era morto mentre serviva il suo paese, e il suo posto era tra la sua gente, nel cimitero anglicano del monte Sion, circondato da compatrioti.

In un altro modo e con un'altra destinazione, adesso spettava a me dire addio a questa Terra Santa brutale e perversa. Quel repentino piano di rientro dei civili britannici fu chiamato *Operation Polly*; a molte famiglie in un primo momento toccarono il trasferimento in treno fino al Cairo e poi la traversata in nave verso porti inglesi. Furono le prime a partire ma, alla fine, le meno fortunate, perché a causa dell'organizzazione confusa e di un mare burrascoso furono costrette a rinviare l'imbarco, dovettero attendere in Egitto e sistemarsi in baracche militari. Altre furono imbarcate su aerei Halifax della Royal Air Force, e le rimanenti distribuite su voli civili, alcuni diretti a Londra, altri ad aeroporti relativamente vicini. A noi toccò atterrare a Parigi; da lì ci portarono a Calais in autobus, poi attraversammo la Manica in traghetto e, una volta a Dover, proseguimmo in treno fino a Londra.

Il nostro aereo era pieno di madri giovani e anziane, c'erano tantissimi bambini, euforici perché salivano per la prima volta su un uccello di ferro. C'erano anche parecchi neonati che piangevano perché gli si erano tappate le orecchie a causa dell'altitudine o perché, grazie al loro piccolo intuito, sentivano che qualcosa nelle loro vite stava cambiando per sempre. Per Víctor fu così: in braccio a me, fila 9, lato finestrino, fu inconsolabile per tutto il volo, come se a sei mesi e mezzo, non ancora in grado di capire, fosse arrabbiato con il mondo. Lo stavo portando via dalla sua casa all'Ospizio Austriaco nella Città Vecchia, dalla sua culla in legno di ulivo, dal canto dei muezzin nelle moschee e dai rintocchi delle campane che erano la sua ninna nanna quotidiana. Lo stavo allontanando dal calore e dall'arabo delicato della nostra cara Sharifa, la ragazza amorevole che era venuta con noi dall'American Colony quando ci eravamo trasferiti. Dai gesti esplosivi di Fran Nash, la nostra vicina del piano di sopra; da Nick Soutter che lo sollevava fino al soffitto facendolo ridere a crepapelle; dagli amici giornalisti che rientravano nell'edificio quando i bar chiudevano. Senza saperlo, mio figlio diceva per sempre addio a tutto questo. E a suo padre sepolto.

Victoria Station brulicava di parenti pronti ad accogliere i viaggiatori; a mano a mano che si riunivano ai loro familiari, da ogni parte si sentivano grida, capricci dei bambini, esclamazioni, saluti calorosi, qualche singhiozzo emozionato. Venne a prenderci Olivia, la madre di Marcus. Da quando le avevo comunicato la morte del figlio e la nascita di Víctor, aveva cercato in tutti i modi di farci lasciare Gerusalemme per traferirci in Inghilterra. Ma mi ero sempre rifiutata. Per il bambino che era così piccolo e per il ricordo di Marcus, per me stessa e per il mio dolore, non volevo abbandonare quei luoghi in cui avevamo vissuto insieme: non mi facevano più paura.

Ci mettemmo un po' a riconoscerci tra la folla; nessuna delle due aveva mantenuto l'aspetto che entrambe custodivamo nella memoria da quel luminoso pomeriggio estivo in cui ci eravamo conosciute. Adesso lei indossava una lunga pelliccia e un vistoso cappello di feltro spesso; la sua treccia, così caratteristica, era nascosta. Io avevo abbandonato da mesi ogni sofisticatezza. Visto che la mia vita sociale era ridotta quasi a zero, grazie a Fran Nash avevo scoperto che i pantaloni erano molto più comodi delle gonne; avevo rinunciato alle calze di seta a favore dei calzini, ero scesa dalle scarpe con i tacchi e avevo adottato quelle basse con i lacci. I vecchi *sweater* di Marcus, vuoti della sua presenza, erano entrati a far parte del mio guardaroba, avevo persino modificato le sue giacche di tweed per adattarle a me, come se così potessi sentirlo ancora vicino. Non ricordavo più l'ultima volta che mi ero truccata e adesso portavo i capelli sempre raccolti con un fermaglio dietro la nuca: nel mio aspetto non rimaneva quasi niente di quella straniera affascinante che nella sua prima visita a Londra si era illusa di entrare nelle grazie della suocera.

In mezzo al marciapiede affollato, esitammo qualche istante quando pensammo di essere finalmente una di fronte all'altra, lei con il suo magnifico portamento, io con il mio bambino in braccio. Ma sì, non c'era dubbio. Avevo di fronte la madre di quello che era stato l'uomo della mia vita, la donna da cui lui aveva ereditato quei lineamenti e quei gesti che tanto mi mancavano. Fui io a rompere il ghiaccio: mi avvicinai, bisbigliai il suo nome senza titoli e la abbracciai. Quando ci separammo, rivolse lo sguardo su Víctor e sul suo mezzo anno di vita piena. Ricordava tanto Marcus: gli occhi verdastri, la pelle e i capelli chiari. Quando lo vide deglutì, si morse il labbro, avvicinò alla sua guancia una mano inguantata. Stanco, frastornato, suo nipote si voltò bruscamente e nascose la faccia nella mia spalla, evitandola.

«Avremo tutto il tempo» sussurrò lei mentre ritirava la mano. «Avremo tutto il tempo; l'importante è che, grazie a Dio, siate finalmente a casa.»

Quando lasciammo la stazione nevicava, era calata la sera da qualche ora. L'ingresso era pieno di taxi e macchine pronte per trasportare le tante famiglie come noi che arrivavano dalla lontana Palestina dopo tre estenuanti giorni di viaggio. Faceva un freddo cane, coprii il viso di Víctor con il bavero del mio cappotto e lo tenni stretto a me. Olivia cominciò a farsi strada con disinvoltura tra il frastuono dei motori accesi e il fumo dei tubi di scappamento, noi la seguimmo. Dietro, un facchino trasportava la nostra valigia e un nécessaire; era il nostro unico bagaglio.

Ci avvicinammo a una lussuosa Bentley, l'autista si affrettò ad aprirci le portiere. Volevo pagare il facchino che ci aveva aiutate, ma Olivia mi bloccò e ci pensò lei. Si occupò anche di condurre la conversazione durante il tragitto; io mi limitai ad ascoltarla e a rispondere laconicamente ogni tanto. Appena ci allontanammo dalla folla davanti a Victoria Station, notai che il traffico era scarso, c'erano pochi passanti per le strade buie e innevate in quella nottataccia. Al nostro arrivo, Víctor si era addormentato.

La facciata della casa di The Boltons mi sembrò meno imponente di quanto ricordassi, forse per la mancanza di luce: un semplice lampione gettava ombre giallastre sul portico. Il portoncino si aprì subito e comparve una domestica avanti negli anni che, ripensando alla mia precedente visita, mi sembrò avere un'aria vagamente familiare. Scesi dall'auto con il bambino in braccio, cercando di non svegliarlo. Olivia mi fece imperiosamente segno di entrare, obbedii, salutai con un cenno la domestica mentre lei teneva aperto il cancelletto di ferro. Avevo cominciato a salire i gradini dell'entrata, quando mi accorsi che Víctor aveva perso una scarpina. Mi girai per chiedere il favore di cercarla e vidi qualcosa che mi turbò: mentre la domestica stava per scaricare i bagagli, la madre di Marcus porgeva delle banconote al conducente. Era evidente che non si trattava dell'autista di casa. Mi rigirai facendo finta di niente, nessuno dei tre se ne accorse.

L'atrio mi si aprì davanti nella penombra. Feci qualche passo, inspirai ed espirai intensamente; dalla bocca mi uscì una nube di vapore denso.

«Ed eccoci qui» borbottai.

Non avevo la minima idea di come sarebbe stato il nostro soggiorno in quella casa così diversa da tutti i luoghi in cui avevo vissuto fino a quel momento. In mezzo a quell'incertezza, però, avevo una sola idea fissa in testa: ce ne saremmo andati via quanto prima.

Passammo l'ora successiva a sistemarci nella semioscurità.

«Preferisci che mettiamo il bambino in un'altra stanza?»

Dovetti guardarla con l'aria sconvolta, perché colse il mio rifiuto senza bisogno di parole. Ci sistemò in una camera con due grandi finestre e due pesanti tende che le riparavano dalla notte gelida. Era ampia e apparentemente bella, ma trasudava decadenza: un'anta dell'enorme armadio non si chiudeva, sulle pareti spiccavano le impronte di quadri spariti, la carta da parati cinese in certi punti era scollata; comunque, nel camino c'era un bel fuoco, sicuramente acceso per il nostro arrivo. Sistemammo la culla accanto a quello che sarebbe stato il mio letto, e quando finalmente misi a dormire mio figlio sentii una profonda sensazione di sollievo misto a sconforto.

Di sicuro avrei dovuto fare uno sforzo per scendere con Olivia al primo piano e conversare un po', mostrando così un minimo di gratitudine per la sua ospitalità e il suo impegno. Ma non me la sentivo: né di rivivere il lunghissimo viaggio, né di descriverle la Gerusalemme ridotta allo stremo che ci eravamo lasciati alle spalle, e ancora meno di rievocare con lei il ricordo di Marcus. Accettai dunque la sua offerta di farmi portare dalla domestica un biberon di latte caldo per Víctor e qualcosa da mangiare per me, diedi la buonanotte a tutt'e due e mi chiusi in camera.

Mi svegliai quando la fame di Víctor si fece sentire con urla e minacce di pianto. Nel cuore della notte lo avevo messo nel mio letto per farlo stare al caldo quando si era spento il fuoco. La stanza era ancora buia e gelida; mi armai di coraggio, saltai giù dal letto, aprii le tende con uno strattone, diedi un'occhiata fuori e mi rinfilai subito sotto le coperte. Il mio primo giorno a Londra iniziava con la città innevata. Cercai di giocare con mio figlio per qualche istante, volevo distrarlo, ma si rifiutò categoricamente. Era l'ora di mettersi in moto.

Venti minuti dopo, con il bambino in braccio, scesi le scale alla ricerca di qualcosa con cui fare colazione tutti e due. Quando arrivai all'ultimo gradino, la domestica ci venne incontro per accompagnarci. «Milady vi aspetta nella sala da pranzo» annunciò con un accento che mi sembrò strano. Aveva una sessantina d'anni, un corpo goffo e un viso un po' sgraziato. Indossava una divisa nera scolorita in alcuni punti; sopra, un grembiule e una cuffia di un bianco discutibile, e un cardigan pesante. Mentre la seguivo, mi accorsi che aveva una gamba più corta dell'altra.

La gran lady Olivia Bonnard leggeva il "Times" seduta a capotavola. Adesso sì che somigliava di più alla straordinaria suocera conosciuta un anno e mezzo prima: era avvolta in vistosi scialli di lana sovrapposti, e la sua lunga chioma era di nuovo raccolta in una treccia che le ricadeva sulla spalla e arrivava fin sotto al seno. Il suo aspetto mi sorprese ancora una volta: tra le signore inglesi della sua età che avevo incontrato in Palestina, non ne avevo mai vista una come lei; avevano tutte uno stile, un abbigliamento, una pettinatura molto più sobri e convenzionali. Ai suoi piedi si era raggomitolato uno dei cani. Immaginai che gli altri due fossero morti di vecchiaia.

Il mio posto era stato apparecchiato su un lato, alla sua destra. E per Víctor avevano predisposto un seggiolone di legno scuro, alto e antico. Pensai che lo avesse ripescato da qualche soffitta polverosa; mi commosse l'idea che magari era quello che usava Marcus da piccolo. Ma Olivia riuscì a distruggere in un attimo la mia falsa intuizione.

«Oh, no, *my dear*. Dei bambini non è rimasto più niente;

l'ho trovato la scorsa settimana al mercatino della chiesa, insieme a una carrozzina.»

Il fuoco era acceso ma, vista l'ora mattutina e le dimensioni della stanza, la sala non si era ancora scaldata; mi resi subito conto che ci saremmo dovuti coprire di più. Non eravamo nemmeno riusciti a lavarci, quando ci avevo provato, mi ero accorta che dai rubinetti del bagno della camera usciva solo acqua gelida.

Come se mi avesse letto nel pensiero, mentre chiudeva il giornale annunciò:

«Ci aspetta un duro inverno, cara. Ha cominciato a nevicare nell'ultima settimana di gennaio, e i meteorologi assicurano che per ora non accenna a smettere.»

La tavola era apparecchiata con raffinatezza, piatti di porcellana ornata da fiori delicati, posate d'argento, tovaglioli di lino. Non ci misi molto a rendermi conto, però, che tutto quell'allestimento era assolutamente spropositato rispetto alla frugalità alimentare: da una credenza vicina, ci servimmo un po' di uova strapazzate, una salsiccia smunta e una manciata scarsa di champignon. Niente dolci. Di frutta, nemmeno l'ombra. Un po' di pane, un pezzettino di burro e della marmellata accuratamente spalmata sul fondo di un recipiente di vetro per dare l'idea di abbondanza.

«La guerra è finita, ma il paese non si è ancora ripreso» spiegò la mia illustre suocera. «Ci sono restrizioni in tutto e per tutti: gas, carbone, elettricità, anche i giornali, pensa, possono avere al massimo quattro pagine. E ovviamente ci sono limiti per l'assegnazione del cibo. A proposito, dobbiamo andare al più presto a chiedere che vi includano nelle tessere di razionamento.»

Masticai in silenzio per alcuni istanti. Risposi dopo aver deglutito.

«Forse non ce n'è bisogno.»

Lei sollevò le sopracciglia, sorpresa e al tempo stesso curiosa. La liberai subito da ogni perplessità.

«Non abbiamo intenzione di rimanere, Olivia.»
Si rabbuiò lievemente in volto.
«E se non è una domanda indiscreta, dove avresti intenzione di andare, *darling*?»
«In Marocco.»
Le tappe del viaggio da Gerusalemme mi erano servite per riflettere e prendere decisioni. In Palestina non saremmo più potuti tornare, dovevo scegliere dove cominciare una nuova vita. E fra Madrid e l'Africa, forse perché il nostro viaggio estenuante era coinciso con la durezza dell'inverno, la bilancia pendette per il sud, perché mio figlio crescesse sotto il suo sole benevolo.
«In Marocco» borbottò con lentezza. Storse le labbra e annuì con la testa, come se la mia fosse un'idea geniale. La sua espressione, ovviamente, sprizzava sarcasmo.
«In Marocco, sì» ribadii con fermezza. «Lì c'è mia madre e ho degli amici.»
«E quanto tempo pensi di fermarti?»
«Non penso di fermarmi solo per un po'. Ho deciso che ci stabiliremo lì. Definitivamente.»
Si portò la tazza di tè alla bocca. Ebbi l'impressione che, mentre il bordo le sfiorava le labbra, le tremassero le mani.
«Anche qui hai dei legami, Sira» disse discretamente sobria, dopo averla appoggiata sul piattino.
Guardò Víctor, che in quel momento stava succhiando di gusto un pezzo di pane. Incurante della nostra presenza, dal suo piccolo trono osservava con curiosità il vecchio cane.
«Questo bambino è l'unico discendente di una famiglia che da generazioni serve l'Inghilterra e la Corona con rispetto, responsabilità e rettitudine. Un giorno erediterà questa casa e onorerà il nome dei Bonnard, e per farlo dovrà ricevere l'educazione adeguata. Dubito che una misera colonia africana sotto il dominio spagnolo sia il miglior posto perché ciò avvenga.»
Non avevo intenzione di discutere. Né il coraggio né la

forza. Quindi lasciai perdere, con la scusa di dare un altro pezzo di pane a mio figlio. Appena lo afferrò con la sua manina, lo lanciò al cane e quando lo colpì in testa scoppiò a ridere. Sorridemmo entrambe, fingendo che si fosse allentata la tensione. Almeno per il momento.

19

Neppure chi era nato prima che la regina Vittoria rimanesse vedova ricordava un inverno così duro. Per cinque settimane di fila, la temperatura non superò lo zero nemmeno per una mattina. Il gas arrivava con una pressione bassissima, il carbone scarseggiava e ogni giorno si verificavano interruzioni di corrente che duravano ore. Nelle abitazioni e negli edifici pubblici si riprese a usare candelabri e candelieri; anche dentro casa stavamo tutto il tempo con i guanti, due paia di calze e vari strati di vestiti. Gli animali morivano assiderati nelle fattorie; la frutta e la verdura fresca si trasformarono quasi in prodotti di lusso; le consegne divennero difficili quando non impossibili e le razioni alimentari fornite con le tessere si fecero ancora più scarse che durante la guerra. Chiusero fabbriche, negozi, uffici e scuole; i mezzi pubblici e i treni funzionavano a malapena; l'esercito lavorava sodo per ripulire dalla neve le vie, le strade e i binari ferroviari, si ricorse persino ai prigionieri di guerra tedeschi perché dessero una mano. Si paralizzò mezzo paese, si persero centinaia di migliaia di posti di lavoro.

Siccome viaggiare con quel tempo spaventoso era impossibile, fummo costretti a prolungare la nostra permanenza a Londra e rimanemmo intrappolati in quella capsula di The Boltons che mia suocera dirigeva con mano implacabile. Reclutò una giovane bambinaia dai ricci castani di nome Phillippa e la ospitò in casa; all'inizio, non ne avevo bisogno ma, per non privare di un tetto quella povera ragazza bassina e timida, preferii non rifiutare il suo aiuto. Senza troppi brontolii e lamenti, a poco a poco mi adattai alla routine di Olivia Bonnard: colazione nella sala da pranzo alle otto e mezzo, caffè annacquato nel *lounge* alle undici, un *luncheon* frugale all'una, tè alle quattro, *supper* alle sette e mezzo. La domenica successiva al mio arrivo mi propose di accompagnarla nella vicina chiesa di Saint Mary The Boltons, e quella divenne una consuetudine, anche con la neve sopra le caviglie e vestiti come gli eschimesi. Mi presentò al vicario e a sua moglie, a vicini e parenti; a tutti mostrò Víctor con orgoglio e manifestò apertamente la gioia di averci a casa.

Il martedì venivano le sue amiche per giocare a bridge. Spesso riceveva anche altre visite, non saprei dire se inattese o concordate. E tutti i giovedì, senza eccezioni, compariva gente di vario genere, otto, dieci persone, a volte di più, per chiacchierare mentre fumavano e bevevano quello che avevano portato: whisky o sherry, vino rosso francese, gin o brandy.

Gli incontri si prolungavano secondo la durata delle bottiglie; di solito, le conversazioni vertevano su eventi mondani, pettegolezzi di alto livello e minuziose analisi politiche in cui i presenti erano soliti dire peste e corna del primo ministro Attlee e del suo gabinetto di sinistra, maligni esecutori – a loro avviso – della recente nazionalizzazione delle miniere di carbone, delle centrali elettriche, delle ferrovie e della Bank of England.

Sospettai che, in altri tempi meno ostili, quelle riunioni in cui abbondavano le chiacchiere e scarseggiavano le vettovaglie fossero ricche cene servite da tre domestici; magari allora l'onorevole Hugh Bonnard non era stato ancora stroncato da un infarto prima di compiere cinquantaquattro anni, e i tre figli, con Marcus in testa, sciamavano per le stanze sani, snelli e promettenti. Adesso, invece, era rimasta solo la madre avvolta nei suoi stravaganti scialli di lana, la sala da pranzo non veniva aperta agli invitati perché non c'era niente da offrire e l'unica domestica andava a dormire verso le otto senza avere altri compiti e obblighi, lasciando a disposizione degli ospiti solo qualche posacenere e la luce tenue di alcune candele.

Durante quei giorni di freddo selvaggio in cui a stento mettemmo il naso fuori, tra quelle pareti di una residenza illustre che adesso invocavano a gran voce un idraulico per riparare le tubature, un'imbiancata o una nuova carta da parati, in mezzo a tutta quella gente che entrava e usciva, io e mio figlio ci muovevamo come due fantasmi silenziosi, eravamo lì quasi senza esserci, presenti ma estranei. La relazione suocera-nuora nel frattempo rimaneva corretta, senza grandi effusioni ma senza troppi inciampi: fluida quanto poteva esserlo il rapporto fra due sconosciute provenienti da mondi totalmente diversi.

Fin dall'inizio mi fu chiaro che Olivia Bonnard provava nei miei confronti un'indifferenza assoluta; il suo unico interesse era dovuto al mio legame matrimoniale con suo figlio e alla mia funzione di riproduttrice del nipote. Non mi chiese mai delle mie origini, della mia famiglia o del mio paese, della mia vita precedente o del mio rapporto con Marcus. Ai suoi occhi rappresentavo, senza ombra di dubbio, l'esatto opposto della moglie che avrebbe desiderato per il primogenito: una straniera priva di radici sociali e senza un patrimonio proprio, proveniente da un paese arretrato e oscuro. Ma siccome era intelligente e non aveva altra scelta, cercava di non dimostrare in modo esplicito il suo disprezzo nei miei confronti. Provava invece un affetto profondo per Víctor; un affetto senza sbaciucchiamenti e coccole che io, da madre, ritenevo sincero.

Una delle mie occupazioni nelle tante ore morte fu girare in lungo e in largo per quella enorme casa, dal seminterrato con la lavanderia, la dispensa vuota, l'office e la grande cucina, fino alle soffitte dove un tempo alloggiava il personale domestico, adesso inesistente a parte Phillippa, la bambinaia, e la vecchia Gertrude. Andavo alla ricerca di qualche traccia dell'infanzia e della gioventù di Marcus, qualunque cosa che potesse avvicinarmi a lui, ma trovai solo un paio di racchette da tennis con il legno deformato e senza corde. Durante la guerra, Olivia aveva accolto sotto il suo tetto parenti lontani, amici e conoscenti, offrendo ospitalità persino a sconosciuti; era arrivata a privarsi di mobili, ornamenti e suppellettili, e non aveva potuto far altro che lasciar perdere le frivolezze a favore di una funzionalità quasi da caserma. Finì addirittura per vendere la grande biblioteca del marito. Degli antichi abitanti di quella casa, rimaneva ormai soltanto il ricordo.

Quasi ogni settimana ricevevo per posta notizie di Fran Nash da Gerusalemme, lunghe lettere che divoravo chiusa nella mia stanza, ripetendo paragrafi ad alta voce a mio figlio, come se fosse capace di elaborarli con il suo cervello di bambino. In una di queste mi raccontava che era riuscita a farmi sostituire come traduttrice per la Télam da un giovane francescano andaluso; in un'altra, che il mio appartamento dell'Ospizio Austriaco era stato affittato da una coppia di giornalisti americani. Mi aggiornava anche sulle novità di conoscenze comuni, mi dava informazioni sulle figlie, sui film che aveva visto, sprazzi di ironia e aneddoti. Per non turbarmi, faceva appena cenno agli episodi violenti della resistenza ebraica.

Con minore frequenza, ma anche queste con una certa regolarità, mi arrivavano lettere da Bertha Vester, scritte su un'elegante carta color avorio con il logo dell'American Colony; nonostante avessi lasciato il suo albergo per riorganizzare la mia nuova vita, eravamo rimaste piacevolmente in contatto. Ricevetti qualche lettera anche da conoscenti del giro di Fran, che erano quasi diventati amici dopo la morte di Marcus e il mio trasferimento nella Città Vecchia. E, ovviamente, mi scriveva spesso Nick Soutter; con la sua scrittura intensa, mi raccontava le vicissitudini del PBS: il personale ebreo, con a capo il direttore Edwin Samuel, aveva abbandonato in blocco il palazzo della radio pubblica del Mandato britannico e se n'era andato. Concludeva sempre con un paio di righe dedicate a Víctor; lo chiamava *old chap, old chum*, dandogli del tu, come se fossero amici. Un po' per scherzo e un po' sul serio, gli chiedeva di prendersi cura di me.

Leggevo e rileggevo tutte quelle lettere come se fossero l'unica cosa che mi collegava al mio passato. Riavvolgendo il nastro della memoria, Gerusalemme era quasi tutto quello che ricordavo, come se la mia vita fosse cominciata in quel territorio. Madrid, Tetuán, Tangeri, gli anni della giovinezza e il lavoro di sarta sembravano essere rimasti così indietro che a volte avevo la sensazione che non appartenessero a me, ma a una sconosciuta. Il tempo trascorso in Palestina con Marcus e i mesi in cui avevo convissuto con la sua assenza costituivano la mia realtà più vera. I miei amici più cari appartenevano adesso a quei momenti: quelli che mi avevano tenuto compagnia nelle notti di dolore e insonnia dopo la sua morte, quelli che mi avevano teso una mano per non farmi sprofondare del tutto nelle acque torbide della sofferenza. Erano loro, in quella Londra gelida e in quella casa inospitale, a mancarmi tanto. E con il pensiero rivolto a loro trascorrevo le giornate, in attesa che le intemperie finissero per fare rotta verso il sole e fuggire una volta per tutte da quell'ambiente estraneo e glaciale.

Stavo proprio rileggendo una lettera di Fran arrivata quella stessa mattina, mentre Víctor faceva un riposino, quando Gertrude bussò alla porta della mia camera da letto. Il resto della casa era così poco accogliente per via della temperatura che passavo lunghe ore rinchiusa lì; le dimensioni generose della stanza mi avevano permesso di organizzare una piccola cucina in un angolo, con un fornelletto per scaldare i biberon e una teiera. Gertrude mi aveva dato anche una stufa a paraffina, la sera ci portava bottiglie di acqua bollente per scaldare le lenzuola e ogni tanto ci procurava un paio di banane o un pacchetto di biscotti. In fondo, pensavo che fosse così generosa non tanto per farmi sentire a mio agio quanto per fare un dispetto alla sua padrona; avevano uno strano rapporto che oscillava costantemente tra l'affetto e l'astio, la venerazione e l'ostilità.

«Milady domanda se può scendere, signora» annunciò con quell'accento strano a cui ormai mi stavo abituando.

Aveva un occhio più chiuso dell'altro, mi chiedevo spesso se fosse guercia. Comunque, con quello sguardo sfuggente, i suoi tanti anni e l'andatura zoppicante, nel suo lavoro era un fulmine. Lavava e stirava i pannolini di Víctor nel giro di poche ore, si occupava della mia stanza e dei miei vestiti anche se io non volevo e, grazie alla sua abilità, riusciva a trasformare i pochi alimenti che entravano in cucina – fettine di fegato, uova piccole e cavoli insapori, minestre in scatola e perfino carne di balena – in qualcosa di moderatamente appetibile.

Tra l'isolamento domestico, il bagaglio striminzito con cui ero arrivata e gli sforzi per affrontare le basse temperature, avevo un'aria un po' sciatta: pantaloni di flanella, un grosso *sweater* di shetland a collo alto e sopra un vecchio giubbotto di Marcus. Sotto, indossavo vari strati di indumenti intimi, che non si vedevano. Proteggevo le mani con un paio di guanti di lana con le mezze dita che mi tolsi subito. Avevo i capelli raccolti in una coda di cavallo legata con un fazzoletto. Sul viso, neppure un'ombra di trucco; sulle labbra, nessun segno di quel lipstick il cui uso era promosso dalle autorità britanniche nei giorni di guerra, per tenere alto il morale.

Li trovai seduti sulle poltrone davanti al camino, a bere una di quelle brodaglie dal colore grigiastro così poco invitanti che si facevano a quei tempi in mancanza di un caffè di buona qualità. Sia Olivia che lo sconosciuto avevano lo sguardo concentrato su dei grandi rotoli di carta appoggiati sul tavolo. Appena mi sentirono arrivare sollevarono la testa, lui si alzò educatamente. Era un uomo di mezz'età, magro e ben vestito, con gli occhiali e una stempiatura pronunciata; quando lo salutai mi accorsi che non si era tolto la sciarpa. Olivia me lo presentò come un architetto, si chiamava Baker o Barker o qualcosa del genere, non ricordo.

«Siamo alle prese con una sfida impegnativa, *my dear*, e ci piacerebbe sapere cosa ne pensi. Secondo te, sarebbe meglio dividere in due, in quattro o in sei?»

Non capivo perché avessero bisogno del mio parere su qualcosa che non mi competeva né mi interessava, ma mi sedetti accanto a loro e finsi di farmi coinvolgere. I progetti riguardavano la residenza di The Boltons nella quale ci trovavamo e prevedevano una diversa distribuzione degli spazi. Un'alternativa era trasformarla in due case speculari. Un'altra, in quattro appartamenti indipendenti. La terza, in sei.

«Questa casa è troppo grande e occorrerebbe fare qualcosa» mi spiegò Olivia. «Da parecchi anni non vengono eseguiti lavori di manutenzione, e ristrutturarla completamente avrebbe un costo insostenibile.»

«Si stanno facendo interventi di questo genere in tutta Londra» osservò l'architetto. «La carenza di alloggi è diventata un grave problema dopo che parecchie costruzioni sono state spazzate via dai bombardamenti tedeschi.»

Mi mostrarono quali sarebbero state le suddivisioni possibili; anche nell'opzione minima, quella delle sei unità separate, si sarebbero senza dubbio ottenuti degli appartamenti non grandiosi ma più che accettabili. Se avessi dovuto fare un paragone, ognuno avrebbe avuto parecchi metri quadrati in più dell'umile casa in affitto di calle de la Redondilla in cui avevo trascorso la mia infanzia.

«Tanti amici e conoscenti, gente come noi, stanno facendo la stessa cosa. Dobbiamo adattarci ai tempi, dobbiamo...»

«I risultati sono eccellenti, è possibile installare il riscaldamento centralizzato...»

«Una cucina moderna...»

«Rubinetti in acciaio inossidabile...»

Alzai lo sguardo dai progetti; qualcosa strideva nella mia testa mentre li sentivo concordare nei loro giudizi con una coreografia perfetta. Comunque, avevano ragione tutti e due. Da un canto, nella casa di famiglia c'erano fin troppe stanze vuote; dall'altro, nella sua decadenza si notava la mancanza di liquidità. Olivia Bonnard, chiaramente, aveva ben poco con cui tirare avanti.

I Bonnard non avevano mai fatto parte dell'aristocrazia né avevano mai avuto tanti immobili o terreni. Il fatto che a suo tempo al padre di Marcus si rivolgessero con l'appellativo "sir" e a lei di conseguenza con quello di "lady" – con diritto o meno, *who knows* – non implicava che vantassero nobili natali; si trattava di una semplice formula di cortesia dovuta alla nomina di Hugh Bonnard come giudice della High Court of Justice. Discendevano entrambi da un'antica e nota dinastia dedita alla professione forense e al servizio pubblico in vari ambiti; appartenevano a una classe benestante, perbene e colta che per generazioni aveva mandato i figli alla Harrow School e nei college di Oxbridge, e aveva fatto sposare le figlie con membri di famiglie simili: una *upper middle class* che aveva vissuto con grande agiatezza mentre i venti soffiavano a favore, e che aveva dovuto stringere la cinghia quando erano arrivate le burrasche. L'etichetta e le buone maniere erano il segno distintivo della casa e della classe, così come il loro particolare modo di parlare e le loro numerose abitudini e convenzioni. Ma soldi, a quel punto, ce n'erano ben pochi.

Olivia manteneva ancora, o almeno così credevo, la proprietà della sua magnifica residenza, una villa vittoriana con la facciata in stucco, quattro piani e magnificamente ubicata a The Boltons, tra South Kensington, Chelsea ed Earls Court, quasi esattamente a metà fra Kensington Gardens e il Tamigi, di fronte a un giardino pubblico che non avevo ancora avuto il tempo di godermi per colpa della maledetta neve. Eppure, sebbene l'idea di ristrutturare la casa fosse del tutto logica, quel pomeriggio, davanti al progetto, ebbi il sospetto che mi stesse sfuggendo qualcosa.

Mentre cercavo di capire cosa non riuscivo ad afferrare, l'architetto andava avanti con le sue argomentazioni elencando i vantaggi di ciascuna alternativa. Finché, in conclusione, indicò un punto concreto del progetto con la punta del suo portamine d'argento e alzò gli occhi verso di me.

«Ma se potessi scegliere, come nel suo caso, propenderei senza dubbio per l'opzione dei quattro appartamenti e mi terrei uno di quelli al primo piano con la vista sul giardino.»

Per poco non scoppiai a ridere. Quindi le cose stavano così. All'improvviso mi era tutto chiaro. Ritenendo inutili altri metodi per convincermi, la mia sibillina suocera voleva evitare che ce ne andassimo tentandomi con la proposta di una futura abitazione. Indipendente dalla sua, ma di sua proprietà. Separata da lei, ma annessa. Come un prolungamento. Come una sorta di appendice.

20

Eravamo già a marzo quando le temperature iniziarono a addolcirsi, le nevicate e le gelate si placarono, e riuscii finalmente ad avventurarmi per le strade di Londra. Dopo varie settimane di clausura le cose da fare si erano accumulate. Una era prendere dei vestiti per Víctor, che continuava a crescere ed era arrivato a Londra con il minimo indispensabile. Un'altra, comprare qualcosa da mangiare per compensare il costo generato dalla nostra permanenza: mi ero spesso offerta di contribuire alle spese di casa ma Olivia, spinta da un orgoglio ostinato da matriarca generosa, aveva rifiutato categoricamente.

Procurarmi una cartina era un'altra delle mie impellenti necessità. E, infine, dovevo trovare un posto in cui acquistare i biglietti per la nostra partenza. Sorvolando su queste incombenze, non vedevo l'ora di prendere un po' d'aria, e non solo in senso atmosferico: per quello andavo nel giardino sul retro della casa, con mio figlio tutto imbacuccato in braccio. La prima volta in cui lo feci, mi sentii come trafitta da una sorta di punteruolo affilato: lì, un anno e mezzo prima, Marcus era con noi, rilassato, con le gambe distese sull'erba e il viso rivolto al sole estivo, affascinante nel suo abito di lino, soddisfatto perché finalmente sua madre e sua moglie erano riuscite a conoscersi. Nessuno di noi tre, in quel radioso pomeriggio di luglio, poteva immaginare che il nostro volo di quella sera per la Palestina sarebbe stato per lui un viaggio senza ritorno.

Lì, in quel bel giardino, trascurato e adesso spoglio a causa dei rigori invernali, facevo brevi passeggiate con il mio bambino, andavamo avanti e indietro fino al muro di mattoni in fondo, avanti e indietro tante volte per far entrare l'ossigeno dai pori della pelle, dal naso, dagli occhi e dalle orecchie.

La prima mattina in cui si intravide dalle finestre un accenno di sole pallido, annunciai la mia intenzione di uscire. Continuavamo a mantenere la liturgia dell'inizio della giornata davanti al grande tavolo di noce della sala da pranzo, con la colazione a base di tè e quasi nulla di nutriente. Mi domandavo spesso perché Olivia ci tenesse così tanto a quel rituale alquanto pomposo, mentre nella sua dispensa c'erano solo ragnatele; pensai che fosse la sua maniera di non soccombere allo sconforto.

Alzò lo sguardo dal "Times", curiosa, al di sopra dei suoi occhiali da lettura.

«Vai in qualche posto particolare?»

«A fare compere.»

Sfogliò una pagina, lesse qualche rigo, si fermò di nuovo.

«Vuoi che ti accompagni?»

«Non c'è bisogno, grazie.»

Continuò a leggere con gli occhiali sulla punta del naso; indossava un altro dei suoi opulenti scialli di maglia e aveva, come sempre, la treccia sulla spalla.

«Vuoi che ti presti la mia pelliccia di volpe?»

Stavo per scoppiare a ridere. Mi affiorarono alle labbra due parole: neanche morta. Ma riuscii a frenarmi e ripetei solo:

«Non c'è bisogno, Olivia, grazie.»

Lei era senza dubbio consapevole dell'esiguità del mio guardaroba, limitato a quel poco che era entrato in un'unica valigia: i vestiti che usavo di più, quelli del bambino e alcune cose di Marcus. Fran Nash si era offerta di spedirmi i bauli con quello che ero stata costretta a lasciare; le avevo detto che non era necessario. Tutto mi legava troppo a un tempo che mi ero lasciata alle spalle, meglio non ripensarci. Mi mancava solo la mia radio, ma mi ero abituata a farne a meno.

Fu così che iniziai il mio primo contatto con Londra: sola, incredula, curiosa. La zona di The Boltons era indubbiamente esclusiva, ma si potevano ancora vedere i segni della guerra: buche fangose per terra, cordoli dei marciapiedi distrutti e cumuli di neve sporca mista a macerie. Nel mio giro tra strade residenziali quasi senza passanti e con pochissimo traffico, notai varie facciate di case eleganti penalizzate dalle avversità; alcune avevano le finestre tappate da assi per supplire alla mancanza dei vetri e quasi tutte la tinteggiatura scrostata, come a rattoppi; pensai che anche molte di quelle case sarebbero state trasformate in appartamenti. Camminando senza una meta precisa, spinta solo dall'energia delle gambe, non ci misi molto ad arrivare in un'arteria il cui panorama era diverso: più macchine, più gente, autobus, movimento. FULHAM ROAD, lessi su un cartello.

Un paio d'ore dopo ero di ritorno con qualche provvista. Non senza fatica, entrando in un negozio e chiedendo, uscendo e provando in altri, avevo trovato della lana per fare *sweater*, cappellini e calzini a Víctor, garza per pannolini, due tettarelle di gomma e un biberon. Cose imprescindibili, insomma: meglio non accumularne troppe, in previsione della partenza per il Marocco. Procurarmi qualcosa da mangiare fu un po' più complicato. Dappertutto mi chiedevano i punti e le tessere di razionamento che non avevo; Olivia era riuscita a ottenerle, ma se ne occupava Gertrude. Alla fine recuperai solo una bottiglia di sherry e due lattine di carne in scatola a un prezzo esorbitante.

Vidi code da ogni parte: gente pallida, spesso con l'aria avvilita, in file silenziose davanti alle macellerie, alle panetterie, ai fruttivendoli e ai negozi. L'unica cosa che trovai con grande facilità fu la cartina, una mappa di Londra di seconda mano con cui volevo cercare di rintracciare Rosalinda Powell Fox, la mia vecchia amica. Non sapevo niente di lei, l'avevo persa di vista da tempo con mio grande stupore. Alla fine della guerra mondiale si trovava a Lisbona, il suo club El Galgo era ancora attivo e lei abitava nel grande appartamento di avenida da Liberdade in cui ci eravamo viste anni prima, durante le mie oscure peripezie portoghesi. Poco dopo che io e Marcus ci eravamo stabiliti in Palestina, lei era tornata in Inghilterra e, su richiesta del marito, avevano provato a riconciliarsi stabilendosi in una villa di campagna nel Surrey. Ma il tentativo era durato appena qualche mese; quando aveva capito che prolungare quel matrimonio infelice sarebbe stata solo una fonte di sofferenza, aveva lasciato Peter Fox e si era trasferita a Londra. Era stato allora che mi aveva scritto l'ultima lettera: mi raccontava che stava per aprire un nuovo club, a cui voleva dare il pittoresco nome di The Patio. Sul mittente c'era un indirizzo: 9 Tilney Street. Volevo guidare i miei passi fino a lì con l'aiuto di quella cartina prima di andarmene dall'Inghilterra: in cerca dell'amica inafferrabile le cui tracce mi erano scivolate tra le dita.

Così, quella mattina risolsi quasi tutte le mie faccende. L'unica cosa che non riuscii a trovare fu l'agenzia di viaggi; decisi che me ne sarei occupata l'indomani. Al mio ritorno a The Boltons mi accolsero come se avessi attraversato un oceano. Víctor si buttò tra le mie braccia con un grido di felicità, Gertrude cercò di identificare il contenuto del mio sacchetto con l'occhio sano e Olivia mi osservò a lungo. La giovane Phillippa, sempre così discreta, rimase dietro con le mani giunte.

«Sembra che il mondo si sia rimesso in moto» fu il saluto di mia suocera.

Cercò di dare alla frase un tono ironico, marchio della casa. Ma a me parve di riconoscere qualcosa di più tra le parole e il tono di burla. Un certo fastidio. Una punta di contrarietà.

«C'è una lettera per te» annunciò subito dopo, con un'alzata di sopracciglia e uno sguardo obliquo al vassoio d'argento su cui ogni giorno venivano appoggiate le lettere. «Da Gerusalemme, credo.»

Immaginai fosse di Fran Nash o di Nick Soutter, o di uno dei giornalisti amici di entrambi e miei in parte, forse Bertha Vester o Katy Antonius, che a volte mi scrivevano. Invece no. Era una busta con il timbro ufficiale del Mandato.

Diedi il bambino a Phillippa perché lo tenesse. Quando ebbi le mani libere, strappai in fretta la busta; mi pentii subito di non essermela portata in camera per aprirla serenamente e discretamente con il mio tagliacarte. Ma non fui capace di frenare l'impulso: tutto quello che riguardava questioni ufficiali degli inglesi in Palestina alterava ancora il mio sangue freddo.

Olivia dovette intuire qualcosa, perché rimase accanto a me. La busta conteneva un paio di fogli scritti a macchina, con un linguaggio burocratico che faticavo a capire. Si parlava di servizi, retribuzioni, dipartimenti, indirizzi di uffici a Londra. Ma mi sfuggiva il nocciolo.

«Credo abbia a che vedere con Marcus» mormorai porgendoglieli.

La seguii mentre si dirigeva verso la sua scrivania e li esaminava strizzando gli occhi. Quando finalmente ebbe trovato gli occhiali, si sedette e lesse tra sé e sé, piano.

«Infatti» confermò alla fine. Poi li ripiegò con le sue dita lunghe e nodose. «Stanno rifacendo i calcoli della pensione definitiva che vi spetterà dopo la sua morte; anticipano che ci potrà essere qualche ritocco, magari un indennizzo. Ti chiedono di andare in un ufficio a Westminster dove ti spiegheranno...»

Non la lasciai finire; mi rifiutai scuotendo la testa. Tutto mi riportò di colpo alle settimane successive all'attacco al King David, a quelle trafile complicate, spesso incomprensibili, a cui mi ero dovuta sottoporre quando avevo appena partorito, mentre ancora sanguinavo copiosamente, con le lacrime che mi scendevano sul viso e il seno dolorante, gonfio di latte. No, non volevo passare di nuovo attraverso quell'inferno. Sapevo, però, che mi sarei dovuta occupare della faccenda: della pensione di Marcus dovevamo vivere io e mio figlio, al momento non avevamo altro. Consapevole della mia insicurezza, Olivia la risolse con decisione.

«Vuoi che me ne occupi io, a nome tuo?»

«*Please*» mormorai riconoscente.

«Ci penso io; non ci saranno problemi. Ah, a proposito...»

Credetti che volesse cambiare argomento per farmi passare il malumore. Invece no. In realtà, doveva dirmi qualcosa di concreto.

«Hanno chiamato e hanno chiesto di te.» La guardai un po' dubbiosa e un po' incredula.

«Dalla BBC. È arrivato un pacco a tuo nome, anche questo dalla Palestina, per posta interna. Non possono mandarlo qui, non so perché. Vogliono che vada a prenderlo tu, di persona.»

A differenza della notizia precedente, questa mi tirò su il morale. Il mittente poteva essere solo Nick Soutter, magari mi aveva inviato qualcuna delle mie cose su richiesta di Fran Nash, o qualcosa per Víctor, a cui era tanto legato. Non importava; sta di fatto che non si trattava di una sgradevole formalità burocratica come quella della lettera, ma di qualcosa che arrivava da parte di un amico, e questo bastava.

«Dov'è?»

«Dov'è cosa?»

«La BBC.»

«Broadcasting House? A Marylebone, credo. Alla fine di Regent Street, vicino a Park Crescent. Di fronte al Langham Hotel, se la memoria non mi inganna. Ma potresti insistere per fartelo mandare a casa, vuoi che chiami e...?»

Non la lasciai finire.

«Ci andrò domani.»

21

Quella sera, alla luce fioca di un lume a petrolio, riuscii a individuare sulla cartina l'ultimo indirizzo di Rosalinda Fox. Inginocchiata sul tappeto logoro ai piedi del letto, china sulla mappa dispiegata, lanciai un urlo di soddisfazione. Eccola lì Tinley Street, a Mayfair, all'interno di un reticolato di stradine su un lato di Hyde Park. Era questo il mio punto di riferimento: vicinissimo al parco, aveva scritto nell'ultima lettera, senza precisare se si trattava di una proprietà di famiglia, se pagava un affitto o era ospite di qualcuno. Feci un segno sulla cartina, una croce. Con somma gioia, vidi anche che si trovava lungo il tragitto fra The Boltons e la BBC.

Quando mi svegliai, per prima cosa mi affacciai alla finestra per assicurarmi che non nevicasse di nuovo. Attraverso il vetro vidi lo stesso cielo cinereo del mattino precedente, ma non cadeva nulla: era il segno che potevo mettermi in moto. Senza esagerare, mi preparai con un minimo di cura; non avrei assistito a nessun evento speciale, ma sarei andata in luoghi concreti, a occuparmi di cose concrete in una città finalmente percorribile, e questo faceva la differenza rispetto alla prolungata reclusione.

Dal mio scarno guardaroba, scelsi i capi più presentabili: un paio di pantaloni di flanella, un maglione chiaro e un cappotto bordeaux, l'unico del mio elegante passato che era entrato in valigia. Inoltre mi truccai leggermente, diedi una sistemata ai capelli e mi misi al collo una sciarpa di lana egiziana.

Olivia mi accolse al tavolo della colazione con un'espressione tra il compiaciuto e il sospettoso. Avrei potuto benissimo chiederle aiuto per sbrigare le mie commissioni; alla fin fine, si trattava solo di cose di poco conto. Cercare di rintracciare un'amica e ritirare un pacco inatteso. Ma preferii fare da sola, anche a rischio di perdermi, di confondermi e metterci più tempo a trovare la mia meta. Lei si sarebbe già fatta carico dell'ingrata faccenda della pensione di Marcus, e questo bastava. Del resto delle mie questioni personali preferivo non renderla partecipe. Avevo bisogno di un minimo di riservatezza, di uscire per un po' dalla sua sfera.

Ero consapevole degli sforzi che lei faceva ogni giorno per contenersi; spesso si mordeva la lingua per risparmiarmi i suoi pareri e le sue indicazioni. Eppure era chiarissimo che molte delle cose che facevo non incontravano la sua approvazione. Non era contenta della mia scelta di non lasciare Víctor a Phillippa per la maggior parte della giornata e del fatto che lo tenessi in braccio e mi spostassi con lui così da una stanza all'altra. Non era contenta di sentire che gli parlavo in spagnolo. Non le piaceva che gli dessi dei pezzi di pane da succhiare. Non le sembrava corretto che gli permettessi di gattonare liberamente sul tappeto davanti al camino. Non approvava che non mi cambiassi d'abito per la cena. Non accettava che trattassi Gertrude con una certa familiarità. Non gradiva che, quando arrivavano a casa, i suoi amici maschi mi lanciassero sguardi di apprezzamento con la coda dell'occhio. E, soprattutto, continuava a non accettare che volessi portare via dall'Inghilterra suo nipote.

«Non pensi di metterti il cappello?»

Mi ricordai delle cappelliere che erano rimaste nel mio appartamento dell'Ospizio Austriaco, piene di quelle splendide creazioni del periodo in cui ero una raffinata creatrice di moda. Nonostante il tono fintamente ingenuo, la domanda era inopportuna: sapeva benissimo che, a parte un berretto di lana, non avevo potuto portare con me nessun cappello.

«Pragmatismo da dopoguerra, immagino» borbottò riabbassando lo sguardo sul giornale.

Sorrisi con falso candore.

«Esatto.»

Avrei potuto prendere un taxi, ma preferii andare a piedi. C'era tutto il tempo e Víctor non avrebbe avuto problemi durante la mia assenza; era di buon carattere, andava d'accordo con Phillippa e aveva fatto amicizia sia con Gertrude che con mia suocera. E poi, se fossi rientrata più tardi, lei avrebbe avuto modo di dedicarsi al nipote, parlandogli nella sua lingua, permettendo al vecchio cane di leccarlo, magari fantasticando sul rinomato collegio per ragazzi di buona famiglia in cui ambiva a mandarlo.

Uscii con la cartina ripiegata in una tasca del cappotto, anche se quasi non mi servì. Il tragitto era lungo ma non difficile. Percorsi prima Old Brompton Road, poi Brompton Road, ammirando il circondario, arrivai al Brompton Oratory e a sinistra vidi il maestoso edificio del Victoria & Albert Museum. Più avanti passai di fronte ai grandi magazzini Harrods, che morivo dalla voglia di visitare, ma non era il momento giusto; mi limitai a contemplare le lussuose vetrine e continuai a camminare. Mi trovavo già nell'esclusivo quartiere di Knightsbridge; in breve arrivai a Hyde Park Corner, dove l'imponente arco di Wellington mi indicò che dovevo imboccare Park Lane. Il mio punto di riferimento era il Dorchester: mi basai su quel dato perché, nella sua ultima lettera, Rosalinda diceva che era solita frequentarlo. È davvero *marvellously convenient*, scriveva, vivere proprio accanto a uno degli alberghi più eleganti di Londra.

Quello era il suo posto preferito per prendere il tè o un cocktail: io non lo sapevo, ma durante la guerra era passato di lì il fior fiore del conflitto. Il presidente americano

Eisenhower insieme alla sua segretaria-autista-amante durante lo sbarco in Normandia. Il ministro degli Esteri britannico Lord Halifax, che occupava otto stanze con la moglie e, intanto, trovava il tempo di tradirla in una suite con la splendida Baba Metcalfe, che a sua volta aveva una relazione con l'ambasciatore di Mussolini. Di tutti quegli ospiti illustri, però, mi importava ben poco. Io volevo soltanto rintracciare un'amica sfuggente, quella donna che aveva avuto una profonda influenza sul mio futuro.

Tentata dai suoi racconti, decisi di dare un'occhiata alla lussuosa hall; avevo appena fatto qualche passo quando un nodo mi strinse la bocca dello stomaco. Somigliava poco a quella del King David di Gerusalemme. Nessuna traccia di arredi orientaleggianti, né di clienti con abiti esotici o di camerieri sudanesi; solo visi occidentali con la carnagione chiara e dipendenti che indossavano una sobria divisa. Eppure, qualcosa di analogo aleggiava nell'atmosfera di quello spazio elegante dove la gente passava o negoziava, cospirava o conversava: uomini d'affari impegnati a discutere con i loro simili, trionfanti turisti americani, gruppi di signore eleganti che chiacchieravano tenendo fra le dita bocchini d'avorio, magari discreti agenti segreti attenti all'imminente guerra fredda. E qua e là, mentre uscivano da un ascensore, facevano una colazione tardiva o chiedevano un'informazione alla reception, vidi anche tante coppie attraenti, eleganti, mondane, senza dubbio innamorate; coppie come un tempo eravamo stati io e Marcus quando il destino non aveva ancora previsto di infliggerci la sua pugnalata più sanguinosa.

Nel bel mezzo della hall, insignificante come un granello di sabbia del deserto palestinese, lanciai uno sguardo prolungato intorno a me mentre cercavo di vincere l'inquietudine. Lì non c'era traccia di Rosalinda, né avevo perso qualcosa in quel posto; meglio andarmene quanto prima.

Alle spalle dell'albergo, in effetti, trovai Tilney Street: corta e stretta, proprio come appariva sulla cartina. Al numero 9 c'era un piccolo edificio vittoriano di tre piani, in mattoni. Non era una casa appariscente, ma elegante, a giudicare dal posto e dallo stato di conservazione. Suonai e venne ad aprire una domestica con il viso accaldato; pensai che il campanello doveva averla interrotta mentre faceva un lavoro che richiedeva una certa forza. «Mrs Rosalinda Fox? Mrs Rosalind Powell Fox? Mr Peter Fox?» A tutte le mie domande, rispose di no scuotendo la testa.

Una presenza femminile emerse allora da dentro, con un tono di comando. Mi presentai alla padrona di casa, le spiegai tutto mentre lei mi osservava con aria sospettosa. Superata la diffidenza iniziale, mi fece entrare in un salone sovraccarico di drappeggi, porcellane e ornamenti.

«Non ho mai conosciuto la sua amica, la signora Fox» disse invitandomi a sedere. «Quando siamo tornati, se n'era già andata. Come tanti londinesi, abbiamo trascorso gli anni della guerra in campagna, nel Sussex, nella casa dei miei genitori. I bombardamenti, i bambini, insomma, quelle cose lì.»

Si dilungò in particolari inutili, cominciai a temere che mi avrebbe trattenuta più del necessario. Il suo cognome era Tembler o Tembley o Tembluy, non capii bene. Era curatissima e aveva i capelli rossicci raccolti, con onde elaborate sulle tempie. Con i miei sobri pantaloni di flanella, il maglione di lana chiara e il basco, dovetti sembrarle una bacchettona o una missionaria.

«A suo tempo mio marito ha trattato la questione dell'affitto con Mrs Fox per un anno intero, ma lei ha deciso di andarsene prima, senza darci nessuna spiegazione. E non ha neppure lasciato un indirizzo a cui inviarle la corrispondenza.»

Faticò un po' a rialzarsi dalla montagna di cuscini soffici in cui era sprofondata. Il pragmatismo del dopoguerra di cui parlava mia suocera non era certo nel suo stile. Si diresse verso una scrivania, aprì un cassetto sul lato sinistro e tirò fuori un pacco di lettere.

«Le dispiacerebbe occuparsene?»

Ebbi qualche attimo di esitazione, ma Mrs Tembler o Tembley o Tembluy non sembrava disposta ad accettare un rifiuto: con il braccio teso, non tolse le nove o dieci lettere da sotto il mio naso finché non acconsentii.

Mentre uscivo le guardai al volo. Due erano mie, una inviata dall'American Colony e l'altra dall'Ospizio Austriaco. Quattro, di persone diverse che non conoscevo, tutte provenienti da indirizzi inglesi. Il mittente delle altre tre era Juan Luis Beigbeder, con buste senza carta intestata e il timbro postale di Madrid sui francobolli di Franco. Immaginai che fossero passate fra le mani dell'implacabile censura quando vidi che il bordo superiore delle tre buste era stato bellamente aperto.

Ammirai ancora una volta la casa prima di andarmene.

«Dove sei finita, Rosalinda?» borbottai rivolgendomi in modo illusorio alla facciata. Non c'era nessun altro a cui domandare per saperlo, né a Londra né altrove.

Girovagando affascinata nella parte più elegante del quartiere di Mayfair, arrivai fino alla magnifica Regent Street, con i suoi edifici maestosi e le gallerie di negozi, gli innumerevoli autobus rossi a due piani che emettevano fumo nero, grandi magazzini, ristoranti e *teashops*, la gran quantità di gente dall'aria urbana, contemporanea, operosa. In questa parte del West End, quasi miracolosamente esente dalle cicatrici dei bombardamenti, la città si mostrava ai miei occhi molto più prospera, opulenta e bella della mia povera Madrid. Le rispettive guerre avevano inferto a entrambe un duro colpo, ma non con lo stesso impatto, perché il punto di partenza era ben diverso. Londra era da secoli la capitale dell'impero più grande che l'umanità avesse mai conosciuto, epicentro leggendario del potere economico, politico, culturale, tecnologico del mondo. La Madrid che mi ero lasciata alle spalle, però, era un'altra cosa. Popolare, fatiscente e sovraffollata, con i suoi tanti mendicanti, i suoi negozi modesti, la gente a lutto e la scarsa eleganza. Un paesone della Mancia, dicevano alcuni con perfidia. Eppure, sola e disorientata com'ero in mezzo a quella strana città, sentii all'improvviso una leggera fitta di nostalgia.

Poi attraversai Oxford Circus e in breve raggiunsi la BBC, un edificio art déco rivestito in pietra con sei, sette, forse otto piani e la facciata convessa; con la statua di un tizio barbuto e un bambino nudo all'entrata, un'antenna alta e sottile sul tetto. A prima vista, la sua architettura mi ricordò la Barclays Bank di Gerusalemme, ma con dimensioni molto più grandi.

Dentro era tutto un brulicare di attività, con dipendenti, fattorini e visitatori in movimento. Mi avvicinai a un bancone: a fronte delle vaghe informazioni che riuscii a fornire, non furono in grado di aiutarmi. Ma mi mandarono in un'altra stanza, e da lì in un altro corridoio, e da lì in un altro ufficio, e da lì mi rispedirono in un'altra sezione dove, infine, riuscirono a darmi una risposta.

«Oh, certo, il pacco dalla Palestina» disse in tono cantilenante una giovane con gli occhiali e i denti da coniglio. «Eravamo già allertati. Aspetti in corridoio, se non le dispiace.»

Nel mio andirivieni nelle viscere dell'edificio vidi parecchie donne. Spesso sembravano occupare incarichi amministrativi, ma ce n'erano altre in ruoli diversi: la carenza di uomini durante la guerra aveva favorito, così come in altri settori, una massiccia assunzione di personale femminile. In tutto il paese, le donne erano diventate operaie nelle fabbriche, personale ausiliario, conducenti di autobus e ambulanze. Alla BBC, alle segretarie, centraliniste e annunciatrici di sempre si erano aggiunte parecchie tecniche del suono, cineoperatrici e altri profili tecnici.

Ne osservai alcune nel loro andirivieni mentre aspettavo seduta su una panca addossata alla parete. Finché la ragazza simpatica sporse la testa, come per controllare che io fossi sempre al mio posto. Una volta rassicurata, si girò e disse qualcosa a qualcuno dietro di lei. In un paio di secondi appena, quel qualcuno venne a cercarmi.

Era bionda, magra, indossava un severo tailleur blu che non nascondeva la bella presenza. Avrà avuto la mia età; qualche anno in più piuttosto che in meno.

«Signora Bonnard?»

Dietro quel tono educato notai una lieve durezza. E nello sguardo, una profonda curiosità.

«Un fattorino ha portato il suo pacco alla porta d'ingresso, può ritirarlo lì.»

I suoi occhi mi scrutarono dalla testa ai piedi con una sfacciataggine un po' arrogante. Il suo esame minuzioso non risparmiò niente: viso, capelli, vestiti, scarpe.

«Mi pare di capire che è arrivata da Gerusalemme da poco.»

Ci tenevamo a un paio di metri di distanza; io mi ero alzata, lei non si era avvicinata più del giusto.

«Esatto.»

Ci mise un po' prima di parlare, come se stesse analizzando anche il mio accento.

«Perdoni la mia curiosità; io non dovrei essere qui, mi occupo di un'altra sezione che non ha niente a che vedere con le spedizioni dalle colonie.»

Intanto fece un piccolo cenno, come per indicare un piano superiore dell'edificio: il luogo in cui svolgeva le sue mansioni, quali che fossero. In risposta al suo atteggiamento sconcertante, anch'io la squadrai con i miei occhi allenati d'altri tempi. Senza dubbio attraente, dall'aria pratica. Aveva i capelli sopra le spalle, con le punte mosse. Gli occhi erano chiari e le ossa del viso strette.

«Ma c'è stato un errore» aggiunse, «e riconoscendo il mittente del pacco arrivato dalla Palestina, mi hanno avvisata pensando che la destinataria fossi io. Però mi sono subito resa conto che non era indirizzata a me, ma a un'altra donna. E non sono riuscita a resistere alla tentazione di conoscerla.»

Si manteneva a una certa distanza, quando finalmente si presentò.

«Sono Cora Soutter. La moglie di Nicholas Soutter, non so ancora per quanto tempo.»

22

All'uscita dal palazzo, un'aria tagliente mi sferzò il viso, scompigliandomi i capelli. Cominciava a piovere; cercai di fermare un taxi, ma erano tutti occupati. Lì intorno, la gente camminava a passo veloce, reggendo un ombrello e trattenendosi il cappello sulla testa.

Tenevo stretto il pacco che avevo appena ritirato. Non era troppo voluminoso, ma nemmeno così comodo da portare sotto al braccio mentre camminavo, tanto meno con quel tempo. E non avevo la minima idea di come funzionassero le linee degli autobus o della metropolitana. All'improvviso, la città magnifica che mi era sembrato di cogliere mi apparve tristemente inospitale.

Entrai di nuovo nella sede della BBC, mi sedetti su una panca all'ingresso e mi scrollai le gocce dalle spalle, dalle maniche e dai capelli. Poggiai il pacco accanto a me, l'acqua aveva scolorito il nome del mittente. Dopo l'incontro con sua moglie, la gioia provata quando avevo capito che me lo aveva inviato Nick Soutter si era trasformata in turbamento.

Mi guardai intorno, osservai la gente che attraversava l'atrio, andava e veniva, entrava e usciva. Ognuno intento ai propri affari, nessuno rivolgeva un solo sguardo a me, sconosciuta, insicura, con accanto il mio pacco. Ne intuivo il contenuto, avevo solo bisogno di una conferma. E anche se sapevo benissimo che quello non era il posto né il momento giusto, non riuscii a resistere. Tirai fuori dalla borsa le forbicine che portavo sempre con me e con le punte ruppi il sigillo. Come avevo immaginato, la prima cosa che vidi fu un biglietto di Nick che lì per lì non aprii. Continuai a tagliare lo spago e l'imballaggio; finché sfiorai una superficie con la punta delle dita, e mi spuntarono le lacrime agli occhi.

Lì c'era la mia radio; la mia *wireless*, come dicevano gli inglesi. La Murphy A46 che Marcus mi aveva regalato per l'Epifania, quella che mi aveva tenuto compagnia per tante ore durante le sue assenze. Per mesi era stata nella stanza dell'American Colony, attenta ai nostri andirivieni, a vegliare sul nostro sonno. Poi, quando i terroristi dell'Irgun fecero saltare in aria il King David, quando mio figlio venne al mondo senza padre e ci trasferimmo nell'appartamento dell'Ospizio Austriaco perché non potevo più sopportare l'idea di rimanere nello stesso posto in cui io e Marcus avevamo vissuto, la portai con me. Quando ci obbligarono a lasciare Gerusalemme in fretta e furia, non riuscii a infilarla nella valigia, nonostante gli sforzi. Fu l'unico oggetto che mi dispiacque abbandonare, rimase dai miei amici: lasciai a loro il compito di sbarazzarsi delle mie cose, i quattro mobili, i vecchi vestiti, i cappelli la cui mancanza infastidiva tanto mia suocera. Li pregai solo di custodire la radio. Che vendessero, regalassero o bruciassero il resto mi era indifferente.

Tentando di cacciare la malinconia, alzai gli occhi e fissai lo sguardo sulla parete di fronte. C'era appeso un tabellone che elencava uffici e sezioni della società a caratteri cubitali in stampatello. Mi misi a leggerlo, non perché mi interessasse particolarmente, ma per scrollarmi di dosso l'avvilimento. A quanto ne sapevo, la relazione tra Nick Soutter e la moglie era da tempo andata in frantumi, con procedure di divorzio difficili. Adesso, mentre lui si era preoccupato di inviarmi l'oggetto che mi era più caro, sua moglie mi aveva convocata per valutarmi, senza mascherare la propria insolenza.

Continuai a guardare quell'elenco, un assurdo meccanismo di difesa per combattere la nostalgia. Finché smisi all'improvviso. Overseas Services, avevo letto. E sotto, tra diverse sottosezioni che rimandavano ad altre aree geografiche, una aveva catturato magneticamente la mia attenzione: Spanish Service. Senza neppure pensarci, mi alzai e presi il mio pacco, ancora più voluminoso adesso che era aperto, con la carta e il cartone strappati, la paglia e i sigilli dell'imballaggio disseminati. Alla reception mi diedero indicazioni: due piani sopra, a destra.

A metà del corridoio trovai solo una porta chiusa. Guardai l'ora, era quasi l'una: chiunque fosse la persona che occupava quell'ufficio magari era andata a pranzo da qualche altra parte. Stavo per andarmene quando sentii delle voci. Feci qualche altro passo, mi fermai davanti alla porta successiva, era aperta. Un cartello annunciava la mia destinazione imprevista: Latin American Service.

Due uomini erano intenti a conversare, pronunciando parole e suoni che mi accarezzavano le orecchie. Uno parlava spagnolo d'oltremare; l'altro, castigliano dell'interno. Ascoltarli mi commosse quasi: da un anno e mezzo ero fuori dal mio mondo, lontana dalla mia lingua e da qualsiasi traccia umana minimamente vicina alla mia essenza. Ma mi ricomposi, non era il momento per i sentimentalismi, avevo preso una decisione e forse quegli sconosciuti avrebbero potuto essermi utili.

«Scusate.»

Interruppero di colpo la conversazione, girarono entrambi la testa e mi fissarono con aria stupita. L'uomo seduto dietro la scrivania aveva le guance paffute, i capelli scuri pettinati all'indietro e sembrava più corpulento. L'altro, di fronte a lui, più sottile e magro, domava i ricci castani con abbondante brillantina e portava i baffetti. Avranno avuto una quarantina d'anni; il tavolo che li separava era coperto di riviste, bollettini e giornali.

«Nell'ufficio accanto non c'è nessuno...» dissi.

«Devono essere andati a pranzo, ma anche noi siamo *La Voz de Londres.*»

La Voz de Londres, La voce di Londra, certo: mio padre ne parlava sempre. La ascoltava la sera nel suo salone di calle Hermosilla, in vestaglia e con un bicchiere di brandy. «Stazione di Londra della BBC che trasmette per la Spagna»: cominciava così il programma che l'indomani lui avrebbe commentato con gli amici durante l'aperitivo alla Gran Peña.

«Noi trasmettiamo per l'America Latina e loro per la Spagna, ma siamo come fratelli. Dunque, se possiamo aiutarla in qualche modo...»

Deglutii mentre loro rimanevano in attesa.

«Volevo propormi per una collaborazione» riuscii a dire.

Mi osservarono per qualche secondo, poi parlò quello che aveva la cadenza dolce con sfumature di altre terre.

«La ringraziamo per il suo interesse, signorina, ma in questo momento il nostro personale è al completo.»

«Io posso offrirvi qualcosa di diverso.»

Si schiarì la voce, un po' a disagio.

«Mi dispiace, davvero. Vede, qui non...»

Lo interruppi.

«Sono appena arrivata da Gerusalemme, quello che sta succedendo lì preoccupa il mondo.»

Con un cenno del mento, indicai i giornali che avevano davanti. In effetti, le tensioni in Terra Santa erano su tutte le prime pagine.

«Io posso raccontarlo al vostro pubblico in prima persona.»

Senza dargli la possibilità di continuare a contraddirmi, trovai il coraggio di entrare e andai avanti a parlare.

Con un insieme di mezze verità, li informai del mio legame con il Public Broadcasting Service; cosa importava se non avevo portato a termine il mio lavoro, almeno ero stata accettata e ci avevo provato. Fornii nomi e dati concreti del PBS e del conflitto, e feci notare che negli ultimi tempi ero l'unica residente spagnola nella zona, a parte un paio di diplomatici e qualche religioso. Se ero riuscita a convincere Nick Soutter a parlare della Spagna in Palestina, magari avrei potuto persuadere quegli sconosciuti a fare il contrario.

«Sono rimasta lì finché non mi hanno rimpatriata con la *Operation Polly*.»

La notizia del rimpatrio delle famiglie e del personale civile britannico non essenziale era ben nota. Ma il fatto che, fra tutti coloro che erano coinvolti, ci fosse qualcuno come me era straordinario.

«Mio marito è... era... mio marito era inglese» specificai. «Sono dovuta venire qui con mio figlio, non ci hanno dato alternative.»

Scoprii che il direttore del servizio si chiamava George Camacho ed era colombiano. E l'altro, lo spagnolo, suo vice, Ángel Ara. Quando li avevo interrotti stavano parlando di un'imminente registrazione del *Chisciotte*, che sarebbe stata la prima a essere trasmessa alla radio. Ma le imprese del cavaliere della Mancia a quel punto passarono in secondo piano.

Nick Soutter aveva aspettato l'indomani prima di confermare che mi avevano accettata al PBS. Quei due espatriati decisero di essere altrettanto cauti.

«La sua proposta è senza dubbio interessante, ma...»

«Avete tutto il tempo per pensarci» tagliai corto. «Non ho bisogno di una risposta immediata.»

«In tal caso...»

«Va bene se le telefono domani? A quest'ora, per esempio.»

Anche se un po' titubante, acconsentì.

«Nel caso ipotetico che l'accettino, tenga presente che si tratterebbe di una collaborazione puramente occasionale, senza nessuna possibilità di prolungarla.»

«Sono di passaggio a Londra, stavo proprio cercando qualcosa del genere.»

«Inoltre, dovrebbe adeguarsi a un formato stabilito, piuttosto rigido.»

«Lo farò.»

«E dovremmo richiedere un'autorizzazione ufficiale ai piani più alti.»

«Capisco perfettamente.»

Esaurite le avvertenze, tirò fuori un biglietto da visita da una scatola di cuoio e me lo porse.

«Allora mi chiami» concluse Camacho mentre allungava il braccio. «Valuteremo la sua proposta, staremo a vedere...»

Quando uscii in strada per la seconda volta aveva smesso di piovere, ma il cielo era ancora plumbeo e continuava a soffiare un forte vento. Avevo con me la radio, la carta dell'imballaggio svolazzò e rischiò di venire portata via da una folata.

23

Olivia mi diede notizie sulle pratiche delle quali si era offerta di occuparsi al posto mio.

«Stanno controllando i fascicoli delle vittime del King David, devono stabilire con esattezza l'importo delle pensioni che spetteranno ai familiari. Bisognerà attendere valutazioni, perizie, forse anche pareri legali; ci vorrà un po'.»

«Quanto?»

«Difficile dirlo.»

Aspirò una profonda boccata dalla sigaretta, poi aggiunse:

«Almeno qualche settimana. Forse anche qualche mese.»

«Ed è necessario che io rimanga qui fino a quando non avranno concluso tutte le procedure?»

«Così pare. Dovrai accettare e firmare personalmente le disposizioni.»

«E non potrei provvedere a tutto prima di lasciare Londra? Magari con una procura notarile o un documento ufficiale di qualche tipo che... che... che mi...»

Balbettai, mi bloccai. Oltre al fatto che si trattava di una questione dolorosa, non conoscevo la terminologia dell'inglese burocratico, i suoi meandri e le sue formule.

«Ne dubito.»

«E non potrei, in qualche modo, gestire io la faccenda da...?»

Alzò le sopracciglia con quell'ironia un po' sprezzante che la caratterizzava.

«Dal Marocco?» domandò con uno stupore eccessivo, come se avessi proposto di comunicare a suon di urla da un campo di fichidindia africani.

«Gestire la faccenda dal consolato britannico di Tangeri, ecco cosa intendevo; da una rappresentanza diplomatica a tutti gli effetti.»

L'efficacia della mia risposta troncò di netto il suo sarcasmo.

«Devi occuparti di tutto e devi farlo da qui, *darling*» disse spegnendo la sigaretta con impazienza. «Se non ti fidi della mia parola puoi provare a convincerli tu.»

Per qualche secondo continuammo a guardarci dritto negli occhi, con una certa tensione.

«Mi fido» bisbigliai. «Certo, scusami.»

Dopo cena, sintonizzai la radio che avevo recuperato sul Servicio Latinoamericano della BBC. Musica di vario genere, notizie diverse da Londra e dall'Europa, un misto di accenti, l'annuncio della prossima messa in onda del *Chisciotte*. Trasmisero anche un tango che mi riportò ai giorni in cui l'inesistente Frances Quiroga mandava le sue cronache all'agenzia Télam di Buenos Aires; mi domandai se Fran Nash le firmasse ancora con lo stesso nome, adesso che un monaco francescano le traduceva al posto mio.

Quando si interruppe la programmazione, mentre mio figlio dormiva e la stanza era in penombra, mi decisi ad aprire finalmente la lettera di Nick Soutter. Continuavo a rimandare dalla mattina, forse perché avevo ancora fresca l'immagine di sua moglie davanti a me in corridoio, brusca e sprezzante, bionda e insolente.

Dopo la morte di Marcus, io e Nick Soutter avevamo parlato tanto, a volte in compagnia di Fran Nash, a volte da soli. Loro due con le rispettive separazioni e io con la mia straziante vedovanza trascorrevamo lunghe ore all'Ospizio Austriaco mettendo a nudo le nostre anime, mentre Gerusalemme era sempre più insanguinata. Ecco perché ero a conoscenza del tortuoso matrimonio di Nick e dell'esistenza dei suoi due figli, che lui vedeva solo ogni sei mesi; forse per questo, per combattere la nostalgia, aveva riversato sul mio piccolo Víctor un affetto così intenso. Sapevo che aveva conosciuto la moglie a Bombay, quando lavoravano entrambi all'All India Radio, al servizio dell'Impero; sapevo anche che erano tornati a Londra, dopo il matrimonio e la nascita dei bambini, appena prima dell'inizio della guerra. Al suo posto a Radio Cairo, invece, era andato tempo dopo da solo, durante i combattimenti, così come al suo incarico successivo al PBS. Quello che era accaduto alla coppia durante quel periodo in cui erano tornati nel loro paese non me lo aveva raccontato nello specifico, ma era stato allora che avevano cominciato ad allontanarsi. C'era stato poi qualche tentativo di riconciliazione, senza successo, adesso il divorzio sembrava imminente. Se c'era una cosa, invece, di cui Nick non mi aveva mai parlato in maniera dettagliata, era della moglie. Una volta aveva detto che era umorale. Che non aveva un carattere facile. Ma non si era mai accanito contro di lei.

A differenza delle sue lettere precedenti, affettuose e intime, in questa non raccontava niente di particolarmente interessante, né di personale, né di nuovo; era solo una paginetta stringata che accompagnava l'invio della radio. Forse, con una certa lungimiranza, aveva previsto che il pacco sarebbe finito nelle mani della sua impulsiva moglie. In ogni caso, tutto ciò adesso aveva poca importanza. La nostra amicizia era rimasta incapsulata in un'altra epoca, rimpiangerla non aveva senso perché quei giorni di fiducia e confidenze facevano parte del passato e con ogni probabilità non avrei mai più rivisto né lui né Fran Nash. Quando me ne sarei andata, avrei percorso la mia strada solo tenendo la mano di mio figlio, l'unico punto fermo. Ecco perché, invece di sprofondare nella nostalgia dei tempi lontani e delle persone che non c'erano più, mi obbligai a concentrarmi sul presente. E in realtà il mio presente era in una situazione di stallo, arenato in quella casa estranea di The Boltons, in attesa della conclusione delle amare formalità burocratiche che mi costringevano a rinviare la nostra partenza e a rimanere bloccata a Londra.

Il giorno dopo, a mezzogiorno, tirai fuori dalla borsa il biglietto da visita di George Camacho, il direttore del Servicio Latinoamericano. Mentre Olivia e Gertrude litigavano ferocemente per l'ennesima volta con la caldaia bloccata, io mi diressi verso il telefono. La semplice idea di rimanere ancora a lungo legata a mia suocera, di passare giorno e notte sotto il suo tetto senza niente da fare, mi allettava quanto una lunga condanna. Quindi decisi di non perdere altro tempo: se dovevo restare lì per forza, avrei fatto meglio a non sprecare quell'occasione che il destino mi aveva messo davanti.

Aspettai che gli passassero la telefonata con la sensazione di avere un nodo alla gola; alla sua risposta mi misi quasi a urlare.

«Siamo interessati» confermò. «Venga a trovarmi al più presto, per favore.»

Tornai a Broadcasting House nel primo pomeriggio. Una volta varcate quelle porte, non smisi di osservare le facce e i corpi delle persone che incrociavo; per fortuna, non rividi Cora Soutter.

George Camacho indossava un abito gessato; questa volta era da solo, mi offrì una sedia, tè, caffè, un dolce, acqua, biscotti. Guardai questi ultimi di sottecchi: ne avrei preso volentieri una manciata e me li sarei messi in tasca, ma mantenni il decoro e accettai solo la prima proposta. Ci accomodammo uno di fronte all'altro e per un attimo ripensai a quell'altro uomo della radio che mi aveva ricevuta nel suo ufficio, in un'altra terra e in un altro tempo. Ma mentre Nick Soutter era espansivo, aveva voce e maniere enfatiche, era un fumatore compulsivo e poco cerimonioso, il mio anfitrione colombiano sfoggiò modi estremamente attenti, un tono di voce pacato e un totale disinteresse per il tabacco.

«Mi permetta innanzitutto di darle qualche informazione, perché lei possa avere un'idea della nostra portata. Dal Servicio Latinoamericano trasmettiamo sulle onde corte in tutti i paesi di lingua spagnola dell'America Centrale e del Sud; abbiamo inoltre una programmazione specifica per il Brasile in portoghese. Siamo operativi dal 1938, io ho avuto l'onore di leggere il notiziario inaugurale alla presenza di tutti i nostri ambasciatori e, anche a rischio di sembrare petulante, le assicuro che abbiamo ricevuto un'accoglienza magnifica fin dall'inizio. Nel corso della guerra siamo diventati la fonte di informazioni con il più alto grado di fiducia per milioni di ascoltatori nel continente americano, dall'Atlantico al Pacifico, dalla Patagonia al Messico.»

Non vedevo l'ora che andasse al sodo, ma mi fece piacere ascoltare quel preambolo nel suo spagnolo fluido e melodico. Raccontava senza dubbio cose interessanti, ma lo avrei ascoltato con lo stesso piacere se avesse recitato cinquanta Padre Nostro. Erano i suoni ad affascinarmi, le parole familiari, le frasi messe insieme collegando nomi e verbi vicini; il fatto che il suo accento fosse diverso dal mio aggiungeva un pizzico di attrattiva. Mi sorpresi di non aver capito fino a quell'istante quanto mi mancasse sentir parlare la mia lingua.

Ignaro delle mie sensazioni, proseguì il suo discorso.

«Trattandosi di una questione che unisce attualità, politica internazionale e rilevanza culturale e storica, abbiamo considerato la sua proposta con grande serietà. E come le ho anticipato al telefono, la risposta è sì. Vorremmo che preparasse qualche articolo informativo, potrebbe contare sul nostro aiuto in ogni momento.»

Annuii in silenzio, cercando di non lasciar trasparire la mia soddisfazione.

«Tre interventi saranno un numero perfetto, la pagheremo cinque ghinee per ognuno. Lavorerà direttamente con Ángel Ara a Bush House; ieri ha conosciuto Ara, adesso le spiegherò dove trovarlo, lui la affiancherà in tutte le fasi del progetto. E quanto ai contenuti, ovviamente ci interessano nozioni esplicative sul conflitto, ma anche vicende ed esperienze sue...»

Anche Nick Soutter, a suo tempo, mi aveva proposto tre segmenti: doveva essere lo schema della casa e delle sue appendici in tutto l'Impero. Il mio amico, però, in quell'incontro al Café Atara di Gerusalemme, mi aveva chiesto di parlare del mio povero paese in maniera neutra e asettica. Adesso, invece, Camacho mi proponeva una cosa completamente diversa. Le mie esperienze, aveva detto. Stavo per scoppiare in un'amara risata. Voleva che mi concentrassi sulle mie disgraziate, tremebonde, sanguinose esperienze.

Lo frenai, meglio risparmiargli lo sforzo.

«Se devo parlare di me e delle mie esperienze, mi spiace dirle che sarà impossibile raggiungere un accordo.»

Continuava a guardarmi, con la frase successiva già pronta e la bocca socchiusa. La richiuse, si schiarì la gola, si aggiustò il nodo della cravatta.

«Bene» disse con calma, «in questo caso...»

Lo interruppi di nuovo.

«Ma se mi permette di lasciar perdere i dettagli della mia vita, possiamo iniziare subito.»

24

Quell'inaspettato incarico della BBC mi tirò fisicamente e mentalmente fuori dal microcosmo in cui convivevo con Olivia. Ma mia suocera non rinunciava alla sua grinta. E neppure ai suoi progetti.

Alla cena a casa degli Hodson a Belgravia ci avrebbe accompagnate lo stesso autista silenzioso che era venuto a prenderci a Victoria Station; mentre ci dirigevamo verso la macchina, lei mi diede la sua personale spiegazione dei fatti.

«Bernard, il nostro autista, si è trasferito a Swansea con le figlie all'inizio della guerra; quindi ho deciso di donare la Bentley al Royal Hospital, così è tutto più semplice.»

Con tono artificiosamente neutro, come se si trattasse di una qualsiasi banalità, trovava sempre la spiegazione perfetta per giustificare di fronte a me le sue ristrettezze. Se non aveva il giardiniere, era perché amava occuparsi dei suoi fiori; se non aveva la cuoca, era perché Gertrude la sostituiva alla perfezione; se il riscaldamento risultava appena tiepido per la mancanza di carbone, era perché non c'è niente di meglio di un bel fuoco per scaldarsi le ossa. Non osai mai contraddirla. Ancora una volta, rimasi in silenzio.

Mi aveva parlato di quell'invito la settimana prima; già allora mi era rimasto sullo stomaco, pesante e insopportabile come una cena indigesta. Tuttavia, non lo rifiutai; fin-

addirittura un modesto interesse, pronta a fare lo sforzo. In fin dei conti, si trattava di entrare in contatto con il vecchio mondo di Marcus e pensai che rifiutarmi di partecipare avrebbe significato, in un certo senso, tradire la sua memoria.

Il giorno era arrivato, e al momento di decidere cosa mettere non ebbi scelta: nello striminzito guardaroba che avevo portato da Gerusalemme c'era un solo *evening dress*, forse il più austero fra tutti quelli del mio vecchio guardaroba. Vestita, truccata e pettinata senza eccessi, mi guardai allo specchio prima di uscire. Non indossavo quell'abito da quando era morto Marcus; l'ultima volta era stata per un ricevimento a Government House, all'inizio della mia gravidanza. Per qualche istante mi illusi di vedere la sua immagine riflessa alle mie spalle, il suo profilo affilato in un angolo mentre si sistemava il cinturino del *bow tie* o si allacciava i gemelli. Strinsi forte gli occhi perché non mi colasse il mascara e respirai a fondo. No, in quella stanza grande e fatiscente c'ero soltanto io che mi preparavo per incontrare degli estranei.

Quando scesi le scale avvolta in un sobrio abito di crêpe color tabacco, Olivia mi esaminò da capo a piedi. Da lei non mi aspettavo nessun complimento e, ovviamente, non lo ricevetti. Invece di un'esplicita approvazione, mi elargì una delle sue cortesie.

«Un bel paio di brillanti ci starebbero benissimo, *my dear*.»

Non portavo mai gioielli. Ne avevo avuti alcuni magnifici per un breve periodo della mia vita. Erano appartenuti alla mia nonna paterna, l'illustre doña Carlota che non avevo mai conosciuto; la persona che aveva dato un taglio netto alla relazione tra i miei genitori prima che nascessi, quando mio padre, Gonzalo Alvarado, era il promettente rampollo di una famiglia ricca e stimata, e mia madre, Dolores Quiroga, un'anonima sarta. Ma quei preziosi erano spariti presto dalla mia vita: se n'era impossessato Ramiro Arribas, la carogna che aveva sconvolto per sempre il mio futuro. Da allora, avevo perso ogni interesse per quegli oggetti.

Dopo un breve tragitto lungo strade quasi deserte, scendemmo dalla macchina davanti a una sfilza di case eleganti intonacate di stucco bianco, con portici e un ampio balcone sulla facciata. L'invito arrivava da una famiglia legata ai Bonnard da una lunga amicizia. Uno dei figli era stato compagno di scuola di Marcus; diventato negli anni un alto funzionario dell'Amministrazione coloniale in Kenya, era di passaggio a Londra per qualche giorno e aveva proposto di vederci.

Un vecchio maggiordomo ci annunciò con voce metallica; superate le doppie porte, il salone ci accolse nella sua calda opulenza. Illuminazione piacevole, mobili in legno lucido, tende, tappezzerie e folti tappeti. Notai un gruppo di persone distinte sparse nella stanza: alcune in piedi accanto al camino, altre distribuite fra divani e poltrone, una bella donna seduta su un bracciolo, con le gambe snelle accavallate tra pieghe di voile. Le conversazioni sembravano amene e leggere. Il maggiordomo cominciò ad andare in giro per la sala: con una mano inguantata reggeva un vassoio di aperitivi, l'altra la teneva dietro la schiena. Il ricordo dell'amata Rosalinda Fox aleggiò per qualche secondo nella mia testa. Ecco come vivono gli esponenti dell'alta società di questo paese, *my dear* – mi avrebbe detto con un'ironica strizzata d'occhio –, quando le loro casseforti, i loro conti in banca e i loro portagioie non sono pieni di ragnatele.

I padroni di casa ci salutarono con affetto sincero: quando Olivia parlava della lunga amicizia tra le due famiglie, non mentiva. Lui era un anziano ingobbito e parecchio più basso della moglie; lei, una corpulenta signora dagli occhi chiari e dal seno prosperoso. Gli Hodson e Olivia erano gli unici nati alla fine del secolo scorso; il resto dei presenti erano sulla quarantina, chi più, chi meno, gli uomini eleganti nelle loro *dinner jackets*, le donne raffinate negli abiti da sera più o meno azzeccati. *Well-born, well-bred*: tutti di buona famiglia, era evidente; beneducati, ben nutriti, serviti e riveriti, istruiti, buoni oratori, viaggiatori, grandi lettori; tutti appartenenti alla stessa classe e con lo stesso stile di vita, con gli stessi parametri e gli stessi metri di giudizio, le stesse convenzioni, gli stessi modelli e modi.

Tra i bicchieri di sherry, i gin e i whisky, diventai senza volere il centro dell'attenzione: tutti desideravano conoscere la moglie, la vedova del loro vecchio amico *dear dearest* Mark Bonnard. I saluti oscillavano con equilibrio perfetto tra la squisita cortesia e le più sentite condoglianze. E inframmezzato all'una e alle altre, come tantissime volte, notai anche un atteggiamento di curiosità di fronte alla nota stonata della mia origine straniera, quasi si sforzassero di capire cosa diavolo avesse trovato il loro caro amico in una donna come me per arrivare addirittura a commettere la follia di sposarla e farci un figlio.

Il maggiordomo annunciò che potevamo accomodarci nella sala da pranzo; con un rapido calcolo, ebbi conferma che eravamo esattamente dodici commensali. Oltre ai padroni di casa, c'erano altre tre coppie. Una formata da Fiona, la figlia, loquace e un po' vistosa, con un vestito di seta color lavanda e una collana di zaffiri al collo, e il marito, un certo Evan. Ce n'erano altre due: la bella Alexia e il taciturno Adrian; l'agitata Harriett e Bruce, il marito. E due scapoli, o almeno scompagnati: di fatto, le persone più vicine a Marcus in gioventù perché in più di un'occasione lui mi aveva parlato di entrambi: Raymond era un disinvolto uomo d'affari della City; Dominic, il figlio degli Hodson e promotore di quell'incontro.

Il mio posto era proprio tra loro due. La cena iniziò con salmone affumicato e una conversazione con i miei vicini di tavolo. Pur se senza sprechi, in quella residenza di Belgravia la frugalità e i cibi insipidi del duro dopoguerra erano meno evidenti che in casa di mia suocera. Raymond si dilungò a descrivere le congiunture che stava attraversando la Borsa; Dominic, meno loquace, disse che era a Londra solo da qualche giorno e sarebbe rientrato a Nairobi dopo aver sbrigato alcuni affari. Intanto, a quel tavolo si svolgevano altre conversazioni, anche queste innocue: il recente innalzamento del Tamigi, la nomina di Mountbatten a viceré dell'India, le lamentele sul governo laburista che aveva aumentato le tasse.

La cena proseguì con scioltezza, il volume delle voci era ragionevole, ci venne servita anatra con salsa ai frutti rossi. Al di sopra della delicata cristalleria e delle candele, notavo che il maggiordomo riempiva il bicchiere di Fiona, la figlia dei padroni di casa, con un ritmo superiore rispetto a quello degli altri.

Aveva appena finito di versarle il vino per la quarta o quinta volta, quando l'esclamazione della donna interruppe la tranquillità.

«Propongo un brindisi!»

Il marito scoppiò in un'assurda risata e la madre, da un capotavola, le lanciò un'occhiata tagliente. Aveva appena osato violare l'etichetta: i brindisi dovevano essere proposti dal padrone di casa ed erano riservati al dopo cena. Con la coda dell'occhio vidi che il fratello, alla mia sinistra, stringeva le posate tra le dita, palesemente a disagio. Il patriarca, dal capotavola opposto, continuò a mangiare come un uccellino, fingendo di non averla sentita. Il resto delle voci rimasero sospese nell'aria e le espressioni, a metà fra il soprassalto e l'allegria.

«Propongo un brindisi alla memoria del nostro carissimo amico Mark Bonnard!»

Con maggior o minor vigore, finimmo tutti per obbedire. Ma Fiona non sembrava ancora soddisfatta.

«Vorrei anche che lo ricordassimo! Dominic! Raymond! Bruce! Adrian! Raccontate qualche aneddoto dei vostri tempi con Mark a Harrow!»

Prima pacatamente, poi sempre più animati, tutti quelli chiamati in causa ricordarono momenti d'infanzia e gioventù, bravate, imprese ed eventi. Fiona, intanto, continuava a svuotare il bicchiere.

Tra le reazioni degli invitati ci furono sorrisi, assensi, qualche esclamazione, qualche risata. Ma tutte quelle storie divertenti che arrivavano alle mie orecchie sugli *old Harrovians*, professori e compagni, festeggiamenti, sport, vacanze in case di campagna e doppi cognomi, mi lasciavano del tutto indifferente. Avevo conosciuto Marcus a Tetuán quando lui aveva circa trent'anni, e la nostra vita insieme era stata così precipitosa, così clandestina, brusca, complessa e incerta, che ci aveva sempre costretti a focalizzarci sull'immediato, quasi senza permetterci di distaccarci dal presente. Quelle descrizioni che avrebbero dovuto parlarmi di lui mi sembravano quelle di uno sconosciuto, di qualcuno distante.

Fissai Olivia, seduta lontano da me. Avvolta in uno splendido vestito ricamato di cristalli totalmente fuori moda, con i suoi lineamenti ossuti e la gran chioma bianca, alla luce delle candele appariva splendida.

«Immagino che il Marcus Logan che lei ha conosciuto fosse molto diverso da questo.»

Mi girai di scatto verso Dominic. Marcus Logan, mi era sembrato di sentire. Aveva detto Marcus Logan.

«Non si stupisca se conosco quell'altro nome» aggiunse. «La vita ci ha allontanati qualche anno ma, a un certo punto, siamo riusciti a ritrovarci.»

Dominic aveva una voce calda, era tranquillo e gentile. E lì finivano le sue attrattive; per il resto, era un uomo brutto, nel senso più stretto del termine. Occhi sporgenti e acquosi, quasi senza ciglia e con borse premature; capelli radi pettinati con più sforzo che risultato, naso carnoso, pelle rossastra e orecchie grandi, il tutto distribuito su una testa troppo piccola e rotonda.

Ci avevano già servito il dolce e versato il porto nei bicchieri, Fiona continuava a bere come una spugna. Il suo colorito, intanto, acquisiva una tonalità accesa mentre la voce guadagnava velocità e potenza.

«E adesso! E adesso, attenzione, fate tutti attenzione!»

Le conversazioni si interruppero di nuovo, la guardammo ancora una volta.

«Adesso parliamo di Mark e dei suoi amori!»

Notai che, alla mia sinistra, Dominic si preparava a frenarla.

«Sta' zitto, Dominic!» urlò lei, precedendolo. «Non fare il guastafeste!»

Tutti gli sguardi erano fissi sul suo viso congestionato, in attesa, inquieti.

«Stasera abbiamo conosciuto la misteriosa straniera che ha rubato il cuore al nostro ragazzo più bello, ma raccontaci, Alexia Burke-Landon, nata Durbin...»

Si rivolgeva alla donna che aveva di fronte, dal mio stesso lato del tavolo e fuori dal mio campo visivo. L'avevo notata al mio arrivo: con un vestito di voile color burro, chioma mogano e lineamenti delicati, era senza dubbio la più bella delle presenti.

«Racconta, tesoro, racconta come ti sei sentita quando Mark ti ha confessato che aveva rivolto il suo affetto a un'altra donna e ha rotto il fidanzamento.»

Un profondo silenzio strisciò sulla tovaglia, insinuandosi tra i candelabri d'argento e le prugne sciroppate. Subito dopo si sentì il rumore di una sedia che cadeva sul pavimento. Alexia Burke-Landon era scattata in piedi e stava uscendo dalla sala a passi precipitosi.

Fu Dominic a prendere subito in mano la situazione.

«Caffè nel salone» annunciò poggiando con un colpo secco il tovagliolo sul tavolo.

Mentre tutti cominciavano ad alzarsi in silenzio, sollevati per la fine di quella scena vergognosa, lui si voltò verso di me e mormorò sobrio e sincero:

«Mi dispiace.»

25

L'ufficio in cui mi ricevette Ángel Ara era molto diverso da quello del direttore colombiano, sia per dimensioni che per stile. Qui era tutto un po' sottosopra: pile di libri, opuscoli, dischi, quaderni. Comunque, riuscì a liberare due poltrone, me ne offrì una e si sedette di fronte a me.

«Le chiedo scusa per il caos. Quando è scoppiata la guerra, per allontanarci dai bombardamenti, una buona parte di noi che lavoravamo al Servicio Latinoamericano è stata trasferita insieme ad altre sezioni in campagna, a Wood Norton Hall, la grande residenza del duca di Orléans a Evesham, a nordovest di Londra. Adesso ci stanno riunificando con il resto dei servizi esteri. Qui, a Bush House, ci sono quasi tutti gli Overseas Services della BBC; quello che all'inizio si chiamava Imperial Service e ha cambiato nome quando il numero di lingue di emissione ha valicato i confini dell'Impero.»

In effetti, eravamo a Bush House, un edificio ad Aldwych, proprio all'inizio di Kingsway, a prima vista meno sobrio di Broadcasting House. Due enormi colonne davano accesso a un grande atrio di marmo; ma la magnificenza finiva lì. L'interno era un labirinto funzionale di corridoi, uffici e studi.

«Mia cara, sono proprio felice che abbia deciso di unirsi a noi, glielo giuro» aggiunse. «Siamo davvero a corto di collaboratrici nella nostra lingua; c'è qualche annunciatrice, ma poche si avvicinano al microfono con un proprio testo.»

«Saranno solo tre interventi» gli ricordai.

«Non importa, non importa... Bene, innanzitutto, mi faccia sapere così prendo nota, desidera utilizzare un *nom de plume* o si butterà spudoratamente nella mischia?»

Un *nom de plume*. Mi fece ricordare Fran Nash e il nostro ibrido per la Télam, Frances Quiroga.

«Ci pensi» insistette. «Qui quasi tutti ne abbiamo uno.»

«Posso sapere qual è il suo?»

Alla mia richiesta spontanea sorrise. Era magro, non molto alto, con il viso appuntito e gesti nervosi. Senza dubbio aveva cercato di domare i suoi ricci prima di uscire da casa; mentre si preparava, doveva essersi messo una buona dose di brillantina per tenerli a bada. Ma a metà mattina lo sforzo cominciava a vanificarsi, dandogli un'aria piuttosto giovanile.

«Il mio pseudonimo non potrebbe essere più semplice e pratico: Juan Español.»

Lo guardai senza aprire bocca, in attesa di qualcos'altro.

«Cosa vuole sapere, amica mia, che mi guarda con quegli occhioni impenetrabili? Il motivo della mia copertura?»

A quel punto fui io a sorridere. Non stava cercando di fare il cascamorto, nonostante il complimento. Si trattava solo di una persona cordiale.

«Se non sono troppo indiscreta...»

«Sappia allora che, dietro un nome così comune, si cela solo un avvocato dal cuore repubblicano che una guerra patetica ha spazzato via dalla carta geografica del suo paese, come tanti altri. Adesso mi guadagno da vivere facendo il programmatore di contenuti del Servicio Latinoamericano di questa santa casa, e quando dico santa la prego di non credere che il mio sia un elogio sardonico: molti di noi compatrioti arrivati su quest'isola con una mano davanti e una dietro si riempiono la pancia grazie alle sue casse. Dopo anni come collaboratore saltuario, adesso posso affermare con grande orgoglio che ho un dignitosissimo contratto fisso, ragione per cui molti amici spagnoli meno fortunati ma più ingegnosi hanno cominciato a chiamarmi scherzosamente il Principe delle Onde.»

Mentre pronunciava le ultime frasi, si sentì un trambusto lungo il corridoio, sempre più vicino. A quel punto, dalla porta aperta, risuonò una voce canterina; ci voltammo all'unisono. Vidi subito una giovane dietro un carrello di metallo, carico di grosse teiere di peltro.

«Gradisce una tazza di tè?»

Rifiutai l'offerta, lui congedò la ragazza nel suo inglese un po' zoppicante. Ricominciò il trambusto, pensai che la funzione dell'impiegata fosse quella di offrire il suo servizio ambulante a tutti i dipendenti.

«Sono stufo di bere tè, Dio santo...» mormorò sarcastico.

Stavo per scoppiare a ridere, quando allontanò la schiena dalla poltrona e si avvicinò a me come se stesse per farmi una confessione riservata.

«Non avrebbe voglia adesso di uno di quei caffè macchiati che bevevamo prima della guerra? Il caffè appena tostato e filtrato, nero. Il latte caldo e denso, due zollette... E, come accompagnamento, una buona madeleine. O no, meglio di no. Meglio un paio di *rosquillas* fritte nell'olio.»

Agitò di nuovo la mano in aria, come se il suo pensiero nostalgico fosse una mosca e volesse cacciarla.

«Bene, come le dicevo, in questo lavoro sarò la sua ombra. A partire da adesso...»

Una curiosità mi pungeva da prima che il carrello del tè ci interrompesse; preferii ottenere una risposta prima di andare avanti.

«E perché Juan Español lavora al Servicio Latinoamericano, e non nelle trasmissioni destinate al suo paese?»

«E lei da dove salta fuori, signora mia, che sembra non essersi accorta della censura che subiamo noi ribelli al regime del nostro Caudillo?»

La domanda sarebbe potuta sembrare brusca, persino insolente, se non l'avesse pronunciata con un'espressione eccessiva di stupore per poi completarla con una sonora risata. Nonostante non si somigliassero nel fisico né nei modi, per un attimo mi ricordò il mio vecchio amico di Tetuán, Félix Aranda: ingegnoso e svelto di lingua e di cervello, istruito come lui, provocatorio con quella punta di sarcasmo perfettamente scusabile.

«Immagino lei conosca i compiti che persegue questa santa, insisto, santa corporazione radiofonica, vero?»

Alzò quattro dita e le fece ballare.

«Informare con veridicità, suscitare nuovi interessi nel pubblico, istruire e intrattenere, in teoria sono questi i pilastri fondamentali.»

A quel punto aggiunse il pollice e mi mostrò la mano aperta.

«Ma nei servizi stranieri abbiamo un'altra potente ragione per esistere. E non è altro che...»

Conclusi la frase al posto suo.

«La propaganda.»

Annuì soddisfatto, come se fossi un'alunna brillante.

«Ecco perché sono stati creati tutti questi servizi esteri negli anni prima della guerra, per reclutare adepti alla causa britannica. E non avrebbero potuto trovare un canale migliore della radio: oltrepassa le frontiere, scavalca i fronti di battaglia, le retroguardie e le trincee, penetra nell'intimità delle case e nei cervelli degli esseri umani. Insomma, la manna dal cielo.»

«So che nei paesi europei funziona così, ma il Servicio Latinoamericano?»

«Be', sia la Germania che l'Italia avevano ottime reti di propaganda radiofonica in tutto il continente già dalla metà degli anni Trenta. I nazisti, come sa, amavano la radio; la usavano come un'arma potentissima sia per indottrinare e infuocare gli animi all'interno dei loro confini che per avvelenare quelli al di fuori. E anche gli italiani, sebbene senza la stessa potenza radiofonica, potevano contare sulle proprie attrattive per procurare simpatizzanti alla causa fascista. Finché è arrivata la BBC a trasmettere in spagnolo, con tutta la sua competenza e solidità, ed è diventata la voce più rispettabile durante il conflitto, soprattutto fra le classi colte e agiate. A partire da quel momento, il Servicio Latinoamericano è diventato un'icona: l'anno scorso il nostro direttore, Camacho, è andato in tournée per fare discorsi di ringraziamento in vari paesi, ed è stato acclamato ovunque come un generale vittorioso; i principali quotidiani nazionali hanno pubblicato in prima pagina la notizia della sua visita, sembrava che avesse vinto la battaglia di Normandia con le sue sole forze.»

Scoppiò in un'altra risata, naturale e contagiosa. Era davvero un tipo divertente, Ángel Ara. Gli ero grata anche per la sua logorrea: più lui si dilungava, meno io avrei dovuto mentire su me stessa.

«Anche se ufficialmente si tratta di un'azienda autonoma, la BBC è stata fondata, come lei ben sa, sotto gli auspici diretti, efficienti e cauti del *Foreign Office*, del Ministry of Information e dei suoi servizi segreti. E siccome questi inglesi non fanno niente per caso, i risultati, fin dall'inizio, sono stati favolosi: hanno aggiunto al loro carniere decine di migliaia di fedeli ascoltatori oltreoceano.»

A quel punto controllò l'ora, aggrottò la fronte.

«Secondo i nostri stomaci iberici, è presto per il pranzo, ma temo che dobbiamo adattarci alle abitudini degli abitanti del luogo. Posso invitarla alla nostra mensa?»

Accettai senza sapere se l'aggettivo fantastica fosse un'altra delle sue ironie. Nel corso della tortuosa camminata in un labirinto di gallerie e corridoi, Ara continuò a parlare senza filtri, acuto e convincente.

«Al *Servicio para España*, tuttavia, si lavora con le mani molto più legate che nelle trasmissioni per l'America Latina. Lì non si tratta di seminare per poi raccogliere: in Spagna, la BBC ha sempre avuto un obiettivo politico perentorio, urgente. Durante la guerra, l'essenziale era consolidare la neutralità di Franco a ogni costo, perché non si schierasse con la Germania.»

Eravamo arrivati davanti a un ascensore, lo stavamo aspettando.

«E adesso?» domandai.

La mia curiosità era autentica. Mancavo dal mio paese da quasi due anni; me n'ero andata in un momento cruciale, con le due nazioni amiche del regime, l'Italia e la Germania, sconfitte. A partire da allora, della nostra politica interna sapevo solo quel poco che mi raccontava mio padre nelle sue lettere e quello che leggevo sui rari giornali che arrivavano a Gerusalemme quando Marcus era ancora vivo, in ritardo e opportunamente censurati.

Si aprirono le porte dell'ascensore; era strapieno di gente di ogni corporatura e origine, statura e stile. Tutti fecero un piccolo passo indietro o di lato per farci spazio.

Rimanemmo in silenzio mentre scendevamo, appiccicati agli altri.

«Il *Foreign Office* ha cambiato politica» proseguì Ara all'uscita «e questo a noi esiliati ha spezzato il cuore. Speravamo tutti che i vincitori della guerra mondiale avrebbero fatto cadere Franco dopo il conflitto, ma non è andata così. Alla fine, si sono limitati a emettere un comunicato ufficiale con cui condannavano il regime, ma decidevano di non intervenire nelle questioni interne. Il popolo spagnolo deve costruirsi il suo destino, così hanno sentenziato. O come direbbe uno spagnolo, *que cada palo aguante su vela*, ognuno si assuma le proprie responsabilità.»

Una sorta di malinconia ci attraversò mentre continuavamo a camminare tra le viscere del palazzo. Pensavamo tutti e due la stessa cosa. Povero paese nostro, così solo. Povera Spagna.

«Comunque, la Gran Bretagna mantiene una posizione ambigua ed è attenta a non offendere mai Franco. Ecco perché il *Foreign Office* esige che nei servizi della BBC non ci sia personale politicamente impegnato. Pertanto, quando qualcuno con un bagaglio antifranchista importante partecipa ai programmi come collaboratore o invitato, deve farlo sempre sotto pseudonimo. E quelli come noi, che non sono troppo disposti a tenere la bocca chiusa, preferiscono destinarli al Servicio Latinoamericano.»

Si fermò, mi cedette il passo, mi strizzò l'occhio.

«Così creiamo meno problemi.»

Entrammo in un enorme salone sotterraneo, pieno di fumo, del brusio delle conversazioni e del rumore di posate sui piatti. Tantissimi uomini, qualche donna. Carnagioni di ogni tonalità tra il bianco ceruleo e il nero più brillante. Capelli biondi, ricci, rossi, crespi, castani, lisci, scuri. Altezze elevate, intermedie, ridotte; lingue indecifrabili uscivano dalle bocche allo stesso ritmo con cui vi entravano cucchiai, forchette o sigarette. Molti erano già seduti, altri aspettavano in piedi, in coda per prendere un vassoio che alcune inservienti con le cuffie bianche e grossi mestoli avrebbero riempito più avanti.

«Benvenuta alla mensa di Bush House, mia cara; il posto più cosmopolita di tutta l'Inghilterra. Urdu, russo, swahili, norvegese, malese, farsi, greco, polacco, birmano: pensi a più di trenta lingue, ne richieda una e stia pur certa che un redattore, un traduttore o un annunciatore alzerà la mano.»

A quel punto abbassò il tono della voce e mi si avvicinò all'orecchio, come per farmi una confidenza artificiosa.

«Non ci sarebbe da sorprendersi se ci fosse più di una spia tra loro.»

26

Il fuoco era acceso e Víctor giocava sul tappeto lanciando al cane dei blocchi di legno che gli avevo comprato da Woolworths, un grande magazzino che avevo scoperto a Chelsea al ritorno dal mio incontro con Ara. In seguito avrei appreso che c'erano moltissimi negozi identici in tutta Londra, in tutta la Gran Bretagna, in tutti gli Stati Uniti; la catena, in effetti, costituiva un gigantesco emporio. In quella prima visita mi ero rifornita di una serie di cose utili: piccoli giocattoli, due pigiami di cotone, calze, un piatto e un bicchiere di bachelite resistente in modo che mio figlio potesse mangiare, bere e gettarli per terra senza paura di distruggere le stoviglie di Olivia.

Il pomeriggio trascorreva tranquillo, c'era ancora un po' di luce naturale e attraverso le grandi finestre notavo che le giornate a poco a poco si stavano allungando. Una partita a bridge da un'amica tenne mia suocera fuori casa; appena uscì dalla porta, diedi qualche ora libera a Phillippa. Seduta su un divano, quaderno in mano e matita fra i denti, recuperavo nella memoria dettagli di Gerusalemme, cercando di elaborare contenuti per i miei interventi alla radio. Ero rimasta d'accordo così con Ángel Ara: io avrei raccolto potenziali idee, ne avrei parlato con lui e insieme avremmo dato una forma e un ordine al tutto.

Pochi attimi prima avevo sentito suonare alla porta, immaginai che Gertrude sarebbe andata ad aprire. Infatti fu così, adesso era davanti a me, con il suo occhio strano e il braccio teso, e mi porgeva una busta. Con mio stupore, il mittente era Dominic Hodson. Innanzitutto si scusava per l'imbarazzante serata a casa dei suoi; subito dopo mi chiedeva di vederci, proponeva di prendere un tè da Fortnum & Mason. Ho bisogno di parlare con lei, scriveva. Né vorrei né gradirei né mi piacerebbe, no. Ho bisogno, dalla locuzione verbale avere bisogno, esplicitamente.

Per qualche ragione indefinibile, non dissi a Olivia di quell'invito. Il ritorno dalla cena a casa degli Hodson era stato sgradevole e pieno di tensione, e non avevo la minima voglia di riparlarne. Lei però aveva insistito.

«Dovresti perdonare Fiona» disse appena entrammo in macchina. «Di solito è una ragazza adorabile, forse...»

La interruppi.

«Avrei preferito che mi avessi risparmiato quell'incontro così sgradevole» replicai in tono secco.

La sua risposta fu evasiva.

«Cara, non avevo la minima idea che Alexia fosse tornata a Londra, e poi la sua storia con Mark risale a tantissimo tempo fa, adesso lei è felicemente sposata con il più giovane dei Burke-Landon, hanno due bambine a quanto mi ha detto sua madre l'ultima volta che l'ho vista, se non sbaglio ci siamo incontrate a un concerto alla Royal Albert Hall...»

Lasciai che mia suocera continuasse le sue chiacchiere infarcite di luoghi, cognomi e avverbi pungenti mentre dentro di me rivivevo la domanda incresciosa di quella donna sbronza e provocatrice, il rumore della sedia che cadeva, il voile del vestito giallo che varcava quasi di corsa la porta della sala da pranzo. Né Alexia né suo marito si erano fermati per il caffè, il ricordo del fidanzamento interrotto mi risuonò dentro come un'eco insidiosa. Adesso che la memoria di quella cena imbarazzante iniziava a svanire, avevo deciso di accettare l'invito del mio vicino a tavola senza dire una parola a Olivia. Avrei scelto se parlargliene o meno dopo l'incontro.

Il mattino dopo uscii in tutta fretta alla ricerca di qualcosa da indossare: tra i miei *sweater* e pantaloni per tutti i giorni e il mio unico vestito da sera, mancava una via di mezzo. Qualche giorno prima ero stata attratta da un negozio visto per caso tra le strade di Kensington. Sulla facciata, inciso su una targa di bronzo, c'era scritto DIGBY MORTON. *READY-TO-WEAR*. La vetrina era tanto semplice quanto raffinata; un ambiente di sobria eleganza mi accolse dietro la porta. La commessa mi mostrò vari modelli rifiniti in maniera impeccabile; per me, abituata a realizzare ogni capo dietro richiesta personale delle mie clienti, era una novità assoluta. Provai vari tailleur con le giacche dal taglio perfetto, straordinariamente *fashionable*, disse la commessa. Mi sorpresero le linee pure e stilizzate, semplici, pulite, prive della minima ostentazione o stravaganza, vivo riflesso dell'austerità che il paese attraversava da ogni punto di vista. I prezzi, invece, erano ben lontani dal contenimento delle spese e dal razionamento. Decisi di prenderne due, aggiunsi un paio di scarpe con il tacco sottile e un cappello delle dimensioni di un portapillole.

Alle quattro e mezzo entrai nella sala da tè di Fortnum & Mason con indosso il mio tailleur di tweed carta da zucchero. Avevo i capelli raccolti in uno chignon basso e un ombretto scuro sugli occhi: eleganza sobria per incontrare un estraneo dalle ignote intenzioni. Dominic Hodson mi aspettava seduto a un tavolo laterale, appena mi vide si alzò. Indossava un abito anonimo e una cravatta con un motivo discreto, aveva i soliti occhi acquosi e lo stesso portamento dimesso che avevo notato durante la cena.

Ci stringemmo la mano; il cameriere che mi accompagnava scostò una sedia per farmi accomodare. Il salone, dipinto nei toni pastello, era pieno di tavoli identici, intorno ai quali erano sedute coppie, gruppi di tre o quattro persone composti da qualche uomo e una maggioranza di donne che, dopo aver fatto acquisti, chiacchieravano davanti a tazze di tè dagli aromi esotici e delicate merende. In quell'ambiente sofisticato, come nei conti dello stilista Digby Morton, tutti parevano essere frivolamente estranei alle tessere di razionamento, alle code e alle ristrettezze.

«Non so se conosceva già questo posto e se sarà di suo gradimento» disse lui, con un certo imbarazzo. «È un locale classico, da sempre molto rinomato tra le signore. L'ho scelto pensando che si sarebbe sentita a suo agio anche se, a essere sincero, è la prima volta che vengo qui.»

Mi piacque la franchezza del saluto, la disponibilità a uscire dal suo ambiente, qualunque fosse, e il fatto che avesse proposto di vederci in un luogo in cui mi sarei trovata bene.

«Innanzitutto, mi permetta di porgerle ancora una volta le mie scuse più sentite per l'increscioso comportamento di mia sorella Fiona. La sua indiscrezione è stata davvero irriguardosa nei confronti della signora Burke-Landon, oltre che nei suoi.»

Annuii senza rispondere, come se avessi accettato le sue scuse. E lui annuì in risposta, come se avesse accettato la mia replica.

«Anche se il comportamento di mia sorella non ha alcuna giustificazione» proseguì, «mi lasci dire a sua discolpa che il matrimonio tra lei e Evan sta attraversando un momento delicato. Visti dal di fuori mantengono le apparenze, ma lei esagera con l'alcol e sembra stia sviluppando una certa... una certa acidità, diciamo, anche una certa aggressività verbale nei confronti di altre donne forse più... più belle o più equilibrate o... Insomma, la prego di perdonare la mia mancanza di eloquenza; sono scapolo e in queste faccende non me la cavo troppo bene.»

Ancora una volta mi intenerì la sua sincerità senza filtri: l'intrepido funzionario coloniale esperto di scenari e problemi africani si impantanava addentrandosi fra le turbolenze dell'animo femminile, davanti a una sconosciuta e circondato da una serie di donne che disquisivano di tende e cuscini, tendenze per la primavera o dei ridicoli e tortuosi grattacapi della servitù domestica.

Ordinammo i nostri tè: lui, uno nero e forte; io optai per un Darjeeling, un piccolo omaggio alla mia inafferrabile amica Rosalinda.

«Sappia che sono doppiamente e profondamente dispiaciuto perché, oltretutto, sono stato io a proporre quella serata. Avevo intenzione di conoscerla di persona e ho pensato che in un contesto di quel genere il clima sarebbe stato più disteso. Ho lasciato a mia madre il compito di organizzare una cenetta secondo le mie direttive ma all'ultimo momento, e senza che io lo sapessi, mia sorella si è intromessa e ha aggiunto qualche invitato.»

Non riuscii a trattenermi.

«Qualche invitato come Alexia Burke-Landon, per esempio.»

Annuì con il mento, piano. Poi scelse le parole con estrema cura.

«Non so se lei fosse al corrente del fatto che suo marito e Alexia, prima dei rispettivi matrimoni, erano davvero vicini.»

«Non molto» ammisi.

Ero sicura che c'erano state altre donne prima di me nella vita di Marcus. Ma non ne avevo mai conosciuta una, e non avevo mai saputo che avesse fatto una promessa di matrimonio a qualcuna di loro.

«Anche a rischio di apparire indiscreto, mi permetta di esprimere il sospetto che, in quella relazione, la bilancia del coinvolgimento pendesse sempre dal lato di Alexia.»

Sorrisi, e agli angoli delle labbra mi rimase impressa una piega triste. Un modo delicato per dirmi che magari Marcus non l'aveva amata così tanto; un tentativo elegante per mitigare le mie potenziali gelosie retrospettive.

«Questioni sentimentali a parte» aggiunse a quel punto,

«immagino le sarà sembrato strano che io l'abbia convocata in questa maniera.»

Stranissimo, stavo per ammettere. Ma preferii lasciarlo proseguire.

«Anche per me, devo confessare, è stata una sorpresa la ragione per cui, oggi, lei e io siamo qui insieme.» Si schiarì la voce, come per armarsi di coraggio. «Vede, devo comunicarle che suo marito, il mio vecchio amico Mark Bonnard, per lei Marcus, aveva deciso a suo tempo di nominarmi suo esecutore testamentario.»

Mi irrigidii per lo stupore, aggrottai la fronte. Cosa? Che cosa stava dicendo?

«Ecco perché sono venuto a Londra in questi giorni: per incontrarla e avviare le formalità burocratiche necessarie.»

Continuavo a non riuscire a verbalizzare il mio disorientamento. A quel punto comparve un cameriere, portava un'alzata a tre piani con sandwich sottili come dita, *scones* e delicati pasticcini. In pochi secondi preparò tutto e ci servì con gran maestria, ma quella pausa fu per me oscura e interminabile come una notte d'inverno.

Appena fummo di nuovo soli, Dominic riprese la parola.

«All'inizio dello scorso anno, dopo un lungo periodo senza nessuna comunicazione, ho ricevuto una lettera di suo marito da Gerusalemme. Mi comunicava che qualche tempo prima vi eravate sposati a Gibilterra e mi informava che aspettavate il vostro primo figlio. Di fronte alla crescente violenza che aveva colpito la Palestina, e in previsione di...» Fece una pausa, il pomo d'Adamo gli andò su e giù. «In previsione di eventuali circostanze avverse, che tristemente si sono verificate, aveva deciso di lasciare in ordine le sue questioni legali e finanziarie. Ecco perché aveva preso la decisione di nominarmi suo esecutore testamentario, anche se non ci vedevamo da anni.»

Abbassò lo sguardo sulla sua tazza, fissò il tè nero che non aveva ancora assaggiato.

«Superato il mio stupore iniziale, devo confessare che è stato un onore sapere che Mark riponeva in me la sua fiducia.» A quel punto alzò gli occhi, brutti come quelli di un pesce, ma profondamente sinceri. «E così, eccomi qui, onorato di assumermi il fermo impegno di tutelare i suoi interessi e quelli del piccolo Víctor.»

Portò infine la tazza alla bocca; lo imitai, cercando di mandare giù al tempo stesso la bevanda calda e lo sconcerto. Non sapevo di cosa mi stesse parlando Dominic Hodson. Avevo provveduto io stessa a chiudere i nostri conti alla filiale della Barclays Bank di Gerusalemme; adesso tutti i nostri soldi erano in una busta dentro l'armadio della mia camera da letto. Ero anche in attesa che finissero di calcolare l'importo della pensione che ci sarebbe toccata grazie al ruolo di servitore dell'Impero di Mark, se n'era occupata Olivia. Oltre a quello, a parte alcuni tratti e i capelli biondi di mio figlio, non credevo che ci fosse per noi qualche altra eredità.

«Ma...» esitai. «Ma non avrei potuto...?»

Terminò la frase al posto mio.

«Occuparsi di tutto lei? Lui non voleva darle preoccupazioni, ha cercato solo di proteggerla. In primo luogo, anche se forse lei aveva intuito qualcosa, non voleva trasmetterle espressamente la sensazione che la sua vita fosse in pericolo. E, al tempo stesso, nella malaugurata eventualità di una disgrazia, voleva risparmiarle complicazioni amministrative in un paese di cui non conosce il funzionamento e le istituzioni; lei si sarebbe ritrovata coinvolta in tediose procedure burocratiche, avrebbe avuto bisogno di un professionista che la consigliasse...»

Lo interruppi.

«Sua madre avrebbe potuto aiutarmi.»

Allungò la mano verso l'alzata e prese un sandwich con maionese e uova sode. Prima di addentarlo disse:

«Mia cara, temo che Lady Olivia Bonnard, più che la soluzione, possa essere una parte sostanziale del problema.»

27

Il mattino dopo ricevetti una telefonata di Ángel Ara. Fu un bene: mi distolse dalle mie elucubrazioni e fui costretta a rimettere i piedi per terra. Smisi dunque di ripensare all'episodio di Fortnum & Mason, a Dominic Hodson e all'inaudito testamento di Marcus.

«Con il mio ruolo di esecutore testamentario» di *executor*, mi aveva detto nella sua lingua, «mi sono assunto l'impegno di mettere ordine nelle questioni di suo marito, e me ne sto già occupando. Per favore, non creda che si tratti di organizzare un ingente patrimonio né nulla del genere; la prego soltanto di concedermi qualche giorno per rivedere alcune pratiche amministrative. La contatterò appena sarà tutto pronto.» Io avevo assentito. Come avrei potuto non farlo?

La voce del mio connazionale sembrava gioviale e accelerata all'altro capo del telefono.

«Dunque, mia cara amica, come vanno quegli articoli sulla Palestina? Quando potremo incontrarci? Domani? Dopodomani? Fra tre giorni?»

Ara era instancabile. Dinamico e perseverante come nessun altro.

«Ci sto lavorando» gli assicurai. «Ma se mi desse un altro paio di giorni, le sarei enormemente grata.»

«Allora è deciso; tra due giorni. Le va bene se ci rivediamo a Bush House? Alle dieci del mattino, per esempio?»

«Ci sarò.»

«Affare fatto. Esamineremo il suo lavoro e troveremo sicuramente il modo di adattarlo al nostro programma.»

Rimanemmo d'accordo così; stavo per concludere la telefonata quando lo sentii gridare all'altro capo del filo.

«A proposito, le piace l'arte? Domani si inaugura la mostra di un carissimo amico, nostro connazionale, avrebbe voglia di passare di lì?»

Senza aspettare una risposta, con un imperioso «Scriva, scriva!» Ara mi diede qualche indicazione al volo.

Un taxi mi lasciò in Bond Street, di fronte alla Lefevre Gallery; nei dintorni notai altre gallerie d'arte, negozi di antiquariato e case d'asta. All'ingresso ebbi qualche attimo di esitazione, non avevo un invito né altro che mi identificasse come la conoscente di un amico del pittore che esponeva. Ciò nonostante, entrai con passo deciso, distaccata e dritta, come facevo ogni volta che il dubbio o l'insicurezza mi mostravano i canini.

La sala era un unico grande ambiente, con colonne centrali e ampie pareti bianche, sulle quali, distribuiti in maniera simmetrica, erano appesi vari disegni incorniciati, semplici contorni in nero senza dettagli interni, forme umane sobrie e al tempo stesso espressive, moderne.

Tra il numeroso pubblico non mi fu difficile individuare Ara, con i suoi ricci e i suoi baffi. Era in un gruppetto che parlava animatamente in spagnolo, a un volume molto più alto di quello abituale nella flemmatica Inghilterra.

«Mia cara, com'è abbagliante con quell'abito color del vino dei nostri vitigni...»

Mi stampò due baci sulle guance, pura galanteria ispanica; ci misi un po' a reagire, abituata ormai com'ero a dare soltanto la mano o all'asettico scambio di saluti con un lieve cenno della testa.

«Venga, venga con me, si appoggi al mio braccio che le faccio fare un giro e le mostro *who's who* qui dentro.»

Non mi opposi; nelle sue parole e nelle sue proposte non c'era mai il minimo tentativo di flirtare, ma solo una sincera cordialità. Così, a braccetto, cominciammo a camminare per l'ampia sala tra opere d'arte, colonne e visitatori.

«Guardi» mi annunciò con una discrezione non troppo contenuta, «quello con la cravatta blu è Martínez Nadal, il famoso Antonio Torres della *Voz de Londres*, molto conosciuto in Spagna per i suoi programmi durante la guerra, le dice qualcosa? Adesso lavora per l'"Observer", è un tipo in gamba e non si tira indietro davanti a niente; ha mandato al diavolo quelli della BBC quando gli hanno chiesto di cercare di mostrarsi un po' meno di sinistra davanti agli ascoltatori. La ragazza che gli sta sistemando il fazzoletto nel taschino, anche se per l'età potrebbe sembrare sua figlia, in realtà è sua moglie, Jacinta Castillejo, ballerina, figlia del gran don José Castillejo, le dice niente Castillejo? È stato uno dei cattedratici epurati dopo la vittoria di Franco, un vero intellettuale che si è ritrovato qui in Inghilterra a fare qualche misera lezione e a vivere come un asceta nell'Università di Liverpool; aggiustava addirittura le suole alle scarpe dei figli seduto su uno sgabello da ciabattino mentre dissertava su questioni di trascendenza filosofica con gli studenti.»

Continuammo a girare per la sala mentre arrivava altra gente. Benvenuti e congratulazioni risuonavano in un tono sempre più alto.

«Guardi, quella bella donna è Nieves Matthews, la figlia di Salvador de Madariaga, una vera esperta d'arte. Anche il padre dev'essere qui, o magari non è ancora arrivato; non so se ricorda, è stato ministro e diplomatico, ed è tuttora un pensatore di fronte al quale levarsi il cappello. Ogni tanto collabora pure con la BBC, ma per il nostro servizio transoceanico; nelle trasmissioni per la Spagna non lo vogliono vedere nemmeno dipinto.

«E quel signore con la pancia prominente è Deric Pearson, il proprietario dell'Atlantic-Pacific Press, l'agenzia di stampa che diffonde bollettini informativi in tutta l'America Latina. Con la sua attività ha salvato dalla miseria tantissimi spagnoli dandogli lavoro come redattori; un direttore è stato Chaves Nogales, lo straordinario giornalista sivigliano che è morto qui qualche anno fa, ricorda?

«Guardi, quella signora alta elegantissima è Natalia de Cossío, la moglie di Alberto Jiménez Fraud, che è stato direttore della Residencia de Estudiantes. Lui è uno di quelli che hanno fatto più carriera tra gli accademici, insegna a Oxford.

«Guardi, quello col naso grosso è Salazar Chapela; sembra un tipo serio, invece è un malagueño spiritosissimo. Sta per pubblicare a Buenos Aires un romanzo in cui a quanto pare compariamo tutti noi, siamo un po' preoccupati, chissà cosa racconterà.

«Guardi, quello è Luis Portillo, insegnava Diritto civile all'Università di Salamanca. Adesso traduce e scrive qualche articolo, ma per sopravvivere si è dovuto arrangiare persino a pelare patate e scavare trincee in un aeroporto, poveretto.

«Guardi, quello coi baffetti sottili e l'aria da dandy malinconico è Luis Cernuda, il poeta. È qui da una decina d'anni, ma non riesce a adattarsi all'Inghilterra neanche a morire; gli hanno offerto un posto in un'università americana, tra non molto se ne andrà.

«Guardi, quel signore alto, calvo e con gli occhiali è don Pablo de Azcárate: è stato ambasciatore della Repubblica durante la guerra e, a quanto pare, adesso tornerà a Ginevra con un incarico importante all'ONU. È una persona autorevole, incute un grande rispetto; qui scattiamo tutti sull'attenti appena lo vediamo.

«Guardi, quel signore bruno coi capelli all'indietro è Arturo Barea, collabora con noi e ha un pubblico enorme in tutta l'America, il suo pseudonimo è Juan de Castilla. Scrive anche libri, dicono bellissimi, ma al momento ha pubblicato solo in inglese, quindi hanno potuto leggerli in pochi. Non si prodiga molto qui da noi perché vive in campagna con la moglie, Ilse, la signora di spalle.

«Guardi, quel giovane che zoppica è Pepito Estruch, un fanatico del teatro con la "t" maiuscola; è rimasto otto mesi in un campo di concentramento in Francia, poveretto. Poi, quando era già in Inghilterra, ha dedicato tutto se stesso ai bambini che avevano mandato qui dopo il bombardamento di Guernica; ci sono stati tanti innocenti che nessuno ha reclamato perché tornassero a casa alla fine della nostra guerra.

«Guardi, quello che parla spagnolo con accento inglese è Tomás Harris, mercante d'arte ed esperto dei nostri grandi maestri. Si racconta che suo padre, un antiquario inglese, sia diventato arcinoto per aver depredato in Spagna chiese e monasteri.

«Guardi, quel prete è padre Onaindía, un nazionalista basco che incendia i microfoni con lo pseudonimo di James Masterton.»

Non smettevamo di salutare a destra e a manca, quasi senza fermarci ad ammirare la mostra. Ara conosceva tutti e sembrava che tutti lo conoscessero. Qualcuno ci si avvicinò, il gruppo si allargò, lui continuò a presentarmi e io a ricevere gesti e parole affettuosi. Uno dei presenti propose allora di andare a cena da Martínez, pochi si unirono.

«Martínez è il ristorante spagnolo più famoso di Londra» mi spiegò il mio nuovo collega in disparte, quasi all'orecchio. «Persino Franco pranzò lì quando venne all'inizio del '36, prima del suo colpo di Stato, per assistere al funerale del re Giorgio V. Nonostante questo infausto dettaglio» aggiunse con un ghigno sardonico, «a tutti noi piace frequentarlo.»

Esaminò la sala con lo sguardo girando velocemente il collo da una parte e dall'altra. Poi abbassò la voce, fino a raggiungere un tono confidenziale.

«Quando sente qualcuno che cerca una scusa per non andare da Martínez, sappia che non lo fa per mancanza di voglia, ma perché non gli tornano i conti.»

Sfregò più volte il pollice e l'indice, con un gesto eloquente. In quell'illustre gruppo c'erano sapienza, cultura, cervello e talento in abbondanza. Ma purtroppo non i soldi. Prima della guerra civile, tutti godevano in maggiore o minore misura di una buona posizione economica, cariche rappresentative, un patrimonio, prestigio. Adesso, più di dieci anni dopo aver abbandonato la patria, bloccati in un paese straniero, si arrendevano a poco a poco di fronte all'evidenza che la possibilità di tornare si allontanava sempre più e l'esilio cominciava a prospettarsi come qualcosa di duraturo.

Infine Ara mi presentò l'autore delle opere esposte. Gregorio Prieto, un mancego brillante, bello e profondamente manierato, che riceveva da tutti complimenti e congratulazioni.

In mezzo a quella confusione, cullata da tante voci nella mia lingua, sentii nell'animo un tiepido benessere, qualcosa che avevo dimenticato da tempo immemorabile. Tutte quelle persone mi sembravano estranee, così come le loro occupazioni: la politica, la poesia, l'arte o il mondo accademico erano ambiti che non avevo mai sfiorato, nemmeno da lontano. Eppure, era come se il solo fatto di ritrovarmi tra connazionali avesse trasmesso alle mie ossa una sorta di quiete.

Ma si trattò di un sentimento fugace. Come ultimamente quasi tutto nella mia vita, quella entelechia si dissolse in un soffio.

Vidi George Camacho, il direttore del Servicio Latinoamericano, il mio mentore, per così dire, che si faceva largo tra i visitatori, sempre più numerosi. Si era accorto della mia presenza, mi guardò con la coda dell'occhio e alzò le sopracciglia, enfatico. Colsi il suo messaggio: aspetti.

Riuscì a quel punto ad avvicinarsi all'artista per fargli i complimenti, a quanto pareva anche lui collaborava alle sue trasmissioni. Non si trattenne più di tanto: giusto il tempo di un abbraccio e qualche frase, e uscì dal cerchio intorno all'uomo lasciandolo di nuovo tra i suoi ammiratori.

Si rivolse allora ad Ara e a me, in una zona un po' appartata.

«Mi concedereste la vostra attenzione per un attimo?»

Aveva il tono di voce melodioso del suo paese d'origine; l'espressione del viso, invece, era seria. Ci condusse verso un angolo, accanto al guardaroba. Si voltò per accertarsi che nessuno, oltre a noi, potesse sentirlo.

«Vede, signora Bonnard, a quanto pare ci troviamo di fronte a un contrattempo inaspettato.»

Il brusio della sala si attutì improvvisamente al mio udito, come se fosse solo un moto ondoso in sottofondo.

«L'ufficio contratti della BBC ha rifiutato la nostra richiesta per la sua collaborazione. Abbiamo ricevuto un no secco. Senza tante cerimonie né spiegazioni.»

28

Ara insistette per accompagnarmi in strada, George Camacho fu richiesto da qualcuno nella sala; volevano sicuramente chiedergli una collaborazione con il suo servizio, il sostentamento di parecchi dei presenti.

Quando uscimmo piovigginava, le luci delle vetrine erano già spente, non c'erano quasi passanti né traffico. Al fioco lume di un lampione, vidi che il mio connazionale aveva ancora un'espressione accigliata.

«Questa... questa è una cosa... è una cosa...» Si fermò di colpo, come se la sua mente avesse bisogno di ordine. «Ha fretta? Mi farebbe piacere parlare un po', conosco un pub qui vicino.»

Entrò a prendere le sue cose, tornò subito, alzando il bavero dell'impermeabile.

A differenza delle strade semideserte, al Coach & Horses non mancavano i clienti. Il locale era pieno di fumo, voci ed effluvi di umanità, in un angolo riuscimmo a trovare un buco. Il rivestimento delle pareti e i mobili erano di legno scuro; poggiai le mani sul tavolo e le ritirai immediatamente, era appiccicoso. Ara tirò fuori il fazzoletto dal taschino della giacca, cercò di pulirlo senza grandi risultati.

«Non tocchi niente. Torno subito. Cosa prende?»

«Quello che prende lei.»

«Perfetto.»

Si avvicinò al bancone, lungo il quale erano seduti sugli sgabelli alcuni uomini soli. Vidi che li serviva una matrona dai seni enormi, con i capelli bianchi e crespi.

Al ritorno, aveva in mano due pinte di *mild ale* e un bicchiere d'acqua. Vi immerse una parte del fazzoletto; lo inumidì, cominciò a pulire il tavolo.

«*Milady* mi ha offerto una delle sue *towels*, ma ho ritenuto più igienico ricorrere ai miei mezzi.»

La birra aveva il colore del rame scuro ed era tiepida, dolciastra, densa. Ad Ara rimase qualche traccia di schiuma sui baffi.

«Vede, mia cara amica» disse dopo il primo sorso, «ci è capitato in alcuni casi che le contrattazioni fossero un po' complicate per le caratteristiche e la storia personale degli *speakers*.»

Lo interruppi.

«Non importa. Davvero, non importa, glielo assicuro.»

Mentivo, naturalmente. Non era vero che non importava; la mia indifferenza era falsa. E non per quello che significavano quelle chiacchierate per me, una perfetta intrusa che si era proposta per quel lavoro con una buona dose di faccia tosta e qualche menzogna, ma per il rifiuto così radicale, così arbitrario. Continuavo a domandarmi su cosa potessero essersi basati. Sulle mie attività a Madrid? Sul fatto che ero la moglie di Marcus?

La sua voce pose fine ai miei dubbi.

«Mi permette di farle una domanda forse un po' indiscreta?»

Acconsentii con un cenno, lui si schiarì la voce.

«Esiste qualche ragione politica che spieghi la censura della BBC nei suoi confronti?»

Bevvi un altro sorso, senza voglia. Non mi era mai piaciuta la birra.

«Se per ragione politica intende il mio legame con qualche partito o ente che abbia a che vedere con la Spagna e la guerra civile, la risposta è un no secco. Ma vede, signor Ara...»

«Mi chiami solo Ara.»

«Vede, Ara» ripetei. Feci una pausa cercando di decidere da dove cominciare il mio racconto. «Guardi, ci sono tante cose che lei non sa di me. In realtà, non sa quasi niente, a parte il fatto che veniamo dallo stesso paese, che ho avuto un marito inglese e ho vissuto per un po' di tempo a Gerusalemme.»

A quel punto fu lui ad annuire. Durante i nostri incontri, con la sua travolgente simpatia e il fatto che ci sapeva fare con le persone, aveva sempre monopolizzato le conversazioni. Forse, finalmente se n'era accorto.

«Ma io la metterò al corrente» continuai, «nel caso voglia comunicare questi dettagli a chi di dovere, ai piani alti della BBC o dove riterrà più opportuno.»

Annuì ancora una volta, nessuno dei due toccò la birra.

«Per cinque anni della mia vita, l'intera durata della Seconda guerra mondiale, ho collaborato attivamente con i servizi segreti britannici. Non le rivelerò la natura dei miei compiti, né in quale luogo e in quale maniera li ho svolti, ma mi creda, nel lavoro che mi è stato affidato, ho fatto più del dovuto.»

Il mio connazionale mi osservava con occhi intrigati e attenti, privi di quello scintillio che acquistavano con la parlantina.

«Alla fine della guerra, mio marito, fedele servitore degli interessi del suo paese, è stato destinato a Gerusalemme, e ci siamo trasferiti lì, per portare a compimento ancora una volta i progetti della sua patria. E sa cos'è successo? È successo che l'hanno ucciso. Mentre si faceva in quattro perché la Gran Bretagna riuscisse a uscire senza sfigurare dalla trappola in cui si era cacciata da sola in Palestina, un bel giorno, mentre era nel suo ufficio a lavorare, una mostruosa carica di esplosivi collocati da terroristi ebrei lo ha ucciso. L'ha fatto a pezzi, completamente squartato. Io ero incinta, l'esplosione ha accelerato il parto, mio figlio è nato mentre raccoglievano brandelli del padre sparsi tra le macerie.»

A quel punto sì che bevvi mezzo bicchiere tutto d'un sorso, perché mi aiutasse a mandare giù quel grumo di amarezza che mi si era bloccato in gola. Lui mormorò un rauco mi dispiace. Piazzai allora le palme delle mani sul tavolo, incurante dello strato di sporcizia, inclinai il busto in avanti, in modo che le mie parole potessero arrivargli da più vicino.

«Ignoro il motivo per cui nella sua azienda mi disapprovano, ma sappia che questo paese, quando ha avuto interesse a farlo, mi ha utilizzata abilmente. E quello che le istituzioni mi devono, per me e per mio marito, non è un biasimo ingiustificato, ma un minimo di considerazione e di gratitudine.»

Fu lui a portare il bicchiere alla bocca, lentamente.

«Sa cosa siamo per loro, Sira?»

Nelle sue parole c'era un velo di malinconia, un'improvvisa tristezza.

«Pedine. Semplici pedine sulla loro scacchiera. Lei, io, noi che lavoriamo nei servizi esteri, quelli che lei ha visto l'altro giorno a Bush House, gli uomini e le donne che ha incrociato in mensa, in ascensore e nei corridoi, esseri umani provenienti dai confini più vicini e remoti della terra, siamo tutti la stessa cosa: semplici pedine destinate a fare il loro gioco. Agiamo per conto e per gli scopi del governo britannico, ci pieghiamo ai suoi interessi e ai suoi sforzi propagandistici, ai suoi criteri e alle sue direttive. Così è stato in tempo di guerra e così, nell'interesse della democrazia mondiale, continuiamo a fare adesso che si intravede una pace permanente. La nostra individualità dentro il suo sistema è così insignificante, tuttavia, che siamo solo piccoli pezzi manovrabili, sacrificabili e passeggeri.»

Il brusio del pub non accennava a diminuire. Quasi tutti i tavoli erano occupati, alcuni avventori iniziarono una partita di freccette. Dietro il bancone, la corpulenta proprietaria asciugava bicchieri con uno dei suoi discutibili strofinacci.

«E nonostante tutto questo, siamo entrati in gioco per scelta libera e spontanea; riconoscenti, persino orgogliosi.» Bevve un altro sorso, stava per finire la birra. «Sono degli imperialisti arroganti ma, in ogni caso, per quasi tutte le persone espulse dalla propria patria che lei ha appena visto alla mostra, la BBC è stata una benedizione del cielo. Innanzitutto, perché offre un'attività remunerata, e con quelle tre ghinee e mezzo, o quattro, o al massimo cinque che ricevono per ogni collaborazione, pagano una parte dell'affitto o possono comprare cibo e carbone; in questo modo alcuni sono riusciti persino a sostituire il piccone e la pala con la penna e la parola. Ma non solo; a parte l'aspetto economico, ambiscono al ruolo di speaker radiofonici perché gli permette di usare in maniera produttiva l'intelletto, le conoscenze, il talento o soltanto il loro povero ego ferito. Senza una cattedra o un incarico di responsabilità, privati delle loro professioni o del loro pubblico, davanti a un microfono si sentono, ci sentiamo, di nuovo utili per un momento. E questo, mia cara amica, nei tempi incerti che viviamo è un aiuto per il morale e l'autostima che a volte nutre più di un buon filetto.»

A quel punto finì la birra, prese il fazzoletto umido con la punta delle dita, lo piegò meticolosamente e lo ripose nel taschino.

Capivo le sue argomentazioni, erano solide e convincenti. Solo che a me non servivano. Io non ero un'intellettuale in esilio né una rifugiata politica.

«Comunque, cercheremo di indagare, non si preoccupi. Chiederemo che ci forniscano una ragione valida per quel rifiuto incomprensibile. Almeno questo lei lo merita.»

Insistette per accompagnarmi in taxi fino a The Boltons. Se si stupì che abitassi in quel quartiere lussuoso, lo tenne per sé.

La strada era deserta quando scesi dalla macchina, si sentivano solo i latrati di qualche cane in lontananza. Gli augurai la buonanotte dal marciapiede. Stavo per varcare il cancelletto, quando mi accorsi che dietro la finestra della stanza di Olivia si vedeva la luce accesa. La luce e una sagoma.

29

La routine domestica andava avanti con precisione cronometrica. Alle otto e mezzo, come tutte le sante mattine, ci sedemmo a tavola. Non c'era più il freddo atroce dei giorni in cui ero arrivata, e mia suocera a poco a poco abbandonava le stole e gli scialli di lana. Adesso sfoggiava solo un lungo cardigan di maglia con una bella sciarpa di cachemire sopra. Più, sulla spalla, la sua treccia color cenere che ormai le arrivava quasi alla vita.

«Hai trascorso una bella serata, mia cara?»

«Magnifica. Sono stata alla mostra di un pittore spagnolo.»

Fece un cenno di finto compiacimento mentre rompeva il guscio dell'uovo sodo.

«E sei riuscita ad andare e tornare da sola in taxi?»

Sapeva che non ero tornata da sola; di sicuro mi aveva vista dalla finestra mentre salutavo Ara. Finsi di concentrarmi su Phillippa che arrivava con Víctor in braccio prima di rispondere:

«Perfettamente.»

Feci sedere il bambino in grembo, gli misi in bocca il mio cucchiaino pieno di uovo alla coque. Sapevo che lei disapprovava il contatto troppo stretto con mio figlio, pelle con pelle, saliva con saliva. Mentirei se dicessi che dentro di me non ero felice di contraddirla.

«Ho visto che gli hai comprato qualcosa da Woolworths, quel grande magazzino così...»

Non conoscevo il significato della parola che disse dopo, ma mi guardai bene dal domandarglielo.

«Non sono mai entrata in uno di quei negozi» ammise dopo aver bevuto un sorso di tè.

Mi sembrò di cogliere un chiaro disprezzo nel suo tono.

«Sono molto forniti» replicai. «E hanno buoni prezzi.»

«Oh, non ne dubito. Semplicemente non è il genere di negozio a cui sono abituata.»

Continuai a mangiare l'uovo insieme a Víctor, ridendo mentre osservavo le sue espressioni disgustate per l'albume e felici quando assaporava il tuorlo.

«L'ereditiera avrà più o meno la tua età, ed è al terzo o forse quarto marito. Ha vissuto per un periodo qui a Londra, ma ho letto che alla fine ha venduto la sua villa di Regent's Park al governo degli Stati Uniti per un dollaro.»

Rimase in silenzio, come se aspettasse una risposta da parte mia.

«Non so a chi ti riferisci, Olivia.»

Mosse la testa con quel suo tipico gesto, come se fosse costretta a sopportare la mia ignoranza compiendo un generoso sforzo.

«Barbara Hutton, *my dear*. La milionaria newyorkese. La nipote del proprietario della catena di grandi magazzini Woolworths, una *socialite* che passa per aristocratica, anche se il nonno era solo un rozzo contadino, diventato poi un modesto commerciante che ha inventato la formula di vendere tutta la mercanzia del suo negozio a dieci centesimi. Lei, Barbara...»

Una presenza imprevista venne a liberarmi da quei pettegolezzi.

«Sì, Gertrude?»

«La vogliono al telefono, signora.»

Con il bambino ancora in braccio, mi scusai con mia suocera e andai verso l'ingresso. All'altro capo del filo, la voce di Ara era precipitosa.

«Ho passato la notte a riflettere sulla sua questione, amica mia. Abbiamo appena chiesto spiegazioni formali all'ufficio del direttore dei servizi esteri perché ci diano una giustificazione al loro veto; a ogni modo, nel caso dovessimo riuscire a ribaltare la situazione, credo che non dovremmo fermarci.»

«Vuole che lavoriamo come se niente fosse?» domandai dubbiosa.

«Esatto. Le propongo di finire di abbozzare quei contenuti sulla Palestina, di incontrarci io e lei come previsto per dargli la forma migliore, e di iniziare subito a registrare.»

Rimasi in silenzio qualche secondo.

«E se alla fine la risposta rimane negativa?»

«In quel caso perderemo le registrazioni della sua voce, ma potremo comunque proporre il testo alla Atlantic-Pacific Press, l'agenzia che distribuisce cronache scritte in tutta l'America Latina. Lo accetteranno di sicuro.»

Rimasi di nuovo in silenzio, cercando di valutare la proposta. Víctor si rigirava per liberarsi; mi chinai e lo misi per terra.

«Pronto? Sira?»

«Sono sempre qui.»

«Mi dica, cosa ne pensa?»

«È sicuro, Ara?»

«Assolutamente sì.»

«D'accordo, cominciamo.»

Mi chiusi a lavorare quella stessa mattina, mentre Phillippa portava a spasso Víctor, e Gertrude e Olivia tentavano di salvare il giardino dalla decadenza dopo il terribile inverno. Dalla finestra vidi arrivare due uomini anziani, forse chiamati per dare una mano nel lavoro: un individuo goffo e sfatto, e un altro basso e un po' deforme. Indossavano entrambi un berretto di panno sudicio, avevano superato la sessantina e stringevano tra i denti delle rozze sigarette. Era chiaro che non possedevano l'energia necessaria per lottare contro i nefasti effetti della natura, ma rimasero lì, a sopportare stoicamente gli ordini di mia suocera. I quattro formavano un'immagine pittoresca: Olivia con il suo stile peculiare e un paio di stivali Wellington pieni di fango; Gertrude con una vecchia giacca militare sopra la divisa, e i due poveri diavoli bramosi di guadagnarsi qualche scellino in un modo o nell'altro.

In realtà, pensai, quello non era altro che un ritratto di quel mondo con pochi uomini attivi emerso dopo la Seconda guerra mondiale. Sia tra i britannici che in altri eserciti, quasi un'intera generazione di giovani uomini avevano perso la vita compiendo con coraggio il proprio dovere di soldati, aviatori o marinai. Di donne, bambini e vecchi ne rimanevano a bizzeffe, ma erano padri e madri vecchi come Olivia, sopravvissuti contro natura ai loro figli, ragazze senza un fidanzato come Phillippa, giovani donne vedove come me o creature che, come il mio piccolo Víctor, non avevano avuto il tempo di conoscere il padre.

Scossi la testa come se volessi scrollarmi di dosso le emozioni che di tanto in tanto mi travolgevano; preferivo che la mancanza di Marcus non riprendesse a tormentarmi. Gerusalemme, mi ordinai mentre prendevo la matita. Gerusalemme vista da occhi asettici, ecco su cosa dovevo concentrarmi. Senza strazio né particolari passioni. Senza rabbia né furia né risentimento.

Mi fermai solo quando suonò di nuovo il telefono.

«Signora Bonnard? Sira Bonnard?»

Era Dominic Hodson, l'amico di Marcus. Non avevo più avuto sue notizie dopo quel pomeriggio da Fortnum & Mason.

«Sono dalle parti di The Boltons e mi farebbe piacere incontrarla. Sarebbe così gentile da concedermi una mezz'ora?»

Mi affacciai di nuovo alla finestra prima di mettermi l'impermeabile. I quattro maldestri giardinieri erano ancora lì, vidi che adesso avevano acceso un fuoco. Gli uomini vi stavano gettando bracciate di rami e palettate di foglie secche, Gertrude continuava a strappare erbacce mentre Olivia ammucchiava le sterpaglie con un rastrello; si era messa degli enormi guanti di cuoio sporchi. Mi sentii in colpa per non aver dato una mano, ma non era il momento.

Con Dominic avevamo deciso di vederci di fronte a Saint Mary, la chiesa in cui andavamo la domenica. C'era un pallido sole, lui mi stava già aspettando. Iniziammo subito a camminare seguendo uno dei sentieri senza una meta, la temperatura era piacevole. Tra gli alberi e le aiuole, si presagiva l'imminente arrivo della primavera.

«The Boltons è un bellissimo posto» disse. Per dire qualcosa, immagino.

In effetti, era un bel posto, con le sue grandi case e la sua quiete. Due strade curve e un grande giardino ovale al centro, in pratica era questo. Verso mezzogiorno, lì intorno si vedevano solo bambini che giocavano, bambinaie che se ne prendevano cura e qualche passante isolato.

«Fino al secolo scorso, qui c'era solo campagna, sa? Adesso è una zona urbana di pregio, e lo diventerà ancora di più in futuro, quando la situazione si sarà stabilizzata e il mercato immobiliare ripartirà.»

Confermai di avere capito con un cenno della testa, anche se non mi importava niente di quelle considerazioni.

«Questi giardini dovrebbero essere a uso esclusivo dei proprietari delle case» continuò. «Prima c'era addirittura una recinzione intorno all'intero perimetro. Com'è accaduto in tanti altri posti, è stata rimossa all'inizio della guerra e il ferro è stato utilizzato per fabbricare armi. Uno dei tanti *war efforts*.»

Lo sapevo, me l'aveva raccontato Marcus a suo tempo, ma feci un altro vero *effort* per stare zitta, ad ascoltare le sue lodi e i suoi dati storici. Finché non riuscii più a trattenermi.

«Non vorrei sembrarle impulsiva, Dominic, ma la prego di dirmi cosa c'è di nuovo rispetto al testamento.»

Stava per rispondere quando, a una svolta del sentiero, vedemmo comparire Phillippa che spingeva il passeggino di Víctor.

«Mio figlio» bisbigliai.

Mi accolse con l'allegria di sempre, risate e braccia in alto, per farsi prendere. Lo mostrai a Dominic, incapace di nascondere il mio orgoglio.

«È un amico di papà, salutalo» gli dissi nella mia lingua.

Non obbedì, ma lo guardò a lungo con i suoi occhi verdi, curioso e serio. Phillippa, discreta, si allontanò di qualche metro. Dominic lo osservò per qualche secondo, poi gli poggiò la mano sul cappellino di lana, piano, con goffaggine. Evidentemente non era abituato ad avere a che fare con bambini.

«Lei e suo figlio» annunciò a quel punto con un tono sobrio «siete gli eredi del patrimonio dei Bonnard. Gli unici.»

Mi si corrugò la fronte, lui continuò a parlare piano, facendo ogni sforzo perché io capissi fino all'ultima sillaba.

«Con mia grande sorpresa, tra le questioni di Mark ho trovato qualche problema legato al testamento del padre, il giudice Bonnard.» Fece una pausa, come per prepararsi a quello che sarebbe venuto dopo. «A quanto pare, in seguito a una serie di deplorevoli circostanze risalenti a decenni addietro, sua suocera non ha neppure una minima parte di proprietà della residenza in cui abita. Se parliamo di diritti, non ha nemmeno quello di usufrutto.»

Rivolse lo sguardo verso la casa; dai giardini in cui ci trovavamo, attraverso i rami degli alberi ancora spogli, si riusciva a vederla per intero. Era lì, bianca e sporca, con le sue colonne rovinate e lo stucco scrostato, vecchia ma bella.

«La residenza di The Boltons e il suo contenuto erano esclusiva proprietà di suo marito, mia cara. Per dirlo in parole semplici, in questi anni sua suocera ha potuto goderne grazie alla generosità del figlio, in qualità di semplice ospite.»

Non riuscii a reagire; a quel punto Víctor allungò il braccio verso Dominic e gli afferrò l'ala del cappello. Lui, impassibile, continuò a parlare.

«Adesso che Mark, Marcus, non c'è più, la situazione prende una piega diversa.» Fece un'altra pausa, deglutì. «Sono certo che non accadrà, ma a partire da adesso, se lo ritenesse opportuno, lei potrebbe buttare fuori casa Olivia Bonnard legalmente e senza bisogno di una giustificazione.»

30

Cercai di far sedere di nuovo Víctor nel passeggino e di riaffidarlo a Phillippa perché lo portasse a casa. Avevo bisogno di rimanere concentrata e attenta per parlare con Dominic. Le notizie che mi aveva appena comunicato erano così inattese, così difficili da elaborare e così prive di logica da richiedere spiegazioni dettagliate. Ma il bambino si rifiutò e fece un sonoro capriccio. Mentre io e Phillippa cercavamo di calmarlo, senza successo, Dominic guardò l'orologio con discrezione.

«Temo che dovrà scusarmi, ma tra mezz'ora mi attendono a pranzo al mio club. Se lo ritiene opportuno, e anche se questo compito va al di là del mio ruolo di esecutore testamentario, vorrei raccogliere qualche informazione più precisa allo scopo di fornirle ulteriori dettagli. Dunque, la prego di concedermi qualche giorno.»

Ovviamente acconsentii mentre Víctor continuava a piangere e scalciava come un puledro, deciso ad abbandonare il passeggino in qualunque modo. Non potei far altro che arrendermi.

«D'accordo» dissi prendendolo di nuovo in braccio. «Ma, per favore, non ci metta troppo tempo, perché è tutto così... così...»

Ebbi qualche difficoltà a trovare la parola: non riuscii a individuare né in inglese né in spagnolo un aggettivo che potesse descrivere la commozione che provavo.

«La capisco perfettamente; mi creda, condivido il suo stupore.»

Tornammo a casa. Víctor a poco a poco smise di piangere, mangiò il purè di verdure, si apprestò a fare il pisolino. Così arrivò l'ora in cui io e Olivia ci sedevamo a tavola come ogni giorno, per consumare insieme un altro dei nostri pranzi frugali: cavolo bollito, mezza patata cotta, forse un triste pezzo di lingua di mucca. La sentii entrare protestando adirata per l'incompetenza dei "sanchopanza", mentre redarguiva Gertrude. La prospettiva di quello che sarebbe successo dopo mi sembrò improvvisamente inaffrontabile; mentre lei era ancora al piano di sotto, scrissi in fretta e furia un biglietto con una scusa, lo lasciai all'ingresso e uscii di soppiatto.

Non avevo una meta precisa, mi mancavano soltanto le forze per piazzarmi di fronte a lei. Olivia Bonnard, mia suocera: la formidabile, esuberante, dominante, pomposa Lady Olivia Bonnard, anima e spina dorsale di The Boltons, per qualche strana ragione risiedeva in quella casa come un fantasma evanescente, privata di quei diritti da gran dama che ogni giorno esibiva imperiosa.

Continuai a camminare per South Kensington, rimescolando mentalmente le parole di Dominic Hodson, la rivelazione che i legittimi proprietari della casa eravamo noi, un bambino nato in Medio Oriente che non aveva ancora un anno e una straniera senza radici e confusa.

Stanca di farmi domande e non trovare soluzioni, decisi di sedermi su una panchina di fronte al museo di Storia naturale, tirai fuori il mio quaderno e cercai di concentrarmi sugli appunti per quella registrazione radiofonica dal futuro incerto. Magari, alla fine, quei fogli sarebbero finiti nella spazzatura senza arrivare prima da nessuna parte: né ai microfoni della BBC né alle cronache dell'agenzia stampa che aveva citato Ara. Ma almeno, in quel momento, pensarci mi permetteva di astrarmi, liberarmi dai demoni e focalizzare l'attenzione su qualcosa di concreto, illudendomi che le angosce del presente mi concedessero finalmente una tregua.

Quando ritornai a The Boltons, per fortuna Olivia non c'era. Gertrude mi informò che la signora sarebbe rimasta fuori a cena; sentii una corrente di sollievo attraversarmi il corpo. Quando Víctor crollò addormentato, senza la presenza vibrante di mia suocera la casa rimase buia e silenziosa prima del solito. Gertrude e Phillippa si ritirarono nelle loro stanze e io, nella mia, ne approfittai per continuare a lavorare sui miei appunti. Erano quasi le dieci quando in lontananza, al piano di sotto, suonò il telefono.

Fui tentata di non muovermi, convinta che non fosse per me, chi mai avrebbe potuto chiamarmi a quell'ora? Ma continuava a suonare. Finché mi decisi a scendere le scale al buio, con addosso un pesante scialle, maledicendo il colpevole di quella insistenza inopportuna.

«La prego di volermi scusare se sono così sfrontato da telefonarle a quest'ora; la sto chiamando da una cabina strada, ho preferito non aspettare domattina.»

Era George Camacho, il direttore colombiano.

«Vede, mia cara amica, ho appena partecipato a una riunione con i colleghi della BBC e, in maniera sorprendente, qualcuno ha dato una risposta ai nostri dubbi.»

Lo sentivo lontano, sulla linea c'erano interferenze.

«La storia del suo contratto sta prendendo una direzione davvero insolita; a quanto ne so, lei non è stata rifiutata per qualche argomentazione politica legata alla situazione spagnola. In realtà, fino a oggi pomeriggio non c'era nemmeno prova del fatto che la sua pratica fosse passata nelle mani delle autorità di vigilanza del *Foreign Office*.»

«Dunque?» domandai attonita.

«A quanto pare, qualcuno con un incarico di responsabilità esecutiva, a titolo personale e unilaterale, ha deciso di rifiutare la sua proposta. Molto semplicemente.»
Avvicinai la cornetta all'orecchio.
«Le dice qualcosa il nome di Cora Soutter?»

31

Quella sera mi addormentai riflettendo sull'assurda capacità che abbiamo noi umani di complicarci la vita senza alcun bisogno.

Tutte le mie supposizioni si erano rivelate inesatte; ero stata un'ingenua. Nessuno mi aveva respinta alla BBC per sospetti di natura politica. Neppure per le mie collaborazioni clandestine con il SOE in Spagna durante la guerra, né tantomeno perché ero la moglie di un agente morto nell'esercizio delle sue funzioni. No, non stavo affrontando una censura dei sacrosanti servizi segreti. Ero, semplicemente, la vittima delle rappresaglie di una donna gelosa. Gelosa senza la minima ragione. O almeno, così credevo.

Eppure, e nonostante l'apparente frivolezza della faccenda, lungi dal prenderla alla leggera, a mano a mano che passavano le ore il mio sdegno cresceva. Cercai di decidere cosa fare dopo essermi alzata, cosciente della mia triste situazione tra le pareti del bagno: non avevo nessuno con cui condividere la mia perplessità, nessuno a cui esporre i miei dubbi o da cui ricevere un consiglio. Né famiglia, né amori, né amici. L'immagine che mi restituiva lo specchio era quella dell'unica donna capace di aiutarmi a prendere decisioni: io, quella di sempre e, al tempo stesso, un'altra.

Il viso che vi vedevo riflesso non era più quello rotondo e

liscio dell'ingenua ragazza che aveva attraversato lo Stretto undici anni prima, aggrappandosi all'amore di un mascalzone; non era rimasta traccia neppure della luce che emanavo durante la gravidanza, quando Marcus era ancora al mio fianco. La donna la cui immagine fluttuava nello specchio si avviava adesso verso la maturità con tratti più affilati e spigolosi, gli zigomi pronunciati, le sopracciglia alte su uno sguardo pieno di incognite. La risposta era solo in lei.

Continuai a riflettere mentre mi preparavo, mentre affondavo il viso nella culla di mio figlio per dargli il buongiorno. Sarebbe stato meglio lasciare che le cose si sistemassero alla BBC per vie ufficiali, tramite George Camacho e i suoi collaboratori? O avrei dovuto sfidare Cora Soutter?

Ricevevo lettere di Nick fin da quando ero arrivata in Inghilterra; ancora adesso la nostra amicizia mi mancava terribilmente. Avevo nostalgia della sua sicurezza, della sua lucidità e del suo carisma, della sua saggezza. In altre circostanze, le nostre lunghe chiacchierate notturne davanti alla stufa del mio appartamento all'Ospizio Austriaco di Gerusalemme mi sarebbero servite senza ombra di dubbio a illuminare le tenebre del mio smarrimento. Ascoltandoci a vicenda, condividendo pareri, confrontando prospettive, insieme avremmo potuto valutare con equilibrio e buonsenso i conflitti che mi assediavano. Ma quelle conversazioni erano rimaste nel passato; adesso ci separavano cinquemila chilometri. E per qualche assurda ragione, la mia antagonista era sua moglie.

La mattinata iniziò calma e lenta: i due poveretti erano tornati a ripulire il giardino, attraverso i vetri sentii di nuovo le dispotiche richieste di mia suocera. Alle nove e mezzo arrivai alla conclusione che non avrei affrontato Cora Soutter. Alle dieci, quando Phillippa portò fuori Víctor, decisi invece che avevo bisogno almeno di ascoltare le sue argomentazioni. Alle dieci e mezzo mi convinsi del contrario. Alle undici, stufa di discutere con me stessa, mi domandai che cosa avrebbero fatto le donne che avevano significato qualcosa nella mia vita, le amiche che con il loro coraggio e la loro audacia erano diventate il mio punto di riferimento. Rosalinda Fox, Fran Nash, persino Candelaria la contrabbandiera, con la sua spavalderia popolana. Sarebbero rimaste impaurite, zitte, tranquille? O avrebbero tirato fuori le unghie, anche solo per far valere la loro dignità e non lasciarsi calpestare dispoticamente?

Mentre stavo ancora riflettendo, mi guardai di nuovo allo specchio, presi un rossetto di un bel granata e me lo passai sulle labbra con fermezza. Poi, dopo essermi pettinata i capelli, uscii dalla mia stanza sbattendo la porta.

Quando arrivai a Broadcasting House preferii non chiedere di lei: mi misi semplicemente ad aspettarla a un lato della porta d'ingresso. Era quasi mezzogiorno e a quell'ora parecchi impiegati cominciavano a interrompere le loro attività e andavano a pranzo in qualche locale nei dintorni. Non sapevo quale fosse esattamente il ruolo di Cora Soutter, in ogni caso ero convinta che non si trattasse di una telefonista o di una semplice dattilografa, ma di qualcuno a un livello più alto. La sua aria mondana, lo stile con cui mi si era piazzata davanti quando ero andata a prendere la mia radio e la sicurezza che emanavano la sua voce e i suoi movimenti mi fecero anche supporre che non avrebbe lasciato l'edificio in compagnia di un gruppo di colleghe ciarliere. Ci misi poco ad averne conferma: in meno di mezz'ora, la vidi uscire.

Era sola e indossava un tailleur color melanzana; vista da dietro aveva una bella silhouette, i capelli biondi all'altezza delle spalle, le gambe snelle. Camminava con passo deciso: percorse un tratto di marciapiede e poi attraversò fra le macchine; mentre guardava da un lato e dall'altro, le punte dei capelli ondeggiarono. La seguii a una distanza discreta. Non sembrò mai esitare né rallentare l'andatura, come se avesse già percorso quel tragitto tantissime volte. Girò a sinistra ed entrò con aria risoluta in un piccolo locale; io mi fermai qualche metro prima. Osservai la facciata, i pannelli di legno verde scuro e le tende che coprivano la piccola porta a vetri. CHEZ LOUIS, lessi sull'insegna sopra la porta. Lasciai passare un paio di minuti ed entrai dopo di lei.

Il locale, stretto e lungo, era quasi pieno. Ci misi qualche istante a individuarla; alla fine la vidi, si era seduta in fondo di fronte a un uomo, a un piccolo tavolo accostato alla parete. Mi dava di nuovo le spalle; il suo amico, o chiunque fosse, allungò in quel momento un braccio sulla tovaglia e le accarezzò la mano destra.

Il maître mi propose uno dei pochi tavoli liberi; lo rifiutai e gliene indicai un altro, più lontano dalla strada e più vicino alla coppia. Accettò stringendosi nelle spalle, mi consegnò il menù e si allontanò con il suo lunghissimo grembiule a servire altri clienti. Dal mio posto continuavo a vedere le spalle e la nuca di lei, ma non il viso; l'uomo, invece, era seduto quasi di fronte a me. Tra i quaranta e i cinquant'anni, con un gessato a righe sottili e una cravatta a disegni geometrici. Emanava sicurezza, portava i capelli pettinati all'indietro ed era abbastanza attraente, né troppo né poco.

Ordinai una *soupe à l'oignon*. Il cameriere mi offrì un calice di vino e stavo per rifiutarlo, però mi dissi "*why not?*". A prima vista mi ero sbagliata a giudicare il locale: nonostante le ridotte dimensioni e la facciata discreta, l'aspetto della clientela e i prezzi del menù mi rivelarono che si trattava di un ristorante francese di un certo livello. E la complicità tra la moglie di Nick e il suo accompagnatore mi fece intuire che quel discreto pranzo *à deux* si ripeteva con una certa frequenza.

Dopo aver subito per tanto tempo la frugalità culinaria a casa di mia suocera, la zuppa sostanziosa e i sorsi di bordeaux mi rallegrarono l'animo, ma mi sforzai per non lasciarmi blandire da tanta bontà. Ero lì per una ragione, non dovevo perdere la bussola. Cominciai perciò a sedurre spudoratamente l'accompagnatore di Cora Soutter; lui non ci mise molto a notarlo. All'inizio decise di far finta di niente, come se avesse la sensazione di sbagliarsi credendo di essere l'oggetto delle avance di quella bruna audace che pranzava da sola. Quando gli rivolsi un sorriso sfacciato, finalmente riuscì a convincersi e, ogni volta che lei chinava la faccia sul piatto, ne approfittò per guardarmi negli occhi. Fino a quando Cora cominciò a capire che c'era qualcosa di strano. Si voltò per scoprire l'obiettivo che distoglieva di continuo l'attenzione del suo accompagnatore.

Quando mi riconobbe si contrasse in viso. Per tutta risposta, alzai leggermente il mio calice. "Sono qui che ti aspetto" ero venuta a dirle. Anche se non riuscii a sentirla, lei allungò il collo e disse a lui qualcosa di sicuro poco piacevole. Finirono di mangiare in fretta, quasi senza rivolgersi la parola, palesemente a disagio. Non ordinarono il dolce né il caffè, non aspettarono nemmeno il conto: lui si limitò a lasciare delle banconote accanto al tovagliolo.

Aspettai che si alzassero per imitarli. Solo a quel punto, prima che si dirigessero verso l'uscita, in quattro passi appena mi piazzai accanto al loro tavolo.

«Indossa una splendida cravatta, amico mio» dissi con disinvoltura. «Mi scusi se l'ho osservata con tanta insistenza. Comunque, non è a lei che sono interessata.» Mi girai verso Cora. «È davvero un piacere rivederla, signora Soutter.»

Quando la pregai di risedersi, non si rifiutò; io mi accomodai sulla sedia da cui lui si era appena alzato. Non sapendo cosa fare, il tizio cercò nella sua amica o amante qualche indicazione. A mo' di saluto, lei bisbigliò solo: ne parliamo dopo.

«Ho preferito che ci vedessimo in un luogo neutro. Meglio che nel suo posto di lavoro, non crede?»

Sostenne il mio sguardo, non aveva l'aria della timorata. I suoi occhi erano chiari, belli, forse un po' troppo vicini. E le sopracciglia, per i miei gusti, un po' troppo depilate. Senza che avessimo ancora scambiato una parola, tirò fuori un portasigarette in pelle di serpente. Mi offrì una sigaretta; dissi «No, grazie». Un cameriere premuroso le porse un accendino, lei aspirò una profonda boccata. Io rimasi in silenzio, paziente, in attesa. Le domande erano inutili.

«Non gradisco la sua intimità con Nick» ammise dopo aver buttato fuori il fumo con lentezza. «Non la gradisco, punto. Non gradisco che le mandi pacchi da Gerusalemme, non mi fa piacere che si preoccupi per lei e cerchi di renderla felice.»

«Ed è per questo che mi ostacola nel lavoro?»

«Non voglio che faccia con lei quello che ha fatto con me.»

Aspirò un'altra boccata, le parole adesso uscirono avvolte in spirali di fumo.

«Non riesco a sopportare che riviva la nostra storia con un'altra donna.»

Sollevai gli angoli delle labbra, con un'espressione a metà tra l'incredulità e il sarcasmo. Il maître a quel punto si avvicinò, ci offrì un caffè; accettammo entrambe.

«A quanto ne so» dissi, «ognuno di voi ha la propria vita.»

«Esatto. E non ci vorrà molto per ottenere il divorzio, spero.»

Accompagnò l'ultima parola con un colpo di unghia alla sigaretta per far cadere la cenere. Aveva uno smalto color corallo intenso. In quel piccolissimo movimento, mi sembrò di cogliere una dose di fierezza.

«Spero che sia per il bene di tutti e due» replicai serena. «E anche se non sarei obbligata a farlo, preferisco chiarirle una cosa: sappia che non ho una relazione sentimentale con quello che, anche se per poco, è ancora suo marito.»

Si strinse nelle spalle.

«Può darsi. A essere sinceri, non è questo il punto.»

«Allora perché si comporta così con me?»

Bevve un sorso di caffè, come se stesse pensando alla risposta.

«Magari non siete riusciti a consolidare il rapporto» riconobbe mentre staccava le labbra dal bordo della tazza. «Ma lei di sicuro ha preso il mio posto nei suoi sentimenti.»

La osservai impaziente.

«Me l'ha confessato lui stesso. È venuto qui lo scorso Natale, non so se ricorda.»

In effetti, Nick non aveva passato l'ultimo Natale a Gerusalemme: anche se detestava le canzoni natalizie, era venuto a trovare i figli in Inghilterra. Per me erano stati giorni terribili, senza Marcus, con il mio bambino e il mio dolore. Per fortuna mi avevano confortata Fran Nash e le sue figlie, di una simpatia travolgente, che erano arrivate dal Cairo a trascorrere le vacanze. La violenza sanguinaria ci aveva concesso una tregua; eravamo persino riuscite ad assistere alla messa della Vigilia nella cappella di Notre-Dame de Jérusalem. Vero, lui non c'era, era stato via per un paio di settimane. E io avevo sentito molto la sua mancanza.

«Nick si è innamorato di lei, mia cara» disse spegnendo la sigaretta.

Ne aveva fumata solo mezza; la schiacciò con forza fino a spezzare la carta non bruciata, le briciole di tabacco rimasero in fondo al portacenere.

«Si è innamorato come un idiota. E anche se ormai non rimane più nulla di quello che c'è stato fra noi, il sentimento che Nick prova per lei mi fa attorcigliare le budella e mi ferisce profondamente.»

32

Non mi meravigliai quando tornai a The Boltons e trovai Dominic che chiacchierava con Olivia. A quel punto, avrei trovato verosimile qualsiasi cosa.

Il saluto di mia suocera fu insolitamente caloroso.

«Finalmente sei qui, cara!»

Avevano finito di bere il tè, ma Gertrude non aveva ancora portato via il servizio ed erano lì, di fronte alle tazze, alla teiera fredda, ai piatti con le briciole e ai resti di un plum cake.

«Bellissimo il tailleur che indossi, *my dear*; sembri un'altra.»

Quando Dominic si alzò per salutarmi, il suo viso rifletteva un palese senso di liberazione. Senza dubbio si era sentito sollevato dal mio arrivo; immaginai che Olivia lo avesse completamente fagocitato, e lui, così rispettoso, doveva aver fatto fatica a sottrarsi.

Davanti a lui, sul tavolo, vidi una cartella di pelle. Sentii un pizzico nelle viscere: pensai che contenesse i documenti relativi al testamento di Marcus con tutte le sue conseguenze.

Si schiarì la voce prima di prendere la parola.

«È stato un piacere trascorrere un po' di tempo con lei, mia carissima lady Olivia. Adesso vorrei poter parlare in privato con la moglie di Mark, se non le dispiace.»

Mi ero seduta tra loro, proprio al centro del divano che

divideva le due poltrone. Si girarono entrambi verso di me quando mi sentirono dire:

«Preferisco che resti.»

Lei si reclinò soddisfatta, come se le avessi appena fatto una proposta davvero allettante. Dominic mi rivolse un'espressione interrogativa, io confermai con un piccolo cenno.

«Se lo desidera, da parte mia non c'è nessun problema.» Avvicinò allora le dita alla chiusura della cartella. «Bene, per metterla al corrente» disse rivolgendosi a Olivia, «le anticipo che parleremo delle ultime volontà di suo figlio. Lui mi ha nominato suo esecutore testamentario e ho avuto l'onore di eseguire le sue disposizioni facendo uso delle mie facoltà e agendo nel suo interesse.»

Parlava con un tono burocratico, da alto funzionario coloniale qual era, con la schiena diritta, staccata dalla spalliera. Sul suo viso poco armonioso era comparsa una smorfia seria, teneva le ginocchia unite, le mani simmetriche ai lati dei documenti.

«Sebbene ci troviamo in un ambito domestico» proseguì cerimonioso, «questo incontro può essere formalmente considerato come una vera e propria apertura di successione.»

Guardai mia suocera di sottecchi, la sua espressione era drasticamente cambiata. Le numerose rughe che in genere erano distribuite sul suo viso sembravano essersi concentrate intorno alla bocca arricciata e tra le sopracciglia.

«*But* Dominic...»

La guardammo in silenzio, aspettando che proseguisse. Ma non disse altro. Per ogni evenienza, lui ribadì i termini della questione.

«È la volontà di Mark e procederò in tal senso, dal punto di vista legale e morale. Onorando le sue decisioni. E la sua memoria.»

«A questo punto...» mormorò lei in un tono secco.

Si sentirono i due colpi delle mani che ricadevano con forza sull'imbottitura della poltrona. Poi alzò le spalle e il petto, come se stesse riempiendo d'aria i polmoni. Si sforzò di aumentare il tono della voce e di darle un timbro sicuro.

«Mio caro, anche se non avevo previsto che saresti stato tu a occuparti della faccenda, immaginavo che prima o poi questa storia sarebbe venuta fuori. In ogni caso, e in previsione di quello che stai per dirci» concluse, «forse dovrei precederti e risparmiarti delle spiegazioni chiaramente scomode nelle quali ti invischieresti.»

Lasciò vagare lo sguardo per tutta la sala qualche istante, senza posarlo da nessuna parte, facendolo scorrere sulla carta da parati logora e sui tendaggi antiquati. Stava tornando indietro con il pensiero a molti decenni prima.

«A volte» proseguì con un tono cupo, «prendiamo decisioni sbagliate senza immaginare che le loro conseguenze ci perseguiteranno tutta la vita, come lunghe ombre nere.»

A quel punto si alzò facendo leva sulle braccia, si diresse verso la credenza che fungeva da mobile bar, su cui c'era un vassoio con le bottiglie di liquore che i suoi amici portavano alle riunioni del giovedì. Ne prese varie e le esaminò da vicino, erano tutte quasi vuote. Alla fine ne scelse una di Plymouth Gin un po' più piena. Si girò verso di noi e ce la mostrò, come per proporci di bere insieme un bicchiere. Io e Dominic rifiutammo, lei se ne servì una dose generosa.

Seduta di nuovo in poltrona, bevve un lento sorso. Subito dopo, con un racconto di pochi minuti, riassunse un pezzo della sua vita che aveva cambiato per sempre il futuro della sua famiglia. Tre bambini piccoli e un marito troppo impegnato e poco affettuoso. Tempi della Prima guerra mondiale, un attraente imprenditore americano che era arrivato da solo in Inghilterra per occuparsi di un'attività legata all'industria delle armi, una passione travolgente e una storia di menzogne, turbolenze e adulterio. Scoperto il tradimento, il giudice Bonnard, ferito nel più profondo del suo essere, aveva messo in moto tutto l'apparato legale a sua disposizione per allontanarla dai figli e privarla del patrimonio e dei diritti; lei aveva accettato in cambio della libertà, ma alla fine era arrivato il pentimento. Dopo una lunga assenza, era tornato a casa, ma nel frattempo il matrimonio era stato ufficialmente sciolto. L'assetto quotidiano era stato ristabilito in un modo o nell'altro, ma senza modificare i termini legali della separazione, e suo marito non aveva mai cambiato le restrittive decisioni testamentarie prese mentre lei non c'era.

Non parlò con malinconia, Olivia era abituata a nascondere le emozioni; a volte dubitavo persino che ne provasse. Neppure Marcus mi aveva mai parlato di quell'episodio, avevo sempre pensato che i suoi genitori fossero una coppia tradizionale e stabile. Un altro cassetto del passato che mio marito non aveva mai aperto.

«È così che la proprietà di questa casa e il resto del patrimonio sono passati direttamente dal padre ai figli» confermò dopo un altro sorso di gin. «E poi tutto a Mark, visto che gli altri due sono morti da piccoli senza lasciare discendenti...»

Non erano proprio piccoli quando erano morti, questo sì, lo sapevo. L'unica femmina, Ann, era stata colpita da una meningite letale a quattordici anni; il secondo figlio, Hugh, si era arruolato nell'aeronautica militare e aveva perso la vita in combattimento poco prima che Marcus e io ci rincontrassimo a Lisbona. Eppure, nella sua memoria erano rimasti così: i due figli piccoli.

Il tono formale di Dominic ci riportò alla questione e al momento presenti.

«In tal caso, i termini sono chiari e non c'è ragione di compiere ulteriori indagini. A ogni modo, devo annunciarle che tra le disposizioni testamentarie di suo figlio Mark è presente una clausola di elargizione di beni a suo nome.»

Lo guardammo entrambe con curiosità.

«Mark ha lasciato scritto che la madre avrebbe dovuto ricevere una somma per vivere dignitosamente a carico dell'eredità» chiarì prendendo uno dei documenti. «Non si tratterà di una somma fissa anticipata, ma di un vitalizio annuale che dovremo decidere io e la vedova del testatore.»

Dio santo. Dio santo. Nonostante il linguaggio di Dominic, così formale, capii il nocciolo della questione: l'assegnazione dei mezzi di sussistenza a Olivia era nelle mie mani. Non sapevo se ridere o piangere. Perché Marcus mi aveva fatto questo? Per quale ragione faceva ricadere su di me una simile responsabilità? Forse non si fidava della madre. Forse, anche se mi aveva tenuta all'oscuro di alcuni pezzi del suo passato, riponeva in me una fiducia eccessiva.

La reazione di Olivia fu di stupore. Prima sbatté le palpebre perplessa. Poi, a labbra serrate, fece un sorriso compiaciuto.

«*Splendid*...» bisbigliò alzando il bicchiere. Come se facesse un brindisi al figlio, ovunque si trovasse.

Le tessere del puzzle cominciavano a combaciare nella mia testa. Non riuscivo però a collocarne alcune. Lei si era sorpresa quando aveva saputo che avrebbe ricevuto periodicamente una somma di denaro, il che voleva dire che non si aspettava nulla. A cosa erano dovute, dunque, le sue mosse precedenti?

Visto che eravamo lì a far emergere la verità, decisi di esporre il mio dubbio con chiarezza.

«Olivia, ho una domanda. Se avevi già previsto questa conclusione, perché hai chiamato un architetto?»

Scoppiò in una risata rauca.

«Oh, sì...!»

«Forse per convincermi» insistetti, «prima che scoprissi tutto da sola?»

«Be', se ti fossi mostrata interessata, avrei trovato il modo di sollevare dopo la questione della proprietà formale dell'immobile. A quel punto, con un po' di fortuna, sarei riuscita a tenerne un pezzetto per me, un appartamento da cui ti sarebbe stato difficile buttarmi fuori. Ma ti ho giudicata male. Ho sbagliato completamente.»

Fece una pausa, come se stesse ripescando dalla memoria quell'incontro. Poi sorrise con acida ironia.

«A te la questione non interessava affatto. Avevo creduto che fossi molto più banale e capricciosa di quanto ti sei rivelata, *my dear*. Devo riconoscere che mi hai sorpresa tantissimo.»

Stavo per protestare, per giustificarmi, ma lei mi precedette.

«Due estati fa, la sera in cui ti ho conosciuta, mi sei sembrata una persona completamente diversa. Superficiale, inconsistente, dipendente da Mark in tutto. Che diavolo era successo a mio figlio, così sagace e intelligente, per aver sposato una... una specie di bambola esotica?»

Dalla bocca di Dominic uscì un ronzio di rimprovero.

«Cercavo solo di piacerti» mormorai.

Il ricordo di quel pomeriggio era vivo nella mia memoria. Ero arrivata in un paese straniero, timida, sforzandomi di parlare una lingua che padroneggiavo solo in parte, ansiosa di suscitare una buona impressione, sperando che Marcus fosse orgoglioso di me. Ma invece di una suocera gentile, mi ero trovata davanti un essere dalla personalità schiacciante che agiva nei miei confronti con sommo disprezzo, quasi senza darmi la possibilità di aprire bocca.

«In ogni caso» conclusi cercando di non perdere la calma, «tutto questo appartiene al passato. E adesso che cominciano a essere chiare le ultime volontà di tuo figlio, immagino che non dovrai sopportarmi ancora per molto tempo. Appena ti chiariranno del tutto la questione della pensione che ancora...»

Dominic intervenne energicamente.

«Scusi?»

Olivia lo ignorò e si alzò per servirsi un altro bicchiere. Sul viso di lui rimase un'espressione di inquieta curiosità.

«A cosa si riferisce con questa storia della pensione?»

Gli parlai della lettera che avevo ricevuto, della mia inquietudine di fronte a quella complessa burocrazia e del fatto che Olivia si era offerta di occuparsene. Mentre io spiegavo la faccenda, lei rimaneva girata di spalle, a versarsi i resti di qualche altra bottiglia. Accennai a domandarglielo, ma Dominic mi frenò alzando la palma della mano.

«Lady Olivia?»

Il tono era deciso, ma lei non si girò.

«Olivia?»

Silenzio.

«Olivia?»

Quando dal tono nervoso di Dominic intuì che non poteva far altro che mostrare la faccia, si girò rassegnata, a poco a poco.

«Quella notifica ufficiale di cui parla sua nuora e di cui suppone che lei si stia occupando...» insistette l'uomo. «Potrebbe spiegarmi di cosa si tratta?»

Ancora in piedi, bevve un altro sorso come scusa per mantenere il silenzio. Era lì, schiva, altera, a fingere disinteresse e indifferenza, anche questa volta in uno dei suoi lunghi abiti, con i suoi capelli color cenere e il suo portamento regale.

«Perché, per quello che so» proseguì Dominic senza alterare il tono grave, «nelle questioni ufficiali di suo figlio non c'è nulla in sospeso. E le assicuro che ho controllato con estremo rigore fino all'ultimo dettaglio, come era mio dovere.»

Rimanemmo a osservarla, in attesa di una risposta.

«Olivia?» ripeté Dominic, cupamente serio.

Messa alle strette, agitò una mano nell'aria, per minimizzare. Quasi che tutte quelle cose – il testamento, la memoria del figlio, la nostra presenza – le producessero tutt'a un tratto una profonda noia.

«Di cosa si trattava?» insistette lui. «Era una questione importante?»

Consapevole del fatto che Dominic non si sarebbe arreso, alla fine la donna fece un lento cenno di no con la testa.

«Dunque si trattava solo di qualche pratica di poco conto? Una procedura amministrativa di scarsa importanza?»

A quel punto assentì muovendo la testa dall'alto verso il basso, ancora una volta piano, senza schiudere le labbra.

In quel momento vidi tutto chiaro. Chiarissimo. Quanto ero stata stupida! Quanto ero stata ingenua e ridicolmente candida.

Mi alzai, mi avvicinai fino a trovarmi di fronte al suo viso pieno di rughe, alla sua figura stravagante, alla sua altezzosità, alla sua insolenza. Diedi il via a una cascata di domande, ero estremamente indignata.

«Stai cercando di dirmi che non ti sei dovuta occupare di nessuna pratica a nome mio? Che non siamo in attesa che si risolva una questione importante relativa alla pensione di Marcus? Che ci hai trattenuti a Londra per tutto questo tempo senza alcuna ragione, solo perché io non indagassi se mi spettava qualcosa e non pretendessi nessuna eredità? Stai tentando di dirmi che mi hai mentito e non ci hai permesso di andarcene soltanto per le tue... per le tue... per le tue interessate macchinazioni?»

33

Forse l'attentato contro il King David aveva ridotto la mia capacità di cogliere le cose con esattezza. Tanto che non mi ero neppure resa conto che mia suocera mi stava manipolando in quella maniera così sfacciata, né ero riuscita a intuire i veri sentimenti di Nick Soutter, forse nemmeno i miei. Eppure, a forza di batoste finalmente mi si stavano aprendo gli occhi.

La morte di Marcus mi aveva colpita nel più profondo del mio essere: mi aveva straziata, mi aveva distrutto la vita. Ma, per il bene mio e di mio figlio, non potevo permettere che quella disgrazia annullasse a lungo la mia capacità di percepire la realtà, con le sue pieghe e le sue contraddizioni, le sue brutalità e le sue sottigliezze. Dovevo cambiare atteggiamento, anche se mi costava molto farlo; dovevo cambiare in modo radicale il mio comportamento, adesso l'avevo capito. Fine della resistenza passiva, basta lasciarmi trascinare, niente più attesa sottomessa: era arrivato il momento di prendere decisioni, chiudere capitoli, andare per la mia strada. E per riuscirci, la prima cosa che dovevo fare era mettere fine, una volta per tutte, alla questione della BBC. La seconda, senza indugio, comprare dei biglietti per andarmene subito da Londra.

La sera prima, dopo aver affrontato Olivia, avevo proposto a Dominic di occuparsi di tutto. Liquidare quello che

Marcus aveva lasciato a me e a mio figlio, assicurare a Olivia che non intendevo buttarla fuori da quella che era stata casa sua. Darle la somma che lui riteneva opportuna e depositare il resto su un conto bancario per un certo periodo, finché non avessi saputo dove mi sarei stabilita. Non avevo la minima intenzione di rimanere in Inghilterra, grazie. Ne avevo più che abbastanza.

L'indomani, per prima cosa chiamai Ángel Ara.

«Ho messo giù i miei appunti e sono pronta; se la questione dell'autorizzazione è risolta, possiamo cominciare al più presto. Non posso rimandare; tra poco lascerò Londra.»

«Sembra che mi abbia letto nel pensiero, mia cara, stavo proprio per chiamarla. Inizieremo domani alle nove.»

Arrivai con cinque minuti di anticipo e mi stava già aspettando. Gli parlai delle mie idee, accolse con entusiasmo i miei appunti.

«Sono una splendida fotografia della Gerusalemme di oggi, gli ascoltatori ne saranno affascinati. Immagini magnifiche, reali, fresche, strazianti, esplicative...»

Lasciai che si dilungasse, senza farmi lusingare troppo dalla valanga di aggettivi. Mi ero limitata a rappresentare la città così com'era in quell'anno e mezzo in cui avevo vissuto lì, senza pannicelli caldi né artifici. Non mi ero addentrata in vicende dolorosamente intime come la morte di Marcus, né avevo aggiunto dettagli personali di alcun genere, ma non avevo neppure evitato di menzionare la durezza degli attacchi, i conflitti quotidiani, le controversie, le ragioni degli uni e degli altri, l'angoscia e le sofferenze.

Lavorammo senza sosta, prima dando forma ai miei appunti, lui seduto di fronte alla macchina da scrivere, io che suggerivo, cambiavo in corso d'opera, correggevo; in definitiva, elaborammo il testo che sarebbe stato poi registrato. Stavamo definendo gli ultimi particolari nell'ufficio annesso allo studio, quando sentimmo battere con le nocche alla porta. Ci voltammo, dietro il vetro vedemmo George

Camacho. Entrò e salutò con la sua solita affabile cortesia; subito dopo, con mio grande stupore, chiese ad Ara di lasciarci soli per qualche momento.

Non ci girò intorno.

«Ho un messaggio per lei. Strettamente confidenziale, la pregherei di mantenere la massima discrezione.»

Una sorta di sudore freddo mi colò lungo tutto il corpo.

«Devo confessarle che questa vicenda sta prendendo una piega anomala ma, nel corso delle indagini per chiarire la faccenda della sua autorizzazione a collaborare con noi, a quanto pare sono venuti alla luce alcuni aspetti… alcuni particolari insoliti.»

Nonostante il suo tono fosse come sempre modulato, sembrava serio.

«Avendo saputo della sua presenza a Londra, ci sono alcune persone che vogliono parlare con lei, signora Bonnard. Mi permetto di chiederle il favore di riceverle.»

La cosa mi turbò. Mi riportava ad altri tempi, quando le mie attività si svolgevano tra messaggi clandestini, incontri furtivi e segretezza.

Concluse il suo messaggio.

«Se decide di acconsentire, un'auto la sta aspettando davanti alla porta.»

Non c'erano finestre in quella stanza contigua allo studio di registrazione, nessuno spiraglio attraverso cui lasciar vagare lo sguardo mentre cercavo di accettare tutto ciò dentro di me. Quindi dovetti concentrarmi sulle mie mani, osservandole mentre soppesavo le mie intuizioni.

Trascorsero lunghi istanti, lui aspettò, paziente.

«Vede, caro amico» dissi distogliendo infine lo sguardo dalle dita. «Credo che ascolterò quei signori, come lei mi chiede. Ma lo faremo nel modo che riterrò opportuno, senza ordini né obblighi. Adesso non salirò su nessuna macchina. E non incontrerò nessuno nel posto in cui dovessero ordinarmi di andare.»

George Camacho mi guardava stupefatto. Mi alzai finché non ci trovammo faccia a faccia.

«Alle persone che l'hanno mandata qui, se non le dispiace, comunicherà da parte mia che avranno l'occasione di vedermi oggi pomeriggio alle tre al Dorchester. Anzi, no, mi scusi. Facciamo alle tre e mezzo.»

Il nome dell'albergo mi era venuto in mente al volo: era stato il mio punto di riferimento quando ero andata a cercare Rosalinda, ma di lei non avevo trovato traccia. Al mio atteggiamento arrogante davanti a Camacho aggiunsi un sorriso tanto falso quanto luminoso; anche quello dovetti ripescarlo dal fondo dei miei ricordi, da tanto non ne usavo uno.

Se ne andò turbato, incapace di capirmi. Ara tornò subito; portava due sandwich insipidi, il nostro pranzo. Io non gli diedi spiegazioni né lui mi fece domande, continuammo come se nulla fosse. Alle tre meno dieci avevamo finito. Trovai un taxi e alle tre e venti ero davanti alla porta del Dorchester. Avevo le gambe già quasi fuori dalla macchina, quando cambiai idea e chiesi al conducente di rimettersi in marcia.

«Dove la porto, *ma'am*?»

«Facciamo un giro senza fretta» risposi. «Mi mostri quello che vuole.»

Dal finestrino ammirai Buckingham Palace, il leggendario Big Ben, il Tamigi largo e scuro, il palazzo di Westminster. Alle quattro meno venti imboccammo di nuovo Park Lane e finalmente scesi dal taxi davanti all'ingresso dell'albergo. Di solito ero una persona puntuale, ma scelsi volutamente di arrivare tardi. Se le cose stavano come sospettavo, questa volta avrei dettato io i tempi.

I due mi aspettavano seduti in una zona discreta e, appena mi videro avanzare nell'elegante *lobby* del Dorchester, si alzarono. Erano ben vestiti, pettinati e rasati. Uno era biondo e sulla trentina; all'altro, più maturo, con gli occhiali e una bella cravatta di seta, i capelli brizzolati conferivano un'aria elegante. Non conoscevo nessuno dei due, ma tanti con quello stesso stile, quindi per certi versi mi furono familiari. Li salutai con apparente sicurezza, mi sedetti disinvolta con uno dei miei vecchi accavallamenti di gambe. Ognuno aveva davanti la sua tazzina di caffè, io rifiutai la loro proposta di bere qualcosa.

I tavoli vicini non erano occupati; ma in ogni caso, lo spazio era così ampio da garantire che la conversazione non potesse arrivare ad altre orecchie a parte le nostre. Dopo i saluti iniziali, mi fecero le condoglianze per la morte di Marcus e mi ripeterono quanto fossero dispiaciuti per il deplorevole incidente del mio rifiuto alla BBC.

«Una caposezione ha commesso un errore insensato» disse il più maturo, «ma ormai è tutto risolto. Per noi, l'aspetto positivo di questa faccenda è stato che, grazie a quell'errore, il direttore del Servicio Latinoamericano ha chiesto spiegazioni pensando che si trattasse di un veto di natura politica, c'è stato un concatenarsi delle persone coinvolte, finché la storia è arrivata alle nostre orecchie. È così che abbiamo trovato lei; dobbiamo confessare che la sua presenza qui a Londra è stata per noi una sorpresa assoluta.»

Il più giovane tirò fuori con discrezione dei fogli da una cartella e li passò al suo superiore. Quest'ultimo spostò sulla punta del naso gli occhiali dalla montatura dorata e procedette in un tono articolato e quieto.

«Per rinfrescarci un po' la memoria, a quanto risulta dai nostri archivi, lei, la suddita britannica Sira Bonnard, in precedenza la cittadina spagnola Sira Quiroga, tra il 1940 e il 1945 ha prestato servizio per il SOE, sotto copertura, assumendo l'identità della sarta marocchina Arish Agoriuq, con il nome in codice di Sidi e la Spagna come base delle operazioni, trasferendosi occasionalmente in Portogallo e svolgendo sempre il suo ruolo con assoluta competenza, rigore, dedizione e fermezza.»

Confermai senza aprire bocca. A quel punto intervenne l'altro.

«Al fine di confermare questi dati e poter contare su un'opinione più personale, dobbiamo informarla che ci siamo permessi di contattare l'ufficiale che l'ha reclutata a quel tempo.»

Un lievissimo accenno di sorriso mi comparve agli angoli delle labbra mentre bisbigliavo un cognome.

«Hillgarth.»

Mi tornò in mente la terrazza dell'American Legation di Tangeri: lì lo avevo conosciuto e lì era iniziato il mio addestramento. Con il suo grande aplomb, mi aveva dato ordini e direttive, istruzioni per comunicare utilizzando l'alfabeto morse, norme per la trasmissione di messaggi, regole per l'invio e la ricezione. Mi aveva informata anche sull'elenco di mogli di nazisti che sarebbero diventate mie clienti, suggerendomi come comportarmi per non destare sospetti, a chi avvicinarmi e chi tenere alla larga, i posti in cui potevo muovermi e quelli da evitare a ogni costo.

Per tirarmi fuori da quel torrente di ricordi, il biondo riprese la parola.

«Esatto. Il capitano Alan Hillgarth, addetto navale alla nostra ambasciata a Madrid durante la guerra, ha dato una valutazione estremamente positiva ed entusiasta di lei. Non so se è a conoscenza del fatto che, dopo la vittoria, ha deciso di ritirarsi sia dalla Marina che dai nostri servizi. Adesso vive in Irlanda, da dove ha collaborato con piacere alla nostra indagine e le invia i suoi saluti più affettuosi. Ci ha inoltre chiesto un indirizzo a cui poterle scrivere personalmente.»

Il maggiore si preparò a intervenire; mi risparmiò così l'imbarazzo di ammettere che non avevo un domicilio fisso, né al momento la prospettiva di averne uno. I tavoli vicini e quelli meno vicini si erano via via riempiti; il brusio delle conversazioni, anche se felpato, era più intenso. I camerieri cominciavano a spingere carrelli e a servire il tè, i cucchiaini tintinnavano contro le tazze, le voci si moltiplicavano.

«È sicura di non voler bere qualcosa?»

Sicurissima. Sottoposta com'ero ai rigori di The Boltons, se non mi fossi sentita così tesa avrei gradito un *afternoon tea* completo, come quello di Fortnum & Mason, con i sandwich, gli *scones* e i pasticcini; avrei potuto addirittura avvolgerne qualcuno di nascosto nel fazzoletto e portarli a Víctor, li avrebbe accolti con gioia. Ma mi limitai a ribadire il mio rifiuto. L'unica cosa che volevo era che andassero al sodo senza perdere altro tempo. Loro, invece, continuavano a cedersi la parola a vicenda in una sorta di protocollo anticipatorio.

«Come lei sa, signora Bonnard, tutto è cambiato in maniera radicale negli ultimi due anni. L'ordine mondiale è un altro e dobbiamo adattarci a situazioni che non hanno niente a che vedere con la dinamica del conflitto bellico. Non ci troviamo più di fronte a impegni così preoccupanti come in tempo di guerra, ma affrontiamo altri scenari che devono essere analizzati in modo meticoloso.»

Lo sapevo. Fin troppo bene. Sapevo fin troppo bene che né i luoghi né i conflitti erano gli stessi. Come avrei potuto non saperlo, se avevo perso Marcus in uno di quegli inferni? Ma non aprii bocca, in attesa che finissero.

Entrambi proseguirono la loro coreografia verbale.

«Ecco perché, per una delle nostre nuove missioni, abbiamo bisogno di un profilo ben preciso.»

«Una persona di buon senso e al tempo stesso di mondo, che conosca gli elementi chiave del terreno in cui dovrà muoversi, che domini la lingua e sia capace di agire con discrezione, acume e grande abilità.»

«I compiti per i quali abbiamo bisogno di questa persona sono imminenti.»

«Il problema è che finora non siamo riusciti a trovare qualcuno che faccia al caso nostro.»

Uno, due, tre, cinque secondi di silenzio. L'uomo dalle tempie grigie ruppe il ghiaccio.

«Finché, all'improvviso, è comparsa lei.»

34

Sentii una sorta di nausea; come se, invece di rifiutare il loro invito a prendere qualcosa, mi fossi bevuta tre o quattro martini. Erano lì. Erano lì, pronti a rientrare nella mia vita. I servizi segreti britannici mi lanciavano di nuovo l'amo.

«Stando così le cose, signora Bonnard, avremmo intenzione di proporle una nuova missione in Spagna.»

In attesa di una reazione, i quattro occhi dei due sconosciuti mi rimasero attaccati addosso come calamite. Non battei ciglio. Rimasi impassibile, con le gambe accavallate, la bocca chiusa e la schiena dritta. Ma sotto il panno morbido della mia giacca il polso accelerato non mi dava tregua.

Dopo l'avvicendamento dei turni nel corso dei prolegomeni, l'uomo più maturo e di grado superiore adesso non sembrava disposto a mollare le redini.

«Ci permetta di anticiparle che si tratterebbe di un'operazione molto precisa e limitata nel tempo, circa tre settimane. Anche se dobbiamo avvisarla che saranno intense. Il rischio sarebbe controllato ed esente da qualsiasi controversia politica che potrebbe comprometterla. In realtà, la sua copertura sarebbe così solida che verrebbe anche formalmente approvata dalle autorità.»

Finalmente riuscii a mettere insieme qualche sillaba, con una voce rauca e bassa.

«Di cosa si tratterebbe?»
Inflessibili nelle loro procedure, non risposero; mancavano ancora alcuni dettagli del passato.
«Lei ha qualche legame personale con l'Argentina?»
L'Argentina? Che diavolo c'entrava l'Argentina con le preoccupazioni di questi tizi dei servizi segreti? In un cassetto del mio armadio a The Boltons c'era una tessera stampa della Télam che Fran Nash mi aveva consegnato quando ero andata via da Gerusalemme. Da Buenos Aires ne aveva ricevute due e un timbro di gomma perché le completasse con la sua fotografia e la sua collaborazione con quella nuova agenzia fosse certificata. Ma lei aveva deciso di compilarne una a mio nome, senza una ragione concreta. «Non si sa mai, Sira» aveva detto, «a volte una tessera stampa può aprirti qualche altra porta.»
Non raccontai niente di tutto questo ai due, risposi soltanto:
«Nessuno, che io sappia.»
«E lei è in qualche modo al corrente dell'attuale situazione del paese e dei suoi leader?»
Di qualcosa, sì, ero al corrente, anche se in maniera superficiale. Nel corso degli ultimi mesi a Gerusalemme, Fran era riuscita a ricevere ogni tanto qualche copia dei giornali in cui erano stati pubblicati gli articoli che avevo tradotto. Di sicuro lo aveva fatto solo per tirarmi su il morale, di spagnolo lei non sapeva una parola. Ma non avendo niente da leggere nella mia lingua da quando, dopo la morte di Marcus, non arrivavano più i giornali da Madrid, gli davo spesso un'occhiata. Certi nomi e circostanze, certi eventi e incarichi mi erano così diventati familiari.
Decisi comunque di essere cauta.
«Pochissimo.»
«Se vuole dedicarci qualche altro momento, possiamo brevemente darle qualche informazione.»
Confermai la mia disponibilità, bisbigliando, anche se mi

sentirono a malapena. Il superiore si tolse allora gli occhiali dalla montatura sottile, come se gli dessero fastidio mentre continuava a parlare.

«Vede, per parecchi decenni, le relazioni tra Gran Bretagna e Argentina sono state molto proficue, in particolare per quanto riguarda l'aspetto commerciale. Dalla fine del secolo scorso, noi siamo stati i destinatari della maggior parte delle loro esportazioni, soprattutto di carne; intere generazioni di britannici sono cresciute mangiando la carne delle vacche della pampa. E viceversa, nel corso del tempo abbiamo fatto enormi investimenti nel paese: ferrovie, industrie frigorifere, prestiti allo Stato, servizi di pubblica utilità, assicurazioni e banche... Grazie a tutto questo, i rapporti con le classi più influenti sono stati estremamente fluidi e cordiali, e nel paese c'è anche una nutrita comunità di residenti britannici. Al punto che in passato alcuni governanti argentini sono arrivati a dire che, in termini economici, il paese faceva quasi parte dell'Impero.»

Parlava con un tono basso e monocorde, ma estremamente chiaro. Fece una pausa mentre piegava le stanghette degli occhiali, soppesando le parole. Io e il suo compagno rimanemmo in attesa.

«Negli ultimi tempi, però, la situazione ha subìto un drastico cambiamento. Come lei sa, dopo la guerra la Gran Bretagna è rimasta devastata dal punto di vista finanziario, mentre l'Argentina ha un'economia fiorente ed è uno dei nostri maggiori creditori per gli acquisti di tutti questi anni. A suo tempo, abbiamo congelato i pagamenti di questi debiti e i fondi argentini depositati a Londra, sapendo che prima o poi ci si sarebbe dovuti sedere a negoziare. Le elezioni dello scorso anno hanno portato alla vittoria del generale Perón, che guidava già la politica del precedente governo, confermando così l'orientamento nazionalista del paese. Da allora i negoziati sono stati piuttosto duri. Gli espropri e gli acquisti da parte dello Stato delle ferrovie e delle imprese del gas e dell'elettricità segnano la fine di un'era per i nostri interessi in Argentina, e la nazionalizzazione del sistema finanziario è stata un duro colpo per le nostre banche e compagnie di assicurazioni; ci sono cambiamenti anche nel commercio con l'estero e in altri settori. Tutto questo, riassumendo, implica un'immensa perdita per i capitali britannici, un importante calo dei nostri affari e, in generale, un indebolimento della nostra influenza, lì e in gran parte dell'America Latina.»

Si rimise gli occhiali, fece scorrere l'indice sul setto nasale fino a sistemarli al posto giusto. Per concludere, borbottò:

«*Sic transit gloria mundi.*»

Accolsi le sue informazioni con estrema cautela. In linea di massima, tutto quello che aveva detto era senza dubbio vero. Però sapevo anche che i britannici erano esperti uomini d'affari, abili commercianti e imprenditori intraprendenti che da secoli andavano in giro per il mondo, con una buona dose di avidità e prepotenza, imponendo le loro regole e ottenendo sempre proficui rendimenti. Ma ovviamente non dissi nulla di tutto questo.

«Questa congiuntura, insomma» proseguì, «per usare un eufemismo, ci danneggia e ci preoccupa. Ma ci rifiutiamo di gettare la spugna; preferiamo essere moderatamente ottimisti e pensare che, anche se in parte, le relazioni possano riprendere. E a questo scopo potremmo avere ancora una possibilità.»

Alzai le sopracciglia, con un lievissimo gesto interrogativo.

«In mezzo agli sforzi del governo peronista per ridurre al minimo la nostra presenza nell'economia del paese, emerge con forza crescente un personaggio che suscita diversi interrogativi.»

Un cameriere si avvicinò di nuovo al tavolo; il più giovane lo mandò via con un cenno.

«Mi riferisco alla signora Eva Duarte» disse abbassando la voce. «Madame Perón, la moglie del presidente.»

Sì, avevo letto di lei. E avevo visto la sua immagine sfocata sui giornali. Una donna né bella né brutta, molto più giovane del marito, un po' eccessiva nel modo di vestire.

«Sappiamo che sta acquisendo sempre più un ruolo da protagonista sulla scena politica, cosa che persino nel suo ambiente piace a pochi e infastidisce molti. Parallelamente è sempre più coinvolta in varie questioni di governo, ha a quanto pare un fortissimo ascendente sul marito e riscuote un crescente consenso in alcuni settori della società, in particolare tra le classi popolari. Abbiamo comunque l'impressione che su di lei ci manchino dati di prima mano, informazioni più affidabili.»

Si fermò per qualche istante, come se stesse dando forma a quello che stava per dirmi.

«Anche se è un po' spiacevole ammetterlo, i resoconti diplomatici che riceviamo a volte ci suscitano dubbi. Abbiamo la sensazione che i nostri funzionari non si muovano bene tra i nuovi circoli di potere argentini e, a seconda delle persone con cui trattano, diano segnali contraddittori. Inoltre, come le dicevo, possiamo contare su grandi amici in Argentina, appartenenti a famiglie con le quali abbiamo condiviso fiorenti affari e attività per diversi decenni. Tristemente, però, molti di loro, quelli che prima ritenevamo più affidabili, adesso non ci sono utili come informatori perché appartengono soprattutto ai gruppi di opposizione dell'élite, un settore sociale molto critico e lontano dal peronismo, che proclama di favorire le classi lavoratrici e intende porre fine all'oligarchia o, almeno, ridurle i privilegi. Non possiamo quindi contare su di loro per questa faccenda scottante.»

Capivo tutto ciò che quel signore con il suo tono professorale mi stava spiegando, conoscevo il significato di ognuno dei sostantivi, degli aggettivi, dei verbi. Ma continuavo a non capire come gli fosse venuto in mente che potessi entrarci io, in quella milonga.

Quasi mi avesse letto nel pensiero, aggiunse:

«Bene, credo che queste premesse possano bastare. Concentriamoci dunque sulla questione che ci riguarda.»

Eccoci. Cercando di infondere serenità a me stessa, strinsi i pugni con forza.

«Madame Perón ha in programma un viaggio in Europa a breve. È in attesa di un invito ufficiale che il generale Franco aveva fatto all'inizio al generale Perón a titolo personale, per ricambiare il generoso aiuto economico che il regime argentino sta offrendo al suo paese, così bisognoso dopo la guerra civile. Perón non ha mai confermato la sua presenza: avvicinarsi troppo al regime franchista dopo la sconfitta dei suoi amici dell'Asse è una questione delicata per qualsiasi governo. Ma invece di rifiutare la proposta, il presidente della Repubblica argentina ha avuto l'idea di mandare la moglie a rappresentarlo.»

Fece un cenno quasi impercettibile con la mandibola; il più giovane lo colse subito. Dalla cartella tirò fuori, ripiegate, le prime pagine di vari quotidiani. Le aprì e me le consegnò perché potessi leggere i titoli.

«Alcune mete del viaggio sono già di dominio pubblico. La prima tappa sarà la Spagna, paese in cui si definirà il tono generale del tour, e da lì si dirigerà in Italia, dove madame verrà ricevuta dal papa. Si parla anche di possibili visite in Francia, Portogallo e Svizzera. Ci sarebbe pure un'eventuale tappa di cui ancora nessuno parla.»

Ripiegai di nuovo le pagine, cercai di restituirgliele, ma lui le rifiutò con un cenno.

«Il ministero degli Affari esteri argentino ha valutato con i rappresentanti della nostra ambasciata la possibilità che la signora Perón venga ricevuta dal nostro re per chiudere in bellezza il suo periplo nel Vecchio Continente, hanno anche proposto alcune date intorno alla metà di luglio.»

Si fermò un attimo, si voltò a sinistra e sussurrò qualche parola; l'altro fece subito un cenno a un cameriere nelle vicinanze. Chiese dell'acqua. L'ora del tè era terminata da un po' e la hall era di nuovo calma, in attesa di tornare a riempirsi per gli aperitivi prima di cena.

«Davanti a questa eventualità, mi permetta di confessarle che siamo colpiti da una notevole incertezza in campo economico, ma non solo. A ciò si aggiunge una preoccupazione di pari importanza per la questione politica, visto che, pur trattandosi di un presidente eletto democraticamente, il nostro attuale governo laburista lo ritiene molto vicino a quei regimi fascisti che con grande fatica siamo riusciti a sconfiggere in guerra. Un vero e proprio paradosso, se consideriamo che Perón ha vinto le elezioni come candidato del Partito laburista argentino proclamando il suo sostegno alla classe operaia.»

Cominciava a mancargli la voce, mi resi conto che a furia di parlare iniziava a stancarsi. Dietro la sicurezza e l'impeccabile facciata, aveva sicuramente più anni di quelli che dimostrava. Eppure, non si arrese.

«Alla luce dei nostri attuali rapporti, il fatto che il re Giorgio V e la regina accettino di ricevere la signora Perón con gli onori dovuti alla moglie del capo di Stato argentino potrebbe essere visto come un modo di calarci le brache, se mi concede la metafora frivola. Comunque, dobbiamo riconoscere che la visita potrebbe procurarci ottimi vantaggi.»

Il tono era sempre più flautato, arrossì e notai che qualche goccia di sudore gli imperlava la fronte.

«Anche nella precarietà della nostra situazione economica, abbiamo ancora cose che ci interessa vendergli: aerei da guerra, commesse milionarie della Marina, attrezzature varie. E, ovviamente, continuiamo ad avere bisogno della loro carne per nutrire il nostro popolo provato. Per tutte queste ragioni, riteniamo che la visita di madame Perón, se organizzata in modo adeguato, potrebbe contribuire ad allentare tensioni, smussare contrasti e ricucire i rapporti tra le due nazioni. Insomma, potrebbe rivelarsi un'interessante opportunità strategica.»

Arrivò il cameriere con un bicchiere d'acqua su un vassoio d'argento, il biondo gli indicò di lasciarlo davanti al suo capo.

«Stando così le cose» disse quest'ultimo mentre prendeva il bicchiere con delicatezza, «e per poter disporre di dati concreti che ci aiutino a prendere la decisione più appropriata, prima di inviare una relazione al Parlamento abbiamo urgente bisogno di un testimone privilegiato del tour, qualcuno che sia presente per tutta la durata del viaggio in Spagna. Occhi che la osservino, orecchie che la ascoltino e un cervello che assimili e trattenga informazioni, le valuti, le filtri e ce le comunichi.»

Bevve un sorso d'acqua. Prevedendo quello che stava per accadere, mi venne improvvisamente una voglia matta di strappargli il bicchiere dalle mani e vuotarlo.

«Ci interesserebbe anche sondare il suo entourage. Le persone che la accompagneranno, ognuna con funzioni diverse, sono parecchie. Nel caso decidesse di accettare la nostra proposta, al momento opportuno la aggiorneremo su tutte. In qualche misura, prevediamo che la maggior parte di loro potrebbe essere utile per ottenere informazioni di ogni genere su madame Perón: che tipo è, come opera, come si comporta, come parla, come reagisce, quali sono le sue opinioni, ammesso che ne abbia e, ancora più importante, cosa pensa della Gran Bretagna e del suo eventuale viaggio nel nostro paese, ammesso che ne pensi qualcosa.»

Si schiarì la voce, bevve un altro sorso. Nel frattempo, con un cenno autorizzò il suo subordinato a proseguire il discorso.

«Si tratterebbe di una missione collegata al *Foreign Office* e, ovviamente, lei otterrebbe un compenso adeguato e la copertura diplomatica se qualcosa non andasse per il verso giusto.»

«Potreste essere più espliciti, per favore?»

«La visita di madame Perón in Spagna sarà seguita da numerosi mezzi di stampa sia nazionali che esteri» concluse il superiore dopo essersi schiarito la gola. «Ed è lì che lei potrebbe inserirsi.»

Chinò il busto in avanti, allontanandosi dalla spalliera della poltrona. I nostri occhi e i nostri nasi erano alla stessa altezza. Attraverso le lenti degli occhiali, mi guardò intensamente.

«Abbiamo intenzione di infiltrarla nel pool dei corrispondenti internazionali. Sotto copertura, come presunta reporter della BBC.»

35

Quando alcuni anni addietro Rosalinda Fox mi aveva dato appuntamento al Dean's Bar di Tangeri per propormi di collaborare con i servizi segreti britannici, avevo pensato che fosse un'enorme follia, un'idea senza capo né coda. Rinchiuse nel buio magazzino del bar, tra sacchi di caffè e casse di bottiglie, mi aveva prospettato la possibilità di inserirmi in una rete di informatori clandestini per ottenere dati sulla colonia nazista a Madrid; per farlo mi sarei dovuta trasferire in un'altra città e in un altro paese, avrei dovuto falsificare il mio passato, cambiare nome. In un primo momento avevo rifiutato fermamente, mi era sembrato che quella proposta andasse oltre le mie capacità e che avrei potuto contribuire ben poco a un'impresa tanto temeraria quanto grandiosa. Ma Rosalinda e mia madre, ognuna con i propri argomenti, mi avevano obbligata a vedere le cose da una diversa prospettiva. Mi avevano fornito prove e motivazioni, parlandomi di lealtà, impegno e senso del dovere. Alla fine mi avevano convinta e avevo accettato l'incarico per dare il mio piccolo contributo.

A differenza di quei giorni, in questa Londra estranea nella quale mi avevano trascinata gli sciagurati venti della vita non avevo nessuno che mi ispirasse fiducia. Adesso nessuno poteva ascoltare i miei dubbi e le mie incertezze, né gettare una luce tra le ombre che fluttuavano nel mio cervello dopo l'incontro con i membri dei servizi segreti nella hall del Dorchester. Né Rosalinda né mia madre. Né Marcus né Fran Nash né Nick Soutter. Nessuno a cui lanciare un grido di aiuto in mezzo alla tempesta.

Però ero consapevole che quella mancanza di affetti non doveva paralizzarmi. Anzi, adesso più che mai, visto che ero sola e con la responsabilità di un figlio, era arrivato il momento di fare di necessità virtù: tirare fuori il poco coraggio che mi era rimasto e trasformarlo in qualcosa di produttivo, riprendere animo e fare di nuovo un passo avanti. Staccarmi da Olivia sarebbe stato un sollievo, ma via via che si avvicinava la mia partenza, mi rendevo conto che fuggire da lei per rifugiarmi sotto l'ala di mia madre non era la prospettiva migliore. Ecco perché, dopo aver valutato con serenità quella proposta sconcertante, decisi infine di dire sì.

Sì, accettavo di infiltrarmi tra quei giornalisti che per tre settimane avrebbero girato la Spagna inseguendo l'ombra di un'ex attrice di radiodrammi diventata la first lady dell'unico paese al mondo disposto a tendere la mano alla mia povera patria ridotta alla fame. Sì, acconsentivo a spacciarmi di nuovo per chi non ero, nascondendomi ancora una volta dietro menzogne spudorate e false identità. Quali vantaggi ne avrei tratto personalmente, oltre a quelli che avrei ottenuto per gli zelanti inglesi? A parte un compenso economico, non lo sapevo ancora. Ero soltanto sicura che, tanto per cominciare, quell'incarico mi sarebbe servito per ricostruire la mia vita e sentire che ero in grado di fare qualcosa di produttivo. Che ero ancora una persona utile e valida.

Finalmente, un paio di giorni dopo facemmo le registrazioni sulla Palestina. Durante le prove e i preparativi, assimilai con estrema attenzione tutto quello che mi circondava: tecnici, strumentazioni, metodi e forme, gesti, posture e procedimenti. Finché riuscii a mettermi davanti a un microfono, un aggeggio con le lettere BBC in acciaio brunito. Per la tranquillità di tutti, le mie parole risultarono chiare e pacate, senza tracce di nervosismo, né ombra di insicurezza o esitazione. Così la mia voce, che si alternava a quella di Ángel Ara, rimase incisa nei solchi di tre dischi la cui trasmissione in onde corte avrebbe poi attraversato l'Atlantico raggiungendo gli ascoltatori di oltre una decina di paesi. Così rimase la testimonianza di quello che accadeva in Palestina, narrata da chi aveva sofferto e amato, pianto e partorito in quella tortuosa Terra Santa, nei suoi giorni più sanguinosi.

Concludemmo il lavoro senza alcun tipo di restrizione formale; tutto fluì con estrema naturalezza. A volte ebbi la tentazione di chiedere di Cora Soutter, ma tenni a bada la curiosità e non venni mai a sapere se quella decisione viscerale di opporsi alla mia collaborazione le avesse procurato conseguenze negative da parte di qualche settore. Non volli approfondire né rivangare la sua confessione su Nick. Mi turbava troppo, mi costringeva a interrogarmi su sentimenti che ormai non avevano più senso. Ecco perché preferii lasciare quella rivelazione semplicemente incapsulata in qualche angolo, non sapevo se del mio cuore o del mio cervello.

Una volta concluse le registrazioni per il Servicio Latinoamericano della BBC e via via che a Londra la primavera avanzava, ebbero inizio i preparativi per le mie attività successive. A The Boltons cominciò ad arrivare ogni mattina una busta di carta spessa, senza mittente, con i più diffusi quotidiani argentini, ovviamente numeri arretrati, e tutti con un trattamento diverso nei confronti del personaggio in questione. Notai subito che giornali come "La Prensa", "La Nación" e, quando arrivava, "La Vanguardia", erano palesemente critici; quest'ultimo conteneva persino vignette satiriche e impietose caricature in prima pagina. Altri, come "Democracia", invece, esaltavano calorosamente il governo peronista e la donna che avrei seguito nel suo viaggio in

Spagna. Sebbene prima di inviarmeli li stirassero, mi accorsi subito che le pagine erano già state sfogliate, a volte ce n'era addirittura una strappata o un pezzo era stato ritagliato con le forbici. In qualche caso vidi macchie d'inchiostro o di unto, persino segni circolari a riprova del fatto che qualcuno vi aveva poggiato sopra, con incuria, una tazza di caffè, un bicchiere di vino. Tutto ciò dimostrava che erano giornali già letti e destinati ai rifiuti, copie che forse qualcuno provvedeva a sottrarre all'ambasciata argentina prima che finissero nei cestini della spazzatura, sul fuoco di qualche cucina o – vista la scarsità di prodotti per l'igiene – in qualche recesso più privato.

Per i miei spostamenti mi misero a disposizione una macchina con l'autista. L'obiettivo principale delle giornate successive fu istruirmi perché potessi muovermi tra i giornalisti almeno con una certa credibilità. Non si trattava di apprendere i segreti del mestiere, eravamo consapevoli che non sarei potuta diventare dalla sera alla mattina un'esperta corrispondente estera. Ma c'erano tante piccole lacune che avrei potuto colmare, questioni marginali, trasversali o accessorie che mi avrebbero aiutata a cavarmela senza destare sospetti.

Una delle prime iniziative fu un corso rapido di dattilografia in un ufficio buio di Whitehall. La responsabile del mio tirocinio, sempre alle mie spalle, era una segretaria di una certa età, magra e brusca, con una crocchia tirata. Mentre ero alle prese con i misteri della velocità del carrello e della pressione sui tasti, mi ritornarono in mente tristi echi di altri tempi. In un negozio che vendeva macchine da scrivere avevo conosciuto quel disgraziato di Ramiro Arribas quando il mio fidanzato di allora, il buon Ignacio, si era messo in testa che dovevo diventare una funzionaria. E, casualmente, sarebbe dovuta arrivare proprio dall'Argentina l'autorizzazione ad aprire una catena di quei nuovi istituti, quella rete di Academias Pitman in cui avremmo dovuto investire i soldi che mi aveva dato mio padre quando, dopo tanti anni, aveva deciso di conoscermi. La severa Miss Crossman, con i suoi modi rigidi da istitutrice vittoriana, frenò il volo dei miei ricordi richiedendomi una totale attenzione al mio compito; così, per fortuna, riuscii a tenere a bada la malinconia.

Per non farmi fare la figura dell'ignorante completa con i fotografi, in uno studio di Fitzrovia mi spiegarono il funzionamento e la terminologia fondamentale di diverse macchine fotografiche, tipi di rullini e lenti, come usare l'otturatore, l'autoscatto, il flash, come cambiare la pellicola. In un altro studio di Broadcasting House mi insegnarono a usare un registratore a bobina aperta, nel caso potesse servirmi in qualche momento. Provai e riprovai a usare i tasti, presi confidenza con le testine e caricai e rimossi le bobine del nastro magnetico fino a riuscire a ripetere tutto in modo facile e meccanico.

Dovetti anche familiarizzare con i nomi e i ruoli di alcuni componenti della fedele scorta che avrebbe accompagnato la moglie del presidente argentino: il suo braccio destro femminile, suo fratello e segretario del generale, l'armatore che avrebbe finanziato il viaggio oltre i confini spagnoli, gli aiutanti di campo, il sacerdote, le sarte, il parrucchiere e confidente. Non avevano ancora l'elenco completo, avrei dovuto essere informata e individuarli al loro arrivo.

Mi vennero forniti ragguagli sui più importanti quotidiani e periodici e su tutte le principali agenzie stampa del mondo: Reuters, France-Presse, Continental, Associated Press, United Press, memorizzai dati anche sulla EFE. Ci toccò lavorare in maniera superficiale, perché mancavano notizie precise anche riguardo ai mezzi di informazione che avrebbero preso parte al tour della first lady. Prevedevano però che sarebbero stati numerosi: tanto la Spagna superbamente autarchica quanto la persona che l'avrebbe visitata suscitavano nella stampa internazionale un'enorme curiosità.

Mi organizzarono anche incontri con gente che ritenevano fosse importante. Al Press Club, vicino a Fleet Street, mi presentarono un corrispondente dell'"Evening Standard" che aveva seguito le elezioni presidenziali dell'anno prima a Buenos Aires. All'Argentine Club di Hamilton Place, un *gentlemen's club* in piena regola dove mi permisero di accedere a una piccola sala privata, pranzai con il principale azionista di una delle compagnie ferroviarie anglo-argentine, un venerabile anziano dal cognome opulento che finì mezzo sbronzo, a versare lacrime di nostalgia per la sua azienda perduta mentre cercava di baciarmi al ritmo di *Cuartito azul*. A una cena di gruppo, mi fecero sedere accanto a un funzionario del consolato generale, un tipo noiosissimo al quale non riuscii a cavare di bocca che descrizioni della bellezza dei boschi di Bariloche. E così, con maggiore o minore profitto, andai a tante altre riunioni durante le quali nessuno pronunciò mai il mio vero nome, né fornimmo un solo indizio vero su di me, il mio passato, il mio futuro o le mie intenzioni. Come una presenza sfuggente, ascoltai tutti con estrema attenzione, feci qualche domanda sporadica, registrai nella mia memoria una quantità di appunti e me ne andai senza fare rumore né lasciare traccia.

In mezzo a quell'inarrestabile andirivieni dei miei ultimi giorni a Londra, trovai un momento per salutare Dominic Hodson. Non eravamo arrivati a diventare amici; era stato attento, serio e generoso nel suo ruolo, ma impenetrabile. Mi invitò a pranzo per salutarci, rifiutai raccontando qualche bugia. Come controfferta, e approfittando del fatto che avevo avuto un'altra riunione al Dorchester, gli proposi una passeggiata, ma questa volta a Hyde Park invece che a The Boltons. Dopo aver camminato mezz'ora sotto gli alberi in piena fioritura primaverile, mi porse la mano per salutarci. Sinceramente grata per il suo impegno nel tutelare la volontà di Marcus, nostro figlio e me, non riuscii a contenermi e lo abbracciai. Arrossì quasi e balbettò un poco.

«Il mio amico Mark è stato fortunato a incontrarla» bisbigliò senza guardarmi negli occhi. Finché alzò i suoi, rotondi, smorti e senza ciglia come quelli di un pesce.

«Anch'io l'ho amato molto, sa?»

Senza aggiungere altro, si toccò l'ala del cappello, si girò e cominciò a camminare in direzione di Marble Arch. «L'ho amato molto» aveva ammesso, con quel verbo laconico, *to love*, così sfuggente. Confusa e commossa, rimasi a guardare come si allontanava, e il suo impermeabile si rimpiccioliva in lontananza, mentre camminava sull'ampio marciapiede. Dominic aveva amato molto Marcus, ed era ancora scapolo, si muoveva goffamente tra le donne e qualsiasi contatto femminile lo faceva sentire a disagio. Lo aveva amato molto, ma Marcus si era allontanato da lui per tanti anni e non me ne aveva mai parlato. Forse proprio per questo.

A un passo dalla partenza, riuscii finalmente a trovare un po' di tempo per organizzare tutto quello che sfuggiva alle direttive dei servizi segreti. Andare dal parrucchiere, per esempio. Comprare dei vestiti per mio figlio, che ormai pesava quasi dieci chili e in previsione dei giorni di caldo moderato che ci attendevano a Madrid agli inizi di giugno.

«Suo figlio? Mi scusi?»

Così mi aveva detto Kavannagh corrugando la sua nobile fronte. Sir Nigel Kavannagh, così si chiamava il signore dagli occhiali d'oro e i capelli argentei che mi aveva proposto di lavorare di nuovo con i suoi collaboratori. Fui irremovibile.

«O vado con mio figlio e la bambinaia, o non mi muovo.»

Phillippa aveva accettato di accompagnarci, avevo organizzato già tutto per il soggiorno di entrambi a Madrid; quindi assicurai a Kavannagh che la loro presenza non avrebbe influito neppure lontanamente sul mio compito. Li avrei tenuti in disparte mentre davanti a tutti mi sarei presentata come un'inviata della BBC mezza spagnola e mezza inglese, completamente dedita al lavoro, autonoma e competente. Anche se non apprezzava affatto l'idea, l'elegantissimo alto funzionario non poté fare altro che accettare la mia offerta.

Sarebbe inesatto dire che rinnovai il mio guardaroba, perché in realtà non avevo vestiti da sostituire con altri nuovi; la valigia che avevo portato da Gerusalemme conteneva solo indumenti invernali. Per rifornirmi, tornai nel negozio di Digby Morton a Kensington. Ebbi la fortuna che lo stilista fosse presente, scegliemmo gli abiti di comune accordo. Gli diedi a bere che ero la moglie di un diplomatico portoghese, omisi ogni spiegazione sul mio passato di sarta. Unendo le nostre capacità misi insieme uno splendido guardaroba, spendendo una cifra indecente. Mi confessai con la mia coscienza e mi concessi l'assoluzione immediata: avrei ricevuto uno stipendio astronomico per la missione in Spagna ed ero in attesa dell'imprevista liquidità dal patrimonio di Marcus. Lo stilista mi accompagnò fino alla macchina.

«Lei ha un gran buon gusto, *my dear*» disse. «Torni pure quando vuole, sarà sempre la benvenuta.»

Il motore della macchina era già acceso quando gli feci una domanda al volo.

«Il miglior negozio di articoli per la scrittura?»

«Smythson, in Bond Street, senza ombra di dubbio.»

Ci andai per rifornirmi di quaderni foderati di pelle, carta da lettere e buste, bloc-notes e una valigetta dall'aria professionale e al tempo stesso estremamente elegante. Avevo in mente l'immagine di alcune giornaliste che avevo conosciuto a Gerusalemme attraverso Fran Nash nei mesi successivi alla scomparsa di Marcus, grandi lavoratrici, carismatiche e meticolose come Clare Hollingworth dell'"Observer", Ruth Gruber del "New York Post" e tante altre. A tutte avrei rubato gesti e maniere, espressioni e movimenti, modi di guardare il mondo.

Ignorando bellamente la norma imposta da Kavannagh di evitare ogni contatto con spagnoli o ispanici prima della partenza, l'ultima sera cenai con Ángel Ara e George Camacho da Martínez; li invitai come gesto di gratitudine per aver creduto in me e avermi difesa. Non conoscevano la natura esatta delle mie occupazioni e io gli raccontai una storia che collegava l'interesse di Kavannagh al passato di mio marito. Dubito che mi abbiano creduta, ma la cena fu molto piacevole in quel ristorante decorato con azulejos di Talavera, lanterne in ferro battuto e la testa di un toro Miura appesa a una parete, nonostante fossimo a un passo da Piccadilly Circus.

Sulla porta, mentre Camacho fermava un taxi, consegnai ad Ara una busta con una grossa mazzetta di sterline e gli sussurrai un messaggio all'orecchio.

«La faccia avere ai bambini che hanno portato via dalla Spagna tra le bombe, quei bambini che nessuno ha reclamato dopo la guerra.»

Avevamo trascorso a Londra quattro mesi: eravamo arrivati tra la neve e il gelo dell'inverno più impietoso che sarebbe stato ricordato per decenni, e ce ne andavamo quando la primavera era esplosa in città rendendone più sopportabile la durezza. Olivia uscì a salutarci; a dispetto del suo solito distacco strinse al petto Víctor con forza. Con il mio continuo andirivieni, non c'era stata occasione di incontrarci molto spesso nelle ultime settimane, e quando non avevamo avuto altra scelta eravamo rimaste entrambe serene, diplomaticamente cordiali ma mantenendo sempre le distanze. Cosa sarebbe successo con la casa era ancora da vedere, decidessero lei e Dominic, io adesso avevo altre urgenze.

Entrammo all'aeroporto con il nostro voluminoso bagaglio in un carrello spinto da due facchini, lì trovammo ad aspettarci Dean Haines, il biondo subordinato di Kavannagh che avevo conosciuto al Dorchester e che avevo poi incontrato varie volte. Con estrema discrezione, mi consegnò una busta. Dentro c'erano tre impeccabili passaporti con i rispettivi nomi falsi, una tessera da giornalista e un suo duplicato. Un'altra busta più piccola conteneva biglietti da cinque, dieci, cento e mille pesetas.

In fondo trovai una piccola scatola di biglietti da visita.

Su tutti erano indicati l'indirizzo di Broadcasting House e un numero di telefono che ovviamente non si collegava con la radio ma con loro, nel caso qualcuno avesse fatto qualche indagine, perché fossero i primi a esserne informati. Al centro esatto di ogni cartoncino, in un elegante stampatello maiuscolo, era impresso il nuovo nome che avevo scelto per ribattezzarmi.

LIVIA NASH
BBC
REPORTER

Rubavo cinque lettere a mia suocera e il cognome alla mia amica. Con ogni probabilità, nessuna delle due lo avrebbe mai saputo.

Terza parte

SPAGNA

36

Rimasi sveglia fino all'alba. Tutti gli interrogativi aperti mi si agitavano nella testa, lottavano con le unghie e con i denti per ottenere la mia attenzione. Sarei riuscita a fare il mio lavoro? Qualche imprevisto mi avrebbe messa in imbarazzo? Víctor si sarebbe trovato bene a casa del nonno, lontano da me?

Sola, sdraiata su un letto estraneo, con il sonno che si ostinava a sfuggirmi, vidi girare le lancette della sveglia fino a indicare l'una di notte, le due, le tre, quasi le quattro. A un certo punto sentii delle voci che provenivano dal piano di sotto, passi sulle scale; una porta vicina si aprì dopo che qualcuno aveva girato la chiave. Poi, solo il silenzio.

Eravamo arrivati a Madrid quel pomeriggio, con un giorno di anticipo sul programma. Una volta scesi dall'aereo ed entrati nel terminal, Phillippa era rimasta indietro con il bambino mentre io mi dirigevo verso l'uscita imprimendo alla mia andatura l'aria disinvolta della cronista radiofonica in cui si presumeva che mi fossi appena trasformata.

Mi avevano avvertita che ci sarebbe stato un autista ad aspettarmi; lo individuai subito, ma finsi di non notarlo, per avere una panoramica completa dell'area. Quando lo vidi lì da un lato, in paziente attesa, tirai un sospiro di sollievo: ecco mio padre, Gonzalo Alvarado, un po' più vecchio, un po' più magro nel suo completo a tre pezzi. Anche lui mi vide, naturalmente. Ma così come ci eravamo messi d'accordo per telefono, ci ignorammo a vicenda. Accanto a lui, vestita con modesta sobrietà, c'era una donna. Era Miguela, la governante dell'Estremadura che si occupava della casa in sostituzione della vecchia Servanda. Ci avrebbero pensato loro due a portare Phillippa e mio figlio nell'appartamento di calle Hermosilla, dove sarebbero rimasti mentre interpretavo il mio ruolo di falsa giornalista.

Arrivai in città senza scambiare una parola con l'autista, rifugiata nella solitudine del sedile posteriore. Decine di immagini del passato recente, con Marcus presente in tutte, cominciarono a tormentarmi a mano a mano che rivedevo angoli, insegne, manifesti e facciate delle case. In qualche momento minacciarono di spuntarmi le lacrime; per fortuna portavo un paio di grandi occhiali da sole per proteggermi sia dalla luce di inizio giugno che da inopportuni attacchi di malinconia. Io e Marcus ce n'eravamo andati da quella città due anni prima, esultanti per avere vinto la guerra, orgogliosi di aver compiuto il nostro dovere e con l'illusione che ci aspettasse un futuro in cui ci saremmo potuti mostrare insieme apertamente, senza sotterfugi e bugie. Adesso tornavo con un bambino che aveva i suoi occhi e il colore della sua pelle, mentre i resti straziati del suo corpo erano rimasti sotto una lastra di marmo alle pendici di un monte della Palestina. Facendo uno sforzo per non lasciarmi prendere dallo sconforto, mi misi a osservare le strade e la gente in cerca di cambiamenti, strizzate d'occhi, tracce di speranza in quel mio povero paese così devastato.

Per prima cosa notai che i tedeschi con le loro reboanti manifestazioni erano scomparsi come se li avesse inghiottiti la terra. Mentre percorrevamo il paseo de la Castellana – a quel tempo si chiamava avenida del Generalísimo –, non vidi più le bandiere rosse, bianche e nere che prima spuntavano a ogni angolo con le loro svastiche.

Nella dépendance di quella che era stata l'ambasciata tedesca, vicinissima a plaza de Colón, non entravano né uscivano innumerevoli funzionari e rappresentanti diplomatici. Al suo interno, con discrezione, il Consiglio di controllo alleato intraprendeva adesso l'operazione *Safehaven*, che mirava a distruggere qualsiasi traccia di nazismo. A tal fine stavano portando a termine un minuzioso processo di identificazione ed espropriazione di decine di immobili ufficiali, valutando ogni tipo di enti e istituzioni, bloccando centinaia di imprese e immobilizzando capitali e beni, compreso il famoso oro nazista accumulato con i saccheggi in diverse parti dell'Europa.

A mano a mano che l'auto avanzava, continuai a percepire il lampante declino del Terzo Reich in residenze, ville e palazzine. Dietro di noi, simile a un grande guscio vuoto, c'era la Banca Transatlantica tedesca. Un po' più avanti, al numero 18, la sede della Gestapo era sbarrata, con grosse catene che bloccavano i saliscendi dei portoni. Sul marciapiede di fronte, gli uffici della Sofindus, un tempo così eleganti, avevano le imposte assicurate con chiavistelli, mentre l'ampliamento della Deutsche Schule all'incrocio con calle Zurbarán aveva la cancellata all'ingresso chiusa con un robusto lucchetto. Davanti all'imponente costruzione in cui prima era ospitato l'Istituto di cultura tedesca, che faceva angolo con il paseo del Cisne – ribattezzato in onore di Eduardo Dato – si notava il giardino incolto e pieno di erbacce. Nella glorieta de Castelar, la ruggine cominciava a corrodere l'inferriata dell'Ufficio stampa tedesco.

Anche se non potevo vederli durante il tragitto, immaginai che il degrado avesse colpito allo stesso modo il resto degli edifici, opulenti e bene ubicati, in cui i nazisti avevano trascorso i loro giorni in Spagna; ne avevo frequentati alcuni come invitata a ricevimenti e serate. La residenza dell'ambasciatore in calle Hermanos Bécquer o l'animato club vicino alla chiesa di San Fermín de los Navarros. La sede del partito nazista proprio di fronte, all'angolo con calle Zurbano. L'Ufficio del turismo in calle de Alcalá. La Camera di commercio tedesca in calle Claudio Coello. L'agenzia di stampa Transocean al numero cento e rotti di calle Serrano. Adesso queste proprietà, così come tante altre in tutta la Spagna, erano controllate dagli Alleati e oggetto di trattative con il governo di Franco; entrambe le parti erano impegnate in un duro tira e molla per vedere chi riusciva ad aggiudicarsi la fetta più grossa della torta.

La macchina continuò il suo percorso fino al Circolo della stampa, un posto che non conoscevo e nel quale era previsto che alloggiassi. Passammo anche davanti alla residenza di sir Samuel Hoare, l'ex ambasciatore britannico; mi domandai da quale delle sue finestre spalancate avesse visto passare il corteo funebre del suo omologo Hans-Adolf von Moltke, morto a Madrid tre mesi dopo la nomina a capo della legazione tedesca. Dall'interno della sua casa ma in vista, rigorosamente in tight, sir Sam si era tolto il cilindro al passaggio del feretro e aveva chinato solennemente la testa in segno di lutto: impeccabile etichetta diplomatica verso il nemico, persino in piena guerra.

Un po' più avanti, ormai vicino agli Altos del Hipódromo, l'auto svoltò a destra, imboccammo la stretta calle del Pinar e ci fermammo davanti al numero 5, un edificio a metà fra un grande chalet e un palazzetto. L'autista annunciò: siamo arrivati, signora. Quando scesi dalla macchina e vidi l'ingresso, mi sentii torcere lo stomaco. Conoscevo quel posto, c'ero stata almeno un paio di volte. E no, a quel tempo non era la sede di qualcosa che somigliasse a un Circolo della stampa. Nemmeno lontanamente.

Appena entrai, mi accorsi che odorava ancora di pittura fresca. Nel salone a destra, dove un tempo la mia antica cliente Helga Henke esponeva i suoi mediocri quadri floreali, vidi che adesso c'erano vari gruppi di poltrone, intorno a una grossa radio. Nel vano delle scale, dove prima erano appesi in cordiale armonia un ritratto di Hitler e uno di Franco, faceva bella mostra di sé un grande olio con una scena di caccia. Venne ad accogliermi una donna matura abbigliata con austera irreprensibilità, una figura a metà fra un'istitutrice e una governante. Si presentò con il cognome, Cortés: mi diede il benvenuto e mi mostrò le zone comuni: la biblioteca e la sala di lettura, le cabine telefoniche, la sala da pranzo con le finestre affacciate sul giardino del retro e un ambiente contiguo con un piccolo bancone da bar e un assortimento di bottiglie di liquori.

Ogni cosa aveva cambiato posto, ma le stanze erano identiche a quando Serrano Suñer, nel suo indomito fervore filotedesco del periodo successivo alla fine della guerra civile, aveva deciso di affittare l'immobile a Daniel de Araoz y Aréjula, barone di Sacro Lirio, per creare con lui la nuovissima Associazione ispano-germanica. A tal fine avevano acquistato mobili e suppellettili, allestito una nutrita biblioteca con libri in tedesco o sulla Germania, e ampliato la zona della cucina installando elettrodomestici moderni, dono di imprese tedesche; qualcuno aveva regalato persino un servizio da tavola completo con svastica, giogo e frecce, tutti insieme. Durante il conflitto mondiale si erano tenuti qui concerti e conferenze rigonfi di patriottismo, mostre e sproloqui a maggior gloria del Terzo Reich e delle sue armoniose relazioni con la Spagna.

Adesso, due anni dopo la caduta del nazismo, di tutti quei relatori, artisti e invitati non rimaneva neppure l'ombra. Dopo aver lavato la faccia agli edifici ed estirpato con cura ogni sentore di nazismo alla vigilia della prima visita ufficiale nella Spagna di Franco da parte di una personalità straniera, avevano riconvertito al volo quell'istituzione culturale in un club elegante per accogliere i giornalisti stranieri. Mi tornarono in mente il Press Centre che gli inglesi del Mandato avevano aperto a Gerusalemme per comodità degli inviati internazionali, il bar in cui avevo preso il primo aperitivo con Fran Nash e avevo scoperto che lei e Nick Soutter erano amici. Soddisfare i professionisti della stampa sembrava essere un impegno tenace che non conosceva frontiere.

La severa signora Cortés finì di mostrarmi le strutture del piano principale, dove non avevo ancora visto traccia di altri residenti. A quel punto tese la mano verso le scale.

«Mi permetta di accompagnarla fino alla sua stanza; qui alloggeranno solo le giornaliste. Gli uomini sono stati sistemati negli alberghi, anche se questo sarà il punto d'incontro per tutti.»

Qualcuno si era occupato di portare su il mio bagaglio. Quando entrai in camera, era già appoggiato alla parete di fondo. I mobili erano attuali, quasi moderni. Scrittoio con la sua sedia, poltrona in tessuto accanto alla finestra, armadio a muro, piccolo bagno e letto da una piazza e mezza con un crocifisso appeso sopra la testiera. Sul comodino trovai un bouquet di fiori bianchi e un biglietto da visita. Diego Tovar, direttore dell'Ufficio informazioni diplomatiche, dava il benvenuto in Spagna a Livia Nash, inviata della BBC. Accanto, un programma per l'indomani. Eravamo convocati il mattino alle dieci nella sala riunioni, dove avremmo ricevuto le informazioni relative alla prima giornata.

La voce della governante risuonò alle mie spalle.

«Serviremo la cena a partire dalle otto e mezzo.»

Senza aggiungere altro, chiuse silenziosamente la porta e mi lasciò sola nella mia stanza. Controllai l'ora, erano le sette e venti. Ebbi qualche attimo di esitazione, il cuore mi diceva di scendere di corsa le scale, infilarmi in una cabina telefonica e chiamare mio padre. Volevo sapere come stava mio figlio, come reagiva alla mia assenza. Ma mi trattenni: no, non avrei fatto telefonate da quel Circolo della stampa. Per togliermi di mente la preoccupazione, cominciai a disfare le valigie.

Quando, un'ora e un quarto più tardi, scesi in sala da

pranzo, vidi che solo due tavoli erano occupati. A uno di questi sedeva una donna di una certa età, dal fisico robusto, con i capelli corti e occhiali dalle lenti spesse appesi al collo con una catenina d'argento. Leggeva una rivista mentre nell'altra mano teneva la forchetta; quando feci un cenno di saluto, alzò appena la testa. Era chiaro che non le interessava affatto conoscermi; tantomeno invitarmi a cenare con lei. All'altro tavolo, di spalle all'entrata e con lo sguardo rivolto al giardino, c'era un'altra donna di cui non riuscii a vedere la faccia. Sembrava magra, immaginai che fosse giovane dal tono naturale dei capelli castani, non troppo in ordine. Anche lei ignorò il mio saluto, come se non mi avesse sentita. Vista l'indifferenza generale, decisi di sedermi da sola in un angolo.

Mi servì un cameriere silenzioso con una giacca bianca abbottonata fino al collo. Stavo per finire l'antipasto, quando la più giovane si alzò e augurò la buonanotte in un inglese con accento americano, senza nemmeno guardarci. «*Good night, sweet pie*» rispose quella con gli occhiali appesi alla catenella, nella stessa lingua, con lo stesso accento e senza distogliere lo sguardo dalla rivista. Mi avevano appena portato il merluzzo con la maionese quando anche lei salutò, altrettanto stringata.

In confronto all'austerità che regnava in casa di mia suocera, il sapore di quei piatti mi sarebbe dovuto sembrare celestiale. Eppure li lasciai a metà. Non avrei mai immaginato che mi sarebbero mancati The Boltons, Londra, persino Olivia. Eppure rimpiansi la sua vicinanza, la fiducia e la solidità che irradiavano lei e le sue connazionali; il paese intero che lottava per la propria ricostruzione, tutti insieme, austeri, coraggiosi e con uno stoicismo ammirevole; gente che affrontava le sofferenze unita e sopportava i sacrifici in uno sforzo comune. Invece la Spagna, la mia povera patria, affrontava la ricostruzione divisa da una frattura sinistra.

Dopo aver rifiutato il budino del dessert, uscii in giardino e mi sedetti su una sedia di ferro dipinta di bianco; si sentivano solo grilli e cicale, in quella zona lontana dal centro di Madrid e dalla sua confusione. L'oscurità non era ancora calata del tutto, c'era odore di gelsomino, la temperatura era deliziosa: tutti gli ingredienti per una serata perfetta. Ma io ero lì, immersa in una solitudine profonda come un baratro, senza mio figlio, ignorata da quelle americane altezzose, a chiedermi per l'ennesima volta perché mai avessi accettato un altro impegno assurdo.

Rinchiusa nella mia stanza, per allontanare i fantasmi tirai fuori una delle cartelle che a tempo debito mi aveva dato Kavannagh e cominciai a ripassare un contenuto che conoscevo già quasi a memoria. Oltre alla first lady argentina, protagonista del viaggio, avevano insistito perché carpissi il maggior numero di informazioni possibile ai suoi accompagnatori; lasciavano al mio giudizio distinguere i membri utili da quelli marginali, separare il grano dal loglio.

Lillian Lagomarsino de Guardo, lessi di nuovo. Trentacinque anni. Sorella di uno dei più importanti imprenditori argentini nonché ministro dell'Industria, Rolando Lagomarsino, e moglie di Ricardo Guardo, presidente della Camera dei deputati. Madre di quattro figli, accompagnatrice personale, consulente in questioni di protocollo ed etichetta. Juan Duarte, fratello, trentatré anni, scapolo, segretario privato del presidente, ex rappresentante di saponi, amante del divertimento. Alberto Dodero, sessantun anni, sposato due volte e divorziato altrettante, pezzo grosso del settore navale, mondano e munifico, coordinatore della comitiva e finanziatore di gran parte del viaggio. Julio Alcaraz, sposato, sulla cinquantina, parrucchiere. Asunta Fernández, età e stato civile irrilevanti, sarta di fiducia impiegata nella casa di alta moda Henriette. Juanita Palmou, età e stato civile irrilevanti, sarta di fiducia impiegata nella casa di moda Paula Naletoff.

C'erano altri nomi e mansioni: aiutanti di campo, un medico, un fotografo, persino un sacerdote e tre giornalisti che avrei fatto bene a evitare. Uno di questi era lo sceneggiatore di radiodrammi Francisco Muñoz Azpiri, ingaggiato per scrivere i discorsi; l'altro, un giovane fotografo, Emilio Abras, che doveva scattare tutte le immagini possibili della first lady, e infine un certo Valentín Thiebaut, cronista del giornale "Democracia", che contava anche sull'approvazione della Segreteria di informazioni della presidenza. Data la loro professione, avrebbero forse potuto rendere difficile il mio lavoro; meglio lasciarli da parte. Quelli che mi interessavano di più erano i primi: una signora della buona società, un fratello scapestrato, un riccone maturo con la voglia di fare baldoria, un parrucchiere e due sarte efficienti come lo ero stata io. Avrei dovuto cercare di avvicinarli tutti, in un modo o nell'altro. Come avrei fatto e con quali risultati rimaneva un'incognita.

In preda all'insonnia, guardai di nuovo la sveglia. Le lancette dalle punte fluorescenti segnavano le quattro meno cinque. Chiusi le palpebre e mi rigirai per l'ennesima volta nel letto.

37

Arrivai giusto in tempo per bere un caffè prima della convocazione. A differenza della sera prima, la sala da pranzo era affollata, per la maggior parte da uomini; nell'aria fluttuavano voci, scambi di saluti, fumo denso di tabacco. Ostentando una finta sicurezza, mi diressi verso l'unico tavolo libero. Mi avevano appena servita quando la sala cominciò a vuotarsi, ma non mi affrettai troppo. Preferivo aspettare, osservare, controllare come se la cavavano i miei futuri colleghi. Quindi fui l'ultima a entrare nel salone contiguo. Sulla pedana c'era già qualcuno pronto a prendere la parola.

Avevo uno dei miei quaderni con la copertina di pelle e la biro comprati a Gerusalemme. Indossavo un tailleur in fresco di lana con le maniche al gomito, non troppo formale né troppo informale. Nel salone si fece silenzio, calcolai che saremmo stati più o meno una ventina, tirai un sospiro di sollievo quando notai che un quaderno lo avevano in mano tutti. Dalla mia sedia in fondo, vidi arrivare separatamente le due americane della sera prima, che si sedettero davanti a me; scorsi anche un'altra testa femminile, di sicuro quella della donna che avevo sentito arrivare a tarda ora. Gli altri erano tutti uomini.

Un trentenne spocchioso diede il buongiorno e ci chiese di identificarci, dicendo prima il nostro nome e poi quello della testata che ci aveva inviati. Mi accorsi che alcuni lo facevano di buon grado e altri con un po' di malavoglia; immaginai che questi ultimi fossero di Madrid e più che stufi di dover snocciolare di continuo le loro credenziali. Due riferirono di lavorare per giornali argentini, "La Tribuna" e "Democracia". Gli altri erano suddivisi tra il "New York Herald Tribune", il "Christian Science Monitor", il "Magazine World Report", il "New York Times", il "Diário da Manhã" di Lisbona e il "Time Magazine". Più la rivista tedesca "Der Spiegel". Più le agenzie Associated Press, United Press e Reuters, tutte con uffici a Madrid. L'americana di una certa età con il fisico a forma di tappo risultò essere Anne Allen, del "Lady's Home Journal". La giovane che aveva cenato seduta di spalle disse di chiamarsi Rita Hume e di collaborare con l'agenzia International News Service. Al momento non c'erano rappresentanze italiane o francesi, perché il viaggio di madame Perón proseguiva in quei paesi e sarebbe stato coperto in loco, ma gli organizzatori omisero quel dettaglio per non sminuire lo splendore della gloriosa permanenza in Spagna.

Mentre quei professionisti autentici continuavano a presentare le proprie credenziali, io mi preparai cercando di tenere a bada i nervi. Mi schiarii la voce senza farlo notare, deglutii varie volte, strinsi le ginocchia e mi aggrappai alla biro come se fosse un'ancora di salvezza. Finché venne il mio turno.

«Livia Nash, Servicio Latinoamericano della BBC di Londra.»

Ecco. Lo avevo detto. In tanti si girarono verso di me; per molti, si trattava di una testata insolita.

Concluse le presentazioni, un uomo magrissimo con i capelli ordinatamente pettinati all'indietro avanzò di un passo. Avrà avuto una quarantina d'anni e indossava un impeccabile abito grigio perla. Il presentatore si spostò di lato e si preparò ad ascoltarlo con deferenza.

«Gentili signori e signore, a nome dell'Ufficio informazioni diplomatiche e mio personale in qualità di direttore, desidero darvi il benvenuto...»

Era Diego Tovar: aveva firmato lui il biglietto di accompagnamento dei fiori che avevo trovato la sera prima nella mia stanza. Seguirono gli inevitabili minuti protocollari che incensavano la generosità e l'improbo sforzo delle autorità spagnole e argentine per organizzare quella visita, nonché il profondo ringraziamento a noi giornalisti che ci saremmo dedicati alla sua copertura, con maggiore o minore impegno. Subito dopo, ripeté lo stesso messaggio in un inglese più che dignitoso.

«Anche se abbiamo previsto di informarvi su tutti i particolari in una nota dettagliata, permettetemi di anticiparvi il programma del viaggio della first lady argentina fino a questo momento.»

Guardai di sbieco a destra e a sinistra, vidi che tutti avevano aperto i loro bloc-notes. Li imitai subito.

«Per quanto riguarda il mezzo di trasporto, vi informo che la signora María Eva Duarte Perón e il suo seguito volano su un quadrimotore DC-4 della compagnia Iberia nuovo fiammante, acquistato per ordine del Generalissimo apposta per questo viaggio e allestito in modo da offrire tutte le comodità possibili alla nostra illustre ospite. La cabina passeggeri dispone di due camere da letto arredate in stile moresco, un soggiorno, sala da pranzo per otto, cucina e aree ausiliarie. L'aereo è scortato da un altro apparecchio della Flota Aérea Mercante Argentina, con il personale di assistenza e i bagagli.»

Tovar parlava con una disinvoltura che non aveva niente in comune con il tono urlato ed esasperato di molti altri alti funzionari. Diede appena un'occhiata ai fogli che aveva in mano, continuò ad alternare con fluidità le due lingue. Intorno a me, quasi tutti prendevano appunti. Li imitai di nuovo.

«Il decollo dall'aeroporto Presidente Rivadavia di Castelar, nella provincia di Buenos Aires, è avvenuto questo venerdì 6 giugno intorno alle sedici e trenta, in presenza del presidente, il generale don Juan Domingo Perón, del suo governo al completo, di numerose autorità e di un'enorme quantità di pubblico. Dopo ore di volo serale e notturno su terre sudamericane, l'aeromobile ha fatto scalo nella base aerea di Parnamirim, nei pressi della città brasiliana di Natal, a nordest del suddetto paese.»

Penne e matite scorrevano veloci sulla carta; non riuscivo a tenere lo stesso ritmo, confidai che la nota dettagliata di cui aveva parlato Tovar non fosse una promessa da marinaio. Lui, intanto, procedeva con la sua cronaca.

«Una volta terminato il rifornimento di carburante, l'aereo ha iniziato a sorvolare l'Atlantico. Permettetemi di osservare, a titolo di aneddoto, che nel momento del passaggio sull'equatore i viaggiatori hanno brindato con lo champagne, per festeggiare il battesimo di coloro che vivevano per la prima volta quel momento così simbolico. Dopo quasi dodici ore di volo transoceanico, il velivolo ha raggiunto l'aeroporto di Villa Cisneros, sulla costa atlantica del Sahara spagnolo, alle ventitré e quindici di ieri, sabato. Dopo essere stata accolta con una cena di gala nel Circolo ufficiali e aver riposato nella residenza del governatore, la signora Perón e i suoi accompagnatori hanno ripreso il viaggio questa mattina con destinazione Las Palmas de Gran Canaria, dove dovrebbero atterrare…»

Fece una pausa, piegò il gomito sinistro con un gesto elegante e controllò l'ora.

«… tra circa venticinque minuti. Dopo una visita al Cabildo Insular, dove verranno accolti dalla giunta municipale, e dopo aver ascoltato la santa messa, è previsto che alle due del pomeriggio la comitiva si imbarchi per l'ultimo volo diretto a Madrid, con arrivo previsto stasera alle venti e trenta.»

Diego Tovar passò alle informazioni pratiche; fu un gesto di gradita sollecitudine che lo facesse di persona invece di lasciare tutto nelle mani di un subalterno. Ci diede notizie sul nostro trasferimento all'aeroporto, invitò chiunque lo desiderasse a pranzare al Circolo della stampa e ribadì che il suo ufficio era a nostra completa disposizione per qualsiasi necessità. Venivano definiti gli ultimi dettagli quando anch'io guardai l'ora con discrezione. Erano le undici e dieci, ci aveva appena annunciato che un autobus ci avrebbe prelevati lì alle cinque in punto. Calcolai se avevo la possibilità di fare una scappata a casa di mio padre e tornare in tempo.

Non appena ebbe concluso l'intervento, alcuni dei presenti si alzarono e uscirono di corsa; i due argentini si fecero avanti per salutare formalmente Tovar, mentre altri si fermavano a parlare tra loro o rimanevano seduti dov'erano, a rivedere i loro appunti. Senza dire una parola a nessuno, lasciai il salone e mi precipitai su per le scale fino in camera mia. Aspettai un po'; quando i rumori e le voci scemarono e pensai che la via fosse libera, uscii in strada.

L'inizio di calle del Pinar era abbastanza vicino a calle Hermosilla, ci sarei potuta andare a piedi. Ma non avevo previsto di incontrare sulla porta il direttore dell'Ufficio informazioni diplomatiche. Stava impartendo le ultime istruzioni prima di salire in macchina, all'ombra delle acacie. Appena mi vide, congedò i suoi subordinati e chiese all'autista di aspettare.

«Signora Nash» disse avvicinandosi. «È un onore poterla finalmente salutare di persona. Avrei voluto farlo prima, ma sono stato trattenuto dai corrispondenti argentini e dopo non l'ho più vista.»

Prese fra le dita la mano che gli porsi, la baciò con galanteria mentre mi maledicevo per non avere aspettato ancora un po', fino a essere del tutto sicura di potermi assentare con discrezione.

«Sappia che è un vero privilegio averla con noi, mia stimata amica. Per favore, non esiti a chiedere qualunque cosa le serva per il suo lavoro.»

Feci un lieve cenno di ringraziamento, l'unica cosa che volevo era andarmene da lì.

«In questo momento vado di fretta, rimangono ancora parecchi dettagli da sistemare per questa sera e devo passare prima dal ministero. Ma posso accompagnarla con la mia macchina da qualunque parte. Dov'è diretta, se non sono indiscreto?»

Esitai, non avevo previsto di dover mentire; mi rimproverai di nuovo per non essere stata più prudente.

«Sto andando a... a... sto andando a cercare una chiesa per ascoltare la messa, non si disturbi.»

Glielo avevo appena sentito dire a proposito di madame Perón, e fu la prima cosa che mi venne in mente: lui annuì soddisfatto, approvando la mia intenzione. Era un bell'uomo, Diego Tovar, con lineamenti sottili, modi raffinati e occhi chiarissimi, dall'aria giovanile nonostante qualche capello bianco.

«Temo che non le sarà facile trovare quello che cerca in questa zona, ma se vuole posso lasciarla davanti alla parrocchia del Cristo de Ayala. È una chiesa bellissima, arriverà più che in tempo per la messa di mezzogiorno.»

Ricordai che calle Ayala era parallela a calle Hermosilla e accettai senza esitazioni. A ben vedere, oltretutto, quel primo contatto ravvicinato con l'addetto a coccolare i media stranieri veniva a proposito: chissà, prima o poi avrebbe potuto essermi utile.

Dopo pochi minuti mi lasciò davanti alla chiesa, scusandosi di nuovo perché non aveva più tempo da dedicarmi. Stavano già entrando numerosi parrocchiani, vestiti con l'eleganza che si addiceva alla giornata festiva e alla signorilità del quartiere di Salamanca. Quasi tutte le donne avevano veli di fine pizzo sulle onde fatte dal parrucchiere, non c'era un uomo senza cappello e abito estivo di sartoria: la messa domenicale di mezzogiorno in quella Spagna nazionalcattolica era il maggior evento sociale della settimana. Li seguii con apparente fervore, mi sedetti in uno degli ultimi banchi. Non appena il sacerdote intonò il suo *In nomine Patris, et Filii, et Spiritus Sancti*, me la filai.

In calle Hermosilla mi accolsero tutti con gioia; finalmente potei vedere che Víctor si era adattato bene alla mia assenza, abbracciare mio padre, controllare che Phillippa avesse sistemato il piccolo arsenale di utensili infantili e che Miguela se la cavasse senza problemi con i nuovi ospiti. Le ore passarono in un soffio, avrei voluto avere più tempo per portare mio figlio a fare una passeggiata nel parco del Retiro, per chiacchierare con Gonzalo. Ma fu impossibile; non dovevo tardare. Miguela ebbe la trovata di andare a prendere il gatto della portinaia per distrarre Víctor mentre io mi dileguavo. Presi un taxi al volo e arrivai in calle Pinar 5 quando alcuni giornalisti erano già in attesa sulla porta.

L'autobus per Barajas partì puntuale; mi ero seduta da sola in uno dei posti centrali e, senza togliermi gli occhiali da sole, guardai dal finestrino mentre iniziavamo a muoverci.

Le patrie miserie di quei giorni, a metà del '47, erano un po' più lievi che nei primi anni dopo la guerra civile, ma nei paesi, nelle città e nelle campagne mancava ancora quasi tutto. Non c'erano generi di prima necessità, né il modo di procurarseli. Come se non fosse bastato il disastro interno, l'Assemblea generale dell'ONU aveva deciso di sbattere la porta in faccia al regime franchista imposto con la forza militare, tanto in sintonia con le potenze dell'Asse.

Stando così le cose, un solo governante internazionale aveva teso la mano al paese morto di fame e privo di amici. Il generale Perón, con il suo regime giustizialista e la sua prospera economia, aveva offerto alla poverissima madrepatria grano, carne e uova, pelli, crediti finanziari e un po' di speranza. Occhio, non era una generosità completamente altruista: tra i due regimi c'erano alcune affinità ideologiche, oltre all'interesse a rafforzare i legami tra paesi che non appartenevano ai due blocchi in cui si stava dividendo il mondo. Il sostegno economico, in definitiva, significava pane per il popolo e una boccata di ossigeno per Franco. E lui decise di ringraziare Perón facendo lo splendido. Nemmeno il Generalissimo agiva senza un secondo fine: con l'occasione, voleva ripulire la propria immagine e aprirsi uno spiraglio sul mondo grazie all'interesse della stampa estera.

Nei giorni precedenti, il municipio di Madrid aveva pubblicato vari avvisi per convocare la popolazione, invitandola a ornare i balconi e a riversarsi in massa nelle strade.

A mano a mano che l'autobus avanzava, notai che i miei connazionali avevano ubbidito. Una folla numerosa riempiva le vie e le piazze, perfino i bordi della strada per l'aeroporto, nonostante il sole.

38

Osservai l'atterraggio dalla tribuna della stampa, circondata dai miei presunti colleghi stranieri oltre a un buon numero di giornalisti spagnoli arrivati da diverse province. Non operavano sotto l'ala del raffinato Ufficio informazioni diplomatiche di Diego Tovar, ma della Direzione generale della stampa, un ente censore decisamente meno simpatico, preposto a controllare che il tono e la sostanza dell'informazione fossero sempre in armonia con le direttive del regime.

Gli invitati occupavano le ampie terrazze a sbalzo e l'interno del terminal; tutti gli altri erano distribuiti più lontano, intorno al perimetro e perfino nei terreni incolti dei dintorni; tutti urlavano e agitavano con fervore bandiere spagnole e argentine, in una mescolanza di bianco e celeste, rosso e oro. Gli edifici erano addobbati con arazzi e tappeti, bandierine e frondose ghirlande di fiori. Davanti alla torretta principale avevano montato un palco tappezzato di granata, con tre sontuose poltrone e, come sfondo, un enorme stendardo con lo stemma del capo di Stato. Ai suoi lati si schieravano il governo al completo e diverse centinaia di autorità militari e civili, convenuti a testimoniare quell'arrivo emozionante.

Gli altoparlanti davano informazioni sul percorso dell'aeromobile, sulla sua velocità, su quanto ancora mancava per poterlo vedere. Non appena comparvero all'orizzonte le due squadriglie dell'Aeronautica militare che lo scortavano, la folla in fermento urlò all'unisono. In quel preciso istante, Franco e sua moglie scesero sulla pista dal podio. L'argenteo apparecchio dell'Iberia apparve nel cielo della sera, fece un bel giro di saluto e atterrò impeccabilmente. Lo accolse un'ovazione così assordante che dovetti quasi tapparmi le orecchie.

Non appena si arrestò, la gente in attesa sembrò ammutolire di colpo, mentre il personale si occupava di agganciare la scaletta. Il portellone cominciò ad aprirsi a poco a poco; dapprima uscirono due hostess che si misero immediatamente di lato; poi comparve lei. Gli applausi e le acclamazioni, le grida euforiche e lo sventolio di fazzoletti e bandierine divennero deliranti.

Ed ecco, in un tailleur blu, l'eccellentissima signora doña María Eva Duarte Perón: nessuna testata nazionale avrebbe osato alterare il suo lunghissimo nome. Bionda, giovane, minuta, con una pettinatura pomposa e un cappello nello stesso tono. Aveva un fiore sul bavero, e sulle labbra un sorriso che non svanì un solo istante. Per prima cosa salutò agitando la mano destra, poi si accinse a scendere dall'aereo, scortata dal ministro degli Affari esteri.

Il Caudillo e doña Carmen la attendevano ai piedi della scaletta; lui felice ed esultante nella sua uniforme verde oliva, lei con un'enorme pamela nera e guanti bianchi estivi. Le acclamazioni e gli applausi continuavano a risuonare con ardore mentre Franco le presentava le autorità. A uno a uno le baciarono la mano; lei, a sua volta, baciò quella del vescovo. Poi passarono in rivista le truppe della Primera Región Aérea, nell'aria echeggiarono salve d'artiglieria, qualcuno le offrì un gigantesco mazzo di fiori. Dopo che fu salita sul palco, la banda militare suonò con brio entrambi gli inni nazionali.

Osservammo tutti con attenzione lo show dalla tribuna

stampa. *My goodness*, bisbigliò accanto a me la giovane inviata dell'International News Service, colpita dall'esibizione. Un po' più in là, un altro degli americani, il burlone corpulento della United Press, fece un commento scherzoso e i colleghi più vicini a lui scoppiarono a ridere. L'argentino del quotidiano "Democracia" mi domandò cosa aveva detto e io mi strinsi nelle spalle, come se non lo sapessi. Invece avevo capito, e proprio per questo risi tra me e me e decisi che era meglio tacere.

Il clamore del pubblico non era ancora cessato quando ci invitarono a tornare agli autobus, giornalisti stranieri e nazionali separatamente. Intanto gli alti funzionari si apprestavano ad attraversare il terminal per salire sulle loro macchine. L'auto di Franco era un'imponente Mercedes Pullman Limousine, uguale a quelle usate da Himmler e dai gerarchi delle SS; non aveva ancora avuto tempo di sostituirla con i modelli inglesi e americani che avrebbe adottato nel corso degli anni, in funzione dei rivolgimenti nelle sue amicizie. Su questa salirono lui e la sua esimia invitata, scortati da agenti motociclisti con il casco bianco. Seguivano le auto con la moglie di Franco e il ministro degli Esteri; poi il fior fiore del seguito argentino e delle autorità nazionali. Infine noi, a chiusura del corteo, e dietro centinaia di bambini e ragazzi vociferanti, entusiasti e di corsa, finché la velocità dei motori ebbe la meglio su quella delle loro gambe.

A mano a mano che ci addentravamo nella periferia, aumentava la presenza di gente ammassata. Più avanti, accanto al Retiro, aspettava in formazione una compagnia della fanteria; di fronte, a cavallo, la Guardia moresca. Cominciava a fare buio quando arrivammo alla Puerta de Alcalá, dove erano in attesa il sindaco e la giunta al completo, più un'altra enorme comitiva di cariche, più altre personalità e [illegible]ra folla. Sorvolarono l'area quaranta caccia, anche in [illegible]o caso le urla e le acclamazioni furono fragorose, an[illegible]na volta vennero agitate migliaia di fazzoletti e bandiere, dai balconi pendevano stendardi, striscioni e scialli di seta ricamata.

Franco e la first lady argentina scesero dalla Mercedes e passarono in rivista le truppe tra marce militari e continue acclamazioni; il sindaco le offrì un altro monumentale mazzo di fiori. Dopo qualche minuto salirono su un altro veicolo, questa volta scoperto, e ripartirono. Le fontane di Cibele e di Nettuno e tante altre piazze e piazzette erano illuminate con giochi di luci multicolori; correva voce che per installarli ci fossero voluti otto giorni e trecentomila pesetas, nove ingegneri, una decina di periti e un paio di centinaia di operai; il risultato era uno spettacolare sfoggio di potenza luminosa in una Spagna in cui quasi tutti, in casa, usavano nude lampadine cimiteriali e sopportavano continue interruzioni di corrente.

Con lentezza, perché si potesse salutare ed essere salutati, il corteo percorse tra due ali di folla calle de Alcalá, la Gran Vía – che allora si chiamava avenida de José Antonio –, plaza de España e da lì proseguì per la Città universitaria, dove infine si sciolse. Franco, la sua invitata e il seguito più vicino si diressero verso il Palazzo reale del Pardo, la residenza del Generalissimo in cui avrebbe alloggiato anche la nuova arrivata. Gli altri, ognuno a casa propria, grazie a Dio.

Provai un immenso sollievo quando capii che si era conclusa l'accoglienza; era stato tutto così convulso e frenetico, così rumoroso, spettacolare ed eccessivo che la mia povera testa aveva bisogno di un po' di tranquillità. La giornata era stata lunghissima, nella tribuna avevamo sofferto un caldo terribile sotto il sole, dai finestrini aperti dell'autobus era entrata una gran quantità di polvere e sporcizia, avevo ancora nelle orecchie, piantati come un chiodo, le urla entusiaste, il rumore dei motori degli aerei e delle moto, le salve d'onore, i tamburi e le trombe delle bande militari. Inoltre la notte prima avevo dormito poco e male, insomma, mi sentivo esausta, ringraziavo con tutta l'anima di potermene andare e non vedevo l'ora che l'autobus mi lasciasse in calle Pinar 5, per togliermi il tailleur tutto stropicciato, fare una doccia fredda e mettermi a letto. Non immaginavo, povera ingenua, che quell'anelato riposo sarebbe sfumato appena arrivata a destinazione.

La busta mi fu consegnata dalla riservata signora Cortés, la aprii seduta in poltrona nella mia stanza mentre mi toglievo le scarpe. Appena lessi, dalle mie labbra uscì un'esclamazione di fastidio. Diego Tovar, direttore dell'Ufficio informazioni diplomatiche, voleva invitarmi a cena quella sera. Sarebbe venuto a prendermi alle dieci ed erano esattamente… Guardai l'ora e mi sfuggì un gemito. Le dieci meno venti.

Notai nei suoi occhi uno sguardo di sommo apprezzamento quando mi vide scendere la scala; lo cambiò, consapevole della propria posizione e delle proprie intenzioni. Il nostro incontro era dovuto a questioni professionali, non a un interesse personale né tantomeno a un corteggiamento. Si trattava comunque di un'uscita serale, e avevo scelto di sistemarmi secondo l'etichetta appropriata per qualsiasi evento *after six* in un contesto mondano. Nel poco tempo a mia disposizione, avevo fatto una rapida doccia, mi ero truccata con relativa cura e mi ero infilata un elegante vestito stampato, senza maniche e con una bella scollatura, di quelli che avevo comprato a Londra da Digby Morton. Per non arrivare in ritardo avevo tenuto i capelli sciolti.

«Non sa quanto sia felice che abbia accettato il mio invito, spero che non si senta troppo stanca.»

Mentii spudoratamente, gli assicurai che anch'io ero contentissima di quell'incontro, senza fare il minimo accenno alla mia stanchezza o alla sua intempestività. Si era cambiato anche lui: indossava una tenuta semi formale, composta da pantaloni scuri e giacca chiara, riconobbi la mano di un buon sarto nell'abito e un innegabile fascino nella persona.

Ma avrei preferito mille volte non dover andare con lui da qualche parte.

«Desidera cenare all'aperto o al chiuso? Ho chiesto di prenotare in due posti, per ogni eventualità.»

Scelsi la prima opzione, è ovvio. Quando uscimmo, vidi che aveva fatto a meno dell'auto ufficiale e preso la sua, una Mercury a due posti con la capote abbassata. Non era chiaramente la macchina di un padre di famiglia; e non sembrava nemmeno accordarsi con l'austerità della nazione per la quale Tovar lavorava.

«In realtà non so quanto conosca della Spagna, e nemmeno se devo chiamarla signora o signorina Nash» disse mentre mi teneva aperta la portiera.

Mi costò una fatica enorme, ma riuscii a cavarmi le parole di bocca.

«Può chiamarmi solo Livia.»

Non era stato con noi nella tribuna della stampa all'aeroporto; aveva preso posto in un'altra riservata alle autorità, ma era venuto a salutarci con grande calore prima dell'atterraggio, portando con sé un paio di camerieri carichi di bevande e vassoi di stuzzichini di Viena Capellanes. Poi non lo avevo più visto, e adesso sembrava estremamente soddisfatto di come procedeva l'evento. Non si occupava lui di organizzarlo; a questo provvedeva un'apposita commissione. Ma era parte imprescindibile del contorno e aveva il compito di fare in modo che la stampa internazionale lo coprisse con giudizio e senza accanimento. Era molto probabile che avrebbe cercato di sondare in un modo o nell'altro tutti i giornalisti, come adesso voleva fare con me. Senza dubbio mi considerava più gestibile dei tizi in pantaloni di altre testate e agenzie.

Lasciammo Madrid, imboccammo la Cuesta de las Perdices, c'era poco traffico. Di lì a poco svoltò a sinistra, verso un grappolo di luci. Villa Romana, lessi su un'insegna a lettere fluorescenti. C'erano decine di auto parcheggiate all'ingresso della recinzione; dopo avermi di nuovo tenuto aperta la portiera e avermi teso una mano per aiutarmi a scendere, consegnò le chiavi a un parcheggiatore. All'interno, ci accolse un grande giardino con pergole e una ricca vegetazione, un ristorante con terrazza e pista da ballo, in fondo mi sembrò di vedere una piscina. Un'orchestra suonava musica leggera; nonostante fosse lunedì, la clientela era numerosa.

«Conosceva questo posto?»

«Non sapevo nemmeno che esistesse, non metto piede in Spagna da qualche anno.»

Ci accompagnarono al tavolo e ordinammo, poi continuammo a chiacchierare.

«Ma era già stata a Madrid, vero?»

«Sì, molte volte; ho qui...» esitai «ho dei parenti, ma non li vedo spesso.»

Mi fissò in silenzio.

«Sono abituato a trattare con stranieri» disse con franchezza inattesa. «Viaggio in continuazione e ho avuto diversi incarichi fuori dalla Spagna. Eppure non riesco a identificare il suo accento.»

Come avrebbe potuto, visto che ero tutta una farsa? Per proteggere la mia copertura, avevo scelto di parlare uno spagnolo corretto, ma ogni tanto introducevo qualche termine in inglese, o impostavo la voce, o articolavo parole con una pronuncia inventata lì per lì.

«Sono originaria di Tangeri, con familiari di varia provenienza.»

Da buon diplomatico in tutti i sensi, non fece altre domande. Ma con quel silenzio lasciò il suo interesse ad aleggiare discretamente sul tavolo. Per completare la mia menzogna, aggiunsi un altro tocco.

«Al Servicio Latinoamericano lavoro con gente di vari ambienti. Forse è per questo che il mio modo di parlare non le sembra troppo ortodosso.»

«Quindi Nash è il cognome di suo padre?»

Per poco non scoppiai a ridere. Oltre alla geografia del mio parentado, gli interessava anche sapere se portavo il mio cognome dalla nascita o lo avevo acquisito con il matrimonio. Avevo già eluso la sua domanda quando mi aveva chiesto se doveva chiamarmi signora o signorina, ma non gettava la spugna. Davanti alla sua curiosità, decisi di corazzarmi.

«Nash è il cognome che ho preso da qualcuno che adesso non è nella mia vita.»

In realtà, non mentivo troppo, malgrado la risposta equivoca. Solo che quel qualcuno era un'amica e non un marito.

Galanterie a parte, il direttore dell'Ufficio informazioni diplomatiche era seriamente interessato alla BBC e al servizio in cui si supponeva che svolgessi il mio incarico.

«Mi permetta di essere sincero, adesso che abbiamo cominciato a conoscerci. Vede, mia cara Livia, in questa nuova tappa del nostro paese, il rapporto con le nazioni ispanoamericane impensierisce moltissimo. Prima... Insomma, durante la guerra mondiale c'erano altri problemi più immediati; adesso, senza preoccupazioni belliche di mezzo e con nuovi interlocutori, ci è ben chiaro dove abbia le sue vere radici la nostra essenza.»

Ne ero al corrente. Dalle informative che Kavannagh mi aveva fatto pervenire a Londra, e dopo la chiacchierata con mio padre quel pomeriggio, sapevo che questa era una delle nuove aspirazioni del regime. Dalla fine della guerra civile, c'era un grande interesse per rivendicare il concetto di ispanità e rispolverare la grandezza dell'antico impero. Adesso, dopo il calcio ricevuto dalle Nazioni Unite e con la mano tesa dall'Argentina, le menti pensanti del franchismo ritenevano che il momento attuale fosse il più adatto per cercare di recuperare i vecchi paesi amici dall'altra parte dell'Atlantico. In ogni caso, non era facile: vari governi erano radicalmente contrari, e la presenza in quelle terre di migliaia di esiliati repubblicani rendeva più complicato ottenere le simpatie tanto desiderate.

Senza che arrivasse a chiedermelo in modo diretto, era palese che a Diego Tovar sarebbe piaciuto conoscere quale piega avrebbe preso il mio incarico, la diffusione, il tono e la portata della mia cronaca. E anche se guardò bene dal dirlo con parole esplicite, mise in chiaro quanto avrebbe apprezzato che, mentre riferivo gli andirivieni di doña Eva, avessi la delicatezza di non parlare male della Spagna. Sebbene fossi un'intrusa senza pudore, in quel momento ebbi piena coscienza del fatto che sarebbero state le mie impressioni personali, insieme al mio metro di giudizio e al mio punto di vista, ad arrivare a decine di migliaia di ascoltatori oltreoceano. Il filtro che avrei usato avrebbe fatto la differenza.

Finimmo il dolce; contro ogni pronostico, era stata una cena piacevole. Villa Romana era un bel posto, con il suo verde e la musica sotto il cielo di giugno. Anziché svuotarsi, verso mezzanotte l'ambiente si era animato. I clienti avevano tutti l'aria di passare una splendida serata, ben vestiti, pettinati e calzati, a bere cocktail e bollicine, a mangiare tournedos, insalata di frutti di mare e turbante di pescatrice. Di sicuro era quella, e non un'altra, la Spagna su cui Tovar voleva che dessi informazioni.

In quel momento arrivò un gruppo numeroso, dieci o dodici persone. Ridevano e parlavano ad alta voce, i camerieri cominciarono a unire due tavoli per farle accomodare.

«Argentini» spiegò Tovar facendo un lieve gesto con la sigaretta. «Hanno invaso Madrid.»

«Sono arrivati con madame Perón?»

«Non proprio, lei ha il suo seguito. Non sappiamo bene chi siano questi altri, non corrispondono a un modello fisso e non abbiamo avuto il tempo di indagare. Comunque, credo che siano venuti a mettersi sotto la sua ala. Pensiamo che si tratti di semplici opportunisti, individui che cercano di ottenere qualche tipo di vantaggio personale o commerciale approfittando della visita della first lady.»

Finì la sigaretta, la spense nel posacenere triangolare con la pubblicità del Cinzano. L'orchestra aveva iniziato a suonare le prime note di *Solamente una vez*. Pensai che stesse per suggerire di andarcene, quando si rivolse a me di nuovo.

«Sarebbe troppo sfacciato da parte mia invitarla a ballare?»

Dovetti torcermi le mani sotto il lembo della tovaglia, ma mi armai di coraggio e mormorai:

«Certo.»

Ci dirigemmo verso la pista, affollata di coppie. Non ballavo dagli ultimi mesi di gravidanza; il ricordo di Marcus mi assalì con violenza, ma mi sforzai di non sprofondarvi mentre avvicinavo il corpo a quello di un estraneo. Diego Tovar si rivelò un ottimo ballerino, elegante e disinvolto, per nulla invadente. Finimmo la prima canzone, poi seguirono altri due boleri. A quel punto il cantante chiese attenzione, si fece silenzio, tutti si girarono verso il palco. Lui si schiarì la voce, alzò il tono e, compiaciuto, annunciò che a seguire, in onore della consorte del generale Perón da poco arrivata e dei clienti argentini che ci facevano compagnia quella sera, avrebbero eseguito un tango.

«Ce ne andiamo?» sussurrai mentre risuonava l'applauso entusiasta dei presenti.

Tornammo verso il nostro tavolo mentre il pianista attaccava le prime note della *Cumparsita*. Alcuni degli argentini appena arrivati si dirigevano verso la pista, in senso contrario al nostro. Sorridevano, visibilmente soddisfatti dell'omaggio alla loro patria. Gli altri ballerini si fecero da parte, senza smettere di applaudire, cedendo loro il passo.

Osservai la prima coppia: un uomo dal collo robusto con una bruna sottile. Dopo di loro, un individuo calvo e una bionda ossigenata con i capelli raccolti in un'acconciatura a conchiglia. Quando la terza coppia entrò in pista e gli occhi dell'uomo incrociarono i miei, mi sembrò che un pugno di ferro mi avesse spezzato il cuore.

Alto, bello, esultante, imbrillantinato, teneva per mano una trentenne tinta di rosso mogano. Ramiro Arribas, quel figlio di buona donna che mi aveva rovinato la vita, era lì.

39

Il bando municipale invitava tutti gli abitanti di Madrid a riempire plaza de Oriente quel lunedì. Agli studenti cancellarono le lezioni e ai funzionari diedero un giorno di permesso; le ditte e i negozi ricevettero l'ordine di lasciare i dipendenti liberi di uscire a metà mattina.

Il nostro autobus sarebbe venuto a prenderci in calle Pinar 5 alle dieci e mezzo. In previsione della valanga di attività, decisi di alzarmi presto; verso le otto ero già nell'ascensore del palazzo di mio padre, per vedere almeno per qualche minuto mio figlio prima di affrontare i miei doveri. La casa cominciava a mettersi in movimento, Víctor dormiva ancora. Phillippa mi fece un resoconto completo e mi assicurò che il bambino era felice, non si separava più dal gatto della portinaia e non sembrava patire troppo la mia mancanza. Miguela servì un caffè a me e a mio padre, lui ancora in pigiama e vestaglia, io già in un vestito blu petrolio per la giornata. Incuranti delle formalità e malgrado avessimo a disposizione un magnifico appartamento, dato che io ero di fretta ci sedemmo in cucina; per un attimo mi domandai cosa avrebbe detto Olivia se ci avesse visti.

Gli raccontai alcuni momenti della cena con il direttore dell'Ufficio informazioni diplomatiche, e lui fece luce su alcune zone d'ombra.

«Dal posto che occupa, questo Diego Tovar di cui mi parli dev'essere un propagandista dell'Azione cattolica.»

Dopo la caduta del nazismo e del fascismo italiano, mi disse dopo aver bevuto un sorso dalla sua tazza, la Falange stava perdendo parte della propria influenza in alcuni settori chiave, soprattutto negli ambienti legati alle relazioni estere. Tra i vari gruppi della sua cerchia, il Caudillo aveva adesso optato per un contrappeso fatto di leader propagandisti: membri di un movimento profondamente cristiano e altrettanto anticomunista, ma non così radicali.

«Malgrado questi cambiamenti» aggiunse, «non pensare che ora le cose siano così diverse. Adesso si vuole dare una visione meno dura del regime, il saluto fascista è stato eliminato e si presume che sia in arrivo una legge di successione. Ma c'è una battuta che circola tra la gente, sempre pronta all'ironia per non sprofondare: in pratica è la stessa cosa, solo che prima, entrando in un ufficio o in qualunque luogo ufficiale, bisognava alzare il braccio e gridare un entusiastico *Arriba España!* Adesso basta sussurrare *Ave María Purísima* e sono contenti.»

Risi stancamente mentre finivo il caffè, era ora di andare.

«In questo momento, il più importante fra loro è Martín-Artajo, il ministro degli Affari esteri» concluse mio padre mentre si alzava per accompagnarmi alla porta. «C'è da immaginarsi che nel suo ministero abbia nominato gente nelle sue grazie. Il tuo nuovo amico, per esempio.»

Presi la strada del ritorno con quella nuova parola appena imparata, propagandista. Ero un po' triste per avere visto Víctor soltanto mentre dormiva, e al tempo stesso tranquilla perché sapevo che era in buone mani e stava bene. Al di là di tutto questo, sorvolando sui cattolici infilati in politica e sul sonno di mio figlio, avevo dentro qualcosa che mi turbava, mi sconvolgeva e mi emozionava nel mio intimo: Ramiro Arribas. L'uomo che a tarda notte, bello e sicuro di sé, si dirigeva a ballare un tango sotto le stelle della Cuesta de las Perdices.

L'attimo in cui i nostri sguardi si erano sfiorati era bastato per riconoscerci. Erano passati quasi undici anni dal giorno in cui mi aveva lasciato quella lettera devastante nella nostra stanza dell'Hotel Continental a Tangeri, prima di fuggire come un miserabile. E io ero rimasta indietro, abbandonata, incinta, senza denaro e senza i gioielli della mia eredità, piena di paura e di debiti. Nessuno dei due aveva idea di come l'altro si fosse rifatta una vita. Non avevo mai tentato di scoprire dove vivesse, e per lui rintracciarmi sarebbe stato parecchio difficile, visti i miei cambiamenti di identità e territorio. Ma non c'era il minimo dubbio che entrambi ci eravamo subito riconosciuti. Scossa, mi ero afferrata al braccio di Diego Tovar per andare via da quel posto il prima possibile; Ramiro era rimasto fermo a guardarmi mentre la sua vistosa accompagnatrice lo tirava per una manica cercando di trascinarlo al centro della pista. Tornai in calle Pinar 5 dopo la visita mattutina a calle Hermosilla con la sua presenza ancora nella memoria.

L'autobus ci lasciò nel cortile dell'armeria del Palazzo reale; avrei voluto avere un po' di tempo, sarebbero bastati venti minuti, per un breve giro nel mio quartiere, nella mia piazza e nella mia strada, i luoghi della mia infanzia e gioventù, così vicini. Ma non fu possibile, non dovevo separarmi dal gruppo. Salimmo tutti insieme il monumentale scalone di marmo fiancheggiato da alabardieri, in un contesto maestoso: l'ampiezza delle sale, gli arazzi, i tappeti, i lampadari. La durezza della guerra aveva lasciato l'edificio in cattivo stato, ma due anni di restauri avevano sanato le ferite e adesso le cicatrici non si notavano troppo. Da quando la famiglia reale era partita in fretta e furia per l'esilio, vi aveva abitato per un periodo solo Azaña, come presidente della Repubblica. Franco, di gusti austeri, aveva scelto di insediarsi nel palazzo del Pardo, più appartato e modesto. Andava a Palazzo reale solo per eventi di grande sfarzo e risonanza. Come questo.

Sistemarono noi giornalisti in un salone vicino a quello in cui si sarebbe svolta la cerimonia ufficiale, circondati da mobili con dorature, affreschi pastorali e pareti tappezzate di seta verdognola. Dall'esterno arrivava un rumore aspro e sostenuto, come una mareggiata in sottofondo. Alcuni di noi, curiosi, si avvicinarono ai balconi e aprirono con discrezione le tende. Quando ci affacciammo, la scena fu impressionante: migliaia, decine di migliaia, forse centinaia di migliaia di persone si erano radunate nella grande plaza de Oriente e nelle zone vicine, un mare di corpi accalcati che portavano un altro mare di striscioni e bandiere. In cielo non c'era nemmeno una nuvola e il calore cominciava a diventare opprimente; immaginai come potesse sentirsi quella massa compatta, senza un filo d'ombra per ripararsi.

A un certo punto comparve Diego Tovar, impeccabile come sempre. Salutò tutti con simpatia, baciò le mani delle donne e strinse quelle degli uomini. A qualcuno diede una calorosa pacca sulla spalla, scherzò persino con i giornalisti americani più malleabili fino a farli ridere con lui. Il suo talento per le pubbliche relazioni era innegabile: mi domandai quali vantaggi avrebbe finito per trarne. Mi lasciò per ultima nella sua catena di cortesie, non per spregio ma per deferenza, in modo da potermi dedicare più tempo. Mi chiese come stavo, se mi ero riposata. Dopo il repentino incontro con Ramiro al Villa Romana la sera prima, sulla via del ritorno avevo addotto una profonda stanchezza per nascondere il mio turbamento.

Di lì a poco cominciammo a sentire passi di corsa e ordini. Stavano arrivando, il Caudillo e la sua invitata erano già lì. Ci fecero passare nella grande Sala del trono e ci sistemarono con discrezione da un lato. Le tende, chiuse, lasciavano fuori il luminoso mezzogiorno; decine di candele nei candelabri e applique dalle lampadine tenui davano all'ambiente un aspetto un po' lugubre. Forse per la scarsità di luce, quando vidi entrare madame Perón accanto a Franco in uniforme, pensai che gli occhi mi stessero giocando un brutto scherzo. Invece no. A mano a mano che si avvicinavano al centro del salone, capii che non mi sbagliavo. Quel 9 giugno in cui la temperatura superava i trenta gradi, sopra il vestito di taffetà, la moglie del presidente dell'Argentina sfoggiava una sontuosa pelliccia di zibellino che avrei tanto voluto avere nelle mie prime settimane a Londra, quando il termometro si ostinava a rimanere sotto lo zero. Refrattaria alla semplicità, l'illustre dama accompagnava la singolare mise con una sorta di cuffia da cui pendevano, fino a scenderle sotto la spalla, dei vistosi pennacchi di piume.

Seguì un lunghissimo baciamano, con i due dignitari sempre al centro del salone. Davanti a loro sfilò tutta una corte di autorità civili in frac, militari in uniforme di gala e signore con grandi pamele. Ci furono alcuni equivoci e qualche errore, gomitate e persino spintoni; «Si tolga da lì, quello è il mio posto» bisbigliò più di uno, tutti cercavano di piazzarsi il più vicino possibile ai protagonisti, in qualche momento dovettero intervenire i funzionari per ristabilire l'ordine. Una volta conclusa la tediosa sequenza dei saluti, con il Gran collare dell'Ordine del liberatore generale San Martín che gli scendeva dalle spalle e la relativa fascia attraverso la pancia prominente, il Caudillo della Spagna per grazia di Dio inforcò gli occhiali sulla punta del naso, tirò fuori la sua vocetta e cominciò a leggere un altisonante discorso infarcito di allusioni alla fede, alla concordia, all'amore tra i popoli e alla grande famiglia ispanica.

Subito dopo venne il momento di appuntare sul petto di doña María Eva Duarte Perón la Gran croce dell'Ordine di Isabella la Cattolica, una vistosa spilla. Il valore simbolico della decorazione era eccelso, si supponeva, e neppure il valore materiale doveva essere scarso: oro massiccio, bracci tempestati di rubini, perle sulle punte e numerosi brillanti. Al centro, su smalto, le due colonne d'Ercole unite da un nastro con l'iscrizione Plus Ultra. Ben pochi potevano sfoggiare un'onorificenza così alta, era un grande privilegio.

Dopo un fitto applauso, la consorte del presidente argentino si preparò a rispondere con un discorso altrettanto ampolloso, in cui unì lo spirito della regina cattolica ad altre allusioni alla fede, alla divina provvidenza e all'amore fra i popoli. Notai che leggeva con scioltezza; anche se la stampa spagnola aveva categoricamente omesso allusioni al suo passato, dai rapporti di Kavannagh avevo appreso che Eva Perón era stata per anni un'attrice, o almeno aspirante tale. Non aveva mai raggiunto il successo, ma il fatto di aver calcato le scene e, soprattutto, di aver interpretato radiodrammi, la aiutava a muoversi con disinvoltura davanti a un pubblico, alle cineprese e ai microfoni.

Il corrispondente del "New York Herald Tribune", in uno spagnolo maccheronico ma comprensibile, aveva domandato durante il tragitto in autobus a Valentín Thiebaut, l'inviato del giornale argentino "Democracia", se era vero che il redattore dei discorsi fosse stato fatto salire sull'aereo all'ultimo minuto per ordine del presidente in persona, timoroso riguardo all'abilità oratoria della first lady. A quel punto, sapevamo tutti che "Democracia" era la testata più vicina al peronismo, qualcuno era perfino arrivato a dire che era proprietà personale della Signora.

Mentre lei continuava a sgranare le frasi reboanti che le avevano scritto tra i lampi dei flash dei fotografi, mi diedi da fare per portare avanti i miei piani. Il primo obiettivo che mi posi fu cercare tra i presenti i membri del suo seguito ai quali avrei dovuto tentare di avvicinarmi. Li individuai in prima fila, da un lato, circondati da generali, prelati ed esponenti dell'alta società. Nessuno si distingueva per qualche caratteristica particolare, erano tutti inappuntabili; eppure, in un certo modo, percepii alcune differenze rispetto agli spagnoli: apparivano meno rigidi e abbottonati. Immaginai che la signora vestita di malva con una discreta acconciatura floreale fosse Lillian Lagomarsino, l'accompagnatrice e consigliera. Identificai l'uomo maturo dal torace ampio come Alberto Dodero, il magnate del settore navale incaricato di coordinare e finanziare la parte non ufficiale del viaggio. E quello più giovane, con i capelli lisciati e i baffetti, doveva essere il fratello, un farfallone che qualche anno prima vendeva saponi e adesso era un elemento importante nel meccanismo della presidenza. Lo chiamavano Juancito.

Il discorso finì e risuonò una fitta ovazione, i subalterni corsero finalmente ad aprire le portefinestre e una sorta di ruggito assordante si alzò dalla piazza. Franco e doña Eva, seguiti dai ministri e dalle cariche più importanti, uscirono sul balcone, dove erano pronti i microfoni della Radio nazionale spagnola. La folla sembrava impazzita, agitava euforica fazzoletti e bandierine, berretti, striscioni, cappelli. Uno slogan cominciò a risuonare con ritmo palpitante, sempre più forte.

«Che cosa dicono?» domandarono i miei colleghi.

Eravamo tutti ammassati, aguzzai l'udito, era difficile distinguere le parole esatte in quella vibrazione che ricordava il rullo dei tamburi. Finché mi furono chiare, mi girai e le ripetei, poi le tradussi. Franco, Perón, *un solo corazón*. Franco, Perón, un unico cuore: ecco cosa ripeteva in coro la folla. Estasiati, con sorrisi compiacenti stampati in faccia, il Caudillo e la sua ospite attesero un lungo momento mentre il popolo continuava a sgolarsi. Franco, Perón, *un solo corazón*, Franco, Perón, *un solo corazón*. Poi, finalmente, lei prese la parola.

Fu breve ma estremamente efficace, grintosa e passionale. A braccio, adesso senza leggere, parlò dei *descamisados*, dei meno abbienti e degli operai, dei diritti dei lavoratori, della riconquista sociale e della giustizia dei popoli. Ad alcuni dirigenti franchisti che occupavano la retroguardia del balcone principale colarono gocce di sudore dalle tempie, a più di uno sembrò di ascoltare echi di una Pasionaria con accento di Buenos Aires.

Le centinaia di migliaia di madrileni, incuranti della canicola, continuavano ad applaudire e ad acclamare con ardore. Probabilmente non erano molto interessati alle parole della first lady; avrebbero applaudito nello stesso modo qualsiasi cosa le fosse uscita dalla bocca. Era una baldoria, un circo gratuito, un giorno di festa, gli era stato detto che quella signora avrebbe portato alla Spagna pane e carne in quantità, ed era questo che importava davvero. Malgrado la retorica un po' sovversiva dell'invitata, Franco osservava compiaciuto la risposta pubblica al suo appello. Era proprio quello che voleva: massiccia acclamazione popolare, mostrare l'immagine di un popolo unito intorno al suo capo. Che il mondo intero vedesse come la Spagna lo acclamava.

Adesso stavano agitando la mano per salutare, in procinto di rientrare nella Sala del trono, quando dal piazzale cominciò a levarsi un canto.

«Che cosa cantano?» tornarono a domandarmi i miei presunti colleghi.

Ci misi qualche secondo, ma infine capii: avevano intonato *Cara al sol*, con brio e convinzione. La folla oceanica, spontanea e inarrestabile, braccio destro alzato, stava cantando a gola spiegata l'inno falangista, completamente incurante dell'immagine rinnovata che i nuovi esponenti dell'Azione cattolica volevano trasmettere oltre frontiera. Per gradire o mostrarsi grata o per puro contagio automatico, doña Eva Duarte sembrò unirsi alla massa e per un momento diede l'impressione di accennare il vecchio saluto fascista. Tra i giornalisti stranieri alle mie spalle corse un rauco mormorio di fastidio. Mi guardai intorno: notai che il ministro degli Esteri aveva cambiato faccia, Diego Tovar tratteneva la voglia di mettersi le mani nei capelli e altri propagandisti di spicco bofonchiavano lamentele o facevano smorfie di irritazione. La moltitudine, intanto, continuava a cantare con entusiasmo febbrile: "Torneranno insegne vittorioose, all'allegro passo della paaace...". Nel palazzo, a qualcuno sembrava già di vedere le notizie sulla stampa internazionale dell'indomani. Nonostante le svolte apparenti, in Spagna non è cambiato nulla, avrebbero detto i giornali americani, inglesi, francesi. La camicia nuova ricamata di rosso era ancora viva e presente. Il temibile asse Roma-Berlino del fascismo era scomparso con la fine della Seconda guerra mondiale; adesso, avrebbero scritto diversi cronisti, sembrava nascerne un altro con un'ideologia simile tra Madrid e Buenos Aires. Ed Eva Perón, avrebbe scritto qualcuno, era venuta a siglarlo.

Si diede l'evento per concluso, si formarono capannelli, si sentivano saluti e scambi di pareri, ma nessuno osava andarsene prima che il Caudillo e la consorte del presidente Perón uscissero dalla porta. Osservai con attenzione il panorama e soppesai l'opportunità fino a decidere che era arrivato il momento. All'abbordaggio, mormorai mentre mi passavo con discrezione le mani sui fianchi per far aderire bene la gonna al corpo. Sfoderai un sorriso tremendo e mi diressi con passo brioso verso la mia preda.

«Livia Nash, del Servicio Latinoamericano della BBC» salutai porgendogli la mano. «È un vero onore conoscerla, signor Dodero.»

40

L'armatore mi diede appuntamento sulla terrazza del Riscal; avrei preferito un posto più appartato, un ufficio dell'ambasciata argentina o un angolo discreto nella hall del suo albergo, per esempio. Dopo l'incontro con Ramiro, volevo evitare a ogni costo i locali pubblici. Soprattutto quelli più frequentati e famosi.

All'oscuro delle mie preoccupazioni, Alberto Dodero mandò una macchina a prendermi in calle Pinar 5, una sontuosa Cadillac nera che al suo passaggio faceva girare le teste per strada. Mi aspettava bevendo un whisky con ghiaccio mentre discorreva con due tizi che si eclissarono appena lui fece un cenno. Come c'era da aspettarsi, era circondato da uno sfacciato spiegamento di curiosi e ficcanaso: si raccontava che l'intera capitale avesse il radar acceso per individuare la presenza della dignitaria argentina o dei membri del suo seguito. Mi baciò la mano con galanteria, mi scostò la sedia e si complimentò per la mia distinzione. Disse che non era mai stato intervistato da una donna tanto bella, io accolsi le sue virili cortesie con un sorriso neutro, non avevo altra scelta.

«In realtà, non si tratterà di una regolare intervista, signor Dodero» chiarii mentre mi sistemavo il tovagliolo sulle ginocchia. «Piuttosto di una tranquilla chiacchierata, se le va. Stiamo preparando un grande reportage radiofonico che coprirà la visita della signora Perón in Spagna e verrà trasmesso dal nostro Servicio.»

«La BBC è molto ascoltata in Uruguay e in Argentina» disse alzando il bicchiere con un'espressione di apprezzamento. «Sarà un piacere conversare con lei, mia cara... signorina o signora, come devo chiamarla?»

Ricorsi alla stessa strategia utilizzata con Diego Tovar.

«Può chiamarmi semplicemente Livia.»

Aveva più di sessant'anni ed era l'armatore più potente del Río de la Plata e uno dei più importanti del Sudamerica, a capo di un gruppo di imprese familiari che possedevano centinaia di imbarcazioni, dalle grandi navi da carico e i transatlantici ai rimorchiatori e ai battelli fluviali. La guerra, invece di impoverirlo, lo aveva avvantaggiato grazie alle tariffe dei noli. E dopo la fine dei combattimenti, negli ultimi anni aveva cominciato ad acquistare a prezzi stracciati unità che avevano servito nella Marina degli Stati Uniti, ricondizionate per passare dal trasporto di truppe e armamenti a quello di passeggeri e merci. Il mio accompagnatore di quella sera era ricco, straordinariamente ricco, senza dissimulazioni o complessi.

Ordinò paella per tutti e due senza curarsi di guardare il menù, qualcuno doveva avergliela raccomandata. Non mi sembrò il caso di far notare che in Spagna si usava mangiarla a pranzo e non a cena, quasi alle undici di sera; al Riscal sembrava essere il piatto forte.

«Allora, signor Dodero, cominciamo...»

«Per favore, mi chiami Alberto» chiese. Aveva disinvoltura da vendere, le borse sotto gli occhi e i capelli neri, di sicuro tinti perché non se ne vedeva nemmeno uno bianco. «Se vuole che la chiami Livia, io non posso che essere semplicemente Alberto.»

«Allora, Alberto, cominciamo dai preparativi di questo viaggio, com'è andata...?»

Non ci fu bisogno che facessi altre domande perché, da quel momento, disse tutto lui. Si fermò un istante solo per lodare la paella che ci avevano portato, colorata come un rabbioso quadro moderno; una paella per due stracolma di scampi, di fette di limone e strisce di peperone rosso che sarebbe bastata per più di mezza dozzina di commensali.

Con la tendenza che hanno spesso gli uomini con un robusto ego, Alberto Dodero prese la parola e si dilungò in un io, me, mi, con me inarrestabile che andò avanti quasi fino al dolce. Nato in Uruguay, figlio di emigranti italiani, aveva il mare nel sangue: figlio, nipote e pronipote di marinai genovesi, audace e determinato, si era trasferito a Buenos Aires da giovane e, insieme ai fratelli, aveva costruito un impero che collegava i porti del Río de la Plata al resto del pianeta. Era stato sposato due volte e la sua vita sentimentale seguiva il modello canonico dell'uomo ricco e maturo alla ricerca dell'eterna gioventù: la prima moglie era una donna della sua età che gli aveva dato i figli, la seconda un'appariscente vedette più giovane di quasi trent'anni. Amante del lusso e del savoir-vivre più mondano, godeva di proprietà e amicizie sparse in geografie diverse. Tra le prime c'erano la sontuosa Villa Betalba di Montevideo, l'Hotel Cataratas del Iguazú e una residenza estiva sulla Costa Azzurra che dominava il Mediterraneo. Tra le seconde, un certo Ari Onassis e, ovviamente, i Perón.

L'informativa di Kavannagh suggeriva, e anche i miei colleghi giornalisti lo indicavano, che Dodero fosse il fornitore personale di gioielli per la first lady: opulenti pezzi di Walser Wald e Ricciardi di Buenos Aires, che di lì a poco sarebbero state sostituite dalle francesi Cartier e Van Cleef & Arpels. Ne faceva omaggio alla signora Perón, che li accettava e li sfoggiava in pubblico con sommo piacere; non sembrava esserci il minimo conflitto tra gli interessi imprenditoriali dell'armatore e quella sontuosa esibizione di generosità verso la moglie del presidente. Si diceva che lei avesse un debole per l'oro, mentre la moglie di Franco prediligeva le perle: inclinazioni e gusti diversi.

«E a quanto ho capito» riuscii a domandare approfittando di un momento in cui avvicinava alla bocca il bicchiere di vino, «quando lascerete la Spagna, provvederà lei alle spese del resto del viaggio in Europa, vero?»

Dodero non mostrava il minimo imbarazzo a parlare apertamente della questione.

«Per me è un grande onore che il generale Perón abbia accettato che finanziassi quelle tappe; così risparmiamo alla patria una spesa non necessaria, e io pago di tasca mia con immenso piacere. Purtroppo, non tutti i paesi europei sono generosi come questo.»

Scoppiò in una sonora risata, mentre teneva fra le dita la testa di uno scampo. Tutta la gente lì attorno si voltò a guardarlo per l'ennesima volta: un qualsiasi altro giorno, ogni cliente, gruppo o coppia in quella terrazza avrebbe continuato a fare quello che stava facendo, tutti sarebbero rimasti concentrati sui loro piatti o sulle loro conversazioni, indifferenti alla confusione degli altri tavoli. Quella sera, però, tra i clienti era corsa la voce che quel signore sessantenne dai capelli corvini era un pezzo grosso argentino che, a quanto sembrava, viaggiava con doña Eva.

«E rispetto alle successive tappe del tour, potrebbe dirmi quali progetti avete?»

Era lì che volevo arrivare, al futuro immediato più che alla traiettoria passata, per quanto meritoria e stupefacente potesse essere. Ma fummo interrotti da un paio di disturbatori: si erano avvicinati al solo scopo di stringere la mano al magnate, forse per avere qualcosa da raccontare con orgoglio il mattino dopo. «Benvenuto in Spagna, *señor*! La preghiamo di ringraziare a nome nostro il presidente Perón! Viva l'Argentina, grande paese fratello!»

Non appena se ne furono andati, l'armatore riprese a parlare della visita della comitiva presidenziale al Santo Padre.

Poi accennò alla Francia, magari la Svizzera, eventualmente il Portogallo. Intuii che per il momento, al di là delle frontiere spagnole, Roma era l'unica destinazione sicura. Forse, oltre i Pirenei, la presenza della moglie di Perón risultava indigesta.

Lo ascoltai finché il maître ci interruppe con i suoi suggerimenti per il dolce. Dopo che si fu allontanato con l'ordinazione di un soufflé *flambé*, mi affrettai a piantare come un pungolo la mia domanda più concreta.

«E la Gran Bretagna? Alberto, come procedono i piani per andare a Londra?»

Portò di nuovo la conversazione su se stesso: i suoi affari con soci inglesi, i numerosi viaggi per concludere lì certe operazioni, gli idrovolanti in disuso che aveva appena comprato in Inghilterra per lanciarsi nel settore delle aerolinee commerciali, una nuova e rischiosa avventura.

«Madame Perón» insistetti «ha un reale interesse per quella destinazione, o lei crede che...»

Mi fissò intensamente mentre avvicinava l'accendino d'oro massiccio alla punta di una Dunhill. Si sentì uno scatto, uscì la fiamma e io maledissi immediatamente la mia impulsività. Forse ero stata troppo insistente, ma la cena stava per finire e avevo bisogno di una risposta, qualcosa di sicuro prima di considerare fallito l'incontro. Però dovevo fare attenzione, evitare di mostrarmi assillante. Per cavarmela, non mi rimase che inventarmi una bugia.

«Perché se decideste di visitare l'Inghilterra, forse la Signora potrebbe farci l'onore di parlare ai nostri microfoni.»

A quel punto sorrise compiaciuto, espirando lentamente il fumo dal naso, senza smettere di guardarmi.

«Mi piacciono le donne decise...»

Non ebbe modo di continuare: in quel preciso istante, un altro disturbatore si avvicinò al nostro tavolo. Arrivava da dietro; fino a quel momento, di me aveva visto solo le spalle nude, i capelli scuri raccolti e il dorso del mio discreto abito stampato.

«Stimatissimo signor Dodero, quale gioia incontrarla qui in Spagna! Román Altares, per servirla» aggiunse porgendogli la mano; aveva un accento più argentino di quello dell'armatore. «Spero che lei e la sua bella accompagnatrice vogliate scusare l'interruzione...»

A quel punto si girò verso di me, e sentii un rivolo di sudore scorrermi lungo la schiena. Il suo sorriso rimase come scolpito nella pietra. Aveva appena preso forma il più grande dei miei timori. Vestito con un elegante completo estivo, imbrillantinato, attraente e con l'aria di un incantatore di serpenti, ecco Ramiro Arribas. Di nuovo.

Reagì con rapidità, distolse lo sguardo da me e tornò a concentrarsi su Dodero. Snocciolò una sfilza di nomi, luoghi e momenti; un copioso *name-dropping*, come dicevano gli inglesi. Il mio accompagnatore aggrottò lievemente la fronte, come se cercasse di situarlo con scarso interesse. Dopo qualche secondo, senza la minima convinzione borbottò:

«Ah sì, ora ricordo.»

Incapace di mantenere la calma, mi alzai dal tavolo.

«Se volete scusarmi un momento...»

Mi avviai verso la toilette, avrei tanto voluto urlare, imprecare, mettere il viso sotto il rubinetto. Ma no, non dovevo perdere il controllo. Non dovevo permettere che la presenza, la semplice esistenza di quel disgraziato mi sconvolgesse un'altra volta. Strinsi forte i denti, respirai a fondo.

Ramiro Arribas aveva cambiato il suo nome in Román Altares, diverso dall'originale ma relativamente simile. Adesso non parlava un castigliano come il mio, ma un fluido spagnolo di Buenos Aires. Non sembrava che le cose gli andassero male, a giudicare dall'aspetto e dal fatto che conosceva, almeno marginalmente, Alberto Dodero. Ma che diavolo ci faceva a Madrid, se aveva dato a intendere che la sua residenza abituale era Buenos Aires? E cosa voleva ottenere dall'armatore, oltre a salutarlo? Ripensai alle parole di Diego Tovar al Villa Romana: la capitale si era riempita di argentini inclassificabili, di sicuro opportunisti. E Ramiro corrispondeva perfettamente a quel profilo.

Mi lavai le mani, mi guardai allo specchio. Non vedevo lì la giovane sprovveduta che quel miserabile aveva manipolato a suo piacere, la ventenne che aveva ingannato e abbandonato senza il minimo rimorso. Avevo davanti il riflesso di quella che ero adesso, una donna fatta, con cicatrici nell'anima, un mondo alle spalle e una piccola famiglia a carico. Fallo per tuo figlio, mormorai. Ma subito mi corressi. Fallo per i tuoi figli, ordinai a me stessa. Per il mio piccolo Víctor e per il bambino mai nato, quello che Ramiro aveva generato nel mio ventre e che poi aveva distrutto con il suo abbandono, la creatura scivolata via tra grumi di sangue mentre fuggivo da Tangeri su un autobus, sola e atterrita dopo che lui mi aveva lasciata. Per quel bambino sventurato, per quello vivo e per me stessa, non potevo permettere che Ramiro annientasse la mia forza d'animo.

Tornai al tavolo simulando disinvoltura, vidi che l'idiota era ancora lì a blaterare mentre Dodero giocherellava con l'accendino tra le dita senza prestargli troppa attenzione. Quando mi vide arrivare, il volpone sfoggiò il suo splendido sorriso, avrebbe perfino voluto dire qualcosa, qualche complimento per ingraziarsi il magnate. Non gliene diedi l'opportunità. Ignorandolo, senza sedermi, proposi:

«Possiamo andare, Alberto?»

L'armatore si alzò, lasciò il tovagliolo appallottolato sul tavolo. Il maître arrivò di corsa, con due parole si misero d'accordo. Per mandare il conto al Palace, immaginai; i signori come lui spesso non si disturbavano a tirare fuori il portafoglio in pubblico. Salutò Ramiro con un brusco cenno del mento. "Un altro scocciatore" si sarà detto. Un altro arrivista impudente che voleva saltare sul carro dei vincitori.

Permisi a Dodero di accompagnarmi fuori con la mano appoggiata alla mia vita, ci lasciammo alle spalle il soufflé intatto e la clientela che continuava a bisbigliare con lo sguardo fisso su di noi. Per un momento fui curiosa di sapere cosa stesse pensando di me Ramiro, cosa gli stesse passando per la testa.

Quella sera c'era un evento in plaza Mayor, un lunghissimo ossequio delle province spagnole all'illustre invitata. Balli popolari, canti, sfilate e omaggi, una noia stratosferica che si sarebbe prolungata fino alle ore piccole. Il giorno dopo, i giornali avrebbero lodato di nuovo il garbo della first lady, i suoi gesti affettuosi nei riguardi del popolo e l'imponente pelliccia di volpe bianca che indossava all'inizio dell'estate. Per non lasciarla sola nella sua bizzarria, la moglie del Caudillo e altre illustri dame si erano affrettate a tirare fuori le loro pellicce dal fondo degli armadi e le avrebbero sfoggiate durante la serata, disposte a morire di caldo per non essere da meno dell'argentina; ci sarebbe mancato solo quello. Dopo avermi lasciata in calle Pinar 5, Dodero avrebbe partecipato all'ultima parte dell'evento; lungo il tragitto riuscii e riprendermi e tornai a sfoderare il mio charme studiato.

«È stata una cena piacevolissima, Alberto; le sue valutazioni non mancheranno di arricchire la mia cronaca.»

Sorrise compiaciuto, ignaro della mia ipocrisia. Non era stata affatto una cena memorabile: non mi aveva fornito informazioni rilevanti e aveva passato la serata a parlare di sé, senza accennare agli argomenti che mi interessavano. E il funesto arrivo di Ramiro aveva impedito che la chiacchierata si prolungasse almeno durante il dolce e il caffè, quando forse sarei riuscita a portare a casa qualche risultato. Per come si erano messe le cose, con il nostro incontro che stava per finire senza che avessi cavato un ragno dal buco, mi rimaneva un solo proiettile in canna: approfittare del milionario almeno per farmi strada verso un altro fronte.

«A rischio di abusare della sua fiducia, c'è una cosa che vorrei...»

«Tutto quello che vuole, carissima» disse perentorio. «Tutto quello che è in mio potere.»

«Per proseguire il mio lavoro e restituire un'immagine rigorosa di madame Perón e del suo entourage, mi sarebbe davvero utile poter parlare con le sue sarte. Mi risulta che alloggino anche loro al Pardo. Forse, se...»

Alberto Dodero non era uomo da esitare.

«Sarà fatto.»

41

Il programma di attività previsto all'inizio si basava su icone fondamentali dell'essenza spagnola: il monastero dell'Escorial, Ávila con le sue mura medievali, le rovine eroiche dell'Alcázar di Toledo e altri gloriosi siti di quel genere. Il programma però dovette essere rivisto varie volte. Su richiesta dell'invitata, gli organizzatori non ebbero altra scelta che includervi alcune visite dal taglio più prosaico. Dell'arte, della storia e del passato dominio imperiale della Spagna a Eva Perón non importava un fico secco; lei voleva soprattutto incontrare lavoratori e informarsi sulle prestazioni che forniva loro lo Stato. Se glieli portavano davanti, benissimo. Altrimenti, avvertì, sarebbe andata lei a cercarseli.

Organizzarono in fretta e furia un itinerario parallelo per soddisfare quella richiesta inusitata. Con la moglie del Generalissimo per compagnia, la condussero in un orfanotrofio pubblico e a inaugurare un consultorio del sistema sanitario, a visitare una scuola di formazione professionale per operai e un quartiere di case popolari. A Toledo permisero persino a un gruppo di muratori di avvicinarsi e stringerle la mano. Ovunque ebbe qualcosa da dire; ogni volta che la sentivano proclamare la necessità di continuare a lottare per la giustizia sociale a qualsiasi costo, anche a quello della vita, a doña Carmen e alle autorità che la accompagnavano si rizzavano i capelli in testa.

Io intanto facevo giochi di equilibrismo tra quegli eventi, le scappate per vedere mio figlio e le valutazioni che stavo preparando per poi trasmetterle a Kavannagh. Dopo i primi giorni, notai che gli inviati stranieri erano sempre meno numerosi. Con grande contrarietà dell'Ufficio informazioni diplomatiche di Diego Tovar, dopo la manifestazione in plaza de Oriente la stampa internazionale aveva ripreso a criticare con asprezza i regimi dei due generali, Perón e Franco, raccontando la mobilitazione di stampo pseudofascista di cui erano stati testimoni nel Palazzo reale e insistendo sulla repressione e la miseria del paese, come pure sulle spese stratosferiche che quell'omaggio stava generando. Per neutralizzare gli attacchi, gli interventi dell'invitata rafforzarono i riferimenti all'armonia, alla felicità e alla concordia. *Gira del Arco Iris*, Tour Arcobaleno, fu lo sdolcinato nome che iniziarono a usare per dare un tocco di colore al viaggio.

Si sparse la voce che, ogni tanto, la signora Perón saltasse il protocollo, scappasse a visitare qualche quartiere povero e distribuisse banconote a piene mani. Non mi capitò mai di assistere a quelle scene e, con il programma fittissimo che le avevano organizzato, non saprei davvero dire in quale momento potrebbe averlo fatto. Si affermò pure, e sembra sia andata proprio così, che intercedette presso Franco perché concedesse la grazia a una comunista condannata a morte per aver attaccato qualche mese prima l'ambasciata argentina con esplosivi, causando molto rumore e nessuna vittima; si chiamava Juana Doña. Invece di farla fucilare davanti al muro di cinta del cimitero di Carabanchel, come i suoi compagni, Sua Eccellenza le commutò la pena capitale in trenta magnanimi anni di carcere.

Le serate si susseguivano uguali e piene di eventi, ai quali Eva Perón cominciò ad arrivare invariabilmente tardi, via via che trascorreva la settimana. Ci fu anche una serata di gala nel palazzo del Pardo, con interventi di artisti che iniziavano a distinguersi nelle loro carriere; tra gli altri brillarono una certa Carmen Sevilla e la coppia formata da Manolo Caracol e da una bruna di origini gitane che rispondeva al nome di Lola Flores. Venne organizzata anche un'altra cena ufficiale nella Casa de Cisneros e una rappresentazione di *Fuente Ovejuna* al Teatro Español. A seguire, un grandioso evento all'aria aperta nel parco del Retiro, la più frequentata di tutte le soirée madrilene.

Nonostante i miei tentativi, non riuscii a sottrarmi. Diego Tovar, che aveva notato la mia assenza ad alcune serate precedenti, propose di venire a prendermi di persona in calle Pinar 5. Molti corrispondenti internazionali dei quotidiani avevano già inoltrato i loro reportage sui primi passi della visita mentre io, presumibilmente, continuavo ad accumulare informazioni per il mio. In veste di direttore dell'Ufficio informazioni diplomatiche, forse aveva calcolato di essere ancora in tempo per farmi aderire alla sua causa.

Il gala era previsto per le dieci e mezzo di sera, e prima delle dieci erano già in attesa più di mille invitati, le autorità, il governo al completo e tutta la squadra del Consiglio comunale. Ma la macchina di Franco e della signora Perón arrivò solo a mezzanotte e venti. Si fecero tutti il segno della croce quando si diffuse la voce che la first lady aveva tenuto in piedi il Generalissimo e doña Carmen per quasi due ore al Pardo, pronti con i galloni e le collane mentre l'argentina si agghindava. Di una puntualità militare e abituato a comandare con pugno di ferro, Franco doveva essersi indignato davanti a tanta mancanza di rispetto, ma aveva ingoiato il rospo ed era comparso sorridente dando il braccio alla sua ospite, senza mostrare segni di fastidio. "Che una cosa compensi l'altra" avrà pensato il nostro uomo: proprio quella mattina, aveva attraccato nel porto di Barcellona il *Río Santa Cruz*, la prima nave della flotta mercantile argentina che arrivava dalla fine della guerra. Trasportava nelle stive un carico di mille tonnellate di grano, quasi duecento di fagioli e altrettante di zucchero. L'inizio di un costante viavai commerciale. Solo per questo Franco era disposto a sopportare tutti i ritardi necessari.

Chiunque contasse qualcosa a Madrid, uomo o donna, si trovava quella sera al Retiro, aspettando con impazienza che iniziasse la serata. Si diceva ci fossero stati veri e propri intrallazzi per procurarsi un invito, qualcuno aveva persino venduto il proprio per una cifra sostanziosa o in cambio di favori. Imprenditori, gerarchi, artisti, contrabbandieri, personalità e le loro consorti, e arrivisti che erano riusciti a imbucarsi: il catalogo completo, e tutti in ghingheri. Mentre l'arrivo ritardava, nel verde del parco echeggiavano commenti e pettegolezzi su doña Maria Eva Duarte Perón, come la stampa continuava a chiamarla all'unanimità. Era stata un'artista del varietà e aveva i capelli troppo ossigenati, malignavano le signore. Possedeva un fascino magnetico capace di dominare un uomo con gli attributi come il generale Perón, dicevano i signori con un pizzico di invidia.

Naturalmente, all'evento era stato invitato anche il fior fiore della società: nobili titolati e ricchi con nomi insigni e tradizione centenaria. Era noto, a cominciare dallo stesso Franco, che gli appartenenti a una minoranza così illustre si distinguevano in quei giorni per l'abitudine di accendere una candela a Dio e l'altra al diavolo. In privato, conservavano la loro anima monarchica, bramavano la restaurazione della Corona nella persona di don Juan di Borbone e consideravano il Generalissimo un militare buzzurro senza statura e senza distinzione. In pubblico, però, si erano integrati agevolmente nel regime, consolidando i loro privilegi.

Esponenti di una cerchia ristretta e mondana, molti avevano qualche legame con l'Argentina, e per questo erano al corrente delle tensioni sorte in quel paese tra l'oligarchia e la first lady. La crema di Buenos Aires la attaccava con astio accusandola di essere un'arrivista volgare e rancorosa. Lei, dal canto suo, si scagliava lancia in resta contro quella élite opulenta, così lontana dalle sue umili origini e dai suoi sforzi nel mondo dello spettacolo. Le sue filippiche contro chi possedeva immensi allevamenti di bestiame, aveva un'istitutrice inglese per i figli, faceva acquisti da Harrods e andava in Europa ogni anno erano diventate celebri; diceva che i più ricchi arrivavano a portarsi una vacca sulla nave. Casate che si chiamavano Álzaga, Anchorena, Unzué, Larreta, Martínez de Hoz, Blaquier, Uriburu o Lezica; che abitavano palazzetti in stile francese, si spostavano in sontuose Bentley, giocavano a golf e a polo nel Tortugas Country Club, ballavano nel roof-garden dell'Alvear e avevano un palco all'ippodromo. Famiglie le cui vacanze, feste e matrimoni comparivano nei servizi fotografici della rivista "El Hogar", clan i cui signori erano membri del Jockey Club, mentre le signore prendevano il tè al París o al Gas e facevano le loro opere di carità nell'esclusivissima Società delle dame di beneficenza.

Quell'esuberanza argentina aveva poco a che vedere con le classi alte spagnole dell'epoca, colpite dalla guerra civile e da quella mondiale, per la maggior parte tanto provviste di lignaggio, terre e titoli quanto povere di liquidità nei portafogli e nei conti in banca. Ma in definitiva erano dello stesso conio, ricchi di famiglia, insomma, ecco perché riservavano all'invitata una condiscendenza quasi un po' sprezzante.

Tra gli alberi del parco del Retiro era stato montato un enorme palcoscenico centrale; intorno, una quantità di sedie, tavoli e tovaglie, camerieri e ghirlande di luci. Quando Franco e la moglie del presidente Perón fecero il loro ingresso, partirono gli inni e, dopo questi, ebbero inizio contemporaneamente lo spettacolo e la cena; a quel punto avevano tutti una fame da lupi.

Mentre servivano il caffè, mi diressi con discrezione in cerca di Alberto Dodero. Affettuoso e galante, mi presentò altre due figure chiave del seguito di Eva Perón che avevo già identificato durante l'evento a Palazzo Reale e per le quali provavo un'enorme curiosità: l'accompagnatrice e il fratello.

Lei, Lillian Lagomarsino, raffinata, facoltosa e conservatrice per nascita, aveva abbracciato insieme al marito la fede peronista e si era vista costretta a essere la fedele scudiera della Signora per quel viaggio. La accompagnava ovunque con pazienza, la consigliava in questioni di etichetta, la istruiva sulle maniere da osservare in società e faceva da misurato contrappeso al carattere spesso burrascoso della first lady. Dopo aver scambiato con lei un paio di frasi, mi resi conto che non mi sarebbe servita per i miei scopi: disciplinata e discreta al massimo, davanti alle mie domande si era chiusa a riccio.

L'altro soggetto era Juan Duarte, Juancito. Un paio di minuti di vicinanza mi bastarono per scartare anche l'ex venditore di saponi. Se ne stava lì con il suo smoking color vaniglia, i suoi baffetti, la sigaretta e il bicchiere di brandy stretto in mano, a guardare il *derrière* delle signore più giovani, indifferente a tutto, annoiato a morte. Non sapeva neanche dove li avrebbero portati le successive tappe del tour, né gli interessava. L'unica cosa che al momento figurava nei suoi progetti era squagliarsela al più presto e andare a divertirsi per il resto della nottata. Nei giorni precedenti aveva conosciuto al Villa Rosa di Chamartín una certa Mimí, al Pasapoga una certa Monique, al Chicote una certa Lupe; lo stavano aspettando tutt'e tre, doveva ancora decidere quale scegliere, o se portarsi tutto il terzetto nella sua stanza del Palace.

Alla luce dello zero assoluto che avrei potuto ottenere da entrambi, mi concentrai un'altra volta sul magnate. Lodai la sua cravatta, accettai una Dunhill e alcuni complimenti, risi a un paio di battute e lasciai che mi passasse la mano sulle spalle con la scusa di scacciare un insetto caduto da un ramo. Quando calcolai che fosse passato un tempo sufficiente per non sembrare troppo sfacciata, tornai all'attacco.

«E delle sarte, *my dear* Alberto, sappiamo qualcosa?»

«Le sarte, certo...»

La cosa non gli interessava affatto, era chiaro. Ma aveva preso un impegno. E io ero lì a ricordarglielo: di fronte a lui, insistente, sorridente, in attesa.

«Le piacciono i tori, mia cara?»

«Non troppo.»

«Domani abbiamo in programma una corrida, alle cinque, se la memoria non mi inganna. Loro non verranno, questo è sicuro. Forse potrebbe essere un buon momento per andare a trovarle.»

Si avvicinò un po', come per parlarmi discretamente senza che potessero sentirlo la fedele accompagnatrice e il fratello. Odorava di tabacco e di un eccesso di dopobarba dolciastro che immaginai fosse francese e caro.

«Meglio che rimanga tra noi, ma non so se Evita sarebbe entusiasta dell'idea. Io invece credo che sarà una buona pubblicità per lei e per il viaggio. Le manderò la mia macchina alle quattro e mezzo.»

Non poté dirmi altro, fummo interrotti da un gruppo di uomini. Anche loro volevano salutare l'amico del generale Perón, sorridergli, adularlo, stringergli la mano con affetto virile. Quando vidi che Ralph Forte, il giornalista della United Press, se ne stava andando, mi unii a lui e abbandonai la serata senza dare troppo nell'occhio.

Anche il giorno dopo riuscii a svignarmela per qualche ora e pranzai in calle Hermosilla. Víctor mi accolse con la felicità di sempre, gettandomi entusiasta le braccia al collo. Ogni volta che lo faceva, il fastidioso ricordo di Ramiro si riaccendeva nella mia mente rattristandomi, e una punta di amarezza per il suo bambino perduto mi trafiggeva in qualche luogo profondo.

Mio padre ascoltò le mie confidenze allibito.

«Davvero pensi di intrufolarti al Pardo senza un permesso ufficiale, per parlare con le sarte?»

Proprio così, per quanto strano potesse sembrargli. La

Cadillac dell'armatore non venne a prendermi alle quattro e mezzo come eravamo d'accordo, ma alle sei meno un quarto. L'autista, grondante di sudore sotto un berretto a visiera troppo grande, mi salutò con il suo accento argentino. Ricordai che si chiamava Armando.

«La prego di scusare il ritardo, ma la comitiva si è avviata solo da poco.»

Scoppiai quasi a ridere; Eva Perón aveva nervi d'acciaio. Dopo aver tenuto Franco e il *tout* Madrid in attesa per due ore la sera prima, adesso lo rifaceva, mettendo a dura prova la pazienza dei toreri e del Caudillo.

«C'è qualche messaggio per me da don Alberto?» domandai trattenendomi. Ero chiaramente diretta al Pardo, ma non avevo la più pallida idea di cosa avrei dovuto fare una volta arrivata lì, non sapevo a chi rivolgermi, se qualcuno fosse al corrente del mio arrivo.

«No, signora.»

Alla fine della guerra civile, Franco aveva scelto come residenza ufficiale quell'antico palazzo in collina, che per secoli era servito come dimora di caccia e di svago agli Asburgo e ai Borbone. A pochi chilometri da Madrid, l'edificio si innalzava severo e insieme maestoso, con tetti di ardesia e una gran cancellata di ferro battuto come primo accesso. Con mia grande sorpresa, all'autista di Dodero bastò salutare perché gli dessero immediatamente il via libera: come se sul sedile posteriore, invece di una falsa giornalista, trasportasse perlomeno un ministro. Una volta dentro, dopo aver attraversato i giardini, per accedere al palazzo varcammo un ampio arco di pietra. Ci fermammo davanti a un vecchio ingresso per i cavalli; Armando si affrettò a scendere per aprirmi la portiera.

Alla stessa ora, da un'altra macchina altrettanto opulenta, doña María Eva Duarte Perón scendeva salutando con la mano davanti all'arena di Las Ventas. All'esterno, la folla accaldata dopo un'ora e mezza di attesa tornò ad acclamarla con entusiasmo, saltellando per intravedere la sua mantiglia nera, osservando che portava all'orecchio tre grandi garofani color granata. La accompagnavano Franco, in borghese, doña Carmen, e la figlia con la testa coperta da una mantiglia. Nascondevano tutti il fastidio per il nuovo ritardo, sorridendo con falsità al rispettabile pubblico, come se niente fosse.

Il pomeriggio sarebbe iniziato con una sfilata goyesca al ritmo di paso doble. Gitanillo de Triana, Pepe Luis Vázquez e l'argentino di nascita Raúl Acha, Rovira, erano i matador. L'arena era decorata con blasoni e scialli a fiori: le tribune, le gradinate e i posti coperti erano strapieni. Nessuno aveva il minimo interesse a ricordare che solo qualche anno prima, durante la visita di Himmler in Spagna, erano svastiche grandi come lenzuoli a adornare l'arena, mentre la banda attaccava l'inno tedesco e i presenti alzavano il braccio, tutti insieme.

«La signora è invitata a raggiungere gli appartamenti di madame Perón» annunciò Armando ai due soldati che sorvegliavano l'ingresso. Il suo tono era sicuro, come se fosse passato per quella trafila decine di volte.

I due si misero sull'attenti di lato per permettermi di entrare. Non fecero altre domande, né mi chiesero di identificarmi.

I tacchi delle mie scarpe cominciarono a risuonare sulle lastre di un grande cortile, ma non mi venne incontro nessuno. Esitai qualche istante, girai la testa per chiedere all'autista se sapesse dove dovevo dirigermi, ma lui era già tornato dietro il volante. Continuai ad avanzare piano.

Si diceva che la presenza dell'ospite e del suo seguito avesse sconvolto per giorni la tranquillità di quell'eccelsa dimora. Prima del suo arrivo era stato necessario rinnovare stanze, piastrellare da cima a fondo vecchi bagni, cambiare materassi e spostare mucchi di mobili e suppellettili, aggiungere collegamenti elettrici, prese e punti luce, allacciare nuove linee telefoniche e far passare cavi attraverso soffitti e finestre. Da quando si era insediata doña Eva, le macchine andavano e venivano a tutte le ore, portando avanti e indietro persone, messaggi, commissioni e doni.

Il centralino fumava, giorno e notte venivano chieste chiamate a non finire con Buenos Aires perché la Signora potesse parlare con il marito o con i ministri del Gabinetto.

Le sarte, il parrucchiere e l'accompagnatrice alloggiavano lì, gli altri no. Ma Dodero e Juancito entravano e uscivano dal Pardo a loro piacere, e così pure gli aiutanti di campo, vari assistenti, il fotografo ufficiale, il redattore di discorsi, padre Hernán Benîtez e il personale dell'ambasciata. Si facevano richieste di ogni tipo alla cucina a qualsiasi ora; risuonavano di continuo ordini, passi di corsa e rumore di porte sbattute, e bisognava fare ogni genere di adeguamenti organizzativi. Per la prima volta qualcuno che non apparteneva alla famiglia veniva ospitato all'interno del palazzo, e quella truppa di argentini vivaci aveva fatto saltare per aria la tranquilla comodità borghese in cui vivevano i Franco. Dicevano che doña Carmen schiumava dalla bocca mentre giurava su quanto aveva di più sacro che non si sarebbe mai più messa in casa degli estranei.

Correva pure voce che l'ospite, nonostante la convivenza, preferisse vedere i padroni di casa il minimo indispensabile. A distanza, nei suoi appartamenti faceva a modo suo, con la sua solita maniera di essere e di parlare, urlando e sbraitando come e quando le pareva. Tra i suoi, nel suo spazio privato, continuava a chiamare la moglie del Caudillo "la Gorda", la Grassa, anche se era magra come un chiodo. Di Franco diceva persino che aveva un'aria da bottegaio, e aveva ribattezzato la figlia Carmencita "la Nena Mirona", la Piccola Guardona, per l'abitudine che aveva la ragazza di guardarla affascinata.

Ma quel pomeriggio, nell'ora taurina, l'ambiente era insolitamente tranquillo. Percorsi qualche metro; continuavo a non vedere nessuno. Faceva caldo, la partenza ritardata per Las Ventas era stata tesa e spiacevole. Finalmente, però, se n'erano andati, e tutti sapevano che la corrida sarebbe durata varie ore. E per la sera era prevista un'altra cena di gala organizzata dal sindaco, quindi il personale della casa non doveva occuparsi dei preparativi. Sommando quei dati, immaginai che si godesse un momentaneo respiro, un istante di tranquillità in mezzo alla tormenta, forse sonnecchiando in camera, facendo cruciverba o ascoltando un radiodramma.

Avanzai piano, con la gola secca e lo stomaco stretto. Mi stavo addentrando nella residenza ufficiale del capo di Stato spagnolo, uno degli uomini più discussi del pianeta, noto per non avere la minima clemenza verso chi lo contrariava. Avevo nella borsa un passaporto britannico con un nome inventato e una credenziale della BBC, una corporazione straniera per la quale, in realtà, non lavoravo. Nessuno mi aveva invitata o autorizzata a entrare in quell'edificio, tranne un riccone argentino abituato a fare e disfare a suo piacimento, spinto solo dalla spavalderia data dal denaro. E la mia missione era cercare due anonime sarte; due semplici lavoratrici, non si trattava nemmeno di illustri ospiti.

Se ci fosse stato un sinistro premio in gioco, avrei avuto le carte in regola per vincerlo.

42

Entrai in un corridoio in penombra. L'unico rumore che sentii fu un noioso tic tac, tic tac, tic tac. Una decina di metri più avanti, su un comò panciuto, ne scoprii l'origine: uno splendido orologio su una base di marmo. Segnava le sei e venti.

Alle pareti erano appesi vessilli e blasoni, dipinti a olio e grandi arazzi. Aprii una porta girando lentamente la maniglia. Trovai una stanza con tavoli bassi e poltrone, un grande lampadario e pareti affrescate; doveva trattarsi di una sala d'attesa per persone importanti. Chiusi con cura e ripresi a camminare: i miei passi adesso non facevano rumore, il corridoio era coperto da un folto tappeto. Afferrai la maniglia successiva facendola girare piano. Cigolò e trattenni il respiro; vidi una sala ancora più grande, con un enorme tavolo coperto da un drappo di damasco, che sarebbe potuto servire per accomodarvi trenta commensali come pure per ospitare riunioni affollate. Proseguii senza notare tracce di presenza umana. Tre porte più avanti, dovetti tapparmi la bocca con la mano per trattenere un grido. Mi ero appena affacciata a quello che immaginai fosse l'ufficio di Franco.

Tornai precipitosamente sui miei passi con l'intenzione di raggiungere il cortile; mi stavo infilando nella bocca del lupo, dovevo a tutti i costi uscire in qualche modo da lì.

Ma sentii voci a distanza, voci di uomini, non avrei saputo dire se fermi o in movimento. Turbata, decisi di tornare nel corridoio e continuai a camminare veloce, veloce, girando la testa e guardandomi alle spalle ogni tanto. Feci svolte e deviazioni, presi altri corridoi lunghi come un giorno senza pane, non mi fermai più ad aprire altre porte. Finalmente trovai una scala e immaginai che mi avrebbe portata in zone più private, meno adatte a ricevere visitatori. Salii in punta di piedi, senza fermarmi. Anche qui c'era silenzio dappertutto, si sentivano solo i continui tic tac, come se ci fossero stati centinaia di orologi sparsi per tutto il palazzo. Senza riflettere, mi lasciai guidare dal mio intuito primario: se non mi trovavo più nella parte riservata alle visite di protocollo, magari era logico pensare che madame Perón e il suo seguito fossero alloggiati nella zona diametralmente opposta. Dopo aver camminato a lungo, incominciai a sentire un forte profumo di fiori. Allora capii, con sollievo, di non essermi sbagliata.

Su tutte le cassettiere, le console e le mensole comparvero enormi decorazioni floreali, mazzi e composizioni che gareggiavano fra loro per colori e ostentazione. Per la maggior parte erano corredati da nastri che identificavano chi li aveva inviati. L'Organizzazione sindacale, il Tribunale provinciale, la Corporazione degli stampatori, l'Associazione ferrovieri… E così via, decine di dimostrazioni di affetto per la first lady argentina, che emanavano un profumo dolciastro quasi nauseante.

I mobili e gli arredi erano sontuosi anche qui, ma notai qualcosa di diverso. Ci misi poco a capire: le pareti e i soffitti erano appena stati dipinti, in un bianco molto più luminoso del tono smorto del resto. Una caterva di fiori, pittura fresca ed estremo opposto del palazzo: tutto indicava che finalmente ero dove dovevo essere. Anche se nessuno mi aspettava.

Cominciai a bussare alle porte con le nocche, ma da dietro non risposero. Riprovai con più forza, aspettai. Macché. "Siamo in ballo e bisogna ballare" devo essermi detta a quel punto. Come avevo fatto al piano di sotto, cominciai ad aprirle a una a una. La prima, ampia e a doppio battente, dava accesso a un soggiorno, tanto sovraccarico da non risultare accogliente. La seconda, a una sala da pranzo intima con un tavolo rotondo per otto persone; immaginai che lì facesse colazione o pranzasse Eva Duarte quando voleva fuggire dalla noiosa compagnia dei Franco. In nessuna delle due prime stanze trovai qualcosa di personale, al di là di tantissimi altri omaggi floreali.

Nella terza stanza, tutto era diverso. Con la mano sulla maniglia, osservai l'interno per qualche istante, colpita. Avevano trasformato quella sala in una sorta di guardaroba, toilette, salone di parrucchiere e camerino. Senza quasi rendermene conto, senza prevedere inconvenienti o pensare alle conseguenze, entrai con passo lento. Anche lì non c'era nessuno.

Dai bastoni delle tende pendevano oltre una decina di abiti da sera, mantelli e scialli. Sete, rasi, lamé e velluti spargevano le loro onde e pieghe dall'alto e fluttuavano nell'aria come costumi di un'opera. Diedi un'occhiata ai modelli; mi bastarono pochi secondi per individuare due stili nettamente diversi. Alcuni erano sobri ed eleganti, degni di una vera dignitaria in visita ufficiale in Europa. Gli altri, eccessivi e vistosi, sembravano più adatti a uno spettacolo teatrale che a una first lady.

Sul rivestimento di broccato dei divani erano stesi cappotti e stole di pelliccia: lucide volpi, visoni rasati, una lunga cappa di ermellino, zibellini. Un enorme armadio con le ante aperte mostrava i completi da giorno, appesi in ordine millimetrico. A sinistra c'erano i tailleur in tinta unita e con grandi spalline: dritti e severi come soldati, ricordi della moda dei tempi di guerra finiti da poco. A destra gli abiti da mattina, tutto un ventaglio di stampati estivi, fiori e pois.

Abbagliata da quello spiegamento, mi avvicinai a uno scrittoio che faceva le veci di boudoir; sul ripiano c'erano creme, portacipria, rossetti, barattoli di talco. Anche se l'avevo sempre vista da lontano, Eva Perón dava l'idea di avere una splendida carnagione e di truccarsi pochissimo, limitandosi a dipingere le labbra con un rossetto vivace. Ne presi un tubetto tra le dita, riconobbi la marca. Lo aprii, feci ruotare la base finché uscì un cilindro perlato color mandarino.

Un altro tavolo, la cui funzione originaria forse era stata quella di servire squisite merende, era stato coperto con una tovaglia bianca su cui erano impeccabilmente allineati gli strumenti da parrucchiere. Spazzole e pettini di ogni genere. Mollette, reticelle, bigodini di tutte le dimensioni. Vidi diversi posticci a forma di chignon o di cercine, su sostegni di fili di rame intrecciati. C'erano anche alcune boccette di smalto e qualche flacone di profumo.

A un lato del salone, due cassettiere stile impero servivano per riporvi i cappelli. Ognuno era sistemato sul suo supporto: berretti, cloche ed elaborati cerchietti, acconciature con tulle o piume, grandi pamele estive di rafia, sinamay e crine plissettato. A fatica resistetti alla tentazione di provarne uno. Sul pavimento era disposta una lunga fila di scarpe sicuramente fatte su misura, calcolai che ce ne fossero più di venti paia. Da una parte c'erano quelle da giorno, più sobrie, di pitone, lucertola o pelle tinta. Poi venivano quelle da sera, rivestite di strass e giaietti.

Da un'angoliera avevano tolto un paio di candelabri per sistemare un bauletto di cuoio tinto di blu. Provai ad aprirlo, senza riuscirvi. Immaginai si trattasse del portagioie, e che qualcuno ne custodisse gelosamente la chiave.

Quando ero ancora a Londra, le informative di Kavannagh mi avevano dato poche notizie sulla provenienza della first lady. Di umili origini, dicevano solo. *Cinderella from the Pampas*, l'avrebbe definita la prestigiosa rivista americana "Time". Lì, in quel salone trasformato, il riferimento a Cenerentola assumeva tutta la sua forza e il suo senso. Mai nessuno avrebbe potuto sospettare che una simile ostentazione riguardasse una donna che non aveva ancora compiuto trent'anni, figlia illegittima e cresciuta in ristrettezze in un paese polveroso; una donna dall'aspetto comune, senza grandi talenti e di scarsa cultura. Inseguendo il sogno giovanile di diventare un'artista, aveva infilato i suoi quattro stracci in una valigia di cartone pressato, indossato una camicetta lavata cento volte, una gonna di percalle da quattro soldi e un paio di vecchie scarpe ereditate dalla sorella. Con quel modesto corredo e la sua irrefrenabile audacia, era salita su un treno diretto verso la capitale. Aveva quindici anni e i capelli scuri, nessun contatto e nemmeno il becco di un quattrino. Eppure era riuscita a farsi strada nel mondo dei radiodrammi, finché la relazione sentimentale con Perón aveva segnato una svolta nei suoi interessi, trasformandola in una delle donne più potenti del pianeta.

C'era chi la tacciava di essere un'arrivista dispotica, chi la considerava una santa benefattrice. Chi la detestava e chi la adorava. Non avevo abbastanza informazioni per schierarmi da una parte o dall'altra, ma in quel momento, davanti a quella messinscena, fui consapevole, pienamente consapevole, che Eva Perón era indomabile e non aveva paura di nulla.

«Posso esserle utile?»

Per poco non urlai. Alle mie spalle, avevo appena sentito la voce di un uomo dall'accento argentino. Senza dubbio si era sorpreso della mia presenza. Sorpreso e contrariato, a giudicare dal tono. Nelle stanze ridecorate per l'ospite avevano steso una moquette nuova fiammante, ecco perché non avevo udito i suoi passi. Serrai con forza le palpebre, avrei voluto che la terra mi inghiottisse. Finché nella mia mente si accese una scintilla ed esclamai:

«Don Julio!»

Nella mia testa era affiorata di colpo la scheda completa.

Julio Alcaraz, parrucchiere personale di madame Perón. Maturo, serio professionista, padre di famiglia. Si erano conosciuti quando lei aspirava a diventare una stella; non ci era mai riuscita, ma nel frattempo aveva stretto alcune amicizie. Quella con il parrucchiere delle attrici era una delle più solide. Dalle sue mani uscivano le elaborate pettinature raccolte stile Pompadour che ornavano la testa della Signora.

Andai verso di lui a passi rapidi, non si era mosso dalla porta. Sulla cinquantina e brizzolato, notai, non troppo alto. Indossava pantaloni chiari e una camicia aperta sul petto, e aveva un asciugamano sulla spalla sinistra. Più che porgergli la mano, afferrai la sua e lo obbligai quasi a stringermela.

«È un piacere per me conoscerla. Sono qui su indicazione del signor Dodero, è stato lui ad autorizzarmi a incontrare lei e le sue colleghe.»

Rimase zitto, immobile, con un'espressione severa ancora dipinta sul viso. "Chi diavolo è questa intrusa che invade il nostro santuario" avrà pensato. Nemmeno io avevo previsto di incontrarlo, ma adesso capivo che dovevo ingraziarmelo.

«Don Alberto ha insistito perché conoscessi anche lei; state facendo uno splendido lavoro per mettere in risalto la figura di madame Perón e fare in modo che questo viaggio sia un successo.»

Dodero. Don Alberto. Don Alberto Dodero. Avevo intuito che era quella la chiave per evitare che la mia presenza suscitasse sospetti: dovevo insistere sul fatto che mi trovavo lì con l'appoggio del magnate, anche se apparentemente si era dimenticato o aveva trascurato di avvisarli. Ma il parrucchiere continuava a stare sulle sue. Dal taschino della camicia, come segno di identità, vedevo sporgere l'estremità di un pettine.

Davanti alla sua mancanza di reazioni, il mio cervello calcolò in fretta. Era chiaro che la simpatia non sembrava essere l'arma vincente. Allora optai per un'altra tattica, ricordando il vecchio detto secondo cui la miglior difesa è l'attacco.

«Mi fa piacere che finalmente vi presentiate al nostro appuntamento, perché è già un po' che aspetto.»

A quel punto cambiò espressione, mettendo in dubbio le mie parole con un'increspatura della fronte.

«Non avete ricevuto il messaggio di don Alberto?»

Adesso ero io a mostrarmi seria. Nella mia voce risuonò un accento di infastidita incredulità e sul viso mi si dipinse una finta smorfia di rimprovero.

«Questi galoppini sono un disastro totale» borbottai con presunta indignazione. «Avrebbero dovuto avvisarvi del mio arrivo, dovevamo incontrarci alle sei in punto e mi ha stupito moltissimo non trovarvi qui a quell'ora.»

Finalmente si scosse, si strinse nelle spalle, imbarazzato.

«Non sapevamo che...»

Cercai di nascondere la soddisfazione. Basta, ce l'avevo fatta. Comunque, diedi un altro giro di vite. Per ogni evenienza.

«Magari non è colpa vostra, ma questo ritardo mi ha fatta sentire terribilmente a disagio, e non so se questo avrà delle conseguenze...»

Mi dispiacque sembrare tanto sfrontata, ma non avevo altro modo di portarlo dalla mia. Eva Perón era famosa per il carattere umorale e le reazioni impetuose; era ovvio che il parrucchiere Alcaraz non aveva il minimo interesse a farla innervosire.

«Vado subito a chiamarle...» bofonchiò secco.

Uscì e io lo seguii, senza ombra di fretta. Si diresse verso una porta in fondo al corridoio, rimasi qualche metro alle sue spalle, in attesa. Quando la aprì, vidi in primo piano tre enormi bauli, e in fondo un'alta pila di cappelliere. E ancora più in fondo riuscii a scorgere i piedi di un letto, forse proprio quello di Alcaraz, sempre accanto a doña Eva per pettinarla e sciogliere i capelli a seconda del bisogno.

Notai che apriva una finestra, faceva gesti verso l'esterno agitando il braccio destro con energia. Evidentemente, nessuno rispose; ci riprovò, questa volta muovendo entrambe le braccia come le pale di un mulino. Macché. Alla fine, non gli rimase altra scelta che infilarsi le dita in bocca e lanciare un sonoro fischio sui regi giardini di Sua Eccellenza.

43

Le sarte si presentarono qualche minuto dopo, impacciate e confuse. L'urgenza con cui don Julio le aveva chiamate dalla finestra le aveva messe in allarme; era segno che qualcosa non andava per il verso giusto.

Asunta Fernández, della casa di mode Henriette, era oltre la quarantina e aveva i capelli raccolti in un foulard di seta. Juanita Palmou, della *maison* Paula Naletoff, più o meno della stessa età, teneva in mano un paio di occhiali da sole e una pamela di fibra naturale. La prima era alta e magra, la seconda aveva forme rotonde e l'aria accaldata. Avevo immaginato che fossero due ragazze giovani, due tenere apprendiste destinate a stirare abiti e allacciare bottoni che avrei abbindolato con facilità; mi sorprese trovare un paio di sarte esperte, come mia madre all'epoca in cui lavorava nell'atelier di doña Manuela. Ma queste due arrivavano da Buenos Aires, dove c'era molto più glamour e circolavano molti più soldi che nella Madrid poverissima dell'anteguerra. Io avevo saltato quella tappa intermedia: da giovane sarta con un certo potenziale ero diventata la proprietaria delle mie case di moda, prima a Tetuán e poi nel quartiere di Salamanca. Ma questo non occorreva che lo sapessero.

Le salutai senza la frivola insolenza che avevo impiegato per neutralizzare la diffidenza del parrucchiere. Ma mi assicurai di continuare a toccare i tasti giusti per portarle dalla mia parte.

«Sono qui grazie a don Alberto Dodero» ribadii. «Mi dispiace tantissimo che nessuno vi abbia avvisate del mio arrivo.»

Rimasi in attesa di una loro reazione, ma mantennero entrambe un silenzio tombale, visibilmente a disagio. Avevano avuto una giornata pesante e impegnativa, come tutte fin dal loro arrivo. No, non dal loro arrivo qui: forse bisognava andare ancora più indietro. Pesante e impegnativa come tutte le giornate da quando le rispettive *maison de couture* avevano ricevuto l'ordine di designare due lavoranti come responsabili del guardaroba della first lady durante il viaggio in Europa. Non era cliente fissa di nessuna delle due sartorie, che la servivano solo occasionalmente dall'anno prima, dopo che il generale Perón era stato eletto presidente. E, di sicuro, non la servivano mai con piacere. Atelier e punti di vendita rinomati, tanto Henriette quanto Paula Naletoff, vestivano da anni le signore dell'aristocrazia bonaerense, quelle che avevano buongusto, classe, cognome, criterio e soldi a palate. Le stesse contro cui la consorte del presidente portava avanti una guerra senza quartiere. O viceversa, non importava.

Quell'ingiunzione era arrivata a entrambe le case come una sassata contro una vetrina: nel timore di infastidire o persino di perdere la loro esclusiva clientela, non avevano il minimo interesse a vedere il loro nome associato alla moglie del presidente. Ma rifiutarsi era un gesto avventato. Nessuno rifiutava qualcosa a Eva Perón. E chi avesse osato farlo ne avrebbe subìto le conseguenze. Ovviamente, finirono per accettare e le confezionarono in esclusiva diverse mise. E le proposero Asunta Fernández e Juanita Palmou come accompagnatrici: due sarte di fiducia, prudenti e assennate, che svolsero l'incarico con totale professionalità.

Il giorno della mia visita, le attività previste avevano richiesto preparativi per quattro cambi d'abito: mattina all'interno, mattina all'esterno, pomeriggio alla corrida e cena di gala. Forse per questo, quando avevano terminato il loro lavoro e la comitiva ufficiale era partita per Las Ventas, avevano deciso di concedersi una piccola licenza e una visita alla piscina del palazzo. Adesso, a giudicare dal loro atteggiamento, sembravano convinte che quell'idea fosse stata un'idiozia. Nessuno aveva dato loro il permesso, perché non c'era nessuno a cui chiederlo: prendevano ordini solo dalla Signora e, occasionalmente, da don Alberto Dodero. In assenza di entrambi, si erano autorizzate da sole e adesso, mute davanti a me, rimpiangevano intimamente l'errore.

«Sono un'inviata della BBC di Londra, con l'incarico di coprire il tour di madame Perón in Spagna. Sto preparando un reportage su vari aspetti del viaggio e, fra questi, l'estetica di doña Eva gioca un ruolo importante. Il signor Dodero mi ha autorizzata a parlare con voi. È anche una sua decisione personale non disturbare la Signora con commenti su questo incontro.»

Le mie parole suonarono convincenti. Senza ipocrisie o salamelecchi, riflettevano la pura verità. Una verità che però inglobava una colossale menzogna su chi ero io, ovviamente. Sembrarono rilassarsi un po', ma rimasero immobili e non aprirono bocca.

«Sappiate anche» aggiunsi «che non ho alcun legame con le autorità ufficiali spagnole né con questo palazzo. Sono solo una professionista che svolge il suo lavoro, proprio come voi.»

«E cosa vuole da noi, di preciso?»

Alla fine, a parlare fu quella alta, con il foulard. Aveva tutta l'aria di chi non perde tempo in sciocchezze; mi fece di nuovo pensare a mia madre così com'era anni prima, dignitosa e seria, sempre al suo posto. Conoscevo l'identità della donna grazie alle informative di Kavannagh, ma lo tenni per me.

«Lei è la signora Palmou o la signora Fernández?»

«Asunta Fernández, responsabile del reparto sartoria nella casa di mode Henriette di Buenos Aires, per servirla.»

Aveva un accento misto, un po' argentino su una base castigliana; immaginai che fosse un'emigrante, come tanti che erano partiti per quella terra florida. Non mi sfuggì nemmeno lo sguardo che lanciò al parrucchiere. Intuitivamente, mi feci un'idea della funzione di ognuno di loro nel terzetto. Julio Alcaraz era il più vecchio e anche quello più in confidenza con la Signora. Ecco perché, prima di acconsentire alle mie richieste, voleva consultarlo; non tanto per rispetto gerarchico, quanto perché temeva che avrebbe vuotato il sacco mentre pettinava la chioma di doña Eva. Delle due sarte, Asunta Fernández era quella con più voce in capitolo. E Juanita, dall'aria meno severa, doveva avere avuto la pazza idea di passare un po' di tempo in piscina quel pomeriggio. Un'iniziativa assurda, su questo adesso sembravano essere d'accordo tutti e tre. Ma erano rinchiusi da quasi una settimana, a lavorare subendo le pressioni della Signora e ignorati dagli altri, lontani e isolati, spesso costretti a svolgere mansioni inferiori a quelle previste dal loro ruolo, perché madame Perón viaggiava senza aiutanti o una cameriera personale e al Pardo non gliene avevano offerto una. Nessuno si era disturbato a portarli fuori di lì qualche ora, a fare una passeggiata per Madrid o bersi una triste *horchata;* chissà se qualcuno si ricordava della loro esistenza. Loro che a Buenos Aires conducevano vite indipendenti, entravano, uscivano, decidevano, avevano i loro buoni stipendi e i loro appartamenti, adesso erano confinati in ambienti di servizio: lui circondato da bauli vuoti, le donne costrette a condividere un'angusta stanzetta con due letti striminziti.

Alla fine il parrucchiere diede il suo placet chinando lievemente la testa. Quindi le sarte procedettero a descrivermi le creazioni più importanti per i singoli eventi, dapprima rigide e abbottonate, poi un po' più sciolte. Ero incerta se tirare fuori il mio taccuino e prendere note, o almeno fingere di farlo. Alla fine decisi di no; intuii che così si sarebbero sentite più a loro agio.

Capii subito che, tranne qualche eccezione, non c'era un calendario fisso: proponevano i modelli in funzione del programma della giornata e la Signora decideva sul momento. Alcuni abiti che mi mostrarono li conoscevo perché avevo partecipato agli eventi in cui madame Perón li aveva sfoggiati, altri erano nuovi per me. Apprezzarono le mie osservazioni occasionali, eravamo d'accordo su molti punti. In breve, ci capimmo: non avrebbe potuto essere diversamente, visto che parlavamo la stessa lingua. Crêpe mongol, seta charmeuse, chiffon, satin opaco.

A mano a mano che procedevamo, trovai conferma all'idea che c'erano due diverse categorie di modelli all'interno delle creazioni che stavamo vedendo. Dalle maison delle due sarte e da qualche altra casa rinomata arrivavano quelle *haute couture*, più sobrie ed eleganti. Da mani diversissime – quelle di un certo Jamandreu, dissero – erano usciti altri capi un po' eccessivi per luccichii, sovrabbondanza di arricciature e drappeggi; qualcuno aveva persino piume di marabù.

Grazie al nostro vocabolario comune, a poco a poco le sarte presero fiducia; quando don Julio si allontanò per un momento, si lasciarono andare a qualche mezza confidenza. Che tra loro e doña Lillian cercavano di convincere il parrucchiere a pettinare la Signora con uno stile meno cinematografico e pomposo, senza tutti quei boccoli, rigonfiamenti, posticci, toupet, ciuffi arrotolati e banane. Che loro due e doña Lillian cercavano di consigliarla in modo che scegliesse le mise più armoniose e meno eccessive. E che alla fine, sempre, senza eccezioni, doña Eva faceva quello che le pareva.

«Qualcosa come lei, ecco cosa dovrebbe indossare» disse Juanita, esaminandomi con occhio sicuro.

Asunta annuì in segno di approvazione. Sfoggiavo un

tailleur di crêpe de Chine già molto diverso dai modelli austeri imposti dalla guerra, ma al tempo stesso senza fronzoli. Con spalline meno voluminose, il punto vita più marcato e una gonna più aggraziata. Non era una mia creazione ma, provenendo da loro, apprezzai il complimento.

«E questo?»

Trattenni fra le dita la ruota di un lunghissimo vestito di pizzo azzurro cielo, tempestato di paillettes. Si girarono verso la porta per accertarsi che il parrucchiere non fosse tornato.

«È un modello un po' speciale di Ana de Pombo. La Signora lo tiene da parte, nel caso si vada a Londra» annunciò Asunta, con semplicità. «Nel caso...»

Juanita la interruppe.

«Nel caso che finalmente i reali la ricevano.»

Aguzzai l'udito. Era proprio quello che avevo bisogno di sapere. E non avevo nemmeno dovuto chiederlo.

«Ma...» sondai. «È una tappa ancora incerta, no?»

Si scambiarono un'occhiata, come per mettersi d'accordo.

«A essere sincere» confessò Asunta, «questa faccenda è una spina nel fianco di doña Eva.»

Era proprio lì che volevo arrivare. Concentrai l'attenzione, allertai i sensi. Dissimulai il mio interesse, fingendo di osservare il vestito, in particolare la cappa che lo accompagnava. Era bordata di piume di struzzo e, una volta indossata, si sarebbe trascinata a terra almeno per un metro. Il vistoso insieme risultava eccessivo, quasi carnevalesco.

«E da cosa dipende la tappa inglese?» domandai con la massima discrezione, mentre lasciavo che il tessuto mi scivolasse tra le dita.

Asunta sospirò, come se l'argomento le causasse un certo fastidio.

«Anche se non lo ha detto pubblicamente, aspetta un invito formale da Buckingham Palace. Vuole che la ospitino lì, come stanno facendo qui in Spagna, che le riservino un trattamento da capo di Stato. Stanno considerando le date. Ho sentito dire che potrebbe essere prima del 20 luglio, dopo l'Italia e la Francia.»

Sollevai un'altra volta le pieghe della stravagante cappa con cui ambiva a percorrere i saloni, le scale e i corridoi di Buckingham Palace. Dunque le cose stavano così. Evita esigeva il protocollo reale. *Tête-à-tête* con il re e la regina.

«E la Signora dice che o loro accettano, o lei lì non metterà piede.»

Non riuscii a evitare un sorriso malinconico. Aveva grosse aspirazioni l'audace Eva Duarte Perón, con quella cappa che voleva essere maestosa e sembrava uscita da un drammone hollywoodiano. Forse nessuno del suo seguito l'aveva informata dell'austerità e della durezza dei tempi che la Gran Bretagna stava attraversando, di come la principale ossessione del governo e del popolo fosse la sussistenza. O magari lo sapeva, e non le importava.

«Londra è una delle sue due maggiori preoccupazioni» ribadì Juanita. «Non smette mai di ripeterlo e ogni volta che telefona in Argentina, quando parla con il presidente e con i ministri, chiede se hanno ricevuto l'invito.»

«In Spagna sa di avere già trionfato, quindi per lei questa è una tappa superata» spiegò la sua collega. «Adesso le interessano Londra e il Santo Padre.»

Sollevai le sopracciglia, incuriosita. A quel punto, non dovevo nemmeno scomodarmi a fare domande. Per mia fortuna, i lunghi giorni di isolamento senza scambiare una parola con qualcuno, la mia apparente affinità e un leggero fastidio avevano sciolto la lingua delle sarte.

«Guardi, questo è il vestito che indosserà in Vaticano.»

Mi mostrarono una stravagante veste nera lunga con cappa, cappuccio e un enorme orlo appesa al bastone delle tende. Pensai che avrebbe potuto contenere tre Eve.

«È un modello di madame Gres per la casa di Bernarda Meneses, lo sfoggerà con la Gran croce dell'Ordine di Isabella la Cattolica sul petto nell'udienza con papa Pacelli, magari riuscirà a ottenere il titolo di marchesa» chiarì Asunta. Aveva una faccia serissima, ma nel tono mi sembrò di notare una lieve punta di sarcasmo. Poi aggiunse: «Che il Santo Padre la nomini marchesa pontificia, ecco cosa vuole».

«E dopo, se lo ottiene, perché tutto il tour sia un successo completo» disse Juanita, «rimarrebbe solo l'ingresso in grande stile a Buckingham Palace.»

«E... non potrebbe accontentarsi di un'accoglienza meno regale?» indagai.

Tra tutt'e due stavano riponendo la cappa celeste, sincronizzate e senza guardarmi, con le loro quattro esperte mani. Un paio di paillettes caddero sul pavimento, Asunta si chinò a raccoglierle. Da lì, accoccolata, alzò il viso verso di me.

«O la invita la Corona, o niente.»

44

Appena arrivai in calle Pinar 5, cominciai a trascrivere tutto ciò che le sarte mi avevano raccontato riguardo a madame Perón e la Gran Bretagna. Seduta davanti allo scrittoio con la finestra aperta sul giardino, per prima cosa buttai giù qualche appunto rapido che in seguito avrei bruciato con un cerino sul water. Poi tirai fuori la macchina da scrivere che mi ero portata da Londra, rispolverai le nozioni di dattilografia apprese dalla severa insegnante cui ero stata affidata. Erano passate solo poche settimane da quando mi avevano sottoposta a quel frettoloso apprendistato; poi ero partita per Madrid, lasciandomi alle spalle Olivia e The Boltons, la BBC di Ara e Camacho, Kavannagh e i suoi. Era successo tutto in un passato vicinissimo, eppure, a volte, avevo l'impressione che fossero trascorsi lunghi mesi. Ma con mia grande sorpresa, invece di provare sollievo per aver abbandonato quella Londra così estranea, dalla mia Spagna disastrata e chiusa in se stessa ero consapevole di apprezzare ogni giorno di più l'Inghilterra e gli inglesi. Anche se la mia permanenza tra loro era stata breve, mi avevano dato grandi lezioni di pragmatismo, dignità e fermezza.

Ma non era il momento adatto per la nostalgia, dovevo concentrarmi. Quindi cominciai a picchiare rapidamente sui tasti mentre il sole calava in uno dei pomeriggi più lunghi dell'anno; usai lo stile schematico dei miei rapporti ai vecchi tempi dell'atelier di calle Núñez de Balboa e delle clienti naziste. Specificai gli interessi e le richieste della moglie del presidente Perón, la sua insistenza sull'invito da parte dei reali. Ritenni anche opportuno segnalare il suo interesse a ottenere un marchesato dal Santo Padre dopo essere stata omaggiata a Madrid con la Gran croce dell'Ordine di Isabella la Cattolica: forse gli inglesi avrebbero fatto meglio a prepararsi, nel caso anche loro avessero dovuto offrirle qualche altra importante onorificenza. Quando finii, sfilai il foglio dal rullo, lo piegai e, dopo averlo messo in una busta, lo nascosi nel doppiofondo della mia valigia, con altri brevi rapporti redatti nei giorni precedenti. Era previsto che incontrassi il mio contatto il mattino dopo, ultimo giorno a Madrid del viaggio. Non sapevo ancora chi fosse, e nemmeno il luogo e il momento.

Spalancai le ante dell'armadio e il mio guardaroba, anche se traboccava di stile e buon gusto, mi sembrò all'improvviso terribilmente scarno. Mi decisi in fretta: avevo il tempo contato e non disponevo di un parrucchiere personale e di due abili sarte che mi aiutassero a farmi bella. La cena di quella sera al Ritz era offerta da madame Perón al Generalissimo per ringraziarlo della sua ospitalità prima di partire per la *tournée* che ci avrebbe portati in vari luoghi della penisola.

L'Ufficio informazioni diplomatiche mandò diversi autisti a prelevarci; questa volta non venne a prendermi Diego Tovar, ma lo incontrai all'arrivo in plaza de la Lealtad, con il suo frac impeccabile e la mano tesa, pronto ad aiutarmi a scendere dall'auto. Sempre sicuro nei modi, sapeva benissimo che non era il momento di farmi complimenti. Il suo sguardo di ammirazione, però, fu eloquente.

Nelle vicinanze dell'albergo si era radunata una folla, in attesa della first lady argentina. Mentre aspettavano, senza sapere se doña Eva sarebbe arrivata puntuale o meno, i curiosi si dedicavano all'economico intrattenimento di osservare gli invitati. Abitanti di altri quartieri che erano arrivati lì facendo una passeggiata serale, centraliniste, studenti, aspiranti al mondo dello spettacolo, impiegate, manicuriste e apprendisti, ragazzi, truffatori e innumerevoli domestiche delle eleganti case vicine: c'era tutto questo e di più nella folla che acclamava, osannava e applaudiva indiscriminatamente chiunque arrivasse.

«Quella col vestito azzurro, quella col vestito azzurro!» gridarono al mio passaggio. «Bella! Bellaaa!»

Tanto entusiasmo popolare non sembrò compiacere neanche un po' il mio accompagnatore. Ma in quei giorni in cui quasi tutto ero proibito o censurato, le autorità avevano dato ordine tassativo di non porre alcun freno alle manifestazioni di fervore spontaneo. E Diego Tovar, in abito da cerimonia e con me al braccio, non poté fare altro che mettere a tacere la sua sensibilità di diplomatico e ingoiare il rospo.

A mano a mano che ci avvicinavamo alle grandi porte di ferro nero, la calca era sempre più fitta. Comunque si notava un certo controllo: una cosa era lasciare che la turba si sfogasse a urlare, tutt'altra che si mescolasse agli invitati. Un gruppo di uomini piazzati con severità davanti alla porta si occupava di evitare che questo accadesse. Senza urlare o applaudire, faccia seria e sguardo freddo, avevano il compito di sorvegliare che la situazione non precipitasse.

In prossimità dell'ingresso, spuntò un fotografo. Stava già per immortalarci quando, nell'entusiasmo collettivo, qualcuno lo spinse senza volere; inciampò con la macchina fotografica in mano e, scivolando, pestò il bordo della mia ampia gonna. A quel punto fu la mia stabilità a venire compromessa. Con il passo bruscamente interrotto, dovetti lasciare il braccio di Diego Tovar e per qualche istante temetti di cadere dai miei tacchi alti. Trascorsero alcuni attimi angosciosi che mi sembrarono eterni, in equilibrio precario. Finché qualcuno alle mie spalle, senza che potessi vederlo, mi sostenne con fermezza alla vita, impedendomi di finire a terra. Una corrente di sollievo mi attraversò il corpo mentre recuperavo la posizione verticale; mi ricomposi con discrezione e, ancora scossa, mi girai per ringraziare il mio salvatore.

«Non c'è di che.»

La sua voce era più profonda di quanto ricordassi. La faccia mi sembrò più affilata. Indossava un abito stropicciato di media qualità, le tempie mostravano i segni di un'incipiente calvizie. Per il resto, non era cambiato. Ignacio Montes, il mio fidanzato di un tempo, mi aveva appena risparmiato una caduta in pubblico sostenendomi con le sue mani. Le stesse mani che un tempo mi avevano accarezzata, quelle che trovavo a ricevermi ogni sera sulla porta dell'atelier quando finivo di lavorare e che mi regalavano cartocci di caldarroste d'inverno e mazzetti di gelsomini comprati per due reali d'estate. Quelle mani avevano quasi sfoggiato una fede matrimoniale che ci avrebbe uniti per la vita, se non si fosse messo tra noi un mascalzone che adesso, tornato a Madrid, si spacciava per argentino, facendosi strada a suon di impudenza e tango.

Non ci scambiammo nessun'altra parola. Muti fra la gente, incrociammo solo gli sguardi. Finché Ignacio, a mo' di saluto, alzò due dita nel gesto di toccare l'ala di un cappello che non portava. Non potei far altro che distogliere gli occhi dai suoi e andare avanti, di nuovo sottobraccio a un altro uomo, sentii altri complimenti, lampi di flash fotografici, urla, applausi. Mi lasciavo alle spalle un pezzo della mia vita precedente, un uomo intento nel suo lavoro, a sorvegliare i suoi subordinati in modo che quella sera le cose non sfuggissero di mano. Mi rimase dentro, da qualche parte, un pizzico di profonda nostalgia.

Ignaro del mio incontro con il passato, Diego mi condusse nella hall sotto la sua ala protettrice.

«Mi sono preso la libertà di chiedere che ti facciano sedere al mio tavolo. C'è qualcuno che credo ti sarebbe utile conoscere per il tuo reportage.»

In genere mi assegnavano un posto con i miei presunti colleghi giornalisti, sempre meno numerosi quelli internazionali e invariabilmente presenti i miei connazionali. A lui, quale direttore dell'Ufficio informazioni diplomatiche, riservavano una sistemazione più prestigiosa. Annuii distratta, mi sembrava di sentire ancora la vicinanza del mio buon Ignacio.

Cominciavano a farmi male i piedi dopo aver aspettato tanto a lungo senza sedermi quando, con il solito ritardo, nacquero i nervosismi e l'agitazione che annunciavano l'arrivo di Sua Eccellenza e della first lady. Per fortuna, siccome quella sera erano gli argentini a invitare, al termine degli immancabili inni nazionali non ci furono altre cerimonie ufficiali e la cena poté iniziare di lì a poco. Da lontano osservai che madame Perón, per quella serata di commiato, se n'era allegramente infischiata dei consigli delle sue discrete sarte: a suo gusto e piacimento, si era vestita e pettinata come per un gala della Metro-Goldwyn-Mayer e non per una cena protocollare nella scialba Madrid del '47. Vestito a sirena color argento cangiante, con un lunghissimo scialle coordinato fissato ai capelli. Enormi orecchini, collana imponente, anelli, braccialetti, fascia e spilla. Don Julio aveva superato se stesso con il pettine e il fissatore, e il ciuffo biondo attorcigliato era alto un palmo sopra la fronte. Il Generalissimo non indossava l'uniforme ma il frac e portava al collo il Toson d'oro; il resto dei presenti ostentavano i gioielli di famiglia e le decorazioni, le fasce, i distintivi e le medaglie al merito. Circondata da tanta esibizione onorifica, afferrai un pettegolezzo al volo: a Franco non andava giù che, l'ultimo giorno della permanenza a Madrid, la sua invitata non sfoggiasse la Gran croce dell'Ordine di Isabella la Cattolica che lui stesso le aveva conferito.

In quel lungo tavolo che accoglieva oltre una ventina di commensali, tutti tranne me sembravano conoscersi. La persona che Diego Tovar presumeva mi interessasse era un uomo pingue dalla faccia paffuta e dai capelli ricci pettinati all'indietro con grandi dosi di brillantina. Non era la prima volta che lo vedevo: era sempre presente agli eventi. Si trattava di Agustín de Foxá, secondo segretario dell'ambasciata spagnola a Buenos Aires. Agustín de Foxá, conte omonimo, come di solito si presentava.

La grande sala da pranzo del Ritz trasudava sfarzo in quella serata di congedo, piena di piante rigogliose e lampadari splendenti, una vera ostentazione nella buia capitale del dopoguerra, dove non c'erano quasi luci nelle strade e la gente rubava le lampadine dei fanali e i cavi della rete elettrica cittadina per recuperare il filo di rame e venderlo poi al mercato del Rastro. Nonostante tutto il rispetto dovuto alla presenza del capo di Stato e della sua ospite, gli animi erano esultanti: molti tiravano un respiro di sollievo perché, a partire dal giorno dopo, passavano ad altre città la responsabilità della visita. "Va' con Dio, brava donna" avranno pensato. Va' in pace e lasciaci riposare. Fine dei preparativi e delle disposizioni, delle richieste, delle urgenze, delle isterie e degli attacchi di nervi perché tutto fosse perfetto, per stupire la moglie del presidente argentino, esaltare l'immagine del Caudillo e cercare di far arrivare al mondo il messaggio che il regime godeva di ottima salute.

Con Diego Tovar alla mia destra e un noioso pezzo grosso di non so quale ministero a sinistra, la cena ebbe inizio. Quest'ultimo, sentiti i miei legami con la BBC, si lanciò in un lungo soliloquio sulla caccia in Inghilterra; finsi di ascoltarlo con un certo interesse, mentre in realtà avevo occhi e orecchie solo per quello che succedeva nel resto del tavolo. Foxá era senza dubbio il più loquace: in uno stile sciolto e scherzoso, aveva cominciato a descrivere un suo recente viaggio in tutta l'America del Sud. «Lima è una Siviglia con i terremoti» diceva mentre si ingozzava di antipasti. «Il lago Titicaca, un Mediterraneo alzato come una coppa. Dall'alto, di notte, Rio de Janeiro è meravigliosa, incredibile, supera Costantinopoli.» Tutti quelli che gli stavano attorno applaudivano ai suoi commenti; lui, tra una frase e l'altra, dava fondo con voracità alle pietanze e al vino.

«Per gli argentini, la Spagna vale meno di zero» proclamò poi, con un bicchiere di bianco alzato a mo' di bandiera. «I ricchi e istruiti del Río de la Plata o adorano lo snobismo anglosassone, o hanno la Francia e il francese come punto di riferimento. Per noi spagnoli, invece, provano solo indifferenza, come se non esistessimo. Non si ricordano neppure di tutto quello che per secoli abbiamo significato in quelle terre; ci considerano un paese di emigranti, abbiamo fama di essere solo dei rozzi galiziani. Testardi, spilorci e mezzo idioti, non importa se andalusi, di León o di Valencia, si fa di ogni erba un fascio, siamo tutti galiziani capaci soltanto di diventare portinai, camerieri, bottegai o muratori con in testa un fazzoletto annodato. Sapete come ricevono, alla lettera, i ministri di Perón l'ambasciatore Areilza la maggior parte delle volte? Ecco che arriva quel galiziano morto di fame, dicono, vediamo cosa vuole.»

Foxá andava avanti così, catturando l'interesse del rispettabile pubblico senza che il suo discorso perdesse mai forza. Quando ci servirono il salmone del Bidasoa, si era già conquistato l'attenzione di tutta la tavolata come una primadonna; a quelli troppo lontani, cui la sua voce non arrivava, i vicini riferivano con grande allegria le parole e i pareri del terzo conte di Foxá e marchese di Armendáriz, falangista della prima ora, diplomatico in carriera, articolista, scrittore e poeta. Aguzzavano l'udito perfino dai tavoli vicini, in attesa delle sue spassose uscite. Con qualche rara eccezione, tra cui io, tutti in quella sala avevano senza dubbio letto il suo romanzo *Madrid, de Corte a checa*. Narrava le vicissitudini dei nazionalisti nella Madrid repubblicana durante la guerra civile, le sofferenze della fazione di cui tutti i presenti avevano ovviamente fatto parte.

«Come potrei non essere di destra» urlò orgoglioso, «dal momento che sono grasso, sono conte e fumo sigari?»

Solo due persone sembravano completamente indifferenti al suo eloquio incisivo. Una era il mio vicino, che andava avanti con la sua solfa su fagiani e pernici, cervi e cinghiali. L'altra era seduta in diagonale rispetto a me, avevo già visto anche lei, ma solo da lontano, in altri eventi e visite del programma: una giovane donna molto attraente che si distingueva per la statura e uno stile alquanto più mondano di quello delle caste signore appartenenti alla comitiva di doña Carmen Polo. Mentre Foxá scatenava una nuova ondata di risate grazie a qualcuna delle sue impertinenze, la osservai di sottecchi. Impassibile, teneva gli occhi fissi sul piatto che graffiava con il coltello del pesce, distratta, assorta nei suoi pensieri, non mangiava nemmeno. Indossava un vestito color amarena senza maniche, aveva il collo lungo, capelli castano scuro, bellissimi lineamenti e le palpebre abbassate con un fondo di tristezza.

Portarono via i piatti, arrivò lo chateaubriand con le patate duchessa, e il ghiotto diplomatico ne approfittò per cambiare argomento. Via via che spazzolava la carne e mandava giù generose sorsate di rosso, spostò il discorso nientemeno che su Eva Perón. Parlava con conoscenza di causa: era stato destinato all'ambasciata spagnola di Buenos Aires sei mesi prima e conosceva di persona i meccanismi del peronismo. Con la sua ironia barocca, procedette quindi a descrivere la maniera in cui la first lady gestiva le sue brame di giustizia sociale.

Per ore, a quanto raccontò, negli ambienti del ministero del Lavoro e della Previdenza riceveva sia morti di fame, diseredati e vecchie sia ambasciatori e vescovi. Da lì, la moglie del presidente Perón esercitava il suo potere come in una

festa della pentolaccia, facendo giochi di equilibri-
nto affermava Foxá, tra un velleitario tira e mol-
à della Madonna di Lourdes e la più splendida generosità. Per sua volontà si elargivano biciclette, pensioni per le vedove e dentiere, materassi e corredi da sposa, riparazioni di tetti, operazioni chirurgiche, protesi ortopediche e migliaia di confezioni di latte in polvere.

Mentre saltava da un aneddoto all'altro, incitato dai commenti e dalle risate dei distinti commensali, Foxá trovò anche il modo di finire la carne e chiedere al cameriere che gli versava altro vino di riempirgli nuovamente il piatto. Il mio vicino a sinistra mi fece omaggio dell'ennesimo dettaglio sulla caccia alla volpe con i cani, che quasi ignorai. La giovane donna bella e inespressiva, da parte sua, rimaneva estranea a tutto: come se quelle chiacchiere, che gli altri trovavano così divertenti, la annoiassero a morte.

«Non è così, Mery? Di' tu se non è vero quello che sto dicendo.»

Il diplomatico aveva alzato il tono e, con mia grande sorpresa, tutti gli sguardi si puntarono immediatamente su di lei. Per tutta risposta, l'interpellata si strinse nelle spalle senza nemmeno guardarlo, come se quella domanda e quell'uomo la lasciassero indifferente. Foxá non si preoccupò della sua passività; incurante di quella mancanza di reazione, riprese a parlare, recuperando l'attenzione dei presenti.

Nella nostra parte del tavolo, però, rimase ad aleggiare una sensazione di disagio. Diego Tovar cercò di alleggerirla.

«Mery, stai bene?»

Lei rimase in silenzio mentre nell'opulenta sala da pranzo del Ritz risuonavano le voci, il tintinnio di piatti e posate e il rumore dei tappi che saltavano dalle bottiglie di champagne spagnolo, come diceva il menù.

Diego insistette.

«Mery?»

Finalmente alzò gli occhi, grandi e scuri, pieni di malinconia tra le lunghe ciglia. Fece un sorriso meccanico, poi bisbigliò:

«Benissimo, *darling*, grazie.»

A quel punto avevamo già addosso uno sciame di camerieri che portavano via i piatti e servivano il dessert e lo spumante nelle coppe svasate. La lingua sboccata di Foxá aveva lasciato da parte Eva Perón per passare all'imminente addio alle arene di Manolete. Tra tanto cibo, vino e foga logorroica, aveva il faccione rosso e congestionato; in quel momento si stava asciugando il sudore strofinando l'imponente pappagorgia con un fazzoletto appallottolato. Sul piqué bianco del panciotto spiccava una macchia di salsa.

Imperturbabile, Mery si era alzata in piedi lentamente, rivelando un portamento magnifico.

«Non mi dirai che è sua moglie...» mormorai a Diego, nascondendo l'incredulità dietro il tovagliolo.

Annuì con discrezione. A quel punto, con mia grande sorpresa, lei si rivolse a me e, in un inglese eccellente, mi pregò di accompagnarla in bagno.

45

«Suo marito racconta cose interessanti.»

Lo dissi per rompere il ghiaccio.

Avevamo lasciato insieme la grande sala da pranzo e attraversato la hall. Insieme ci eravamo incipriate il naso e il décolleté davanti allo specchio, avevamo ritoccato simultaneamente il rossetto. Ma fino a quel momento non avevamo più scambiato parola.

«Mio marito è un idiota.»

Lo disse senza toni drammatici, come se stesse parlando di un giorno della settimana o di un appuntamento dall'oculista. Poi si sedette su una panca tappezzata, accavallò le gambe sotto il voile rosso del vestito e si accese una sigaretta: non sembrava avere fretta di tornare al tavolo. Con Foxá formava una coppia così assurda che continuava a sembrarmi inconcepibile. Lei giovane, di modi raffinati, bella e pacata. Lui esuberante all'estremo, un ghiottone vorace senza dubbio intelligente, ma brutto, fanfarone ed esibizionista.

L'interesse che aveva lesinato al marito adesso lo riservò a me.

«E così lei risiede a Londra?»

Non capivo quando lo avesse saputo, non sembrava avermi prestato attenzione durante tutta la serata.

«Anch'io ho vissuto lì per alcuni anni, prima di avere la sventura di trasferirmi in Spagna.»

Aspirò una profonda boccata dalla sigaretta, lasciando un cerchio di rossetto sul filtro.

«Non sopporto questo paese e la sua gente.»

Rimasi davanti allo specchio, fingendo di sistemarmi una ciocca sfuggita dai capelli raccolti sulla nuca.

«E Buenos Aires?» domandai dopo qualche istante. «Le piace?»

«Se non altro è la capitale di un paese giovane e prospero, sa che c'è persino Harrods?» disse con una smorfia ironica. Ridiventò subito seria. «Almeno lì posso nuotare, giocare a tennis e uscire da sola senza essere considerata una donnaccia. O una pazza.»

Il tono dei suoi commenti continuava a essere spassionato, un po' frivolo. Eppure ebbi la consapevolezza di avere davanti a me una fonte d'informazioni potenzialmente utile. Se non esitava a spiattellarmi che il marito era un idiota, forse mi avrebbe parlato con franchezza anche di altre cose.

«Conosce da vicino madame Perón? Ha avuto anche quell'opportunità?»

Mi osservò mentre aspirava un'altra boccata, senza distogliere lo sguardo dal taffetà azzurro in cui ero avvolta.

«Davvero sta preparando un reportage su di lei? Non ha un'aria da giornalista, non credo che potrebbe permettersi un vestito come questo con il suo stipendio.»

Avvicinai una mano al suo portasigarette senza chiederle il permesso, mi portai una sigaretta alla bocca. Se non mostrava riservatezza, non lo avrei fatto neanch'io.

«*A full-time reporter* della British Broadcasting Corporation» assicurai sfacciatamente dopo aver espirato il fumo. «Al cento per cento.»

Scavallò le gambe e le incrociò in senso opposto. In fondo, non le importava affatto chi fossi.

«Tutto quello che ha detto su Eva Perón quella linguaccia

di Agustín è vero. Le piace ostentare una generosità infinita in pubblico, dare dimostrazioni esorbitanti del suo impegno a favore degli sfortunati e tiranneggiare a capriccio quelli che secondo lei hanno i mezzi per contribuire a tanta munificenza.»

Nel suo spagnolo si percepiva una strana mescolanza di accenti.

«Evita è una persona inclassificabile» aggiunse. «Per qualcuno, impudente, risentita, arbitraria, impertinente e dispotica, priva di senso della misura, cultura o classe. Per altri, invece, è una fata madrina che lotta con le unghie e con i denti per la dignità e il benessere dei lavoratori, delle donne, dei bambini e di tutti quei miserabili di cui nessuno si è mai occupato.»

Ecco. Di quella duplice percezione avevo avuto notizia, quelle cose le sapevo già. Ma volevo che qualcuno andasse oltre: che mi fornisse un'opinione più ponderata, un punto intermedio tra chi la adorava come se fosse Maria Santissima e chi avrebbe voluto spedirla all'inferno.

«Sa cosa trovo davvero ammirevole?» proseguì.

Si alzò, diede un'ultima boccata alla sigaretta e socchiuse gli occhi per evitare che vi entrasse il fumo.

«Che è una donna libera.»

Annuii piano, pensavo di capirla.

«A quindici anni, Eva Duarte ha deciso da sola quale sarebbe stato il suo futuro ed è andata a cercarselo. Quando ne aveva poco più di venti, ha scelto il suo compagno e lo ha conquistato. Fatto questo, non si è accontentata di vivere all'ombra dell'uomo più potente di uno dei paesi più ricchi della Terra. Accanto a lui, ma mai sottomessa, ha tracciato il proprio cammino individuale e ha spiccato il volo.»

La bella Mery spinse la porta di una cabina, alzò il coperchio della tazza e lanciò il mozzicone.

«Niente la spaventa» aggiunse uscendo. «Nessuno le incute soggezione. Eccola lì, seduta accanto a quel tiranno di

Franco, vestita come le pare e assolutamente sicura di sé. Non ho mai conosciuto una donna tanto libera, tanto padrona delle proprie opinioni, decisioni e azioni.»

Fece un passo verso di me.

«Lei può dire altrettanto della sua vita, *my dear*?»

Non risposi. Il mio silenzio era eloquente.

«Nemmeno io.»

Ci guardammo per l'ultima volta allo specchio e riprendemmo le borsette, pronte a tornare al nostro posto, ligie, obbedienti.

«Lo racconti dalla BBC, così il mondo lo saprà» concluse mentre i nostri tacchi risuonavano sul marmo della hall. Dalla sala da pranzo uscivano voci alte, stavano già servendo il caffè e i liquori. «Dica attraverso i suoi microfoni che Evita è unica e passerà alla storia. Quando di noi due e delle scemenze di mio marito non si ricorderà più nessuno, quando della gloria di Franco rimarrà solo fumo e tutti quelli che adesso lo adulano non saranno che ombre, Eva Perón sarà ancora viva nella memoria.»

46

Circolavamo quasi da soli per il paseo de la Castellana, l'aria della notte ci sferzava il viso. Ci eravamo lasciati alle spalle plaza de la Lealtad e Nettuno con il suo tridente, salutammo la dea Cibele mentre Diego Tovar mi aggiornava sulle successive tappe del programma.

«I voli per Granada partiranno domani alle cinque e mezzo del pomeriggio; la signora Perón e il suo seguito viaggeranno in un aereo e su quello successivo saliremo noi accompagnatori ufficiali e la stampa. Appena atterreremo, cominceranno le manifestazioni ufficiali.»

Incrociammo solo un paio di macchine solitarie che viaggiavano nel senso opposto al nostro. All'altezza di plaza de Colón, un paio di operai innaffiavano la carreggiata con enormi tubi, e Diego dovette fare una brusca sterzata per evitare che ci bagnassero. Proseguimmo lungo l'ampio viale tra alberi, edifici pubblici e vecchie palazzine; chiusi gli occhi per qualche istante mentre la frescura della notte mi penetrava nei pori della pelle e nelle radici dei capelli.

«Volevo chiederti scusa, Livia; forse non è stata una buona idea farti sedere al nostro tavolo» confessò, cambiando del tutto argomento. «Oggi Foxá non era in uno dei suoi momenti migliori.»

Ripensai a quella strana coppia. Erano usciti dal Ritz insieme a noi. Lei camminava davanti, dritta, alta e bella, avvolta nei suoi voile. Lui rimaneva qualche passo indietro, ubriaco e sudato, con il passo pesante, lo sparato della camicia sporco, il cinturino della cravatta del frac mezzo slacciato.

Tra i ronzii del motore, Diego mi tratteggiò con brevi pennellate la storia di Mery Larrañaga Foxá. Figlia di un peruviano dirigente della Shell e di una spagnola di nobili origini, da giovane si era trasferita da Londra a Siviglia per ragioni familiari, e poco tempo dopo era stata spinta a sposare un uomo che aveva il doppio dei suoi anni e che tutti trovavano spiritosissimo. Tutti tranne lei. Ma era un aristocratico, ricco e famoso. Ed era anche un diplomatico. Forse fu l'unica cosa che le piacque un po': la possibilità che la portasse via da quella Spagna misera e polverosa.

«Noi amici abbiamo capito che quella relazione era una follia fin da quando abbiamo partecipato alle nozze a Siviglia. Non sono pratico di questioni matrimoniali, non ho esperienza, ma lì, nella chiesa dell'Hospicio de los Venerables e durante l'aperitivo che hanno servito poi nei cortili, ho visto chiaramente che quella coppia non poteva funzionare.» Rimase in silenzio per un attimo, come se stesse cercando di recuperare frammenti di memoria. «Lei non gli ha rivolto un solo sguardo per ore. Lui alla fine era ubriaco fradicio.»

Fece un'espressione fra la malinconia e il sarcasmo, osservai per qualche secondo il suo profilo mentre era al volante. L'aria lo aveva spettinato, il ciuffo castano gli ondeggiava scomposto sulla fronte dandogli un aspetto giovanile, nonostante fosse sulla quarantina. Era attraente, Diego Tovar de las Torres. Bella presenza, bei cognomi, una bella carriera. Un buon partito, insomma. Mi domandai come mai fosse ancora scapolo.

«A ogni modo, Agustín la adora» proseguì, come per discolparlo.

«Lei non lo sopporta. Pensa che sia un idiota.»

Sorrise con una smorfia amara.

«È un *bon vivant* eccessivo e indolente, non sta zitto nemmeno sott'acqua ed è una calamità nelle questioni che richiedono disciplina e lavoro metodico. Ma è un uomo dall'intelligenza brillante che ama la moglie. Male, ma l'ama. Profondamente.»

Superammo il carro di un rigattiere, tirato da due mule. Era carico di cianfrusaglie, con in cima un fragile equilibrio di scatoloni e pacchi di carta. E a quel punto mi fece una confidenza.

«Lei ha deciso di compensare la propria infelicità essendogli infedele. Non si prende nemmeno la briga di nasconderlo, lo fa davanti a chiunque, lo sanno tutti.»

La ricordai mentre fumava seduta sulla panca con le gambe accavallate, la nuca appoggiata agli azulejos. Mi chiesi se avesse avuto una relazione anche con il mio accompagnatore.

«E lui come reagisce?»

Diego scoppiò a ridere.

«Con uno stoicismo ammirevole. Dice senza vergogna che preferisce un diamante condiviso a una merda tutta per sé.»

Ridemmo entrambi nel cuore della notte, non c'erano quasi luci in quest'ultimo tratto del paseo de la Castellana, vicino all'ippodromo, ai terreni incolti e alle aree disboscate.

«Poi, per consolarsi, provoca i rivali con il suo ingegno mordace dedicandogli poesie.»

Svoltò a destra, ci addentrammo in calle Pinar, buia e deserta. Si fermò davanti al Circolo della stampa; in qualsiasi altra occasione, sarebbe sceso immediatamente per venire ad aprirmi la portiera. Questa volta rimase immobile.

«I rapporti tra uomini e donne sono strani» mormorò mentre girava la chiave di accensione per spegnere il motore. Era un'affermazione banale, ma le infuse un tono, qualcosa, che la riempì di sincerità.

«Perché non ti sei mai sposato, Diego?»

Rimpiansi subito di aver fatto quella domanda. Anche se

avevamo rapporti cordiali, e aveva appena finito di condividere con me le confidenze matrimoniali di un amico, la nostra era una relazione strettamente professionale, e tale doveva rimanere. Ma mi era venuta la curiosità, forse perché era molto tardi e mi sentivo esausta dopo aver finto tanto a lungo di essere quella che non ero, o forse perché le complessità dell'animo umano mi sembravano sempre meno comprensibili.

Il mio interesse non sembrò infastidirlo. Nemmeno sorprenderlo.

«Stavo per farlo, ma è scoppiata la guerra, lei è dovuta partire perché era figlia di un diplomatico e... Alla fine, non è stato possibile ritrovarci. Poi sono venuti i miei incarichi all'estero, sono stato in Brasile, in Cile e nelle Filippine, e in seguito, quando sono tornato a Madrid...»

Tacque di colpo e fece una risata amara, a denti stretti.

«Bugie, Livia. Tutto quello che ti ho appena detto è una bugia. Sono le scuse che trovo per me stesso. La sola verità è che, dopo quella volta, non ho più pensato al matrimonio perché non ho trovato nessuna che mi abbia sedotto abbastanza.»

Eravamo parcheggiati davanti al Circolo della stampa, si vedevano solo tenui bagliori nei portoni delle ville vicine, il cielo punteggiato di stelle e, in lontananza, un paio di lampioni giallognoli. Come unico rumore, grilli e cicale, l'abbaiare occasionale di un cane.

«Non ho trovato nessuna...» ripeté. «Finora.»

In quel momento capii che dovevo andarmene. Scendere immediatamente da quella macchina. Ma lui mi trattenne. La sua mano coprì la mia. La sua voce suonò sicura, in un sussurro roco.

«Aspetta.»

Il resto venne da sé: le sue dita sulla mia nuca, le sue labbra sulle mie labbra. Non riuscii a respingerlo, di colpo mi aveva invasa una sorta di debolezza. Come se il mondo stesse svanendo tutt'intorno a me. Come se il mio corpo si stesse disintegrando e io non fossi altro che una nuvola di spuma.

Salii le scale in punta di piedi, cercando di riordinare le idee. Entrando nella mia stanza, trovai una busta infilata sotto la porta. Con parole innocue, e con il pretesto di un innocente incontro, mi invitavano a fare colazione all'Embassy alle dieci. Qualcosa mi scricchiolò dentro. L'Embassy. Quanto tempo.

Quella notte dormii male, feci molti sogni, e strani. La mano di Ignacio sulla mia spalla mentre stavo per cadere in un precipizio, la faccia gonfia di Foxá che rideva a crepapelle, sua moglie che fumava una sigaretta mentre era seduta sul coperchio di un water, il bacio di Diego Tovar che si trasformava in un lungo fischio. Mi svegliai presto e, con la mente ancora confusa, preparai la valigia.

L'ultima cosa che feci fu togliere dal doppiofondo i rapporti nascosti; con questi, mi avviai verso l'Embassy. Decisi di andare a piedi, non faceva ancora caldo e avrei potuto riflettere al ritmo dei miei passi. Non avevano detto chi mi stesse aspettando, se fosse uno sconosciuto o qualcuno che avrei ritrovato. Questo comunque non mi inquietava; ci avevo fatto l'abitudine in passato, era una procedura ripetuta decine di volte. Mi rividi com'ero allora, più giovane e fragile, più vulnerabile e attenta al mio stile, all'altezza delle richieste avanzate dalle mie clienti. Adesso indossavo pantaloni chiari e leggeri; quasi nessuna donna osava portarli nella pudicissima Spagna di Franco, ma io potevo permettermelo, camuffata da straniera com'ero. Sopra, una giacca di lino, i grandi occhiali da sole e i capelli raccolti con un foulard di seta. Erano trascorsi poco più di due anni dalle mie ultime operazioni in quella stessa Madrid; da allora, il mondo aveva trovato un nuovo ordine. Nel fondo come nella forma, anch'io ero un'altra.

Non avrei trasmesso al servizio segreto britannico una succulenta fetta di informazioni ma, al momento, tenevo fede ai miei impegni. Riferivo le mie conversazioni con gli uni e con gli altri, quello che avevo visto con i miei occhi e le mie impressioni generali rispetto alla first lady argentina e allo svolgimento del viaggio. Mi aspettava il resto del tour nella penisola; alla fine e dopo il mio rientro a Londra, avrei consegnato altri rapporti. E così avrei chiuso quel capitolo inatteso della mia vita e avrei ripreso le redini del presente. Un presente ancora indefinito, che avrebbe lasciato il passo a un futuro incerto a cui per il momento preferivo non pensare.

L'ingresso dell'Embassy si trovava all'angolo tra il paseo de la Castellana e calle Ayala. A un lato, un lustrascarpe stava chiacchierando con un venditore di biglietti della lotteria; all'altro, una vecchia avvolta in uno scialle di lana nera chiedeva l'elemosina tendendo la mano lercia. Un giovane dipendente in divisa mi aprì la porta di vetro della sala da tè; senza essermi ancora tolta gli occhiali scuri, notai che c'erano già clienti. Alcuni stranieri dalle abitudini mattiniere, dei pochi rimasti a Madrid in quei giorni. Qualche spagnolo che era già stato alla prima messa domenicale e voleva portare a casa un vassoio di dolci per la colazione della sua famiglia o una torta al limone per il dessert. Signore ben vestite davanti alle loro tazze di cioccolata, signori che si sedevano a bere un caffè macchiato mentre leggevano l'"ABC" o l'"Alcázar", qualche giovanotto che non era ancora andato a dormire, di ritorno da una gozzoviglia.

Appena qualche anno prima, quando i tedeschi passeggiavano ancora per Madrid tronfi e minacciosi, i pochi metri quadrati di quel locale erano stati l'epicentro di intrighi, tensioni, cospirazioni e trasferimenti di rifugiati. In quel contesto, passavo messaggi in codice al capitano Alan Hillgarth o a qualcuno dei suoi uomini, bevendo un innocente aperitivo con le mie clienti e trasmettendo informazioni segrete a vari contatti. In qualche occasione avevo incontrato lì anche Marcus, ma avevamo sempre finto di non conoscerci.

Mi arrivò alle narici un odore di delizia assoluta, quello dei vassoi di brioches appena uscite dal forno, paste, plum cake e croissant fatti con farina bianca e burro fresco. In quel locale raffinato non avevano bisogno del grano promesso dalla munifica Argentina di Perón per alleviare la fame di tanti; la proprietaria, l'ammirevole Margaret Taylor, si procurava abilmente partite di prodotti basici fatti arrivare da vari punti grazie ai suoi contatti. Così, mentre la maggior parte degli spagnoli cominciava la domenica con un bicchiere di latte annacquato, un finto caffè a base di cicoria o un semplice tozzo di pane duro, mentre milioni di famiglie non avevano quasi niente da mettere sotto i denti, all'Embassy non si sapeva cosa fosse la parola penuria.

Nel momento in cui tolsi gli occhiali da sole, lo vidi dall'ingresso e sentii un tuffo al cuore. Mi ero appena resa conto che avevano mandato a incontrarmi qualcuno che conoscevo. Mentre leggeva un numero arretrato del "Times" fumando la pipa, accanto al bancone mi aspettava Tom Burns, il vecchio addetto stampa dell'ambasciata britannica. Non ci era mai stato possibile mantenere rapporti da vicino, ma sapevo che Marcus aveva lavorato con lui fianco a fianco nella lotta contro la minaccia nazista; sapevo che era al corrente del nostro discreto matrimonio, e che si erano stimati reciprocamente. Il semplice ricordo fece sì che mi colpisse con forza una sferzata di malinconia. Riuscii a controllarmi e nascosi l'emozione come meglio potei, ricorrendo alle arti menzognere che avevo usato in altre occasioni tra quelle stesse pareti. Con simulata freddezza, per evitare la voglia di scoppiare a piangere o di abbracciarlo, gli tesi una mano languida.

«Sono felice di rivederla, cara.»

Cara, aveva detto. Né Livia né Arish, tantomeno Sira. Non c'erano più tedeschi lì intorno, né, almeno si supponeva, confidenti o spie. Ma era sempre meglio mantenersi prudenti.

Ci sedemmo a un tavolo discreto accanto a una colonna,

ordinammo tutti e due un tè. Non appena il cameriere si fu allontanato, Tom Burns mi fece le condoglianze per la morte di Marcus, mentre a me si formava un nodo in gola. Gli dedicò alcune parole di elogio, ma ebbe il tatto di fermarsi in tempo per evitare che crollassi. Non lavorava più per la legazione britannica; come sir Samuel Hoare e tanti di allora, era tornato a Londra. In effetti, non era rimasto quasi nessuno nell'ambasciata in quei giorni in cui, dopo la decisione delle Nazioni Unite di decretare l'embargo contro la Spagna, la maggior parte degli ambasciatori era stata richiamata dalla Madrid di Franco e le missioni diplomatiche avevano scarso successo. Ma la moglie di Tom Burns era spagnola, figlia del dottor Marañón, quindi la coppia vi tornava spesso. E in quelle occasioni, memori di altri tempi, ogni tanto i suoi vecchi amici del Secret Service gli chiedevano qualche favore. Come incontrare me quella mattina, per esempio.

Chiacchierammo di banalità, nessuno dei due accennò alla resa della Germania, al legato dei nazisti in Spagna o al sanguinoso attentato contro il King David. Parlammo solo del caldo in agguato, del suo lavoro editoriale in Inghilterra, del ristorante Martínez a Londra o del freddo terribile di quell'inverno. Nessuno si accorse che, a metà del nostro incontro, io tirai fuori dalla borsa i miei rapporti mentre fingevo di prendere un fazzoletto. Così come nessuno mi vide introdurli fra le pagine del "Times" che Burns aveva lasciato di proposito sulla tovaglia immacolata, accanto alla zuccheriera. Conclusa la procedura, ci salutammo senza indugi. Lo seguii con lo sguardo mentre pagava alla cassa e usciva con il giornale sottobraccio e la pipa in bocca. Attraverso i vetri, lo vidi cercare nella tasca e chinarsi a fare l'elemosina alla vecchia in lutto dalla mano immonda.

Dopo che se ne fu andato aspettai un paio di minuti, davanti al mio tè ormai freddo, immersa in una solitudine infinita. Tom Burns, coetaneo di Marcus e con analoghi impegni, tornava alla sua vita, alla sua famiglia, alla speranza di costruire un futuro e guardare avanti. A causa delle sinistre lotterie del destino, invece, il suo amico Marcus Logan, Mark Bonnard, non era più nel mondo dei vivi.

Riuscii a ricompormi, mi alzai piano. Avrei voluto comprare un vassoio di dolci da portare in calle Hermosilla, qualche ghiottoneria con cui fare felice Víctor, cioccolatini per ringraziare Phillippa e Miguela delle loro attenzioni verso mio figlio. Ma mi mancarono le forze. Cominciai a ripercorrere il paseo de la Castellana, cercando di camminare all'ombra delle acacie. Dietro gli occhiali scuri mi scesero alcune lacrime, senza che potessi o volessi evitarlo.

47

«La aspettano in giardino. Un signore, un suo vecchio amico. Non ha detto il nome.»

Strinsi i pugni. Avevo da un po' di tempo il presentimento che sarebbe arrivato quel giorno. Non sapevo con esattezza dove e quando, ma ero pienamente convinta che, prima o poi, avrei dovuto affrontarlo.

Ebbi la tentazione di tornare in strada e fuggire di corsa. O di salire in camera mia, sbarrare la porta, chiudere la persiana e rimanere lì nascosta fino a quando se ne fosse andato. Non volevo che tornasse nella mia vita. Non volevo parlare con lui, non volevo vederlo. Non volevo nemmeno ricordare che Ramiro Arribas esisteva.

«Grazie, signora Cortés» dissi invece in un tono tranquillo. «Sarebbe così gentile da chiamarmi un taxi fra mezz'ora?»

Aspettava sotto la tenda della terrazza, seduto in una poltrona di ferro battuto. Con le gambe accavallate, l'atteggiamento soddisfatto di chi si sente a proprio agio in qualsiasi posto. Gli avevano servito qualcosa con ghiaccio, il bicchiere era pieno a metà. Forse era un po' meno snello, ma ancora molto affascinante con la sua camicia bianca e la giacca estiva millerighe. Come me, portava occhiali da sole scuri che si tolse mentre si alzava per salutarmi. Io invece li lasciai dov'erano, come una protezione nei suoi confronti, uno scudo o un riparo.

Per amore di quell'uomo avevo rivoluzionato la mia vita. Aveva fatto nascere in me una passione ottenebrante, indomita, sorda, cieca; per lui avevo abbandonato il mio mondo, rotto il fidanzamento con Ignacio, mi ero allontanata fisicamente e mentalmente da mia madre, avevo detto addio al mio quartiere e al mio futuro, ai miei punti di riferimento e alla mia patria. Con la mano nella sua e mettendomi una benda sugli occhi, avevo indebolito la mia volontà e gli avevo permesso di travolgermi. Fidandomi di lui, mi ero lasciata abbagliare dai suoi progetti, senza mai metterne in discussione azioni e scelte, non mi ero opposta a nessuno dei suoi sogni insensati. Mi ero offerta intera e adamantina, con il corpo, la mente e il patrimonio appena ereditato. Lui, alla fine, mi aveva delusa in tutto.

«Per prima cosa sapere come stai, Sira» disse in risposta alla domanda brusca che gli avevo rivolto. «Anche se forse dovrei chiedere come state, al plurale.»

La pronuncia era quella di un tempo, senza l'accento argentino che gli avevo sentito al Riscal.

«Bene, come vedi» risposi severa. «E se con quel plurale mi stai chiedendo del figlio che aspettavo quando mi hai abbandonata, il bambino non esiste. La gravidanza non è andata a buon fine e non è mai nato.»

Battei le palpebre dietro gli occhiali da sole senza che se ne accorgesse, trattenendomi. Non avevo mai parlato ad alta voce di quell'esserino che non era arrivato a vedere la luce. Avevo pensato tanto a lui nel corso degli anni, tantissimo, e continuavo a farlo. Ma dai giorni lontani della fuga da Tangeri e dell'arrivo a Tetuán, da quando il sangue aveva cominciato a colarmi tra le gambe sull'autobus della compagnia La Valenciana e il commissario Vásquez mi aveva fatta portare all'ospedale civile perché mi riprendessi dalla perdita, non lo avevo mai più nominato davanti a nessuno.

Rimanemmo entrambi in piedi, al riparo dal sole del mezzogiorno ormai prossimo sotto le righe bianche e nere della tenda. Nel giardino, per il momento, non c'era nessun altro.

«Per favore, Sira, sediamoci. Concedimi solo cinque minuti, al massimo dieci.»

Esitai, finii per acconsentire. Il Circolo della stampa non era il posto più adatto a una scenata. Per il mio bene, mi conveniva controllare le mie reazioni, anche se mi costava uno sforzo immenso.

«Voglio che tu sappia innanzitutto quanto mi sono pentito per il modo in cui mi sono comportato a Tangeri» proseguì dopo che ci fummo accomodati. «Ci sono cose che allora ho preferito non dirti, ma avevo commesso degli errori, mi sono visto costretto, messo sotto pressione...»

Alzai con energia una mano per bloccarlo. A quel punto, le spiegazioni erano superflue. Lui, comunque, aggiunse con presunta serietà:

«L'ultima cosa che avrei voluto fare era ferirti.»

"Figlio di puttana" pensai fra me. Ma faceva tutto parte del passato, non era il momento di impelagarmi in rimproveri. Volevo solo che finisse in fretta, mi lasciasse in pace e se ne andasse.

«Quindi sono felice di sapere che la vita è stata buona con te» aggiunse appoggiandosi al cuscino dello schienale. «Di vedere che sei diventata una donna...» fece un gesto, come per includermi tutta. «Una donna splendida.»

Si avvicinò un cameriere, lo stesso che mi aveva servito la cena la prima sera, dissi che non volevo niente. Mi rifiutavo di condividere con Ramiro anche un semplice bicchier d'acqua.

«Ho sempre saputo che eri speciale, unica» proseguì appena il cameriere si fu allontanato. «Mi sono domandato molte volte cosa ne era stato di te, come ti fossi...»

Non lo lasciai finire.

«Da Tangeri sono andata a Londra mentre la Spagna era

in guerra. Mi hanno offerto un lavoro, mi sono stabilita lì, ho fatto progressi e le cose mi sono andate bene, grazie.»

Mi inventai la storia così, su due piedi, dovevo alzare un muro, fosse pure di bugie. Mi rifiutavo di fargli sapere cosa ne era stato di me in realtà. Non aveva il diritto di invadere il mio passato così come adesso voleva fare con il mio presente. Tetuán, Marcus, Madrid e le mie attività clandestine, Gerusalemme e Víctor. Ramiro doveva rimanere fuori da tutto questo. Nel modo più assoluto.

«Dire che ti sono andate bene è poco. Ti sono andate benissimo» insistette con enfasi. «Basta guardarti. Sei sempre bellissima, ma adesso hai un'aria sofisticata e disinvolta, uno stile e un...»

Reagì in fretta alla mia espressione di fastidio e la smise con gli apprezzamenti al mio aspetto, ma proseguì complimentandosi su altri fronti.

«E mi meraviglia soprattutto vedere come sei ben introdotta.»

«Sono questioni di lavoro» tagliai corto.

«Be', essere al servizio della BBC di Londra non è un lavoro qualunque...»

Era evidente: aveva fatto le sue ricerche. In che modo e tramite chi, era impossibile saperlo; così come era impossibile capire quanto sapesse di me e fino a che punto fossero arrivate le sue indagini. Ancora protetta dalle mie lenti scure, lo osservai con attenzione. Aveva fili bianchi sulle tempie, non pochi, ma ben portati; questo lo avevo già notato quando ci eravamo incrociati la prima sera al Villa Romana. Era vestito in modo impeccabile e la rasatura era opera di un barbiere. Sotto il polsino candido della camicia, da una manica della giacca spuntava un orologio di pregio con il cinturino in pelle di serpente, non riuscii a distinguere la marca. A parte qualche chilo in più, non era cambiato troppo. Bello anche nella maturità, il disgraziato. Bello e pericoloso.

«Il mio lavoro non ti riguarda» dissi tagliente.

Fece un gesto di scusa.

«Hai ragione, non mi riguarda. Anche se, a dire il vero, mi interessa l'ambiente in cui ti muovi...»

A quel punto staccò la schiena dal cuscino e si chinò verso di me.

«So che sei occupata e non voglio farti perdere tempo, quindi vado al sodo. Ho bisogno di un favore, Sira» annunciò con serietà. «Uno, uno solo, un solo favore e poi non ti disturberò più; scomparirò di nuovo dalla tua vita, per sempre.»

Si portò la mano destra al cuore come per ratificare la promessa; stavo per dirgli di mettersela dove non batte il sole e di piantarla con le scemenze. No, non avrei fatto nessun favore a quel miserabile. Qualunque cosa fosse, no. Mai, niente, neanche per sogno. Ma prima che potessi rifiutarmi, mise le carte in tavola.

«Dodero. Ho bisogno di un colloquio personale, privato e raccomandato da te, con Alberto Dodero.» Fece una breve pausa, poi aggiunse, come se fossero stati necessari chiarimenti: «L'armatore argentino. Il tuo amico».

Trattenni un'amara risata. Senza smentirsi, perfino pronto a superare se stesso, ecco lì il solito mascalzone. Mi aveva vista prima ballare con Diego Tovar al Villa Romana, poi mangiare una paella sulla terrazza del Riscar con Dodero; forse, senza che me ne fossi accorta, era stato testimone delle mie entrate o uscite in occasione di altri eventi. Chissà cosa voleva ottenere.

«Sono venuto qui da Buenos Aires con un gruppo di imprenditori. In Argentina, negli ultimi anni, mi sono occupato di investimenti e progetti; sono un...»

Se quelle presunte attività erano in qualche modo vere, non c'era dubbio che erano state possibili grazie ai soldi e ai gioielli che mio padre mi aveva consegnato a suo tempo e che io, con enorme ingenuità, gli avevo affidato. A quei fasci di banconote e ai preziosi che si era portato via quando era fuggito da Tangeri abbandonandomi all'Hotel

Continental, incinta, senza un centesimo e con un grosso conto da pagare.

«Sono un serio uomo d'affari, Sira; ho soci e imprese. E ampliare queste ultime lavorando con quelle di Dodero sarebbe un'opportunità unica che mi farebbe crescere in modo esponenziale. Non voglio annoiarti con i dettagli, voglio solo che tu sappia...»

Indifferente alle sue parole, continuavo a recuperare ricordi. Erano passati undici anni da quando mi aveva riempito la testa di chiacchiere con quell'altra fantasia imprenditoriale delle Academias Pitman: noi due insieme avremmo aperto una loro succursale in Marocco, sarebbe stato un successo strepitoso, ci saremmo arricchiti in un batter d'occhio. Più di dieci anni dopo, riecco Ramiro Arribas o Román Altares o come si faceva chiamare adesso, altrettanto sfacciato, fantasioso e sicuro di sé. Aveva ingigantito la portata delle sue ambizioni: prima si accontentava di macchine da scrivere e metodologie meccanografiche, adesso voleva trattare con uno degli armatori più potenti del Sudamerica. Per il resto, le sue aspirazioni a un successo facile e immediato sembravano identiche.

Stava continuando a parlare delle sue vantaggiose operazioni quando mi alzai, ne avevo avuto abbastanza.

«Devo andare, mi aspettano.»

Tacque immediatamente, rimase per qualche istante in silenzio, come se stesse pensando.

«Sira, Sira...»

Feci finta di non sentire, girai la testa. In fondo al giardino, il cameriere stava per rientrare dopo aver portato una bibita al corrispondente portoghese.

«Secundino!» chiamai a voce alta.

Venne al nostro tavolo con sollecitudine.

«Il signore se ne sta andando. Lo accompagni alla porta, per favore.»

Si piazzò al suo fianco con atteggiamento quasi marziale.

Suo malgrado, Ramiro si alzò, non aveva altra scelta. Girai intorno al tavolo finché fummo uno di fronte all'altro, a pochi centimetri di distanza. Alzai il viso e lo avvicinai al suo, quel viso armonioso e virile che avevo adorato nei giorni di passione idiota. Così vicino che sfiorai quasi le labbra che mi avevano baciata tanto, sentii di nuovo l'odore del corpo che aveva sconvolto i miei sensi, perturbante e tossico. Lentamente, avvicinai la bocca al suo orecchio, a cui avevo mormorato tante parole nelle notti d'amore travolgente.

Come allora, la mia voce suonò come un sussurro.

«Dimentica che esisto. Non voglio più vederti.»

48

La valigia era pronta, il taxi aspettava davanti alla porta e i miei nervi stavano per cedere. L'incontro con Ramiro, la sua sfacciataggine e il fatto che mi avesse costretta a rivangare un passato doloroso mi avevano turbata. Per di più, la sua visita aveva ritardato il momento di rivedere mio figlio, accorciando ancora il poco tempo che potevo trascorrere con lui.

Stavo uscendo dal Circolo della stampa quando la signora Cortés, seria come sempre, spuntò alle mie spalle e mi chiese di fermarmi; faticai a nascondere l'irritazione. Pensai di dirle che, in mia assenza, rifiutassero l'ingresso a chiunque si presentasse come mio amico o conoscente o parente o qualunque altra cosa; la sfrontatezza dei mascalzoni ammetteva le categorie più varie. Ma lei mi anticipò; aveva qualcosa da darmi.

«Il signore che è venuto a trovarla, signora Nash, ha lasciato un messaggio.»

Dalla busta che mi porse tirai fuori un foglio, lo aprii precipitosamente.

Ho dimenticato di chiederti come stanno i tuoi genitori.
So che tua madre ha lasciato il suo quartiere da tempo. Don Gonzalo vive sempre in quel grande appartamento nel quartiere di Salamanca?
Puoi trovarmi a questo indirizzo:
Román Altares, Hotel Buen Retiro, camera 417.

Un moto di rabbia mi percorse dalla testa ai piedi con la violenza di una frustata. Ramiro era tornato nella nostra via, aveva domandato di noi ai vicini. Meno male che mia madre, giudiziosa come sempre e con una prudenza affinata durante i giorni di guerra, non aveva rivelato a nessuno la sua destinazione quando era partita per Tetuán. I nostri vicini di calle de la Redondilla dovevano avergli detto che non abitavamo più lì da un bel po' di anni. Per fortuna, nessuno aveva altre informazioni.

Quanto a mio padre, la cosa era diversa. Ramiro non era mai stato a casa sua perché a quel tempo non avevo quasi rapporti con Gonzalo Alvarado. Ma era a conoscenza dell'esistenza del signore distinto la cui paternità era rimasta segreta per tanto tempo. Ed era anche al corrente del suo ricco appartamento nel quartiere di Salamanca, del suo patrimonio e – ovvio – dell'eredità che mi aveva consegnato inaspettatamente, quando stava per scoppiare la guerra e aveva creduto che stessero per ucciderlo. Non ricordavo però i particolari esatti che all'epoca avevo confidato a Ramiro. Gli avevo mai detto che mio padre abitava in calle Hermosilla? Che il numero civico era l'otto? Gli avevo descritto l'aspetto di Gonzalo Alvarado, lo avrebbe riconosciuto vedendolo? Tutte queste domande scomode mi assillavano mentre andavo a incontrarlo.

Le poche ore che passai con i miei volarono via in un soffio, giusto il tempo per pranzare con Víctor seduto sulle ginocchia e giocare un po' con lui sul tappeto. Poi cercammo di nuovo di distrarlo perché non si accorgesse che me ne stavo andando, ma questa volta il trucco non riuscì. Né il gatto della portinaia né le nostre mille stupidaggini ebbero successo. Ormai era stanco delle mie continue assenze e il suo intuito infantile lo avvertì che volevo fargliela di nuovo. Così, per trattenermi, ricorse alle sue armi: un colossale capriccio all'ultimo momento.

Il taxi che mi avrebbe portata all'aeroporto mi aspettava

di sotto alle quattro in punto, ma mi rifiutai di andarmene lasciando mio figlio in quello stato. Intanto le lancette avanzavano, le quattro e cinque, e dieci, e un quarto, e venti. Alle quattro e venticinque Víctor sembrò calmarsi e si addormentò sul divano; allora mi accinsi a uscire sul corridoio in punta di piedi, con le scarpe in mano. Ma il duro parquet di rovere scricchiolò prima che raggiungessi la porta della sala, e lui, risentito e in guardia, aprì gli occhi. Non vedendomi accanto a sé, scoppiò di nuovo in lacrime: lacrime sincere che mi spezzarono il cuore. Trattenendo l'angoscia, non potei fare altro che proseguire. Sapevo che rimaneva affidato alle cure di Phillippa e Miguela, sotto l'ala protettrice di mio padre. Eppure, mentre percorrevo il corridoio con il suo pianto sconsolato nelle orecchie, mentre prendevo la valigia, scendevo in ascensore e, una volta fuori, salivo in fretta sul taxi, nella mia testa risuonava un pugno di parole sgradevoli. Traditrice. Disertrice. Egoista. Cattiva madre.

Ero in ritardo, in grandissimo ritardo. Per peggiorare le cose, trovammo un ingorgo nel tragitto verso l'aeroporto. Ingenuamente, non avevo tenuto conto del fatto che la fine del soggiorno di Eva Perón nella capitale avrebbe riportato in strada migliaia di persone. Avanzavamo a passo di lumaca, il tassista non la smetteva più di suonare il clacson e dire spropositi. Io, nervosa, insistevo perché cercasse di farsi largo.

«Acceleri, per favore! Superi quel camioncino!»

Sarei arrivata tardi. Avrei perso il volo. Davanti al comitato organizzativo, all'Ufficio informazioni diplomatiche e ai miei colleghi, avrei fatto la figura della superficiale, di una professionista indolente e pigra.

«Si metta a destra! Adesso a sinistra!»

Le manifestazioni ufficiali più importanti erano previste a Granada per quella sera stessa; con i vecchi treni spagnoli e le rotaie malridotte, rimanere a terra significava non riuscire ad arrivare in Andalusia fino all'indomani. Se avessi dovuto informare Londra che avevo perso una tappa del viaggio perché ero in ritardo, sarei morta di vergogna.

«Cerchi di andare avanti, per favore!»

«Non posso andare più in fretta di così, cazzo!» urlò il tassista inferocito. «Non vede? Non capisce che non c'è modo?»

Frugai nella mia borsa, tirai fuori qualcosa. Gli toccai la spalla con la punta delle dita, poi sventolai una banconota da cento pesetas.

«Questa è sua se arriviamo in tempo.»

Con una brusca sterzata, uscì di strada. Attraversando tratti di campi, avvallamenti, terreni incolti e appezzamenti inariditi, morta di caldo ma con i finestrini chiusi per evitare che entrassero polvere rovente, fili di paglia secca e mulinelli di terra, arrivammo a Barajas a scossoni quando gli aerei avevano già acceso i motori.

La banda aveva finito di suonare gli inni di rigore, il distinto pubblico si agitava sulle tribune. Nei dintorni, come il giorno dell'arrivo, invitati e non invitati si ammassavano sotto il sole inclemente del pomeriggio, tutti ansiosi di tagliare la corda appena l'apparecchio della first lady si fosse alzato in volo.

Entrai nel terminal di corsa, con la mia valigetta in mano e i tacchi che risuonavano sul pavimento. Dietro, il tassista antipatico trascinava il mio bagaglio in cambio di venticinque pesetas extra. Appena mi vide, Diego Tovar fece un enorme sospiro di sollievo. Accanto a lui, ai piedi degli aerei, rimanevano solo tre o quattro uomini, il resto della comitiva e gli accompagnatori erano già seduti ai loro posti con le cinture di sicurezza allacciate, e più d'uno sussurrava padrenostri per la paura di volare.

«Forza, forza, forza!» esclamò frettoloso, strappando la mia valigia dalle mani del tassista.

Facemmo qualche metro fianco a fianco, diretti a grandi falcate verso il secondo aereo. Finché ci interruppe un urlo tra il ruggito dei motori.

«Livia!»

Ci girammo entrambi. Era Alberto Dodero a chiamarmi: in veste di organizzatore e factotum, stava impartendo gli ultimi ordini al personale dell'ambasciata che rimaneva a terra. Alzò il braccio nella mia direzione, con un gesto imperioso. Diego Tovar si accigliò, esitai qualche istante.

«Venga con me, salga sul nostro aereo, c'è tantissimo posto!»

Cercai lo sguardo di Diego; senza bisogno di parole, ci trovammo d'accordo sul fatto che non potevo rifiutare.

Salii la scaletta insieme all'armatore ed entrammo nell'aeromobile; un meccanico richiuse immediatamente lo sportello alle mie spalle, ormai c'eravamo tutti. Dodero diede ordini a una hostess perché mi facesse accomodare, e a Juan Duarte perché informasse doña Eva della mia presenza. Lei era seduta nel primo sedile accanto al finestrino, insieme alla signora Lagomarsino, la sua paziente accompagnatrice. Indossava un vestito stampato con le maniche corte abbastanza sobrio e discreto, ma aveva puntato tutto su un'altra pettinatura di don Julio, coronata da un indescrivibile cappello con più fiori di un giardino. Per fortuna, parrucchiere e sarte viaggiavano sul secondo aereo; così non ci sarebbe stato bisogno di finzioni o sotterfugi.

La first lady osservava la partenza dall'oblò, quando suo fratello le si avvicinò e si chinò per parlarle.

«È una giornalista di fiducia.»

Ecco cosa le avrà detto, o qualcosa di simile, non riuscii a sentire le parole esatte. Quelle di lei, dopo avermi squadrata dalla testa ai piedi, risuonarono alte:

«So chi è, segue il viaggio fin dall'inizio, credi che io sia cieca?»

Lui si spostò di lato, serio come da protocollo con i suoi baffi e l'abito a tre pezzi con giacca doppiopetto; io feci qualche passo avanti.

«Buon pomeriggio, signora» dissi con rispetto.

«Hai un bel completo» disse in risposta. «Ho notato anche quelli che hai messo nei giorni scorsi, tutti eleganti. Te li hanno fatti qui, in Spagna?»

«A Londra, signora. Un sarto inglese.»

«Ah, pensa un po'...» esclamò con un'espressione di sorpresa. «Lilliancita...» disse rivolgendosi alla sua accompagnatrice. «Lilliancita, lei che ha una bella grafia, vorrebbe segnarsi il nome del sarto della signora giornalista? Mi ricordi che dobbiamo andare a trovarlo quando saremo a Londra.»

Dai sedili vicini si girarono diverse teste sospettose, attente. Gli aiutanti di campo. L'ambasciatore argentino, Pedro Radio. I ministri spagnoli della Giustizia e dell'Agricoltura con le mogli. Lo stesso Dodero. Perfino Juancito, al quale solitamente di tutto questo non importava un fico secco.

«Ho detto quando saremo a Londra, proprio così, non guardatemi con quelle facce. Quando saremo a Londra per vedere il re, sempre che ci mandino l'invito ufficiale. Altrimenti sarò io a mandare tutti al diavolo.»

Quando riuscii a sedermi, l'aereo rullava già sulla pista. Mi allacciai la cintura, osservando dal finestrino la folla che applaudiva e agitava entusiasta centinaia, migliaia di fazzoletti. Indifferente all'euforia dei saluti, mi abbandonai contro il poggiatesta e chiusi gli occhi mentre l'aereo si alzava in volo. Mi calmai a mano a mano che volavamo verso sud, attraversando un cielo limpido sopra campi rinsecchiti dopo anni di terribile siccità: pertinace siccità, era questa la definizione ufficiale del regime. Finalmente potei cominciare a mettere ordine nei miei ricordi recenti, e la memoria mi ripropose l'incontro con Tom Burns all'Embassy e la nostalgia di Marcus, il pianto di mio figlio e la mia angoscia nel lasciarlo, l'ansia di non arrivare in tempo, l'avventurosa corsa del taxi tra sassi e buche. Tutto questo, per fortuna, era ormai alle spalle. Ero fiduciosa che Víctor, con il suo buon carattere, avesse ritrovato la voglia di giocare, ridere di ogni cosa e tirare la coda al gatto; immaginai che il tassista stesse andando in giro a raccontare che una pazza gli aveva dato l'assurda somma di centoventicinque pesetas perché la portasse all'aeroporto. Ma dentro di me sentivo il cruccio per qualcosa di profondamente sgradevole. Qualcosa con nome e cognome, una sorta di scheggia acuminata.

Mi sarebbe stato facile, facilissimo, risolvere il problema su due piedi. Vista la simpatia che il magnate argentino sembrava avere per me, mi sarei potuta alzare proprio in quel momento per andarmi a sedere vicino a lui e parlargli. In pochi minuti avrei senz'altro ottenuto quello che Ramiro mi aveva chiesto, un appuntamento privato per esporgli chissà quale questione; ero sicura che, se glielo avessi chiesto io, Dodero gli avrebbe persino riservato un trattamento preferenziale. Ma mi rifiutavo categoricamente. Ramiro non meritava che gli facessi quel favore. Lui, che con me era stato tanto crudele, non meritava che io adesso muovessi un solo dito.

Quando atterrammo nella base aerea di Armilla verso le sette e mezzo, il sole era ancora piuttosto alto. Scendendo la scaletta, ci riempimmo i polmoni con l'aria pura della vicina Sierra Nevada. Niente lasciava presagire la nottataccia che ci aspettava.

49

Partì un'altra giostra di applausi in massa e acclamazioni, rivista alle truppe, folle schierate, salve di fucili e cannoni. Per non deludere in occasione degli eventi serali, la consorte del generale Perón si cambiò prima di cena nella sua suite dell'Hotel Alhambra Palace e indossò un'altra delle sue sontuose mise. Non volendo ripetere l'errore della sera precedente, tanto più in una città così legata alla regina, questa volta non si dimenticò della Gran croce dell'Ordine di Isabella la Cattolica. Per di più, con stupore di tutti i presenti, arrivò in municipio sfoggiando sulle spalle una pelliccia di schiene di visone dell'Alaska.

La cena nella Sala plenaria cominciò con il solito ritardo dovuto a quello dell'invitata. E una volta iniziata, tra inni, discorsi, portate e centinaia di commensali, andò avanti all'infinito. Si moriva dal caldo, in quella sala da pranzo improvvisata: a quei tempi, una città di medie dimensioni come Granada mancava di spazi pubblici adatti a eventi così grandi. Le signore tirarono fuori i classici ventagli, mentre i signori si rinfrescavano di nascosto con i menù stampati. Dai balconi aperti non entrava quasi aria, solo il vocio della folla da plaza del Carmen. Stavano già servendo il dolce quando a distanza, dal mio posto, vidi che Eva Perón, accaldata come tutti, si liberava della mantellina sovrapposta al vestito di lamé dorato. Par fare questo, dovette togliersi anche la spilla con la Gran croce appuntata su entrambi gli indumenti; notai che cercava di rimettersela senza riuscirci. Avrebbe chiesto a Lillian Lagomarsino di aiutarla, ma il ministro della Giustizia la teneva sequestrata con le sue chiacchiere qualche metro più in là. Alla fine, non le rimase che ricorrere al fratello, l'unico vicino a lei. Dopo un rapido scambio di parole e un passaggio da una mano all'altra, Juancito prese in custodia l'onorificenza.

Verso l'una e mezzo di notte ci trasferirono all'Alhambra, meravigliosa e illuminata. Partì un giro con successive fasi: nel patio di Lindaraja un pianista suonò la serenata *Granada* del maestro Albéniz, in quello dei Leoni un quartetto di corde ci dilettò con un altro concerto raffinato. Dappertutto si respiravano magia, storia e un penetrante profumo di mirto: l'ambiente ideale per andare a letto esausti con i sensi colmi di bellezza. E invece no. Mancava l'ultimo grande omaggio: nei giardini del Partal, era tutto pronto per una festa gitana. Rassegnati, cominciammo a occupare i nostri posti, cercando di dissimulare la stanchezza. Mentre ero seduta e trattenevo gli sbadigli, vidi Dodero e Juan Duarte, di lato, che parlavano con alcuni sconosciuti, accanto ai cipressi. L'armatore, con un grosso avana fra le dita, si assicurò ripetutamente da lontano che la first lady ricevesse tutti gli onori dovuti. Il fratello aspirò varie boccate della sua sigaretta, indifferente alla magia del luogo, guardando prima l'ora e poi il nulla. Gli altri, magri e sconosciuti, non avrei saputo dire chi fossero. Subito si attenuarono le luci. Un maestro di cerimonie salì sul palco, tra gli spettatori circolarono sibili che chiedevano silenzio. Finalmente si fece buio mentre risuonavano i primi accordi di chitarra. Persi di vista gli argentini.

Iniziò lo spettacolo sotto le stelle, danza flamenca con echi moreschi eseguita da *bailaoras* con lunghe gonne a balze e camicie bianche annodate sotto il seno, donne dalle chiome scure che si esibirono scalze nella loro arte leggendaria come se fluttuassero. Ci furono canti, battiti di mani e arpeggi di corde, poi venne il turno del balletto del teatro Liceo di Barcellona, che si trovava in città per le celebrazioni del Corpus Domini. Quando finì l'ovazione conclusiva e abbandonammo i giardini dietro alle autorità e all'invitata, erano le tre passate.

La hall dell'Alhambra Palace ci accolse, magnifica, con le sue lampade tenui accese nella notte. Erano abituati a ricevere turisti e visitatori importanti, ma non avevano ancora mai avuto un'ospite di questa levatura. Per accrescere la signorilità dell'edificio, le famiglie più in vista di Granada avevano ceduto temporaneamente mobili e blasoni, arazzi, bronzi, dipinti e porcellane. Mi stavo dirigendo verso l'ascensore insieme a un paio di giornalisti, quando Diego Tovar mi chiamò con una vaga scusa. Impegnati nei nostri rispettivi lavori, non ci eravamo più visti dopo esserci separati sulla pista di Barajas, quando Dodero mi aveva fatto cambiare aereo.

«Verresti a bere un whisky con me sulla terrazza? Credo che ce lo siamo meritato.»

Ero così esausta che non ebbi la forza di rifiutare. Scambiando il mio silenzio per un sì, mi trascinò verso quella specie di veranda decorata con azulejos moreschi, affacciata sulla città, la pianura e il cielo. Eravamo gli ultimi clienti, ci servì un cameriere insonnolito. Assaporammo il primo sorso in silenzio, ripensai al suo bacio in macchina davanti all'ingresso del Circolo della stampa. Era successo la sera prima, ma avevo l'impressione che tra quel momento e il presente fossero passate intere settimane.

Tutti gli artisti e le comparse dell'elenco avrebbero dovuto finalmente essere a letto: i personaggi principali e quelli secondari, la Signora e la sua devota assistente, gli aiutanti di campo e le sarte, i giornalisti, il prete, il parrucchiere, il medico. Tutti a dormire il sonno dei giusti. O almeno, così credevamo.

Tra noi ci fu più mutismo che conversazione, nessuno dei due era disturbato dal silenzio dell'altro. Ma ero consapevole dell'evidente attrazione che Diego provava per me. Della mia nei suoi confronti, non avrei saputo dire.

«Vedi, Livia...»

Qualcosa ruppe all'improvviso la tranquillità della notte e troncò di netto le sue parole: si sentì un piccolo trambusto all'interno, scambi di frasi, voci alte. Il cameriere mise fuori la testa, impacciato, e cedette il passo a due tizi in abiti borghesi, piuttosto sgualciti a quell'ora.

Si presentarono come membri del Corpo generale di polizia. Il più basso, che disse di essere l'ispettore Gallardo, si rivolse a Diego: da uomo a uomo, naturalmente.

«Lei ha qualcosa a che fare con dei signori argentini che rispondono ai nomi di...»

Guardò il subalterno, che a sua volta consultò il proprio taccuino.

«Juan Gualte e Alberto Durero.»

«Juan Duarte e Alberto Dodero» lo corresse Diego, alzandosi allarmato. «Di che cosa si tratta?»

Non aveva l'autorità per rispondere di loro: il suo compito non era garantire la sicurezza degli invitati, ma solo occuparsi della stampa estera. Però intuì che c'erano problemi e tutte le sue esitazioni diplomatiche svanirono. Stava succedendo qualcosa di inopportuno. E a quell'ora non c'era nessun altro a cui ricorrere senza generare tensioni. Meglio agire con cautela.

«Si sono messi nei guai in una taverna del Sacromonte» spiegò il poliziotto, a disagio. «I signori si sono recati a una festa gitana che è finita con una rissa violenta. Abbiamo arrestato tre individui di qui, una prostituta gitana e i suoi due fratelli, gente di bassa risma. Fra tutti e tre hanno derubato il signor Juan Gualte o Duarte o come si chiama, ma la refurtiva è già stata recuperata, quanto a questo non ci sono problemi. I presunti amici che hanno accompagnato lì gli argentini si sono volatilizzati ma, per discrezione, abbiamo preferito lasciare questi ultimi dov'erano. Uno dei due è completamente ubriaco, entrambi sono senza documenti e si rifiutano di dare il nome di qualcuno che risponda per loro; esigono di essere rimessi in libertà in virtù dei loro stretti rapporti con la signora Perón. Non possiamo accedere alla richiesta finché non avremo verificato le loro affermazioni.»

L'ispettore deglutì, un pomo d'Adamo grosso come un pugno gli andò su e giù nella gola. Cominciava già a spuntargli la barba, doveva aver passato tutto il giorno a organizzare le operazioni perché niente sfuggisse al controllo durante l'illustre visita. E adesso, due dissennati in piena baldoria notturna stavano per creargli un serio problema.

«Le saremmo grati se fosse così gentile da accompagnarci per riconoscerli e occuparsi di loro» disse a Diego.

«Subito.»

Diego bevve un ultimo sorso mentre si infilava in tasca il portasigarette. Poi si rivolse a me.

«Scusami, Livia...»

Mi alzai anch'io.

«Vengo con te.»

Stava per rifiutare, insistetti.

«Sono in due, magari posso darti una mano.»

Non gli lasciai dire né sì né no, lo presi semplicemente per il braccio. Scendemmo in città e procedemmo parallelamente al fiume, in piena notte, tutti e quattro infilati in una Lancia sgangherata. I poliziotti davanti con i loro modesti abiti borghesi, Diego Tovar e io dietro, lui nel suo raffinato smoking e io avvolta in tenui strati di organza. Poi cominciammo a risalire strade che ci comparivano davanti tra agavi e fichidindia, strette, tortuose, sterrate e piene di sassi, con numerose curve e buche. Il vecchio motore arrancava, noi dentro l'auto sbandavamo a destra e a sinistra, il mio corpo e quello di Diego continuavano a urtarsi.

Dal finestrino non vidi altro che dislivelli e aree disboscate, muri a secco mezzo crollati, antri e tane con tende lerce al posto della porta: erano queste le abitazioni dei gitani che affascinavano gli stranieri in cerca di luoghi caratteristici, misere case in cui centinaia di disgraziati tiravano avanti tra sporcizia, ignoranza, pidocchi e fame. Non riuscii a trovargli la minima attrattiva, ma era indubbio che il Sacromonte fosse un sobborgo esotico e pittoresco per i forestieri che avevano voglia di ascoltare e vedere flamenco puro, o di fare baldoria con prostitute dalla carnagione scura.

L'ispettore si fermò davanti a una di quelle tane, in condizioni un po' più decenti delle altre. Il muro frontale era imbiancato e a entrambi i lati aveva gerani rossi piantati in latte di conserva. Tutt'intorno, nonostante l'ora, c'erano almeno quindici o venti vicini ficcanaso, tra i quali alcuni bambini cenciosi. Qualche metro più in là vidi un'altra macchina parcheggiata, immaginai che fosse degli altri poliziotti incaricati di sorvegliare Juancito e Dodero. Scendemmo tutti e quattro dalla Lancia; gli altri entrarono, io preferii rimanere fuori. Per ora aspetto, bisbigliai a Diego. Non sapevo in quale stato fossero gli argentini, pensai che fosse meglio attendere almeno un po'.

Dall'esterno, udii la voce di Dodero quando vide Diego Tovar, le sue proteste ad alto tasso alcolico, la pretesa di essere portati subito via da lì. Nel frattempo mi si erano avvicinate due bambine scalze, con i capelli aggrovigliati e le facce piene di macchie; avranno avuto otto o nove anni e a nessuno sembrava importare che fossero lì fuori, sveglie. Mi guardarono con stupore e risate nervose, per loro dovevo sicuramente essere una presenza stravagante con il mio vestito lungo, i sandali eleganti e il trucco.

«È vero che quelli lì dentro sono amici della Perona?»

Dovettero ripetermi la domanda tre volte prima che capissi. Quando ci riuscii, scoppiai a ridere. In quel sobborgo non arrivavano la luce, l'alfabetizzazione e l'acqua corrente, in compenso era arrivata la notizia che una certa Eva

Duarte Perón era in visita a Granada, anche se quelle creature non sapevano chi fosse quella signora né come si chiamasse davvero.

Sentii di nuovo l'armatore, adesso un po' più calmo, i toni seri di Diego e l'ispettore, ma non Juan Duarte. Cercavo di affacciare di nascosto la testa dalla tenda quando qualcuno mi tirò la gonna. Da lì, da lì, dissero le bambine. Mi indicavano con le dita sporche un antro contiguo, un'altra specie di porta. Poi avvicinarono l'indice all'occhio e tirarono verso il basso, capii immediatamente. Se fossi entrata lì, avrei potuto vedere cosa stava succedendo dentro. Senza pensarci due volte, ascoltai il loro consiglio.

50

La stanza buia in cui entrammo aveva il soffitto basso e un'apertura nella parete in fondo che comunicava con l'ambiente principale. Con le bambine attaccate alle gambe, tutt'e tre in silenzio assoluto, sbirciai senza che dall'altra parte mi vedessero. Diego Tovar, i due poliziotti con cui eravamo arrivati e gli altri due che sorvegliavano gli argentini erano in piedi; Dodero, con il farfallino slacciato e la faccia arrossata, era seduto su una sedia impagliata mentre Juancito dormiva su una panca di pietra, completamente sbronzo; notai che era senza scarpe e senza giacca. Sembrava che gli altri stessero discutendo su cosa fare di lui, se aspettare che si riprendesse un po' o riportarlo in albergo malgrado il suo stato.

Alla luce di una lampada a cherosene, allineati in perfetto ordine sul legno grezzo di un tavolo centrale, riuscii a distinguere le sue scarpe di vernice, un orologio, un accendino d'oro, un paio di gemelli, un rotolo di banconote e un anello con rubino che il segretario privato del presidente Perón portava sempre: la prova che tutte quelle cose prima gliele avevano fregate e poi erano state recuperate. A quel punto qualcosa non mi tornò. Qualcosa non quadrava, per omissione. Quasi involontariamente, la memoria mi fece fare un salto all'indietro riportandomi a qualche ora prima, alla cena nell'afosa Sala plenaria del municipio. Lì avevo visto Juan Duarte mettersi in tasca un oggetto, quello che gli aveva dato sua sorella Eva quando non era riuscita ad appuntarselo sul lamé del vestito. Ecco cosa mancava sopra quel tavolo.

Sentii sfregare un fiammifero alle mie spalle, girai bruscamente la testa. Seduta su una sporgenza della parete che formava una sorta di panca, una vecchia vestita a lutto stava accendendo una lampada a olio. La luce tremante fece danzare ombre arancioni sulle pareti dell'antro, sentii un brivido nel vedere il suo viso severo pieno di rughe. Buonasera, riuscii a dire. Il minimo, dal momento che mi ero infilata lì senza autorizzazione. Le bambine, per l'improvviso spavento, schizzarono via come proiettili. E io rimasi sola con lei.

I miei occhi si abituarono presto alla penombra: mi accorsi che l'ambiente era un po' più grande di quanto avessi pensato, con tavoli bassi e panche; immaginai si trattasse di un piccolo locale in cui venivano accolti i clienti. Vidi fiaschi di vino sul pavimento in terra battuta, una sorta di scaffale con bottiglie senza etichetta e dei bicchieri sporchi. Fin lì, tutto bene: il minimo indispensabile per un un'attività miserrima.

La vecchia mi fissava mentre continuavo a far vagare lo sguardo tra le ombre per sfuggire il suo. Comunque, dal momento che era a soli tre metri di distanza, non potei fare a meno di notare il suo aspetto. Seria, corpulenta, con la schiena dritta e una crocchia tirata, la mano sull'impugnatura di un bastone e un'aria da matriarca. Sospettai subito che fosse la padrona di quella bettola: forse la progenitrice dei tre fratelli – la tizia e gli altri due – che erano finiti in galera dopo avere ripulito Juancito. Istintivamente dedussi che, se così era, magari sapeva qualcosa.

Mi armai di finto coraggio per parlare con voce ferma.

«C'è un oggetto che manca da quelli sottratti al signore» dissi alzando il pollice al di sopra della mia spalla, a indicare la stanza vicina. «Ci sono l'orologio, l'accendino, i gemelli, l'anello, le scarpe e i soldi. Ma doveva esserci qualcos'altro.»

Lei non cambiò espressione, né mostrò in alcun modo di sapere a cosa mi stavo riferendo.

«Manca una cosa che il signore teneva nella tasca destra della giacca.»

Continuò a guardarmi senza battere ciglio, accorta e prudente. Mi accorsi che forse non era tanto vecchia: solo una donna matura a cui era toccata una vita da cani.

«E con quella cosa» aggiunsi in tono severo, «nessuno potrà fare affari.»

Io rimanevo in piedi nel mio elegante abito da sera; lei, vestita a lutto, era ancora immobile sul suo sobrio sedile. Se il mio aspetto la stupì, non lo dimostrò. Doveva essere abituata a veder passare gente di ogni tipo in quel misero locale.

«Non ha alcun valore di mercato, perché...»

«Invece vale un bel po' di soldi, o lei crede che non lo capisco?»

Un fremito nervoso mi percorse la pelle quando la sentii replicare, aveva un accento stretto e un tono aspro come sparto secco. Mi costò un'enorme fatica tirare fuori la voce dalla gola per ribattere.

«Quello è un dono che ha implicazioni politiche serissime. Un regalo di Franco a doña Eva Perón, che è qui in visita. Ne hanno parlato tutti i giornali; quindi, se vuole venderlo, non troverà nessuno che lo compri.» Feci una pausa, poi aggiunsi con un timbro cupo: «Chiunque venisse beccato con quell'oggetto la pagherebbe cara».

Rimase in silenzio, come se stesse rimuginando le mie parole. Nella stanza attigua risuonarono di nuovo le voci degli uomini, adesso sembrava che volessero restituire Juan Duarte al mondo dei vivi. Capii subito che dovevo sbrigarmi, risolvere il problema prima che si muovessero.

«Non sarebbero meno di cinque anni e un giorno di carcere» aggiunsi categoricamente. «Oppure la mandano al muro, sa bene che il Caudillo non conosce le mezze misure. Qui a Granada, i suoi ne hanno fatti fuori un bel po', o non si ricorda più della guerra e di quello che è successo dopo?»

Non sapevo cosa fosse successo a Granada durante la guerra civile, ma immaginai qualcosa di cruento e atroce come in tutto il resto della Spagna e puntai su questo. Dovetti provocare un certo effetto, perché sulle sue labbra aride si dipinse una smorfia di fastidio: diversamente da me, lei sapeva che il Sacromonte, per la sua intricata fisionomia, era diventato all'epoca un rifugio di guerriglieri e ricercati. Per dare loro la caccia, c'erano stati tradimenti, soffiate, sparatorie e scontri. Il sangue era scorso a fiumi, si erano contati prigionieri e morti.

«Io posso rimettere quell'oggetto al suo posto. E posso farlo con discrezione.»

Come risposta ottenni solo un altro silenzio. Ma non un no. E nemmeno un rifiuto.

«Rimarrebbe tutto tra me e lei, glielo garantisco.» Senza muovermi, indicai di nuovo alle mie spalle con il pollice. «In caso contrario, i quattro poliziotti nell'altra stanza, Gallardo e i suoi uomini, torneranno e non si daranno per vinti finché non l'avranno trovato. È una gran brutta faccenda, e sono parecchio nervosi per quello che potrebbe aspettarli. Mescolare furto e politica in questa Spagna di Franco non è una buona idea, e lei lo sa.»

Sentimmo Juanito biascicare una frase impastata all'altro lato della parete. Lasciatemi in pace, coglioni, o qualcosa del genere, ecco cosa disse. Continuai a insistere sfacciatamente, il tempo stava per esaurirsi.

«Non ne farò parola con nessuno» assicurai, energica. Girai la testa e indicai con il mento l'altra stanza, dove continuavano a parlare. «Nessuno di loro sa che sono qui. Credono che li stia aspettando fuori. Fingerò di aver trovato l'oggetto per caso, in strada o altrove, ci penserò io. Per lei non ci saranno conseguenze.»

Le proteste del fratello di Eva Perón stavano aumentando di tono, si rifiutava di farsi portare via. «Perché cazzo non mi lasciate qui, galiziani di merda, figli di puttana bastardi.» Facendo orecchio da mercante agli improperi dell'argentino, ripresi il discorso con fermezza.

«Si decida, signora. Dobbiamo sbrigarci.»

Alla luce della lampada, vidi che la sua bocca si preparava a rispondere.

«E lei cosa mi darà in cambio?»

La sua voce suonò come uno scricchiolio, severa, esigente. Sentii una stretta al cuore; l'anziana matriarca aveva le idee chiare.

«Quanto vuole?»

«Vediamo cos'ha.»

Aprii la mia borsetta di strass, dentro c'erano diverse banconote. Nessun documento o credenziale. Solo quel lasciapassare monetario. Mi era servito con il tassista, immaginai che qui avrebbe avuto lo stesso effetto.

Sentii che nell'altra stanza stavano già alzando Juancito come se fosse un fagotto: lui, adesso, insultava quella troia della madre dei poliziotti che cercavano di tenerlo in piedi. Dovevo fare in fretta, era questione di un minuto. Tirai fuori duecento pesetas, mi avvicinai e le poggiai sulla panca accanto alla vecchia. Lei fece cenno di no con la testa. Aggiunsi un'altra banconota, mentre alle mie orecchie continuavano ad arrivare le proteste del fratello; la vecchia rifiutò di nuovo. Allora misi sopra alle altre una quarta e una quinta banconota. Scostai un fazzoletto pulito e il rossetto e capovolsi la borsetta aperta, perché vedesse che era completamente vuota.

«Quello» farfugliò indicando il tubetto con il dito torto come un sarmento.

Dall'altro lato risuonò la voce scontrosa di Dodero che

rimbrottava l'amico, poi quella di Diego che cercava di riportare ordine. La vecchia allora indicò il fazzoletto, e subito dopo la borsetta: quello e quella. Annuii, era tutto suo; dovevo concludere quel baratto al più presto. Feci un gesto eloquente tendendo verso di lei la palma della mano e piegando verso di me le quattro dita. "Ha quello che voleva; adesso si sbrighi a darmi quello che mi deve" intendevo dirle.

Senza alzarsi, appoggiò il bastone sulla panca e si chinò in avanti, finché la mano toccò il bordo delle sottane nere che arrivavano quasi a terra. La infilò lì sotto, la fece risalire lungo i polpacci e le cosce, spostando strati di tela sporca e scura fino ad arrivare all'inguine. Si frugò per qualche istante nelle parti intime mentre trattenevo un'espressione schifata, finalmente trovò quello che cercava; poi la mano fece il percorso inverso fino a rivedere la luce. Estratta dal più profondo delle sue immonde intimità, la Gran croce dell'Ordine di Isabella la Cattolica rifulgeva sulla sua palma solcata da righe nere, al lume della lampada a olio.

Le voci maschili si fecero ancora più alte, erano pronti a portare fuori Juancito per infilarlo in una delle macchine. Trattenendo la nausea, arraffai velocemente la decorazione con la punta di due dita; cercai di riprendermi il fazzoletto per pulirla, ma la vecchia fu più veloce di me e prima che potessi recuperarlo lo agguantò al volo. Persa quell'unica possibilità igienica, incapace di contenere la mia infinita ripugnanza, mi alzai la gonna, afferrai la fodera, me la portai alla bocca e ne strappai un pezzo con i denti. Vi avvolsi la croce onorifica mentre la gitana biascicava un paio di frasi che non riuscii a decifrare. Di sicuro si stava ricordando dei miei morti.

Feci scivolare il pacchetto nella scollatura fino alla bretella del reggiseno, fermandolo con la seta elastica. Finalmente mi sputai sulle mani e le strofinai una contro l'altra cercando di pulirmele con la saliva. Un'ultima occhiata all'anziana mi permise di verificare che aveva già nascosto chissà dove tutti i miei averi.

In cambio di cinquecento pesetas, una borsetta fantasia, un fazzoletto e un rossetto ero riuscita a recuperare l'onorificenza con cui il Generalissimo aveva omaggiato Eva Perón a Palazzo reale.

La gitana spense la lucerna, la penombra invase l'antro.

Tirai la tenda con uno strattone e uscii nella notte.

51

La mattina dopo, nessuno scese a fare colazione alla solita ora. Gli organizzatori di Granada, i giornalisti locali, le autorità con i nervi a fior di pelle e centinaia di curiosi aspettavano nella hall e nelle vicinanze dell'albergo, immaginando che anche questa volta la first lady si sarebbe fatta attendere; da Madrid li avevano già avvisati dei suoi costanti ritardi. L'ambasciatore Radío si vide costretto ad assumersi la responsabilità: verso le undici uscì dall'ascensore, si diresse al centro della sala con un'espressione di circostanza e fece l'annuncio: a causa di un'indisposizione della signora Perón, sono momentaneamente annullate tutte le manifestazioni ufficiali. Vi preghiamo di scusarci per l'inconveniente. Non mancheremo di comunicarvi qualsiasi cambiamento.

Era pur vero che Eva Perón soffriva di malesseri con una certa frequenza: mangiava poco e si stancava molto, le si gonfiavano le caviglie, a volte aveva un pallore esagerato e il suo medico continuava a consigliarle riposo. Quella mattina, però, la salute era solo una scusa. Non accusava alcun disturbo fisico, il suo problema era causato dal fratello. E non era il primo, se ne stavano già accumulando parecchi.

L'arrivo di Juan Duarte all'Alhambra Palace quasi all'alba aveva avuto una certa eco, malgrado fosse avvenuto nella massima discrezione. Lo avevano riportato in albergo nell'auto dell'ispettore Gallardo, con Diego Tovar e Alberto Dodero al suo fianco. Una strana immagine, quella offerta dal terzetto nella Lancia: l'elegante diplomatico, il segretario privato del generale Perón e l'influente armatore, anche lui sbiellato, stretti sul sedile posteriore di una volgare macchina come tre delinquenti. Io avevo preso posto sulla seconda auto con gli altri poliziotti; per evitargli l'imbarazzo, mi ero assicurata che Dodero non si accorgesse mai della mia presenza. Scesi davanti all'ingresso principale; Juancito, invece, lo avevano portato dentro passando da una porta di servizio delle cucine, come una consegna di carne arrivata dal mattatoio. Eppure, malgrado fossi piuttosto lontana da loro, avevo sentito le sue urla ebbre allontanarsi nei corridoi, mentre berciava spropositi su Isabella la Cattolica e quella ladrona di Rosario, la gitana.

Alle nove passate, quando mi alzai con pochissime ore di sonno agitato in corpo, vidi che avevano infilato una busta sotto la porta. La strappai impaziente: in un biglietto manoscritto, Diego Tovar mi annunciava che lo aveva convocato il ministro e che tornava immediatamente in auto a Madrid. Tutto qui, non si sbilanciava; tra le righe, intuii che la notizia di quanto era accaduto al Sacromonte doveva essere arrivata alla capitale, suscitando seria preoccupazione in alto loco. E lui, come testimone privilegiato, avrebbe dovuto fare un resoconto dell'accaduto.

Con il biglietto ancora in mano, spalancai i vetri del mio bel balcone affacciato sul bosco dell'Alhambra. Respirai smaniosa l'aria pura, poi mi sedetti ai piedi del letto. L'improvvisa partenza di Diego mi aveva completamente scombussolata. Contavo su di lui, ne avevo bisogno. Come direttore dell'Ufficio informazioni diplomatiche e abile professionista con un grande aplomb, avrebbe saputo cosa fare. Adesso, in sua assenza, rimaneva tutto sulle mie spalle.

Lanciai il biglietto sulle lenzuola, mi diressi verso il bagno. Il lavandino era ancora pieno d'acqua, ma la spessa schiuma rimasta in superficie, che avevo prodotto strofinando tra le mani la saponetta prima di andare a letto, si era ormai dissolta. Sul fondo di porcellana bianca giaceva, bizzarra ed estranea, la Gran croce dell'Ordine di Isabella la Cattolica: ricordando di nuovo da dove era uscita, mi sfuggì un conato. Misi la mano nell'acqua, lentamente e con un certo fastidio, tolsi il tappo e aspettai che il lavandino si svuotasse. Poi aprii il rubinetto, lasciai che l'acqua fresca della Sierra Nevada sgorgasse a fiotti sopra l'oro massiccio della decorazione, le perle delle punte, i piccoli brillanti e rubini, l'iscrizione Plus Ultra e lo smalto delle colonne d'Ercole. Orlavano il centro dell'emblema una corona di alloro e una legenda: "Alla specchiata lealtà da Isabella la Cattolica". Non potei evitare una smorfia sarcastica; per fortuna la povera regina era morta e sepolta da secoli e non poteva essere testimone della poca lealtà con cui la sua memoria passava di mano in mano. Strofinai di nuovo furiosamente la decorazione con la saponetta di Heno de Pravia, per toglierle qualsiasi eventuale residuo delle oscure intimità della vecchia; poi la avvolsi in un asciugamano. Con l'onorificenza nascosta tra le pieghe del tessuto, mi sedetti sul coperchio del water. Non avevo idea di come procedere. Non riuscivo a pensare a niente.

Quando entrai nella sala da pranzo, vestita e truccata in modo consono al ruolo della risoluta giornalista che interpretavo, non c'era quasi più nessuno e stavano già cominciando a sparecchiare i tavoli. Mi sembrò di scorgere la nuca e la schiena di Alberto Dodero in un angolo appartato. Non era certo un buon momento per offrirgli la mia compagnia, di sicuro preferiva gestirsi da solo i postumi della sbronza e l'autocritica per la sua responsabilità mal esercitata. Era, a tutti gli effetti, il capo della comitiva: il generale Perón lo aveva incaricato di occuparsi di tutto in considerazione della sua lealtà politica, della sua maturità, del suo *savoir faire* mondano e – naturalmente – della sua ricchezza. In cambio di una tale fiducia, l'armatore aveva l'obbligo di garantire l'irreprensibilità dell'intero gruppo argentino, e di comportarsi lui stesso in modo inappuntabile.

Bon vivant e amante della vita dissoluta, aveva tuttavia finito per tollerare in eccesso la sregolatezza di Juan Duarte, aveva riso ai suoi scherzi e lo aveva accompagnato in molte bisbocce. Finché, la notte precedente, la situazione gli era sfuggita di mano. L'incidente del Sacromonte, in sé, alla fine non aveva avuto gravi conseguenze: in teoria, tutto quello che la prostituta e i suoi fratelli avevano sgraffignato a Juancito era stato recuperato e, prima che facesse giorno, erano riusciti a portarlo via da quella tana immonda, trasferirlo in albergo e metterlo a letto. Con grande contrarietà dell'armatore, sicuramente, questo non era stato il lieto fine del film. Nelle ore successive, la polizia di Granada aveva informato dell'incidente i propri superiori di Madrid, che a loro volta avevano rinviato la questione al ministero degli Affari esteri, e il ministro Martín Artajo in persona aveva richiesto il ritorno immediato di Diego Tovar perché lo mettesse al corrente dei fatti in ogni dettaglio. Non era la prima gaffe del fratello di Eva Duarte, nella capitale erano già noti altri problemi con prostitute, debosciati, alcol e polveri bianche. Juancito, la pecora nera della comitiva, causava enormi preoccupazioni.

Ecco su cosa doveva aver riflettuto Dodero quella mattina, mentre mandava giù i due Optalidon che gli avevano dato per combattere il mal di testa dopo gli eccessi: la gloriosa marcia del tour di Evita stava per impantanarsi in gran parte a causa della sua permissività verso quel babbeo del fratello. E il problema più grave, tutto sommato, non era questo, ma un altro molto più serio che l'armatore aveva cominciato a intuire al ritorno in albergo, e che avrebbe trovato conferma appena si alzò. Un problema che avrebbe potuto scatenare un duro conflitto, un aspro disaccordo con Franco in persona nelle ultime tappe del viaggio. "Tutta colpa di quel coglione di Juancito" avrà pensato. Il magnate doveva essere andato nella sua stanza con la pulce nell'orecchio: dopo averlo scrollato per svegliarlo, avevano frugato a quattro mani in tutte le tasche dell'abito stropicciato, ma dell'illustre onorificenza non c'era la minima traccia.

Attraversai la sala rimuginando tutto questo: ero pronta a rendere l'armatore partecipe della sorte di quella Gran croce mancante, lo avrei sollevato da buona parte delle sue angosce e avrei restituito la pace alla sua anima tormentata. Mi avvicinai a lui con le parole già misurate e il mio più bel sorriso mattutino, ma questo finì per trasformarsi in una smorfia: quando girai intorno al tavolo e mi trovai di fronte il suo occupante, mi accorsi che mi ero sbagliata. Quell'individuo non era il magnate argentino, ma un uomo dagli imponenti mustacchi che stava finendo di fare colazione da solo.

Mi rivolsi al maître, mi informò che quella mattina il signor Dodero aveva preso solamente un caffè doppio.

Allora corsi alla reception dell'albergo.

«È uscito da più di un'ora.»

«Da solo?»

L'addetto esitò qualche istante, infine assentì.

«Sì, signorina. Il signore era solo.»

«Ha idea di dove stesse andando?»

L'uomo tentennò di nuovo, notai che aveva l'aria di essere una brava persona: un onesto padre di famiglia con quattro o cinque bambini bisognosi di scarpe e quaderni per la scuola in tempi in cui i salari erano una vera miseria. Per fortuna gli inglesi, sempre così pragmatici, mi avevano consegnato un bel fascio di bigliettoni prima della mia partenza per la Spagna. Un altro di quelli da cento pesetas scivolò discretamente sul legno del bancone, nascosto dalla palma della mia mano.

«L'auto dell'albergo lo ha portato all'aeroporto» annunciò mentre la banconota scompariva nella sua tasca.

«Con o senza bagaglio?»

Il receptionist era così onesto che mi rispose senza nemmeno chiedermi un extra.

«Il signor Dodero aveva con sé una valigia di buone dimensioni.»

Cominciai a sentirmi nervosa, molto nervosa. Diego Tovar se n'era andato. Alberto Dodero se n'era andato. Rimanevo io, sola a Granada senza sapere su chi fare conto, con la maledettissima Gran croce nascosta nella mia stanza, in mezzo al cotone che usavo la sera per struccarmi.

Perlustrai la hall con lo sguardo inquieto. Nonostante l'imprevista cancellazione degli eventi, c'era movimento: giornalisti, autorità, curiosi che non osavano allontanarsi, nel caso ci fossero state novità. Dietro il bancone della reception, vidi una porta. CENTRALINO, lessi su un discreto cartello. Non ci pensai due volte: senza bussare, entrai e mi richiusi la porta alle spalle. Le due addette mi identificarono subito come una del gruppo che accompagnava la moglie di Perón e mi accolsero con estrema cortesia, contenendo la gioia di trovarsi davanti a una delle comparse dello spettacolo.

Erano entrambe oltre la quarantina, dovevano aver lavorato nell'albergo per metà delle loro vite. Mi accorsi subito che non sembravano pronte a farsi sedurre da cento pesetas, e nemmeno da mille. Quindi cambiai musica e puntai su un'improvvisazione del momento spacciandomi per la moglie vagamente straniera di don Alberto Dodero, il responsabile del benessere di doña María Eva. Aveva parecchi anni più di me, ma anche loro sapevano bene che il mondo era pieno di coppie innamorate dissimili per età, specialmente quando alla parte femminile non manca la bellezza e a quella maschile il potere, la fama o i quattrini.

Simulando alla meno peggio un accento argentino, recitai il ruolo dell'oca fascinosa, mi rimproverai di aver dormito fino a tardi e di non essere riuscita a parlare con mio marito prima che andasse all'aeroporto. Insomma, le abbindolai con le mie chiacchiere superficiali e alla fine raggiunsi il mio scopo: che mi scrivessero su un foglietto tutte le chiamate fatte e ricevute quella mattina dalla stanza dell'armatore. Con mia grande soddisfazione, le centraliniste non si limitarono a fornirmi solo i numeri: con una grafia aguzza, una di loro scrisse che c'erano state due telefonate in uscita all'aeroporto di Granada e le rimanenti a Madrid. Una all'ambasciata argentina, l'altra all'Hotel Palace. E tre, tre chiamate per l'esattezza, avevano messo in comunicazione l'armatore con una ditta di nome Cejalvo.

Cercai di far funzionare la memoria. "Cejalvo, Cejalvo..." ripetevo fra me. Ma quel nome non mi diceva niente. Come se mi leggesse nel pensiero, la più bruna delle due centraliniste mi venne in aiuto.

«È un laboratorio di oreficeria, argenteria e decorazioni, signora Dodero; la dicitura nell'elenco telefonico di Madrid è questa. Forse suo marito» aggiunse con un'espressione di maliziosa complicità «vuole farle un regalo.»

Ridemmo tutt'e tre in coro, loro con simpatia sincera, io con assoluto cinismo mentre facevo due più due fra me. Perché mai l'armatore avrebbe dovuto contattare un laboratorio di quel genere, se non per procurarsi un falso? Sicuramente per questo aveva deciso di tornare nella capitale, per occuparsi di persona della faccenda. Senza intermediari. Con la massima discrezione.

Salutai le gentili centraliniste giurando loro eterna gratitudine, senza lasciar trapelare la mia incertezza. Stava a me frenare la fuga in avanti dell'armatore, adesso ne ero pienamente consapevole. Inoltre, continuare a tenere la decorazione nelle mie mani era pericoloso. Il passo successivo era decidere come liberarmene.

Tornai nella mia stanza e mi sedetti sul bordo del letto, ancora disfatto, cercando di riflettere. A giudicare dalla chiamata al laboratorio specializzato in onorificenze, né Dodero né altri sembravano disposti a denunciare la perdita alle autorità; la distrazione era troppo imbarazzante, la negligenza troppo vergognosa per confessarla ufficialmente. Ma non si sa mai, qualcuno avrebbe potuto vuotare il sacco. Forse la polizia sarebbe tornata a sondare il clan gitano del Sacromonte. Forse la vecchia mi avrebbe indicata con il suo dito lercio. In ogni caso, sapere che la decorazione era nel mio nécessaire mi turbava.

Dopo avere valutato tutte le opzioni, mi rimaneva un'unica via di uscita perché la Gran croce tornasse al suo posto: farla avere io stessa alla first lady. Il problema, il grosso problema, era il modo. Una possibilità, pensai, sarebbe stata consegnarla con discrezione alle sarte Asunta e Juanita, o a don Julio, il parrucchiere: mi conoscevano, con loro potevo parlare senza sotterfugi, chiarire la situazione, lasciare l'onorificenza nelle loro mani e loro avrebbero fatto il resto. Ma questo avrebbe significato comprometterli troppo, li avrei messi davanti a un impegno rischioso: si sarebbe potuto dubitare di loro, non credere alla versione che avrebbero dato, persino incriminarli. Un'alternativa poteva essere quella di consegnarla alla polizia: andare di persona al commissariato, chiedere dell'ispettore Gallardo, dirgli tutta la verità. In quel caso, però, la potenziale danneggiata sarei stata proprio io perché, se non si fossero fidati di me, la faccenda mi si sarebbe rivoltata contro. Mi sembrava quasi di vedere i titoli: *Corrispondente della BBC in carcere per furto*. No, nemmeno questo era possibile. Neanche per sogno.

Stanca di abbozzare e scartare idee, entrai nel bagno, aprii il coperchio del mio elegante nécessaire e mi feci strada fra prodotti di bellezza, un barattolo di cold cream e fermacapelli, finché trovai il pacchetto di cotone sul fondo. Frugai nella massa bianca e morbida, tirai fuori la Gran croce. Non mi soffermai neppure a guardarla, la strinsi solo nel pugno. "Diamoci una mossa" mi dissi. E andai dritta verso la porta.

La suite di madame Perón si trovava al primo piano nobile. Mi diressi lì con andatura tranquilla, cercando di attenuare il rumore dei miei passi. Il corridoio era fresco e buio nonostante la splendida giornata, non incontrai nessuno. Ero fermamente decisa, pronta a mettere fine a quella storia, a consegnare una volta per tutte la decorazione nelle mani della sua proprietaria. Avrei detto soltanto che l'avevo trovata mentre facevo una passeggiata all'Alhambra. Era una spiegazione così banale da suonare quasi assurda. Ma quella vera era troppo complicata, si sarebbe dovuta accontentare dell'altra.

Mi mancavano pochi metri per arrivare a destinazione quando cominciai a sentire una voce femminile, sempre più alta e furiosa. Eva Perón, a mia insaputa, aveva appena terminato una telefonata con il cattolicissimo ministro Alberto Martín Atajo. Senza aspettare che Diego Tovar arrivasse a Madrid, quello che gli aveva raccontato la polizia di Granada, più quello che già sapeva di precedenti serate, era bastato perché il responsabile degli Affari esteri si armasse di coraggio e ordinasse di chiamare l'Alhambra Palace.

«Sono profondamente desolato, signora...»

Così, o con parole simili, avrà iniziato il suo discorso il ministro spagnolo dopo aver ingoiato il rospo. La gente cominciava a sapere, la stampa cominciava a sapere, correvano voci che sarebbero potute arrivare alle orecchie di Sua Eccellenza. In un modo o nell'altro, bisognava mettere un freno senza indugio al fratello scapestrato e censurare il suo inammissibile comportamento.

Dopo avere chiuso la comunicazione, María Eva Duarte Perón stava strigliando il segretario privato del marito, mentre io mi avvicinavo alla sua porta. Non era più la ragazzina davanti al fratello con cui aveva condiviso un'infanzia povera a Junín, ma una donna di potere che redarguiva, tonante, un subalterno discolo. E non per la perdita della Gran croce, a quanto intuii non lo sapeva ancora.

Ero ferma davanti alla doppia porta di rovere, a un passo dal bussare con le nocche, quando la sentii snocciolare una rabbiosa cascata di improperi tipicamente argentini, impetuosi, furibondi, contro la passione di Juancito per il casino, i bordelli e le baldorie. Lui, sicuramente intimorito, non osò aprire bocca.

Sembrava che la situazione stesse per calmarsi, alzai il braccio, esitai per qualche istante. Stavo quasi per sfiorare il legno quando un urlo mi bloccò.

«Un'altra puttana e te ne torni immediatamente in Argentina, capito?»

Con la Gran croce ancora stretta in mano, feci un rapido dietrofront e tornai di corsa nella mia stanza.

52

Se l'Alhambra Palace di Granada evocava il passato musulmano dell'Andalusia, l'Hotel Alfonso XIII di Siviglia era una spettacolare fantasia neomoresca, un po' artificiosa ma comunque splendida. Madame Perón e i suoi accompagnatori più intimi furono portati al volo nelle stanze reali; noi attendemmo con pazienza che ci venissero assegnate le camere.

«Benvenuta, signora Nash» sentii dire quando fu il mio turno. «Sarebbe così gentile da mostrarmi il passaporto?»

Lo porsi al receptionist facendo una smorfia a mo' di sorriso: poi mi toccò aspettare che riempissero una scheda con i miei dati. Erano quasi le nove di sera, eravamo appena arrivati in aereo da Granada, attesi pazientemente che l'addetto mi consegnasse una chiave agganciata a un pesante portachiavi di ferro. E, con mia sorpresa, qualcos'altro.

«Qualche ora fa è arrivato un telegramma per lei da Madrid.»

Glielo strappai quasi dalle mani; mi spostai di lato mentre aprivo con impazienza il foglio azzurro piegato e sigillato. Víctor, era questa la mia paura.

BAMBINO BELLISSIMO.
TUO PADRE IN BUONA SALUTE.
BAMBINAIA INGLESE DOLCISSIMA.

ATTENDIAMO TUTTI TUO RITORNO.
AFFETTUOSAMENTE
R.A.

Lo appallottolai e stavo per esplodere in una caterva di improperi: figlio di buona donna, carogna, svergognato. Riuscii a trattenermi a fatica, abbandonai la reception senza una meta precisa e mi ritrovai in un magnifico patio centrale, di cui non mi diedi nemmeno la pena di apprezzare la bellezza; stremata, mi lasciai cadere su una poltrona di vimini.

Le iniziali che chiudevano il messaggio potevano corrispondere sia a Román Altares, come adesso si faceva chiamare, che al Ramiro Arribas di sempre; a ogni modo, era lì a ricordarmi che era sempre in attesa. I miei dubbi si erano dissipati, i miei timori avevano trovato conferma: sì, conosceva l'indirizzo esatto di mio padre. Non solo, di sicuro era stato lì. Era venuto a sapere che avevo un figlio, e che lo avevo affidato a una *nanny*. Li aveva visti o gliene aveva parlato la portinaia, ingenuamente? Era salito al piano e aveva suonato il campanello con una scusa, o li aveva solo visti uscire mentre aspettava con pazienza davanti alla porta? Le domande rimbalzavano furiose nella mia mente.

Non salii nemmeno in camera: tornai indietro e dalla hall chiesi una chiamata con Madrid. Entrai in una cabina di legno, aspettai agitata che suonasse il telefono: «La linea è libera, la metto in comunicazione, signora». Trattenni il respiro finché all'altro capo della linea risuonò la voce di Miguela. «Tutto bene. No, non ci sono novità. Sì, il bambino sta bene, è contento. Sì, benissimo anche Phillippa» disse. No, non si era presentato nessun estraneo. La *nanny* stava appunto facendo una passeggiata con il bambino, mio padre era alla Gran Peña, di lì a poco sarebbero tornati per la cena.

Mi diressi infine verso la mia stanza, un po' sollevata ma ancora nervosa. Controllai l'ora, in teoria avrei dovuto essere pronta nel giro di venticinque minuti, anche se, tenendo conto degli abituali ritardi di madame Perón, magari avrei potuto posticipare un po' anch'io la mia uscita. Esitai qualche istante, poi decisi di non aprire ancora la valigia e mi buttai sul letto a peso morto.

Il trasferimento avvenne con calessi tirati da cavalli bardati a festa che sembravano danzare sull'acciottolato delle vie sivigliane; sul più lussuoso era salita la first lady, accompagnata dal sindaco. Per non derogare alla norma, venne applaudita con fervore dalla folla in strada e omaggiata con urla a squarciagola; gli evviva e i "viva la madre che ti ha messa al mondo" risuonavano a tutti gli incroci, mentre le navi ancorate nel porto facevano suonare le sirene. Lungo il tragitto verso plaza Nueva, lanciarono migliaia di garofani dai balconi e dalle terrazze, e petali di rosa dai marciapiedi; liberarono persino cinquemila colombe che si alzarono rapidamente in volo, fuggendo in ogni direzione. Aveva così inizio un nuovo atto della fantastica operetta ispano-argentina, con tutti i partecipanti ancora una volta in abito di gala, sebbene senza la presenza di Dodero e con un Juancito taciturno, seduto nel suo calesse, più teso di una corda di violino.

Dopo il ricevimento nella sala Colombo del municipio, faticarono ad aprirci un varco nelle vie ancora piene di focosi spettatori. La tappa successiva ci trasferì con difficoltà al Padiglione Mudéjar, a un'estremità del parco di María Luisa; lì fu servita un'altra cena sontuosa fino alla nausea. Quando finì ci spostammo in plaza de América, gremita di gente; era tutto previsto per una grande festa popolare durante la quale vari gruppi di flamenco e oltre trecento coppie di ballerini danzarono fino a notte fonda infinite *sevillanas*, alla luce di migliaia di lampioncini.

Ci misi un po' a addormentarmi; una volta a letto mi risuonavano in testa i battiti delle palme e i tacchettii, gli accordi di chitarra, gli olé e gli incitamenti, tutti gli echi di quel ricevimento sontuoso, eccessivo, spropositato, offensivo per la povera Spagna in generale e in particolare per quella Siviglia piena di gente affamata. Mi pareva di essermi già quasi addormentata, quando mi svegliarono gli squilli del telefono. Balzai in piedi e con uno strattone alzai la cornetta dalla forcella. Víctor, è successo qualcosa a Víctor, fu la prima cosa che pensai anche questa volta.

«Pronto» dissi angosciata.

Per tutta risposta sentii una voce maschile.

«Calma, Sira, calma; non spaventarti, dai, non è successo niente…»

Ramiro Arribas mi parlava attraverso la linea telefonica con un tono che voleva essere amichevole. Mi mancarono le forze per chiedergli spiegazioni, insultarlo, supplicarlo di dimenticarmi.

«Volevo solo assicurarmi che avessi ricevuto il mio telegramma.»

Seduta sul letto, annuii a occhi chiusi, senza pensare che ovviamente non poteva vedermi.

«Dunque?» insistette. «Lo hai ricevuto, Sira?»

Deglutii, feci un respiro profondo.

«Sì, Ramiro. E non sono stata affatto contenta di sapere che ronzi intorno alla mia famiglia.»

«No no no» ribatté cordiale, quasi allegro. «Passavo per caso da calle Hermosilla e mi sono ricordato che tuo padre abitava lì.»

«Lasciali in pace. Parla solo con me. A loro, non avvicinarti neppure.»

«D'accordo, tranquilla, d'accordo…» disse conciliante. «Allora dimmi, come vanno le cose con il nostro amico Dodero?»

«Non vanno in nessun modo. Non è qui a Siviglia, non posso parlargli.»

«Non mentirmi, tesoro. So che partecipa anche lui al viaggio, l'ho appena visto nelle foto dell'"Ideal" di Granada, insieme a Evita, all'Alhambra.»

Quel "tesoro" mi si conficcò nell'anima come un punteruolo arrugginito. Mi scrollai rapidamente di dosso la sensazione: non era il momento di cedere alle emozioni, ma di mantenere la mente fredda e un atteggiamento sereno.

«È stato a Granada, certo, ma non ho avuto la possibilità di dirgli niente. Adesso è tornato a Madrid. Puoi controllare, chiedi di lui al Palace.»

Si prese qualche secondo, come per riflettere. Quando alla fine sentii di nuovo la sua voce, aveva un tono più categorico e meno simpatico.

«Vedi, Sira, questo affare che ho per le mani dev'essere concluso in fretta. Non ti chiedo niente di eccezionale, o che possa comprometterti, solo un piccolo favore.»

Tacque di nuovo, come se stesse scegliendo le parole. Io fissavo i miei piedi scalzi sul tappeto, senza dire niente.

«Ho bisogno di incontrarlo, i rapporti con i miei soci si stanno complicando ed è molto importante, te lo ripeto, molto importante che lui conosca i miei progetti prima di lasciare la Spagna. Se non riesco a parlargli prima che parta per l'Italia, questa porta mi si chiuderà e non avrò altre occasioni.»

No. No. No. Me lo ripetei scrollando con fermezza la mia testa scarruffata. No, non potevo farmi trascinare da quella canaglia; per la mia dignità, non dovevo aiutarlo.

«Ti costerebbe pochissimo» insistette. «Sono sicuro che...»

«Devo lasciarti, Ramiro: mi aspettano per lavorare, anch'io devo guadagnarmi da vivere, sai?»

«Ma tu...»

«Dodero non è qui a Siviglia, ti sto dicendo la verità. Cerca un altro modo per arrivare a lui, non puoi contare su di me per questo.»

Riagganciai con un colpo secco, poi mi coprii il viso con le palme delle mani, come se volessi isolarmi dal presente. E in parte ci riuscii: mi allontanai dal presente, questo sì, ma la memoria traditrice mi riportò in un soffio a un altro tempo. A ondate selvagge, attraversarono di nuovo la mia mente immagini, sentimenti e sensazioni. Il modo in cui Ramiro mi aveva sedotta con il suo fascino virile e il suo carisma. La sottile abilità con cui era riuscito a farmi abbandonare il mio mondo. La nostra vita dissoluta a Madrid e a Tangeri, le sue ambizioni e le sue menzogne, i castelli in aria che aveva costruito per poi distruggerli senza preavviso e gettarmi nel dimenticatoio.

Sentii il profondo bisogno di qualcuno su cui fare affidamento, di una mano tesa che mi evitasse di cadere nel baratro. Qualcuno con cui condividere dubbi e paure, l'incertezza, l'inquietudine. Mi mancavano Marcus e la sua sobria lucidità, Fran Nash e la sua capacità di resistere ai colpi. Mi mancavano Rosalinda con la sua disinvoltura e Nick Soutter per la sua solidità, e perfino Diego Tovar e la sua efficiente diplomazia. Ma in quella Siviglia che aspettava la ripresa del grottesco carnevale preparato per la moglie del presidente argentino, in quella calda mattina e in quell'enorme albergo c'ero solo io in camicia da notte, confusa, angosciata e immensamente sola.

Mi stavo ancora fustigando con l'amarezza dei ricordi e delle assenze, quando squillò di nuovo il telefono.

«Dimmi una cosa, Sira. Solo una, tesoro. Dove pensi che la *nanny* e tuo figlio si divertirebbero di più con me, al parco del Retiro o in barca sul laghetto?»

Riattaccai per la seconda volta senza riflettere, mi alzai di scatto. A quel punto ne avevo abbastanza. Infilai alla rinfusa tubetti, bastoncini e barattoli nel nécessaire mentre mi lavavo i denti; presi le prime decisioni sotto una rapida doccia. Tornare a Madrid, mi ripetei mentre strappavo gli abiti dalle grucce. Bloccare quel disgraziato di Ramiro, insistetti mentre riempivo la valigia con gli indumenti ammucchiati. Trovare il modo di liberarmi di lui, conclusi mentre alzavo le braccia per raccogliermi in fretta i capelli. Chiesi al centralino di passarmi la stanza di uno dei corrispondenti mentre mi mettevo le scarpe; lo avvisai che era sorto un improvviso impegno inderogabile e per il momento abbandonavo il viaggio.

La hall era piena di autorità in uniforme, fotografi e cronisti, signori impeccabilmente vestiti e imbrillantinati, belle sivigliane che sfoggiavano le loro mantiglie, tutti in attesa di unirsi alla comitiva della first lady. Si prevedeva una giornata intensa: solenne *Salve Regina* nella cattedrale, visita alla basilica della Macarena dove la first lady sarebbe stata nominata prima dama d'onore, un altro *Salve* a San Gil davanti all'immagine mariana dell'Esperanza, visita al podere Torre Pavadel e alla Manifattura tabacchi per essere acclamata dai contadini e dalle sigaraie. E ancora applausi, e ancora urla, e ancora olé, e ancora cene…

Mi feci largo quasi a gomitate tra la calca, seguita da un fattorino; una volta fuori, non vidi taxi nelle vicinanze, la zona davanti all'ingresso era completamente occupata da fiammanti auto ufficiali. Notai che davanti al muro di cinta cominciava già ad ammassarsi una folla brulicante. Girai la testa a destra e a sinistra, dovevo andarmene subito da lì.

«E una di quelle, signora?»

Il ragazzo che mi stava aiutando indicò un lato del giardino, in cui vidi una piccola fila di carrozze pubbliche. Un'altra banconota frusciante fece il miracolo: in pochi secondi lo smilzo vetturino si sistemò il berretto, schioccò la lingua e prese le redini del cavallo. Con un ritmico scalpitio di zoccoli, mi portò alla stazione di plaza de Armas.

53

Scesi dal treno ad Atocha a mezzanotte passata. Mi lasciavo alle spalle sballottamenti, scossoni e polvere di carbone, calore soffocante e puzza di sudore. Tutto questo e tempo, molto tempo anche per pensare, definire obiettivi e tracciare le linee che i miei passi avrebbero dovuto seguire. Appena noi viaggiatori mettemmo piede sulla banchina, accorsero come mosche i facchini; fra questi scelsi un uomo di una certa età con un'aria bonacciona.

«Sa se c'è una pensione qui vicino?» gli domandai mentre sistemava il mio bagaglio sulla sua carriola.

«Certo, signora. La porto subito lì.»

L'edificio si trovava all'inizio del paseo de las Delicias. Al secondo piano, a destra, ci accolse una donna oltre la cinquantina, con i bigodini nei capelli ingrigiti e una vestaglia a fiori scolorita sulla camicia da notte. Sul seno afflosciato notai uno scapolare della Madonna del Carmine; la seguii mentre strascicava le ciabatte in un lungo corridoio buio, entrambe rimanemmo in silenzio. Forse in passato quell'appartamento aveva avuto una certa signorilità, magari ci abitava una famiglia borghese benestante: i soffitti erano alti, la facciata più che dignitosa. Adesso aveva un aspetto cupo e mediocre, riconvertito com'era in una delle tante pensioni popolari vicine alla stazione, alloggi per frotte di sventurati che arrivavano da ogni angolo della Spagna alla ricerca illusoria di un futuro. La padrona aprì una porta in fondo, girò lo spinotto, e una lampadina illuminò la stanza con una luce fioca.

«Quindici pesetas a notte, perché è lei.»

La stanza era modesta, con due letti striminziti che non erano nemmeno gemelli, lavamano e un paio di sedie di legno ai lati del balcone. Non appena rimasi sola, la prima cosa che feci fu spalancarlo.

L'Alfonso XIII di Siviglia, l'Alhambra Palace, il Circolo della stampa di calle Pinar 5: se avessero avuto vita propria, tutti quei posti in cui avevo dormito nelle notti precedenti avrebbero sghignazzato vedendomi adesso in quella tana da quindici pesetas; perfino la pensione di Candelaria in calle de La Luneta a Tetuán aveva più splendore. Il corpo mi chiedeva a gran voce un bagno, ma dovetti accontentarmi del secchio d'acqua che mi aveva portato la signora Eusebia per riempire il lavamano di maiolica sbreccata. La donna stava per richiudere la porta dopo aver borbottato un laconico «buonanotte», quando la mia voce la bloccò.

«Le do altre quindici pesetas se mi cambia le lenzuola.»

Ci mise un attimo a tornare con quelle pulite, rifece un letto con mani esperte. Dopo aver propinato qualche manata al cuscino di lana grezza per dargli forma, se ne andò con il fagotto di roba sporca tra le braccia.

Il trambusto che saliva dalla strada mi svegliò all'alba. Quando riuscii a mettere a fuoco i pensieri, mi affacciai al balcone e vidi una lunga fila di carri tirati da cavalli normanni che avanzavano sull'acciottolato con un gran rumore di zoccoli e ruote; dieci, dodici, quindici carri che procedevano uno dopo l'altro a ritmo regolare. Trasportavano tutti un'identica merce che faticai a distinguere, ci riuscii aguzzando la vista. EL ÁGUILA, lessi sulle fiancate: erano andati a caricare in una fabbrica vicina una montagna di barili di birra da distribuire di prima mattina nei bar, nelle osterie e nelle taverne di tutta Madrid.

Non tornai a letto, rimasi in piedi a osservare come la vita del quartiere cominciava a scorrere fin dalle prime ore del giorno in quella via che scendeva quasi fino alla riva del Manzanarre: uomini in camicia bianca con i capelli inumiditi diretti al lavoro, verdurai arrivati dagli orti di Villaverde, alcuni clienti nella latteria di fronte, l'ocarina melodiosa di un arrotino.

«Ha per caso il telefono, signora?»

Fu la prima cosa che chiesi alla padrona, dopo averle dato il buongiorno dalla porta della cucina. Bigodini, camicia da notte e vestaglia erano gli stessi della sera prima; sopra, si era messa un grembiule pieno di macchie. Io mi ero vestita in maniera sobria dopo essermi lavata nel bagno comune. Siccome ero restia a lasciarla incustodita tra le pareti di quella pensione da quattro soldi, fermamente appuntata alla cintura della gonna, dalla parte interna e a contatto con la mia carne, portavo la Gran croce dell'Ordine di Isabella la Cattolica: l'onorificenza che quasi tutti credevano in possesso di Eva Perón.

La donna continuò a trafficare con le pentole davanti al lavandino, non si girò nemmeno per rispondere.

«Il telefono ce l'ha il bar qui sotto. Il caffè lo vuole con latte o senza?»

In cucina non c'erano altri ospiti, ma ne rimanevano le tracce: un posacenere di metallo incrostato pieno di mozziconi senza filtro, un paio di tazze di ceramica sporche, uno strofinaccio a quadri appallottolato. Se mi avesse vista lì, mia suocera sarebbe morta dalle risate.

Fui tentata di rifiutare l'offerta: chissà che razza di intruglio mi avrebbe propinato quella donna, di sicuro semplice cicoria tostata, mescolata con latte annacquato e quasi senza zucchero. Ma l'accettai. Quando mise sul tavolo un tazzone di surrogato e un pezzo di pane bruciacchiato sul fornello, mi resi conto di essere affamata e smisi di fare la schizzinosa.

Non scambiammo una parola finché, alla fine, chiesi:

«Saprebbe dirmi dove posso comprare dei vestiti da lutto?»

Subito dopo addussi la scusa della morte di un parente prossimo e l'obbligo di assistere al funerale. Ecco perché ero arrivata così tardi la sera prima. Dietro quella menzogna nascondevo un'altra intenzione: avevo deciso di trasformarmi il più possibile per cercare di passare inosservata.

«Risalga calle Antocha per un buon tratto, sulla destra troverà un negozio di abbigliamento. Si chiama La Gloria.»

Anche se quando scesi al bar era ancora presto, per fare le telefonate necessarie mi ci volle un'eternità; mi toccò domandare, sbagliare e ripetere i tentativi, cedere il posto a una donna che doveva chiamare il suo paese per avere notizie della suocera in fin di vita, a un tizio perché sbrigasse una faccenda di appezzamenti e confini. Finché in una nicchia in fondo al locale, davanti a una parete macchiata su cui i clienti scrivevano a matita o con la punta di un coltello messaggi, nomi e numeri, riuscii a sistemare a una a una tutte le mie questioni.

Innanzitutto chiamai calle Hermosilla; quando mio padre mi assicurò che Víctor stava bene, tirai un sospiro di sollievo. Dall'Ufficio informazioni diplomatiche ebbi poi la conferma che Diego Tovar si trovava ancora a Madrid, cosa che per me rappresentava un'arma a doppio taglio. Da una parte correvo il rischio, remoto ma non impossibile, di incontrarlo; dall'altra, e questo era l'aspetto vantaggioso, non trovandosi a Siviglia ignorava che io, l'impeccabile cronista della BBC, avevo improvvisamente smesso di seguire il viaggio della first lady. Con la terza chiamata verificai che il magnate Dodero aveva ripreso possesso della sua suite al Palace, e con quella successiva che Ramiro era ancora registrato tra gli ospiti dell'Hotel Buen Retiro sotto il falso nome di Román Altares.

Alle Confecciones La Gloria comprai la mise completa della perfetta vedova nella nuova Spagna; tutti gli abiti da lutto che non avevo portato quando era morto Marcus li trovai lì. Una gonna nera a metà polpaccio, alla cui cintura agganciai la Gran croce. Una decorosa camicetta nera abbottonata fino al collo, calze nere spesse e un foulard dello stesso colore per coprire la testa. Mi permisero di cambiarmi nel retro del negozio, la scusa del funerale di un parente sortì di nuovo il suo effetto. Uscii in strada trasformata in una delle tante mogli cui la guerra aveva strappato il marito, lasciandole con anni di lutto e un futuro incerto da affrontare. In fondo, non ero molto diversa da loro: anch'io avevo perso l'uomo della mia vita a causa di un sanguinoso conflitto.

Presi un taxi fino all'angolo di calle Hermosilla con calle Serrano, a breve distanza dalla casa di mio padre. Mi fermai a osservare i fiori di una venditrice ambulante che elogiava a gran voce la sua merce seduta su un secchio capovolto. «Ho tuberose profumate, garofani enormi per la signora, azalee, me le strappano di mano, bella, mi dia retta.» In realtà i suoi fiori mi interessavano poco, ma approfittai di quei momenti per guardarmi intorno di nascosto. Mio padre mi aveva detto che Phillippa usciva sempre di casa con Víctor verso mezzogiorno; mancavano dieci minuti, dovevo cercare un posto da cui tenerli d'occhio.

Una merceria lì vicino mi offrì la soluzione: si trovava giusto in diagonale e aveva una piccola vetrina piena di bordure, bottoni, nastri di raso e rocchetti. Da lì dietro avrei potuto vederli senza essere vista, il posto era perfetto. Quando spinsi la porta del negozio non c'erano clienti; il padrone, dietro al banco, era un uomo alto dai capelli ricci e canuti che mi accolse senza assillarmi. Temporeggiai un po' fingendo di esaminare minuziosamente dei rotoli di passamaneria appesi a una sbarra, mentre in realtà rivolgevo tutta la mia attenzione al marciapiede di fronte, attraverso il vetro.

Quando li vidi uscire sentii un tuffo al cuore, ecco il mio

bambino. Dovetti fare un enorme sforzo per non correre da lui. Era seduto nel passeggino, con i capelli dello stesso colore di quelli di suo padre nascosti sotto un cappellino bianco che lo proteggeva dal sole. Riuscii a malapena a scorgergli il viso, ma vidi le sue mani colpire con forza le palle colorate che pendevano da un elastico; mi confortò notare che mostrava la gioiosa energia di sempre. A spingere il passeggino c'era Phillippa, la *nanny* trapiantata da Londra in quella calda Madrid. Indossava un vestito a fiori che non le avevo mai visto e, invece della solita pettinatura raccolta, teneva sciolta sulle spalle la capigliatura paglierina, in una foggia per me nuova. I miei sospetti aumentarono, rimpiansi con tutta me stessa di non poter avvicinarmi e avvertirla apertamente, prendere Víctor in braccio, stringerlo a me, dirgli il mio amore, mangiarlo di baci e farlo ridere, portarmelo via. Invece no, non dovevo, non potevo. Mi bastò qualche istante per avere la conferma che i miei sospetti erano fondati.

Avevano appena cominciato ad allontanarsi sul marciapiede quando lo riconobbi, di spalle, mentre attraversava la strada. Era uscito da un bar vicino con un giornale piegato sotto il braccio, senza dubbio li stava aspettando. Aveva una giacca chiara, pantaloni di piqué e il solito portamento impeccabile; nella mano sinistra, un piccolo mazzo di fiori, sicuramente comprati dalla stessa venditrice che avevo notato qualche minuto prima. Li raggiunse con qualche falcata, lei quando lo vide si fermò e la bocca mi si riempì di bile.

Ecco quel predatore di Ramiro che adulava l'ingenua Phillippa, ammirando con ipocrisia gli sforzi che lei aveva fatto per migliorare il proprio aspetto insignificante, con i capelli appena lavati e lo sbiadito vestitino della festa. Figlio di puttana. Figlio di una grandissima puttana. Dovetti afferrarmi al bordo della vetrina quando piegò la schiena; sentii la furia salirmi dalle viscere vedendolo avvicinare la mano alla guancia di mio figlio per fargli una carezza. Víctor dovette dire qualcosa di divertente, perché entrambi fecero una risata: sincera quella di Phillippa, senza dubbio falsa quella di Ramiro.

Appena si avviarono tutta l'angoscia di questo mondo mi piombò addosso; da dietro, potevano persino sembrare una famiglia felice: il papà avvenente e maturo, la giovane mamma bruttina ma amorosa, che portavano a spasso orgogliosi il loro bellissimo bambino. Mi si formò in gola un ripugnante grumo di amarezza, mi morsi le labbra per trattenere il pianto. Figlio di una grandissima puttana.

Ma non li avrei seguiti, no. Ero sicura che Víctor non correva pericoli, sarebbero solo andati a fare quattro passi, forse a sedersi in un dehors a prendere un aperitivo: Ramiro voleva ingraziarsi Phillippa per ricattarmi con la paura, spaventarmi, costringermi a intervenire in suo favore. Ecco perché dovevo mostrarmi ferma, non cedere. Quando li persi di vista, lasciai il negozio dopo aver acquistato dal paziente merciaio una manciata di spille di sicurezza, tanto per comprare qualcosa in segno di gratitudine, niente di più. Non aspettai nemmeno che mi desse il resto; dopo essermi sistemata il foulard in testa, uscii.

Alzai lo sguardo verso il palazzo in cui si trovava l'appartamento di mio padre, dominai l'impulso a salire e bussare alla porta. La sua tempra e la sua esperienza mi avrebbero aiutata a fare un po' di luce sulla spinosa situazione in cui mi trovavo, forse lui avrebbe anche cercato di convincermi ad abbandonare l'idea folle che si stava facendo strada nella mia testa. Ma no, non mi sarei più tirata indietro. Dopo la scena di cui ero appena stata testimone, avevo l'assoluta certezza che dovevo far uscire Ramiro Arribas dalla mia vita. Per le sue insidiose macchinazioni di oggi e per il dolore che mi aveva causato ieri; per quello che mi aveva rubato, per il figlio che avevo perso e per Víctor, perfino per quella sprovveduta di Phillippa, candidamente ignara delle manovre del suo presunto corteggiatore. Vestita da semplice vedova, cosa che in fondo ero, superai la tentazione di vedere Gonzalo Alvarado e mi accinsi a procedere.

Il passo successivo fu andare all'Hotel Buen Retiro. Credevo di non conoscerlo, ma scoprii che si trovava in calle Alfonso XI. Quando fui lì davanti, provai un tuffo al cuore. Quell'edificio in stile razionalista era il Gaylord ribattezzato, un luogo che custodiva molti miei ricordi.

Dopo il mio ritorno da Tetuán anni addietro, avevo scoperto che durante la guerra civile era diventato il quartier generale dei russi. Vi avevano insediato il loro Stato maggiore; avevano alloggiato lì spie, agenti sovietici e militari; persino Hemingway, il famoso scrittore, lo aveva usato come scenario di un romanzo. Si diceva con sarcasmo che Franco lo vedesse come il fumo negli occhi e che sarebbe stato felice se lo avessero demolito al minimo pretesto, per cancellare ogni traccia di quegli infami dei rossi. Al momento, però, l'albergo era ancora aperto e, quanto a raffinatezza, lo si poteva paragonare ai classici Palace e Ritz, ma con un tocco di modernità mondana in più. Durante la Seconda guerra mondiale era stato uno degli alberghi preferiti da americani e inglesi. A Marcus piaceva frequentare il suo bar dalla decorazione cubista, e l'ambasciata britannica organizzava nei suoi saloni numerosi eventi ai quali non partecipai mai, vista la mia obbligata vicinanza ai tedeschi.

Malgrado ciò, avevo avuto occasione di trascorrervi un breve tempo e custodivo nella memoria il ricordo del fine settimana passato insieme a Marcus in una suite all'ultimo piano, dopo esserci rivisti a Lisbona in modo del tutto inaspettato, entrando separatamente a ore diverse, con discrezione, per goderci due intere giornate che passammo a recuperare il tempo perduto e a riconciliare aneliti dell'anima e pulsioni del corpo, uscendo solo sulla terrazza affacciata sulla Puerta de Alcalá. Sarebbe stato il primo dei nostri molti incontri clandestini, impossibile dimenticarlo. Ma adesso quel serpente di Ramiro Arribas alloggiava lì, facendosi passare per un solido imprenditore argentino; il mio Marcus, invece, non era più in questo mondo, e io, con indosso il lutto che non avevo portato dopo la sua morte, non riuscii a trattenere la lacrima ribelle che mi scese fino alla bocca e mi lasciò sulla punta della lingua uno strano sapore salato.

Mi sforzai di scacciare la malinconia e, protetta da una provvidenziale edicola di giornali, mi misi a osservare l'ingresso dell'albergo e l'andirivieni dei clienti, la fila di taxi, i facchini in divisa come soldati che portavano valigie e altri effetti personali. Non sapevo ancora come avrei fatto, ma da quella porta, prima o poi, sarei dovuta entrare per arrivare alla stanza 417.

54

Tornai alla pensione, la padrona mi propose di pranzare lì. Volevo dire "no, grazie", ma la lingua mi giocò un brutto scherzo e accettai. A tavola c'erano solo un ferroviere con le unghie annerite dal carbone, un impiegato della Telefónica e la signora Eusebia. Immaginai che gli altri ospiti mangiassero fuori, per conto loro. O che non mangiassero affatto. Fui assalita di nuovo da alcune immagini della pensione di Tetuán: il vecchio maestro, le due sorelle secche come mummie, quel semplicione di Paquito e quella dispotica di sua madre, che condividevano tra tutti in cortile uno stufato, un piatto di sardine o un'anguria, con Candelaria nel mezzo che riempiva i piatti a uno a uno e faceva da arbitro nelle aspre contese verbali, spegnendo fuochi con la sua grinta travolgente.

Qui l'ambiente era molto diverso da quello della mia prima casa marocchina, infinitamente più impersonale e scialbo. Nemmeno il *cocido* che la padrona di casa mi servì era granché, aveva pochissima sostanza, poco più di un pugno di ceci bolliti con qualche filo di pasta, un pezzetto di patata e qualche rondella di carota. Né salsiccia né sanguinaccio né pancetta o carne di gallina; quel piatto insipido e povero di ingredienti era ciò che si mangiava quasi ogni giorno nella maggior parte delle case di Madrid. Come accompagnamento, due foglie di lattuga con qualche goccia d'olio di sansa scadente e un pizzico di sale. Ecco come si nutriva la Spagna del dopoguerra, estate e inverno, non faceva differenza; era così per i vinti come per molti simpatizzanti della fazione vittoriosa, non c'era altro per quasi nessuno. Allora ricordai con fastidio i banchetti offerti a Eva Perón dalle autorità, quello scialo di leccornie e squisitezze, un insulto per milioni di persone che si addormentavano con lo stomaco che brontolava, sventurati costretti a ingannare la fame con sorsi d'acqua, bucce di patata, espedienti penosi e la speranza che forse un giorno le cose sarebbero andate meglio. Mi domandai per l'ennesima volta se per ottenere il grano argentino fosse davvero necessario uno spreco così vergognoso. E per l'ennesima volta ammirai la dignitosa resistenza degli inglesi.

Appena potei mi chiusi in camera, mi spogliai dei tristi vestiti neri, nascosi temporaneamente la Gran croce sotto il cuscino e tirai fuori dalla valigia il mio abito più discreto. Quel pomeriggio non avevo bisogno di camuffarmi, sarei andata in un anonimo quartiere in cui non correvo il rischio che qualcuno mi riconoscesse. Lo scossi e lo appesi a una gruccia di fil di ferro, augurandomi che le pieghe si stirassero da sole; non volevo chiedere il ferro alla padrona, non volevo vedere nessuno. Mi buttai in sottoveste sulle lenzuola pulite e mi misi a pensare mentre osservavo le macchie di umidità sul soffitto.

Erano più o meno le sette quando raggiunsi la mia destinazione al novanta e rotti di calle Santa Engracia, vicinissimo alla glorieta de Cuatro Caminos: a suo tempo, era stato proprio lui a dirmi che abitava lì. Visto che i traslochi non erano molto frequenti in quel periodo, immaginai che avesse mantenuto quell'indirizzo. Incrociando le dita per scaramanzia, mi sedetti su una panchina, in attesa.

Ma alle sette e mezzo non era ancora arrivato. Alle otto, nemmeno. E neppure alle otto e mezzo, alle nove, alle nove e mezzo. Stanca, frustrata, stavo per andarmene, quando verso un quarto alle dieci, ormai faceva quasi buio, lo vidi comparire. Usciva dalla metro, magro, con le spalle curve e la cravatta allentata, il passo svogliato di chi non ha fretta di tornare a casa. Notai di nuovo che aveva meno capelli e più durezza nei tratti. Diversamente da Ramiro, e anche da me, il tempo non era stato generoso con lui.

Mi passò accanto senza notarmi, a testa china e con le mani in tasca, immerso nei suoi pensieri. O preoccupato, o esausto dopo la lunga giornata.

«Ignacio.»

Il nome risuonò alle sue spalle, ma non mi sentì; dopo tante ore da sola e in silenzio, la voce non mi usciva quasi dalla gola. Me la schiarii, mentre gli toccavo una spalla.

«Ignacio» ripetei.

Si girò di scatto, quasi minaccioso. Alzai le mani, come per mostrare la mia innocenza.

«Sono io, Sira.»

Cancellò subito dal viso l'espressione feroce, ma non disse niente. Né si mosse.

«Voglio parlarti di una cosa che forse ha a che vedere con il tuo incarico. Mi dispiace di essere venuta qui senza avvisarti. Sarò breve, ti ruberò solo qualche minuto.»

«Non ho fretta.»

Indicò con il mento la facciata del palazzo vicino.

«Mia moglie e i miei figli non ci sono, passano l'estate con i miei suoceri, in paese. Saliamo.»

Non mi aspettavo quell'invito in casa. Avrei preferito non addentrarmi nel suo territorio privato, magari passeggiare in quel quartiere popolare, come facevamo un tempo nel nostro, o bere insieme una *horchata* seduti in un dehors, circondati da rumorosi individui anonimi. Ma, come sempre, aveva ragione Ignacio. Quella non era una semplice visita di cortesia; lontani dalla strada, avrei potuto parlargli senza correre rischi.

L'appartamento era in penombra, appena entrammo nella sala procedette alla secolare routine della gente del sud per combattere la canicola. Nelle ore in cui il sole picchiava inclemente, si abbassavano le persiane, si tiravano le tende e si chiudevano tutte le finestre, le portefinestre e le porte. Di sera, si riapriva tutto. Disciplinato e rigoroso, con mosse efficienti, Ignacio ripeteva quella sequenza mentre io, senza darlo a vedere, esaminavo il suo appartamento dall'aspetto mediocre, né troppo modesto né troppo lussuoso: la tipica casa di un diligente funzionario con un magro stipendio. Poteva essere la sua, quella del vicino o di chiunque altro. Non c'era niente che le conferisse una personalità propria.

«Ho paura di poterti offrire solo un bicchiere d'acqua del rubinetto.»

Ricordai che non gli era mai piaciuto bere, e non aveva mai fumato.

«Non voglio niente, grazie.»

«Almeno accomodati.»

Mi sedetti sul bordo di una poltrona; lui prese posto di fronte a me, su una delle sedie intorno al tavolo della sala da pranzo.

Con lentezza, si arrotolò le maniche della camicia, si piegò in avanti e piantò i gomiti sulle ginocchia.

«Di' pure.»

Mi sarebbe piaciuto dedicare un po' di tempo a raccontarci qualcosa delle nostre vite. Che lui mi parlasse dei suoi figli, per esempio; annunciargli che anch'io avevo un bambino. In realtà, non eravamo affatto interessati l'uno ai figli dell'altro: a me era del tutto indifferente che i suoi andassero bene in matematica o in disegno, e a lui non importava affatto che Víctor avesse già messo otto denti. Ma almeno quell'argomento ci avrebbe aiutati a rompere il ghiaccio e a dare alla circostanza una falsa sensazione di normalità: due vecchi amici che si ritrovavano e si scambiavano notizie, nient'altro.

Non era questo il caso, ovviamente, e non c'erano nemmeno ragioni per fingere. Ignacio e io non eravamo amici; le nostre strade si erano separate più di dieci anni prima: giusto da quando lo avevo lasciato per vivere il mio burrascoso amore con Ramiro. Ci eravamo incontrati per poco tempo al mio ritorno dal Marocco, quando mi aveva seguita in incognito per le vie di Madrid fino a intrufolarsi nel mio atelier in calle Núñez de Balboa. In quella sera di pioggia avevo scoperto che lavorava per la Direzione generale di sicurezza del ministero degli Interni; come prevedeva il suo incarico, mi chiese di mostrargli i documenti, perquisì la casa da cima a fondo e mi tempestò di domande taglienti. Mi mise in corpo una paura atroce, ma quella notte ci fu anche tempo per altro. Per aggiornarci in modo mediamente sincero su quanto ci era successo in quegli anni, perché mi confessasse l'amaro scetticismo con cui affrontava i suoi impegni in un regime politico che non approvava. Perché mi aprisse con crudezza gli occhi sulla dolorosa realtà del mio quartiere e della sua gente sconfitta dalla guerra.

Non avrei mai immaginato che ci saremmo trovati un'altra volta faccia a faccia, eppure eccoci lì, insieme, nel suo soggiorno.

«Ti sarai meravigliato quando mi hai vista all'ingresso del Ritz, tra gli invitati al banchetto di Eva Perón, immagino.»

Si strinse nelle spalle, senza dire né sì né no; ognuno nella propria mente ricordò l'attimo in cui mi aveva sostenuta nella ressa. Mi sembrò quasi di risentire la sua mano ferma intorno alla vita, che mi aveva evitato di cadere.

«Sono stata un paio d'anni all'estero, adesso sono tornata in Spagna per seguire il suo viaggio come inviata della BBC.»

«Lo so.»

Certo che lo sapeva. Ovvio.

«Ma pensavo fossi in Andalusia in questi giorni» aggiunse.

«Sono arrivata da Siviglia ieri sera. È stato un viaggio rapido e riservato, nessuno sa che sono a Madrid.»

Non si scompose affatto. Osservai il suo viso pallido e affilato, le occhiaie scure, i capelli che cominciavano a diradarsi. Decisi che sarebbe stato meglio venire al dunque; non fargli perdere tempo, e non perderlo io.

«L'onorificenza che Franco ha concesso alla first lady, la Gran croce di Isabella la Cattolica, è stata rubata. Sono venuta a dirtelo.»

«So anche questo.»

Nascosi lo stupore come meglio potei.

«Nessuno della delegazione argentina ha sporto denuncia» chiarì. «Ma ci risulta che Dodero, l'armatore, stia cercando di farsene fare una copia; lo abbiamo saputo dalla Cejalvo, sono loro che realizzano tutte le decorazioni ufficiali. Hanno intuito che la richiesta è irregolare e hanno deciso di informarci. Quindi riteniamo che l'onorificenza si sia persa, anche se non possiamo parlarne apertamente a nessuno della comitiva argentina. Abbiamo l'ordine esplicito di non importunarli.»

L'espressione di smarrimento sul mio viso dovette essere eloquente. A quel punto si chinò un po' di più in avanti, come se così facendo volesse sottolineare la confidenza.

«Ci sfuggono poche cose, Sira. O almeno ci proviamo.»

«Dodero riuscirà a procurarsi una copia identica prima della fine del viaggio?»

«Abbiamo dato l'autorizzazione e si sono messi all'opera. È un lavoro di oreficeria complesso e difficile, che richiede un lungo impegno. Ci risulta che siano in lotta contro il tempo; comunque non sembra sicuro che ci riescano.»

«Ma è indispensabile che la signora Perón la sfoggi nell'ultima celebrazione prima di lasciare la Spagna, no?»

«Credo proprio di sì.»

«Non portarla sarebbe un affronto diretto a Franco, un'inammissibile mancanza di rispetto, vero?»

Annuì con il mento, serio, mentre allentava il nodo della cravatta fino a scioglierlo del tutto; poi si sbottonò il collo della camicia. Nonostante i suoi sforzi per mantenere fresca la casa, continuava a fare caldo.

«Lo sappiamo benissimo.»

«E questo non vi preoccupa?»

«Parecchio.»

«Avete qualche alternativa?»

Fece una pausa mentre arrotolava tra le mani la lunga striscia di stoffa, prima di rispondere:

«Per ora nessuna, a essere sinceri.»

Rimanemmo in silenzio, tutti e due pensierosi. Dal balcone entrava il rumore dei pochi veicoli che passavano in strada, un brutto orologio a cucù appeso sopra il divano suonava fastidiosamente. Fu lui a riprendere la parola, cambiando discorso in maniera brusca.

«Non smetterai mai di sorprendermi, Sira. Appari, scompari, ti trasformi, mi disorienti. Adesso torni come sedicente giornalista, a braccetto con pezzi grossi e coinvolta in faccende torbide. L'ultima cosa che avevo saputo di te è che lavoravi per clienti naziste; dopo la sconfitta della Germania sei sparita, mi sono chiesto molte volte che fine avessi fatto.»

«Facevo il mio dovere cucendo per quelle signore» dissi asciuttamente. «Per ragioni che ora è superfluo chiarire, è quello che mi ero impegnata a fare.»

«All'epoca frequentavi anche un agente inglese.»

Non mi piacque il tono frivolo, ma, venendo da Ignacio, lo scusai.

«Non lo frequentavo soltanto» spiegai misurando le parole. «Avevamo una relazione seria e sincera, ma segreta, date le circostanze. Quell'agente inglese è poi diventato mio marito; è morto da quasi un anno. Adesso sono la sua vedova, ho un figlio suo e cerco di andare avanti con la mia vita.»

«Scusami» mormorò in tono secco.

In quelle tre sillabe percepii sincerità.

«Meglio tornare al presente, concentriamoci. Sono venuta a dirti che so dove potrai trovare la Gran croce. Quella vera.»

Raddrizzò la schiena con una smorfia di incredulità.

«Ma voglio qualcosa in cambio» anticipai.

Mi alzai, feci qualche passo. Quella sala non aveva alcuna attrattiva, ma mi commosse per la sua normalità. Con il portariviste e il cestino del cucito e il calendario dei santi, le mediocri stampe di nature morte e tempeste sul mare che costellavano le pareti e i poggiacapo fatti all'uncinetto sulle poltrone. Così sarebbe stata la mia casa, di sicuro, se il corso delle nostre vite non fosse stato deviato dal cretino di cui adesso volevo sbarazzarmi. Se avessi continuato a curiosare nell'appartamento, senza dubbio avrei trovato un armadio con lo specchio in camera da letto, un canarino nella sua gabbia e, in cucina, un vaso di prezzemolo e un grembiule appeso dietro la porta: gli oggetti quotidiani della gente.

Immobile al centro della stanza, infilata nel mio Digby Morton, con un'aria grottescamente estranea a quella casa e a quel quartiere, avanzai la mia richiesta.

«È indispensabile che la persona che troverete in possesso dell'onorificenza finisca in carcere per qualche tempo.»

«Senza dubbio, se troviamo chi l'ha rubata.»

Negai scuotendo la testa.

«No. La persona a cui requisirete la decorazione non è la stessa che l'ha rubata, ma questo, a te e ai tuoi collaboratori, non deve importare. Anche se avrà un alibi, anche se sosterranno la sua innocenza, è fondamentale che rimanga per un po' dietro le sbarre.»

«Questo forse dovrà deciderlo un giudice.»

Scoppiai in una risata sardonica.

«Non dire sciocchezze, Ignacio. Fate entrare e uscire da celle e penitenziari chiunque vi aggradi: in questa cupa Spagna le cose funzionano così. Inoltre, è una faccenda imbarazzante per tutti quelli che vi sono implicati, umilia e compromette argentini e spagnoli. Io e te sappiamo che mai niente verrà alla luce in forma ufficiale, per il bene di entrambi i paesi. Sarà come se la Gran croce fosse sempre rimasta sulla scollatura della first lady.»

Feci schioccare pollice e medio, il gesto di un prestigiatore che sta per fare un trucco.

«In un batter d'occhi. Come se niente fosse.»

Mi osservò pensieroso, valutando la mia proposta, domandandosi come diavolo si fosse cacciata in quel ginepraio l'apprendista sarta di cui si era innamorato nel parco della Bombilla. La figlia della signora Dolores, la ragazza di calle de la Redondilla alla quale aveva voluto regalare una macchina da scrivere quando era un giovane semplice e ingenuo.

«Promettimi un mese di reclusione per l'individuo implicato» conclusi categorica «e ti dirò tutto.»

Cambiò posizione, accavallò le gambe.

«Potrei garantirtelo già adesso.»

«Potresti, ma io non sono ancora in grado di condividere con te tutte le informazioni, ho bisogno di qualche giorno.»

«Rimane poco tempo prima della cena di gala a Barcellona, il congedo ufficiale. Parteciperà il Caudillo, naturalmente» disse. «Sarà il punto finale, e l'ultima occasione perché doña Eva possa esibire in pubblico la Gran croce.»

Notai che, come me, aveva in testa tutto il programma del viaggio.

«Per quel giorno l'avrai.»

«Sei sicura?»

Deglutii. No, non lo ero neanche un po'. Le idee si agitavano nel mio cervello ancora confuse, abbozzando un piano temerario con un mare di incognite che avrebbero potuto renderlo disastroso. Ma avrebbe avuto poco senso non avere fiducia in me stessa.

«Puoi contarci» confermai. «Ma devo potermi muovere con tranquillità, per favore. Non seguirmi, e non ordinare a qualcuno di farlo. Non cercare di scoprire qualcosa per conto tuo, non fare domande a nessuno, da nessuna parte. Devi solo lasciarmi agire.»

Mi accompagnò alla porta, non avrebbe mai potuto immaginare che l'ambita onorificenza era appuntata sulla mia biancheria intima. La cosa più semplice e più ragionevole da parte mia sarebbe stata consegnargliela e spiegargli cosa era successo a Juancito in quell'antro del Sacromonte. Ma non lo feci, e non gli dissi niente più di quanto già sapesse: che in un certo momento doña Eva aveva smarrito la Gran croce, e Dodero aveva deciso di correre ai ripari; invece di piangere sul latte versato, ne aveva ordinata un'altra brocca. E anziché cercare di ritrovare l'onorificenza di cui non c'era più traccia, aveva deciso di sostituirla con una copia.

In definitiva, vuotare il sacco sarebbe stata la soluzione più conveniente: così mi sarei potuta togliere di mezzo e dimenticare per sempre quella faccenda spinosa. Ma, negli ultimi giorni, nel mio vocabolario erano entrate alcune parole nuove, ed era stato Ramiro a inserircele con le richieste, le vigliaccherie e le bassezze del presente, e con i tristi ricordi del passato che aveva dissepolto. E adesso quelle parole non smettevano di ronzare nel mio cervello, fino a diventare un obiettivo prioritario. Giustizia. Vendetta. Rivincita. Ritorsione. Era stato proprio lui a fare di tutto per suscitare il mio rancore.

Ignacio prese un biglietto da visita dal mobile in stile castigliano dell'anticamera.

«Qui ci sono i miei numeri di telefono, quello della Direzione generale e quello privato. Chiamami non appena pensi che possiamo procedere.»

Lo guardai ancora una volta nella penombra, non aveva acceso la luce. Lasciavo lì il mio Ignacio, l'uomo che era stato sul punto di diventare il compagno della mia vita e il padre dei miei figli, e che io avevo fatto tanto soffrire.

Cominciai a scendere le scale.

«Riguardati, Sira» sentii dire alle mie spalle.

Forse suonò come una semplice frase di cortesia a mo'

di saluto, ma sapevo che quell'avvertimento era sincero. Malgrado la sua freddezza e il suo tagliente distacco, i sentimenti di Ignacio erano insopprimibili. E sebbene non lo amassi come lui continuava ad amare me, dovetti frenare il desiderio di tornare indietro, abbracciarlo e pregarlo di non dimenticarmi mai. Era lui il mio solo legame con l'essenza della ragazza di un tempo, quella che avevo perso lungo il cammino.

Per Ramiro ero stata un capriccio avventato e di breve durata; per Marcus, la fine di un viaggio; per Nick Soutter, forse, un contrappunto; mentre per Diego Tovar rappresentavo probabilmente una sorta di luminosa stravaganza in un mondo grigio. Di tutti gli uomini che in un certo momento avevano provato qualcosa per me, quello che adesso chiudeva la porta era sicuramente quello che mi aveva amato di più. E che continuava ad amarmi, nonostante lo avessi ripagato così male.

Ma resistetti alla voglia di tornare da lui. Se gli avessi chiesto di stringermi tra le braccia per darmi coraggio, la risposta sarebbe stata un no secco e deciso.

55

«A quanto pare, la *nanny* ha un corteggiatore.»

Lo sapevo fin troppo bene, eppure, quando mio padre me lo confermò al telefono il mattino dopo, mi sentii come se mi avessero dato un pugno nello stomaco.

«Lo avete visto?»

«No, ma Miguela sospettava qualcosa, dice che negli ultimi tempi esce più spesso, è più curata e sorridente. E oggi ci ha chiesto il pomeriggio libero.»

Trattenni il respiro per qualche secondo.

«Per andare in piscina, sembra» proseguì Gonzalo. «Alla piscina Stella, l'hanno appena aperta in calle Arturo Soria. Dev'essere un ragazzo con un buon lavoro o con qualche possibilità, perché, a quanto ne so, è un posto elegante e moderno. Magari è figlio di una delle famiglie della zona, un giovane che vuole esercitarsi con l'inglese o…»

«Va bene» mormorai nascondendo la preoccupazione. «Va bene, dalle pure il permesso. Anzi, lasciamole tutto il giorno, non solo il pomeriggio. Oggi non farle portare fuori il bambino, Víctor può rimanere a casa con te e Miguela.»

«D'accordo, come vuoi.»

«Di' a Phillippa da parte mia che si prenda un giorno di riposo. Ma, per favore, non parlarle del…» Mi trattenni prima di pronunciare la parola che avevo sulla punta della lingua. «Comportatevi come se non aveste alcun sospetto.»

Riappesi la cornetta alla lercia parete nel retro di Casa Prudencio, tra casse di bottiglie di soda e fiaschi di vino di Valdepeñas. Mi tranquillizzava sapere che Ramiro non si sarebbe avvicinato a Víctor, ma la sua corte all'ingenua Phillippa mi bruciava come aceto su una ferita aperta. Per lei, per il danno che il suo finto ammiratore avrebbe potuto infliggere ai suoi sentimenti. E, soprattutto, perché quella ragazza era una straniera affidata a me, una mia dipendente, e io ne ero responsabile. Ma avevo bisogno che distraesse Ramiro per farmi guadagnare tempo.

La notizia seguente mi fece tirare un altro sospiro di sollievo.

«Il signor Tovar è partito stamattina all'alba per Santiago de Compostela su un'auto ufficiale.»

Dall'Ufficio informazioni diplomatiche mi confermavano che Diego era già in viaggio per unirsi alla breve visita alla Galizia. Avrei visto in seguito come me la sarei cavata per giustificarmi. Al momento, e per la mia tranquillità, la sua assenza eliminava un altro ostacolo dal mio elenco.

Mi toccò cedere il posto a un cliente mezzo sordo perché telefonasse a un parente, poi al padrone del bar che doveva sollecitare un ordine di solo Dio sapeva cosa. Quando ripresi il mio posto accanto alla parete sporca, chiamai il Palace.

«Buongiorno, Alberto, sono Livia Nash, della BBC di Londra. Chiamo da Siviglia, spero che si ricordi ancora di me.»

«Carissima, lei mi offende, come potrei averla dimenticata?»

Fingeva galanteria per pura educazione; con ogni probabilità, a quell'ora del mattino e nella situazione in cui si trovava, il maturo armatore doveva avere poca voglia di flirtare.

«Ho visto che ha abbandonato il seguito della signora Perón, così mi sono semplicemente domandata se tutto andava bene e se...»

«Nessun problema, cara, va tutto alla grande.» Aveva un tono troppo enfatico, forse si era reso conto di colpo che io, anche se ero una donna, e attraente, lavoravo per la stampa. «Sono solo dovuto tornare all'improvviso a Madrid per occuparmi di una questione di affari» aggiunse. «Niente di importante.»

«Allora spero che ci rivedremo. Prima che il Rainbow Tour prosegua per l'Europa, avrei bisogno di conoscere le sue valutazioni finali sul soggiorno di madame Perón in Spagna. Per il mio reportage, come sa.»

«Ma certo, Livia; vi raggiungerò appena possibile. Non credo che arriverò in tempo per la visita alla Galizia, ma sarò a Barcellona...» Mi sembrò dubbioso. «Ma sì, a Barcellona, di sicuro.»

Lasciai passare qualche secondo, come se stessi valutando il suo tono.

«Mi scusi se le sembro indiscreta, Alberto; forse è colpa di queste sciagurate linee telefoniche spagnole, che sono un vero disastro, ma la sua voce sembra un po'...»

«Sarà per via del caldo, non fa bene alla mia pressione» tagliò corto senza lasciarmi finire. «In Argentina adesso siamo in pieno inverno, il contrasto è duro.»

La mia critica alle patrie infrastrutture, in ogni caso, sembrò provocargli un certo slancio di fiducia, perché cominciò a lamentarsi apertamente.

«Questo caldo infernale, e gli alberghi senza aria condizionata...» borbottò con una punta di antipatia.

Sorrisi, mi si apriva davanti uno spiraglio inatteso in cui insinuarmi. In definitiva, non conosceva la mia vera identità, così diedi la stura alle mie considerazioni di presunta straniera.

«Oh, in questo paese fa pena quasi tutto. Le infrastrutture, le dotazioni, gli impianti...»

«Tutto, tutto» confermò, enfatico e complice. «Le autorità stanno facendo qualche sforzo, non lo metto in dubbio, ma perfino procurarsi un po' di ghiaccio e un buon whisky per un sorso *on the rocks* è un'impresa.»

Mi sentii un po' una traditrice. Questo paese ha appena sofferto una guerra sanguinosa mentre il vostro è ricco, il grano e la carne vi escono dalle orecchie, che cosa ti aspettavi, Dodero, che fosse New York, o Montecarlo, o il paradiso? Mi trattenni, mentre nella mia mente prendeva forma un'idea improvvisa. Se Ramiro aveva intenzione di portare Phillippa alla piscina Stella, forse io avrei potuto puntare su una diversa destinazione.

«A ogni modo, se non è troppo occupato, nei dintorni di Madrid ci sono posti in cui la temperatura è decisamente più sopportabile.»

«Non si preoccupi, Livia, non credo che sia...»

«Conosce il Villa Romana, per esempio? C'è una piscina fantastica, una *pileta*, come dite voi. Bei giardini, zone di ombra fresca e comode sdraio, un ambiente elegante, un eccellente servizio bar e... splendide ragazze» conclusi con una risata tanto canterina quanto ipocrita.

«Sembra allettante» disse. E non aveva l'aria di mentire.

Alzai il pugno, come se la mia squadra avesse segnato. Tornai alla carica.

«Perché non lascia Madrid per un giorno e si rilassa? Si dimenticherà del caldo, le sembrerà di stare in un altro mondo.»

Sottolineai le mie parole scandendole. Esageravo, è ovvio: ero stata lì una sola volta, con Diego Tovar, per di più di sera, la stessa in cui Ramiro era ricomparso tra accordi di tango.

«E quando poi tornerà in albergo, verso sera...»

L'armatore fece una breve risata, recuperando l'ottimismo di altre occasioni.

«Mi ha convinto, cara. Come ha detto che si chiama quel posto? Villa Romana? Avevo previsto di andare a... insomma, di andare a vedere come procede una questione delicata che ho per le mani, ma mi sa che oggi non riuscirò a risolvere niente, forse è meglio rimandare. Anzi, credo che partirò per quel paradiso immediatamente, prima che me lo impedisca il termometro.»

Uscii da Casa Prudencio con il morale sollevato, tornai verso la pensione e salii le scale di corsa. Se niente fosse andato storto, tutti gli uomini che potevano mandare all'aria i miei piani avrebbero sgombrato il campo. Era ora che mi occupassi di me.

Quando entrai in cucina per congedarmi dalla padrona, lei stava stendendo il bucato, china sulla finestra affacciata al cavedio. Sentì la mia voce e si girò: aveva un enorme paio di mutande bagnate in mano e due mollette di legno tra i denti. Appena mi vide, un'espressione sorpresa le si disegnò sulla faccia maltrattata dagli anni e dai dolori. Indossavo uno dei miei vestiti più sobri, mi ero truccata con cura, avevo raccolto i capelli in uno chignon severo e sfoggiavo un semplice cappellino sulla nuca. Dopo avermi esaminata incredula dalla testa ai piedi, notò la mia valigia e si rabbuiò.

«Io vado.»

Lasciai sul tavolo un altro biglietto da cento pesetas.

«Non credo di avere il resto» disse mentre abbandonava le mutande su uno sgabello e frugava nelle tasche del grembiule.

«Nessun problema, va bene così.»

La lasciai senza la minima voglia di tornare allo stenditoio, ad agitarsi e a chiedersi per l'ennesima volta cosa diavolo ci facesse una donna come me nella sua miserabile pensione.

Dopo che gli ebbi dato istruzioni, il tassista si portò due dita alla visiera del berretto.

«Aspetti!»

Era appena partito, quando lo costrinsi a frenare.

«Rimanga qui» ordinai scendendo in fretta. «Ci metterò un attimo.»

Avevo notato un piccolo negozio di ottica vicino a Casa Prudencio. Entrai nello stretto locale, osservai con attenzione gli occhiali esposti.

«Mi dia quelli, per favore.»

L'ottico in camice bianco sembrò sorpreso.

«Sono da uomo, signorina.»

«Voglio regalarli al mio fidanzato. Me li faccia vedere, per favore.»

Si strinse nelle spalle e li prese, con quelli in mano cercai uno specchio fino a trovarne uno appeso a una parete, li provai. Avevano una montatura nera, quadrata e grande. Le lenti erano sporche, piene di impronte e polvere accumulata, chissà da quanto tempo non li toccava qualcuno.

«Credo che siano lenti da due diottrie, dovrà venire lui a farsi misurare la vista, potrebbe passare...»

Non lo lasciai finire.

«Sono perfetti così. Li prendo, grazie.»

Quando tornai indietro, il tassista si era acceso una pestilenziale sigaretta di trinciato, nel vecchio taxi a gasogeno c'era un odore infernale.

«Senta, amico» dissi con i miei nuovi occhiali ancora in mano. «Non potrebbe trovarmi una macchina un po' più lussuosa di questa? Sarà un servizio breve, pagherò il necessario.»

Mi osservò dallo specchietto retrovisore, aveva sopracciglia spesse e la pelle grassa piena di punti neri.

«Mio cognato, forse... Quanto è disposta a spendere?»

La cifra magica uscì veloce dalle mie labbra. Cento pesetas, come quasi sempre. Si grattò la mandibola mal rasata, mentre rifletteva.

«Cento per lui e altri cento per il sottoscritto?»

«D'accordo, se non mi fa aspettare.»

Partì in quarta; trovammo il cognato lì vicino, nel garage del ministero dell'Agricoltura. Rimasi seduta nel taxi, a pulire le lenti sporche con un fazzoletto mentre lui scendeva. I due cognati scambiarono alcune frasi che non riuscii a sentire, sottolineandole con un'infinità di gesti. Finalmente il mio capace negoziatore tornò.

«Si va, bellezza» disse attraverso il finestrino abbassato. «Ma la macchina deve tornare qui prima delle tre in punto.»

56

Arrivati al numero cinque della stretta calle de la Cruz, a un tiro di sasso dalla Puerta del Sol, in pieno centro, l'autista scese per aprirmi la portiera. Ovviamente, trasportarmi su quella Hispano-Suiza di proprietà del governo significava assumersi un rischio. Ma visto che il sottosegretario aveva in programma di pranzare al ministero, l'auto gli sarebbe servita soltanto più tardi, e con il mio extra il sottoposto avrebbe di sicuro tappato qualche falla nelle sue parche finanze.

Una volta scesa dalla macchina, inforcai gli occhiali nuovi e alzai lo sguardo verso l'insegna sulla facciata. Lessi confusamente CEJALVO. GIOIELLERIA. ARGENTERIA. ARALDICA. SPECIALISTI IN ONORIFICENZE. Deglutii. "Ci siamo" mormorai. I miei tacchi alti tacchettarono decisi sul pavimento, in quel momento ero l'unica cliente.

Tre paia di occhi maschili si girarono verso di me. Uno dei commessi, il più anziano e importante, venne ad accogliermi da dietro il bancone. Avevano visto la mia sontuosa automobile dalla vetrina; non sapevano chi fossi ma, a giudicare dalla macchina, la messinscena era garantita.

«Mi permetta di presentarmi, sono la responsabile del protocollo dell'ambasciata della Repubblica argentina in Spagna» annunciai in un tono serio. «Desidero vedere il direttore, si tratta di una questione urgente.»

Mi fissò per qualche istante, come se stesse valutando le mie parole. L'accento mi era riuscito alla perfezione: dovetti sembrargli argentina al cento per cento, perché il commesso annuì con la testa, quasi militarmente, e si diresse a passo veloce verso il fondo del locale. Bussò con le nocche a una porta, entrò appena ricevuto il permesso e tornò di lì a poco.

«Il signor Cejalvo la riceverà subito, signora.»

L'ufficio non era grande né lussuoso; il direttore e proprietario della ditta mi accolse con cortesia, alquanto stupito, mentre io simulavo l'atteggiamento di un'efficiente professionista, con la schiena dritta, i capelli raccolti nell'acconciatura sulla nuca e gli occhiali severi. Cominciai a parlare senza schiarirmi la voce o esitare; mi comportai come se fossi abituata a quelle situazioni, con sicurezza, convincente.

«Don Pedro Radío, il nostro ambasciatore, sta accompagnando la first lady nel viaggio in Spagna; nel frattempo, sono stata incaricata di occuparmi di ogni evenienza che dovesse verificarsi all'ambasciata. Sappia però che parlo a nome suo e che il dottor Radío viene informato costantemente.»

In altre circostanze, non sarebbe stato necessario essere esperti del funzionamento di una missione diplomatica per mettere in dubbio il mio incarico. Ma in quella Spagna isolata dal mondo ed elettrizzata per la visita di Eva Perón, le autorità argentine erano viste come angeli benefattori caduti dal cielo, tutelate dal regime con attenzioni e compiacenza. Indiscutibili, irrefutabili. Assolutamente intoccabili.

«La Direzione generale di sicurezza del ministero degli Interni» proseguii recuperando al volo il ruolo di Ignacio «ci ha appena comunicato che avete ricevuto la visita di un presunto cittadino argentino, una persona intenzionata a procurarsi una copia della Gran croce dell'Ordine di Isabella la Cattolica che il Caudillo ha conferito a doña Eva.»

Continuai a imitare l'accento che avevo sentito tante volte negli ultimi giorni.

«Nella nostra veste di rappresentanti della Repubblica argentina, ci vediamo costretti a informarla ufficialmente che don Alberto Dodero, per la precisione uruguaiano di nascita, non è in alcun modo autorizzato a intraprendere iniziative collegate a doni ufficiali ricevuti dalla nostra first lady, né a richiedere duplicati, riproduzioni o copie di cui ignoriamo il fine ultimo. Tantomeno» ribadii mettendo il dito nella piaga «quando questi doni sono stati offerti personalmente dal Generalissimo, don Francisco Franco.»

Io stessa rimasi colpita dalla mia insolente disinvoltura, anche se non mentivo del tutto. In realtà, l'armatore non aveva alcun incarico pubblico: era solo un noto imprenditore, e la sua collaborazione organizzativa e finanziaria non lo autorizzava a immischiarsi in questioni diplomatiche. Andai avanti a parlare senza cambiare tono o postura, mentre il gioielliere mi ascoltava con attenzione, mantenendo tutti e dieci i polpastrelli piantati sulla scrivania.

«Pertanto, signore, la preghiamo di ordinare che venga immediatamente bloccata l'esecuzione del duplicato della Gran croce nei vostri laboratori.»

Cejalvo mosse il mento in su e in giù, annuendo.

«Per evitare spiacevoli attriti, considerato anche il fatto che il signor Dodero è una persona di una certa età e piuttosto vicino alla cerchia che aspira a omaggiare doña Eva, il nostro consiglio è quello di non opporgli un drastico rifiuto.»

Il gioielliere sollevò le sopracciglia in un'espressione interrogativa.

«Liberatevene con discrezione» suggerii. «Bloccate il lavoro che vi ha commissionato ma, quando lui insisterà, evitate di dirglielo e trovate una scusa. Parlategli di ritardi, disguidi, presunti imprevisti... Smetterà presto di infastidirvi, non potrà far altro che lasciare Madrid a breve. Ci risulta che intende seguire il viaggio della signora Perón prima a Barcellona e poi a Roma, dove sarà ricevuta dal Santo Padre in Vaticano, non so se lei ne è al corrente.»

Annuì di nuovo, adesso con più enfasi. Pio XII avrebbe ricevuto doña María Eva, e tutta la Spagna lo sapeva: come avrebbe potuto ignorarlo il padrone di quell'elegante negozio?

Mi accompagnò personalmente alla porta, la mia auto parcheggiata aveva bloccato il passaggio a un carro e a un altro paio di macchine, ma nessuno osò protestare; chi si sarebbe azzardato a prendersela con un'auto ufficiale, in quella Spagna dispotica? Dalla porta del negozio, vide come l'autista mi aiutava tutto ossequioso ad accomodarmi sul sedile posteriore.

Anche se aveva avuto successo, la mia commedia mi lasciò in bocca un sapore amaro. Non mi piaceva mentire con tanta sfacciataggine, mi sentivo a disagio a ingannare un onesto imprenditore e a far fallire i piani che preoccupavano tanto Dodero. Ma così voleva il copione, erano mali necessari per il raggiungimento del mio obiettivo: togliere di mezzo Ramiro.

«All'Hotel Buen Retiro, per favore» fu il mio ordine successivo all'autista del ministero. «Quando arriveremo, prenda la mia valigia e mi accompagni dentro. La lasci pure alla reception, poi può andare.»

Lungo il tragitto mi tolsi il sobrio cappellino scuro che portavo sulla nuca e indossai un vistoso turbante di velluto che tirai fuori dalla borsa. Gli occhiali da sole presero il posto di quelle lenti da orba.

All'ora di pranzo, la hall dell'antico Hotel Gaylord era quasi deserta. Dalla sala in fondo, invece, arrivava l'eco delle conversazioni, dei coperti e dei piatti. Dietro il bancone c'era solo un receptionist, un giovane dal torace striminzito.

La procedura fu di una semplicità cristallina. Alle spagnole sposate non era permesso aprire un conto in banca, ottenere il passaporto o espletare formalità di qualsiasi tipo senza l'autorizzazione del marito; lavorare fuori casa era sconveniente e registrarsi da sola in un albergo un'audacia inammissibile. Ma io, con il mio passaporto britannico, il finto autista, gli occhialoni e il turbante, ero una perfetta straniera. E le straniere come me avevano carta bianca.

«*Mi marido avión aterrizar mañana*» farfugliai in uno spagnolo ridicolo prendendo la chiave. Perché non pensasse che ero una poco di buono.

Ricacciai la malinconia mentre entravo in ascensore, accompagnata da un fattorino con la mia valigia. Quello stesso ascensore mi riportò indietro di alcuni anni, all'incontro con Marcus in un fine settimana iniziatico che avrebbe contrassegnato la nostra breve e sfortunata storia come coppia. Adesso, però, non ero diretta a una suite con terrazza né mi aspettava un uomo innamorato. Adesso, spacciandomi per una stravagante cittadina di altre terre, ero spinta da uno scopo infinitamente più ingrato.

Mi avevano assegnato la stanza numero 514, mi sembrò funzionale e comoda, in accordo con l'architettura razionalista dell'edificio. Con pazienza, perché capissi bene, il receptionist mi aveva informata che, a eccezione delle camere d'angolo e delle suite all'ultimo piano, tutte le altre stanze erano identiche. Non appena il fattorino se ne fu andato con la sua mancia, entrai in azione.

Innanzitutto mi cambiai. Mi liberai in fretta di tacchi, turbante e tailleur, indossai scarpe basse e gli anonimi abiti da lutto che avevo comprato in calle Atocha: dell'elegante inglese non rimase traccia. Mentre verificavo il mio nuovo aspetto davanti allo specchio, la paura mi assalì. E se le cose fossero andate male? Se tutto mi si fosse rivoltato contro per colpa della mia audacia, della mia insensatezza? L'Ufficio informazioni diplomatiche, la BBC di Londra, lo stesso Secret Service: avrei deluso tutti, sarei stata per tutti un essere indegno, nessuno si sarebbe fatto avanti per difendermi.

Cercai di togliermi quegli spauracchi dalla testa. Concentrati, per Dio, mi imposi tra i denti. Nei giorni in cui avevo collaborato con gli inglesi, mentre i nazisti imperversavano a Madrid, ero stata istruita su alcune strategie rudimentali per vedere senza essere vista e infilarmi dove nessuno mi aveva chiamata. Una di queste consisteva nell'aprire le serrature con una semplice forcina per i capelli; ci provai con la mia porta, nel caso avessi perso la mia abilità di un tempo. Tirai un sospiro di sollievo quando mi accorsi che riuscivo a farlo senza sforzo.

Non incontrai nessuno in corridoio, né mentre scendevo le scale. Appena raggiunsi il quarto piano, sentii delle voci che provenivano da sinistra, voci di uomini in attesa dell'ascensore, o almeno, così immaginai senza vederli. Immobile accanto a una colonna, aspettai finché sentii chiudersi le porte automatiche e tornò il silenzio.

Avevo più o meno individuato dove si trovava la stanza, la disposizione delle camere era uguale a quella del mio piano. Avanzai con passo cauto, trattenendo il respiro, senza permettere al panico di assalirmi un'altra volta. 409, 411, 413, 415. Quando arrivai alla 417 bussai brevemente; come mi aspettavo, non ottenni risposta. Mano nella tasca, forcina, pomello, porta. In pochi secondi ero dentro. Solo allora cominciai a riprendere fiato.

Insicura, nella penombra creata dalle tende tirate, feci qualche passo all'interno fino a verificare che la posizione dei mobili era uguale a quella della mia stanza. Mi avvicinai alla scrivania, tirai la catenella della lampada da tavolo. Vidi un'agenda con la copertina scura e la aprii, sfiorandola solo con la punta delle dita; riconobbi la grafia minuta e impeccabile di Ramiro nei nomi, negli indirizzi e nei numeri. Nessuno dei nomi che lessi scorrendoli mi era familiare, nemmeno le vie: Posadas, Tucumán, Belgrano, Ayacucho. Guardai con curiosità la S e la Q, verificai che Sira Quiroga non compariva da nessuna parte. C'erano anche una stilografica Waterman, dépliant di motori e macchine, immaginai che fossero della ditta di cui in teoria faceva parte. Trovai anche fatture di sale per le feste e bar madrileni – Pasapoga,

Le Cock, Molinero, Pidoux – e biglietti da visita con il suo nuovo nome: Román Altares, Riobamba 952, Buenos Aires. Senza sapere perché, ne presi uno.

Il mio piano era agire con la maggiore rapidità ed efficienza possibili: scegliere il posto più adatto, compiere la mia missione e andarmene subito. Ma non riuscii a portarlo a termine, era come se i miei piedi fossero diventati di piombo e le mani si rifiutassero di obbedirmi. Mi diressi piano verso la testiera del letto; quando stavamo insieme, Ramiro non era un lettore, e l'assenza di libri indicava che continuava a non esserlo. Sul comodino, accanto alla sveglia e a un barattolo di compresse senza etichetta, trovai solo alcune pubblicazioni informative. Tra queste, con alcune pagine contrassegnate dagli angoli piegati, c'erano un paio di copie della rivista argentina "El Hogar". Le sfogliai con curiosità, in entrambi i casi trovai cronache con foto in cui compariva Eva Perón insieme ad Alberto Dodero.

Poi spalancai l'armadio; vidi tre completi di ottima stoffa, diverse giacche sportive, più di mezza dozzina di camicie. Tirai fuori la gruccia di una di queste, che mi sembrava già indossata, l'avvicinai al viso. Un odore che avevo dimenticato da anni mi riempì le narici, un aroma maschile tanto seducente quanto inquietante.

"Basta con le idiozie" mi rimproverai. "Smettila di guardare e rivangare; per l'amor del cielo, Sira, sbrigati a trovare un posto."

Tornai alla scrivania e tirai la catenella della lampada per lasciare di nuovo la stanza in penombra; a quel punto entrai nel bagno, premetti l'interruttore e le due luci laterali dello specchio si accesero. Respinsi la tentazione di guardarmi, non avrei sopportato di vedere la mia faccia. Un attimo dopo, trovai un elegante nécessaire da toeletta. Lo presi delicatamente, accarezzai il cuoio color caramello con la punta delle dita, un morbido cuoio argentino di prima qualità, sicuramente. Lo poggiai sul coperchio della tazza, feci scattare le chiusure e si aprì in due metà, come un libro. All'interno, ben suddivisi e trattenuti da strisce dello stesso cuoio, c'erano un paio di bottigliette con il tappo d'argento per l'eau de cologne e la lozione, il portasaponetta, calzante e panni per le scarpe, una spazzola per gli abiti. Vanitoso com'era Ramón, e visti i prezzi irrisori qui in Spagna, di sicuro si faceva lucidare tutti i giorni le scarpe da un lustrascarpe e radere da un bravo barbiere. Ecco perché tutti quegli strumenti erano riposti e mancavano solo lo spazzolino da denti con la sua custodia, il dentifricio e un pettine, l'indispensabile.

L'idea mi venne di colpo: a Granada avevo nascosto l'onorificenza nel mio nécessaire, forse anche il suo avrebbe potuto essere un buon nascondiglio. Lo sollevai ancora aperto per soppesarlo, reggendolo sulle palme delle mani.

«Perfetto» mormorai.

Il vetro scanalato delle boccette, i tappi di metallo e il resto del contenuto rendevano il peso non troppo leggero, anzi consistente; l'aggiunta di un altro oggetto si sarebbe notata a malapena. Frugai sul fondo di un lato fino a trovare il posto più adatto. Lì, lì, proprio sotto i panni per le scarpe. A quel punto tirai fuori dalla borsa il piccolo astuccio per il cucito che portavo con me da anni, presi le mie minuscole forbici. Con le punte, da un lato, feci saltare le cuciture.

Staccai la Gran croce di Isabella la Cattolica dalla bretella del reggiseno che la tratteneva, lo stesso nascondiglio del primo giorno, quando me l'aveva consegnata la vecchia del Sacromonte. Senza neppure soffermarmi a guardarla, la introdussi nell'apertura appena ricavata e, con le mie abili dita di sarta, la spinsi fino in fondo. Dopo essermi assicurata che si trovasse al posto giusto, tolsi la mano e rifeci la cucitura con un ago che avevo già infilato. Poi richiusi l'apertura con punti impercettibili.

«Perfetto» mormorai di nuovo.

Esaminai l'interno e l'esterno del nécessaire con occhio meticoloso, non si notava niente di strano. Lo tenni in mano un'altra volta, controllando il cuoio quasi serico; il peso aggiunto si notava a malapena.

Stavo per rimetterlo al suo posto, quando un rumore distante ruppe il silenzio. Mi venne la pelle d'oca, mi sentii percorrere da un'ondata di terrore. Non era l'immaginazione, non erano le mie paure a giocarmi un brutto scherzo. Era uno scricchiolio lieve ma inconfondibile: il rumore di una chiave che gira nella serratura. Poggiai in silenzio il nécessaire sul ripiano mentre con l'altra mano spegnevo la luce e chiudevo la porta da dentro.

Il cuore cominciò a battermi con furia. Stava entrando qualcuno.

57

Non potevo vederli, ma le voci attraversarono il legno nitidamente. Ero stata un'idiota, un'imbecille, avevo dato per scontato che sarebbero rimasti tutto il giorno in quella piscina Stella, a rinfrescarsi nell'acqua azzurra, a guardare il cielo sdraiati sui loro lettini. Da ingenua, non avevo tenuto conto degli imprevisti.

«Eccoci qua, vedrai che adesso ti sentirai meglio, *no sun here, no sun in this room*, capito?»

Lui mescolava lo spagnolo di due continenti a parole isolate in inglese, lei rispose appena con un mormorio.

«Qui» indicò Ramiro. «*Here, on the bed*, sdraiati.»

La rete cigolò e Phillippa, con la sua solita correttezza britannica, pronunciò un «grazie mille» con immensa stanchezza. Mentre lei rimaneva distesa, lo sentii muoversi nella stanza, sentii il tintinnio della chiave che cadeva su una superficie, i cardini di un'anta dell'armadio che si apriva, poi si richiudeva. Io, intanto, ero sempre al buio con il cuore che minacciava di uscirmi dal petto, seduta, rannicchiata dietro la tenda, nascosta nella vasca.

Pensai subito che Phillippa non si sentisse bene. Colpa, senza dubbio, di un sole troppo aggressivo per la sua pelle sassone, di un colpo di calore nelle ore più inclementi; forse lui le aveva fatto bere qualcosa di alcolico, vermut come aperitivo o sangria a pranzo, chissà. E lei non era abituata ad assaggiare nemmeno un goccio. Ramiro, responsabile della ragazza, anche se suo malgrado, non aveva potuto far altro che portarla nella propria stanza in attesa che lei si riprendesse; chissà come se l'era cavata per farla entrare in albergo senza registrarla alla reception.

Tra nausea e capogiri, la *nanny* avrà di sicuro pensato che la cosa migliore fosse tornare in calle Hermosilla, ma lui doveva aver preso in mano le redini della situazione, e probabilmente alla povera ragazza erano mancate le energie per insistere, o forse moriva di vergogna.

Continuavo a fare ipotesi quando Ramiro spinse con forza la porta del bagno. Accese la luce con una manata, mentre io incastravo la testa tra le ginocchia, desiderando sparire, dissolvermi del tutto. Lo sentii aprire un rubinetto e strofinarsi le mani sotto l'acqua che scorreva a fiotti, poi riempì un bicchiere, intuii che stava bagnando qualcosa, forse un asciugamano o un fazzoletto. Tornò nella stanza da letto lasciando la porta aperta e la luce accesa; dovette far bere Phillippa, poi metterle il panno sulla fronte, lei mormorò un altro *thank you*, debolissimo.

Passò un lasso di tempo che mi sembrò infinito. Ogni tanto lui le domandava come si sentisse, senza entusiasmo e senza fingere affetto, nella sua voce notai un fastidio crescente. A un certo punto prese il telefono, chiese al centralino di passargli un numero di stanza nello stesso albergo, ma non rispose nessuno. Allora provò con un altro numero, ottenne lo stesso risultato, riagganciò senza delicatezza, con un rumore secco. Era chiaramente contrariato, niente sembrava andare secondo i suoi programmi, aveva un diavolo per capello.

Passò un altro momento che mi sembrò altrettanto eterno; lui si era coricato sul letto gemello. Lo sentii agitarsi inquieto come se non riuscisse a trovare una posizione comoda, sfogliare rumorosamente una delle sue riviste, gettarla per terra. Io, intanto, ero sempre nella vasca da bagno, con le braccia intorno alle gambe piegate, la schiena curva, immobile in posizione fetale; quando il telefono suonò, non riuscii a evitare un sussulto. Ramiro alzò la cornetta con ansia, quasi con violenza.

Afferrai la conversazione a tratti, l'accento argentino che simulava mi fece perdere diversi dettagli, interi frammenti. Ma colsi l'essenziale. E l'essenziale era una sfilza di bugie relative al suo presunto futuro incontro con Dodero. Che era quasi tutto pronto per fissare l'incontro decisivo, rimaneva solo da decidere il momento. Che le previsioni erano fantastiche, estremamente promettenti; non c'era il minimo dubbio che il vecchio armatore avrebbe accettato di acquistare tutto quello che intendevano proporgli: ricambi e componenti per idrovolanti, oltre a forniture varie. Insisteva a dire all'altro che non doveva preoccuparsi, perché la sostanziosa somma che aveva anticipato, con ogni evidenza una cifra considerevole, gli avrebbe fruttato il doppio, il triplo, il quadruplo, perfino il quintuplo.

«Ci vediamo da Chicote alle dieci, dai, perfetto.»

Riagganciò e fece uno sbuffo, imprecò. Poi, incapace di fare altro, impotente e stufo con accanto Phillippa un po' più tranquilla, si lasciò vincere anche lui dal sonno.

C'erano duecentosessantotto piastrelle sulle pareti ai tre lati della vasca da bagno, le contai diverse volte a una a una: erano lucide, disposte in perfetta simmetria, di una sfumatura tra l'azzurrino e il verdastro. Su una mensola c'erano una saponetta e una spugna; la tenda che tratteneva gli spruzzi della doccia era confezionata in un tessuto color vaniglia, orlata con impunture a macchina. Osservai tutto con la massima concentrazione per cercare di ingannare la paura.

Quando ritenni di essere sicura che Ramiro si fosse addormentato, cominciai ad alzarmi piano, di soppiatto, attenta. Mentre facevo scorrere la tenda di qualche palmo, guardai in alto per assicurarmi che gli anelli di metallo che la sostenevano non facessero rumore urtando tra loro o scorrendo sulla barra. Con la gonna alzata, tirai fuori dalla vasca prima una gamba e poi l'altra, appoggiando sul pavimento solo la punta dei piedi. Mi tastai le cosce per accertarmi di avere in tasca l'astuccio per il cucito e le chiavi della mia stanza. Infine premetti l'interruttore della luce con tutta la lentezza possibile perché non si sentisse lo scatto; pensai che il buio mi avrebbe favorita, se per disgrazia lui si fosse svegliato.

Entrai nella stanza piano, con passi cauti mi avvicinai al letto di Phillippa, mentre passavo accanto alla pediera vidi le sue scarpe e la borsa per terra. Ignorai le prime, ma mi chinai per prendere la seconda e me la appesi alla spalla. Quando arrivai alla testata, preparai le mani. Contai fino a tre per muoverle insieme: con una tappai fermamente la bocca per impedire che urlasse, con l'altra le afferrai un braccio e lo tirai per farla alzare.

«Sono io, Mrs Bonnard» le sussurrai all'orecchio prima che potesse reagire. «Dobbiamo uscire subito di qui; *for God's sake*, non dire niente.»

Nonostante lo spavento, in un lampo di improvvisa lucidità sembrò che mi avesse riconosciuta. Riuscii a farla mettere in piedi, debole e barcollante.

«Ce ne andiamo, Phillippa, capito?» insistetti con voce appena percettibile, continuando a tenerla e tappandole la bocca.

Annuì con decisione.

«*Good girl, let's go*» mormorai a pochi centimetri dal suo orecchio.

Infine le liberai la bocca, la sostenni per le spalle e la spinsi a camminare. Un passo, un altro passo, un altro, ancora uno. Dopo sette eravamo alla porta, dopo nove in corridoio; non chiusi la porta del tutto per evitare il rumore. Ci lasciavamo alle spalle un paio di sandali, Ramiro addormentato e la Gran croce dell'Ordine di Isabella la Cattolica nascosta nel suo nécessaire nella stanza da bagno.

Portai in fretta Phillippa in camera mia e la feci immergere nell'acqua tiepida, mi sembrò che si riprendesse. La consolai quando pianse e mi chiese scusa, mortificata; parlò del caldo e del sole e del *red wine* e di certi cocktail dolci di cui ignorava il contenuto alcolico. La tranquillizzai, la obbligai a tacere, le dissi che andava tutto bene e la rimisi a letto. Verso le undici di sera, feci due chiamate. Una alla reception, per avere conferma che Ramiro fosse uscito. L'altra a mio padre, perché venisse in taxi a prendere la *nanny* con i postumi della sbronza, scottata dal sole e scalza.

"Nella sala da pranzo del tuo albergo, tra mezz'ora."

Un fattorino portò il mio messaggio a Ramiro il mattino dopo. In cambio di dieci pesetas, il ragazzo mi promise che non avrebbe smesso di bussare alla porta della camera 417 finché non lo avesse consegnato di persona al suo occupante. Erano quasi le dieci, e intanto avevo sistemato alcune faccende. La più facile era stata accertarmi che Phillippa aveva passato una notte tranquilla, era già alzata e si stava prendendo cura di Víctor, con la pelle arrossata e dolorante, ma in salute.

Era stato molto meno semplice parlare con Diego Tovar. Grazie alle informazioni che avevo ricevuto dal suo ufficio, lo rintracciai a Vigo. Dopo una breve visita a Santiago, la tappa galiziana del viaggio proseguiva; il solo resoconto di impegni e attività dava le vertigini. Madame Perón e il suo seguito avevano dormito nell'antico maniero di Castrelos; il resto della comitiva, all'Hotel Universal. Per giustificare la mia assenza, dovetti ricorrere alla fantasia.

«Quando pensi di poterci raggiungere?» sentii che diceva tra un'interferenza e l'altra.

Il suo interesse mi sembrò sincero. Verso il reportage per la BBC, sicuramente. Ma forse anche un poco nei miei confronti.

«Cercherò di essere a Barcellona il prima possibile.»

«Contatta il mio ufficio e chiedi tutto quello che ti serve. Biglietti, una macchina, qualsiasi cosa.»

Non poteva intuire che stavo per incontrare quel mascalzone che anni prima mi aveva trascinata nel fango, ma dalla sua voce si sarebbe detto che lo sapesse.

«Riguardati, Livia.» Fece una pausa prima di aggiungere: «Si sente la tua mancanza».

Ripercorrevo nella mente la conversazione con Diego Tovar, dispiaciuta di dover mentire anche a lui, quando Ramiro entrò nella sala da pranzo. Lo aspettavo seduta a un discreto tavolo laterale, davanti a una tazza di tè, mi individuò immediatamente. Indossava una camicia e una giacca chiara che avevo visto nell'armadio; aveva i capelli umidi e ben pettinati, doveva essere appena uscito dalla stessa doccia in cui il pomeriggio prima avevo passato ore terribili.

«Prima ancora di augurarti il buongiorno, Sira, voglio chiederti scusa...»

Si chinò verso di me, come se volesse sottolineare le sue giustificazioni e il suo saluto con un solo bacio sulla guancia, immaginai che fosse un'usanza argentina. Mi sottrassi a quel gesto, tirandomi indietro. Lui si sedette di fronte a me, continuando a mentire.

«Volevo solo che la ragazza si distraesse un po', poi per sbaglio l'ho persa di vista, l'ho cercata dappertutto ma non c'è stato modo...»

«Lascia perdere» tagliai corto.

Mi guardò con finto stupore.

«Davvero non ti interessa sapere come...»

Un cameriere in giacca bianca si avvicinò al tavolo; cercò di porgergli il menù della colazione che lui rifiutò, piantandoglielo quasi in un fianco quando glielo restituì senza riguardo. Sapeva già benissimo cosa avrebbe preso, Ramiro sapeva sempre tutto benissimo. Ordinò di fila uova con pancetta poco cotta, panini con il burro, macedonia di frutta, caffè nero in tazza grande, doppio succo di arancia. Quando rimanemmo soli, chiusi gli occhi e inspirai dal naso. Li riaprii espirando piano dalla bocca, come per armarmi di pazienza.

«Sono stanca di te, Ramiro, delle tue pressioni, delle tue intimidazioni e delle tue richieste.»
«Ti sbagli, tesoro. L'inglesina è sciocca ma graziosa, mi piace, dico sul serio.»
«E dopo aver intossicato quella poveretta con l'alcol e averle quasi provocato bruciature di secondo grado, cosa farai? Dove hai intenzione di portare mio padre? Che cosa ti verrà in mente per mio figlio, se non esaudirò i tuoi desideri?»
«Per Dio, Sira...»
«Ti conosco, Ramiro. Sono passati più di dieci anni, ma sei sempre lo stesso. Non c'è niente che possa fermarti quando vuoi raggiungere il tuo obiettivo, per te non esistono impedimenti.»
«Non voglio che pensi questo di me, no...»
Piantai le palme delle mani sul tavolo, mi chinai verso di lui, sobria e seria.
«Hai vinto tu.»
Sollevò un sopracciglio, solo uno, come un seduttore da film. Appena alzato, era ancora attraente, quel verme.
«Non voglio che torni a infastidire i miei, non voglio altri problemi, non mi fido di te neanche un po'. Mi arrendo. Mi dispiace dirlo perché non lo meriti, ma getto la spugna. Avrai il tuo incontro con Dodero.»
Mi osservò, soppesando la mia decisione imprevista. Anche se dentro di sé gongolava, si trattenne e non mostrò apertamente la soddisfazione. Era un farabutto dalla testa ai piedi, ma non un pazzo avventato, sapeva sempre cosa gli conveniva fare.
«Grazie, Sira. Grazie davvero, di cuore.»
Per confermare le sue parole, si mise la mano destra sul petto. Fingeva bene, la sua reazione sembrava persino sincera. Ma non gli badai e mi concentrai a finire il mio tè con apparente indifferenza.
«Rimane solo da definire il momento» dissi allontanando la tazza dalle labbra. «Cercherò di fare in modo che sia

al più presto, così la smetterai di importunarmi e potrò dimenticare questa brutta storia.»

Poggiai la tazza sul piattino e mi accinsi ad alzarmi. Con cavalleria, mi imitò e si avvicinò per scostarmi la sedia. Poi accennò a fare un passo, lo frenai risoluta.

«Non c'è bisogno che mi accompagni, goditi la colazione.»

Gli avevo già dato le spalle quando, senza guardarlo, aggiunsi:

«Ti farò sapere dopo aver preso accordi con l'armatore.»

58

Gli attori della compagnia del Teatro nazionale superavano le aspettative. L'opera, l'allestimento e gli effetti scenici erano magnifici: *Sogno di una notte di mezza estate* di Shakespeare. Ma siccome erano quasi le quattro del mattino, il pubblico, per quanto si sforzasse, non riusciva a fare a meno di chiudere gli occhi senza volere, di lasciar cadere la testa e sbadigliare.

Eravamo a Barcellona, nei giardini di Montjuïc, attorno a un grande auditorium montato sotto le stelle. Qualche matto aveva avuto l'idea di programmare la rappresentazione teatrale per dopo la mezzanotte, in teoria a mezzanotte e mezzo, ma i ritardi, come sempre, si erano accumulati e quando ci sedemmo ai nostri posti erano già passate le tre. Ero finalmente tornata ai miei doveri e sembravo concentrata ad accumulare immagini per il futuro reportage. Quella facciata, tuttavia, era solo una mezza verità: se qualcuno avesse potuto entrarmi nella testa, si sarebbe accorto che il mio cervello lavorava come su due diversi piani. Una metà dei miei neuroni occupava una delle poltrone privilegiate che avevano riservato ai corrispondenti stranieri. L'altra metà, invece, galoppava a centinaia di chilometri.

Un paio di giorni prima, ero uscita dal mio incontro con Ramiro all'ex Gaylord convinta che tutto fosse sistemato: la

Gran croce nascosta nel suo nécessaire, lui tranquillizzato dalla promessa di un incontro con Dodero, e Ignacio in attesa del mio avviso per poterlo arrestare. La conclusione sarebbe stata rapida quanto avessi desiderato; una volta tratto in arresto il cittadino argentino Román Altares, in quanto presunto ladro dell'onorificenza della first lady, tutto il resto si sarebbe risolto automaticamente. Era vero che in questo caso Ramiro non aveva commesso nessun furto, ma lo aveva fatto in passato. E adesso me l'aveva fatta sporca, si era comportato da farabutto con Phillippa e chissà dove sarebbe stato capace di arrivare se non lo avessi fermato. La punizione che avrebbe ricevuto, per una cosa o per l'altra, era più che giustificata.

Eppure, a dispetto di ogni previsione, dopo averlo lasciato solo davanti alla sua succulenta colazione non ero per niente soddisfatta. A disagio, chiesi a un tassista di portarmi in calle Hermosilla. Ero nervosa, stanca: Granada e la sua notte burrascosa, Siviglia e l'angoscia, il ritorno a Madrid in treno, la squallida pensione di Atocha, gli andirivieni, le continue telefonate, le entrate e le uscite al Gaylord, le menzogne, i sotterfugi, le macchinazioni e gli stratagemmi. Avevo bisogno di riposo, di un po' di calma e di aria fresca prima di compiere il passo successivo. Riposo fisico, ma non solo. Avevo soprattutto bisogno di dare alla mia povera anima una tregua.

Víctor mi accolse gioioso. Si gettò tra le mie braccia, rise di gusto, mi pizzicò la faccia, mi tirò i capelli. Avevamo passato solo pochi giorni lontani uno dall'altra, ma ebbi l'impressione che fosse cresciuto. Non aveva ancora cominciato a camminare da solo, ma lo faceva aggrappandosi: mi afferrò il mignolo e percorremmo avanti e indietro cinque o sei volte il parquet del lunghissimo corridoio dell'appartamento di mio padre. Gli diedi un piatto di riso e pollo, rimase seduto in braccio a me mentre finivo di mangiare, poi ci coricammo insieme sul divano per fare un sonnellino nel salone in penombra; quel giorno mio padre non c'era, pranzava alla Gran Peña. Cominciai a cantargli *Estaba el señor don Gato* a bassa voce, un paio di strofe e crollò, rannicchiato addosso a me. Qualche istante dopo, mi addormentai sotto il suo peso.

Quando un bisbiglio insistente cominciò a ronzarmi in testa, credetti di sognare. Signora, signora, signora... Mi sentii scrollare, aprii gli occhi confusa e mi ritrovai con la faccia sciupata di Miguela a due palmi dalla mia.

«Signora» sussurrò di nuovo, per non svegliare Víctor. «La vogliono al telefono. Dicono che è urgente.»

Scivolai giù dal divano per andare a rispondere dalla scrivania di mio padre.

«Sei quasi riuscita a farmela, ragazza mia. Stavo per cascarci.»

Ero in piedi, scalza. Deglutii, era Ramiro.

«Non mi piace considerare risolta una questione prima di avere controllato tutto, Sira. Forse non te ne ricordavi, o è qualcosa che ho imparato a fare dopo, col tempo. Quindi, per assicurarmi che la tua promessa fosse sincera, sono passato dal Palace, dove mi hai detto che alloggiava Dodero. In effetti, ti chiamo da lì.»

Si sentiva un leggero brusio di fondo; era possibile che dicesse la verità, come pure che mentisse.

«L'armatore dev'essere lì» dissi. «Ho parlato con lui ieri.»

«C'era, c'era, passato del verbo esserci.»

«In che senso, c'era?»

«C'era perché adesso non c'è più. È andato via.»

«E dov'è andato?»

«Questo devi dirmelo tu.»

Ci misi qualche istante a mettere insieme i pezzi, mentre cercavo ancora di liberarmi dalle ragnatele del sonno. Se il magnate argentino aveva dato per conclusa la tappa madrilena, il passo più logico sarebbe stato proseguire fino a quella successiva.

«Allora immagino che sia andato a Barcellona, per preparare l'arrivo di...»

Non mi lasciò finire.

«Ne sei sicura?»

«Quasi.»

«Ci andrai anche tu?»

Avrei potuto dirgli che non erano affari suoi, ma preferii evitare di comportarmi in maniera insolente.

«Certo, devo continuare a seguire il viaggio.»

«Bene, allora organizzami l'incontro con lui a Barcellona.»

Tutta la tranquilla gentilezza che Ramiro aveva dimostrato la mattina sembrava essere svanita. Adesso aveva un tono esigente e distaccato, freddo come una lama di ghiaccio. Qualcosa mi disse che non si trattava di un semplice cambiamento di umore. Quel modo di parlare preannunciava una brutta gatta da pelare.

«E lasciami un messaggio in albergo, ma non disturbarti a chiedere di me. Non mi trovi più lì. Me ne sono andato anch'io.»

Mi lasciai cadere sulla poltrona di pelle di mio padre, con la pesante cornetta incollata all'orecchio. Dio mio. Dio mio. Dio mio. Ramiro aveva lasciato l'Hotel Buen Retiro. E aveva portato con sé il suo bagaglio, com'era normale. E il suo bagaglio comprendeva il nécessaire, con dentro la Gran croce. Non sapevo dove alloggiasse adesso, e lui non sembrava avere intenzione di dirmelo.

«Comincio a perdere la pazienza, Sira» proseguì implacabile. «E la cosa peggiore è che lo avevo previsto, sapevo che avresti cercato di liberarti di me con le tue false promesse e le tue arrabbiature, così dispiaciuta, così ferita dal mio comportamento. Mi hai fatto ricordare che sei sempre stata così, permalosa, emotiva fino a sfinirmi; ecco perché mi sono stancato di te e ti ho lasciata.»

Mi appoggiai allo schienale, chiusi gli occhi.

«Non so con certezza cosa sei diventata» proseguì senza

concedersi una tregua. «Non ho informazioni sul tuo passato; per essere sinceri, da quando me ne sono andato da Tangeri sono stato troppo preso dai miei impegni per interessarmi anche solo minimamente a te. Ho avuto affari, donne, successi e intoppi, momenti di vacche magre e di vacche grasse; non mi bastava il tempo. E ho anche avuto amici. Uno di loro, pensa un po' che coincidenza, è a Londra da qualche mese. E sta di fatto che mi doveva un favore e mi ha appena ricompensato con un'informazione piuttosto inquietante.»

Continuava a parlare senza riprendere fiato, serio.

«Alla BBC non ti conosce nessuno, Livia Nash, o Sira Quiroga o come preferisci chiamarti. Nessuno ha mai sentito il nome che usi adesso, e nemmeno quello di prima. Il mio amico è argentino e ha buone relazioni; la cerchia dei latinoamericani e degli spagnoli, a quanto mi dice, non è troppo ampia. Tutti conoscono tutti o hanno notizie gli uni degli altri, tanto più quando si tratta di qualcuno che in teoria lavora per la radio. Ma la cosa strana è che nessuno ha mai sentito parlare di te. Mai, in nessuna occasione.»

Non mi presi nemmeno la briga di rispondergli. Le scuse e i pretesti che usavo con altri non sarebbero serviti nel suo caso, per Ramiro erano frottole senza alcun valore. Il fatto era che adesso sapeva quello che in Spagna nessuno avrebbe dovuto sapere. E con questo mi teneva in pugno.

«Bene, per venire al sodo» aggiunse, deciso. «Barcellona. Dodero. Ho bisogno di fare progressi concreti. E non mi serve che tu mi confermi un posto e un'ora e poi sparisca; non mi fido. Voglio che tu assista all'incontro, devi venirci con me, parlare a mio favore e ottenere che l'armatore accetti le mie proposte.»

Sapeva che lo stavo ascoltando, così come sapeva che non gli avrei risposto. Fece un'ultima pausa, si sentirono in sottofondo le tenui note di un pianoforte, non aveva mentito quando aveva detto di trovarsi al Palace.

«Vedrai tu cosa fare, Sira; non mi è ancora chiaro come ti muovi con quella gente, non so se li conquisti facendo l'ingenua o se gli fai perdere la testa tra le lenzuola. In ogni caso, questo a me non interessa; sai benissimo di cosa ho bisogno. O collabori con me, o farò in modo di informare chi di dovere che la sedicente giornalista della BBC trattata con tanto riguardo, che va a braccetto con i pezzi grossi e ficca il naso dappertutto, è solo una commediante.»

Due giorni dopo, la mia memoria riandava a quella conversazione telefonica per l'ennesima volta mentre osservavo lo scenario del parco di Montjuïc affollato di personaggi usciti dalla penna di Shakespeare. Da quel momento non avevo più avuto notizie di Ramiro; non sapevo se fosse ancora a Madrid o se si trovasse già a Barcellona, come me, in attesa dell'incontro con l'armatore. Quando risuonarono gli applausi dopo la recita e ci alzammo dalle nostre poltrone, due incognite continuavano a martellarmi in testa. Una: dov'erano Ramiro e la Gran croce? L'altra: dove diavolo era finito Alberto Dodero?

Non dubitavo che lo avrei trovato lì, ad assistere ai primi eventi di quelle ultime giornate. Invece non era comparso. Quella sera scortavano la first lady quel filibustiere del fratello, l'accompagnatrice, l'ambasciatore ai cui ordini avevo finto di lavorare davanti al gioielliere e i soliti fedelissimi. Ma Dodero non si fece vedere a quelle prime celebrazioni nella città comitale, nelle quali, per la gioia dei partecipanti, Evita sfoggiò un'eccessiva pettinatura da vedette e un vestito di drappo bianco, una cascata di gioielli e una stola di ermellino che sfiorava quasi il pavimento. Non portava l'onorificenza che le aveva concesso il Caudillo; tutt'altra cosa sarebbe stata la cena di congedo con Franco come anfitrione. Non esibirla quell'ultimo giorno, avrebbe creato problemi.

Ci sistemarono all'Hotel Majestic, nel paseo de Gracia: qualità e lusso per i giornalisti stranieri, come sempre. Dei presenti a quella prima riunione in calle Pinar 5 eravamo rimasti in tre o quattro, ma alla tappa di Barcellona, trampolino per il passaggio alle altre visite europee, si erano aggiunti altri inviati. Un elegante cronista del "Giornale d'Italia", un signore smilzo dell'agenzia francese Havas, un corrispondente di Pathé News e altri tre o quattro della cui appartenenza mi disinteressai: avevo altri problemi.

Nonostante fossi andata a letto a notte fonda, mi svegliai presto e la prima cosa che feci fu chiedere alla reception se qualcuno aveva lasciato un messaggio per me.

«No, signora Nash, nessuno.»

«E il signor Alberto Dodero? Per caso, nelle ultime ore, si è registrato un signore argentino con questo nome?»

«No, signora Nash, neppure.»

Pochi minuti dopo aver riagganciato, suonò il telefono. Risposi con ansia, forse il receptionist si era sbagliato e risultava che invece c'era qualcosa per me. O che era arrivato l'armatore.

«Livia? Buongiorno, sono Diego Tovar. Ti chiamo per informarti che le attività previste per questa mattina sono state cancellate. La Signora è esausta, è meglio che riposi; oggi anche il pomeriggio e la sera sono pieni di impegni.»

Lo ringraziai, senza capire se si fosse accorto del mio sollievo. Niente visita alla Fiera campionaria, applausi, inni, corse. Stavo per salutarlo, quando mi interruppe.

«In questo viaggio, avere un po' di tempo libero è un lusso. Conosci la città? Ti va di fare una passeggiata, così te la mostro?»

Esitai. Era la prima volta che mi trovavo a Barcellona, e l'idea di una mattinata di riposo mi tentava. Ma no, non dovevo distrarmi. Però non mi conveniva neppure rifiutare, soprattutto dopo la mia fuga nei giorni precedenti. Nell'indecisione, feci una controproposta.

«Che ne dici di pranzare insieme? Vorrei approfittare di questa tregua inaspettata per portarmi un po' avanti col lavoro.»

Era quello che avrei fatto se fossi stata una vera giornalista. Dal momento che ero solo una bugiarda, mi dedicai alle altre mie faccende. Scesi nella grande hall, cercai il centralino. Ricordavo che all'Alhambra Palace le centraliniste mi avevano trattata con squisita gentilezza, speravo che potessero farlo anche qui. In armonia con l'importanza dell'albergo e il dinamismo della città, invece di due addette alle linee telefoniche, lì ne trovai cinque.

Ci misero più tempo a lasciarsi convincere, all'inizio non si mostrarono docili e sollecite come le loro colleghe di Granada. Per qualche istante temetti persino che fossero un po' troppo smaliziate: Barcellona era una grande città in cui succedeva di tutto, e il Majestic un albergo che accoglieva non solo tranquilli turisti, ma anche viaggiatori di ogni genere, pieni di impegni e di problemi. No, lì non mi sarebbe servito a niente spacciarmi per la giovane moglie, incantevole e sventata, di un anziano milionario. Simulando una volta l'accento di Buenos Aires, recitai un'altra parte, non avevo scelta. Con atteggiamento serio, quasi severo, menzionai l'Ufficio informazioni diplomatiche, la Repubblica argentina, madame Perón e il suo fitto programma di attività; questo e altro, ma senza specificare quale fosse il mio ruolo. A ogni modo, alla fine mi presero per qualcuno con qualche incarico dirigenziale e raggiunsi il mio scopo.

«Dunque, di cosa ha bisogno esattamente, signora?»

«Di rintracciare nel più breve tempo possibile don Alberto Dodero. Per favore, cominciate a cercarlo nel Palazzo di Pedralbes e continuate in tutti gli alberghi a cinque stelle della città, aggiungete anche quelli a quattro. Massima discrezione, vi prego. Sarò nella mia stanza, per favore, chiamatemi appena...»

Il mio orecchio sinistro colse qualcosa al volo, tacqui di colpo. Seduta davanti ai suoi spinotti nell'ultima postazione, una delle centraliniste più giovani aveva appena pronunciato una frase magnetica.

«Le passo subito il signor Duarte.»

Feci un paio di passi verso di lei e raddoppiai le mie arie di autorità, alzai persino l'indice per enfatizzare le mie parole. Non sapevo chi lo stesse chiamando, né perché, ma ero pronta a informarmi.

«Se don Juan non risponde, per favore, continui a insistere.»

Acconsentì, obbediente. Finché riuscì a far riemergere Juancito dal sonno, o dalla vasca da bagno, o Dio solo sa da dove.

«Buongiorno, signor Duarte. È una chiamata internazionale. Le passo l'ambasciatore della Repubblica argentina a Londra.»

Non saprei dire da dove tirai fuori l'impudenza o il fegato, ma quando cominciò la conversazione, avevo nelle orecchie gli auricolari della ragazza.

59

Venni a sapere tutto, evidentemente. Annotai persino a matita alcuni dati sul taccuino che la centralinista mi porse quando glielo chiesi, tracciando con la mano un ghirigoro nell'aria.

Non avevo più avuto notizie del viaggio di madame Perón a Londra da quando le sarte mi avevano mostrato le mise previste e la Signora, durante il volo per Granada, aveva accennato all'invito atteso con impazienza. In qualche occasione le fitte del senso di colpa mi tormentavano come punture di spilli: davanti alla mancanza di informazioni, forse avrei dovuto agire con maggiore incisività, cercare altri modi per capire come andavano le cose. Ma gli ultimi giorni erano stati così convulsi e precipitosi che non ne avevo avuto la possibilità.

«Innanzitutto, spero mi permetterà di farle anticipatamente gli auguri.»

Malgrado lo stato delle linee telefoniche, percepii una voce matura e giudiziosa.

«Tutta la missione diplomatica londinese auspica che domani lei e il nostro signor presidente possiate trascorrere una felice giornata.»

In effetti era il 23 giugno, vigilia di san Giovanni, giorno in cui avrebbero festeggiato l'onomastico Juan Domingo

Perón e Juan Duarte. Ecco perché l'ambasciatore Ricardo Labougle gli faceva gli auguri in anticipo.

«Abbiamo deciso di chiamarla» proseguì, «per metterla al corrente degli ultimi sviluppi, con la preghiera di anticipare alcune informazioni alla Signora.»

L'ambasciatore era furbo, furbo e prudente. Di sicuro, le notizie che stava per annunciare non sarebbero state gradite. E in previsione dello scatto d'ira di Evita, aveva preferito ricorrere a un intermediario.

«Se alla fine deciderà di includere il Regno Unito nel suo viaggio» aggiunse il diplomatico, «il governo britannico vuole riceverla con l'etichetta prevista per la consorte del presidente di un paese amico. Ma sembra quasi sicuro che la visita non avrebbe in alcun modo il carattere ufficiale richiesto.»

Nella voce di Juancito si coglieva un tono di insofferenza.

«E questo cosa significa, Labougle? Che i reali alla fine non intendono invitarla?»

«Temo proprio di sì, signore. Il governo di sua maestà non ritiene opportuno che il re, la regina o il primo ministro rivolgano un invito ufficiale. Se la Signora desidera ancora venire, propongono che sia ricevuta solo con la cortesia abituale riservata a un'illustre ospite straniera. Le organizzerebbero un programma di visite, ma con un profilo discreto, quasi privato. La moglie di Mr Attlee, il primo ministro, potrebbe comunque proporle di bere un tè...»

«Dove? A Buckingham Palace?»

«Mi duole informarla, signore, che non sarebbe un'opzione possibile. Buckingham Palace è la residenza ufficiale della famiglia reale. Lì ricevono solo il re e la regina, che prevedono di partire fra poco per il loro castello di Balmoral, in Scozia, dove trascorrono l'estate. Nelle date proposte dalla Signora, non saranno nemmeno a Londra.»

Un rumore secco mi risuonò nel timpano: Juan Duarte, infastidito, aveva fatto schioccare la lingua contro il palato.

«Mi sta dicendo che i reali andranno in vacanza proprio

quando arriverà mia sorella? È mai possibile che gli inglesi non sappiano che qui in Spagna è stata accolta come una principessa?»

«Proprio per questo, signore. Con tutto il rispetto per il generale Franco che la ospita, qui a Londra non hanno alcun interesse a fare qualcosa che possa associarli ai comportamenti del suo regime.»

Rimasi affascinata dall'atteggiamento paziente dell'ambasciatore, dalla cortesia misurata con cui un'autorità del suo rango trattava quel plebeo di Juancito, che solo un calcio della famiglia aveva spinto in cima alla piramide. A ogni modo, l'ambasciatore preferiva discutere con lui piuttosto che con lei: meglio cento obiezioni da parte di Juan Duarte che dover affrontare la furia della Signora.

«Dice sul serio, dottore? E io come lo spiego, adesso, alla signora Eva, che non vogliono riceverla come merita? Ma lei si immagina cosa può succedere qui? Non mi faccia questo, ambasciatore; mi dica che c'è ancora la possibilità di convincere il re e la regina, o almeno il governo al completo, a riceverla... Faccia leva sui negoziati per la vendita di aerei e navi, che potrebbe andare a rotoli; li incalzi con l'accordo sull'acquisto di carne, che vorrebbero rinnovare... Insomma, chi si credono di essere, questi signori?»

Alzava la voce, esagitato. Il suo interlocutore, intanto, manteneva un silenzio stoico.

«Quasi la metà di tutta la carne che quei morti di fame hanno mangiato durante la guerra gliela abbiamo fornita noi! Se ne sono forse dimenticati? Dottore, bisogna davvero far capire a quegli zoticoni con chi hanno a che fare. Altrimenti qui scoppia il finimondo, e allora ce la vedremo brutta tutti quanti...»

La linea era disturbata da fischi e interferenze, le centraliniste continuavano a trafficare con gli spinotti e i messaggi, mentre io rimanevo assorta, con il fiato sospeso e gli auricolari nelle orecchie.

«Rispetto le sue posizioni, signor Duarte, ma sono costretto a pregarla di informare la Signora che è necessario rendere pubblica la sua decisione definitiva nel più breve tempo possibile. La stampa britannica continua a diffondere congetture, e la nostra credibilità come nazione rischia di essere seriamente compromessa. Se mi permette un consiglio, sia il ministro Bramuglia che io, e persino il presidente, pensiamo che per le nostre relazioni bilaterali sarebbe preferibile una visita privata piuttosto che doverci rinunciare del tutto.»

Juancito rimase in silenzio per qualche secondo, come se stesse riflettendo.

«La moglie del primo ministro Attlee, lady Violet» proseguì l'altro, «è una splendida donna matura. È sempre stata di grande sostegno al marito, proprio come doña Eva con il presidente; durante la guerra è stata infermiera e ha fatto un ottimo lavoro per la Croce Rossa e...»

Juan Duarte lo interruppe in un tono lievemente minaccioso.

«Mi sembra che non ci capiamo, ambasciatore. Davvero crede che la signora doña María Eva Duarte Perón, moglie e inviata personale dell'eccellentissimo signor presidente della nazione argentina, si accontenterà di essere ricevuta a Londra da una vecchia grassa, per andare a spasso e prendere un tè con i pasticcini?»

L'ambasciatore non desistette, eroico.

«Mi permetta di chiarire, signor...»

Ma l'ex rappresentante della ditta Jabones Guereño divenuto segretario del presidente ne aveva abbastanza.

«Non aggiunga altro. Visto che me lo chiede, informerò la Signora; ma sappia fin d'ora che le conviene insistere con gli inglesi. O la ricevono come le è dovuto, con i massimi onori e in pompa magna, come qui, o non ci andiamo. Sta a lei, dottor Labougle, veda un po' cosa fare...»

La comunicazione si interruppe bruscamente, mi tolsi gli

auricolari e li porsi alla ragazza mormorando un sobrio grazie. Sapere come la pensavano le due parti rispetto alla questione londinese era interessante, interessantissimo. Davanti alle centraliniste, però, rimasi imperturbabile.

«Novità sul signor Dodero?»

«Ancora niente, signora. Abbiamo appena verificato che non si trova al Palazzo di Pedralbes, e nemmeno all'Hotel Ritz in avenida de José Antonio. Continuiamo a provare, la avviseremo.»

Uscii in strada con discrezione, in una panetteria vicina mi indicarono una cabina telefonica nei pressi. Mentre le scattanti centraliniste provavano a rintracciare il magnate negli alberghi di lusso, decisi di cercare Ramiro in un altro tipo di sistemazione, convinta che se voleva passare inosservato non avrebbe scelto un albergo famoso. Chiusa nella cabina, seduta su uno sgabello con la guida del telefono sulle cosce, non ci misi molto a gettare la spugna: era un'impresa impossibile. Barcellona offriva centinaia di sistemazioni di media categoria: alberghi, ostelli, residence, locande, pensioni. Scovarlo sarebbe stato difficile quanto trovare uno dei miei aghi in un immenso pagliaio, e il tempo giocava a mio sfavore. In ogni caso, sarebbe stato lui a trovare me, come sempre.

Tornai al Majestic, passai dal centralino. Niente. Mi confermarono che non c'era traccia di Dodero da nessuna parte. Mentre ripensavo alla conversazione di Juan Duarte, valutai la possibilità di chiedere a lui notizie dell'armatore, suo compagno di bisbocce. Stavo riflettendo su quale assurda scusa avrei potuto inventarmi per avvicinarlo, quando sentii alle mie spalle un'attività inconsueta.

Come se gli astri si fossero allineati, appena mi girai vidi l'oggetto dei miei pensieri che attraversava con passo spedito la hall e si dirigeva verso l'uscita con l'abito bianco di serge e le scarpe dalla punta color crema, i baffetti, i litri di brillantina e la sigaretta fra le dita. Notai che non ostentava la solita indifferenza; mi sembrò che stringesse le labbra e che affrettasse il passo in modo insolito. Forse era per via della telefonata con l'ambasciatore. O perché mancava solo un giorno alla partenza e il problema di quello che proprio lui aveva perso a Granada rimaneva irrisolto.

Era circondato da personale dell'ambasciata e del consolato, giornalisti locali, corrispondenti e fotografi, alcune autorità e parecchi curiosi, un piccolo sciame che si dirigeva a passo veloce verso la porta.

Appena mi vide, Diego Tovar si staccò dal gruppo.

«Ti ho chiamata in camera, ma non rispondevi.»

Mi accigliai, improvvisamente disorientata.

«C'è un cambio di programma; le attività riprendono prima del previsto, ordine della Signora. Si parte adesso, ci hanno appena avvisati.» Abbassò la voce e si avvicinò di qualche centimetro. «Preferirei mille volte pranzare con te, ma il dovere ci chiama. Andiamo?» disse sfiorandomi il gomito.

Non ebbi nemmeno la possibilità di salire nella mia stanza per cambiarmi, prendere il mio quaderno o cancellarmi la delusione dalla faccia. In un minuto mi ritrovai a condividere il sedile posteriore di una macchina con due presunti colleghi stranieri che si erano da poco uniti al circo.

La massa popolare, instancabile, indifferente ai ritardi, alle ustioni solari o alle minacce di cancellazione, aspettava nei dintorni del Palazzo nazionale di Montjuïc fin dalle prime ore del mattino. Davanti alla grandiosa facciata classicista, su decine di aste ondeggiavano enormi bandiere delle due nazioni. Sindaco, governatori, presidente della Giunta e un'interminabile processione di eccellentissime cariche – tutti uomini, naturalmente – erano in attesa della first lady.

Lei arrivò accompagnata dal ministro del Lavoro. Sfoggiava una pamela grande quanto un parasole e un abito con un'ampia scollatura. Dalla macchina che seguiva scesero doña Carmen Polo e il titolare del portafoglio dell'Industria.

L'ovazione che accolse Eva Perón al suo ingresso nell'imponente sala delle assemblee fu assordante. Il pubblico si accalcava nelle file di sedili, nei corridoi e sulle scale, si ammassava contro le pareti cercando di occupare ogni centimetro libero; c'era un caldo spaventoso, ma tutti volevano ascoltarla, vederla, averla vicino. Prima che iniziasse l'evento, un coro di marinai argentini dalla pelle abbronzata intonò l'inno della patria lontana. Tra il pubblico corse un mormorio entusiasta; la loro nave, attraccata nel porto, era arrivata due giorni prima, stracarica di grano.

Si succedettero i discorsi, finalmente doña Eva prese la parola. Oltre a raggiungere i presenti, il suo discorso sarebbe stato trasmesso dalla radio nazionale, quindi si rivolse a tutta la popolazione.

«Lascio in Spagna un pezzo del mio cuore. Lo lascio a voi, operai di Madrid, sigaraie di Siviglia, agricoltori, pescatori, lavoratori della Catalogna, di tutto il paese. Lo lascio a voi. Questo ponte di fratellanza inaugurato dal mio passaggio in questa terra di lavoratori non si interromperà. Voglio che tutti gli operai spagnoli sappiano che fino a quando nei nostri granai ci sarà una spiga, quella spiga sarà condivisa con loro in una solidale espressione di cristianità, di pace e di giustizia sociale.»

Scoppiò un applauso fragoroso; mentre continuava a risuonare, ripensai alla bella Mery Foxá e alle sue parole premonitrici. Tutti noi che affollavamo quella sala avremmo abbandonato questo mondo senza quasi lasciare una traccia. Ma la donna che parlava con voce vibrante dal palco, quella ventenne ossigenata che diceva e faceva quello che le sgorgava dall'anima, avrebbe finito per lasciare nella storia un'eco sonora.

60

Fischiavano i razzi e scoppiavano raffiche di petardi; esplosioni di bengala lanciavano in cielo scie di luce brillante. Agli incroci delle strade avevano acceso falò, da ogni parte uscivano musica, baldoria, fiumi di gente. Era la notte di san Giovanni, *la nit de Sant Joan*, una notte di festa.

Sebbene colpiti da penurie, repressione e restrizioni, sebbene né gli uni né gli altri avessero dimenticato la recente guerra civile, ogni quartiere, ogni collettivo faceva in modo di celebrare la festa con sfrenato ottimismo. Gli abitanti della città uscivano a veder danzare le fiamme, bambini e ragazzi saltavano i falò senza paura e le coppie si stringevano al suono delle orchestre, spesso di strada. Tutta Barcellona celebrava il solstizio d'estate addentrandosi nella notte trasformata in un'immensa festa.

Il Real Club de Tenis ospitava l'evento più esclusivo. L'aristocrazia e l'alta borghesia si concentravano in quel vasto spazio di calle Ganduxer: eleganti cittadini delle classi alte che erano vissuti nel timore durante il conflitto nella Barcellona rossa e, una volta concluso, avevano accolto con entusiasmo il regime vittorioso, erano stati fervidi germanofili mentre infuriava la Seconda guerra mondiale e adesso non si lasciavano sfuggire una parola in catalano nemmeno per pronunciare il nome di Dio invano.

Entrammo nel club mentre l'orchestra suonava con vigore, centinaia di coppie ballavano sull'enorme pista in cui erano stati trasformati i campi da tennis. File di lampioncini e lampadine colorate illuminavano l'ambiente; dappertutto erano appese ghirlande e festoni di carta, stelle filanti, bandierine. I presenti con più autorità o fama cenavano e osservavano la scena dai palchi centrali. Ci accompagnarono a uno di questi: era abbastanza vicino a quello presidenziale, per il momento ancora vuoto. Il nostro gruppo era formato da un certo numero di corrispondenti internazionali guidati, come sempre, da Diego Tovar. Lui, in smoking con giacca bianca, spiegava in inglese a un cronista del "Daily Telegraph" appena arrivato cosa significasse quella notte per Barcellona e per molti paesi della costa mediterranea.

Accennai a sedermi nell'angolo più appartato del palco, ma Diego, abile e attento nonostante continuasse a chiacchierare con l'inglese, riuscì a farmi accomodare in un posto migliore. I camerieri del Ritz chiamati a servire durante l'evento ci offrirono cocktail e champagne Perelada, delicati aperitivi, *cocas* – le tipiche focacce dolci della notte di San Giovanni –, bibite con ghiaccio. Evitai di parlare con gli altri mentre bevevo piccoli sorsi dal calice; assorta nei miei pensieri, facevo finta di osservare l'animazione della festa. Eravamo circondati da smoking di buon taglio e abiti femminili confezionati con stoffe del negozio di tessuti di Santa Eulalia, raffinate creazioni di prestigiose firme catalane, Asunción Bastida e Pedro Rodríguez, Pertegaz e El Dique Flotante. Giovani e meno giovani conversavano allegri sotto le pergole, ridevano formando capannelli, si aggiravano sotto le stelle al suono dell'orchestra. *Qué felices seremos los dos, y qué dulces los besos serán*... cantava Jorge Sepúlveda davanti al microfono. I corrispondenti appena arrivati aggrottavano la fronte domandandosi che diavolo significasse tutto quello splendore, se fosse una dimostrazione autentica della realtà spagnola o un semplice isolotto di benessere nel grande mare plumbeo del dopoguerra. Sparsi dappertutto, gli altoparlanti continuavano a diffondere la voce melliflua del cantante. *Pasaremos la noche en la luna, viviendo en mi casita de papel...*

Di lì a poco qualcosa cambiò, le facce e i corpi cominciarono a girarsi verso l'ingresso, c'era gente che correva e una certa agitazione, le coppie che ballavano rallentarono il ritmo, la musica si abbassò fino a spegnersi mentre i battimani si moltiplicavano e diventavano fitti applausi. In una fragorosa esplosione colorata, i fuochi artificiali illuminarono la notte. Erano appena arrivate al circolo del tennis le illustri ospiti: la moglie del Caudillo e la first lady.

Pensai subito a Dodero. Dio benedetto, fa' che sia venuto con lei. Invece no, non lo vidi. Lo cercai con occhi ansiosi tra il solito seguito, ma non c'era traccia dell'armatore. Scortate dal conte di Godó, dal ministro degli Esteri e da diversi altri, le due dignitarie passarono davanti al nostro palco per raggiungere il loro, più ampio e alto, decorato con arazzi, bandiere e una gran quantità di fiori. L'azzurro scuro del vestito di doña Carmen contrastava con l'esagerata ostentazione di pizzi e paillettes di Eva Duarte; sulle spalle entrambe indossavano, come sempre, sontuose pellicce. Nemmeno a Barcellona qualcuno aveva avuto il coraggio di dire all'argentina che visoni ed ermellini facevano a pugni con quella breve e festosa notte mediterranea. Peggio: non solo nessuno si era azzardato a farle notare il suo sproposito, ma, com'era successo a Madrid, quando si alzarono per omaggiarla, vidi che tante signore avevano tirato fuori le pellicce dagli armadi invernali, le avevano scrollate per eliminare le palline di naftalina e la imitavano.

Dopo le due ospiti insigni vidi passare Lillian Lagomarsino, la fedele accompagnatrice. A differenza delle imponenti pellicce sfoggiate dalle consorti dei due presidenti, indossava solo un bolero di zibellino corto e senza maniche. Rimasi a osservarla mentre tutt'intorno continuavano a fischiare i razzi, a risuonare ovazioni ed evviva: mi intrigavano il suo ruolo secondario in quella farsa pazzesca e l'atteggiamento controllato, sempre tre passi indietro, riservata, discreta.

La stavo ancora guardando mentre si allontanava di spalle, quando notai qualcosa di strano nel suo vestito di guipure, qualcosa di floscio o penzolante. Aguzzai la vista e riuscii a capire cosa era successo: senza che lei se ne fosse accorta, per un pestone, una strattonata nella calca o perché si era inopportunamente impigliato in qualcosa, un pezzo della gonna si era staccato dalla parte posteriore di un fianco e minacciava di lasciare in bella vista la biancheria intima o una parte indecorosa del corpo. La mia reazione fu automatica: non si erano ancora spenti gli applausi quando poggiai il calice sul tavolo e lasciai il mio posto.

Riuscii a fermarla un attimo prima che salisse sul palco, come sempre dietro la protagonista. Si girò, quando mi riconobbe sorrise senza schiudere le labbra. Sopracciglia folte, naso grande, avrà avuto più o meno la mia età. Non era bella, ma emanava un non so che di piacevole.

«La sua gonna ha un problema» le sussurrai all'orecchio. «Si è scucito qualcosa e pende. Se permette, credo di poterla aiutare.»

Non avevamo mai scambiato una parola, ma avevamo trottato insieme per ore, e questo deve averle ispirato una certa fiducia. Ci allontanammo con discrezione finché trovammo una panchina di pietra defilata, sotto il muro di cinta. Per deformazione professionale, o per semplice precauzione, anche questa volta portavo nella borsetta il piccolo astuccio per il cucito. Conteneva l'essenziale per risolvere il problema.

Lei rimase in piedi, io mi sedetti sulla panchina, alle sue spalle. Individuai il difetto alla luce giallastra di un lampione, e la tranquillizzai assicurandole che potevo sistemarlo.

«Che fortuna, oltre a essere una giornalista, ha mani da sarta!»

Ridemmo entrambe, lei sincera, io frivola. Non immaginava quanta verità ci fosse nelle sue parole.

«Anche se non c'è da stupirsi, visto il suo buon gusto nel vestire» disse, girandosi verso di me.

Mormorai un grazie quasi impercettibile, concentrata nel mio compito.

«Con doña Eva ce lo siamo dette più di una volta, si ricorda come ha ammirato il suo tailleur quando eravamo in volo per Granada? Io insisto più che posso, con rispetto, è chiaro, perché la Signora continui a osservare lei e le sue mise, e anche il suo modo di pettinarsi, senza eccessi, o con lo chignon basso. Credo che uno stile come il suo, da professionista elegante, le starebbe benissimo. Anche don Alberto glielo ha fatto notare, una volta...»

Smisi di cucire all'istante. Don Alberto, aveva detto. Don Alberto Dodero. Cercai di assumere un tono casuale, come se la cosa non avesse importanza.

«A proposito, sono giorni che non ne so niente. Mi stupisce che non sia a Barcellona.»

«Oh, sì, certo che c'è.»

Stavo dando gli ultimi punti allo strappo, le dita che tenevano l'ago si bloccarono in aria. Avrei voluto frenare le parole, ma mi uscirono da sole.

«E dov'è, che non c'è modo di vederlo?»

«Si riposa sulla sua nave, il mercantile arrivato un paio di giorni fa con uno dei primi carichi di grano. Ha visto i marinai che oggi hanno cantato l'inno al Palazzo nazionale? Erano dell'equipaggio, non formano un coro molto professionale ma è stato bello ascoltarli, non crede?»

Le domande mi si accumulavano in bocca, mi costrinsi a trattenermi. Calma, Sira. Vacci piano. Questa signora è l'emblema della discrezione, non tirare troppo la corda. Per fortuna, ero alle sue spalle e non poteva vedermi.

«Bellissimo, sì. Ma mi dica, Lillian, don Alberto sta bene? È tutto a posto?»

«Be', ha già una certa età e qualche acciacco; per di più, la responsabilità di tutto quello che succede in questo viaggio ricade sulle sue spalle. Immagino che i troppi impegni e il caldo gli abbiano giocato un brutto tiro a Madrid, l'altro giorno, perché ha avuto una piccola sincope mentre era in una piscina.»

Vergine santissima. A Dodero era venuta una sincope mentre si trovava nella piscina che proprio io gli avevo consigliato. Il sole e il caldo infernale, sommati probabilmente all'alcol e all'età, avevano giocato a lui e a Phillippa lo stesso scherzo, ma il magnate aveva superato la sessantina, e la *nanny* aveva appena vent'anni.

Diedi un paio di strattoni alla stoffa perché Lillian pensasse che continuavo a lavorare. Avevo quasi finito, ma volevo trattenerla ancora un po'.

«Si è ripreso del tutto, o è ancora...?»

«Sta bene, sta bene» disse con la tipica dolcezza argentina. «Il medico che viaggia con noi lo ha accompagnato qui a Barcellona da Madrid; don Alberto preferiva ritirarsi con discrezione sulla sua nave e riprendersi lì, nella cabina del capitano, tra la sua gente. Sa, gli alberghi sono un po' indiscreti.»

Eravamo ancora su quella panchina appartata, sotto la luce tenue e gli alberi, circondate da enormi vasi di ortensie. L'orchestra e il cantante avevano ripreso le loro melodie. Tirai un'altra volta la stoffa, mormorai:

«Tutto a posto.»

Mi alzai, mi misi al suo fianco, lei sorrise e mi ringraziò con calore.

Ma ero io a esserle grata. Immensamente grata. Non poteva neppure immaginare l'enorme favore che mi aveva appena fatto Lillian Lagomarsino Guardo, colta brava ragazza di Palermo Chico, una delle zone residenziali più esclusive della capitale argentina, allieva del Cordon Bleu e moglie del presidente della Camera dei deputati, ripudiata dalla propria classe sociale quando la coppia aveva abbracciato la causa peronista. Madre di famiglia, accompagnatrice forzata di madame Perón in quel concitato viaggio in Europa, a conoscenza delle intimità della signora, confidente dei suoi timori notturni, testimone e vittima occasionale dei suoi eccessi, dei suoi sospetti e della sua diffidenza, massaggiatrice delle sue caviglie gonfie e autrice delle lettere che Evita copiava e mandava al presidente: era questa la fata buona che quella sera, senza saperlo, aveva portato una luce nella mia oscurità. Non arrivò mai a diventare una vera amica di Eva Perón, solo una compagnia stoica che come tanti altri, insieme al marito, non ci avrebbe messo molto a rotolare giù lungo la ripida china dei politici che non sono più utili. Lillian, però, aveva un carattere nobile e rimase fedele al tempo condiviso con Evita, come avrebbe lasciato scritto decenni dopo nelle sue memorie.

La riaccompagnai al suo palco proprio nel momento in cui le due ospiti d'onore si stavano alzando in piedi. La visita al circolo del tennis era stata brevissima, un omaggio fugace ma eloquente, per testimoniare la gratitudine del regime verso tutte quelle insigni famiglie catalane fedeli a ogni costo ai nazionalisti.

«Se ne ha l'occasione, porti i miei saluti a don Alberto» dissi mentre mi congedavo.

Avremmo di sicuro continuato a seguire il programma della serata, ma ognuna per conto proprio, senza avere la possibilità di parlare ancora. Mi tese rapidamente la mano, si stavano già avviando tutti. Era la volta di un'altra grande festa nel museo all'aria aperta del Pueblo Español, più popolare e meno raffinata, ma inevitabile.

«Ma certo. Proprio domani ha organizzato un pranzo in onore della Signora a bordo della *Hornero*, la sua nave.»

Tornai nel mio palco cercando di contenere l'euforia. Dodero era stato rintracciato ed era in buone condizioni. Sulla sua nave, nel porto. Se avessi giocato bene le mie carte, le cose si sarebbero ancora potute raddrizzare; dovevo essere prudente e abile. Al momento, il pezzo più importante era già al suo posto e la partita poteva iniziare.

Mi sorprese vedere che il gruppo continuava a divertirsi senza alzarsi per seguire la comitiva.

«Non ce ne andiamo?» domandai, stupita.

Diego Tovar scosse la testa in senso negativo.

«Per oggi, fine delle attività.» Indicò i nuovi corrispondenti con un'ironica alzata di sopracciglio. Chiacchieravano rilassati, si erano uniti a loro anche un paio di giornalisti della "Vanguardia". «Preferiscono rimanere.»

Il sangue mi ribolliva. Dodero è ricomparso, continuavo a ripetermi. Finalmente, tutto stava per concludersi. Mi avvicinai a Diego, era bello con il suo smoking. Avvicinai la mano alla sua, gli tolsi con delicatezza il bicchiere di whisky che teneva fra le dita.

«Balliamo?»

Se la mia sfacciataggine lo sorprese, non lo diede affatto a vedere. Non era usuale che una donna proponesse a un uomo di ballare, ma lui accettò compiaciuto. Tutto sommato, in teoria ero una straniera, una stravaganza in quell'ambiente di illustri cognomi catalani con palco al teatro Liceo, appartamenti signorili all'Ensanche, ville a Pedralbes, Sarriá o San Gervasio, imprese di successo e un sostanzioso conto in banca. In quella festa esclusiva che segnava l'inizio dell'estate, la fuga di tutte quelle famiglie nelle loro case al mare, l'abbronzatura, i gelati, l'indolenza, io ero una *rara avis*.

Le coppie si muovevano sulla pista affollata al ritmo cadenzato di un bolero. Il mio corpo aderì a quello di Diego, cominciammo a ballare. Al di sopra delle strofe sdolcinate, delle maracas e degli accordi di chitarra, continuavano a sibilare i razzi, a crepitare i fuochi d'artificio, luci e bengala fugaci attraversavano il cielo. Mi sarebbe piaciuto renderlo complice della mia allegria del momento, condividere con lui il sollievo che provavo per avere infine rintracciato il magnate. Perfino abbracciarlo, sussurrargli all'orecchio che non ci voleva più molto per placare le mie paure; in fondo, anche se non ero stata del tutto sincera con lui, in quel tempo incerto che vivevamo, l'uomo con cui stavo ballando era quanto di più simile a un amico avessi. Forse intuì qualcosa, perché si avvicinò sempre più.

Il bolero finì, cominciarono a risuonare le note di quello successivo.

«Se mi permettete...»

La voce ci bloccò.

«Sarebbe troppo audace da parte mia chiederle di lasciarmi ballare questa canzone con la signorina?»

Come se una raffica ribelle fosse sfuggita ai fuochi d'artificio e mi fosse caduta addosso, bruciandomi viva. Ecco come mi sentii. Ustionata, ferita, impegnata a trattenere la voglia di lanciare un urlo nella notte quando le mani di Diego Tovar, cedendo alla sua diplomatica cortesia, mi lasciarono andare e mi consegnarono a Ramiro Arribas.

61

«Di' ai tuoi uomini di agire con prudenza. È furbo e coraggioso. E, insieme, diffidente, calcolatore, cauto. Appena avrai saputo dove alloggia, cercate il suo nécessaire e strappate il fondo del lato sinistro; la Gran croce è lì.»

Nel suo appartamento a Madrid, Ignacio prendeva nota di tutto quello che gli stavo dicendo dall'altro capo della linea telefonica. Ero tornata nella mia stanza al Majestic dopo aver abbandonato la festa in modo piuttosto precipitoso, e le ultime immagini della serata mi facevano ancora male. La sfacciataggine di Ramiro che si era intrufolato al circolo del tennis, l'insolenza con cui aveva chiesto a Diego Tovar il permesso di ballare con me, la stranezza della mia pelle quando aveva sentito la sua così vicina, l'impudenza con la quale, a mo' di saluto, davanti a tutti e ad appena qualche metro da Diego, mi aveva lasciata sussurrandomi alcune parole all'orecchio e dandomi un bacio sulle labbra.

«Anticipa questa descrizione a chi si incaricherà della faccenda. Quarantadue anni, aria mondana, alto, bel portamento. Immagino che indosserà giacca e pantaloni chiari, e la cravatta, perché in teoria dovrà partecipare a un incontro importante. Ha i capelli lisci e scuri, abbondanti, pettinati con la riga di lato, con qualche filo bianco.»

«Accento spagnolo o argentino?»

«Tutti e due, in base a quello che gli conviene.»
«Benissimo. E adesso, dimmi il nome. O i nomi, se usa più di un'identità a seconda delle occasioni.»
Deglutii.
«Uno è Román Altares; dev'essere quello che utilizzava a Buenos Aires negli ultimi tempi e probabilmente compare sul passaporto con cui è entrato e si muove in Spagna.»
«Román Altares, bene. E l'altro?»
Provai di nuovo a deglutire, ma mi accorsi che avevo la gola chiusa come se fosse bloccata da un grumo di catarro.
«L'altro è Ramiro Arribas.»
Undici anni dopo il mio abbandono, alla semplice pronuncia di quel nome Ignacio si rinchiuse in un fitto silenzio. Valutai l'opportunità di aggiungere qualcosa, una spiegazione, un ragionamento, magari di chiedergli scusa per averlo messo di nuovo di fronte all'uomo che gli aveva stravolto la vita: l'attraente gestore del negozio della Hispano-Olivetti in cui aveva riposto la sua ingenua fiducia. Lo stesso che con una mano gli aveva venduto una macchina da scrivere e con l'altra, traditrice, mi aveva strappata dal suo fianco.
Ma Ignacio non me ne diede la possibilità. Acquisita l'informazione, ritrovò il tono neutro e disse solo:
«Ho preso nota.»
«Perfetto. Siamo rimasti d'accordo che mi chiamerà questa mattina alle undici perché gli dia istruzioni. Cercherò in tutti i modi di fissare il presunto incontro con Dodero per mezzogiorno, mezzogiorno e mezzo al massimo, perché poi ci sarà il pranzo sulla nave con la signora Perón.»
«Bene.»
«Ti lascerò prima un appunto con tutti i dettagli al centralino dell'albergo. Chiedi se ci sono messaggi per te da parte di...»
«Di Livia Nash, non preoccuparti.»
Dalla finestra aperta arrivò lo scoppio solitario di una lontana raffica di petardi, il rantolo di una festa. Prima di an-

dare a letto, preparai l'occorrente per l'indomani mattina, abiti sobri e discreti.

Devo parlare con Diego, mi ripetei per l'ennesima volta nel dormiveglia. Spiegargli chi era Ramiro, giustificare la sua intromissione e la sua sfacciataggine. O forse no, forse avrei fatto meglio a tacere. In senso stretto, non mi univa a Diego Tovar nessun legame fisso a parte il mio presunto lavoro, quindi non ero tenuta a dargli spiegazioni. Ma il suo atteggiamento nei miei confronti andava oltre la semplice cortesia verso una giornalista sotto la sua responsabilità. E io, insicura dei miei sentimenti, non avevo frenato quella vicinanza affettiva.

Cominciava appena ad albeggiare quando suonò la sveglia; mi alzai e mi lavai, mi vestii senza fare rumore. Non c'era nessuno che potesse accorgersi della mia presenza, ero sola, ma ormai sentivo fin dentro le ossa il bisogno di essere cauta. Un tassista solitario aspettava all'ingresso del Majestic, in attesa di un viaggiatore mattiniero diretto a una stazione ferroviaria, o all'aeroporto del Prat. Oppure al porto, come me.

«Le risulta che in questi giorni sia arrivata una nave argentina carica di cereali?»

«Penso proprio di sì, signora» rispose il tassista con un accento del sud, uno dei tanti emigranti che dalla fine della guerra cominciavano ad arrivare a ondate nella prospera Catalogna. «Vicino alla Stazione marittima, dicono che porta duemila tonnellate di grano; il grano della Perona.»

Feci una smorfia di sorriso. Aveva detto "la Perona", come le bambine del Sacromonte. Era così che la gente semplice chiamava la signora Perón, quella donna che, a quanto si raccontava, andava in giro per la Spagna distribuendo doni a piene mani.

«Allora mi porti lì, per favore.»

Scendemmo lungo il bel paseo de Gracia. Mi girai più volte per controllare dal lunotto posteriore che nessuno ci seguisse. Percorremmo le Ramblas, osservai tutto con voracità, attenta. Dopo anni di conflitto e la durezza del dopoguerra, quella parte antica della città aveva un aspetto sporco, mediocre e stremato. Le uniche presenze erano qualche spazzino, qualche strillone con il suo carico di giornali in spalla, alcuni poveracci che raccoglievano mozziconi da terra. Raggiungemmo il Portal de la Paz, vidi un gigantesco monumento con un Cristoforo Colombo di bronzo che indicava il mare. Ci addentrammo nel porto, il tassista procedette per un po' a passo d'uomo fino a raggiungere il punto migliore per farmi scendere.

«Uno di questi colossi deve essere quello che lei cerca.»

C'erano solo due navi attraccate di fianco. Ai moli vicini erano ormeggiate imbarcazioni più piccole: vecchi velieri, sudicie barche da pesca, da diporto, battelli. In quei giorni, però, poche merci e pochi viaggiatori attraversavano i mari. Le due recenti guerre, quella civile spagnola e quella mondiale, avevano decretato la fine di molte delle grandi navi, la mancanza di mezzi e materiali costringeva a riparare poco e costruire ancora meno: erano tempi duri per l'industria navale. Ovviamente, c'erano delle eccezioni. Eccezioni che prosperavano in paesi che non avevano subìto il salasso bellico; l'Argentina era il miglior esempio. Quindi c'erano anche compagnie di navigazione che ampliavano le loro flotte acquistando ex imbarcazioni militari per trasformarle in navi da carico o destinate agli emigranti, aprendo nuove linee, aumentando servizi, operazioni, clienti, profitti. La *Hornero* era un simbolo della capacità imprenditoriale di Dodero; un saldo della Seconda guerra mondiale, uno dei tanti cargo classe Victory costruiti in tutta fretta negli Stati Uniti per rimpiazzare quelli affondati dai sottomarini nazisti. Dopo la vittoria erano entrati a far parte della riserva navale del paese; adesso, in cambio di alcune migliaia di dollari, su questa non sventolava più la bandiera a stelle e strisce, ma quella argentina.

«Potrebbe aspettarmi un po', per cento pesetas?»

«A disposizione, signorina, siamo qui per questo.»

Percorsi l'ampia spianata del molo senza che nessuno mi importunasse. Il giorno si annunciava con una nebbia argentata, cielo e mare sembravano unirsi come due lamine. In lontananza, canna in spalla, vidi alcuni pescatori mattinieri: con così poco movimento di navi nel porto, i pesci nuotavano tranquillamente nelle sue acque. Tra le strida impazzite dei gabbiani, verificai che la prima delle due enormi navi non era quella che mi interessava: le lettere sul gigantesco scafo nero mi risultavano incomprensibili, immaginai fossero di qualche paese del Nord. Proseguii, misi i piedi in qualche pozza, scansai qualche pesce morto, bucce di arancia, pezzi di vetro aguzzi di una bottiglia rotta. Non sapevo niente di navi, non distinguevo il babordo dal tribordo né la prua dalla poppa. In compenso, mi era chiaro come il sole quello che stavo cercando. E quando lo trovai, urlai per farmi sentire.

Richiamare l'attenzione del giovane marinaio fu facile; farmi invitare a bordo dal capitano che si era appena alzato, un po' più difficile.

«Devo parlare con don Alberto Dodero, è urgente.»

Non mi inventai nulla; quel marinaio dai capelli bianchi, panciuto e cotto dal sole, non aveva affatto l'aria di bersi panzane, tantomeno di accettare quei biglietti che distribuivo ai suoi miseri compatrioti come se fossero carte da gioco.

«Sono una giornalista della BBC» dissi con tranquillità. «Gli interesserà parlarmi, perché posso aiutarlo a risolvere un problema.»

Quel capitano, contrariamente a quanto in teoria avrebbe dovuto fare secondo lo stereotipo, non fumava la pipa. Di prima mattina, teneva tra le dita un grosso avana, già fumato a metà. Se lo avvicinò alla bocca e strinse gli occhi, soppesandomi mentre aspirava una profonda boccata.

Il magnate mi accolse in una cabina che non somigliava

affatto alle suite degli alberghi in cui di solito alloggiava. Ma era un rifugio discreto, lontano dal rumore assordante che circondava la visita. Era ancora in pigiama e giacca da camera di seta, con i peli ingrigiti del petto che spuntavano dal triangolo della scollatura. Non aveva avuto il tempo di radersi, anche se in mio onore si era pettinato e lavato i denti. A dispetto di quegli sforzi, e nonostante avesse aperto un oblò per far entrare aria, l'ambiente puzzava di tabacco stantio, secrezioni di uomo anziano e collutorio al mentolo insieme al profumo.

«So che la mia visita la sorprenderà, ma dobbiamo parlare della Gran croce.»

«Per carità, no, Livia, anzi» disse offrendomi una sedia. «Qualunque cosa possa dirmi al riguardo...»

Si bloccò appena vide che giravo la testa verso il capitano. Era rimasto in piedi accanto alla porta di quella che fino a un paio di giorni prima era la sua cabina, a gambe larghe, con il sigaro in bocca e le braccia scure e pelose incrociate sul ventre. Dodero annuì, e da quel breve gesto capii che mi autorizzava a parlare liberamente, l'altro era a conoscenza di tutto.

Riassunsi la storia a modo mio, accennai a informazioni ottenute con ogni probabilità tramite i colleghi giornalisti e altri contatti, alterai ciò che mi convenne e sorvolai su quello che mi sembrò opportuno. Lui mi ascoltava con la fronte aggrottata, senza interrompermi. Sarò stata convincente, perché quando finii non chiese altre spiegazioni. O forse non gli interessava chiederne, tutto qui. L'essenziale, per lui, era recuperare l'onorificenza; del resto se ne infischiava.

«Allora procediamo» decise con fermezza. A conferma, si batté una pacca sulla coscia, sopra la seta granata della giacca da camera.

«Dove vuole fissare l'incontro?»

I due uomini si guardarono di nuovo; il capitano fece un breve cenno.

«Lo inviti a venire qui.»

«Se mi manda una macchina all'albergo, posso accompagnarlo io.»

«Ci conti pure, mia cara.»

Appena tornata al Majestic, lasciai al centralino un messaggio per Ignacio: incontro previsto a mezzogiorno, nave da carico *Hornero*, porto di Barcellona. Alle undici in punto, come eravamo rimasti d'accordo la sera prima, arrivò fulminea la chiamata di Ramiro.

«Tutto a posto?»

«Passo a prenderti tra quaranta minuti, dammi l'indirizzo.»

«Dove andiamo?»

«Lo saprai al momento opportuno.»

Pronta in anticipo nella hall, vidi la sontuosa Cadillac dell'armatore parcheggiare davanti all'albergo. Subito dopo, mi alzai e mi diressi verso la porta. Simulai naturalezza quando riconobbi l'autista: sotto il berretto grigio con visiera, nella divisa che evidenziava la sua figura voluminosa, non c'era quell'Armando che era venuto a prendermi altre volte, ma il capitano della nave. Dodero aveva deciso di non trascurare niente.

«Fermiamoci in plaza de Cataluña, per favore.»

Ramiro aspettava nel dehors del caffè Zurich, un locale visibile da ogni angolazione; era impossibile sapere se lui alloggiasse vicino o lontano. Rimanemmo in silenzio per tutto il tragitto, io severa, fredda, con i muscoli contratti e lo sguardo dritto davanti a me. Lui, a un certo punto, fece scivolare la mano sinistra verso di me, sulla pelle del sedile. Cercò di accarezzarmi il mignolo con il suo, conciliante; appena notai il contatto, ritirai il braccio, brusca. Mentre entravamo nella zona portuale, con la coda dell'occhio lo vidi abbozzare una smorfia di stupore, ma non aprì bocca.

Ci fermammo a poca distanza dall'imponente scafo.

«Don Alberto ci riceverà a bordo» spiegai infine.
Si accigliò, la notizia non gli era piaciuta.
«È una nave di sua proprietà, ha stabilito lui il luogo dell'incontro.»
Il capitano mi aprì la portiera con cortesia. Ramiro scese dal lato opposto. Trovammo il molo deserto; stranamente deserto, per essere mezzogiorno di un'estate così luminosa. Si vedevano solo un paio di pescatori in lontananza: intenti nella loro attività, di spalle. Sentii un rivolo di sudore scorrermi lungo la schiena. E se non fosse venuto nessuno? Se Ignacio non avesse organizzato nessuna operazione? Se si fosse tirato indietro dopo aver saputo che c'era di mezzo Ramiro?
«Mi seguano» ordinò il finto autista.
Un membro in divisa dell'equipaggio scese dalla scaletta della nave.
«Documenti, per favore» disse una volta a terra.
Come se quella fosse la parola d'ordine, da quel momento la situazione precipitò. Il capitano bloccò Ramiro torcendogli un braccio dietro la schiena, i pacifici pescatori si trasformarono di colpo in agenti scattanti. Alle nostre spalle si sentì il motore di un'auto, gli pneumatici che slittavano, una frenata, voci brusche, urla, ordini frenetici.
Avvenne tutto in fretta, come una serie di lampi. Ramiro ignorava la ragione ultima del suo arresto; ma era colpevole di tante altre cose, e capì che doveva assolutamente evitare che lo prendessero. Era in forma, agile e insidioso, non fu troppo difficile per lui sfuggire alla presa del capitano, più grosso ma meno lesto.
Qualcuno mi afferrò bruscamente per le spalle.
«Si muova, salga.»
La macchina che era appena arrivata aveva le portiere aperte. Guardai sconcertata lo sconosciuto; cercava di spingermi sul sedile posteriore, senza riguardi. Vista la mia resistenza, mi mise una mano sulla testa e con l'altra mi costrin-

se a piegarmi, e in tre secondi ero dentro. Partì in quarta, tra il fracasso dell'esterno sentii che diceva:

«Bisogna portarla via da qui, ordine di Montes.»

Montes era Ignacio, Ignacio Montes. Lo stesso che in quel preciso momento, a più di seicento chilometri dalla sua Madrid, stava inseguendo Ramiro con una pistola in mano.

62

Il pomeriggio che trascorsi rinchiusa nella mia stanza fu esasperante. Non osai tornare al porto, non sapevo come fosse finita, ignoravo se avessero arrestato Ramiro, se avessero trovato l'onorificenza nel suo bagaglio, cosa fosse successo dopo. Verso le cinque, simulando ancora una volta la voce di un'argentina autoritaria, mi feci passare dal centralino il palazzo di Pedralbes e chiesi della signora Lagomarsino. Con mia sorpresa, non fecero nessuna obiezione.

«Sì, cara, don Alberto sta benissimo» rispose Lillian con il suo tono amabile quando finsi di essere ancora preoccupata per la salute dell'armatore. «Sì, sì, abbiamo pranzato con lui sulla sua nave. Siamo appena tornate, lo abbiamo visto in ottima salute, persino di buon umore.»

Riagganciai e mi buttai sul letto, in parte sollevata e in parte ansiosa. Il fatto che Dodero fosse allegro era una prova che tutto era andato bene, ma mi sarebbe piaciuto averne conferma da Ignacio. Lui però non si era fatto vivo e io non sapevo dove cercarlo.

Le ore fino alla cena del congedo mi sembrarono eterne. Infine, alle dieci e mezzo, attraversammo plaza san Jaime gremita di folla per essere accolti nel Palazzo della Provincia con pompa e fanfare. In questa ultima sera non ci furono quasi ritardi, forse Eva Perón voleva congedarsi dalla Spagna senza lasciare un brutto ricordo. Ma il cerimoniale si rivelò di nuovo enfatico ed eccessivo, morivamo tutti di caldo, io ero nervosa. Smaltito il protocollo di saluti, mazzieri e uscieri abbigliati alla moda di Federico il Grande di Prussia, più la lunghissima fila di invitati, finalmente fu annunciata con solennità l'entrata di Franco e della sua ospite nel bel patio degli Aranci, illuminato dai riflettori e da centinaia di candelabri d'argento. Trattenni il fiato mentre allungavo il collo per vederli dal mio posto. Erano lì, stavano entrando.

Lui, tronfio e panciuto, indossava l'uniforme di comandante supremo con la Croce laureata di San Ferdinando. Lei aveva un abito di satin celeste e una pettinatura stile impero; una lunga cappa di visone bianco le copriva le spalle e la schiena. Quando si avvicinò di qualche passo, vidi che le attraversava il corpo una fascia rigata sulla quale, agganciata all'altezza del petto, brillava la Gran croce di Isabella la Cattolica.

Placati i miei timori, a tavola permisi che mi riempissero più volte i calici di vino, chiacchierai animatamente con i miei presunti colleghi e, sebbene l'ombra nera dell'arresto di Ramiro aleggiasse ancora su di me, riuscii a tenerla più o meno a bada. L'onorificenza era di nuovo in possesso della sua proprietaria, tutti i pezzi combaciavano e avevo tolto lui di mezzo.

A differenza di altre volte, Diego Tovar non si era seduto accanto a me, ma all'altro estremo del tavolo. Nonostante fosse lontano, notai che conversava con un paio di giornalisti, professionale e attento. La cena fu piacevole, un'orchestrina ci intrattenne con tanghi, valzer e musiche di Falla e Granados; il carillon del palazzo fece suonare gli inni nazionali e una popolare ninnananna catalana. Vuotai i miei piatti con appetito, il caviale Malossol con blinis, il foie-gras di Strasburgo, il pollo di Alp e i suoi champignon freschi, il mio stomaco sembrò aprirsi dopo essere stato contratto per diversi giorni. Servirono il dolce e il caffè, ma non ci fu tempo per le chiacchiere: l'anfitrione e l'invitata si alzarono quasi subito. Cominciava la festa popolare in plaza San Jaime, erano attesi per salutare la folla dal grandioso balcone principale.

Gli invitati cominciarono a uscire dopo di loro, a poco a poco il cortile si vuotò. Sui tavoli rimanevano tovaglioli sgualciti e addobbi floreali sciupati, briciole di pane, le stoviglie sporche con resti di fragoloni e gelato alla panna.

Fermai Diego mentre si dirigeva verso l'uscita con il gruppo sparpagliato, bloccandogli praticamente il passo.

«Volevo chiederti se è necessario che io sia presente anche ai saluti di domani all'aeroporto.»

Mi sorrise prima di rispondere simulando la simpatia di sempre. Ma nei suoi occhi percepii che quel comportamento non era sincero.

«Non occorre, se vuoi puoi andare via prima» assicurò. «Non ci sarà niente di nuovo. Confusione, protocolli… Lo sai, le solite cose.» Sorrise ancora, un altro sorriso falso. «Ora, se vuoi scusarmi, Livia, devo occuparmi di…»

«Aspetta.» Nel caso il mio tono non fosse stato sufficiente, lo afferrai per il polso. «Concedimi qualche minuto.»

Lo riportai al nostro tavolo, accanto a una delle colonne che sostenevano il loggiato. I camerieri intorno a noi cominciavano a raccogliere gli avanzi, i piatti, i coperti. Chiesi a uno di loro un paio di calici puliti, guardai in controluce diverse bottiglie di champagne nazionale fino a trovarne una non completamente vuota.

«A un'organizzazione perfetta e a un trattamento ineguagliabile» dissi proponendo un brindisi. «Grazie di cuore per tutte le tue premure, Diego.»

I riflettori che illuminavano il bel patio rinascimentale si spensero all'improvviso, i camerieri lanciarono esclamazioni di protesta. C'era soltanto la luce delle candele, ormai quasi consumate. Avvicinai il mio calice al suo, lui lo colpì senza troppa convinzione.

«E vorrei anche chiederti scusa.»
«Guarda che non devi...»
«Non devo» lo interruppi, «ma voglio farlo.»
Bevemmo entrambi un sorso, lo champagne era caldo, senza bollicine, pessimo.
«L'uomo che ci ha separati ieri sera, quello che mi ha salutata baciandomi al circolo del tennis, non è nessuno per me, assolutamente nessuno. Lo era in passato, ha significato molto per qualche tempo. Oggi, invece, lo disprezzo.»
Fece scivolare l'indice intorno al bordo del calice, due, tre volte, senza smettere di guardarmi, attraente e sereno nella semioscurità. Con la sua solita eleganza, per evitare imbarazzi preferì cambiare discorso.
«Quando torni a Londra?»
«Il prima possibile.»
«Passerai lì l'estate?»
Negai piano con la testa.
«Andrò in Marocco, dove vive mia madre.» Feci una pausa, esitai un istante. «Non conosce ancora mio figlio.»
Sollevò un sopracciglio, fra il sorpreso e l'incredulo.
«Si chiama Víctor, compirà un anno la prossima settimana. Adesso è a Madrid, se ne sta occupando mio padre.» Vuotai il calice, lo posai adagio sul tavolo. «È nato lo stesso giorno in cui è morto mio marito.»
Non disse mi dispiace, non disse nulla. Continuò solo a guardarmi.
«E per essere sincera fino in fondo, Livia Nash non è il mio vero nome.»
Girò la testa da una parte e dall'altra, lentamente, con un'espressione per metà rassegnata e per metà sardonica.
«Avremo comunque il reportage della BBC?»
«Certo. Ma non sarò compiacente.»
Finì anche lui il suo vino.
«Non mi aspettavo niente di meno da te.»
Mi fece l'occhiolino, con complicità.

I camerieri continuavano a sparecchiare quasi al buio, si sentivano sbattere i piatti che venivano impilati, il tintinnio metallico di forchette e cucchiai, qualche risata sommessa, alcuni ordini.

Forse saremmo stati una bella coppia, io e Diego Tovar, se ci fossimo conosciuti in altre circostanze. Aveva un fascino innegabile, con quella elegante magrezza, il viso armonioso e la grande affabilità. Eccellente diplomatico, occupava una posizione ambita e i suoi modi rivelavano che era di buona famiglia: sarebbe stato un buon partito per la figlia di Dolores la sarta, madre nubile di calle de la Redondilla. O forse, senza arrivare a impegnarci formalmente, avremmo potuto sfruttare quell'ultima notte. Il nostro lavoro era finito, missione compiuta. Eva Perón se ne andava, perché non festeggiare insieme, per esempio nel mio albergo, nel mio letto, dove i nostri corpi nudi avrebbero potuto godere senza fretta né impegni fino al mattino. Ma no, non era possibile, e io avevo sbagliato a non frenare il suo interesse per me fin dall'inizio. Diego mi piaceva e io piacevo a lui, ma la ferita di Marcus era troppo fresca; non ero ancora pronta.

Fece scivolare le lunghe dita sulla tovaglia, avvicinandole alle mie fino ad arrivare quasi a sfiorarle.

«Mi scusi, è lei il signor Tovar?»

Il cameriere uscì dall'ombra con passo precipitoso.

«La stanno cercando, l'aspettano nella galleria, dicono di fare in fretta, per favore, c'è stato un incidente.»

Diego allontanò la mano con lentezza, si alzò senza dissimulare la sua assoluta riluttanza. Prevedeva la natura dell'incidente: un giornalista che non trovava un'auto per tornare in albergo, o aveva alzato il gomito più del dovuto, o si era fatto rubare il portafoglio in mezzo alla calca. In un altro momento, un suo subalterno si sarebbe incaricato di risolvere il problema. Ma trattandosi del viaggio della first lady, non poteva che occuparsene lui.

Si abbottonò la giacca dello smoking, si chinò verso di me.

«Ci rivedremo?» mi sussurrò all'orecchio.

Voleva darmi un lieve bacio di addio sulla guancia, ma mi girai fino a sfiorare le sue labbra. Poi, con voce sommessa, dissi solo:

«Non credo. Ma è stato bello conoscerti.»

63

Mi ci volle una vita per arrivare sul retro del palazzo, dove aspettavano le macchine: la folla era immensa. In plaza san Jaime, su un enorme palco centrale, i cori e le danze della Sezione Femminile di un'infinità di paesi catalani continuavano a divertire le autorità e il pubblico.

Tornai al Majestic esausta, non vedevo l'ora di liberarmi delle scarpe, di togliermi il vestito da sera e il trucco. Fine del mio soggiorno a Barcellona, e quasi di quello in Spagna, fine di quell'assurda storia della Gran croce, di qualsiasi cosa avrebbe potuto esserci con Diego e non c'era stata.

La camera era al buio, stavo per avvicinare la mano all'interruttore sulla parete quando la lampada della scrivania si accese, inondando la stanza di luce tenue.

«Santo Dio, Ignacio...» sussurrai stupefatta.

«Mi dispiace averti spaventata» disse alzandosi. «Non sapevo a che ora saresti tornata e ho preferito aspettarti qui.»

Non era la prima volta che invadeva il mio spazio senza chiedermi il permesso o avvisarmi, lo aveva già fatto nell'atelier di calle Núñez de Balboa dopo il mio ritorno dal Marocco. Quella volta mi aveva causato inquietudine e paura; adesso no. Adesso, anche se ero sfinita, dopo lo spavento iniziale fui felice di trovarlo lì.

Le parole sincere mi uscirono a scatti.

«Ti ringrazio di cuore...»

«Siediti, Sira. Dobbiamo parlare.»

La sua voce aveva un tono inquietante, mi salì in gola una sorta di conato. Lo champagne tiepido, la cena troppo abbondante, tutto quanto minacciò di prendere la via del ritorno dal mio stomaco.

Lentamente, andai a sedermi su una poltrona in un angolo.

«Le cose non sono andate come speravamo.»

«Ma Madame… la signora Perón, questa sera, portava la Gran croce.»

«Sotto quell'aspetto sì, tutto bene. L'abbiamo recuperata in un ostello da due soldi nel Barrio Chino. Era nel nécessaire, come ci avevi detto.»

«Dunque?»

«Il problema è lui.»

«Ramiro?»

«Esatto.»

Era di nuovo seduto sulla sedia dietro la scrivania, girato di fianco per vedermi. La luce, alle sue spalle, ne delineava la sagoma. La faccia si perdeva tra le ombre.

«Non abbiamo potuto trattenerlo. L'arresto sarebbe avvenuto su una nave che batte bandiera argentina; ai fini legali, potrebbe essere considerata territorio sottoposto alla sovranità nazionale di quella repubblica. Capisci bene che non è il momento di far scoppiare scandali internazionali.»

Con le labbra strette, incapace di articolare parola, ricordai l'immagine di Ramiro che si liberava del capitano con la forza, spingendolo, precipitandosi sulla passerella per salire a bordo. Ricordai che Ignacio, appena arrivato, lo aveva rincorso con un'arma in mano mentre cercavano di portarmi via dalla scena. Ramiro sapeva cosa stava facendo, o era stato semplice istinto? Aveva intuito che, se lo avessero catturato a terra, sarebbe rimasto a disposizione delle autorità spagnole? Aveva preferito gettarsi tra le braccia del suo generoso paese di accoglienza a bella posta?

«È ufficiosamente trattenuto a bordo della *Hornero*, questo sì. E hanno programmato di salpare per Buenos Aires tra qualche giorno, lo porteranno con loro. Ma nessuno presenterà contro di lui accuse formali, e si sono rifiutati in modo categorico di trovare qualche espediente per consegnarcelo. Una volta recuperata la Gran croce, Dodero ritiene conclusa la questione. Era il suo unico interesse; non gli importa affatto sapere come sia arrivata nelle mani del tuo amico. Non ha intenzione di fare indagini, probabilmente perché, se ne seguisse il filo con serietà, alla fine verrebbe coinvolto Juan Duarte, o forse perché non vuole che si sappia che l'onorificenza è andata perduta per qualche tempo. Festa finita e buonanotte ai suonatori, ecco cosa pensa. L'unica cosa che abbiamo ottenuto è l'assicurazione che lo porteranno via dalla Spagna, e chi s'è visto s'è visto.»

La porta del bagno era aperta; mentre il mio cervello elaborava le sue parole, sentii soltanto il rumore dell'acqua che gorgogliava nella cassetta.

Ignacio si alzò dalla sedia e venne verso di me.

«Ho fatto tutto quello che potevo, Sira.»

Il tono era cambiato, adesso sembrava meno formale, più umano.

«Ma nessuno è disposto a permettere che un incidente di questo genere getti un'ombra sul viaggio dell'ospite di Franco. Né i miei superiori, né gli argentini. Nessuno.»

Mi alzai piano, mi avvicinai a lui. Incapace di trattenermi, mi lasciai cadere contro il suo petto; lui non poté far altro che abbracciarmi. Trovai strano il suo calore, non riconobbi l'odore del suo corpo di uomo dimenticato, né la forma della schiena su cui poggiai le mani. Ma sentirlo vicino mi diede conforto. Per un momento eterno rimanemmo così, stretti come un tempo, nella penombra.

Lasciai Barcellona lo stesso giorno di Eva Perón. Lei arrivò all'aeroporto scortata da agenti motociclisti e accompagnata dal Caudillo e da sua moglie, dirigenti, truppe e una folla oceanica; dallo sportello aperto del Douglas DC-4 della FAMA, con un cappello fiorito come un giardino, si congedò sorridente dalla mia patria agitando la mano con energia. Io, quasi allo stesso tempo, andai alla stazione per prendere l'espresso diretto a Madrid. Nessuno degli uomini con cui avevo avuto a che fare in quei giorni mi accompagnava.

Evita portava con sé un'impressione agrodolce della Spagna: i lavoratori l'avevano commossa, ma le sue aspettative nei confronti del Generalissimo si erano sgonfiate come un palloncino a cui è sfuggita l'aria. Le miserie del duro dopoguerra l'avevano afflitta; nonostante tutti gli orpelli e l'ostentazione di lusso con cui era stata coccolata, le ristrettezze del popolo affioravano a ogni angolo, e lei aveva un occhio allenato per individuarle. Orfani con la fame dipinta sul viso, figli di sconfitti, mendicanti cenciosi con la mano tesa, vedove a lutto che vendevano trinciato e sigarette sfuse. Invalidi, gente ridotta al silenzio, vittime di rappresaglie, bisognosi di ogni genere che inevitabilmente avevano mostrato la faccia. Tutto questo l'aveva addolorata, senza dubbio. Ma non lasciò nemmeno uno dei bauli pieni fino all'orlo delle centinaia di sontuosi doni con cui era stata omaggiata qua e là, gioielli e tappeti, costumi regionali, ricami, arazzi, vasellame, opere d'arte. In lei era rimasto qualcosa della bambina di paese e povera di un tempo, e ricevere regali la entusiasmava.

Tutte le autorità tirarono un sospiro di sollievo quando videro il suo aereo alzarsi in volo. L'avevano acclamata, esaltata, glorificata a tal punto che l'eccessiva adulazione gli si era rivoltata contro, e la signora Perón, provocatoria e sardonica, aveva finito per diventare un incubo insopportabile. Adesso nessuno avrebbe più dovuto tollerare i suoi ritardi, i bidoni e i cambiamenti di programma, né ascoltare le sue arringhe populiste, quelle ardenti rivendicazioni dei valori e dei diritti della classe operaia che, lungi dal suonare vicine alle predicazioni nazional-cattoliche e anticomuniste del regime, sembravano tipiche dei rossi che avevano perso la guerra.

La gente, dal canto proprio, l'aveva idolatrata, ma non tanto per i discorsi sulle virtù dell'Argentina e del peronismo: i descamisados e il giustizialismo, agli spagnoli comuni, suonavano come musica di un altro pianeta. Di Eva Perón aveva entusiasmato l'esotismo, l'estetica lussuosa, una novità imprevista in quella Spagna povera, insignificante e grigia, una sorta di variopinto spettacolo itinerante, con i suoi enormi cappelli, le pettinature eccessive e le stupefacenti pellicce a inizio estate. Era giovane, spontanea, luminosa come un'attrice cinematografica, una ventata di aria fresca che com'era venuta se n'era andata. Un intrattenimento passeggero, una fugace scintilla fra le tenebre.

La stampa internazionale pubblicò con insistenza che la Spagna aveva speso oltre un milione di dollari per offrirle quel monumentale tributo, con uno spiegamento chiaramente eccessivo per le fameliche casse dello Stato. All'interno dei confini, però, nonostante il salasso doloroso, i conti quadrarono. Quella visita permise di ottenere crediti per oltre cinquecento milioni di dollari e di stabilire tra il Río de la Plata e cinque o sei porti spagnoli un gran convoglio permanente che sarebbe proseguito fino al 1950; negli anni che seguirono, un'infinità di navi attraversarono l'Atlantico cariche di grano, granturco e segale, carne e pelli, uova e pastina. Comunque un aiuto decisivo, per quella Spagna isolata e ridotta alla fame. Come ricordo concreto della visita alla città comitale, rimase un umile quartiere di baracche che avrebbe conservato il nome La Perona per decenni.

La destinazione successiva di Eva Perón era Roma: lì Pio XII, anziché concederle in Vaticano un marchesato pontificio, come lei avrebbe desiderato, le regalò un semplice rosario d'argento. Nemmeno nel resto dell'Italia avrebbe ricevuto il trattamento che si aspettava; si sarebbero trovati costretti a cancellare visite previste e ci sarebbero state proteste di strada contro di lei, persino lanci di pomodori contro la sua auto. Gli italiani non le perdonavano la vicinanza del marito a Mussolini e contestavano la visita. Quel basso profilo avrebbe più o meno caratterizzato il resto del Tour Arcobaleno; non ci sarebbero state repliche degli eccessi ispanici.

Ma questo sarebbe successo dopo; quel giorno, praticamente alla stessa ora, mentre il suo aereo attraversava il Mediterraneo diretto all'aeroporto di Ciampino e mentre Ramiro, in teoria, aspettava di tornare a Buenos Aires a bordo della *Hornero*, un treno mi riportava nella città nella quale in un altro tempo c'era la mia casa.

A ricevere lei ci sarebbero state pompa e autorità; lui, forse, nessuno.

Ad aspettare me c'erano mio padre a mio figlio; insieme avremmo preso un volo per Londra la sera dopo.

Quarta parte

MAROCCO

64

La Londra che trovai al mio ritorno era identica e al tempo stesso diversa. Rimanevano le ristrettezze, ma le facce e le strade mi sembrarono meno spente, come se l'amaro dopoguerra, alla luce dell'estate, fosse più leggero da sopportare.

Alloggiammo al Dorchester, l'albergo in cui mi avevano lanciato le reti per la collaborazione clandestina da cui tornavo. I miei contatti con i servizi segreti erano ripresi in quell'albergo esclusivo e decisi che lì sarebbero terminati, come se si chiudesse un cerchio. Per di più, la scusa che mio padre viaggiava con noi era perfetta per non dover tornare a The Boltons. Olivia, però, venne subito a trovarci, in una delle sue mise tra il maestoso e l'antiquato, la treccia sulla spalla, il passo deciso. Come al solito, non si abbandonò a effusioni, ma non ebbi alcun dubbio su quanto fosse felice di rivedere Víctor. Persino a me dimostrò un certo affetto, e preferii non domandarmi fino a che punto fosse sincero. A rimanere davvero colpito fu invece mio padre: nella sua povera Madrid, Gonzalo Alvarado non era abituato e vedere quel genere di donna.

Avevo intenzione di rimanere in Inghilterra il tempo necessario a presentare il mio rapporto definitivo, registrare il pezzo della BBC sul viaggio di Eva Perón e poi ripartire. Non avevo previsto che le cose, anche se si sarebbero svolte più o meno secondo queste coordinate, avrebbero finito per prendere un cammino più tortuoso.

Quel giorno pranzammo nel grill dell'albergo, tutti e tre allo stesso tavolo per la prima volta, mentre Phillippa portava a passeggio Víctor a Hyde Park per fargli vedere gli scoiattoli. Mia suocera mangiò con un appetito da scaricatore di porto senza mostrare il minimo imbarazzo; mi sembrò addirittura che un panino bianco e appetitoso che io non avevo toccato fosse scomparso all'improvviso dal tavolo, di sicuro se l'era infilato quatta quatta nella borsa o lo aveva nascosto nella tunica, nell'ampiezza delle maniche o tra le pieghe. Li lasciai mentre bevevano il caffè e lei accettava una dopo l'altra le sigarette americane del patrio contrabbando che mio padre le offriva, entrambi impegnati a mantenere viva una conversazione piuttosto complicata, dato che l'inglese di lui era mediocre e lo spagnolo di Olivia, inesistente. Nel frattempo, incontrai Kavannagh in uno dei sontuosi saloni dell'albergo, The Promenade. Il veterano agente dei servizi segreti aveva ricevuto i risultati del mio lavoro la sera precedente; appena atterrata, li avevo consegnati con discrezione a un anonimo individuo prima di lasciare l'aeroporto.

«La ringraziamo per l'ottimo lavoro svolto, signora Bonnard. Abbiamo letto con la massima attenzione il suo rapporto, e la successione degli eventi ci è chiarissima.»

Ignorava la parte oscura del viaggio: non mi era nemmeno passato per la mente di dedicare un rigo alla questione della Gran croce. Comunque, e per non contraddirlo, accolsi i suoi commenti con finto compiacimento. Questa volta Kavannagh era solo, senza il biondo subalterno delle altre occasioni. Distinto ed elegante come sempre, con un abito impeccabile, gli occhiali dalla sottile montatura dorata e le striature dei denti del pettine visibili sulle tempie brizzolate.

«Il Gabinetto sta ancora considerando i termini di un'eventuale visita di madame Perón a Londra, ma non dubiti che i dati che lei ci ha fornito saranno tenuti in considerazione al momento di prendere la decisione definitiva.»

No, non ce li vedevo proprio gli inglesi, sempre così precisi, a lottare con il temperamento vulcanico di Evita, né a organizzarle ricevimenti affollatissimi o a coprirla di stravaganze costose e assurde come avevano fatto in Spagna. A ogni modo, a ragguagliarli senza censure né filtri su come erano andate le cose, c'erano lì i miei trentanove fogli informativi che contenevano ogni minimo dettaglio sul viaggio, sulla first lady e i suoi comportamenti, le sue reazioni e i suoi accompagnatori. Come ricompensa, avrei ricevuto una rispettabile somma che mi sarebbe servita a pagare il conto di quell'albergo di lusso e a tirare avanti qualche mese in un'altra sistemazione meno elegante e ancora da stabilire. Una cosa in cambio di un'altra, fine dell'accordo. A partire da quel pomeriggio, i miei rapporti con Kavannagh e i suoi erano conclusi. E non appena avessi fatto la mia chiacchierata ai microfoni della BBC, avrei dimenticato per sempre quel capitolo peronista.

Kavannagh finì il suo bicchiere di brandy e lo poggiò sul tavolo, si alzò.

«Mia cara amica, mi permetta di dirle che lavorare con lei è stato un vero piacere.»

Gli porsi la mano, risposi con qualche vuota frase di cortesia. Quell'elegante servitore di sua maestà e le mansioni che svolgeva non erano più affar mio.

«Spero che troverà piacevole l'estate inglese.»

«Non ho intenzione di rimanere, ma la ringrazio.»

«In questo caso, le auguro il meglio, in qualsiasi posto vada.»

«In Marocco» dissi. E notai subito sul suo viso una reazione decisa.

«Ah» replicò. Sobrio, parco.

Allontanai la mano dalla sua, mentre domandava:

«Per caso… a Tangeri?»

«Solo di passaggio.»

Fine. Non avrei dato altre spiegazioni, la tappa successiva della mia vita riguardava solo me, nessun altro. A Kavannagh non servirono altri segnali per capirlo.

«A ogni modo le faccio di nuovo i miei migliori auguri, signora Bonnard.»

Lo vidi dirigersi verso l'uscita tenendo il cappello per l'ala, e rimasi a guardargli la schiena. In quel preciso momento, Phillippa stava entrando con Víctor nel passeggino; si incrociarono ignorandosi a vicenda. L'arrivo del mio bambino mi fece subito dimenticare l'agente.

Quello stesso pomeriggio parlai al telefono con George Camacho, il direttore del Servicio latinoamericano. Mi convocò per registrare il mio intervento quanto prima, adesso che la visita di Eva Perón proseguiva in Italia e i media continuavano a seguirne le vicende.

«Sarebbe opportuno che ci incontrassimo, le va se domani pranziamo insieme?»

Gli feci una controproposta: sarei passata io da lui. Preferivo riservare l'ora del pranzo a mio padre, approfittare il più possibile della sua breve permanenza a Londra. La città lo affascinava da quando l'aveva visitata un paio di volte anni prima, facendo tappa durante il suo viaggio a Manchester, dove doveva incontrare un fornitore di macchinari, all'epoca in cui lui lavorava ancora ed era attiva a Madrid la Alvarado e Hijos, la fonderia che gli era stata requisita all'inizio della guerra e di cui non era mai rientrato in possesso al termine del conflitto. Era anche un fervente ammiratore dell'Impero, di Churchill, della rivoluzione industriale e di Chesterton; dei sarti di Savile Row e dei cappelli di Lock & Co., dei treni puntuali e dell'acqua di colonia Atkinson. Per questo, in teoria, gli avevo proposto di accompagnarmi nel mio fugace ritorno. Non gli avevo rivelato che l'invito celava un'altra ragione: allontanarlo da Madrid. Una semplice precauzione, nel caso alla nave argentina di Dodero fosse successo qualcosa prima di salpare da Barcellona. O se Ramiro fosse riuscito a sbarcare, insospettato, in un altro porto e fosse andato a cercarmi a Madrid, per farmela pagare. Perché Gonzalo Alvarado non si trovasse a dover affrontare quel mascalzone se qualcosa fosse andato storto, avevo preferito toglierlo da lì.

Rimandammo per qualche giorno Miguela al suo paese vicino a Badajoz, e nella casa di calle Hermosilla chiudemmo le persiane dei balconi e sprangammo la porta d'ingresso con tre giri di chiave; lui avvisò di persona la portinaia che sarebbe rimasto assente per un lungo periodo. Dopo Londra, avrebbe trascorso il resto dell'estate in un piccolo albergo di Fuenterrabía, come faceva sempre: in fuga dal caldo della meseta, davanti al Cantabrico. Forse la mia cautela era eccessiva e Ramiro non sarebbe più tornato nella mia vita. Ma, conoscendolo come lo conoscevo, era meglio non abbassare la guardia.

Tornai a Broadcasting House il mattino dopo; c'era un sole tenue e la gente in giro sembrava più disinvolta, le donne indossavano abiti colorati, si vedevano miriadi di biciclette e, a qualche angolo, chioschi di fiori. Anche se c'erano ancora case distrutte, buche e innumerevoli danni, notai in vari posti muratori al lavoro e imbianchini che, arrampicati sulle impalcature, dipingevano le facciate.

Da quella stessa sede ero uscita, alcuni mesi prima, con la mia radio, turbata dalla reazione della moglie di Nick Soutter, e vi ero tornata qualche giorno dopo per incontrarla di nuovo. Nell'ultima lettera, Nick mi aveva comunicato che il suo incarico in Palestina stava per concludersi; non sapeva ancora quale sarebbe stata la nuova destinazione, ma ormai doveva averla raggiunta. Avevo appena avuto notizie anche da Fran Nash: dicevano entrambi che la situazione a Gerusalemme procedeva verso l'abisso, la violenza era sempre più dolorosa ed estrema. La memoria mi riportò a Marcus e all'attentato al King David come una pugnalata a tradimento; per difendermi dal dolore, mi aggrappai al ricordo vivo dei miei amici. Adesso erano lontani fisicamente e, quasi, nel pensiero. Ci eravamo separati solo sei mesi prima, ma a volte avevo l'impressione che fossero passati decenni.

«Tutto quello che ci propone per i nostri microfoni è magnifico, cara Sira.»

Il tono di Camacho era sincero, non colsi alcuna ambiguità.

«Appassionante! Magari avessi potuto accompagnarla, ragazza mia; sarebbe stata una gran bella esperienza.»

Ángel Ara, il mio affettuoso connazionale, ci aveva raggiunti e si unì all'elogio; fui veramente felice di vederlo.

«Abbiamo riflettuto e pensiamo di organizzare quattro puntate, corrispondenti alle tappe del viaggio di doña Eva» proseguì il direttore colombiano. «Sarebbe interessante, per gli ascoltatori, alternare alle informazioni sulla visita qualche notizia relativa alle singole città, un po' di storia e geografia, caratteristiche, arte...»

Continuammo a chiacchierare, a valutare alternative fino a metterci d'accordo.

«Allora, domani si comincia» concluse Ara.

«E per aiutarla ad affrontare di buon animo questa nuova avventura radiofonica, abbiamo anche una sorpresa.»

A quel punto Camacho prese un grosso pacco di buste aperte, si piegò in avanti e me le porse al di sopra del tavolo.

«Sono per lei» disse con la sua cadenza morbida. «Arrivano dal Messico, dal Venezuela, dalla mia amata Colombia, dall'Uruguay e dall'Argentina...»

Allungai il braccio per prenderle, incredula. Ara non riuscì a trattenersi.

«I suoi primi ammiratori d'oltreoceano.»

Aggrottai la fronte.

«Sono le reazioni degli ascoltatori ai suoi interventi sulla Palestina che abbiamo mandato in onda alcune settimane fa; è normale che abbiano scritto, lo fanno sempre» spiegò Camacho. «In questo caso, sono positive al cento per cento, può andarne orgogliosa. E quando cominciano ad arrivare con tanta forza, non c'è dubbio che continueranno a farlo.»

Diedi un'occhiata alle buste, passandole rapidamente da una mano all'altra. Tutte diverse tra loro, con una gran varietà di calligrafie, francobolli e timbri, qualità e colore della carta e dell'inchiostro.

«Ne riceveremo parecchie altre dagli stessi paesi; dal Cile e dal Perú ci mettono più tempo ad arrivare, poi verranno quelle dalla Bolivia, dall'Ecuador...»

Smisi di ascoltarlo. Non sapevo cosa dicessero esattamente quelle lettere, la sola cosa che mi importava era che si trattava di apprezzamenti al mio lavoro, segno che i miei sforzi non erano stati inutili.

Lasciai l'ufficio con la borsa piena di lettere e una strana soddisfazione nelle vene. Nei corridoi incrociai un mare di gente, uomini e donne che camminavano a passo deciso, quasi sempre in fretta, con una direzione e uno scopo, per fare qualcosa di concreto delle loro vite. All'improvviso, fantasticai di essere una di loro: professionisti occupati in un lavoro che assorbiva parte del loro tempo, delle loro preoccupazioni, dei loro pensieri. Gente valida, utile, impegnata nelle proprie mansioni, come me in quel momento. Preferii non ricordare che, non appena avessi terminato le mie prossime registrazioni, quella mia funzionalità sarebbe sfumata.

Quando tornai in albergo, mi stupii di trovare Kavannagh seduto nella hall. Solo, come il giorno prima, davanti a un aperitivo preso un po' in anticipo. Aveva una sigaretta fra le dita, le gambe accavallate lasciavano vedere le caviglie magre, avvolte da calzini in maglia di seta. Sarebbe potuto passare per un qualsiasi cliente dell'esclusivo Dorchester, un signore di una certa età e distinto, come tanti altri. Ma i suoi occhi erano troppo attenti alla porta. Quando mi vide entrare, una piccolissima smorfia gli contrasse gli angoli della bocca.

I miei passi produssero un tacchettio ritmico, andavo di

fretta, la riunione alla BBC si era prolungata oltre il previsto. Mi ero messa d'accordo con mio padre per pranzare insieme e temevo di essere in ritardo. Aveva scelto lui Simpson's in the Strand, avevamo prenotato, mi aspettava lì con Olivia, che si era appiccicata a noi come una lappola. Quindi cercai di evitare l'agente e mi tenni alla larga fingendo di non essermi accorta della sua presenza.

«Signora Bonnard?»

Non aveva funzionato, chiaro. Fui costretta a fermarmi.

«Signor Kavannagh» borbottai con scarso entusiasmo. «Mi scusi, non l'avevo vista.»

Né io mi sforzai di dissimulare la menzogna, né lui di correggermi.

«Mi permette di rubarle qualche minuto?»

«Credevo che la mia collaborazione con voi fosse conclusa.»

«Ha ragione.»

«Dunque?»

«Si tratta di una cosa diversa.»

«Vede, in questo momento non sono interessata...»

«Cinque minuti, glielo prometto.»

Ci sedemmo in un angolo discreto, lontani dal trambusto di visitatori e clienti.

«Posso offrirle qualcosa?»

«No, grazie.»

Mi allungò il portasigarette d'argento aperto.

«Una sigaretta?»

«No, grazie.»

Se ne accese una, aspirò.

«Devo insistere, signor Kavannagh, ho una certa fretta.»

«L'ho immaginato vedendola entrare» disse espellendo volute di fumo. «Mi scusi, cercherò di essere breve.»

«Gliene sarei grata.»

«C'è qualcuno che vuole conoscerla.»

Alzai un sopracciglio.

«Vede, a volte ci interpellano persone o enti estranei alle

nostre mansioni, per così dire, ufficiali. Hanno bisogno di una consulenza, spesso di un contatto: ci chiedono di indicare un luogo, un nome, un dato...»

Non avevo la minima idea di cosa stesse parlando, era troppo vago. Mi schiarii la gola per farglielo notare.

«Mi scusi, vengo al dunque. Per farla breve, diciamo che un amico mi ha chiesto un'informazione per un altro amico.»

Trattandosi di Kavannagh e delle sue mansioni, immaginai che la parola amico avesse una doppia faccia.

«E in questa catena di amici» aggiunse, «l'ultimo anello è un cliente privato.»

Si infilò una mano in tasca, tirò fuori qualcosa che mi tese. Un biglietto da visita.

«In questo caso si tratta di un'affidabile compagnia assicurativa, niente a che vedere con le nostre funzioni. Hanno urgente bisogno di una collaborazione. Per la precisione, a Tangeri.»

65

Registrammo le cronache sul viaggio di Evita quasi senza interruzioni; con l'aiuto efficiente di Ángel Ara, tutto andò avanti senza intoppi. Lavorammo per lunghe ore, questo sì. E ci mettemmo tre giorni, tre giornate quasi intere in cui riuscii a vedere la mia famiglia solo al calar della sera, poco prima che Víctor andasse a dormire, appena in tempo per cenare con Olivia e mio padre, assistere con lui a un concerto alla Royal Albert Hall o fare due chiacchiere sulle sue passeggiate per Londra o le sue visite a musei, parchi e monumenti.

Per tutto quel tempo, il biglietto di Kavannagh rimase sulla scrivania della mia stanza. C'erano stampati il nome di una società, un nome di persona e un indirizzo nella City. Sul retro, scritto a mano con una stilografica, compariva un numero di telefono.

Con la partenza di Eva Perón da Barcellona si concluse il lavoro davanti ai microfoni: la mia voce rimase lì, incisa nei solchi di tre dischi a 78 giri. Il passo successivo fu tornare a Broadcasting House per salutare George Camacho. Ci scambiammo le cortesie di rigore e ci facemmo a vicenda i migliori auguri.

«E infine, mi permetta di ricordarle la retribuzione per la sua...»

Lo interruppi.
«La consideri già pagata.»
Non volle accettare il mio rifiuto, insistette.
«Dico davvero, George. Si rassegni all'idea che quello che ho ricevuto per le mie mansioni in Spagna comprende anche il lavoro svolto per voi; in fondo, il contenuto è lo stesso. Utilizzi questi soldi per assumere un mio connazionale, mi risulta che abbiano più bisogno di me di queste collaborazioni.»
Con la sua gentilezza colombiana, mi accompagnò fino in fondo al corridoio. Solo quando entrai nell'ascensore e le porte si chiusero scomparve dalla mia vista il suo viso affabile e paffuto, la faccia di una brava persona.
Quella mattina di luglio, l'ascensore era semivuoto. Ecco perché notai subito una presenza di cui forse, in un'altra occasione e stretta fra altri corpi, non mi sarei accorta. I capelli le erano cresciuti, adesso le punte ondulate della chioma le sfioravano le spalle. Era snella nel vestito di mussola con la cintura granata, calzava sandali bianchi con il tacco alto e aveva le unghie dei piedi dipinte in un colore intenso. Reggeva tra le braccia alcune cartelle, ma era senza borsa; quindi immaginai che non stesse uscendo, ma solo andando in qualche altro ufficio nel palazzo. Una volta entrata nell'ascensore, potei osservarla solo di sbieco: guardavamo entrambe verso la porta, fianco a fianco, mentre scendevamo lentamente. Mantenemmo un finto atteggiamento impassibile; pensai che dovevamo provare lo stesso turbamento.
Ecco lì, di nuovo, Cora Soutter, la moglie o ex moglie di Nick: non conoscevo ancora con esattezza la situazione ufficiale del suo sfortunato matrimonio. Lei sapeva chi ero io, io sapevo chi era lei; a suo tempo avevamo avuto un incontro faccia a faccia tanto rivelatore quanto sconcertante. Questa volta, invece, ci ignorammo con reciproca insolenza e non scambiammo neanche mezza parola.
Ma non poté fare a meno di osservarmi quando uscii al piano terra: lei rimase dentro mentre io mi dirigevo verso

l'uscita e le porte cominciavano a richiudersi alle mie spalle. Mi sforzai di mantenere un'andatura impassibile; la mia apparente disinvoltura era pura finzione, ovvio. Non ero riuscita a evitare che la vicinanza di quella donna mi scombussolasse. Per quello che l'aveva unita al marito, per il passato condiviso con lui che io ignoravo, e per i sentimenti di Nick nei miei confronti, che a suo tempo lei mi aveva rivelato con crudezza. Affrettando il passo, respirai confortata quando ebbi la certezza che le porte si erano richiuse completamente dietro di me e non poteva più vedermi. Mescolato al sollievo, sentii in bocca un retrogusto amaro. Lo aveva senza dubbio generato una certa invidia per la consapevolezza che io me ne andavo e lei rimaneva.

Mi lasciai alle spalle Cora Soutter che, con le sue cartelle e i suoi impegni, stava forse scendendo in uno studio al piano interrato per ricevere o dare ordini, o in un ufficio per partecipare a una riunione o trattare una qualsiasi faccenda. Insomma, per fare qualcosa di utile. Io, intanto, mi ero appena congedata dal direttore del Servicio latinoamericano e non ero diretta da nessuna parte. Mi sarei limitata a sopportare mia suocera, chiacchierare di inezie con mio padre, continuare ad applaudire le buffonate di mio figlio. E poi, una volta in Marocco, avrei ritrovato mia madre e mi sarei lasciata trascinare dal placido scorrere dei giorni. Uno dopo l'altro, dopo l'altro, dopo l'altro, vuoti e lenti.

Olivia e Gonzalo mi aspettavano immersi in una chiacchierata confusa, davanti a due bicchieri di sherry. Quando entrai nella vasta sala da pranzo, non se ne accorsero neppure, ma io li vidi. In quel momento esatto, mentre camminavo verso il loro tavolo, mio padre diceva qualcosa chinandosi leggermente e Olivia, alle sue parole, scoppiava in una sonora risata. Stavo ancora ripensando al mio addio alla BBC e al malaugurato incontro con Cora Soutter; forse per questo, per pura distrazione, non drizzai le antenne.

Ordinarono entrambi agnello del Galles, io chiesi soltanto asparagi con maionese. A due voci, ognuno nella propria lingua, mi misero al corrente delle loro mete mattutine, Saint James's Park e la National Gallery; per la sera avevano in programma uno spettacolo teatrale al London Palladium e la cena da qualche altra parte.

«Sira, come si chiama quel ristorante spagnolo di cui mi hai parlato?»

«Martínez.»

«Martínez, esatto. Credo che a Olivia piacerebbe.»

Faticai a trattenere una risata sarcastica. A Olivia avrebbe fatto piacere mangiare cibo spagnolo? Mi sarei stupita. Nei mesi in cui avevamo vissuto sotto lo stesso tetto, non aveva mai mostrato il minimo interesse nei nostri riguardi: non una domanda sul mio paese, la mia famiglia, la mia lingua, né, naturalmente, sulla gastronomia di quella nazione che lei considerava estranea al mondo civilizzato, semiselvaggia.

Eppure, con mia grande sorpresa, mia suocera accolse il nome del locale con uno slancio di entusiasmo.

«Sì, sì, Martines, Martines!»

Batté persino le mani un paio di volte. E Gonzalo rise per lo scherzo.

Inspirai a fondo. Non avevo affatto voglia di andare in un ristorante spagnolo; ero appena tornata dalla Spagna, dove, mentre al popolo si contorceva lo stomaco per la fame, noi della comitiva di Eva Perón eravamo stati ingozzati in modo osceno. Ma mi piegai, cos'altro potevo fare. Volevo che mio padre stesse bene e, se desiderava essere gentile con Olivia, non mi sarei tirata indietro.

«D'accordo. Prenoto.»

«Non è necessario che tu venga con noi, se hai impegni.»

«Ho finito.»

«Forse preferiresti rimanere col bambino.»

«Vedremo. Non credere che ci rimangano molti giorni da passare qui.»

Si avvicinò un cameriere che spingeva il carrello dei dolci. Entrambi ordinarono sontuose coppe di dama bianca; io, solo frutta di stagione.

«Be', quanto ad andarcene da Londra...» aggiunse mio padre dopo che eravamo stati serviti, «non credo ci sia tanta fretta.»

Avevo appena infilzato una fragolina con la forchetta, non riuscii a portarla alla bocca.

«Sì, c'è. Infatti andrò a comprare i biglietti questo pomeriggio. Non avremo problemi a trovare una nave via Gibilterra, e un amico spagnolo della BBC mi ha detto proprio ieri che da Plymouth partono diversi ferry settimanali per Santander; poi, da lì, ti sarà facile arrivare a Fuenterrabía.»

Quanto all'amico, mi riferivo ad Ara. Viveva in Inghilterra da parecchio tempo e, benché li usasse poco, conosceva tutti i possibili collegamenti con la Spagna. Ma mio padre quasi non mi ascoltò, concentrato, come Olivia, sulla sua coppa di gelato con panna e cioccolato fuso, una delizia inaspettata per i loro stomaci sofferenti a causa dei due dopoguerra altrettanto duri.

«Vedi, figlia mia, il fatto è che Olivia e io abbiamo pensato...»

Mi accigliai. Abbiamo? Abbiamo pensato, aveva detto? Avevo sentito bene? Loro due? Olivia e mio padre avevano pensato qualcosa alle mie spalle?

A quel punto, fu lei a prendere la parola.

«*Yo invitar Gonzalo to stay in London*» annunciò fermamente in un pessimo spagnolo. Per confermare la frase, si dedicò a ripulire la coppa di gelato. Il tintinnio del cucchiaino contro il vetro mi si conficcò nelle orecchie.

Sulla via del ritorno, nessuno dei tre disse una parola. Solo quando scesi dal taxi con mio padre, prima di entrare nel nostro albergo, mentre lei proseguiva per The Boltons, lo affrontai, senza riuscire a trattenermi.

«Ti dispiacerebbe spiegarmi cosa diavolo state tramando tu e mia suocera?»

«È una donna incredibile, Sira.»

«Incredibile è la parola giusta, non avresti potuto trovare un'etichetta migliore. E adesso dimmi, cos'hai intenzione di fare con la tua incredibile amica?»

La risposta fu breve.

«Andiamo dentro.»

Mi mise una mano sul gomito e accennò a entrare, ma lo trattenni.

«Qui, Gonzalo, e subito. Per favore, dimmi cosa mi sono persa, cosa sta succedendo.»

Eravamo sotto la grande pensilina dell'ingresso, il *doorman* ci guardò con la coda dell'occhio. Mio padre si prese qualche secondo per pensare a quello che mi avrebbe detto, fece vagare lo sguardo sull'altro lato della strada, sulle chiome degli alberi del parco. Poi tornò a dirigerlo su di me e mi fissò negli occhi.

«Sai da quanto tempo una donna non mi fa ridere, Sira?»

Non lo sapevo né mi interessava. E in quel momento non ero neppure dell'umore giusto per giocare agli indovinelli.

«Non esagero se ti dico che l'ultima è stata tua madre.»

A ogni modo, mi fu impossibile non fare i conti. Dio benedetto, mia madre. Erano passati più di trent'anni.

«Olivia è meravigliosa» proseguì. «È... è... diversa, assolutamente unica.»

Lo bloccai subito.

«Senti, Gonzalo...» Non lo chiamavo mai papà, o padre, né usavo con lui qualche altro appellativo affettuoso. «Stammi bene a sentire. È la madre di Marcus, la nonna di Víctor, siete... siete quasi parenti.»

«Lascia perdere, Sira. I tuoi argomenti fanno acqua. Nemmeno io e te siamo ufficialmente padre e figlia. Da un punto di vista formale, non c'è niente che mi leghi a Olivia.»

Aveva ragione. Aveva proprio ragione, la mia capacità di giudizio sembrava essersi atrofizzata. Avevo bisogno di ragionamenti solidi, convincenti, ma ero così arrabbiata che non riuscivo a formularli. Quindi dovetti ricorrere alle mie verità più crude.

«È egoista, impicciona, manipolatrice e bugiarda.»

Dalla sua gola uscì una risata.

«È tua suocera, tutto qui.»

«È un'ipocrita. Non mi sopporta.»

«La disorienti, molto semplicemente. Non sa come comportarsi con te. Vai oltre la sua comprensione, per lei sei eccessiva, strana.»

In ogni caso, non aveva importanza; i miei rapporti con Olivia riguardavano solo me e lei. A preoccuparmi, adesso, era il legame con mio padre. L'assurdità che stavano tramando loro due.

«Benissimo, perfetto. Ritiro quello che ho detto. Sono io a essere complicata, mentre lady Olivia è una creatura incantevole, una persona semplice e gestibile. E adesso dimmi, cos'hai intenzione di fare con lei?»

Si strinse nelle spalle.

«La verità? Non lo so. Mi è chiara una sola cosa ed è che, per ora, non voglio andare in nessun altro posto. Non voglio separarmi da lei.»

«Ma... ma... ma...»

Avevo la gola secca, le parole si accavallavano. Da una lussuosa automobile che si era fermata lì vicino scese una coppia di clienti, un giovane fattorino corse a occuparsi dei loro pacchetti. I due si diressero verso l'interno parlando in un tono piuttosto alto rispetto a quello usato dagli inglesi; lei, bionda e vivace, scoppiò a ridere. Ricchi americani che tornavano dopo avere fatto acquisti in Bond Street, l'albergo ne era pieno.

«Abbiamo passato molte ore insieme in questi giorni» proseguì Gonzalo, «mentre tu registravi la tua cronaca, assistevi alle tue riunioni e andavi avanti con la tua vita. E ci siamo capiti.»

Stavo per ricordargli che il suo inglese era mediocre e che

Olivia non riusciva a mettere in fila tre parole della nostra lingua. Ma lui mi anticipò.

«A una certa età, non c'è bisogno di parlare molto.»

Nella hall dell'albergo dovevano avere cominciato a servire il tè; accanto a noi continuavano a fermarsi auto private e taxi, e rigurgitavano clienti che entravano quasi sfiorandoci, non ci eravamo mossi di un passo. Rimanevamo lì, io sempre piazzata di fronte a Gonzalo Alvarado: l'ingegnere che aveva smesso di ingegnarsi, l'anziano madrileno lettore di "ABC", l'uomo dalle abitudini fisse e contrario agli eccessi e alle smancerie. Ed eccolo lì, a confessarsi davanti alla figlia naturale sotto la pensilina del Dorchester, nell'esclusivo quartiere di Mayfair, in quella Londra estranea dove io stessa lo avevo trascinato senza prevedere le conseguenze.

«Santo Dio, papà...» mormorai. Era la prima volta che lo chiamavo così, la prima volta nella mia vita. «Non mi dirai che ti sei innamorato di Olivia.»

66

Gli uffici della Brax Insurance Ltd. si trovavano in un imponente palazzo della City. Per la precisione, in King William Street, vicinissimi al monumento eretto in memoria del grande incendio che aveva raso al suolo la città secoli prima.

Lì non trovai venditori di fiori agli angoli, né ragazze in sandali e abiti estivi. I passanti erano in maggioranza uomini, cauti, in completi a tre pezzi scuri come quelli invernali. Camminavano in fretta con le loro scarpe lucide, sempre nere, secondo la severa regola del *no brown in town*: lo sproposito di portarle marroni avrebbe trasformato all'istante qualsiasi maschio del settore finanziario in un povero diavolo. Immaginai che le poche donne fossero segretarie intente a sbrigare qualche commissione; vestivano con altrettanta austerità, contagiate dai loro superiori e dall'ambiente. Con il mio cappello di sinamay, i guanti chiari e un tailleur leggero, all'improvviso mi sentii come se, anziché da un taxi, fossi scesa da un'altra galassia.

Gregory Sacks si era offerto di venire a incontrarmi di persona e in un luogo di mia scelta, ma ancora una volta avevo preferito essere io a muovermi: speravo che la distanza fisica alleviasse il malessere che mi consumava dentro. Mio padre e Olivia insieme, per i chiodi di Cristo. Non riuscivo a togliermelo dalla testa. Di fatto, in gran parte era stato il turbamento provocato dalla notizia a spingermi a compiere quel passo: una sorta di fuga in avanti per allontanarmi da una realtà così scomoda. Ecco perché la sera prima, dopo l'annuncio, mentre Gonzalo si preparava, emozionato come un ragazzino, per portare mia suocera a cena da Martínez, avevo fatto una telefonata dalla mia camera.

La conversazione era stata breve e neutra; non avevo la più pallida idea del tipo di persona che mi avrebbe ricevuta il mattino dopo. Mi trovai davanti un uomo alto e scheletrico, con un completo sobrio, una cravatta sobria e una faccia sobria dalla carnagione quasi trasparente, sulla cinquantina. Controllato nei modi, terribilmente serio. Nel suo ufficio, una sorta di estensione di se stesso, non sembravano trovare posto la leggerezza o la frescura: lo impedivano le pareti rivestite da pannelli di legno, le tende spesse e un tappeto orientale. Una scrivania dominava l'ufficio; dietro, una poltrona Chesterfield girevole, e davanti due poltrone. Me ne offrì una, obbedii e mi sedetti.

«Siamo stati debitamente informati della sua efficienza operativa, della sua estrema discrezione e della sua affidabilità.»

Fino a che punto si era spinto, Kavannagh, nel presentare le mie credenziali a questo tizio? Solo fino al Rainbow Tour di Evita? Fino ai miei incarichi a Madrid in favore degli inglesi durante la guerra? O fino a Rosalinda, a Beigbeder e al lontano incontro con Hillgarth all'American Legation? Io non feci domande e lui non mi diede indizi.

«Dunque, riteniamo che lei possa essere la persona adatta a svolgere un compito relativo a una questione delicata che abbiamo per le mani. Senza annoiarla con troppi particolari, posso anticiparle che la cosa ha a che fare con una polizza assicurativa ben determinata; una polizza che esula dai nostri schemi tradizionali, sia per quanto riguarda l'oggetto da assicurare che il suo contesto.»

Annuii di nuovo, anche se non avevo la minima idea di dove volesse andare a parare questo Sacks con il suo discorso.

«Anzitutto mi permetta di fornirle qualche informazione. Immagino avrà sentito parlare della famiglia Romanov.»

I russi, sì. Anche se i miei anni di scuola erano stati pochi, fin lì le mie conoscenze arrivavano. Ma cosa diavolo c'entravamo io e quel prudente inglese con gli zar di Russia?

«Dobbiamo risalire a loro per darle una panoramica completa della questione. Vede, dopo lo scoppio della Rivoluzione bolscevica, una gran quantità dei magnifici gioielli che quella dinastia aveva accumulato per più di trecento anni è andata al nuovo Stato, altri sono stati venduti al mercato nero all'interno del paese, e certi pezzi sono persino svaniti senza lasciare traccia; tutto lascia supporre che mani avide li abbiano smontati per venderli in forma frazionata, quasi pietra a pietra.»

Mossi piano il mento, su e giù, per indicare che lo stavo seguendo.

«Oltre a questi» proseguì, «c'è un cospicuo numero di gioielli usciti dalla Russia di cui è stato possibile seguire le tracce. Dopo aver attraversato la frontiera, sono stati in gran parte venduti o messi all'asta, finendo nelle mani a volte di acquirenti anonimi, e in qualche occasione di personalità pubbliche: milionari, celebrità o persino membri di altre case reali. In effetti, alcuni sono diventati proprietà della nostra monarchia.»

La mia espressione imperturbabile provocò in Sacks una smorfia con l'angolo sinistro della bocca.

«Non creda che io sia a conoscenza delle questioni intime della dinastia zarista, signora Bonnard; tutto quello che le sto raccontando l'ho appreso da pochissimo, per pura necessità, vista la ragione per cui siamo qui.»

Annuii per la quarta, quinta o sesta volta, ormai avevo perso il conto.

«E così arriviamo al nostro obiettivo. Tra i gioielli che si sono salvati e hanno preso la via dell'Occidente, ci sono quelli della vedova del granduca Vladimir Alexandrovich, zio dello zar Nicola II. Sembra che i duchi, a San Pietroburgo, formassero una delle coppie più significative della corte; quando le cose si misero male, lei fuggì in Crimea portando con sé solo pochi gioielli da mettere tutti i giorni. Gli altri, quelli veramente di valore, li lasciò in un nascondiglio segreto di palazzo Vladimir. Alla fine, la granduchessa riuscì a raggiungere Venezia; fu l'ultima Romanov ad abbandonare la Russia.»

Fece una pausa e cambiò tono. «Sembra un romanzo, no?» disse. Mi strinsi nelle spalle, non sapevo cosa rispondere. Allora andò avanti con il suo soliloquio.

«Intanto, un antiquario inglese esperto d'arte e noto alla famiglia reale, un certo Albert Stopford, a quanto pare si introdusse nel palazzo vestito come un semplice lavoratore, recuperò i gioielli clandestinamente e, dopo averli infilati in un paio di grosse borse di cuoio, li portò a Londra, dove i figli della granduchessa risiedevano in esilio. Trascorsi alcuni anni, dopo la morte della donna, la famiglia suddivise l'eredità e ognuno fece con la sua parte quello che preferì; alcuni pezzi rimasero nella famiglia e altri, i più preziosi, furono venduti. La mitica tiara Vladimir, per esempio, è oggi di proprietà della regina Mary. E la magnifica parure di smeraldi che la duchessa aveva ricevuto come regalo di nozze dal suocero, lo zar Alessandro II, passò nelle mani del gioielliere Pierre Cartier per una somma che a suo tempo non fu rivelata, ma che era di sicuro altissima.»

Sacks aprì con delicatezza una cartella di pelle granata che teneva sulla scrivania. Prese una fotografia di formato in-quarto e me la porse.

«Ecco come erano montati in origine i leggendari smeraldi della granduchessa Marija Pavlovna, quando uscirono dalla Russia. Si dice persino che in passato fossero appartenuti a Caterina la Grande.»

Il fatto che l'immagine fosse in bianco e nero non mi impedì di capire che si trattava di gioielli belli e sontuosi come non ne avevo mai visti prima. Una grande spilla con un enorme smeraldo esagonale e una collana con un buon numero di pietre preziose.

«Per eliminare quell'aria piuttosto imperiale e adattarle alla moda del momento, Cartier, dopo averle comprate, le rimontò in questa collana lunga, stile art déco. La chiamano *sautoir*; finora non conoscevo questo termine, perdoni la mia ignoranza.»

La sua mano mi porse un'altra foto al di sopra della scrivania. In effetti, le stesse pietre formavano una composizione del tutto diversa: una bella collana lunga anni Venti, con il grande smeraldo nella parte più bassa e il resto in ordine di grandezza decrescente.

«Questa creazione fu acquistata dall'eccentrica milionaria di Chicago Edith Rockefeller McCormick; si ritiene che l'abbia pagata quasi mezzo milione di dollari. Quanto all'eccentricità, la prego di credere che non si tratta di un mio giudizio. Non sono solito dare valutazioni di merito con leggerezza, se faccio questa osservazione è perché ci sono attestazioni cliniche che la signora affermava di essere una reincarnazione del faraone Tutankhamon.»

Non sapevo se scoppiare a ridere o darmela a gambe. Tutto quello che le mie orecchie stavano ascoltando era così insolito, bizzarro e a me estraneo che di colpo ebbi la sensazione di trovarmi dentro un'operetta. Nascondigli segreti che custodivano tesori, antiquari mascherati che li sgraffignavano e americane suonate convinte di essere state faraoni egiziani. In più quell'uomo così alto e serio, che sembrava avere la faccia di cera e mi raccontava tutta quella storia in un asfissiante ufficio londinese dove non entrava quasi luce, nonostante fosse una splendida mattina di luglio. "E tu cosa ci fai lì, ragazza mia?" mi avrebbe rimproverata mia madre. "Smettila di ascoltare assurdità, corri da tuo figlio, allontana tuo padre da quello scorpione di tua suocera e tornatene a casa." A casa, ecco cosa mi avrebbe ordinato Dolores, la sarta di calle de la Redondilla, sempre molto virtuosa e pragmatica. A casa. Come se sapessi dove fosse.

Ignaro dei miei pensieri, Sacks proseguì il suo racconto.

«Per concludere la sequenza e arrivare al presente, gli smeraldi furono riacquistati da Cartier dopo il divorzio della suddetta proprietaria. Si dice che siano tornati in Europa smontati dalla collana e spediti in maniera, per così dire, poco ortodossa. Sa come?»

Sollevai le sopracciglia. No, non avevo idea di quale nuovo sproposito stesse per uscirgli di bocca.

«Sembra siano stati nascosti dentro casse di tè, nelle stive di due mercantili. Uno di questi trasportava la gemma più importante; l'altro, il resto. Dicono che la fortuna della proprietaria cominciava a declinare, e che lei volesse evitare problemi di dogana, assicurazione e tasse. A ogni modo, gli smeraldi vennero ricomprati dalla gioielleria e venduti ancora una volta. La nuova composizione comprende solo sette pietre. Le hanno ridimensionate con un taglio ottagonale e lo stilista di Cartier, un certo...» Prese un biglietto dalla scrivania e lesse ad alta voce: «Un certo Lucien Lachassagne ha creato un pezzo del tutto diverso. Per decisione della nuova acquirente, adesso ornano una tiara trasformabile in girocollo, guardi qui...».

Mi trovai in mano una terza foto.

«Non si vede bene perché mancano i colori, ma l'incastonatura è in oro giallo, non in platino come prima. A quanto pare, il disegno è ispirato all'arte indù, alle corone della dinastia...»

«Signor Sacks?»

Alzò lo sguardo verso me, sorpreso.

«Le dispiacerebbe chiarirmi una volta per tutte perché vuole coinvolgermi in questa faccenda?»

«Mi scusi. Mi scusi» mormorò. «Sto divagando troppo. Veniamo a noi, sì. Nonostante la mia prolissa introduzione, credo abbia capito che non sono un esperto di gioielli, ma di assicurazioni. Non capisco niente di purezza o bellezza, di tagli o intagli, e nemmeno di carati. Mi occupo solo di cifre: quanto posso rischiare perché l'affare mi renda qualcosa. E siccome ci è stata offerta la possibilità di assicurare questi smeraldi, alla Brax Insurance stiamo valutando i limiti della copertura. A questo scopo, dobbiamo lavorare su potenziali previsioni.»

«E cosa c'entro io con tutto questo?»

«Siamo stati informati che la prossima destinazione degli smeraldi, almeno per qualche tempo, sarà Tangeri. La loro proprietaria ha acquistato lì un palazzo e intende sfoggiarli all'inaugurazione. Ed è proprio questo che ci sconcerta e ci preoccupa. Quindi, prima di prendere un impegno, dobbiamo fare un'accurata valutazione del rischio.»

«Potrebbe essere più esplicito?»

Tossicchiò, pronto a venire al dunque.

«Abbiamo bisogno di un'analisi particolareggiata del palazzo di Sidi Hosni, del suo contesto e delle sue caratteristiche. Dobbiamo sapere chi vi avrà accesso, dal personale di servizio agli eventuali visitatori occasionali. Sarebbe anche di nostro interesse conoscere che genere di festa si intende celebrare e diversi altri particolari che dobbiamo prendere in considerazione per stabilire i limiti della nostra polizza.»

Finalmente. Dunque le cose stavano così, adesso cominciavo a capire. Qui non c'erano in ballo questioni ufficiali né circostanze suscettibili di generare contrasti fra paesi. In questo caso, si trattava di un semplice problema finanziario.

«E voi volete che... che io mi occupi di fare un rapporto al riguardo?»

«Esatto. Che lei acceda a quell'ambiente e ci riferisca in modo dettagliato. Dopo di che, a seconda delle caratteristiche e della potenziale vulnerabilità del luogo, prenderemo le nostre decisioni. A condizione che lei, come compenso per il suo lavoro, ritenga giusta la somma di duemilacinquecento sterline.»

Deglutii di nascosto. Era una cifra spropositata.

«Mi permetta di parlarle con sincerità, signora Bonnard. Alla Brax Insurance questa cliente interessa molto, moltissimo. È nata a New York, ma le sue proprietà e i suoi interessi in Gran Bretagna e nel continente europeo sono sempre più numerosi. E sebbene fino a questo momento anche la sua società assicuratrice sia newyorkese, confidiamo di poter acquisire a poco a poco la copertura di quel patrimonio, sviluppando per lei un portafoglio molto più ampio. Ma per mettere le basi della nostra relazione in forma ottimale, in questo primo approccio attraverso la tiara di smeraldi, preferiamo andarci con i piedi di piombo. Vede...»

Lo bloccai. Non mi interessavano la sua società e i suoi procedimenti. Avevo bisogno di un'altra informazione.

«E avete già previsto un tipo concreto di... di pretesto o copertura o sotterfugio, per così dire, che mi permetta di avvicinarmi all'obiettivo proposto?»

Quando mi ero trasformata prima in una presunta sarta marocchina e poi in una finta giornalista della BBC, la mia veste era già stabilita: qualcuno aveva deciso in precedenza sotto quale copertura mi sarei dovuta proteggere. Il settore assicurativo, tuttavia, si rivelò molto meno fantasioso.

«Vorremmo che fosse lei a scegliere; siamo certi che saprà trovare da sola il modo migliore.»

Cominciai a sentire un gran caldo, fui tentata di andare alle finestre, tirare con forza le tende e spalancarle. Ma non mi mossi dalla poltrona.

«Manca un ultimo dettaglio» dissi invece. «Non mi ha detto il nome dell'attuale proprietaria degli smeraldi e del palazzo di Tangeri.»

«È vero. Mi sembra di capire che lei non risieda permanentemente in Gran Bretagna, ma forse i magazzini Woolworths le saranno familiari.»

«Sì, li conosco.»

Qualche mese prima, avevo comprato in uno di quei negozi alcune cose per Víctor.

«Allora le sarà facile fare due più due. Stiamo parlando di Barbara Hutton, l'erede di quell'impero.»

67

Tangeri cominciò a mostrarsi davanti ai miei occhi bianca e compatta, stagliata contro il cielo luminoso come una successione di piccoli cubi ammassati. Malgrado gli sforzi, non riuscii a fare a meno di ricordare un altro arrivo simile. Erano passati undici anni e qualche mese dal giorno in cui io e Ramiro avevamo attraversato lo Stretto diretti verso quella stessa meta, quando ero una ragazza sottomessa e sprovveduta. Adesso non viaggiavo con un uomo al fianco, ma con un bambino, una bambinaia e un voluminoso bagaglio. E con ferite nell'anima. E un compito preciso.

Mi emozionò riconoscere la figura che ci salutava dal molo, agitando vistosamente le braccia. Abito di lino color biscotto, papillon fantasia e occhiali nuovi, ecco Félix Aranda, il mio vicino dei vecchi tempi della sartoria in calle Sidi Mandri. Nel corso degli anni, non avevamo perso i contatti; sapevo che dopo la morte della madre si era trasferito da Tetuán a Tangeri, che lavorava in un ufficio e, quando l'ispirazione e la vita glielo permettevano, cercava di muovere i primi passi nel mondo dell'arte. Gli avevo spedito un telegramma da Londra per annunciargli il nostro arrivo.

«Come sono felice di rivederti, regina dell'imitazione!»

Non riuscii a trattenere una risata: così mi chiamava in quei giorni passati, quando cercava di insegnarmi maniere, nozioni e furbizie per ingannare le mie clienti, spacciandomi per la sarta cosmopolita e fascinosa che evidentemente non ero.

Félix elargì abbracci, distribuì complimenti ed elogi, urlò ordini in arabo ai facchini perché si occupassero dei nostri bagagli. Un'ora dopo, prendevamo insieme un gin fizz nella terrazza dell'Hotel Cecil. Curioso come sempre, non smise di fare domande.

«E la nostra cara Mrs Fox? Hai notizie di Rosalinda?»

«Ho cercato di rintracciarla, ma non c'è stato modo.»

«La piccioncina ha preso il volo...»

«Esatto, anche se non so in quale direzione.»

«E del nostro caro altissimo commissario ci sono notizie? I giornali non ne parlano più.»

«Non so niente nemmeno di Beigbeder.»

Bevemmo un sorso di gin e limone, poi rimanemmo in silenzio, come se fossimo concentrati sulla spiaggia ai nostri piedi o sulla linea della costa spagnola dall'altra parte dello Stretto. La memoria di entrambi, però, era tornata ai giorni in cui la mia amica e il suo amante erano la coppia più discussa del Protettorato: la giovane inglese disinibita e il maturo militare franchista, potente, affascinante e un po' eccentrico. Avevano conosciuto il successo e, da lì, avevano tenuto testa all'establishment franchista ed erano precipitati all'inferno. Lui aveva finito per diventare un giocattolo rotto; lei, forse, era riuscita a raddrizzare il proprio destino.

«Per Marcus, cara...»

Félix era al corrente di tutto; per questo, forse, non finì la frase e si limitò ad alzare il bicchiere come se volesse brindare al mio defunto marito. Lo imitai, cercando di non farmi sfuggire neppure una lacrima dietro gli occhiali da sole.

«Be', bando alle malinconie e veniamo al sodo. Allora dimmi, sei qui solo in vacanza come una vera lady o hai intenzione di fermarti?»

Mi sistemai le pieghe del vestito di cotone bianco, mentre cercavo le parole.

«Sono venuta, fra le altre cose, a proporti una sorta di collaborazione.»

Mi guardò con aria sorniona. Eravamo rimasti in contatto nel corso degli anni, questo sì, ma in maniera sommaria. Non gli avevo mai rivelato i miei rapporti con gli inglesi, né cosa si nascondesse dietro i presunti impegni giornalistici di Marcus. Ma era sveglio e di sicuro sospettava molte più cose di quelle che gli avevo raccontato.

«E cosa vuoi da me? Che faccia impunture o cucia orli? O che ti disegni bozzetti come quel completo da tennis? Ti ricordi?»

«Che ti trasformi in una specie di assistente, ecco cosa ti propongo.»

L'eco della risata risuonò in tutta la terrazza, facendo voltare diverse teste nella nostra direzione. Il Cecil era un albergo ottocentesco affacciato sul mare, pieno di turisti soprattutto inglesi, forse anzianotti e nottambuli, ma indubbiamente distinti; di quelli che si rifiutavano di cambiare le loro abitudini di tutte le estati.

«Sss, zitto, Félix! Sta' attento, ascoltami. Sono qui per fare un lavoro. Ma ho bisogno di aiuto, appoggi, contatti. E mi farebbe piacere se tu potessi darmi una mano.»

«Una mano, l'altra mano, un piede, l'altro piede... Qualsiasi cosa ti serva, tesoro.»

«Perfetto. E adesso rispondimi: quanto bene conosci Tangeri, al di là del tuo ambiente?»

«Il mio ambiente? Quale ambiente? Da quando è morta mia madre e me ne sono andato da Tetuán, sono un cane sciolto, cara. Niente mi lega a niente. Vado, vengo, mi muovo...»

«*Wonderful, my dear*. Sei assunto, ma andiamo con ordine. Anzitutto ho bisogno che mi aiuti a trovare casa mentre vado qualche giorno a Tetuán, da mia madre.»

Attonito, spalancò la bocca al punto che gli vidi quasi l'ugola.

«Pensi davvero di comprarti...»

«Non di comprarmela, sei matto? Solo affittarla. Una casa per qualche mese. Non so quanto tempo rimarremo, ma preferisco essere previdente. Una casa con giardino, per mio figlio. Ammobiliata, ampia, comoda, bella.»

«D'accordo, mi informo e ti faccio sapere. Anche se pare che i prezzi stiano salendo in modo pazzesco, ti avverto. Da quando gli spagnoli se ne sono andati ed è finita la guerra, è cominciato il divertimento, e questa città promette di trasformarsi in una Montecarlo.»

Tornai così ad ascoltare una delle sue particolari lezioni, come quelle che mi dava nelle serate di Tetuán quando attraversava il pianerottolo tra i nostri appartamenti e si piazzava nel mio salone, dopo aver lasciato sua madre a dormire della grossa, sbronza di Anís del Mono. Io continuavo a cucire per le mie clienti mentre lui, instancabile, mi parlava tutto infervorato del cinema americano o di grandi personaggi della letteratura, di pettegolezzi dei nostri vicini, di celebrità, cronaca mondana, frivolezze e drammi propri e altrui.

«Appellandosi alle postille dello Statuto di Tangeri come città internazionale, non appena è scoppiata la guerra in Europa, Franco ha mandato qui per qualche tempo le sue agguerrite truppe spagnole, e ha permesso ai suoi amici nazisti di fare i loro comodi. All'improvviso, tutto si è ispanizzato con l'adozione delle normative franchiste, hanno persino regolamentato l'uso di lingue diverse dall'arabo e dal castigliano. Hanno proibito il gioco e messo fine ai bagordi notturni che qui erano il marchio della casa; sono state imposte ristrettezze mai viste, e l'ambiente è diventato molto più spento e pieno di muffa, capisci cosa sto dicendo? Di puro stampo iberico, Dio mi aiuti e braccio in alto.»

Naturalmente, non era quello il panorama che osservavo in quel momento dalla mia poltrona di vimini. La spiaggia era gremita di gente che sfoggiava vivaci costumi da bagno; sedie a sdraio e ombrelloni colorati punteggiavano la distesa di sabbia. I dehors e gli stabilimenti balneari erano affollati, e numerose automobili moderne percorrevano l'avenida de España, tra le palme.

«Poco prima che finisse» proseguì Félix, «per fortuna il Caudillo si è reso conto che gli Alleati avrebbero vinto e ha ordinato alle sue truppe di smettere di dare fastidio. A quel punto sono stati ripristinati i privilegi e le competenze dello Statuto di Zona internazionale, e dalla fine del conflitto, come vedi, siamo in pieno fermento; dicono tutti che viviamo nella migliore Tangeri della storia, splendida, prospera, meravigliosa. Si è riempita di banche, agenzie di import-export, nuovi locali... Con l'Europa depressa e morta di fame accanto, siamo un punto vicino e ben quotato sulla carta geografica. Pensa, raccontano persino che un'americana multimilionaria si è comprata qui uno di quei palazzi che ti lasciano a bocca aperta.»

«Davvero?» mormorai. Preferivo non entrare ancora nei dettagli. «Bene, ora dobbiamo andare, Félix. Avremo tempo per parlare di milionarie e palazzi; per adesso, dobbiamo organizzarci...»

Mezz'ora dopo, partivo in taxi per Tetuán con Víctor e Phillippa. Avevamo solo un paio di valigie, il resto era rimasto in custodia al Cecil: altre valigie, un baule, la mia radio e qualche pacchetto con gli ultimi acquisti che avevo fatto a Londra. Anche se ora c'erano a Tangeri alberghi più moderni e mondani, per me quell'hotel dall'opulenza antiquata era un perfetto punto di partenza.

Con un nodo in gola, percorsi di nuovo quella strada Tangeri-Tetuán in cui ogni curva mi suscitava un ricordo. Il viaggio spaventoso sull'autobus della Valenciana, quando si era interrotta la mia prima gravidanza. Gli andirivieni nella decapottabile di Rosalinda, prima per negoziare il debito che Ramiro aveva lasciato a mio nome al Continental, e poi per supplicare il console britannico di aiutarci ad allontanare mia madre da Madrid e farla arrivare in Marocco. I giorni di riposo, le gite con Marcus.

Mi ricomposi osservando la città sullo sfondo; mi passai un fazzoletto sotto gli occhi, nel caso il mascara unito all'emozione avesse lasciato macchie rivelatrici.

«Mohamed Torres, 17» ordinai al tassista.

Mia madre ci aspettava sul balcone. Avevo telefonato a Casa Ros, un negozio vicino, lasciando un messaggio per annunciare che saremmo arrivati verso le otto di sera, ma lei probabilmente stava di guardia dall'ora della siesta. Tutte le lacrime che ero riuscita a trattenere davanti a Félix sulla terrazza del Cecil e lungo il tragitto scesero adesso che era lì davanti a me. Eccola, mia madre, vestita di malva senza ombra di trucco. La virtù fatta persona, la voce della mia coscienza. La dignità con un nome proprio, la donna che mi aveva messa al mondo da sola e mi aveva cresciuta con tanti sacrifici finché io, sua figlia, avevo deciso di separarmi da lei per seguire un idiota. Mia madre, Dolores, sempre così stoica, adesso si prodigava in moine con il mio bambino mentre continuava ad afferrarmi il braccio, quasi piantandovi le unghie. Come se temesse che sarei fuggita di nuovo.

L'appartamento era semplice e pulitissimo; mobili austeri, tavolino rotondo con la tovaglia che nascondeva il braciere, cucina economica e tendine di mussola. Suo marito, Sebastián, si rivelò un uomo tranquillo e silenzioso, vedovo, recente pensionato delle poste, nato a Granada ma residente nel Protettorato dalla pacificazione del territorio, nell'anno venti e rotti.

Uscimmo a passeggio con Víctor, su e giù per calle del Generalísimo; prima fino a plaza de España, poi indietro fino a plaza Primo Rivera, loro due sempre impegnati a salutare gente, con mia madre tutta orgogliosa di mostrare il nipotino ai conoscenti che incontrava, mentre io ritrovavo angoli del mio passato, insidiosi sprazzi di nostalgia. Tetuán, al tramonto, era affollata, bella e calda con le sue facciate bianche, le pennellate di verde e quella luce unica. Coppie, famiglie, gruppi di amici, qualche soldato della fanteria, dell'artiglieria, dell'aviazione o dei *Regulares*, le truppe volontarie marocchine: tutti a spasso senza fretta per le vie o seduti nei dehors dei bar e dei caffè con una granita al limone o una birra, un gelato alla Glacial o semplici cartocci di semi e frutta secca appena tostata. Mescolati, gli arabi con le loro *djellaba*, le arabe con i loro *haik*. Alla fine andammo a mangiare i famosi spiedini in un piccolo bar vicino all'Alto commissariato. Dovetti fare un grosso sforzo per evitare che la malinconia mi facesse andare per traverso i bocconi.

Sarebbe stato molto più comodo rimanere all'Hotel Nacional o al Dersa, ma preferii non rifiutare gli sforzi fatti da mia madre. Una vicina le aveva prestato una culla per Víctor, lei l'aveva già preparata con lenzuola candide, appena stirate. A me toccò un letto striminzito nella stessa camera, e a Phillippa una sorta di divano aperto nella stanza cieca in cui c'erano le macchine da cucire, quella di Dolores e l'altra che era stata mia, pulite e silenziose, ferme nel tempo. In un momento in cui nessuno poteva vedermi, mentre continuava il chiasso all'altro estremo del corridoio, vi passai sopra la mano, lentamente.

La giornata era stata lunga, ero esausta. Ma mi feci forza e rimasi a chiacchierare con mia madre dopo che tutti si erano addormentati, con il balcone della sala da pranzo spalancato sulla notte, il cielo pieno di stelle davanti a noi, la sagoma imponente delle montagne del Gorgues in fondo.

«E tuo padre, che ne è di lui? Lo hai visto ultimamente?»

Con mia grande contrarietà, Gonzalo era rimasto a Londra. A The Boltons, per di più; nella stessa stanza che io avevo occupato per mesi. Quando mi aveva informata della sua decisione, non ci avevo creduto. «Ma come? Tu, tu, tu...» avevo balbettato. «Come puoi andare a stare a casa di... di... di...» «Da semplice invitato, Sira» aveva insistito. «Olivia me lo ha proposto, e mi pare sia una buona soluzione. Più comoda ed economica di un albergo, e ci faremo compagnia a vicenda.»

Nella nostra Spagna bigotta, sarebbe stata un'idea inammissibile: un uomo e una donna non uniti dal sacro vincolo del matrimonio non avrebbero mai dovuto condividere lo stesso tetto. Ancor meno trattandosi di persone perbene, di una certa età, conservatrici e borghesi. Persino a Londra, meno stantia di Madrid, quell'intrallazzo era un'assurdità. «E non pensi di andare a Fuenterrabía?» avevo domandato cercando di attirarlo con un'esca appetitosa. «Più avanti vedremo» aveva risposto solo. Avevo preferito non insistere, e non gli avevo accennato neppure ai meandri del testamento di Marcus. Se avessi voluto, avrei potuto mandare all'aria quella follia esercitando i miei diritti legali sulla proprietà della casa. Dominic Hodson aveva sistemato tutto prima di tornare a Nairobi, espletando le pratiche burocratiche. Ma non avevo detto una parola al riguardo né mosso un dito: mi ero limitata a cenare con loro per salutarli, nella sala da pranzo di tante altre volte. Avevo comprato io stessa il vino e il cibo con una nuova visita a Fortnum & Mason, e li avevo portati di nascosto giù in cucina perché Gertrude potesse poi servirli a tavola. Non volevo essere io a dare una delusione a mio padre la nostra ultima sera insieme, ero sicura che ci avrebbe pensato la realtà a farlo.

A ogni modo, Gonzalo Alvarado e Olivia Bonnard erano molto lontani da quella riunione tra me e mia madre.

«Sta bene» risposi soltanto, a che scopo dare altre spiegazioni. «Gli anni passano per lui come per tutti, ma è in buona salute.»

La mattina dopo stavamo ancora facendo colazione, quando bussarono alla porta. Andò ad aprire Sebastián.

«Dove sono le mani più operose di tutta l'Africa, la più

brava sarta del mondo? E dov'è quel bambino, che voglio mangiarmelo tutto di baci?»

La donna che strillava senza riguardo tacchettando nel corridoio poteva essere solo Candelaria: la sboccata, irriverente e affettuosa contrabbandiera.

«Ieri sera morivo dalla voglia di venire, ero andata anche dal parrucchiere! Ma non volevo essere invadente e intromettermi nella famiglia. Questa mattina, però, appena ho aperto gli occhi mi sono detta: hai aspettato abbastanza.»

Terminò il discorso proprio mentre si affacciava alla porta della sala da pranzo, eccola, infine era di fronte a me. Invecchiata, più in carne, con le labbra dipinte in mio onore e la borsa da quattro soldi stretta sotto l'ascella; teneva in mano un pacchetto di *churros*. Non era cambiata, la mia vecchia datrice di lavoro, sempre tremenda. Nella sua pensione di calle de La Luneta rimanevano solo, come relitti di un naufragio, le due sorelle rinsecchite dei vecchi tempi.

«Gli altri ospiti» confessò Candelaria dopo avermi abbracciata «se ne sono andati o sono morti. E di nuovi ne arrivano pochi.»

Trascorremmo la giornata insieme, con mia madre e lei che litigavano per spingere il passeggino di Víctor; mio figlio era un po' confuso, ma a poco a poco prese confidenza e a quel punto le omaggiò di tutte le sue buffonate, così si misero a ridere orgogliose, quasi in adorazione. Alla fine del pomeriggio, arrivò l'ora di lasciare Tetuán. Mi toccò ripetere a mia madre otto, nove, dieci volte che non potevamo fermarci più a lungo, ma che non doveva preoccuparsi o star male, perché nel corso dell'estate avremmo continuato a vederci regolarmente. Non ne era del tutto convinta e faticò a nasconderlo.

Il taxi stava già partendo, quando Candelaria diede un paio di manate sul tettuccio e mi urlò dal finestrino aperto:

«Cercami tu a Tangeri un marito, un lavoro o qualsiasi altra cosa ti venga in mente, eh, Sirita? Perché ne ho proprio bisogno e mi sta bene tutto, tesoro.»

68

Scartai la prima casa che andai a vedere con Félix. Si trovava sul Monte Viejo, apparteneva alla moglie di un funzionario olandese che, rimasta vedova, aveva preferito rientrare in patria. Ma la teneva in ordine nel caso le fosse venuto in mente di tornare, il giorno in cui, stufa della pioggia, avesse rimpianto i cieli luminosi dello Stretto. Era senza dubbio una bella casa, grande e con tanto terreno intorno, ma la scartai per la posizione troppo appartata; non mi piaceva l'idea che Víctor rimanesse lì da solo con Phillippa mentre io ero in giro per Tangeri.

La seconda era una villa nel quartiere di Marshan, di proprietà di una famiglia ebrea, alla fine del paseo del Doctor Cenarro. Splendida, circondata da un giardino con buganvillee e palme, l'avrei presa subito se non fosse stata vuota, in attesa di un inquilino che la arredasse con i propri mobili. La terza opzione, per fortuna, fu quella definitiva. In una zona di nuove costruzioni, vicinissima all'Ospedale Italiano e a Parc Brooks, un club che non conoscevo. "Appena inaugurato" mi dissero; molto frequentato dagli americani, adesso ce n'erano tantissimi da queste parti, dopo la fine della guerra. Mi bastò vedere la piscina per avere la conferma che sarebbe stato il posto ideale per Víctor e Phillippa durante le mie assenze. Acqua, ombra, gente intorno, servizio ristorante. Quel pomeriggio stesso lasciammo il decadente Hotel Cecil e ci trasferimmo lì.

Avevamo fin troppo spazio in quella bella villa dalle finestre alte, con i soffitti modanati e fresche mattonelle dai disegni geometrici nelle stanze. La costruzione era recente e i mobili erano scarsi, ma ci trovammo subito bene. Per la felicità di mio figlio, anche due gatti che si aggiravano nel giardino si trasformarono in residenti. Mentre sistemavo negli armadi abiti e accessori, Félix, infervorato nel suo ruolo di assistente, si presentava ogni due per tre con gli acquisti più inaspettati, da un paio di amache per il portico, ai viveri per i primi giorni, a qualche bella lanterna da mettere ai piedi della scala. Stavo finendo di ordinare gli ultimi cassetti, quando arrivò con le sue conquiste umane: due giovani arabe con i loro fazzolettoni bianchi annodati in testa.

«Il tuo nuovo personale domestico, cara.»

Preferii non protestare e dirgli che una sola sarebbe stata sufficiente. Rimasero entrambe al mio servizio, come la dolce Jamila nei giorni di Tetuán, come la nostra cara Sharifa, che tanto aveva fatto per noi quando ci eravamo trasferiti all'Ospizio austriaco nella Città Vecchia. Mi rimisi al lavoro, cercando di liberarmi dalle nostalgie.

Un paio d'ore dopo, terminai le faccende domestiche.

«Andiamo a cena fuori» propose Félix.

Non ne avevo voglia né, quasi, la forza; avrei mangiato qualsiasi cosa, una fetta di anguria, un pomodoro con un goccio d'olio, e sarei rimasta volentieri a chiacchierare con il mio vecchio amico sotto le stelle in una delle amache che proprio lui aveva scovato, serena, senza un filo di trucco e con i capelli sciolti. Ma ero consapevole che mi conveniva iniziare a muovermi. Avevo appena chiuso prima il capitolo dei rimpianti e poi quello della sistemazione della casa. Finiti entrambi. Era ora di aprirne un altro.

Mi vestii, truccai e pettinai con cura; per la prima uscita in società di una nuova tappa, dovevo fare quello sforzo e affidarmi a Félix. Scelse il Parade, un altro locale nuovo; immaginai che fosse uno dei suoi posti preferiti. Mi assicurò che, in quei giorni, era il meglio del meglio tra il *beau monde* tangerino.

Il Parade si trovava in una villa di calle Fez trasformata in ristorante, con un giardino dai muri bianchi, una vegetazione rigogliosa e una ventina di piccoli tavoli illuminati da candele. Un pianista rallegrava l'ambiente, i camerieri marocchini dal fez rosso volteggiavano agili con i loro vassoi. La clientela era varia, a giudicare dalle lingue e dall'abbigliamento. Francese, inglese con accento britannico o americano, un po' di spagnolo, anche se non molto, qualche sprazzo di italiano. Un campione della città, su piccola scala.

Eppure, Félix non salutò nessuno. E nessuno sembrava conoscerlo. Mi meravigliai: da quello che raccontava nelle sue lettere, dalla disinvoltura con cui mi aveva accolta e dal suo modo di parlare di questo e di quello, avevo immaginato che fosse ben inserito nella vita cittadina, che avesse parecchi amici e conoscenti. Ecco perché mi sorprese che passasse così inosservato tra quella variopinta mescolanza. Finsi comunque di concentrarmi sul menù, in attesa di vedere come sarebbe andata la cena.

In pochi secondi, decisi che avrei ordinato una semplice sogliola. Lui invece indugiò, estasiato davanti alla carta, leggendo i nomi dei piatti con grande attenzione, come se li assaporasse, non sapendo cosa scegliere e correggendosi fino a optare per i tournedos Rossini. Poi sillabò la parola champagne e, alla fine, poggiò le mani sulla tovaglia e cominciò a osservare affascinato l'ambiente e i clienti.

«Ooh, guarda...» sussurrò. «Quello con la giacca gialla e il fazzoletto di seta al collo è David Herbert, un inglese che è un po' il leader della colonia anglosassone. E la donna col turbante dev'essere...»

«Félix...»

Non mi lasciò parlare.

«E guarda, guarda... il biondo alto e bellissimo che sta andando verso il piano, credo sia uno dei padroni di questo locale, Jay Has-qualche cosa.»

«Félix...»

Mi ignorò.

«E quelli al tavolo in fondo, dietro la fontana» disse quasi senza voce, in sollucchero, «quelli sono gli scrittori newyorkesi; sono arrivati da poco, a quanto pare sono molto moderni ed emancipati, alloggiano in un piccolo albergo del Monte, di sicuro staranno scrivendo meraviglie...»

«Félix, vuoi ascoltarmi?»

«Scusa, tesoro. Il fatto è che mi sento così... così... così...»

«Stammi a sentire, ma tutta questa gente tu non la conosci di persona?»

«Io? Mi piacerebbe. So chi sono, ma hanno i loro giri.»

«E tu?»

Negli ultimi anni, le giravolte della mia vita erano state così tante che, in modo irrazionale, avevo immaginato che io e Félix avessimo fatto acrobazie simili nelle questioni mondane. Nelle mie lettere, gli parlavo dei miei andirivieni tra Madrid, Gerusalemme e Londra, di eventi, grandi alberghi, gente di ogni sorta e strani soggetti; raccontavo la parte più appariscente delle cose, la spuma che nascondeva gli aspetti sgradevoli. In risposta, dalle sue lettere avevo saputo del suo trasloco e avevo immaginato che quel trasferimento avrebbe implicato un drastico cambiamento di vita: l'abbandono dell'esistenza sottomessa che aveva vissuto con la madre per inserirsi nella società tangerina più cosmopolita e sofisticata. Ma adesso la realtà sconvolgeva le mie supposizioni. Dal modo in cui Félix si comportava in quel giardino, mi resi conto che il suo spostamento era stato solo fisico, un semplice salto geografico. Quelle persone che ci circondavano al Parade, quegli stranieri con il loro *je ne sais quoi* edonista e quei professionisti espatriati, frivoli gli uni, formali gli altri, differentemente facoltosi e similmente disinvolti, non avevano nulla a che vedere con il mio antico vicino. Proprio nulla.

«Félix?»

Mi dispiaceva amareggiargli il cibo e il momento. Ma dovevo sapere.

«Ufficio approvvigionamenti, settore statistiche, dalle nove alle due e dalle quattro alle sette. E nel tempo libero, come ti ho detto, cerco di dipingere, ma devo ammettere che non faccio troppi progressi. Ah, e tre sere alla settimana vado al cinema.»

Eccola lì, sviscerata, la vita del mio vicino. Dopo essersi liberato dalla tirannia della madre, era fuggito da Tetuán inseguendo il mito di una città magica e si era ritrovato solo tra estranei, legato a un lavoro noioso come quello precedente e incapace di entrare nelle cerchie di artisti stravaganti che tanto ammirava.

«Quindi, con tutta questa gente non hai rapporti...» mormorai. Come se avessi bisogno di convincermi di quella verità che smentiva in maniera radicale le mie previsioni.

«Vedi, Sirita» aggiunse accantonando per un momento il suo entusiasmo, «questa storia della leggendaria Tangeri internazionale è vera, ma al tempo stesso è un mito. Origini diverse ce ne sono molte, su questo non c'è dubbio; visto il mio lavoro, ho tutti i dati in testa, vuoi saperli?»

Le cifre esatte non mi interessavano, ma mi sarei fatta un'idea nel complesso.

«Allora: dei centomila abitanti che ha adesso la città, gli arabi marocchini propriamente detti sono quasi settantamila, e gli ebrei marocchini più o meno ottomila. Tra i cristiani, noi spagnoli battiamo tutti, con circa quindicimila censiti senza contare gli irregolari: siamo di gran lunga gli stranieri più numerosi e per certi versi incidiamo sul modo di vivere cittadino, pensa che si parla persino di costruire un'arena per la corrida. Poi vengono i francesi, che sono sempre originali e hanno il loro Protettorato un po' più giù, quindi danno l'impressione di essere tanti, ma non superano i tremila. Seguono gli italiani e gli inglesi; poi i portoghesi, e infine belgi, olandesi e pochissimi altri dal resto del mondo.»

Fece scorrere lo sguardo sull'ambiente.

«Conviviamo tutti qui, in armonia, ma ognuno al proprio posto. Alla fine, la città è divisa da linee invisibili. Non confini urbani, ma di nazionalità, religione, classe… E anche se qualcuno li attraversa, la maggioranza si muove al loro interno. Francesi con francesi, inglesi con inglesi, ebrei con ebrei… Persino la colonia spagnola, così numerosa, ha le sue parti definite. La guerra ha lasciato un'impronta profonda nelle due fazioni; d'altra parte, i dirigenti dell'amministrazione o gli imprenditori o i professionisti di alto livello, che so, i dottori dell'ospedale o il direttore del Banco de Bilbao o del Español de Crédito, non hanno niente a che vedere con la massa di andalusi in esilio o emigrati che lavorano come muratori o camerieri e vivono in case umili o in piccoli cortili pieni di gerani e panni stesi.»

Cominciavo a capire. Più o meno.

«Insomma, mia cara, in questo guazzabuglio, gli uni e gli altri si trattano con rispetto e le loro strade, nella quotidianità, si incrociano di continuo, com'è ovvio. Ci sono bambini spagnoli che vanno al Lycée Regnault e al Liceo Italiano, così come alcuni bambini ebrei e arabi frequentano il Colegio Español. Ci sono famiglie di diverse nazionalità che convivono da buoni vicini in appartamenti dello stesso palazzo, e persino matrimoni misti. Ma alla fine della giornata chi si somiglia si piglia, mi spiego? Ognuno legge il proprio giornale, va nella propria chiesa, vede al cinema i film nella propria lingua e bada ai propri affari come si usa in patria.»

Félix mi aveva fatto una buona panoramica della situazione; fin lì, tutto bene. Ma c'era qualcosa che avevo cominciato a intuire da quando eravamo entrati al Palace. E avevo bisogno che me lo confermasse.

«Insomma, tu non vai mai alle feste organizzate, che so, da quell'inglese con la giacca color tuorlo d'uovo?»

«David Herbert che invita me a una festa?» A quel punto rischiò davvero di soffocarsi con un accenno di risata. «Certo che no, sei matta? Né lui né nessun altro di quelle cerchie.»

La risata che lui aveva trattenuto risuonò subito dopo collettivamente a un tavolo vicino; rimanemmo a guardare senza nasconderlo.

«Quei chiassoni sono americani; come ti ho detto stamattina al Parc Brooks, da quando gli Alleati hanno vinto la guerra qui ce ne sono tantissimi. Non li abbiamo ancora conteggiati con precisione, ma sono già un buon numero. Credo abbiano un'installazione militare nelle vicinanze, diverse nuove emittenti radio, e cominciano ad avviare affari...»

Lo interruppi senza riguardi.

«Quindi, Félix, in conclusione, tutto quello che sai di questa fauna internazionale, oltre ai numeri, è solo perché la osservi o perché ti piace essere al corrente di quello che succede e...»

«E perché dentro di me vive un gran pettegolo, mi conosci. Ma sì, cara; anche se mi dispiace molto, i miei rapporti finiscono lì.»

Mi infilai in bocca la forchetta, per mitigare la delusione con il sapore del pesce. Nei miei piani illusori, avevo immaginato che Félix mi sarebbe stato utile per entrare nella cerchia in cui presumevo di dover portare a termine la mia nuova missione a Tangeri. Appesa al suo braccio, mi sarei fatta passare per un'esperta viaggiatrice senza passato o legami, mi sarei mossa con la disinvoltura e la falsità abituali, pronunciando frasi futili, ricordando episodi equivocabili e menzionando scenari acciuffati per i capelli. Adesso, invece, quel progetto si sgonfiava come il soufflé *glacé* che avevano appena servito al tavolo accanto al nostro.

Osservai il mio amico mentre ordinava il dessert al cameriere in un francese artificioso, da bravo scolaro, comunque orgoglioso per questa occasione estranea alla sua noiosa quotidianità di impiegato sommerso da moduli e rapporti, cartelle e carta assorbente. E, mentre lo osservavo, mi domandai in quale momento si fossero spezzate le sue ali, perché non fosse riuscito a spiccare quel volo a cui tanto aspirava. Tutte le sue speranze, il sogno di vivere una vita alternativa, il talento artistico che gli avevo attribuito quando disegnava bozzetti per i miei abiti sembravano essere sfumati. Sua madre era morta e sepolta; in teoria era libero, ma rimaneva ancorato a un lavoro triste e a ciò che leggeva nei giornali o nei libri, ascoltava alla radio o seguendo chiacchiere altrui, o gli passava davanti agli occhi, ma sempre a distanza. Sempre senza essere coinvolto personalmente. Un mero spettatore, un semplice voyeur di mondi estranei.

«Ti aspettavi di più da me, vero?» disse mentre attaccava la sua *crème brûlée* senza guardarmi negli occhi, come se mi leggesse nel pensiero.

Gli mentii, per pura inerzia.

«Non capisco cosa vuoi dire.»

A quel punto alzò lo sguardo, si passò piano il tovagliolo sulle labbra.

«Sì che lo capisci.»

Le voci degli altri commensali avvolsero il nostro silenzio. Il pianista attaccò un brano allegro, due o tre coppie si alzarono per ballare, un fotografo scattò una foto.

«Quando ci siamo conosciuti ero io quello sveglio, ti ricordi? Quello esperto, informato, colto. Che aveva ideali, ambizioni, idee chiare. Tu invece, all'epoca, eri una creatura sospesa per aria, fragile, vulnerabile, senza una visione del mondo e senza prospettive. Io non vedevo l'ora di liberarmi di mia madre, tu di riunirti con la tua. E adesso, guardaci. Sono già tre anni che quella zoccola di Encarna vede l'erba dalla parte delle radici nel cimitero civile di Tetuán, e io sono ancora terrorizzato dalla sua ombra. Tu, invece, hai trovato il coraggio non solo di ritrovare Dolores, ma anche di separarti un'altra volta da lei senza strappi per seguire la tua strada. E ora sei di nuovo qui, trasformata in una splendida donna con un obiettivo, piena di fuoco, che fa girare le teste.»

Altre coppie si erano unite alle prime sulla piccola pista, l'atmosfera stava cambiando. Risate, voci alte in varie lingue, bottiglie stappate e musica vibrante.

Allungai la mano verso quella del mio amico, gliela strinsi con forza.

«Continuo ad avere bisogno di te, Félix. Conto sul tuo aiuto. Devi starmi accanto.»

69

Il passo successivo fu cercare Sidi Hosni. L'indomani mattina uscii presto, prima che Víctor si svegliasse e la casa si riempisse di movimento. Il cielo annunciava un'altra giornata luminosa quando lasciai il mio nuovo quartiere, parte della vecchia e ampia proprietà di un cittadino inglese che a poco a poco veniva venduta perché la città moderna continuasse a espandersi. Costeggiando il muro di cinta del cimitero musulmano, la lunga rue Sidi Bouarrakia mi portò fino allo Zoco de Afuera. Passai davanti al bar Las Palomas e alla Mendoubia, mentre attraversavo la grande porta di Bab el Fahs vidi i commercianti marocchini che si affaccendavano a disporre sotto le tende dei loro *bakalitos* padelle e piumini per spolverare, acchiappamosche, casseruole e bacinelle, esponendo la merce per i clienti che sarebbero arrivati nel corso della giornata.

Da lì imboccai avenida de Italia, con i suoi palazzi dai bei balconi curvi, affrettai il passo passando accanto al Capitol, poi all'Alcázar. Preferii impedire alla mia memoria di soffermarsi su quei cinema: ero stata lì diverse volte con Ramiro nei giorni oziosi e volubili in cui ero accecata dall'amore, mentre all'Hotel Continental, a mia insaputa, cresceva un conto di cui alla fine mi ero dovuta fare carico. Scrollandomi di dosso i ricordi sgradevoli, intrapresi con energia la salita per la kasbah. Portavo sandali senza tacco, pantaloni chiari e un foulard di seta che mi copriva i capelli; nascondevo gli occhi dietro le lenti da sole, sarei potuta passare per una turista qualsiasi. Lì però non c'erano turisti, né a quell'ora né, quasi, ad altre. I turisti se ne stavano negli stabilimenti balneari sulla spiaggia e nelle piscine degli alberghi; tutt'al più andavano a visitare le grotte di Ercole o si sedevano nel dehors di un caffè dello Zoco Chico a godersi per un intero pomeriggio l'atmosfera pittoresca della città. Solo gli avventurosi e gli eccentrici si arrischiavano a spingersi fino all'Alcazaba, la cittadella fortificata, nella parte alta della medina.

Ecco perché mi sorprese tanto scoprire che la milionaria Barbara Hutton avesse scelto proprio quella zona per comprare un palazzo. Nel suo ufficio della società assicuratrice, il languido Sacks mi aveva informata che il venditore era un diplomatico americano, un certo Maxwell Blake, decano del corpo consolare a Tangeri. Dopo decenni di servizio in Marocco, con il pensionamento era arrivata per lui l'ora di tornare a casa; a Kansas City, *of all places*. Prima, nel corso dei decenni e nell'avvicendarsi di diversi proprietari, con l'impiego sia di denaro che di pazienza, e accorpando successivamente fino a sette abitazioni, la casa si era ampliata, unendo più edifici fino a formare un luogo tanto bello quanto labirintico. Tra i suoi proprietari originali c'era lo stesso Sidi Hosni, il santo musulmano che dava il nome al palazzo e i cui resti si diceva riposassero sotto l'edificio. Un altro famoso proprietario era stato il mitico giornalista del "Times" Walter Harris, che si era costruito poi una villa nella zona di Malabata, oltre gli arenili. Così, passando da uno all'altro e subendo varie trasformazioni, il palazzo era finito nelle mani di Barbara Hutton.

Tutti i materiali a vista erano originali; artigiani locali avevano lavorato con mano abile e tradizione leggendaria il gesso, l'argilla, il ferro battuto e il legno. Così, almeno, era scritto nelle due pagine informative che avevo ricevuto da Sacks. La transazione era stata conclusa per la somma di centomila dollari americani, con l'arredamento originale incluso nel prezzo. Punto. I dati che mi avevano fornito erano quelli. Il resto avrei dovuto verificarlo di persona.

Cercai di chiedere informazioni a una donna musulmana avvolta nel suo *haik*, ma proseguì per la sua strada senza neppure ascoltarmi. Poi fermai dei bambini. «Sidi Hosni?» domandai. Si strinsero nelle spalle, risero e mi chiesero cinque pesetas. Continuai a salire, evitando viuzze, fosse, bucce di melone e patata, buche, sporcizia e gatti, interrogandomi su quale ragione demenziale avesse spinto una delle donne più ricche del mondo a comprare una casa lì. Se il prudente Gregory Sacks, della Brax Insurance Ltd., fosse venuto con me, sarebbe morto di spavento. Alla fine fu un vecchio dalla *djellaba* sudicia a indicarmi la meta. Alzando una rozza stampella di legno, con il puntale mi mostrò la direzione: in alto e a destra. Dopo avere messo dieci pesetas nella sua mano ruvida, continuai verso il mio obiettivo.

Al posto di custodi, guardiani o vigilanti, vicino al cancello aperto trovai un paio di sacchi di terra. Senza nessuno a cui chiedere, mi addentrai con passo cauto in un ampio corridoio scoperto. Non vidi anima viva nemmeno nel primo cortile che incontrai; solo un'imponente porta di legno con chiodi bruniti, socchiusa. Lì accanto, alcuni indizi rivelavano che qualcuno doveva essere al lavoro nei paraggi: una zappa, una rozza carriola, forbici da potatura mezzo arrugginite. Un po' più in là, vasi grandi e piccoli, talee e piante pronte ad affondare le loro radici nella terra. Senza volere, all'improvviso pensai a Olivia che lavorava nel giardino di The Boltons, lanciando ordini ai suoi due goffi aiutanti. Se là responsabile fosse stata la mia autoritaria suocera, i giardinieri non le sarebbero sfuggiti. Invece di frenarmi, l'assenza di esseri umani finì per darmi coraggio. Senza chiedere a nessuno, in tre passi, quattro passi, cinque passi ero dentro.

La prima cosa che notai nell'atrio furono alcuni grossi scatoloni coperti di etichette straniere. Mi chinai per vedere da dove provenissero, trovai l'emblema e l'indirizzo di un negozio di arredamento in Sloane Street, Knightsbridge, London. Due o tre erano ancora chiusi, altri aperti; da uno di questi fuoriuscivano grossi pezzi di stoffa. Non riuscii a resistere, li presi fra le dita e li accarezzai delicatamente con i polpastrelli. Al semplice tatto, riconobbi meravigliosi velluti destinati a adornare finestre, arcate, balconi.

Le suole dei sandali mi permisero di aggirarmi in silenzio in quel labirinto di stanze e cortili, terrazze e improvvise rampe di scale. Adesso capivo come si fossero andate integrando le sette case originali: con fluida armonia, ma senza obbedire a un ordine preciso. A ogni modo, il palazzo emanava pace e bellezza. C'erano alcuni mobili e anche molti spazi vuoti che pensai fossero stati liberati di recente, in attesa di essere occupati da altri pezzi secondo il gusto della nuova proprietaria. C'erano tappeti arrotolati, quadri e specchi poggiati a terra, cose fuori posto. Saloni e stanze da letto si succedevano inaspettati, mostrando soffitti a cassettoni di legno intarsiato, zoccoli pieni di volute, grate di ferro battuto.

Senza seguire un percorso preciso, finii per entrare in un bel patio; immaginai che fosse quello principale. Al centro, un enorme fico faceva ombra a quella che doveva essere una sala da pranzo estiva. Un'altra scala mi portò alla zona dell'anticucina, della cucina, della dispensa e del lavatoio. Continuai a salire altre rampe di scale anarchiche fino a raggiungere la terrazza aperta al cielo o, meglio, una sorta di insieme di terrazze comunicanti dalle quali si potevano vedere tutta la medina, con i suoi tetti pieni di panni stesi, alcuni tratti della città moderna e, in fondo, la grandiosità del mare. I gabbiani garrirono, la brezza dell'Atlantico mi accarezzò il viso.

Sidi Hosni non era un palazzo monumentale. Non era

sfarzoso né eccessivo né imponente. Ma adesso riuscivo a capire perché la milionaria newyorkese se ne fosse innamorata. Aveva magia e fascino, un'anima, una personalità propria.

Il rumore metallico degli attrezzi mi risvegliò dall'incantesimo. Qualcuno, sicuramente un giardiniere, aveva cominciato a lavorare di sotto, era ora che mi togliessi di torno. Intendevo uscire da lì con discrezione; sgattaiolando senza fare rumore, cominciai a scendere scale e a tornare sui miei passi, perdendomi più volte. Finché riuscii a ritrovare l'atrio principale e tirai un sospiro di sollievo: ce l'avevo quasi fatta, lì rividi i pacchi di stoffe mezzo aperti. In pochi secondi avrei raggiunto il primo cortile; in mezzo minuto sarei stata in strada, nella kasbah.

Avevo fatto un paio di passi in punta di piedi verso la porta, quando una sorta di bisbiglio, qualcosa di simile a un brontolio infastidito, mi paralizzò. Ci misi solo qualche secondo a scoprirne l'origine: proveniva dalla bocca di una donna che in quel preciso istante emerse da dietro uno degli scatoloni. Era china, per questo non l'avevo notata. Adesso era a soli tre metri da me, non potevo svignarmela.

«*Mon dieu*, che spavento!» disse portandosi una mano al petto. Era magrissima, con gli zigomi alti, il collo lungo e la carnagione trasparente. Teneva sul naso un paio di piccoli occhiali e sulla fronte le cadeva una sorta di frangia brizzolata, il resto dei capelli era raccolto a cercine.

«Io...» balbettai. «Mi scusi, non volevo...»

«Ah!» esclamò sollevata. «Lei è la sarta!»

Non dissi né sì né no. Ero così stupita che non riuscii a proferire parola. Chi era quell'anziana straniera? Come faceva a sapere chi ero io? Come mi aveva riconosciuta, se non ci eravamo mai viste?

«Finalmente è arrivata!» Aveva una voce secca e un forte accento. Con cautela, per non inciampare, cominciò a farsi strada tra gli scatoloni. «Sono Ira Belline, la *housekeeper*, responsabile della casa. L'aspettavo ieri. Toni mi aveva detto che sarebbe venuta nel pomeriggio.»

Finalmente riuscì a raggiungere la parte sgombra dell'atrio, dove ero rimasta, immobile. Aveva un quadernetto in una mano e un portamine nell'altra. Fece una pausa, mi scrutò dall'alto in basso, si accigliò.

«Non mi immaginavo proprio che fosse così, la credevo una donna di...»

Agitò una mano nell'aria, un gesto vago come per dire che non importava.

«Insomma, l'essenziale è che lei sia qui. Lasci che le spieghi...»

In effetti, passò i minuti che seguirono a spiegarsi. Nell'esclusivo negozio londinese in cui un famoso decoratore di interni aveva ordinato le tende per tutta la casa, avevano sbagliato le misure; una confusione assurda tra centimetri, pollici, piedi e iarde. Risultato: erano troppo lunghe, quindi bisognava tagliarle e ricucirle. Aveva annotato le nuove dimensioni su un biglietto che mi porse.

«Quando crede che saranno pronte?»

Avrei dovuto chiarire subito l'equivoco. "No, non aspettava me, signora, le chiedo scusa. Un tempo ero una sarta, ma adesso non più. Ora sono solo un'intrusa che si aggira nel palazzo senza permesso e senza vergogna; qualcuno a cui hanno dato l'incarico di valutare le caratteristiche di questo posto e le persone che lo frequentano, senza che gli interessati lo vengano a sapere."

Invece dissi una cosa completamente diversa.

«Per quando le servono?»

«Il prima possibile, naturalmente. Ma è un grosso lavoro, avrà bisogno di aiuto. La principessa arriverà fra due settimane e c'è ancora tanto da fare; se potessimo risolvere questo problema prima che comincino...»

La interruppi.

«Mi dia un paio di giorni.»

Sul viso le si disegnò una smorfia tra l'incredulità e lo stupore.

«Dice davvero?»

«Sì. Devono soltanto portarmi gli scatoloni a casa.»

«*C'est merveilleux…*»

Era così sollevata da lasciarsi sfuggire il francese, senza nemmeno rendersene conto.

«Abito nella zona di Parc Brooks, all'ingresso della mia villa c'è un grosso pino, lo dica a chi si incaricherà del trasporto.»

Aveva ancora in faccia la stessa espressione quando mi diressi verso la porta e uscii nel cortile; vidi un giardiniere che stava versando terra nei vasi, un marocchino vecchio come i suoi attrezzi. Lo aiutavano un paio di ragazzi; altri stavano portando dentro pacchi dalla strada, la vita a Sidi Hosni ricominciava a scorrere.

Sentii qualcuno che si schiariva la voce alle mie spalle.

«*Excusez-moi, madame…*»

Mi girai, Ira Belline mi aveva seguita. La guardai da dietro i miei grandi occhiali.

«Lei è…?»

Le porsi la mano: languida, ipocrita, leggera quasi come una piuma. Lì c'era già un'altra che non ero io, con una nuova identità presa al volo.

«Arish Bonnard, molto lieta. Sono una *couturière*, appena arrivata da Buenos Aires, anche se in passato ho già vissuto qui a Tangeri per qualche tempo. Lavoro nell'alta moda e non mi occupo di confezioni per la casa, è ovvio. Lo consideri un favore speciale, trattandosi di…»

Stavo per dire Barbara Hutton, il nome che da giorni mi risuonava nel cervello. Ma recuperai all'istante il titolo che lei le aveva attribuito appena un minuto prima.

«… trattandosi della principessa.»

Una volta uscita nella medina, il contrasto fu violento. Rumori e urla, odori, mosche, gente: come se la Città Vecchia si fosse risvegliata con furia nel tempo in cui ero rimasta nel palazzo. Cominciai la discesa tra uomini e donne che indossavano *djellaba*, lunghe vesti e *haik*, bambini scalzi, vecchi cenciosi. C'erano chioschi e bancarelle, venditori ambulanti, tappeti appesi alle finestre, gabbie, pozzanghere, mendicanti rannicchiati nascosti da grandi cappucci, con le mani sudicie tese. Vita, vita sparsa, autentica e peculiare, estranea al lusso cosmopolita dell'Interzona.

Un po' più avanti, però, notai una presenza singolare. Una cristiana di una certa età, vestita di scuro e piuttosto in carne, saliva accalorata per il pendio, una figura estranea a quella folla. Aveva un'espressione abbattuta; anche a qualche metro di distanza, notai il suo sollievo quando mi vide.

«Mi scusi, signorina, parla spagnolo? Sto cercando una casa che si chiama Sidihoni o qualcosa del genere.»

La squadrai rapidamente. Una sarta andalusa, che la durezza della vita aveva sradicato dal suo paese per trapiantarla a Tangeri, come tanti altri, pronta a guadagnarsi qualche franco, sterlina o peseta con qualsiasi lavoro le capitasse davanti.

«Lei è la sarta? La manda Toni?»

«Sì, signorina, per servirla. Sono venuta qui anche ieri, ho girato come una trottola, ma non ho trovato il posto.»

Fu così che Maruja Peña entrò nella mia vita.

70

Mettemmo le macchine da cucire in una stanza al pianterreno, un locale semivuoto con due finestre alte, ad angolo, per far entrare luce e aria: ci attendevano lunghe ore di fatica.

«Vede, signorina, col caldo dell'estate, non c'è quasi lavoro.»

Quella pausa sgradita alle sarte faceva al caso mio. Maruja, una sua vicina e una nipote si piazzarono lì appena mi arrivarono i tessuti.

Gli scatoloni comparvero ammucchiati su un carro, cercai di non ridere per il contrasto: i sontuosi velluti acquistati a peso d'oro a Londra da un esperto decoratore di interni arrivavano a casa mia grazie agli sforzi di due giovani marocchini e un paio di asini. Responsabile dell'operazione, un certo Paco che, si scoprì, era il marito della Toni. Paco, Toni e Ira Belline: avevo già tre nomi per il mio rapporto, tre presenze legate al palazzo, di cui avrei dovuto approfondire le mansioni per farmi un'idea della loro posizione specifica nel puzzle di Sidi Hosni.

Le donne si misero all'opera di buona lena; non erano grandi sarte, mancavano di raffinatezza, ma, ben dirette, se la cavavano senza alcun problema. All'inizio rimasi con loro, impostai il lavoro, diedi indicazioni. Anche se il compito non era difficile, bisognava procedere con cura e delicatezza. Comunque, non rivelai mai il sotterfugio con cui mi ero procurata l'incarico: intendevo pagarle bene, più che se avessero fatto il lavoro da sole, senza che io esercitassi il ruolo di intermediaria nell'ombra. E a me così si aprivano le porte del palazzo dell'Alcazaba, con i suoi frequentatori. Ci guadagnavamo tutti, nessuno ci perdeva. E tenere di nuovo fra le mani quei preziosi tessuti, essere di nuovo circondata da stoffe, aghi, forbici e fili mi regalò una sorta di emozione fugace, come un incontro gradito con la donna che ero un tempo.

«Ma che follia è questa?» domandò Félix dalla porta del laboratorio improvvisato. Dovette urlare per sovrastare il rumore delle macchine.

Erano quasi le sei di sera, lasciai le mie nuove collaboratrici a finire il lavoro e chiesi a Daniya, una delle due ragazze marocchine, di prepararci un tè alla menta. Intanto ci sedemmo sotto il portico.

«Allora è per questo che volevi una casa grande; non per una vacanza, ma per aprire un altro laboratorio, adesso è tutto chiaro.»

Non confermai né negai, lui proseguì entusiasta.

«Senti, ragazza mia, quelle splendide stoffe da dove sono saltate fuori? Non le hai portate con te, nel tuo bagaglio non ci stavano. E non hai nemmeno avuto il tempo per comprarle, che io sappia.»

Da quando ero arrivata, non avevo smesso di pensare a come presentare la situazione a Félix: non mi era chiaro fino a che punto avrei dovuto essere sincera e su cosa sarebbe stato meglio tenere la bocca chiusa. Grazie alla piega inattesa che la faccenda aveva preso quella mattina, adesso avevo una scusa perché le mie menzogne fossero un po' meno menzognere.

«A portarmi a Tangeri, Félix, è stato l'incarico di un lavoro per Barbara Hutton.»

«Barbara Hutton?» domandò con enorme stupore. «La

milionaria americana? L'ereditiera che dicono si sia comprata un palazzo qui?»

Sorrisi con una faccia da brava persona, mentre, dentro, la coscienza sporca mi tirava un calcio.

«Esatto.»

Fece tre sonori battimani e una gran risata. Víctor, che giocava con i ritagli di stoffa seduto per terra, ai miei piedi, lo imitò tutto contento. Per qualche ragione incomprensibile, Félix, che non aveva alcuna empatia con il mondo infantile, piaceva tantissimo a mio figlio.

«Che spudorata! Sapevo che avevi per le mani qualcosa di inconfessabile! E mi sono morsicato la lingua, senza farti domande, aspettando che ti decidessi a dirmi tutto.»

«Verrà a insediarsi qui tra qualche settimana e io darò una mano per le... le questioni tessili, diciamo così.»

Daniya arrivò con il tè su un vassoio brunito. Lo versò in bicchierini con un gorgoglio di acqua bollente, aveva un profumo celestiale.

«Senti senti senti, e sei già riuscita a vedere il palazzo all'interno? Mi permetterai di accompagnarti, mi...?»

Lo interruppi.

«Vedremo. Prima, ho bisogno di te per un'altra cosa.»

Barbara Hutton, nata a New York nel 1912; avrebbe compiuto trentacinque anni a novembre. Nipote di un facoltoso commerciante, orfana di madre dall'infanzia e con un padre poco interessato a occuparsi personalmente di lei. Presentata in società nel 1930 con una festa sfarzosa; residente in Europa da quando aveva ventun anni. A quell'età si sposa per la prima volta, e di lì a poco divorzia. Due anni dopo si risposa, va a vivere a Londra, mette al mondo suo figlio e nel 1937 divorzia di nuovo. Allo scoppio della guerra in Europa, torna negli Stati Uniti. Nel 1942 contrae il terzo matrimonio con l'attore Cary Grant, da cui divorzia nel 1945.

Era tutto ciò che sapevo sulla proprietaria degli smeraldi, secondo le informazioni ricevute dalla compagnia assicuratrice. I dati asettici e le date, nel rapporto che mi avevano consegnato non c'era altro. Addentrarmi in quella che sarebbe diventata la sua casa, però, aveva solleticato la mia curiosità. Volevo approfondire, indagare, avvicinarmi a lei in qualche modo. Ma mi mancavano il tempo e i mezzi per farlo.

«Puoi prenderti qualche giorno di vacanza, Félix?»

«Tutti quelli che vuoi, tesoro. D'estate c'è poco da fare, in ufficio passiamo le giornate a girarci i pollici e a dare la caccia alle mosche.»

«Perfetto, perché devo affidarti un compito.»

Sapevo che il mio piano lo avrebbe affascinato, Félix era un pettegolo e un impiccione nato. Si trattava di raccogliere ogni notizia esistente su Barbara Hutton. Di ricomporre la sua vita per me nei limiti del possibile. La gioia del mio amico fece di nuovo ridere Víctor fin quasi alle lacrime.

«Dovrai cercare soprattutto sui giornali inglesi e americani, credo che nei consolati te lo permetteranno.»

«Troverò il modo, mi metto subito all'opera.»

Rispettando l'impegno, due giorni dopo mi presentai a Sidi Hosni con il lavoro finito. Feci persino in modo che del trasporto si incaricasse un genero di Maruja, con un carro a due ruote in grado di addentrarsi nelle viuzze della medina e della kasbah. Ci misi un po' a decidere cosa indossare per quel secondo incontro con Ira Belline; mi sarebbe piaciuto qualcosa di diverso, di esotico, intonato al luogo e all'identità fraudolenta che avevo appena tirato fuori dal cilindro. Il mio guardaroba londinese, però, non me lo permise: le sue linee nette e i tessuti neutri non ammettevano la minima stravaganza.

In ogni caso lo sforzo sarebbe stato vano, perché in quel momento il mio obiettivo non era lì. La matura *housekeeper*, o persona di fiducia, o qualsiasi cosa fosse quell'anziana straniera, non si trovava a Sidi Hosni il pomeriggio in cui arrivarono le tende finite, stirate, piegate e avvolte in carta di Manila con cordicelle di seta granata. Vidi il giardiniere e i suoi aiutanti, sentii rumori e voci all'interno. Ma questa volta non mi mossi dall'atrio, preferii essere prudente.

Qualche ora dopo, di ritorno a casa, Víctor si rifiutò di cenare, stringendo le labbra e scuotendo la testa con forza. Io e Phillippa provammo a convincerlo, ma si ribellò a entrambe; alla fine chiesi alla bambinaia di lasciarmi sola con lui, perché non si distraesse ancora di più. Il purè che gli aveva preparato una delle nuove domestiche non sembrava essere di suo gradimento, e io non avevo tempo per dedicarmi alle incombenze di casa e fargli qualcosa di più appetitoso. Immersa nei miei nuovi compiti, non avevo nemmeno dato ordini su cosa comprare e come cucinarlo, o un minimo di istruzioni per la gestione della casa. Seduta in cucina davanti a mio figlio, tornai alla carica con un'altra cucchiaiata facendo l'aeroplanino, cantandogli filastrocche e provandoci con tante altre sciocchezze che non servirono a nulla. Insistetti, continuò a rifiutarsi. Riprovai, ma non ci fu niente da fare; quando ci si metteva, il mio bambino era testardo. E io ero esausta: per mantenere la parola data e rispettare i tempi, alla fine mi ero dovuta unire alle sarte e avevo passato la giornata a cucire. Feci un respiro profondo, ritentai. Stufo della mia ostinazione, Víctor finì per dare una manata al cucchiaio. Aprì la bocca solo allora, per ridere della macchia di purè che aveva appena fatto sulla mia camicetta chiara. All'altezza del seno sinistro, per la precisione.

Proprio in quel momento, suonarono alla porta. Cercando di pulirmi con un panno bagnato, andai ad aprire. Pensavo fosse Félix. Non avrei mai immaginato di trovarmi davanti Ira Belline.

«Volevo ringraziarla tantissimo per il suo gran lavoro.»

A conferma, si mise una mano sul cuore e diede due colpetti. Poi sorrise, mentre la invitavo a entrare per pura cortesia, non mi passò nemmeno per la mente che avrebbe accettato. Invece sì.

«Ci siamo appena trasferiti, non siamo ancora...»

«*C'est une jolie maison*.»

Chiamai Phillippa perché si occupasse di Víctor, mi scusai per la camicetta macchiata. Non ero affatto contenta che la persona di fiducia di Barbara Hutton mi vedesse così, in disordine, alle prese con un bambino che si stava ribellando.

«Deve perdonarmi, temo di non avere niente da offrirle.»

La cosa non le importò.

«È qui che avete cucito tutte le tende?»

Per fortuna, Maruja e le sue compagne non si erano ancora portate via le loro macchine da cucire; pesavano troppo ed eravamo d'accordo che avrebbero mandato qualcuno a prenderle l'indomani. Però era tutto in perfetto ordine. Stoffa avanzata, ritagli, rocchetti, spole: ogni cosa al suo posto, come un minuscolo esercito di arnesi. Quindi chiesi a Ira di seguirmi e le mostrai la stanza d'angolo. Le finestre erano ancora spalancate, fuori imbruniva, e l'ambiente in penombra, con i soffitti alti e le macchine ferme, emanava una strana bellezza.

«È stato il nostro primo incarico a Tangeri» dissi solo.

«Non dubito che ne arriveranno altri in poco tempo.»

Cercai di non farmi trascinare dalla corrente.

«No, non prevedo di...»

Lasciai la frase in sospeso, e lei non mi chiese di finirla. Tornammo indietro e stavamo per entrare nel salone, quando cambiai idea e le proposi di uscire sotto il portico. La temperatura era deliziosa, l'aria profumava di gelsomino e dama di notte, delle rose bianche nelle aiuole e del mare in fondo. Prima che la invitassi e sedersi, si lasciò cadere su un'amaca.

«Immagino che organizzare Sidi Hosni sia complicato.»

Parlai con cautela, mentre sfregavo un cerino per accendere le lampade portate da Félix. La fiamma delle candele si alzò, producendo una bella luce.

«Non immagina quanto» ammise a bassa voce.

Un gruppo animato passò davanti alla cancellata del giardino, ragazzi e ragazze che parlavano italiano. Erano sicuramente diretti al Parc Brooks, dove quella sera si ballava.

«Sa una cosa? Ho sempre pensato di essere una brava organizzatrice, ho lavorato in molti posti, sono stata socia d'affari a Parigi, Cannes, Marrakech...»

«Lei però non è francese, vero?»

«Non di origine; in realtà, sono nata in Russia, ma ero giovane quando sono andata in Francia. Quando la Rivoluzione... Insomma, lo sa.»

Sì, lo sapevo. Mi trovavo a Tangeri proprio per via di alcune pietre preziose uscite dal paese in quei tempi torbidi.

«Ma questo incarico supera i miei limiti» aggiunse quasi in un sussurro. «In teoria doveva trattarsi di un compito meno impegnativo, una semplice sistemazione temporanea in attesa che la principessa, una volta arrivata, decidesse in merito.»

«Ma le cose si sono complicate...»

Fece un sospiro profondo, sentimmo di nuovo un rumore che proveniva dalla strada, questa volta un tacchettio accompagnato da altri passi più silenziosi. Era già buio, pensai che si trattasse di una coppia. Forse mi sarei dovuta alzare per accendere una luce, ma non lo feci. Ci illuminavano solo le lanterne, rimanemmo in ombra.

«Si moltiplica tutto per due, per tre, per quattro, per cinque...» proseguì in un conteggio sommesso, come se parlasse a se stessa. «Ci sono continui cambiamenti di idea e di criterio, quello che andava bene ieri non va più bene oggi. E poi c'è l'aggravante della distanza: le disposizioni, le richieste, le istruzioni; tutto va e viene mediante cavi e linee telefoniche, lettere, pacchi. Gli ordini si incrociano con i contrordini, a Londra non si rendono conto che qui le cose funzionano a un altro ritmo.»

Avrei voluto avere una bottiglia di qualcosa: vino, champagne, una semplice bibita. Qualsiasi cosa da offrire a Ira Belline per farla sentire a suo agio; perché continuasse a parlare e le mie orecchie si riempissero di dettagli su Sidi Hosni e la sua proprietaria.

«Madame Hutton dev'essere una persona molto particolare.»

«Può esserne certa, *chérie*.»

«E dev'essere entusiasta del suo palazzo.»

«*Évidemment*. Anche se questo, a molti, non entra in testa; non capiscono perché si sia incapricciata a tal punto di una residenza indubbiamente bella, ma tanto, tanto problematica.» Fece una risata breve, secca. «Non sanno nemmeno come far passare la sua automobile per quelle stradine!»

Ripensai ai dintorni di Sidi Hosni, alle buche, alle pozzanghere, alla povertà degli abitanti, all'immondizia sparsa ovunque. Abitare in quella casa era, in effetti, un capriccio un po' fuori luogo.

«*En fin, mon amie*; non voglio rubarle altro tempo, veniamo alle cose importanti.»

Raddrizzai la schiena. Importanti? Quali erano? Credevo fosse venuta a ringraziarmi per il lavoro, forse a pagarmi; in ogni caso, una pura formalità.

«Mi sembra di ricordare che l'altro giorno lei mi abbia detto di avere vissuto a Tangeri in precedenza, quindi immagino che conoscerà bene l'essenza di questo mondo.»

Non capivo a cosa si riferisse, mi limitai a mormorare: «Più o meno.»

«Vede, all'elenco di richieste della principessa se n'è aggiunta una nuova: vuole un guardaroba intonato al luogo. Ovviamente, non un guardaroba qualsiasi, ma qualcosa che abbia un'anima e sia di qualità, non so se mi spiego.»

Anche se si spiegava male, dalle sue parole qualcosa intuii.

«Avevo previsto di andare a Marrakech in questi giorni» proseguì. «Lì conosco una persona che confeziona quel tipo di abiti, un sarto francese raffinato anche se un po' stravagante. Ma al momento sono così oberata di lavoro che mi è impossibile mettermi in viaggio.»

La lasciai proseguire senza interromperla, con lo sguardo fisso sulle fiamme.

«Mi domandavo se per caso lei, madame Bonnard, con il suo stile e delle aiutanti così valide, potrebbe preparare per la principessa una linea di abbigliamento d'ispirazione marocchina per l'estate.»

Non avevo ancora finito di digerire la proposta, quando Ira Belline sospirò con forza.

«So che si tratta di un'altra bizzarria e la prego di scusare la sfacciataggine della mia offerta, ma la signora Hutton vuole avere quei vestiti per il suo arrivo. La nuova acquisizione immobiliare le ha suscitato un profondo interesse per tutto ciò che è tradizionale e autentico. Sembra persino che voglia portare con sé alcuni preziosi gioielli dall'aria esotica, cosa che, detto tra noi, mi lascia perplessa; conosce i dintorni del palazzo. Insomma, spero almeno che siano assicurati. Altrimenti, mia cara, che Dio ci assista, come dicono i suoi connazionali.»

71

Avevo a disposizione le mani operose di Maruja Peña e delle sue compagne del patio Pinto. Avevo la mia capacità di giudizio e la mia esperienza di sarta. E un obiettivo da raggiungere. Sommando questi tre fattori, ero molto vicina a ottenere il desiderato accesso a Sidi Hosni e al suo mondo. Ma avevo bisogno di un quarto elemento.

Tessuto, stoffa, drappo. Ecco cosa mi mancava: il materiale per lavorare. Il problema cominciò lì: non ne trovai da nessuna parte, nonostante avessi scarpinato per tutta Tangeri. Dedicai un'intera giornata a visitare, uno dopo l'altro, i negozietti degli artigiani della medina dove la gente del posto faceva i suoi acquisti, ma c'erano solo tessuti troppo comuni o eccessivamente rozzi, spessi, senza finezza, che cadevano male. Il giorno dopo visitai i negozi della zona moderna, destinati alla clientela internazionale. Appartenevano quasi tutti a ebrei, mi venne la pelle d'oca nel vedere qua e là insegne in ebraico o simboli che mi ricordavano Gerusalemme.

Con grande fatica, ma ci riuscii: no, non era giusto da parte mia associare quegli onesti commercianti ai terroristi che avevano messo fine alla vita di Marcus nel King David. Imponendomi di evitare collegamenti sinistri, entrai in un negozio dopo l'altro in boulevard Pasteur, calle Velázquez, calle

Murillo e calle del Estatuto, rue Jeanne d'Arc, rue Delacroix e in qualsiasi altro posto dove mi era stato detto che forse avrei potuto trovare qualcosa. Ma non trovai niente; dappertutto c'erano rotoli di stoffa al taglio per confezioni all'europea, sobrie lane e cotoni comuni, cretonne, gabardine e flanelle per abiti da donna e da uomo, vestiti per bambini, divise. Insomma, non c'era nulla che potesse servirmi per la linea di raffinati caffetani che pensavo di creare per venire incontro alle esigenze di madame Hutton, la principessa senza principato, la stravagante ereditiera.

Qualcuno mi parlò di un anziano antiquario nel quartiere di Fuente Nueva, ma ogni volta che tornai in quell'angolo della medina trovai solo una porta chiusa. Qualcun altro mi disse anche che a Fez c'era un vecchio commerciante di antiche stoffe persiane, ma, per mille ragioni diverse, mi era impossibile fare quel viaggio. Tornai a casa frustrata e morta di caldo alle due del pomeriggio passate, il levante flagellava con violenza terrazze e facciate delle case, rovinava la giornata in spiaggia. Appena aprii la porta, sentii le urla e il pianto di Víctor in cucina: mi precipitai lì, trovai una scena disastrosa. Era tutto sottosopra: mio figlio era seduto sul seggiolone, furioso perché, di nuovo, insistevano per fargli mangiare una pappa che non gli piaceva. Phillippa e una delle ragazze arabe discutevano senza capirsi; l'altra, di spalle, accarezzava un gatto che era salito sul banco di lavoro mentre l'altro, cui nessuno badava, leccava un piatto.

«Che cosa succede qui?»

Al mio urlo scese un brusco silenzio. Persino Víctor smise improvvisamente di piangere, mentre i gatti se la filarono nel cortile sul retro con colpevole furtività. In pochi secondi, però, ricominciò il caos: le urla in dariya, il dialetto delle due giovani arabe, i piagnistei in inglese di una Phillippa spaventata, il capriccio senza parole di mio figlio. Con il bambino in braccio, appoggiato sul mio fianco, cercai di mediare fra le tre, ma non ci fu modo: come mettere d'accordo due ragazze della periferia di Tangeri con una flemmatica suddita dell'Impero su un purè di verdure? Stanca, incapace di rappacificarle, ordinai alle due di rigovernare la cucina e tornare a casa, e all'altra di levarsi di torno e fare quello che preferiva. Poi diedi a Víctor una banana e salimmo al piano di sopra per cambiarci. Mezz'ora dopo eravamo tutti e due seduti in un taxi diretto a Tetuán; questa volta non ci fu occasione per malinconie o nostalgie lungo il percorso, erano più che sufficienti i miei problemi attuali: la preoccupazione di non trovare i tessuti di cui avevo bisogno per il mio lavoro, la frustrazione per l'incapacità di mettere ordine persino in casa mia. Indignata, furiosa con tutti e con me stessa, ecco come feci il tragitto. Non ero nemmeno riuscita a convincere Víctor, che adesso si era addormentato con il movimento della macchina, a finire la sua maledetta banana.

Mia madre ci accolse di nuovo a braccia aperte, riuscì a far fare merenda al bambino con voracità e, contagiata dalla sua calma, anch'io cominciai a tranquillizzarmi. Ma non le parlai dei miei problemi; preferivo che non mi vedesse fragile. Anche questa volta uscimmo a passeggiare mentre Sebastián rimaneva in casa a leggere il "Diario de África" e ad ascoltare radio Dersa. Scendemmo fino al parco, percorrendo le solite vie.

«Cosa ne dici se al ritorno passiamo dalla Luneta e ci fermiamo a salutare Candelaria?»

Dissi subito di sì, non avrei potuto rifiutare. Imboccammo la via dall'estremo a sud, quello opposto a plaza de España: dall'esterno verso l'interno, in senso opposto al percorso della notte temeraria in cui avevo camminato sotto le stelle carica di pistole, avvolta in un *haik*. Non avevo mai fatto parola di quell'episodio a mia madre, ma a ripensarci mi venne la pelle d'oca. Il peso delle armi addosso nel tragitto verso la stazione, il terrore che mi aveva morso le viscere quando il soldato mi aveva fermata per qualche momento. Il ritorno, sporca e scalza, mentre cominciava ad albeggiare, carica di banconote ma incapace di provare un briciolo di soddisfazione; lo spaventoso dubbio su cosa ne fosse stato dell'uomo che mi aveva liberato il corpo del carico.

Camminando senza fretta, incrociando arabi e spagnoli, venditori di brioche calde e cartocci di ceci tostati, passammo davanti al teatro Nacional, al cinema Monumental, al caffè Oriente, al bar Levante e al vicolo dell'Intendencia; notai locali che già conoscevo e altri aperti di recente. Sentii una sorta di fitta alle viscere quando raggiunsi la mia vecchia pensione, a metà della via. Mi rividi lì, magra, debole, con la mia valigia, terrorizzata dai modi autoritari dell'ispettore Vázquez.

La porta era aperta; entrammo nell'atrio, ombroso e fresco. «Candelaria!» urlò mia madre. Non ci venne incontro nessuno, anche se nella mia memoria cominciarono a ripresentarsi gli ospiti di allora, come se il passato fosse tornato di colpo. Don Anselmo, il maestro, con la sua tosse catarrosa, quel sempliciotto di Paquito e quella dispotica di sua madre, la tenera Jamila con una sporta di bietole. «Candelaria!» sentii urlare di nuovo. Víctor protestò a modo suo, sembrava che quel posto non gli piacesse. Io, invece, non riuscii a non avanzare ancora una volta sulle vecchie mattonelle.

La trovammo nel patio dietro la cucina, impegnata a pestare in una bacinella gli ingredienti per un gazpacho. Seduta su una decrepita sedia impagliata, sola in quello spazio sempre pieno di presenze, con un grembiule logoro, le ciabatte, i capelli scoloriti e lo sguardo un po' spento. Intorno, vidi a malapena qualche resto del verde rigoglioso di un tempo: i vasi erano vuoti, c'erano solo dei gerani striminziti, piantati alla bell'e meglio in latte di conserva. Nella gabbia dei canarini non c'era più vita.

«Vergine santa, ma che bella sorpresa!»

Nella sua voce, il piacere genuino si mescolava a un malcelato disagio. Le dispiaceva che vedessimo lei e la sua casa in quello stato di decadenza. Ma fece di necessità virtù e ci invitò a sederci. Pulì il tavolo sporco con un lembo del grembiule. Diede un pezzo di pane a Víctor, che lo prese tutto contento; mia madre e io accettammo due bicchieri di acqua fresca della giara.

Poi si lasciò cadere sulla sedia che scricchiolò sotto il suo peso, mentre lei si dava un paio di robuste manate sulle cosce.

«Be', così potete rendervi conto di come vanno le cose qui. Di merda, perché mentire.»

Cercammo di alleviare il suo pessimismo senza troppa convinzione; era impossibile chiudere gli occhi davanti all'evidenza dei fatti.

«I clienti di adesso vanno tutti a cercare alloggio nelle pensioni aperte da poco in appartamenti della zona nuova, con i balconi che danno sulla strada, l'acqua calda e le camere senza gocciolii e umidità. Ma questa è solo una parte della mia sciagura; almeno se non c'è gente non passo tutta la giornata a sgobbare come una mula, visto che ormai con queste ossa non riesco a trottare granché. No, non sento la mancanza degli ospiti. Il peggio, quello che fa di me una vecchia inacidita, è l'altra parte degli affari.»

I suoi traffici, immaginai. Comprare e vendere sottobanco, maneggi e baratti. Anche quelli dovevano andare a rotoli, a giudicare dall'ambiente. Candelaria prese di nuovo il pestello, concentrò lo sguardo sui pomodori tagliati e i pezzi di cetriolo, aggiunse uno spruzzo di olio e cominciò a pestare il tutto con forza, quasi con rabbia. Senza alzare gli occhi, aggiunse:

«La colpa di questo disastro è degli indiani.»

Aggrottai la fronte. Gli indiani? Di quali indiani e di quale colpa stava parlando la contrabbandiera? Non dovetti aspettare molto la risposta, le spiegazioni le uscirono di getto.

«Prima qui avevano qualche bazar, ma da quando è finita la guerra, dall'oggi al domani sono diventati i padroni della baracca. Le penne stilografiche, le calze fantasia, gli orologi e i profumi: tutte quelle cose che noi contrabbandiere portavamo da Gibilterra nascondendole sotto le gonne per poi rivenderle, adesso ce le hanno loro, esposte in bella vista nelle vetrine. Se penso a tutte le corse avanti e indietro che abbiamo fatto io e le altre come me per guadagnare qualche spicciolo; a tutti gli sforzi per non farci beccare dalla polizia... Te lo ricordi, Sirita, don Claudio, il commissario, e quanto filo da torcere mi dava quel pezzo di merda?»

Ripensai al commissario Vázquez con una punta di nostalgia. E al tempo stesso venni a conoscenza dell'apertura di vari bazar, ma niente di importante. La mia vecchia padrona di casa, intanto, continuava a lavorare di polso con energia, pestando verdure per il gazpacho.

«Adesso vendono persino apparecchi radio, proprio qui, in questa via. E smalti per le unghie, creme Pond's per la faccia, macchine fotografiche e saponi Lux degli americani. Hanno di tutto, quei maledetti.»

«Ma cosa ci fanno qui?» si informò mia madre. La sua curiosità era sincera, nemmeno lei capiva granché della geografia e dei cambiamenti del mondo.

«Sembra che in India ci siano problemi, con quei rompiballe dell'Impero britannico. Lo dicono quelli che sanno, io non ci capisco un accidente.»

Fu di nuovo mia madre a rivolgere a me una cauta domanda.

«Tu che hai vissuto in Inghilterra, figliola, di questo Impero saprai qualcosa.»

Se ne parlava nelle vie di Londra e nei giornali, nelle lettere di Fran Nash e di Nick Soutter. Il grandioso, potente, maestoso Impero britannico faceva acqua e se ne prevedeva l'inizio della fine più presto che tardi. In India, le sommosse a favore dell'indipendenza erano continue; i negoziati, difficili. Forse proprio per questo c'era chi preferiva anticipare i tempi e, in previsione di giorni difficili, decideva di andarsene. Eppure continuavo a non collegare Tetuán al Raj britannico.

Candelaria, sempre più brusca nella sua attività di schiacciare pomodori, peperoni e spicchi d'aglio, mi chiarì subito le cose.

«Arrivano a Gibilterra, è la loro prima destinazione. Qualcuno rimane lì, altri vengono qui o vanno a Ceuta, o alle Canarie, così dicono. A rompere le scatole.»

Sbatté con tanta rabbia il pestello sul fondo della bacinella che la ruppe. La poltiglia gocciolante le colò sul grembiule e sulle gambe, pezzi di terracotta sporca caddero a terra, e lei tirò giù tutti i santi del calendario, facendo scoppiare a ridere Víctor.

Ci alzammo per aiutarla; mia madre le diede una mano con il grembiule appiccicoso, io mi chinai a raccogliere i cocci della bacinella rotta. Víctor, intanto, sembrava divertirsi per quello spettacolo fuori programma.

«E tu perché ridi, bambino?» domandò allora la contrabbandiera, con le mani sui fianchi. «Siccome sei anche tu un mezzo inglesino, non vuoi che sparli di quella gente?»

Come se l'avesse capita, Víctor, che era seduto per terra, le tirò una pietra sui piedi e scoppiò di nuovo a ridere. Lo imitammo tutt'e tre. La faccenda non aveva nulla di divertente, ma quella reazione infantile ci diede una scusa per distrarre Candelaria dai suoi dispiaceri, almeno per un momento.

La aspettammo mentre si lavava e si cambiava; poi uscimmo e, per farle una gentilezza, le permettemmo di spingere il passeggino lungo calle de La Luneta. Qualche metro più in là, allungò il braccio e segnalò con l'indice teso.

«I bazar cominciano proprio lì.»

All'andata, mia madre e io non avevamo percorso quel tratto di strada, che andava dalla pensione a plaza de España. Era quello più commerciale e affollato.

«Guarda, bambina mia, hanno aperto i loro negozi uno dietro l'altro; contali, ce ne saranno sei o sette. Vendono di tutto, guarda che belle vetrine. Cristallerie, porcellane, cravatte da uomo, calze fini, orologi svizzeri, costumi da bagno della

Jantzen. E non sai che tessuti hanno: sete, broccati, fili d'oro... Roba da farti impazzire; non gli manca niente, amore.»

Resistetti alla tentazione di entrare subito in uno di quei negozi. Preferii aspettare per non innervosire ancora di più la contrabbandiera. Quella notte dormimmo da mia madre; mi svegliò la voce del muezzin che chiamava i fedeli alla prima preghiera del mattino. Quando tornai in calle de La Luneta, i bazar non avevano ancora tirato su le saracinesche.

Candelaria aveva ragione, alcune stoffe indiane che mi mostrarono erano splendide. In mezzo alle merci più variopinte, trovai lussuosi cotoni di Jaipur, delicate sete prodotte dai famosi tessitori di Benares, pezzi di stoffa lavorati dalle abili mani di filandai, tintori e ricamatori secondo tecniche centenarie. Tutti questi dettagli mi furono dati dai padroni dei bazar, gentili commercianti molto lontani dai diavoli con il forcone che abitavano la mente rabbiosa di Candelaria.

A ogni modo, non comprai niente. Preferii rimandare. E fu proprio per la dritta che uno di loro mi diede nella sua strana lingua.

«Tutte queste stoffe, bene, signorina. Ma se lei volere comprare più meglio, devi andare a Gibilterra. Al magazzino di mia famiglia, in Main Street. Da lì distribuire. Lì trovare meraviglie.»

72

Félix arrivò giusto prima di cena, quando l'insalata era già pronta e una bella tortilla di patate cuoceva diffondendo il suo aroma in tutte le stanze. Sul tavolo, spostato sotto il portico, c'era una tovaglia appena stirata; al centro, una candela e una piccola brocca con tre rose bianche colte da un'aiuola.

«E questo miracolo, ragazza mia? Sono venuti a servirti dall'Hotel Valentina, o hai vinto un angelo custode alla lotteria?»

«Questo miracolo ha un nome. Dai, vai in cucina.»

Tra le pareti risuonò un urlo di meraviglia. Il mio amico aveva appena visto la contrabbandiera con la padella in mano, era lei la causa del cambio di direzione nell'organizzazione domestica. L'idea, come quasi tutte le cose sensate della mia vita, era arrivata da mia madre. «E se la portassi con te a Tangeri per darti una mano? Se potessi verrei io a tenerti il bambino e a riordinarti la casa, ma sai, con Sebastián… A Candelaria, invece, faresti davvero un favore. La terresti occupata, e ne ha davvero bisogno. Per il pagamento vi metterete d'accordo; povera donna, non ha un soldo, l'hai visto. E tu potresti contare su una persona di fiducia.»

Quello stesso pomeriggio partì con me, raggiante. Le due vecchie rinsecchite, le sue uniche ospiti, rimasero a badare a se stesse in calle de La Luneta; tutto sommato, ormai facevano parte della pensione persino più del mobilio. Durante il tragitto, continuò a parlare della guaina americana che voleva comprarsi al Monoprix e dei *tocino de cielo* che avrebbe gustato nella pasticceria La Española; aveva con sé una valigia di cartone sudicia, chissà quante volte l'aveva sbattuta di qua e di là, schivando curve e buche nel corso di tutta una vita. Appena arrivammo a Tangeri, si mise all'opera. Lanciò esclamazioni di apprezzamento per quella casa nuova in cui l'acqua usciva a fiotti dai rubinetti, c'erano lampadine in abbondanza e persino un frigorifero per tenere i cibi al fresco. Scelse una stanza in fondo e appese nell'armadio le sue poche cose: vestiti da quattro soldi, senza stile, persino alcuni indumenti che le avevo cucito più di dieci anni prima, quando non avevamo ancora aperto l'atelier nella zona nuova di Tetuán e le vicine di casa erano le mie uniche clienti.

Non appena si fu sistemata, entrò nel suo ruolo di responsabile della casa: come l'efficiente Ira Belline a Sidi Hosni, ma a un altro livello. Diede ordini in arabo alle ragazze, stabilì un orario e impose loro compiti precisi a partire dall'indomani mattina; sebbene non masticasse più di tre parole di inglese, mise in riga anche la tenera Phillippa, sempre impacciata e senza iniziativa. Finite le istruzioni e gli avvertimenti, si annodò un grembiule in vita, si piazzò davanti ai fornelli e in venti minuti preparò a Víctor uno stufatino da leccarsi i baffi che lui si spazzolò. Poi passò alla cena per gli adulti, semplice e genuina: il Martínez di Londra sarebbe stato felice di poter servire una tortilla morbida come quella. Stava appunto per girarla con mano esperta, quando il mio vicino di un tempo entrò in quello che a partire da allora sarebbe diventato il nuovo regno della contrabbandiera.

Soddisfatta, ascoltai a distanza i saluti: le grida, le risate di entrambi al momento dell'incontro. L'arrivo di Candelaria mi toglieva indubbiamente un peso di dosso. Mi sollevava da alcune responsabilità e mi assicurava ordine e organizzazione sotto il tetto di quella che sarebbe stata la mia casa almeno per qualche tempo.

«E adesso, mie care, se permettete, devo parlare di questioni di lavoro con la padrona di casa» annunciò Félix.

Avevamo finito di cenare in giardino, noi tre e Phillippa; l'inglesina si era meravigliata che l'avessimo invitata a unirsi al nostro gruppo di vecchi amici; mia suocera sarebbe inorridita davanti a una simile confidenza con il personale di servizio.

Candelaria cominciò a sparecchiare.

«In un quarto d'ora lascio la cucina pulita come uno specchio, e cinque minuti dopo mi infilo tra le lenzuola e mi addormento come un sasso.»

La bambinaia si levò di torno con meno spiegazioni e più discrezione. A quel punto, Félix tirò fuori dalla tasca interna della giacca alcuni fogli piegati.

«Bene bene bene, mia cara. Non immagini quante cose ho scoperto riguardo alla tua ereditiera.»

Andando da una parte all'altra, consultando giornali nel consolato britannico e nella legazione americana, indagando Dio solo sa in quali altri enti e angoli, il mio amico aveva messo insieme una quantità di appunti annotati con la sua grafia minuziosa da impiegato modello.

«Domani, se vuoi, te li batto a macchina, ma adesso ti racconto tutto per sommi capi, *d'accord*?»

A Félix piaceva moltissimo inserire nelle sue frasi qualche parola in francese ogni tanto; piccole strizzate d'occhio a un cosmopolitismo che lui sfiorava appena.

«D'accordo, comincia.»

«Bene, iniziamo dall'origine della famiglia; dal nonno. Si chiamava Franklin Winfield Woolworth. Sai a cosa si dedicava quel brav'uomo?»

«A fare soldi.»

«Prima, voglio dire. Prima di aprire il suo emporio.»

«Non ne ho idea.»

«Allora, era figlio di un umile fattore e ha cominciato a lavorare come apprendista in un negozio di paese, non gli davano nemmeno uno stipendio. Lì ha visto che i tagli di stoffa e altre merci che non piacevano ai clienti finivano su un tavolo, in offerta al prezzo di cinque centesimi. E siccome era sveglio, gli è venuta l'idea di mettersi in proprio per fare esattamente la stessa cosa: vendere roba di poco valore a prezzo fisso. Trent'anni dopo la prima avventura, la modesta catena di negozi che era riuscito ad aprire all'inizio era diventata quella dei moderni magazzini Woolworths, ne possedeva più di cinquecento. E, grazie a questi, aveva abbastanza soldi da costruire l'edificio più alto di New York all'epoca.»

Eravamo ancora in giardino, da soli. Quella sera, il mio amico aveva portato una bottiglia di vino francese; la stavamo finendo mentre a distanza suonava la musica d'orchestra del Parc Brooks, c'era un'altra serata danzante.

«Passiamo alla generazione successiva» disse avvicinando i suoi appunti alla luce della candela. «Dal matrimonio con la sua fidanzata storica, ha avuto tre figlie: Helena, con l'acca, Edna, senza acca, e Jessie. Delle tre, a noi interessa la seconda. Ho visto qualche foto e non era esattamente una meraviglia, ma un patrimonio come quello aiuta a trasformare le brutte in belle, così Edna ha finito per sposare un tizio attraente, neppure lui a corto di soldi, che, come c'era da aspettarsi, le ha messo le corna fin da subito. I due vivevano nel lusso, abitavano in un sontuoso appartamento al Plaza e avevano una bambina di sei anni. Una sera che papà era con una delle sue amanti e le bambinaie e le istitutrici chissà dove, la piccola ha sentito la mancanza della mamma e forse è corsa per i saloni gridando "mami mami mami"...»

«Félix, per favore» lo interruppi, «smettila di dire fesserie e vieni al dunque.»

«*Pardonne-moi, chérie*; la storia è così drammatica che non ho resistito.»

«Cos'era successo?»

«La mamma aveva inghiottito un tubetto di pastiglie e riposava in pace nella vasca da bagno.»

«Vuoi dire che era morta? E la bambina l'ha vista così?»

«Esatto, è stata la dolce Barbarita a trovarla; la stessa che tra poco sfoggerà le tue creazioni. È rimasta orfana di madre, con un padre che se ne fregava di lei e che, per previdenti misure legali, non poteva nemmeno mettere le mani sulla fortuna lasciata dalla moglie. Non molto tempo dopo anche i nonni sono volati in cielo, lasciando oltre mille negozi in attività e parecchi milioni di dollari. E la bambina è rimasta sola e strapiena di soldi, e da quel momento la sua vita è trascorsa fra collegi e case di parenti.»

Le mie parole risuonarono come una riflessione nel bel mezzo della notte.

«Un'infanzia dura, certo, nonostante la ricchezza.»

«Be', come sai, il denaro non fa la felicità, ma aiuta a essere meno infelici. Se avessi potuto scegliere, avrei scambiato quella zoccola di mia madre con qualcuno di quei milioncini senza pensarci due volte.»

«Non dire bestialità e continua.»

Finì il suo vino, tornò agli appunti.

«A diciott'anni è stata presentata in società a New York, con una festa che pare sia costata sessantamila dollari; domani, appena mi sveglio, vado dai cambisti di calle de los Siaghin a controllare la quotazione del dollaro e te li traduco in pesetas. A ogni modo doveva essere una cifra spropositata, perché dicono che sia stato un vero scandalo. Era il 1930, pensa, in piena Grande depressione dopo il crash del '29, con gente rovinata, società che chiudevano, il personale rimasto senza lavoro che se la passava malissimo... E intanto, quei ricconi spendevano e spandevano, con le loro bottiglie di champagne, le pellicce e le auto, al Ritz-Carlton, con Maurice Chevalier vestito da Babbo Natale che distribuiva come fossero noccioline sontuosi regali di Natale agli invitati. Insomma, la stampa li ha attaccati con tanta violenza che hanno deciso di allontanare la ragazza mandandola in Europa. Quello è stato il momento dei grandi cambiamenti.»

«In che cosa? In lei?»

«Nel suo corpo, per essere più precisi. Da robusta è diventata magrissima, perché se fino ad allora la ragazza era stata piuttosto in carne, si è trasformata in un manico di scopa. Poi c'è stato il salto da pura e semplice ricca a presunta principessa.»

«Ira Belline la chiama così: principessa di qua, principessa di là. Ma cosa ha fatto? Non dirmi che si è comprata il titolo.»

«No, sciocca. Si è comprata un marito. Aspetta, ho qui il nome...»

A Parc Brooks cominciarono a suonare un bolero, la sera limpida ci portava intere strofe. "*Mujer, si puedes tú con Dios hablar...*"

«Eccolo qui. Il fortunato è stato un certo Alexis Mdivani. Lei aveva ventun anni, lui ventotto. A quanto pare, l'origine principesca era piuttosto dubbiosa: ho letto che veniva da una famiglia di un certo rango fuggita dalla Georgia per trasferirsi a Parigi all'epoca dell'invasione sovietica, Dio solo sa da dove sia saltata fuori la nobiltà. Comunque, non importa: il matrimonio è durato solo un paio d'anni. La nostra Barbara si è liberata del furbastro con un accordo che le è costato qualche milione, ma non ha mollato il titolo. Fasullo o no, continua a usarlo.»

«Bene, primo matrimonio kaputt. Passa al secondo.»

«Lo stesso anno si è risposata con un conte danese dal cognome impronunciabile, ha cambiato nazionalità, si è fatta costruire una casa a Londra, ha messo al mondo il figlio Lance e ha iniziato ad avere un sacco di problemi. A quanto pare, il nuovo marito era uno schifoso che le faceva fare una vita da cani; lei continuava a soffrire di anoressia e di altri disturbi, ha cominciato ad attaccarsi alla bottiglia e a impasticcarsi, tanto da finire in un sanatorio. E lui, approfittando della situazione, ha cercato di farla interdire per poter amministrare il suo patrimonio.»

Non sapevo cosa dire, la voce del cantante riempì il mio silenzio. "*Y tú, quién sabe por dónde andarás…*"

«Per concludere, la cosa è finita con un altro divorzio scandaloso, una vera manna per la stampa. E lui, naturalmente, non se n'è andato a mani vuote. Sta a sentire, adesso ti leggo cosa si è portato via quell'uomo, dov'è che ho messo…»

«Non importa, Félix, non mi interessa; dai, passiamo al prossimo.»

«Per quello dobbiamo fare un salto in California. È andata lì nel '39, all'inizio della guerra in Europa. Ed è stato allora che è convolata a nozze con Cary Grant. Una vera bomba nel bel mezzo della guerra. Il divo di Hollywood e la donna più ricca del mondo, entrambi divorziati, all'improvviso facevano coppia. A quanto pare, si erano conosciuti durante una campagna di propaganda destinata a raccogliere fondi e vendere titoli a favore degli Alleati; agli occhi del pubblico erano diventati quasi due eroi.»

«Ma nemmeno questa volta ha funzionato.»

«Esatto; si sono separati tre anni dopo. Lei, a quanto pare, era un po' fuori di testa fin dal precedente matrimonio e lui, diciamo, non deve avere un carattere accomodante. Ma almeno si è comportato con eleganza e nell'accordo di divorzio non le ha chiesto un dollaro. Anche se lei, visto che i soldi continuavano a uscirle dalle orecchie, ha deciso di ricompensarlo.»

«Davvero generosa…»

«Esatto. In effetti, è uno degli aggettivi che più si ripetono in tutto quello che ho letto. Sembra che in certe occasioni sia di una generosità spropositata: regala di tutto a piene mani, come se volesse comprarsi l'affetto. *The poor little rich girl*, la stampa la chiama così fin da quando era piccola.»

«Dunque, Félix, riassumendo…»

«Riassumendo: come ho appena detto, la tua cliente è

munifica fino all'eccesso ed è anche una depressa cronica, capricciosa, instabile e volubile, mediamente alcolizzata, con una dipendenza da sostanze varie e un'ossessione per l'aspetto fisico, tanto da arrivare all'anoressia. Adesso le è saltato il ghiribizzo di comprarsi un palazzo a Tangeri come domani potrebbe essere una tenuta a Siviglia, un pezzo della Grande Muraglia cinese o un fortino nel Far West. Quel che è chiaro è che quando vuole una cosa, la ottiene. Quindi, tesoro, comincia pure ad affilare le forbici.»

73

«Forse potremmo cominciare con sei modelli da giorno e un paio da sera, che ne dice?»

Intendevo tornare a Sidi Hosni per avere indicazioni precise da Ira Belline, prima di andare a Gibilterra alla ricerca di tessuti. E, già che c'ero, per continuare a scoprire le particolarità del palazzo e dei dintorni e potermi concentrare su quello che era il mio vero compito a Tangeri. Ma lei mi anticipò e, alle prime ore del mattino dopo, si presentò alla mia porta un giovane marocchino con un messaggio della *housekeeper* russa. Mi dava appuntamento nella sala da tè di madame Porte; all'ora prevista ero lì.

Mi propose di realizzare subito otto capi. Otto modelli per Barbara Hutton in meno di due settimane. Stavo per mettermi a ridere e chiederle: «È impazzita?». Sarebbe stato un lavoro titanico, quasi impossibile da affrontare. Ma avvicinai la tazza alle labbra e non rifiutai l'incarico. Avrei trovato il modo di portarlo a termine.

Eravamo sedute a un tavolino rotondo con una tovaglia color vaniglia, sotto un grande specchio. Intorno c'era a malapena qualche cliente: in un pomeriggio d'estate a Tangeri, la spiaggia o la siesta erano preferibili a un éclair al cioccolato in quel famoso locale di calle del Estatuto, che si sarebbe poi trasferito nella più moderna calle Goya. Ma Ira Belline, come Candelaria, era instancabile malgrado l'età. Accennò anche ad alcuni compiti che la tenevano occupata in quel momento, dal cercare tappeti berberi della misura giusta per le diverse stanze a lottare con gli imbianchini, i fabbri e i muratori. Non mi domandò dove pensassi di acquistare le stoffe per il mio lavoro, e io non le diedi spiegazioni: portava già sulle sue spalle strette un carico abbastanza pesante, non era il caso che lo aumentassi con i miei problemi.

Le istruzioni che mi diede ruotavano sostanzialmente su tre cardini: qualità, charme e fiducia nel mio giudizio. Una volta definiti tutti i punti, chiese il conto e aprì la borsa per pagare; appena vide il suo contenuto, lanciò un sospiro di fastidio.

«Da quando si è sparsa la voce che la principessa sta per arrivare a Tangeri, a Sidi Hosni continuiamo a ricevere petizioni e proposte di ogni genere; gente che si offre per lavorare, o supplica per ottenere un prestito, o vorrebbe venderle un terreno, farle fare da madrina a un neonato o affibbiarle un gregge di capre; non si immagina la follia di certe richieste. In genere non mi prendo nemmeno la briga di rispondere, ma temo ce ne siano alcune che non conviene ignorare. Come questa che è arrivata qualche giorno fa, per esempio.»

Tirò fuori con due dita una cartolina color crema, stampata. La poggiò sul tavolo, non mi rimase che leggerla. "L'Associazione internazionale della stampa ha l'onore di invitare la signora Barbara Hutton o un suo/una sua rappresentante al Gala Estivo, che si terrà presso l'Emsallah Garden." L'ora, le 22.30. La data, quella sera stessa.

«Non ho nessuna voglia di andarci» confessò abbassando le palpebre, «ma temo di non poter fare diversamente. Da Parigi ho ricevuto chiare istruzioni di tenermi buona la stampa locale; sembra che alla principessa prema molto.»

Ripensai alle spiegazioni che Félix mi aveva dato la sera prima. Aveva detto che i giornali americani le erano saltati alla giugulare per gli enormi eccessi del suo debutto, e in seguito non avevano risparmiato dettagli dei suoi matrimoni e divorzi; ma anche che l'avevano lodata per il suo generoso sostegno alle truppe durante la guerra. Sì, forse Ira Belline aveva ragione. Forse la famosa *socialite*, benché se ne infischiasse del mondo intero quando le andava, si preoccupava per la propria immagine pubblica. Ovviamente adesso non si trattava del "New York Times" o di altre testate della stessa importanza, ma solo di pubblicazioni locali in un angolo della mappa africana.

«Comunque» disse la russa mentre prendeva il resto, «cercherò di farmi forza.»

«Magari non sarà così noioso» dissi. Volevo solo tirarle su il morale: i miei tempi di falsa giornalista erano finiti prima della partenza da Londra.

Chiuse il portamonete con un "clic" e mi guardò negli occhi.

«Non le andrebbe di accompagnarmi, *chérie*? In fondo, adesso lavoriamo tutt'e due per la principessa.»

La cosa non mi interessava affatto, a dire il vero. Ma non riuscii a inventare in fretta una scusa, e lei interpretò quei pochi secondi di silenzio come un mezzo sì.

«Non so se conosce il posto: è un bel giardino esterno, e di certo servono cene prelibate. Almeno ci rilasseremo un po'.»

Scoprii che l'Emsallah Garden era un altro dei nuovi club aperti dopo la guerra. Per fortuna, si trovava relativamente vicino a casa mia, al consolato, all'Hospital e al Colegio Español, alla plaza del Obispo Betanzos.

L'ambiente era quello di una sagra elegante, con i suoi lampioncini e le sue lampadine, e al tempo stesso con un ampio spiegamento di tavoli e camerieri, raffinate mise estive e un'orchestra che suonava un brano melodico proprio nel momento in cui attraversavamo il grande arco vegetale all'ingresso. Sebbene i giornalisti fossero quasi tutti uomini, quella sera erano in compagnia delle mogli, delle fidanzate o delle amiche: io e Ira Belline non eravamo le uniche presenze femminili anche se, forse, le più diverse. La russa si era cambiata e indossava un abito da sera un po' démodé, ma di gran lusso. Io, invece, avevo scelto il più vistoso dei miei modelli inglesi, che lasciava le spalle nude e la schiena scoperta. Non lo avevo messo nemmeno durante il tour di Eva Perón: lo avevo giudicato un po' troppo osé per la nostra pudica Spagna. Ma ora mi era sembrato perfetto per una serata tangerina sulle sponde dell'Atlantico. In fondo, nessuno mi conosceva e per la prima volta da molto tempo – quanto ero ingenua – non avrei avuto bisogno di ricorrere a menzogne o espedienti.

Ma mi sbagliavo. Appena si seppe che partecipavamo alla serata come rappresentanti di Barbara Hutton, tutti mostrarono un evidente interesse a conoscerci. *To make a long story short*, come dicevano gli inglesi, agli occhi di quelle persone passai subito per qualcuno molto vicino alla famosa ereditiera che aveva avuto la bizzarra idea di comprarsi una casa nell'Alcazaba.

Forse per deformazione professionale, anche se quella serata non aveva niente a che vedere con la mia missione, attivai tutte le mie facoltà e memorizzai a uno a uno i nomi dei giornali e delle persone che ci abbordarono. Vennero a interrogarmi i signorili incaricati della "Dépêche marocaine", il quotidiano francese. Il loquace americano che dirigeva la "Tangier Gazette" non smise di tempestarmi di domande mentre fissava sfacciatamente la mia scollatura, e i giornalisti del settimanale "Cosmópolis" mi chiesero se erano vere le voci secondo cui la ricca americana pensava di dare una festa con centinaia di invitati provenienti da tutto il mondo. Venne a salutarmi Alberto España, decano dei cronisti tangerini, e i padri francescani che pubblicavano la rivista "Mauritania" si informarono con il massimo rispetto se doña Barbara avrebbe mostrato compassione per i più sfortunati di questa parte dello Stretto facendo qualche generosa donazione alla loro causa. Parlai anche con gente della radio; non avevo idea che a Tangeri andassero in onda tanti programmi.

Gli accenti e i toni variavano; le domande, invece, in sostanza erano le stesse: quando sarebbe arrivata la principessa, come procedevano i preparativi, quanto contava di fermarsi, cosa intendeva fare a Tangeri, se avrebbe concesso interviste, se fosse vero che era riuscita a comprare il palazzo raddoppiando l'offerta fatta al precedente proprietario da Franco in persona. L'interesse per l'ereditiera dei magazzini Woolworths era più grande di quanto avessi immaginato e palesemente genuino, forse perché tutti presagivano che la sua presenza sarebbe stata una potente calamita capace di procurare maggior prestigio, fama e ricchezza alla città, di per sé già abbastanza prospera.

Eravamo ancora in piedi, stavano servendo l'aperitivo, calici di vino, canapè e crocchette. Senza che me ne rendessi conto, a un certo punto io e Ira Belline finimmo separate in gruppi diversi. Qualche momento dopo, mi si presentò lo stato maggiore del giornale "España"; chiacchierai per qualche minuto con il direttore, Gregorio Corrochano, e con un simpatico cronista, Jaime Menéndez, detto il Chato. A nessuno confessai che nel '38, in piena guerra civile, avevo partecipato come invitata di Beigbeder all'inaugurazione di quel giornale; era stato proprio l'alto commissario a immettere denaro ufficiale a fiumi perché il suo amico Corrochano ne avviasse la pubblicazione, un'efficace arma propagandistica a favore del franchismo. Ma Beigbeder aveva lasciato il Marocco e, anche se il direttore era lo stesso di allora, il giornale aveva virato verso un approccio più internazionale e progressista: quasi senza censura, con una visione più veritiera e una maggiore apertura ideologica. Tanto che le sue copie erano attese nella penisola come manna dal cielo.

«Se non c'è temporale sullo Stretto» mi informò orgoglioso il Chato, «a mezzogiorno lo si può già trovare a Cadice,

Siviglia e Málaga, e a metà del pomeriggio arriva alle edicole di Madrid, dove se lo strappano di mano.»

Un fotografo del giornale si avvicinò per scattare una foto; Ira Belline stava ancora conversando con un altro gruppo e, in quel momento, io ero l'unica donna nel mio. Insistettero tutti per farmi occupare una posizione centrale, forse perché rimanesse una testimonianza della presenza effettiva di qualcuno collegato a Barbara Hutton, o forse perché il mio vestito e la mia figura avrebbero contribuito a rimediare all'eccesso di cravatte. Attenzione, attenzione, uno, due e... tre. Un lampo di flash, fatto.

Continuai così per un po' con un bicchiere in mano, rispondendo alle richieste senza espormi più del dovuto. Non mi sfiorò mai l'idea di citare le mie collaborazioni con la BBC; smessa la maschera da giornalista, mi limitai a schivare le domande compromettenti, a inventare risposte neutre e a fare la bella statuina circondata da rispettabili professionisti, funzionari delle potenze protettrici, imprenditori e impiegati di alto livello ebrei e cristiani, pochissimi arabi. L'unica cosa che dissi di me fu che no, non abitavo a Sidi Hosni, ma in una villa vicina a Parc Brooks. Dei volubili stranieri con foulard colorati e giacche gialle che cenavano al Parade, e che tanto affascinavano Félix, lì non c'era neppure l'ombra. Proprio come il mio amico mi aveva spiegato, vivevano in mondi diversi.

«E quelli devono essere appena arrivati da Gibilterra» disse qualcuno.

Le teste si girarono verso le schiene di tre uomini, qualcosa in quello al centro mi risultò vagamente familiare. Forse la camminata, o la nuca, le spalle, il collo. Ma non mi soffermai ad annodare fili tra quello che i miei occhi vedevano e i recessi della mia memoria: la semplice menzione di Gibilterra mi aveva ricordato di colpo i miei compiti più urgenti.

«Signori, vi chiedo scusa, ma forse potrete aiutarmi. Qual è il modo più semplice per arrivare alla Rocca?»

Avevo immaginato che il mezzo più rapido e logico fosse la nave. In fondo, la distanza via mare era breve: bastava attraversare lo Stretto.

«Ci sono i ferry della Bland Lyne» disse qualcuno. «Ma gli inglesi hanno organizzato da poco un volo giornaliero. Sarà perché, dalla fine della guerra, hanno aerei in soprannumero.»

Alla risata del gruppo seguì l'invito a prendere posto.

«*Je suis exténuée*» mi sussurrò Ira Belline mentre gli invitati cominciavano a raggiungere i loro tavoli.

Non ci fu bisogno di altre ragioni. Dopo qualche vaga scusa, ci avviammo insieme verso l'uscita, avvolte dalla notte e lasciandoci alle spalle questioni che a suo tempo si sarebbero ripresentate.

Non lo sapevo ancora, ma di quelle tre schiene maschili, una la conoscevo benissimo.

E in quel momento ignoravo che la macchina del fotografo di "España" custodisse un'immagine che avrebbe avuto per me conseguenze sinistre.

74

Félix era seduto nel posto accanto al mio, gli afferrai la mano e la strinsi con forza. Un carro tirato da un asino attraversava la pista di atterraggio mentre il piccolo aereo stava per toccare terra, in perpendicolare. Il vecchio con basco e ciabatte che conduceva il carro e il pilota al comando del nostro volo, dal canto loro, non sembrarono preoccuparsi. Quella doveva essere una scena tipica a Gibilterra: passanti, animali, automobili e biciclette, contrabbandiere e aerei, trafficanti e carretti si spostavano in ogni direzione su quell'istmo sabbioso dalla sovranità confusa che separava la grande mole della Rocca dal resto della penisola. Ognuno per i fatti propri, secondo le proprie regole e i propri ritmi. Britannici residenti e spagnoli che andavano e venivano ogni giorno per lavorare alle loro dipendenze o rifornirsi di beni di ogni genere da rivendere. Il dopoguerra era duro e il Sud della penisola pativa gravi ristrettezze.

Avevo chiesto a Félix di accompagnarmi per due ragioni. Innanzitutto per darmi una mano con gli acquisti; volevo comprare i tessuti e portarli con me sul volo di ritorno quel pomeriggio stesso; dovevo sbrigarmi a cominciare il lavoro, le mise di madame Hutton non ammettevano altri indugi. E avevo bisogno di una persona di fiducia che mi aiutasse con gli ordini e i pacchi. Glielo spiegai, e lui accettò con entusiasmo; era la prima volta che saliva su un aereo, la prima volta nella sua vita che metteva piede fuori dall'Africa. Di spagnolo, in realtà, il mio amico aveva solo l'educazione e il passaporto; quanto al resto, la sua essenza era prettamente coloniale, senza vincoli con la madrepatria, come un creolo al margine delle geografie dei suoi antenati.

Non gli rivelai invece la seconda ragione per cui volevo la sua compagnia, preferii tenermela dentro e non confessare il dolore che presagivo. Io e Marcus eravamo andati a Gibilterra in auto, da Madrid, per sposarci nella forma più semplice e discreta. Senza fiori, chiese o invitati, senza neppure anelli, in quella Rocca avevamo sottoscritto un progetto di famiglia, un piano per il futuro. Adesso lui era morto e io avevo dato alla mia vita l'ennesima svolta adottando un'altra nuova identità, falsa e imprecisa.

Per fortuna, il contrasto tra la plumbea giornata invernale delle nostre nozze e il mattino d'estate in cui io e Félix scendemmo dall'aereo della BOAC fu così drastico che la malinconia decise di essere gentile con me e mi concesse una tregua. Nel mio precedente viaggio avevo trovato la Rocca ferreamente militarizzata, i negozi sbarrati, la popolazione evacuata nell'Irlanda del Nord, in Giamaica, a Madeira. Adesso, più di due anni dopo la resa della Germania, anche se si vedevano ancora in giro moltissimi marinai della Royal Navy, i civili erano stati rimpatriati e le strade erano piene di vita e di movimento. Numerose Union Jack sventolavano nella brezza; pub, caffè e negozi erano aperti, per le vie circolavano addetti alle consegne e carretti di gelatai, dappertutto si vedevano annunci e cartelli pubblicitari.

Il taxi ci lasciò in Main Street, proprio davanti al magazzino indicato sul biglietto che mi avevano dato in calle de La Luneta. DIALDA & SONS. DEALERS IN WHOLESALE & RETAIL, con casa madre a Hyderabad, India, e filiali in tutto il mondo: Hong Kong, Canton, Port Said, Bombay, Sierra Leone,

Tenerife, Panama, Casablanca. E, naturalmente, Tetuán, da dove mi avevano mandata.

La vetrina era grande; da decine di attaccapanni e ganci pendevano arazzi, scialli, tappeti, abiti. Entrammo, c'era odore di incenso. Ci accompagnarono in un magazzino interno; un solerte commesso indiano dalla carnagione ramata, con capelli nerissimi e grandi denti bianchi, cominciò a mostrarci tessuti adatti alle mie esigenze. In effetti, sgranai gli occhi davanti alla bellezza e alla qualità di quello che avevo di fronte. Fiocco di viscosa, raffinate sete dai colori sia vivaci che delicati. Fili e filati fantasia, rocchetti con una vasta gamma di tonalità, nastri, bottoni, ricami, broccati, perle di vetro. Un vero e proprio paradiso per una sarta che non cuciva da tanto tempo e alla quale, per un capriccio della sorte, era stato ordinato uno stravagante guardaroba in stile moresco. Niente di quello che vedevo era tipico del Marocco, veniva da un'altra parte del mondo, ma avrei fatto in modo che lo sembrasse.

Facevo fatica a decidere: la varietà era enorme e dovevo scegliere con cura. L'incaricato, paziente in vista di quella che riteneva una buona operazione commerciale, tornò in negozio lasciandomi tutto il tempo necessario. Félix, annoiato, decise invece di andarsene: non era disposto a sprecare il suo gran giorno tra quelle pareti. Rimasi sola in quel magazzino poco illuminato, e cominciai a entrare e uscire con i tessuti in mano per esaminarli alla luce del sole, insicura, arrovellandomi il cervello. E in uno di quegli andirivieni, nel negozio stracolmo di clienti affacciato sulla strada, ebbi la sensazione di un déjà-vu: proprio come mi era successo la sera prima all'Emsallah Garden con una schiena. Forse adesso era stata una faccia, un'espressione, un odore indefinito, qualche parola slegata. Qualcosa, in mezzo a quel trambusto, mi sembrò d'un tratto vicino come una carezza leggera nell'anima quando si vaga nelle tenebre.

Finii per lasciare sul bancone un bel mucchio di sterline, mentre i commessi cominciavano a confezionare i miei pacchi con mani abili; rimanemmo d'accordo che ci avrebbero pensato loro a portarli all'aeroporto. Era l'ora di pranzo, il negozio era deserto, non c'erano più clienti; solo noi e la radio accesa. Stavano trasmettendo un notiziario sull'imminente indipendenza dell'India, la partizione, il Pakistan, lord Mountbatten e Nehru: sembrava il tema di attualità del momento. I commessi si fermarono per qualche istante, le notizie si riferivano al loro paese d'origine, erano interessati. Circondata da merci insolite, sentii anch'io una stretta alle viscere. E a quel punto, di colpo, capii. Non era il messaggio, ma la voce trasmessa dalle onde radio a riportarmi momenti diversi e a trasportarmi in volo fino ad altre terre. Il cronista che raccontava in tono pacato l'agonia dell'Impero britannico era Nick Soutter.

«Emittente? Stazione? Quale emittente? Quale stazione?» Le domande uscirono dalla mia bocca accavallandosi, gli uomini ci misero qualche secondo a capirmi.

«Aah...» disse infine l'addetto con il suo pacifico sorriso dai denti enormi. «GB. Gibraltar Radio.»

Non furono però in grado di spiegarmi dove si trovasse con precisione la sede da cui trasmetteva. Stavano cercando di mettersi d'accordo su quel punto, quando Félix tornò con una bottiglia di whisky scozzese e due stecche di Craven A, i suoi meravigliosi acquisti.

«Non finirai mai, tesoro? Sto morendo di fame e ho adocchiato un ristorante che si chiama El Sombrero, rimarrai a bocca aperta, ha un'aria fantastica.»

Senza nemmeno rispondergli, salutai in fretta i gentili indiani.

«Va' a pranzare da solo» gli dissi, una volta fuori. «Io ho ancora da fare.»

«Hai da fare a quest'ora? Ma ragazza mia, per strada non c'è un'anima; qui saranno tutti british e sudditi di sua maestà quanto ti pare, ma nelle ore calde si ritirano all'ombra, proprio come i loro vicini di La Línea de la Concepción.»

Riuscii a togliermelo di torno; poi decisi di chiedere informazioni a uno dei *bobbies* locali, identici a quelli londinesi.

«Wellington Front, *madam*.»

Il tassista ignorava che in quell'antica fortificazione militare ci fosse la sede di un'emittente, e andò avanti a sbalzi prima di lasciarmi davanti a quello che sembrava l'ingresso. Non vidi entrare nessuno, né incrociai qualcuno dopo essermi addentrata in un corridoio buio e silenzioso, in assoluto contrasto con la luminosità della baia di Algeciras. Quel posto non somigliava affatto alla splendida sede del PBS a Gerusalemme, tantomeno a Broadcasting House e a Bush House a Londra. Camminando tra pareti di pietra nuda, trovai solo una freccia che indicava uno studio di registrazione. Non ero sicura di niente, ma la seguii.

Finalmente lo vidi attraverso il pannello di vetro e per qualche secondo non riuscii a crederci. Con i capelli scompigliati, la cravatta allentata, le maniche della camicia arrotolate fino al gomito che lasciavano scoperte le mani grandi, i polsi abbronzati, il solito Orator con il cinturino di pelle e quelle spalle forti che mi avevano sostenuta tante volte nel mio sconforto. Le stesse – adesso me ne rendevo conto – che avevo visto la sera prima alla cena dei giornalisti tangerini. Mentre lui arrivava io me ne andavo, e ci eravamo incrociati senza vederci.

A pochi metri, separati solo da un vetro, avevo di fronte l'uomo che era stato il mio amico e il mio conforto in Palestina, il grande corpo contro cui avevo urtato accidentalmente mentre entrava nella Barclays Bank la mia prima mattina in Terra Santa, i piedi su cui avevo vomitato quando non sapevo ancora di aspettare un bambino. Il professionista che aveva avuto fiducia in me, malgrado la mia inesperienza, quando gli avevo proposto di collaborare con la sua radio, il marito di una donna che aveva cercato di affossarmi, a Londra, a causa di una gelosia che non aveva più senso.

Era seduto davanti al microfono, ma non parlava; il notiziario era finito da un po'. Ma era ancora concentrato sulle sue carte, serio e assorto, a occhi bassi. Tra le dita aveva una sigaretta quasi consumata; stava per portarsela alla bocca e dare l'ultimo tiro, quando bussai con le nocche sul vetro. Alzò la testa, aggrottando la fronte. All'inizio non mi riconobbe: il corridoio era buio, lui aveva acceso le lampade del suo austero studio e io ero controluce. Senza badare a quello che faceva, schiacciò la sigaretta nel posacenere pieno di mozziconi, con i suoi soliti movimenti bruschi. A quel punto cominciò ad alzarsi. Lentamente. Incredulo.

75

Il paseo del Doctor Cenarro non era lontano da casa mia; le indicazioni per arrivarci me le diede un ragazzino sdentato in pantaloni corti e dall'accento andaluso che incrociai in Boulevard de Alejandría. Seguendo la direzione del suo dito teso, mi avviai da quella parte in cerca di Maruja Peña.

Avevo le idee abbastanza chiare rispetto ai capi che avrei confezionato, ma mi servivano ancora alcuni dettagli. Per ottenerli, avevo dato un nuovo incarico a Félix durante il tragitto di ritorno a Tangeri: doveva documentarsi sugli abiti tradizionali marocchini da cerimonia, come un tempo aveva fatto a Tetuán, quando un'esigente tedesca mi aveva ordinato un completo da tennis e io non sapevo ancora in cosa consistessero né il gioco né il tipo di abbigliamento. Una volta aggiunti quei particolari alle mie intuizioni, sarei stata in grado di adattare le future mise alla figura scheletrica della mia nuova cliente, usando le stoffe indiane cui intendevo dare un'aria sofisticata e al tempo stesso originale. Quella mattina, mentre andavo in cerca delle mie future aiutanti, avrei dovuto pensare a questo. Invece no. La sola cosa che avevo in mente era l'incontro con Nick Soutter.

In quel corridoio buio, il nostro primo impulso era stato quello di abbracciarci. Commossa fino al midollo, con il viso affondato nel suo petto e le braccia intorno alla sua schiena, non ero riuscita a trattenere il pianto. Per la Gerusalemme devastata che ci eravamo lasciati alle spalle, per Marcus e per il mio bambino nato senza padre. Per tutto quello che Nick aveva significato durante il mio lutto e per quanto mi era mancato il suo sostegno da quando avevo lasciato la Palestina.

Poi avevamo cominciato a parlare, ancora meravigliati dal caso, stupiti dalla piccolezza delle pieghe in cui può arrivare a contrarsi il mondo. Eppure, quelle circostanze avevano una logica e una ragione di essere. Anche il PBS, la radio pubblica della Palestina cui Nick aveva dedicato i suoi sforzi negli ultimi anni, era stata vittima del conflitto sempre più devastante fra ebrei, arabi e inglesi. Non era più la solida entità di un tempo e, di conseguenza, non era più il posto adatto a un professionista come lui, legato a quel Mandato coloniale sul punto di saltare per aria. Stando così le cose, aveva valutato altre possibili destinazioni, ma le prospettive erano sconfortanti in tutto l'Impero: nessuno dubitava ormai che per il dominio britannico stesse arrivando la fine.

A quel punto, la testa e la pancia gli avevano suggerito di tornare in Occidente.

«Ma col divorzio in corso» disse, «ho preferito scartare Londra, almeno per il momento.»

Proprio allora si era presentata la possibilità di aprire una radio civile a Gibilterra approfittando delle vecchie installazioni militari, un'emittente collegata alla BBC e al tempo stesso indipendente. Aveva assunto l'incarico solo qualche settimana prima.

«È un progetto di piccole dimensioni e con pochi mezzi, solo tre notiziari al giorno. Ma lo considero una tappa di transizione, vedremo cosa mi riserva il futuro.»

Seduti uno di fronte all'altra in quell'anonimo studio, avevamo continuato a parlare di me, di lui, di Víctor, dei suoi figli, della nostra comune amica Fran Nash, che si rifiutava di lasciare l'appartamento all'Ospizio austriaco nella Città Vecchia mentre, da quotata giornalista freelance, seguiva il conflitto per un numero sempre maggiore di testate. Mi aveva aggiornato sulla tensione insopportabile che regnava in Palestina, sulla violenza crescente e sulle posizioni sempre più estreme, sull'American Colony e su Bertha Vester, Katy Antonius e altri personaggi di allora. Io, in cambio, gli avevo raccontato le mie peripezie a Londra e il viaggio in Spagna sulle orme di Eva Perón, lo avevo messo al corrente del mio imprevisto impegno con la società assicuratrice londinese e delle nuove mansioni in Marocco. Incapace di trattenermi, gli avevo confessato anche i miei incontri con sua moglie. Davanti ai microfoni spenti, entrambi a digiuno e inconsapevoli della velocità con cui passavano le ore, avevamo proseguito finché mi ero resa conto che stavo per perdere l'aereo che doveva riportarmi dall'altra parte dello Stretto.

«Andiamo, ho la macchina qui davanti all'ingresso.»

Avevamo abbandonato in fretta e furia il Wellington Front, lui aveva guidato veloce fino al vicino aeroporto. Da lontano, mentre ci avvicinavamo, avevo visto Félix che andava nervosamente su e giù davanti al terminal, circondato da un commesso indiano e mucchi di pacchi, i capelli e le falde della giacca agitati dal vento. Di sicuro si stava domandando dove diavolo mi fossi cacciata, mancavano venti minuti alla partenza del nostro volo.

Tra me e Nick non c'erano stati altri abbracci, ma un attimo prima che aprissi la portiera, le nostre mani si erano incontrate tra i sedili. Era stato un solo istante, le mie dita magre allacciate alle sue, robuste.

«Posso venire a trovarti a Tangeri?»

La risposta mi era rimasta bloccata in gola, si era dovuto accontentare di un lieve cenno affermativo.

Atterrammo all'imbrunire; quando arrivai a casa, Víctor dormiva già. Stavo morendo di fame e Candelaria, un portento nel suo nuovo ruolo, aveva apparecchiato la tavola nel portico e preparato la cena. Prima di sedermi, però, salii a vedere mio figlio e sottovoce, quasi sussurrandoglielo all'orecchio, gli raccontai che il nostro amico Nick era di nuovo vicino a noi.

Ripensando a tutto questo, cercando di non scambiare sensazioni per sentimenti, l'indomani mattina risalii quella Cuesta del Doctor Cenarro che finiva nel Marshan, o Marchán, come dicevano i miei connazionali. Mentre camminavo per una via di quel quartiere, passai davanti alla sede del giornale "España"; non sapevo che fosse lì, e non prevedevo ancora le conseguenze della foto che il loro fotografo mi aveva scattato all'Emsallah Garden. Riconobbi anche una casa che mi sembrò vagamente familiare, ricordai di esserci stata molto tempo prima con Rosalinda per ordinare cappelli a una certa Mariquita la Sombrerera, una modista piuttosto originale il cui timido figlio Antoñito, seduto sul pavimento ai suoi piedi, faceva esercizi di calligrafia e osservava le clienti con occhi tondi e miopi; a quel tempo non sospettavamo che da adulto avrebbe raccontato in un romanzo la futura decadenza della città.

Proseguii; in quel lungo viale erano numerose le ville borghesi con un giardino davanti, ma io cercavo un altro tipo di abitazione. Dopo avere chiesto a un paio di ragazze, riuscii a trovare il posto in cui abitava Maruja, il patio Pinto.

Le case a corte erano comuni in quella Tangeri opulenta, a testimonianza del fatto che non tutti vivevano nell'abbondanza. Il patio Pinto, il patio del Inglés in calle San Francisco, il patio Marché, il patio Benchimol, il patio Eugenio... Si chiamavano così dal nome del proprietario che, per una manciata di pesetas o qualche moneta locale ogni mese, affittava a famiglie spesso numerose alcuni metri quadri sotto un modesto tetto. Vi abitavano, parete contro parete, i meno fortunati; cristiani, ebrei e arabi che il potente benessere cittadino emarginava senza pietà; persone che non avevano niente a che vedere con le prospere attività di import-export, le sontuose banche, gli affari esenti da imposte. Entrai in un cortile sterrato con una grande palma al centro, c'erano panni stesi sui fili e polli che razzolavano, chiesi di Maruja a dei ragazzini.

La sarta, inutile dirlo, accettò la mia proposta; faticò a nascondere il sollievo appena sentì quanto intendevo pagare.

«Ma sarà un lavoro a cottimo, Maruja. Ci aspettano settimane difficili.»

«A sua disposizione, signorina. Vado subito a dirlo a Luisa, la mia vicina, a mia cugina Higinia, a mia cognata Pruden, alla mia comare Paca, e a Pepa, una mia paesana. Saremo in sei, proprio come ha chiesto, e pronte per qualsiasi cosa le serva.»

«Ognuna con la sua macchina da cucire» insistetti.

«Oggi a mezzogiorno gliele porta a casa mio genero, e nel pomeriggio cominciamo a lavorare.»

Poi proseguii per Sidi Hosni, volevo confermare a Ira Belline che tutto procedeva bene. Trovai la kasbah sempre uguale, piena di un genere di umanità in brutale contrasto con quelli che si immaginava dovessero essere i dintorni di una ricca dimora. Entrai nel palazzo, trovai la *housekeeper* in un salone, arrampicata su una scala a ponte insieme a un paio di elettricisti; stavano cercando di appendere al soffitto un'enorme lanterna moresca. Dopo averla salutata, approfittai della sua scomoda posizione per andare un po' in giro: oltre alle mie funzioni di *couturière*, non dovevo dimenticarmi dell'altro incarico. Quindi tirai fuori il quadernetto che portavo sempre con me e la biro comprata a Gerusalemme; per l'ennesima volta quel giorno, ripensai a Nick Soutter.

Una stanza dopo l'altra, cominciai a prendere rapidamente nota di accessi e chiusure, numero di finestre, balconi, verande e porte; come erano orientate, con quali altri ambienti o cortili comunicavano, quanto sarebbe stato facile o complicato per un intruso entrare senza essere visto e andarsene alla chetichella. Con mio grande disappunto, dovetti smettere presto, quando avevo perlustrato solo una parte della residenza: Ira Belline voleva un parere per decidere dove appendere un arazzo persiano nella sala da pranzo principale, era incerta tra la parete sinistra e quella destra. Cercai di sgattaiolare un'altra volta, ma ebbi appena il tempo di ispezionare un'altra sala prima che mi chiamasse per un nuovo consiglio. Arrivò così mezzogiorno, liberi tutti, ora di tornare a casa.

Alle tre, tutte le macchine da cucire erano al loro posto, e le sei donne pronte a ricevere ordini. Alle tre e mezzo mandai le domestiche marocchine a casa e Víctor con Phillippa in piscina al Parc Brooks, con l'ordine di tornare verso le sette. Avevamo bisogno di tranquillità e di non distrarci, iniziava il lavoro. Formai due squadre di tre sarte; Maruja, Higinia e Paca; Luisa, Prudencia e Pepa. Ogni gruppo si sarebbe incaricato di confezionare un caffetano diverso, cominciando da quelli per il giorno; così avremmo fatto progressi. Félix, tra le altre cose, mi aveva procurato una rivista del Protettorato francese con alcune foto di principesse marocchine nelle rarissime cerimonie ufficiali in cui potevano essere viste. Lalla Abla bint Tahar, seconda moglie di Muhammad V, le sue figlie maggiori Lalla Aisha e Lalla Malika, sua sorella Lalla Hania bint Tahar. I loro abiti sembravano troppo ornati e pesanti, ma erano un buon punto di riferimento per stabilire un criterio.

La contrabbandiera si unì a noi come mia abile assistente; la stanza si riempì del rumore di pedali, schiocchi di forbici, fruscii di stoffe, e di un vocabolario che non sentivo da tanto tempo e che mi riconciliò con il passato. Il pomeriggio volò, ero così concentrata, così assorta nel lavoro che neppure me ne accorsi.

«Adesso ce ne andiamo, signorina» annunciò Maruja, dopo avere dato gli ultimi punti. «Tra un po' la mia famiglia vorrà cenare.»

Candelaria accese il lampadario del soffitto, era quasi buio.

Alzai lo sguardo, mi bloccai con l'ago in aria. E in quel preciso momento, qualcosa mi scoppiò dentro. Una sorta di macabra premonizione, come una frustata di terrore nelle viscere.

Mi alzai quasi di scatto, la seta che stavo lavorando cadde a terra. Aprii la porta con violenza, uscii chiamandoli. Mi affacciai al salone principale e a quello più piccolo, alla sala da pranzo, alla cucina. Salii a due a due i gradini per controllare le camere da letto al piano di sopra, ridiscesi di corsa urlando i loro nomi. Entrai nella stanza della contrabbandiera, uscii come un fulmine nel portico e nel giardino, mi precipitai nel cortile sul retro della casa.

Niente. Non erano da nessuna parte.

Erano passate le nove, era quasi notte.

E Phillippa e Víctor non erano tornati.

76

Congedai in fretta le sarte, cercando di nascondere la preoccupazione; meglio che non notassero la mia angoscia. Non appena si furono dirette verso le loro case e le incombenze domestiche, uscii di corsa per andare al Parc Brooks, dove in teoria avrebbero dovuto trascorrere il pomeriggio la bambinaia e mio figlio. Candelaria voleva accompagnarmi, le gridai di rimanere a casa ad aspettarli, nel caso fossero tornati.

Sono lì di sicuro, mi ripetevo speranzosa. Si saranno distratti o addormentati, o qualcosa li avrà trattenuti; non è successo niente, tra un minuto li troverò. Entrai nel club come un razzo, non salutai nemmeno il custode. Stavano accendendo i lampioni dell'area all'aperto; nel prato e nel giardino non si vedevano più corpi e asciugamani, alcuni tavoli del dehors erano occupati da americani che cenavano presto. Andai vicino alla statua della sirena all'ingresso, un cameriere con un paio di baffoni e il fez rosso mi si avvicinò con gentilezza; lo allontanai quasi spingendolo e mi precipitai verso la piscina. La superficie brillava come una lamina di acciaio scuro, il grande trampolino di cemento gettava un'ombra sinistra. Non era rimasto nemmeno un bagnante; vidi solo un paio di giovani marocchini che finivano di sistemare le sdraio, mettendole al loro posto per l'indomani. Li interrogai nervosa: «Bambinaia, bambino...». Per tutta risposta, si strinsero nelle spalle.

L'area giochi era deserta, nessuno sullo scivolo, le altalene ferme, sospese alle loro catene. Entrai nelle cabine spogliatoio, delle donne, degli uomini. Li chiamai strillando e sbattendo le porte: niente. Uscii di nuovo, corsi senza fiato intorno all'intero perimetro, lungo il muro di cinta decorato da moderni murales. Zigzagai a grandi falcate per la zona interna della caffetteria e della sala da pranzo, interrogai un cameriere dopo l'altro. Niente. Tornai a casa con il cuore in gola; nel frattempo era arrivato Félix, lui e Candelaria mi aspettavano accanto al cancello, con le facce stravolte. Niente nemmeno lì.

Chiesi di nuovo alla contrabbandiera di rimanere di guardia, io e il mio amico ci sguinzagliammo per le vie vicine. «Avranno sbagliato strada» balbettai, sapendo bene che era impossibile: tra la casa e il club c'erano appena cento metri, era stata una delle ragioni della mia scelta. Ma corremmo entrambi, io fino all'Ospedale Italiano, Félix fino a calle Inglaterra. Niente.

Lasciammo Candelaria che continuava a farsi il segno della croce come un automa; non aveva una fede profonda, ma quando l'avversità mostrava i canini era pronta a invocare l'Altissimo. Ci precipitammo in plaza del Obispo Betanzos in cerca di un taxi. L'autista era di Málaga: fece sua la mia angoscia e si affannò a percorrere di gran carriera le zone più vicine, ignorando limiti di velocità e norme del traffico. Non li trovammo, proseguimmo fino a plaza de Francia, percorremmo boulevard Pasteur con le teste fuori dai finestrini, cercando di distinguere le due presenze in mezzo alla gente che passeggiava. Niente. Proseguimmo la ricerca in boulevard Anteo, rifacemmo il tragitto in senso contrario, scendemmo e salimmo di nuovo. Poi fu la volta di calle Estatuto, dello Zoco Grande, l'inizio della medina. Niente.

Tornammo a casa, non riuscivo a trattenere le lacrime. L'idea successiva venne da Félix.

«Dobbiamo andare alla Sûreté.»

Non sapevo di cosa stesse parlando.

«La polizia internazionale» spiegò. «Ha gli uffici qui vicino, in un passaggio alla fine di calle América del Sur, accanto allo Zoco de Afuera. Ci penso io.»

Rabbrividii sentendo la parola polizia, ma forse era la cosa più sensata da fare. A mio figlio e a Phillippa era successo qualcosa, non si trattava di un semplice contrattempo. Sull'innocenza della bambinaia non avevo dubbi: dove mai sarebbe potuta andare una creatura timida e ritrosa come lei, di sua volontà e in quella città straniera? Stando così le cose, per quanto doloroso potesse essere il solo pensiero, la situazione era chiara: qualcuno li aveva portati via.

Appena Félix si fu allontanato in cerca di aiuto, Candelaria mi chiese il permesso di andare a pregare nella vicina chiesa di San Francesco; sembrava pervasa fino al midollo da un ardente fervore religioso. Rimasi sola in giardino, al buio, seduta su un gradino di pietra. Come ogni sera, cominciarono a suonare musica al Parc Brooks, da dove sarebbero dovuti tornare, dove forse non erano mai arrivati. Chiusi gli occhi, mi tappai le orecchie con le mani. Le note e le strofe dei boleri mi provocarono conati di nausea.

Mezz'ora dopo il mio amico tornò con un uomo piuttosto giovane, inespressivo e magro, che si presentò come il sergente Renard. Parlava uno spagnolo mediocre con un forte accento francese.

«È belga» mi spiegò Félix a bassa voce, alle sue spalle.

Gli raccontai i fatti nei dettagli, il tizio prese nota con espressione immutata. Non mi interruppe nemmeno una volta, né diede il minimo segno di empatia. Poi arrivarono le sue domande, una dietro l'altra, con una precisione da funzionario metodico.

«Il padre del bambino?»

«È morto.»

«Un'altra persona che eserciti la figura paterna?»

«Nessuna.»

Parlava in tono neutro, senza vivacità: come se mi chiedesse se preferivo il tè o il caffè, un biglietto di prima o di seconda classe.

«C'è qualche ragione personale contro di lei che potrebbe giustificare l'ipotesi di un rapimento?»

Mi sentii come se mi avessero piantato in corpo un coltello da macellaio.

«Che io sappia, no.»

Concluse l'interrogatorio, si alzò e infilò il taccuino dalla copertina scura in una tasca della giacca. Dalla sua bocca non era ancora uscita una parola di compassione.

«Ci metteremo al lavoro domani mattina presto, la informeremo» disse a mo' di saluto.

Scattai come un gatto che qualcuno avesse preso a calci con disprezzo.

«Come sarebbe a dire domani mattina?» gridai. «Non pensate di fare niente adesso?»

«Cercheremo di fare qualche indagine, ma non sarà facile. Abbiamo solo tre uomini di guardia.»

Urlai, protestai, pretesi, alla fine lo afferrai per il bavero. Candelaria e Félix dovettero separarci. Il freddo agente si allontanò di qualche passo, lanciò un parco *bonne nuit* e se ne andò lasciando la porta aperta.

«E adesso?»

La mia voce risuonò tra i singhiozzi. Cercai di tranquillizzarmi e di riflettere con freddezza, ma i pensieri non mi portarono da nessuna parte. L'unica cosa che mi veniva in mente era tornare in strada, ripercorrere i marciapiedi, i viali e le salite, i boulevard, le piazze: fino a farmi sanguinare i piedi, a spezzarmi le unghie. Scendere fino alla spiaggia, salire all'Alcazaba, al Monte Viejo, perlustrare ogni angolo e incrocio, camminare tanto da crollare esausta.

Candelaria frenò il mio delirio con la sua istintiva saggezza.

«In qualunque posto siano e chiunque li trattenga, a quest'ora il bambino starà dormendo di sicuro. Correre di qua e di là non ha senso, ragazza mia; puoi scarpinare quanto vuoi, ma non riuscirai a trovarli.»

«Non saremmo dovuti andare alla polizia, Félix, ma al consolato» dissi convinta. «Il bambino e Phillippa sono entrambi sudditi britannici, di sicuro lì possono...»

«Adesso non vedo come, mia cara.» Guardò l'orologio. «È quasi l'una; a quest'ora non risponderanno nemmeno al telefono.»

Recuperai per qualche istante la calma in modo da valutare quali possibilità avevo davanti; fu frustrante non trovarne nessuna che valesse davvero la pena. A niente mi sarebbero serviti, in Marocco, i miei contatti con i servizi segreti; tantomeno il mio incarico per la compagnia assicuratrice. No, la via della mia nazionalità ufficiale lasciava prevedere scarsi progressi. E quella spagnola ancora meno: quanto a mancanza di legami, non avevo nemmeno il passaporto della mia patria.

A Madrid c'era Ignacio, ma a Tangeri, ormai, le istituzioni ufficiali spagnole avevano poca o nessuna rilevanza. Se tutto questo fosse accaduto quando Beigbeder era a capo del Protettorato, sarebbe stata tutta un'altra storia, ma della gloria fugace dell'alto commissario non c'era più nemmeno l'ombra. "Anche se..." pensai a un tratto. Anche se. Durante il mio viaggio a Madrid, ritenevo di avere lasciato tra le nuove autorità almeno un amico: Diego Tovar, direttore dell'Ufficio informazioni diplomatiche. "Chissà" mi dissi con un soffio di speranza. "Chissà, se lo chiamassi, magari potrebbe intercedere per smuovere qualcosa con urgenza tra la diplomazia di Tangeri." Diego Tovar e la legazione spagnola, Diego Tovar e il console di Spagna. Deglutii. Mi sarei rivolta a loro non appena si fosse fatto giorno.

«Senti, anche in questo caso...» mormorò Félix.

Spostai l'attenzione da una questione all'altra con una velocità fulminea.

«Anche in questo caso che cosa?»

«Anche in questo caso ci si potrebbe rivolgere alle alte autorità, come per l'incidente Perdicaris.»

«Chi sarebbe costui?»

«Il protagonista di una storia romanzesca, ma è reale ed è successa proprio qui a Tangeri. Gli uomini del Raisuli, uno sceriffo delle tribù jebala, sequestrarono quell'imprenditore americano e il figlio di sua moglie, intervenne persino il presidente Theodore Roosevelt.»

«Li hanno liberati?»

«Giurerei di sì.»

«Quand'è successo?» domandai, ansiosa.

Ci mise qualche secondo a rispondere, in un tono spento.

«All'inizio del secolo, credo.»

La cosa più a portata di mano che trovai era un sandalo che mi ero appena tolta. Glielo tirai con furia, colpendolo in testa.

A parte farmi compagnia, e il fatto che fossero andati Félix all'inutile Sûreté e Candelaria in parrocchia a elevare le sue suppliche all'Altissimo, intuivo che i miei vecchi amici mi sarebbero serviti a ben poco. Non sapevo ancora quanto mi sbagliassi.

Mi rifiutai di salire al piano di sopra: vedere il lettino di Víctor vuoto, il pigiama piegato, il suo *rabbit* di peluche e l'agnello di lana cui mancava un orecchio mi avrebbe avvilita ancora di più. Rimanemmo tutti e tre nel salone, in silenzio, costernati, atterriti dall'incertezza. Candelaria preparò il caffè e panini con burro e carne fredda, bevvi un paio di tazze del primo, ma non toccai il resto. Alle tre cominciò a ciondolarle la testa, insistetti perché andasse a coricarsi, non ne volle sapere. Finì per mettersi a russare sulla poltrona, con le gambe spalancate, il collo torto e la bocca mezzo aperta. Le si vedeva il bianco degli occhi, rimasti semichiusi.

Félix resistette un po' più a lungo, sforzandosi di imbastire una conversazione per distrarmi. Ma io non volevo parlare, non volevo niente. Prima delle quattro, anche lui fu vinto dal sonno. Cedette con la testa poggiata sullo schienale del divano e gli occhiali di traverso: una lente sulla guancia, l'altra sul sopracciglio.

Erano le cinque passate quando mi raddrizzai a fatica dalla posizione fetale in cui mi ero raggomitolata, mi faceva male la schiena. Rubai a Félix il suo pacchetto di Craven A e la bustina di fiammiferi. Lasciai i due addormentati e uscii in giardino in cerca d'aria. La temperatura era scesa, come sempre all'alba; faceva un fresco umido e atlantico. Si sentivano solo i rumori della natura in quei paraggi da poco urbanizzati, vicini al vecchio Zoco de los Bueyes, ad aree di campagna e canneti.

La mancanza di mio figlio mi feriva l'anima con un accanimento feroce. Dov'era, chi lo aveva preso, per quale ragione Phillippa non lo aveva protetto? Cercai di non massacrarmi, di lasciar passare le ore fino al momento di andare al consolato. Mi accesi svogliatamente una sigaretta, aspirai il fumo. Lo stavo buttando fuori, quando sentii dei passi sul marciapiede all'esterno. Passi lenti che facevano scricchiolare piano la ghiaia, come se qualcuno poggiasse a terra le suole delle scarpe con estrema cautela. In strada, fuori dalla mia vista. Vicino, dall'altra parte della recinzione.

Sentii ancora un passo, un altro, un terzo. Chiunque fosse, si stava di sicuro avvicinando al cancello del giardino.

Di lì a pochi secondi, intravidi una sagoma.

77

«Figlio di puttana.»

Le parole mi uscirono come catarro vischioso. Gettai per terra la sigaretta e mi precipitai frenetica verso il cancello, chiedendogli di mio figlio, maledicendolo, ordinandogli di riportarmelo.

«Ssst. Un altro urlo e sparisco.»

Il tono era aspro, abbassai subito la voce.

«Dov'è, dove l'hai portato, come sta, sta bene? Ha mangiato, si è addormentato? E Phillippa, cosa le hai fatto?»

Le domande fuoriuscivano dalla mia bocca inarrestabili, a fiotti rabbiosi. Davanti a me c'era Ramiro, che di nuovo mi distruggeva la vita. Ramiro Arribas, era stato lui a portarsi via Víctor e la *nanny*; li conosceva bene, chissà con quali trucchi era riuscito a ingannare quell'inglese sventata, questa volta.

Ignoravo per quale motivo si trovasse a Tangeri, come mi avesse rintracciata; non lo sapevo e, in quel momento, non mi interessava neppure saperlo. Ero ancora in giardino, aggrappata alle sbarre di ferro del cancello. Lui era rimasto in strada, anche se praticamente a portata di mano. Allungai un braccio cercando di afferrarlo, volevo scrollarlo perché mi rispondesse. Con agilità fece un passo indietro, impedendomi anche di sfiorarlo. Eravamo illuminati dalla debole luce di due lanterne ai lati della porta.

«Pensavi di non vedermi più, vero? Di esserti liberata di me col tuo brutto scherzo.»

«Riportami mio figlio» supplicai. «Riportami il bambino, riportami…»

«Sta zitta!»

Feci uno sforzo per calmarmi, mi morsi letteralmente la lingua.

«Un'abile strategia la tua, Sirita, stai imparando. La Gran croce nel mio nécessaire, i tuoi stratagemmi con Dodero… Non avrei mai immaginato che saresti diventata una donna piena di risorse, eri così ingenua quando ti ho portata a Tangeri la prima volta… Accidenti, e com'è cambiata la città, a proposito.»

Il suo fischio di presunta ammirazione lacerò l'alba.

«Non ho avuto tempo di vedere granché, e solo di passaggio, ma i nuovi alberghi sulla spiaggia, gli stabilimenti balneari, le panchine sul boulevard, i negozi moderni… Tutte quelle macchine e i turisti, chi in cerca di sole e chi di soddisfare il corpo a basso prezzo. E tutte queste nuove urbanizzazioni; di sicuro adesso non mancano le opportunità di fare buoni affari. Il panorama è molto più promettente di quando noi due volevamo ottenere quella licenza delle Academias Pitman, ricordi?»

Adesso parlava con un finto tono asettico, come se fosse un semplice viaggiatore. Non osai continuare a chiedere di Víctor; sospettavo che non mi convenisse contrariarlo.

«È un peccato che non possa fermarmi a indagare un po' su come vanno le cose al momento, ma a Buenos Aires, come sai, mi aspettano impegni. In effetti, spedendomi sul cargo del tuo amico Dodero mi avresti fatto un favore: così mi sarei risparmiato il biglietto.»

Nonostante fosse ancora buio, si sentì il canto di un gallo in lontananza. Gli servì come avviso per dare un taglio alle chiacchiere.

«Bene, non perdiamo altro tempo. Diecimila dollari. È

quello che voglio per riportarteli. E ne ho bisogno adesso, subito.»

Avrebbe potuto chiedermi dieci milioni o dieci centesimi: il mio cervello non era in grado di fare conti.

«Dimmi dov'è mio figlio, dimmi come...»

«Smettila di chiedermi di quel cazzo di bambino!»

Mi morsi le labbra conficcandoci i denti fino a farle sanguinare. Lui proseguì con le sue richieste autoritarie.

«Non ti dirò niente, preferisco lasciare che ti si torcano le budella. Ripeto, diecimila dollari, tieni a mente questa cifra. E ne ho bisogno subito, alla fine della giornata, appena farà buio. Verrò a prenderli qui, all'angolo.»

Fece un cenno di lato con il mento, vidi la sagoma scura di un'auto.

«Diecimila dollari in banconote di corso legale, biglietti di banca» insistette. «Cartacei, contanti e sonanti. Puoi darmi una parte in sterline, e accetto anche un po' di franchi francesi. Franchi marocchini e pesetas, invece, nemmeno per sogno. Non li vogliono da nessuna parte, e io non ho intenzione di tornare in queste terre.»

La mia testa era incapace di fare somme, ma sapevo bene che quella cifra era al di fuori delle mie possibilità.

«Non credo...» dissi titubante.

Chiusi gli occhi per un momento, cercando di spiegarmi. Lui ne approfittò subito per infilare una mano tra le sbarre. Senza che potessi reagire, mi afferrò il collo e strinse con forza.

«Ascoltami bene» farfugliò attirandomi più vicino a sé, come se fossi una bambola di pezza. La faccia mi rimase incastrata tra due sbarre di ferro. «Ho fin troppe ragioni per farla finita con te, puttana. Per fracassare il cranio a quella merda di tuo figlio e scoparmi l'inglesina finché non schiatta.»

Non riuscivo a respirare, mi mancava l'aria; se avesse voluto, avrebbe potuto soffocarmi. Ma non mi mossi, non mi difesi e non feci il minimo sforzo per liberarmi dalle sue dita forti come tenaglie. Mi limitai ad abbassare gli occhi, sottraendomi al suo sguardo imperioso.

«Ma forse non mi conviene sporcarmi le mani.»

Mi lasciò andare di colpo, dandomi al tempo stesso una spinta. Feci qualche goffo passo all'indietro, inciampai nelle zolle del giardino, perdendo l'equilibrio. Poi mi piegai in due, con i capelli che mi cadevano sul viso, mentre dalla bocca mi uscivano filamenti di saliva e colpi di tosse.

Ignorandomi, lui proseguì senza scomporsi.

«Forse, se mi deludi, la cosa migliore sarebbe infilarli nella macchina che ho affittato quando sono arrivato oggi a mezzogiorno, e andare da qualche parte. Lungo la strada, troverei sicuramente una deviazione per qualche posto sperduto. E lì, in un campo rinsecchito senza anima viva nelle vicinanze, lascerei la bambinaia scema e il tenero infante. Senza cibo, senz'acqua, senza un po' d'ombra per ripararsi dal sole. Soli soletti nelle mani di Dio, in attesa di un aiuto che non arriverà.»

Fece una pausa, come se fosse nel bel mezzo di un'operazione matematica.

«Quanto tempo ci metterebbero a morire, Sira? Due, tre giorni? Chi pensi che se ne andrebbe prima, la *nanny* o il tuo bambolotto?»

Riuscii a raddrizzarmi, mi bruciavano gli occhi, sentivo ancora una stretta alla gola. Sorrise cinico.

«Scusami se ti ho fatto male, cara; ero un po' nervoso. Bene, veniamo al sodo. Fra poco sarà giorno e preferisco togliermi di mezzo il prima possibile.»

Annuii. Sì, meglio mettersi d'accordo. E meglio farlo prima che Candelaria o Félix si svegliassero, o che cominciasse il movimento in strada. Solo noi due, nessun altro.

Diedi un ultimo colpo di tosse, mi passai l'avambraccio nudo sul viso per pulirmi dalla bava, dalle lacrime e dal muco.

«Non ti porto rancore, Sira, voglio che sia chiaro. Io te l'ho fatta sporca a suo tempo, quando ti ho abbandonata. E tu adesso, consegnandomi alle autorità. Una cosa per l'altra, siamo pari. Ma ti sei rifiutata di darmi una mano quando ti ho supplicato di aiutarmi con Dodero, e così hai mandato a monte un'operazione importante, facendomi perdere una grossa somma. Così adesso mi risarcirai per quei soldi che non ho potuto guadagnare e che mi servono urgentemente.»

Si sentirono dei cani abbaiare in lontananza, un motore e lo sferragliare di un furgone, forse uno di quelli che consegnavano latte e uova all'alba. Era quasi mattina, la vita cominciava a risvegliarsi.

«Non ho dovuto faticare molto per scendere dall'*Hornero*, sai?» disse, parlando più in fretta. «Dopo che Evita ha lasciato la Spagna, i marinai argentini non erano più interessati a me. Quindi, grazie a una serie di casi fortunati, alla fine la nave è salpata lasciandomi a terra.»

«E sei venuto a cercarmi, immagino.»

La mia voce risuonò strana, quasi gracchiante.

«Certo. Senza perdere tempo, col primo espresso Barcellona-Madrid. Ma tu, da ragazza sveglia e previdente, avevi preso le tue precauzioni e in calle Hermosilla non era rimasta traccia di te e della tua famiglia. Per fortuna, tuo padre ha una portinaia inetta: grazie alla sua stupidità, sono riuscito a farmi un giro nell'appartamento. È stato così facile entrare che sono tornato e mi sono fermato lì qualche notte; ho evitato di andare in albergo e ho anche avuto modo di fare qualche scambio utile. Se Gonzalo Alvarado volesse recuperare qualcuno dei suoi quadri, perché sono ricordi di famiglia o perché ci tiene particolarmente, digli che li ho venduti al Rastro. Gli orologi, le penne e i gemelli li tengo per ricordo. Comunque non ho trovato molto altro, rispetto al lusso del palazzo.»

Non mi presi la briga di chiedergli come mi avesse scovata, me lo raccontò lui.

«Visto che non tornavi a Madrid, ti confesso che avevo deciso di gettare la spugna e andarmene; stavi quasi per avere partita vinta. In un'agenzia di viaggi della Gran Vía mi hanno detto che una nave della compagnia Ybarra diretta a Buenos Aires avrebbe fatto un breve scalo a Cadice, quindi ho preso un treno per andare lì ad aspettarla. Ma hanno rinviato la partenza e sono dovuto rimanere a Cadice qualche giorno, in una lurida pensione vicina al porto. Ero stufo di tutto, non ne potevo più della Spagna e ce l'avevo a morte con te, quando, il quarto giorno dopo il mio arrivo, mentre prendevo un caffè per ammazzare il tempo, davo un'occhiata alle notizie e mi annoiavo, ho trovato questo.»

Tirò fuori dalla tasca interna della giacca un foglio di giornale, lo spiegò e me lo porse. Se il momento non fosse stato così critico, sarei scoppiata a ridere.

La foto occupava mezza pagina. Otto uomini e io al centro: una delle immagini che illustravano la cronaca della serata dell'Associazione internazionale della stampa. Il mio vestito chiaro a vita stretta, la scollatura e le spalle nude formavano un gran contrasto con gli uomini in abito formale che mi circondavano. Sotto la foto, una didascalia eloquente:

> "La Direzione di 'España' con Arish Bonnard, collaboratrice di Mrs. Barbara Hutton. La signora Bonnard si è appena stabilita in una villa nei pressi del Parc Brooks per preparare l'arrivo della milionaria americana nella Zona Internazionale."

In un semplice commento informativo, non avrebbero potuto dare su di me più informazioni di queste.

Pacchi di copie dell'"España" di Tangeri attraversavano ogni giorno lo Stretto, il Chato me lo aveva spiegato bene. I lettori della penisola non vedevano l'ora di comprarle, anche quando arrivavano bagnate dopo una traversata burrascosa. E così la mia immagine era finita sotto gli occhi di Ramiro in un caffè di Cadice.

Quella che in teoria era solo un'innocente testimonianza grafica mi si era rivoltata contro con furia sanguinaria.

78

Candelaria aveva bruciato il pane sul fornello.

«Quel figlio di buona donna mi ha fatto ribollire il sangue, guarda, mi tremano persino le mani!»

Cominciava a fare giorno, si era svegliata quando mi aveva sentita rientrare dal giardino. E con le sue domande urlate a squarciagola, aveva svegliato anche Félix, che dormiva ancora, sfinito, sul divano. In tre pennellate le feci il resoconto della visita di Ramiro; alla fine, perché non crollassi di nuovo, si dispose a prepararci la colazione.

«Credi che sarà capace di fargli del male?» mormorò il mio amico appena la contrabbandiera si rimise davanti ai fornelli.

Mi uscì una voce rauca, sentivo ancora la mano di Ramiro sulla mia gola.

«Non lo so, Félix. Ha un disperato bisogno di soldi, dev'essere pieno di debiti fino al collo. Ed è pure pieno di rancore nei miei confronti. Di rancore e di risentimento.»

Riuscii a dare a stento un paio di morsi alle fette di pane tostato con olio e zucchero. Incapace di mangiare altro, mi sfregai gli occhi e annunciai:

«Devo iniziare a muovermi.»

Non andai a cercare aiuto al consolato britannico né a quello spagnolo. Né da Ignacio né da Diego Tovar né dall'apatico poliziotto belga. Avrei trattato solo con Ramiro, sarebbe rimasta una questione tra me e lui: un tour de force sbilanciato, dato che io ero disposta ad arrendermi fin dall'inizio. Durante la sua visita in Spagna lo avevo battuto sul tempo, adesso avrei perso senza neppure lottare. Mi sarei piegata alle sue richieste, avrei fatto in modo di ottenere quel denaro anche a costo di cercare sotto le pietre, se fosse stato necessario: qualsiasi cosa pur di recuperare mio figlio e la sua bambinaia. Non dovevano essere diecimila dollari esatti; conoscevo fin troppo bene Ramiro, nei desideri e nelle ambizioni puntava sempre in alto. Intuivo che si sarebbe accontentato anche di meno. Il problema era come procurarseli.

«Candelaria, in che stato era il laboratorio ieri sera?»

Si mise le mani nei capelli maledicendosi per la sua sbadataggine. Con la scopa in mano, andò di corsa a spazzare i fili e i ritagli sparsi per terra. La seguii, presi il mio quaderno, quello degli appunti e delle misure. Ai numeri che stavo per annotare non avrebbero corrisposto lunghezze di manica e larghezze di spalle, ma cifre di tutt'altro genere.

«Quando arrivano Maruja e le altre, tieni la bocca chiusa» la avvisai. «Pensa tu a loro, possono andare avanti seguendo le istruzioni di ieri. Devono mettersi a lavorare come se niente fosse.»

Finalmente trovai il coraggio di salire al piano di sopra, entrai in camera e feci scorrere le dita sulle sponde della culla. Gli occhi mi si riempirono di lacrime, pungenti e dolorose. Tuttavia, sapere che non ero più di fronte a uno sconosciuto, ma a un avversario con un nome e una faccia, aveva un po' alleggerito il mio fardello.

Seduta ai piedi del letto, cominciai a fare qualche rapido calcolo, uno dopo l'altro. C'erano i soldi miei e di Marcus che mi ero portata da Gerusalemme, la somma indicata nel testamento che Dominic aveva depositato su un conto a mio nome e quello che avevo guadagnato con il lavoro di sedicente giornalista della BBC seguendo Eva Perón nel suo andirivieni; il problema era che si trovava tutto in Inghilterra.

Inoltre, la compagnia di assicurazioni mi aveva versato solo un anticipo, rimaneva ancora da incassare il grosso dell'importo, se finalmente fossi riuscita a concludere il lavoro. E poi c'era Ira Belline e quello che mi avrebbe pagato per gli abiti di Barbara Hutton. Il problema era che non avevo ancora niente in mano.

Inaugurai una pagina nuova scrivendo una parola: prestiti. La prima persona che mi venne in mente fu mio padre, ma capii subito che, con la fine che aveva fatto la fonderia e dopo la guerra, oltre alla casa non possedeva granché. Persino Ramiro si era reso conto di quanto poco valesse quello che c'era dentro. Era, per di più, un bene che avrebbero ereditato i suoi figli legittimi: in linea di massima, io non avrei avuto diritto a riceverne nemmeno una parte. Subito dopo, il mio pensiero andò alla sua adorata Olivia, mia suocera. Quando ero arrivata a Tangeri avevo scritto a entrambi, all'indirizzo di The Boltons; non avevo ancora ricevuto risposta.

Mentre ripensavo alla grande casa di Londra, qualcosa mi si smosse dentro. Quella casa, magari, avrebbe potuto essere la mia salvezza. Dal punto di vista legale, secondo quanto aveva stabilito Marcus e come mi aveva confermato il suo amico Dominic, era nostra, di Víctor e mia. Non avrei mai buttato fuori mia suocera, ma a suo tempo lei stessa aveva preso in considerazione la possibilità di venderla. Forse adesso avrei potuto usarla come garanzia per un prestito.

Con la testa piena di numeri, mi feci una doccia; avvolta in un telo, mi districai i capelli bagnati davanti allo specchio. Nell'immagine riflessa vidi una faccia abbattuta, occhiaie profonde e dei brutti segni di dita maschili intorno alla gola. Mi feci uno chignon, indossai un sobrio vestito grigio e mi annodai al collo un foulard di seta per nascondere quella sinistra testimonianza.

Mentre scendevo le scale, sentii il rumore delle macchine da cucire: le mie nuove dipendenti erano già lì, diligenti, mattiniere. Candelaria si dava da fare in cucina, Félix mi aspettava in salotto. Si era pettinato malamente, aggiustato la cravatta e rinfilato nei pantaloni la camicia stropicciata. Nonostante la buona volontà, gli effetti della nottata si notavano lontano un miglio.

«Ho bisogno di un elenco di banche a Tangeri.»

«Per farne cosa, tesoro?»

Invece di rispondergli, ribadii la mia richiesta.

«Comincia dalle più importanti.»

«Mmm... C'è la Banque d'État du Maroc nel palazzo dello Zoco Chico, il Banco de España, il Banco Exterior, il Banco de Bilbao...»

Ricordai gli ordini di Ramiro: neppure una peseta.

«Marocchine e spagnole, no. Dimmi quelle inglesi.»

«Be', c'è la Bank of British West Africa, e qualche altra.»

«Succursali della Barclays Bank?»

«Che io sappia, no. Ma mi sembra di averne vista una a Gibilterra, l'altro giorno.»

L'altro giorno a Gibilterra, così aveva detto. E mi vennero in mente gli echi della Rocca. Nel precipitoso scorrere del tempo, ebbi quasi la sensazione che dalla nostra visita fossero passati giorni, settimane, mesi, anni, secoli. Ripensai a Nick Soutter; se li avessi avuti, avrei dato altri diecimila dollari per poter contare sulla sua vicinanza in una circostanza così dolorosa.

Ignaro delle mie riflessioni, Félix andava avanti con il suo elenco.

«E poi ci sono quelle francesi, la Banque de France e la Banque de l'Algérie et de la Tunisie, e almeno altre due o tre, sai bene quanto sono grandiosi quei mangiarane. Inoltre ci sono gli ebrei, con due nomi grandi e seri, la banca Salvador Hassan e la Pariente, che si è appena trasferita in un locale elegante di calle Estatuto.»

Ancora immersa nei miei pensieri, lo ascoltavo a malapena.

«E poi, dalla fine della guerra a oggi, hanno aperto una miriade di istituti bancari, ma non saprei se fidarmi, visto che non manca di certo la gente scaltra e senza scrupoli. A ogni angolo c'è un'insegna, basta guardare le facciate sul boulevard e nelle strade intorno. La Banque Tangéro-Suisse, la South Continental Bank...»

«Félix...» dissi a quel punto, mentre aprivo la borsa e vi rovistavo dentro.

«Qui si sono stabiliti furbastri da mezzo mondo, Tangeri deve sembrargli una pacchia; nessuno controlla i movimenti, non ci sono leggi né tasse, neppure enti regolatori...»

«Félix» ripetei. «Puoi farmi un favore?»

Frenò all'improvviso la logorrea; nel desiderio di essermi utile, era un po' troppo sopra le righe.

«Non uno, scusami» mi corressi. «Meglio due, due favori.»

«Sono a tua completa disposizione, bellezza.»

«Il primo: innanzitutto vai a ritirare la denuncia di ieri. Di' che sono già ricomparsi, che è stato tutto un malinteso; qualsiasi cosa ti venga in mente. Ma togliti di torno la polizia.»

Lo stupore gli si dipinse sul viso, ma non gli diedi neppure la possibilità di mettere in dubbio le mie ragioni. Prima che potesse reagire, gli porsi il biglietto da visita di Nick, quello che mi aveva dato alla radio.

«E appena hai finito, va' a cercare un telefono, chiama questo numero di Gibilterra e chiedi di questa persona.»

Sollevò gli occhiali da gran miope sulla fronte, avvicinò il biglietto da visita a meno di un palmo dagli occhi.

«Nicholas Soutter» pronunciò piano.

«Parlagli in francese se vuoi, digli che chiami da parte mia. Che venga a Tangeri, per favore, è urgente. Che... Che si tratta di...»

Le sei lettere del nome mi si bloccarono in gola.

«... che si tratta di Víctor.»

Uscii sbattendo la porta, diretta verso l'imponderabile. A Tangeri c'era una splendida mattina, con il cielo terso e una leggera brezza di ponente; ma tutti i miei tentativi si rivelarono lugubri e cupi come una gelida notte invernale. In nessuna delle tre banche in cui entrai riuscii a ottenere qualcosa. Trasferire i miei soldi da Londra avrebbe richiesto un bel po' di tempo, a quanto mi dissero; se avessi voluto un prestito, avrei avuto bisogno di un garante, un patrimonio o una fonte di reddito. Il fatto che fossi proprietaria di una villa nel Royal Borough of Kensington and Chelsea dovette sembrargli una frottola, e il fatto di nominare la somma di diecimila dollari in banconote fece sorridere con accondiscendenza più di un funzionario.

Di sicuro Félix aveva ragione, e Tangeri era un vero paradiso per spostare capitali: un mercato libero e senza restrizioni dove si poteva speculare con le valute, trafficare in oro, aprire e chiudere società e imprese con un semplice scarabocchio. Si potevano incassare assegni di ogni parte del mondo, riciclare il denaro del contrabbando ed effettuare operazioni finanziarie senza controllo né remore. Però a me, una donna sola, sconosciuta e con l'aria di chi ha un disperato bisogno, nessuno sembrava disposto a sborsare denaro.

Delusa dai rifiuti delle istituzioni britanniche, decisi di rivolgermi a una delle banche ebraiche che mi aveva nominato Félix, quella della famiglia Pariente. Non mi soffermai neppure un secondo a ripensare all'attentato al King David, mentre con i miei sandali calpestavo il marmo della splendida sede in cui si erano appena trasferiti. Senza perdere un istante, cercai di spiegarmi davanti a uno degli impiegati dall'altra parte del bancone in mogano: chiesi di parlare con il direttore, il vicedirettore, un superiore. Ma era estate ed era presto e, ancora una volta, nessuno sembrava avere fretta né impegni in quella città in cui il vivi e lascia vivere era la norma. Nuovamente delusa, mi diressi verso l'uscita, frenando la voglia di supplicare, di gridare, di maledire il mondo. Stavo per andarmene, quando una presenza imprevista spinse con vigore la porta, verso l'interno.

«Finalmente, bellezza! Ti stiamo cercando da un'ora!»

Il tono alto della mia voce quando vidi Félix fece girare le teste.

«Cos'è successo? È tornato Ramiro? Ha riportato Víctor? Ci sono notizie?»

«Niente di nuovo, calmati. Ma è arrivato qualcuno che potrebbe darci una mano.»

Dovevo essere rimasta un po' inebetita, la notte insonne e la mattinata deludente cominciavano a farsi sentire. Félix mi costrinse a camminare tirandomi e spingendomi.

«Dai, vieni, ti sta aspettando fuori.»

Il cappello gli faceva ombra sul viso, ma lo riconobbi subito quando portò un paio di dita sul filo dell'ala. Ad aspettarmi all'uscita dalla Banca Pariente c'era il commissario Vázquez, l'uomo che si era fidato di me quando non ne aveva motivo, che mi aveva tenuta d'occhio e mi aveva frenato con una mano mentre con l'altra mi permetteva di spiccare il volo.

Era appena arrivato da Tetuán, chiamato da Candelaria. La prima cosa che fece dopo avermi salutata fu mandare Félix a casa.

«Qualcuno deve stare lì, attento all'esterno, nel caso notasse qualcosa di strano. Per favore, controlli il perimetro della casa, esca a intervalli irregolari e registri qualunque particolare che dovesse sembrarle anomalo.»

Appena il mio amico se ne fu andato a eseguire il suo ordine, don Claudio parlò con sincerità.

«A dire il vero, se ne sarebbe potuta occupare la contrabbandiera, ma preferisco rimanere da solo con lei.»

Mi porse il braccio, ci preparammo a passare all'altro marciapiede.

«Andiamo al Minzah, è lì di fronte. Signorina, lei ha l'aria di avere urgente bisogno di un caffè.»

79

«Neppure un centesimo.»

Stavo per soffocare con l'omelette che il commissario aveva ordinato per me, preoccupato per il mio viso smunto. Eravamo seduti nel cortile centrale dell'albergo, non c'erano altri commensali oltre a noi mentre i camerieri sparecchiavano gli ultimi tavoli della colazione. I clienti erano tornati nelle loro camere, da dove a breve sarebbero usciti di nuovo per andare in spiaggia, o a comprare souvenir e tappeti, o a fare una gita. Tempo di svago e riposo, insomma, per gli ospiti del raffinato El Minzah, mentre io ero divorata dall'ansia.

«Si scordi di ottenere quei soldi. Bisogna cercare di arrangiarsi in un altro modo.»

«Mi rifiuto di chiamare la polizia» insistetti. «Gliel'ho già detto. Conosco bene quel disgraziato, so che è meglio...»

«Bene, dunque lasciamo perdere la polizia internazionale, se preferisce.»

«Allora deve farsi da parte anche lei, commissario; non può interferire. Mi dia consigli, mi guidi, ma lasci...»

«Non devo togliermi di mezzo, Sira. Ufficialmente non sono in servizio attivo, sono in congedo da un paio di mesi.»

Avrà avuto più di sessant'anni, ma non lo trovai per niente invecchiato. I capelli un po' più grigi, gli occhi un po' più chiusi e forse un po' più magro, ma immutabile nella solita eleganza pacata con il suo abito di lino chiaro.

Candelaria lo aveva chiamato la sera precedente: aveva mentito dicendo che sarebbe andata in chiesa a pregare. In realtà, aveva fatto di necessità virtù ed era andata in cerca di un telefono per rintracciare il suo ex avversario, il vecchio servitore dell'ordine pubblico che tante volte aveva mandato a monte i suoi traffici e il cui ferreo rigore le aveva causato tante amarezze. Dopo vari tentativi era riuscita a rintracciare don Claudio a Tetuán; gli aveva raccontato rapidamente la mia vicenda, lui non sapeva che ero tornata in Marocco. Con grande stupore della contrabbandiera, invece di proporre un vago aiuto a distanza tramite fili e cavi, si era offerto di venire a Tangeri. E adesso eravamo tutti e due lì, uno di fronte all'altra.

«Non credo che risolvere una faccenda del genere per conto proprio sia la cosa migliore, ma possiamo farlo a titolo privato, se lei si impegna.»

«Non sa quanto le sono grata.»

Erano passati più di dieci anni dal giorno in cui era venuto ad aspettarmi alla stazione degli autobus della Valenciana, quando l'embrione del figlio di Ramiro che avevo perduto cominciava a scivolarmi tra le gambe, disciolto in coaguli e grumi di sangue. Era stato proprio lui, Claudio Vázquez, a portarmi in ospedale nella sua macchina e poi a venirmi a riprendere appena avevo recuperato le forze; ad affidarmi a Candelaria nella pensione di calle de La Luneta, attento con occhio sagace a tutti i miei movimenti.

«Non voglio intromettermi nella sua vita privata più del necessario, ma ci sono alcune cose che ho bisogno di sapere» disse a quel punto. «Innanzitutto, chi è il padre del bambino.»

«Ricorda quel presunto giornalista inglese arrivato a Tetuán per fare un'intervista a Beigbeder?»

«Si chiamava Logan, no?»

Vázquez era stato anche testimone del soggiorno di Marcus

in Marocco. Ma non sapeva che le nostre strade si erano poi rincrociate.

«Il suo vero nome era Mark Bonnard e, come immagino che lei sospettasse già allora, non era un reporter, ma un agente dei servizi segreti britannici.»

Infilzai l'ultimo pezzo di tortilla. Era diventata fredda, ma mi faceva bene allo stomaco, dandomi un po' di forza. Prima di portare la forchetta alla bocca, aggiunsi:

«Dopo una serie di andirivieni che adesso non sono importanti, abbiamo finito per sposarci. È il padre di mio figlio. È morto un anno fa a Gerusalemme, lo stesso giorno in cui è nato il bambino.»

Ebbi il sospetto che avesse in serbo parecchie domande sul mio passato, ma tenne a freno la curiosità e preferì non disturbarmi. Assorto, bevve un sorso dalla sua tazza e, con un gesto eloquente, mandò via un cameriere che voleva togliermi il piatto.

«Bene, adesso vediamo di concentrarci sul presente e di ricapitolare, così avrò tutto chiaro. Allora, l'individuo di cui ci stiamo occupando è lo stesso che, quando l'ho conosciuta, l'aveva appena abbandonata, portandosi via tutti i suoi beni e lasciandole un conto da pagare all'Hotel Continental, esatto?»

«Esatto.»

«E circa un mese fa vi siete rivisti casualmente a Madrid, e lui le ha chiesto di intercedere presso un presunto amico argentino per un affare, esatto?»

«Esatto.»

«Lei si è rifiutata, e lui ha cominciato a circuire la bambinaia di suo figlio, esatto?»

«Esatto.»

«E lei, spaventata dal rischio che la cosa potesse andare oltre, ha deciso di farsi giustizia da sola e lo ha fatto arrestare per un reato che, in realtà, non aveva commesso.»

Ebbi un attimo di esitazione. Detto così, sembrava che io

fossi una crudele vendicatrice e Ramiro un povero diavolo che aveva finito per scontare una colpa non sua.

«Più o meno, però...»

Alzò la mano per impedirmi di proseguire.

«Non occorre che si giustifichi. Immagino quale livello di tensione deve averle provocato per spingerla a fare quello che ha fatto.»

Grata della sua comprensione, cercai di sorridere, un po' riconfortata. Ma il sollievo durò appena qualche secondo.

«Come pure capisco l'odio che quell'uomo deve aver accumulato nei suoi confronti.»

Tutti i tavoli erano stati sparecchiati tranne il nostro, il cortile si era finalmente svuotato e i primi bagnanti cominciavano ad attraversarlo, diretti alla piscina.

«Immagino ci siano altri mille particolari che mi racconterà in un secondo momento; adesso torniamo a quello che è successo stamattina.»

Ripetei la storia che gli avevo sintetizzato in poche frasi mentre camminavamo sul marciapiede, prima di entrare al Minzah. Adesso lo feci con meno fretta e più ordine.

«E dice che l'ha afferrata per il collo?»

Con discrezione portai una mano al foulard di seta e lo abbassai fino alla clavicola perché lui stesso potesse vedere i segni. Gli sarebbe dovuta sembrare un'inezia in confronto agli sfregi e alle percosse che aveva sicuramente visto nei lunghi anni della sua carriera. Ma, dalla smorfia sulle sue labbra, compresi che non ci trovava nulla di divertente.

«Adesso mi dica, cosa ne sa della situazione di quell'uomo a Tangeri?»

«So solo che non era mai più tornato qui in tutto questo tempo. Da quando... quando...»

«Da quando l'ha abbandonata senza un soldo e l'ha lasciata sommersa dai suoi imbrogli e dai suoi debiti, capisco. Possiamo dunque ipotizzare che non abbia contatti né amici da queste parti. Né tantomeno complici.»

In effetti, era quello che pensavo anch'io.

«E agisce anche con urgenza» aggiunsi. «Lui stesso mi ha detto di essere arrivato a mezzogiorno. Da Algeciras, immagino. Sta facendo tutto in modo precipitoso, in fretta e furia, di corsa.»

«Le ha detto di avere noleggiato una macchina, no? È riuscita a vederla? Colore, marca, modello?»

Mi strinsi nelle spalle.

«Non saprei dirglielo. Era all'angolo, a distanza, quasi al buio.»

Rimanemmo in silenzio per qualche istante, ognuno preoccupato per una faccia diversa della stessa moneta. Lui, per il comportamento di un tipo senza scrupoli che agiva per puro istinto. Io, pensando a dove e in che stato fossero mio figlio e Phillippa.

«Quanto all'aspetto che aveva ieri sera, cosa può dirmi? C'è stato qualcosa in particolare che ha attirato la sua attenzione?»

Scossi la testa da sinistra a destra. Niente. Anche a quell'ora dell'alba, anche dopo essere passato da un continente all'altro per prendere due innocenti con la forza, Ramiro si era presentato impeccabilmente vestito, con i capelli in ordine, il portamento e la postura di sempre.

«Anche se...»

«Anche se?»

«Mi faccia pensare. In effetti, per un attimo ho avuto l'impressione che ci fosse qualcosa che stonava...»

Chiusi gli occhi, cercai di concentrarmi. C'era stato qualcosa, sì. Nel momento in cui mi aveva afferrata per il collo, quando voleva che lo guardassi, io avevo abbassato gli occhi, rifiutandomi istintivamente di stare al suo gioco. A quel punto qualcosa, mentre stavo soffocando, mi era sembrato singolare, fuori posto. Cos'era, Dio mio, cos'era...?

Strinsi i pugni in un gesto inconscio, come se le unghie conficcate nelle palme potessero aiutarmi a pensare con più lucidità. Finché l'immagine mi si ricompose nella memoria, quasi in tutta la sua nitidezza.

«Aveva del fango» dissi. «Fango sulle scarpe.»

Il commissario aggrottò la fronte cercando di capire cosa intendessi.

«Aveva le scarpe sporche e lui le ha sempre lustre.»

80

Rimanemmo al Minzah fino a quando ai tavoli del cortile cominciarono ad arrivare i primi turisti rilassati, pronti a rinfrescarsi a base di birra, cocktail colorati e moderne Coca-Cola in bicchieri pieni di ghiaccio. A quel punto decidemmo di tornare al quartier generale, a casa mia. E non andammo via a mani vuote, ma portandoci alcuni giornali.

Chiederli fu una mia iniziativa.

«Un momento» dissi al commissario stringendogli il braccio.

Il portiere stava già tenendo la porta aperta. Con il suo tarbush rosso, il gilet dorato e ampi calzoni all'orientale di velluto, afferrava premuroso la barra di bronzo per permetterci di uscire in calle Estatuto. Ma prima di lasciare l'albergo vidi qualcosa che mi accese una lampadina: la presenza di un cliente alla reception, immerso nella lettura dell'"España", il quotidiano che in maniera innocente aveva informato Ramiro delle mie peripezie.

«Abusi un po' della sua vecchia autorità, suvvia» gli sussurrai quasi all'orecchio.

Sollevò un sopracciglio, senza capire.

«Vada al bancone a chiedere i giornali degli ultimi giorni. Tutte le informazioni che quel farabutto ha su di me e sulla Tangeri odierna vengono da lì, magari vale la pena darci un'occhiata.»

Al ritorno trovammo tutto in ordine, ma nessuna notizia e l'evidenza delle due assenze. Le sarte, concluso il lavoro del mattino, erano appena andate a casa per il pranzo, a servire alle loro famiglie lo stufato pronto fin dall'alba; anche Candelaria, previdente, stava preparando qualcosa per noi. Ma nessuno sembrava avere fame e Félix, il commissario e io decidemmo di sederci nel salone, disposti a triangolo. La contrabbandiera, con un occhio ai fornelli e uno a noi, rimase in piedi sotto l'architrave della porta, pronta ad andare avanti e indietro. Anche se forse stare ai fornelli era solo una scusa e non si era seduta perché la figura di don Claudio le incuteva ancora un certo timore.

«Allora, signorina, cerchiamo di pensare lucidamente, senza lasciarci trascinare dalle emozioni.»

Sarà stato perché avevo i nervi a pezzi, ma il fatto che il commissario continuasse a rivolgersi a me in quella maniera mi inteneriva. Con i suoi soliti modi di procedere, mi aveva chiamata signorina quando ero una ragazza impaurita e squattrinata, e continuava a chiamarmi signorina a distanza di dieci anni, nonostante la mia maternità, la vedovanza, le vicende turbolente del passato e l'attuale sventura.

«È stata un'ottima idea prendere questi giornali. Se Arribas è sbarcato ieri a Tangeri e si è diretto subito qui, una fonte affidabile di informazioni locali a cui ha potuto avere accesso, come lei ha giustamente ipotizzato, è la stampa.»

«È venuto dritto dritto a prenderseli, quel gran figlio di buona donna, che bruci tra le fiamme dell'inferno...» borbottò Candelaria, con lo straccio in mano.

Il commissario la contraddisse.

«Non necessariamente, contrabbandiera. Tenderei a pensare che sia arrivato fin qui senza un'idea fissa; soltanto a verificare quale fosse l'opzione migliore. Ma ha avuto subito un gran colpo di fortuna: la bambinaia e il piccolo da soli, in strada.»

«Era... È stato...» balbettai. «A quell'ora di solito non escono, rimangono a casa a fare un sonnellino. Ma ieri… Ieri… Il laboratorio… C'era tanto lavoro… Non avrei dovuto…»

Alzò una mano per fermarmi.

«La prego, non se ne faccia una colpa; finirebbe solo per ferire se stessa. Se fosse andata diversamente, lui avrebbe trovato un altro modo per soggiogarla. Ma così gli è stato facile: visto che li aveva già avvicinati a Madrid, ha usato più o meno la stessa strategia. Non si tormenti per quello che è successo ieri, adesso il nostro obiettivo è cercare di scoprire dove li tiene nascosti.»

Aprii il quotidiano del giorno prima, cominciai a sfogliare le pagine. La questione indonesiana, la tensione in Palestina, i violenti attacchi dei guerriglieri greci in Tracia. Forte ribasso della Borsa di Londra, torturatrice della Gestapo ricercata in Francia.

Don Claudio andò avanti, al comando come tante altre volte.

«Bene, concentriamoci sul luogo in cui ha alloggiato, è la prima cosa di cui ha avuto bisogno per passare la notte.»

Le pubblicità degli alberghi comparivano tra le notizie di attualità internazionale e le cronache, gli sport e le informazioni sul Marocco.

«Ramiro non è uno stupido» feci notare. «Non credo che gli sia venuto in mente di portarli in un posto noto, sotto gli occhi di tutti.»

«Di sicuro non sarà tornato al Continental» anticipò lui. «Sarebbe troppo rischioso.»

«Qui c'è un annuncio del Rif, quell'albergo così nuovo e moderno sulla spiaggia.»

«No no no…» tagliò secco. «Vediamo, non abbiamo bisogno di leggere tutti gli annunci di fila, dobbiamo procedere con un certo metodo. Lei ha detto che aveva le scarpe sporche di fango, vero? Cominciamo quindi a scartare gli alberghi che si trovano in posti più urbani, su strade pubbliche, dov'è più difficile sporcarsi.»

«Allora Villa de France, El Minzah, Rif, Cecil e Villa Valentina vanno eliminati» interruppe Félix. «E poi, sono eccessivamente lussuosi e troppo in vista.»

«Perfetto» confermò il commissario. «Andiamo avanti.»

Lo spirito di osservazione del mio amico gli servì per proseguire con fermezza.

«Non ci interessano neppure quelli dello Zoco Chico. Né il Bristol, né il Fuentes né nessun altro. Sarebbe come infilarsi in una trappola, non ci si può nemmeno entrare in macchina.»

Continuai a scorrere con lo sguardo le pagine del giornale. Né alberghi di città, né alberghi sulla spiaggia, né alberghi nella medina: quei tre luoghi venivano esclusi, il cerchio si stava stringendo. Magari ci sbagliavamo e il dettaglio del fango non ci avrebbe portati da nessuna parte, ma dovevamo giocarci il tutto per tutto, non potevamo permetterci di perdere tempo.

Finché i miei occhi non si soffermarono su un piccolo riquadro, nell'angolo di una pagina pari. Una pubblicità poco costosa per il formato e la collocazione, che non prometteva grandi lussi.

«Félix, ti dice qualcosa El Fahrar?»

«Certo, tesoro. Sul Monte Viejo. Però non è un albergo, ma un posto in cui trascorrere un periodo. È piuttosto isolato e...»

La voce tagliente del commissario non lo lasciò finire.

«C'è mai stato?»

Il mio vicino ci mise un paio di secondi prima di rispondere, una pausa minima dietro la quale intuii che nascondeva qualcosa di cui si sentiva in colpa.

«Solo una volta, qualche mese fa. Quando... quando andò ad abitare lì quello scrittore americano.» Abbassò lievemente il tono. «Bowles, quello che suona il piano. L'altra sera era con un gruppo al Parade, ti ricordi?»

Ognuno era libero di avere le proprie debolezze, e quelle del mio amico erano gli stranieri un po' stravaganti o solo raffinati, anche se si limitava a contemplarli a distanza. Ma questa volta il suo feticismo stava per esserci utile.

«Tranquillità» lessi ritornando all'annuncio. «Vista sullo Stretto e sui due mari. Prezzi economici. Soggiorni di breve e lunga durata.»

«Hanno delle specie di bungalow sparsi per il giardino e...»

La voce incisiva di don Claudio divenne di nuovo tagliente.

«Che tipo di giardino?»

«Grande, verde. Con mimose, eucalipti e...»

«E un posto con piante che hanno bisogno di acqua, dove potrebbe esserci fango?»

«*Bien sûr*. I proprietari sono inglesi, sa quanto loro amino i giardini pieni di fiori. Hanno uno splendido roseto.»

Se fosse dipeso da me, mi sarei fiondata subito lì. Il commissario, sempre sagace, se ne accorse.

«Non si agiti, signorina» mi riprese, severo. «Innanzitutto, si tratta di una possibilità, non di una certezza. E in ogni caso dobbiamo andarci con i piedi di piombo, calcolare i tempi e agire a mente fredda. Mi faccia pensare a qual è il modo migliore di procedere. E per pensarci, se non le dispiace...»

Si alzò, prese il cappello.

«Ma come, non si ferma a mangiare, dottore?» La voce sorpresa di Candelaria risuonò a metà strada tra noi e le pentole. «Guardi che ho fatto dei calamari in umido da leccarsi i baffi.»

Per una volta che la contrabbandiera aveva l'opportunità di ingraziarsi l'uomo che le aveva reso la vita difficile, le andava storta.

«No, non mi fermo. Vado a cercare un amico, un vecchio collega.»

Allora si mise di fronte a me, per farmi prendere atto di quello che stava per dirmi.

«L'uomo che ho intenzione di vedere è stato un poliziotto,

anche se, come me, non è più in servizio attivo. Ma ho bisogno di parlargli prima di muovermi, per pianificare i passi successivi. La faccenda è delicata, vorrei fargli qualche domanda, magari anche ottenere il suo aiuto.»

Annuii come una studentessa diligente che ha capito una lezione complicata. A quel punto lui si voltò, pronto ad andarsene; mi alzai per accompagnarlo.

«Stia lì, non c'è bisogno.»

Obbedii, torcendomi le dita.

«Mangi qualcosa, si rasserení» suggerì. «Cerchi di dormire un po'.»

Dal fondo delle budella mi uscì una risata amara.

«Dio santo, commissario, come pensa che possa dormire?».

«Si rilassi, almeno. Tutto si sistemerà, si fidi. Ma intanto mi lasci valutare il modo migliore di procedere. Quello che, con meno rischi, può darci risultati ottimali. E si armi di pazienza, perché qualsiasi cosa decideremo io e il mio collega, di sicuro non agiremo fino a stasera.»

Prima di mettersi il cappello, lanciò un'altra occhiata categorica a me e a Candelaria: come quella del giorno in cui mi aveva accompagnata alla pensione di calle de La Luneta. «Non mi fido per niente di nessuna delle due, quindi vi terrò d'occhio attentamente» aveva detto quella mattina di agosto del '36, quando la guerra era appena iniziata.

Il suo avvertimento di adesso non fu come quello, ma molto simile.

«Calma e sangue freddo, donne. Per il bene di tutti, cerchiamo di non perdere la testa.»

81

"Non puoi perdere la testa." Decisa a non deludere don Claudio, ripetei fra me quella frase sei o sette volte. "Non puoi perdere la testa, non puoi perdere la testa, non puoi perdere la testa..."

Mandai Félix a casa sua, a lavarsi, cambiarsi i vestiti e recuperare le energie per le ore successive. Poi passai qualche minuto nel laboratorio improvvisato, le sarte erano tornate al lavoro, al momento della siesta. Per fortuna, il compito che avevo affidato loro il primo giorno era impegnativo, quindi erano ancora intente a realizzare i primi caffetani di Barbara Hutton, senza bisogno di ulteriori ordini. Chiesi comunque a Candelaria di rimanere lì. Per fare da tramite con me, nel caso fosse sorto qualche intoppo. E in parte anche per poter stare da sola, senza distrazioni e in disparte.

Mi presi qualcosa da cucire, nella vana speranza che mi aiutasse a tenere la mente occupata. Ma lasciai tessuto, forbici e rocchetto su un tavolino, senza neppure guardarli. Decisi che era meglio dare ascolto al commissario. Chiusi le persiane del salone, lasciando filtrare la luce solo dalle fessure. Mi tolsi le scarpe e sprofondai nel divano, rigida come un palo, con le mani incrociate sull'addome e la mandibola serrata, immobile, quasi fossi di legno, di pietra, un osso. Rilassarmi, ecco cosa mi aveva suggerito di fare il commissario. Non pensare al mio bambino, a come stesse, in quali condizioni fosse, a come lo trattasse quel farabutto di Ramiro e a come Víctor sopportasse la lontananza e la mia assenza. "Non puoi perdere la testa" bisbigliai ancora una volta tra i denti, con gli occhi chiusi. "Non puoi perdere la testa."

Dovevo essere così esausta, così stremata fisicamente e psichicamente che, contro ogni previsione, per qualche istante il mio cervello si disconnesse dalla realtà e si riempì di immagini sfocate. Finché qualcosa non mi risvegliò bruscamente dal sogno. Il rombo di un motore, lì vicino. Mi alzai con la paura che mi stringeva il petto come una morsa. Il motore di un'auto, ecco cos'era. Fuori, in strada. Una macchina che si era appena fermata accanto al cancello.

Scattai come se da quello dipendesse la mia vita, corsi in giardino scalza, con i capelli scarruffati e la gonna un po' sollevata. E se fosse stato Ramiro? E se si fosse pentito e avesse portato con sé Phillippa e Víctor? Scesi di corsa i gradini del porticato, percorsi in fretta e furia il tratto fino al cancello attraverso le cui sbarre avevo parlato con lui all'alba, lo aprii di colpo.

In quel momento, un uomo stava scendendo da un taxi. Aveva in una mano un borsone di pelle, la giacca a righine stropicciata, una sigaretta fra i denti. E no, non era Ramiro, ma qualcuno che abbracciai con tutte le mie forze. «Non far andare via il taxi» furono le uniche parole coerenti che riuscii a pronunciare. In inglese, ovvio: Nick Soutter non mi avrebbe capita se avessi usato la mia lingua.

Voleva sapere cosa stesse succedendo e continuava a domandarmelo, concitato.

«Aspetta un attimo» fu la mia unica risposta.

Tornai dentro, ancora una volta di corsa. Arrivai fino al divano, mi chinai per cercare le scarpe, me le sarei poi messe in macchina. Nella fretta, urtai contro il tavolino su cui avevo lasciato le cose da cucire; seta, fili e forbici caddero per terra. Senza una ragione precisa, con un gesto meccanico, mi misi le forbici in tasca.

«Al Monte Viejo» ordinai al tassista pochi secondi dopo. «Conosce un posto che si chiama El Fahrar?»

Al volante c'era di nuovo un mio connazionale, un altro dei tanti andalusi che sgobbavano in quella terra. Bruno, smilzo, con il viso affilato e gli occhi come il carbone che vendevano accanto allo Zoco de Afuera.

«Ho una vaga idea di dove si trova.»

«Allora ci porti subito lì, ma quando saremo nei paraggi proceda con cautela.»

Ci avevo provato con tutte le mie forze: se qualcuno me lo chiedesse, lo giurerei davanti a ciò che mi è più sacro. Avevo cercato in tutti i modi di rispettare le decisioni del commissario, di essere docile e arrendevole, persino sottomessa. Lui sapeva come procedere correttamente, era guidato da una mente dotata di fredda lucidità e decenni di esperienza, io ero solo una donna tormentata a cui avevano rubato il figlio. Ecco perché mi ero ripromessa di eseguire i suoi ordini, parola d'onore. Di essere responsabile, affidabile, giudiziosa, obbediente. Ma, nonostante il mio impegno, non ci riuscii. Al senso del dovere fece da contrappeso il mio istinto materno. E, alla fine, fu proprio quello a far pendere la bilancia dalla parte opposta.

Ci lasciammo alle spalle la zona urbana e salimmo verso il Monte Viejo, dove decine di europei si erano stabiliti, in residenze per lo più splendide, parecchie con vista sullo Stretto. Finché non terminò la strada acciottolata ed ebbe inizio un sentiero tortuoso, fiancheggiato da una fitta vegetazione. Nel frattempo, tra gli scossoni dovuti alle buche, spiegai la situazione a Nick. Incespicando nelle parole.

«Sei sicura di quello che stai facendo?» chiese quando ebbi finito il mio racconto.

«Sì, se tu mi aiuti.»

Non ci fu bisogno di dire altro. Entrambi seduti sul sedile posteriore, mi passò il braccio intorno alle spalle e mi tirò verso di sé con energia.

La macchina continuò a salire fino a girare a destra in una deviazione. A un tratto ci si presentarono davanti agli occhi gli ingressi ai terreni di un paio di ville. Ma non riuscimmo a vedere quelle costruzioni: rimanevano in fondo, nascoste dietro la fitta vegetazione e i muri di cinta. Ce le lasciammo alle spalle, proseguimmo attraverso un sentiero lastricato.

«Stiamo per arrivare, signora» avvisò il tassista. «Mi dica lei cosa fare adesso, entro o rimango fuori?»

«Aspetti» fu la mia risposta. A quel punto mi misi d'accordo con Nick, frasi rapide e ordini; lui annuì a tutto senza farmi domande. La macchina rallentò fino a fermarsi davanti a un doppio cancello. Una modesta iscrizione incisa su una lastra di marmo annunciava che eravamo nel posto giusto. Sul muro di destra c'era una buganvillea; da quello di sinistra spuntavano le pale e i frutti di una pianta di fichi d'India cresciuta più del dovuto.

Con le istruzioni ben chiare, Nick afferrò allora il suo borsone da viaggio, accennò ad aprire lo sportello.

«*Just a moment*» lo pregai a un tratto.

Quasi a strattoni, lo obbligai a togliersi la giacca. La presi in mano e diedi istruzioni al conducente.

«Noi aspettiamo qui.»

Trattenendo il respiro, osservai Nick che, con passo sicuro e imperturbabile, varcava l'ingresso e si allontanava di spalle lungo il sentiero interno della proprietà. Borsone in spalla, come un qualsiasi viaggiatore spaesato in cerca di una sistemazione: un inglese anonimo, uno dei tanti che affollavano la zona e per i quali non costituiva il minimo disagio stare tra connazionali, nel fresco e frondoso Monte Viejo.

Tornò dopo quasi mezz'ora, ripercorrendo la strada con lo stesso passo apparentemente tranquillo e l'aria di un ospite appena arrivato che andava a sgranchirsi le gambe nei dintorni, senza fretta né una meta precisa. Ma appena uscì dal complesso, si precipitò verso la macchina. Io lo stavo aspettando con la portiera aperta, divorata dall'angoscia.

«Sono lì dentro.»

Mi tappai la bocca per evitare che mi sfuggisse un grido.

«Sono lì dentro e stanno bene, sia Víctor che la ragazza.»

Tremavo tutta, Nick dovette abbracciarmi.

«Stanno bene, stanno bene, stanno bene...» mi ripeteva all'orecchio mentre mi passava una mano sulla nuca, cercando di calmarmi con le sue carezze. «Li ho visti da una finestra sul retro. Il bambino e la *nanny* stanno giocando serenamente, seduti per terra. Ci sono giocattoli, mattoncini di legno.»

Continuavo a tapparmi la bocca con le mani, una sull'altra, ossessiva, temendo che potesse sfuggirmi un grido, un conato di vomito, l'ultimo respiro. Mio figlio stava bene, giocava con le costruzioni come tante altre volte: equilibri instabili che lui faceva poi crollare con una manata, sbellicandosi dalle risate davanti al disastro. Mio figlio stava bene. Rinchiuso, trattenuto con la forza, anche se la sua mente infantile non se ne rendeva conto. Ma tranquillo e incolume.

«E Ramiro?» riuscii a chiedere con un filo di voce.

«È nello stesso bungalow, nella stanza accanto, quella sul davanti. Entra ed esce, non riesce a stare fermo. Si affaccia all'esterno, cammina un po' senza allontanarsi e rientra. Direi che è... È a disagio, persino stufo.»

Volevo continuare a fare domande, sapere della situazione nei dettagli, avere una panoramica completa.

«Hai visto cibo, acqua, un letto o una culla...?»

«Ascolta, Sira. Ascolta.»

«C'è aria, è tutto pulito, ci sono animali o qualche pericolo nelle vicinanze?»

Preferì non soffermarsi su quelle minuzie. Abituato com'era a condensare in modo efficace le frasi di fronte ai microfoni, anche qui aveva sfruttato al massimo il tempo che era stato lì dentro.

«Ascoltami. Ho parlato col proprietario, è un americano, un certo Buckingham; sua moglie è inglese e i loro figli adesso sono a Brighton, ci è andata bene. L'ho informato della situazione, non sospettava assolutamente nulla. Sai, ci sono quattro bungalow, costruzioni modeste sparse in giardino. Loro sono nell'ultimo, quello più vicino alla scogliera, a una certa distanza dalla residenza principale. Altri due bungalow sono occupati da scrittori americani, che però sono andati sull'Atlante per qualche giorno, a quanto mi ha detto Buckingham. Ecco perché nessuno ha sentito né voci, né pianti, né grida, sempre che ci siano stati.»

Pianti, grida... Per non farmi ferire da quelle parole, preferii andare avanti.

«E questo Buckingham, è disposto ad aiutarci?»

«Certo. Si è subito offerto di chiamare la polizia.»

Il no uscì dalla mia gola più volte di fila.

«È l'unica cosa ragionevole da fare, Sira.»

«No, almeno finché non avremo strappato Víctor dalle mani di quel farabutto. Finché non sarà con me.»

Eravamo ancora in macchina, sul sedile posteriore. Il tassista era sceso, fumava in disparte, a una certa distanza, mentre guardava l'orizzonte, indifferente alle nostre preoccupazioni. Probabilmente era vaccinato contro le bizzarrie dei clienti.

«C'è qualche modo per entrare nel bungalow senza che lui ci veda?» insistetti. «Una... Non so, una stradina sul retro?»

«Nessuna. Ho visto solo un piccolo sentiero stretto e ripido, che scende al mare.»

«Fammi pensare, fammi pensare...» mormorai tra i denti. «Dici... dici che Ramiro sembra essersi stufato, questo non mi stupisce. È un animale sociale, urbano, intenso, sempre in movimento. Fare il guardiano in una casetta di campagna per lui dev'essere una tortura, sarà lì a rodersi non sapendo come andrà a finire questa follia.»

Passarono pochi secondi, durante i quali ci arrovellammo il cervello.

«Che ne dici se provo a distrarlo?» propose Nick.

«Stavo pensando proprio a questo. E nel frattempo, io...»

«Tu no; conto su Buckingham.»

La mia protesta fu quasi un grido.

«Come sarebbe a dire io no?»

«È meglio che tu ti protegga da lui; in ogni caso il suo obiettivo sei tu.»

«Io entro, Nick» dissi categorica. «Tu occupati di tenerlo lontano almeno per un po'; agiremo sul momento.»

«Sira, insisto. Lasciamo che Buckingham chiami la polizia, sarà tutto...»

Arrivati a quel punto, e nonostante il mio precedente rifiuto, aveva sicuramente ragione, forse la polizia era la soluzione migliore. Ma sapere che mio figlio era così vicino, a un passo da me, mi aveva provocato un'agitazione che non riuscii a controllare.

«Com'è Buckingham, fisicamente? Energico, vigoroso?»

«Meno robusto di me, ma ha una gran voce, non gli mancherà la forza.»

In ogni caso, potevano anche essere due contro uno, ma Ramiro era agile e viscido come un serpente.

Dal finestrino vidi che il tassista si stava avvicinando; doveva averne fin sopra i capelli di perdere tempo. I nostri sguardi si incrociarono per un istante, non sapevo cosa lui avesse visto nel mio, ma dedussi molto dal suo. Fame arretrata, dolori, miseria. Lo sradicamento come unica via d'uscita, l'esilio per abbracciare una causa che prometteva un po' di speranza agli sfortunati. Doveva essere stanco di sgobbare giorno e notte per poter riempire di lenticchie i piatti dei suoi figli.

«Ascolti.»

«Dica pure.»

«Sarebbe disposto a darci una mano in una faccenda, lì dentro?»

Indicai El Fahrar con il mento, poi aggiunsi:
«Pagando, s'intende.»
Fece un paio di passi verso di me. Aveva le mani in tasca, il sopracciglio dubbioso e un mozzicone consumato a un lato della bocca.
«Cosa vuole?»
«Fermare un farabutto.»
«Le ha giocato qualche brutto scherzo, si è comportato male?»
«Da vero porco.»
«Bellezza, per cento pesetas vi aiuto io a strappargli anche i denti.»

82

Tutto avvenne nel tempo di uno schiocco di dita; un brusco colpo di vento che forma una nube di polvere e, così come si è levato, si placa.

La stanchezza di Ramiro giocò a nostro favore. Spacciandosi per un cliente appena arrivato, Nick, con il suo aspetto solitario e noncurante, lo convinse facilmente ad andare a bere qualcosa; io cominciai a sgattaiolare verso il bungalow appena lui si girò. Con passi cauti ed estrema attenzione nel ruotare la maniglia, riuscii a mettere la testa dentro. Víctor si illuminò di gioia, minacciò persino di lanciarmi un mattoncino di legno vedendo che tenevo un dito sulle labbra per chiedergli di fare silenzio. Phillippa invece mostrò un'aria tremante e incredula quando, a gesti e senza aprire bocca, le indicai di venire lentamente verso di me con il bambino.

Ma Ramiro era tutto fuorché un imbecille, e il fatto che accettasse un whisky da un inglese sconosciuto non significava che si sarebbe disinteressato delle sue questioni. Quindi successe quello che era prevedibile proprio quando eravamo già sulla porta, e io ero pronta a dirigermi verso la grande casa centrale con Phillippa da un lato e Víctor in braccio, stretto a me; lo avevo coperto con la giacca di Nick e gli facevo cucù, come tutte le volte in cui avevamo giocato a *hide-and-seek*.

In quel preciso momento, la sagacia di Ramiro sentì o intuì qualcosa. Si girò allora sospettoso e ci vide; non appena capì chi era la donna che stava coprendo il bambino, dalla sua bocca uscì un grido animale. Poiché era veloce di testa e di fisico, si scagliò contro di noi, pronto a impedirci ogni tentativo di fuga. Aveva la faccia stravolta, ci separavano appena poche decine di metri. Non mi insultò né lanciò imprecazioni, avvertimenti o minacce: voleva semplicemente aggredirmi, febbrile e violento, con la sola intenzione di strapparmi via di nuovo mio figlio. A quel punto tastai un lato della gonna con la mano libera, quella che non reggeva il bambino, e la infilai fino in fondo nella tasca sinistra.

«Un altro passo e te le pianto nel petto.»

Forse lo frenò la sicurezza della mia voce o forse il sinistro bagliore del sole sulle forbici: in ogni caso, si fermò di colpo, alzando le braccia, respingendomi con decisione. E proprio di quell'attimo approfittarono Nick e il tassista sbucato fuori dai roseti per afferrarlo in modo energico alle spalle, con quattro braccia. Ma la vita aveva abituato Ramiro a tirarsi abilmente fuori dai problemi, sia tangibili che immateriali. E ancora una volta usò quell'abilità per sbarazzarsi dei due uomini. Loro erano ricorsi alla forza bruta, lui puntò su un'inafferrabile agilità. E li batté sul tempo, sgusciando via.

Comunque, non aveva molte alternative. Ai due uomini si unì Buckingham, il proprietario del posto. In tre riuscirono a bloccargli la strada verso l'uscita. E Ramiro decise di abbandonare me come obiettivo momentaneo, convinto che, se mi avesse spinta al limite, la mia minaccia non sarebbe stata vana: per proteggere mio figlio, non ci avrei pensato due volte a cavargli le budella a colpi di forbice. Stando così le cose, la sua unica via di fuga immediata era il sentiero che portava al mare, un'evasione verso il nulla.

Si fermò per qualche secondo, guardò tutti con gli occhi inquieti e i capelli sulla fronte, come se stesse valutando l'ampiezza dell'accerchiamento. Nel frattempo, sentivamo solo le cicale e la brezza che muoveva le foglie degli eucalipti, qualche singhiozzo soffocato di Phillippa alle mie spalle e il mare che si frangeva sugli scogli. Finché, in mezzo a quel silenzio, mentre da una parte io continuavo a stringere Víctor a me e, dall'altra, i tre uomini gli facevano vedere quanto fosse impraticabile il suo tentativo di fuga, in mezzo a quella quiete tesa, cominciammo a sentire il rombo dei motori.

Subito dopo vedemmo le macchine superare il cancello a gran velocità, frenare facendo scricchiolare la ghiaia. Dalla prima balzarono fuori il poliziotto belga della sera prima e un collega della stessa età, entrambi armati di pistola; dalla seconda emerse il commissario Vázquez con quello che doveva essere il suo vecchio collega, un individuo calvo e corpulento.

«Fermo, Arribas!»

O Buckingham li aveva chiamati, o la mia fuga da casa aveva messo in allerta don Claudio. Sta di fatto che si erano appena aggiunti due giovani agenti e due poliziotti in congedo per stringere il cerchio intorno a lui.

«Non muoverti!»

Adesso sì che il sentiero della spiaggia era l'unica soluzione per Ramiro, forse da lì avrebbe potuto trovare biforcazioni, deviazioni o diramazioni che gli facilitassero la fuga. Non potendo fare altro, partì in quarta in quella direzione; ma non aveva fatto i conti con il terreno accidentato. In pochi secondi ci arrivò il rumore della sua caduta: a giudicare dalla ripidità, avrebbe potuto essere morto, essersi rotto l'osso del collo mentre rotolava, essersi fracassato il cranio contro le pietre. Per sua fortuna, le conseguenze non furono così gravi. Ma non ne uscì affatto illeso.

Scesero a recuperarlo gli agenti in servizio: alla lunga, il belga insulso e il suo collega si rivelarono efficienti. Ramiro era incapace di camminare da solo, i due lo portarono su afferrandolo senza riguardo sotto le ascelle, nonostante si fosse fratturato almeno una gamba. Gli colava sangue da un lato della faccia e, dal modo in cui piegava il busto, sembrava che sentisse un dolore acuto all'addome o alle costole. I suoi abiti sempre eleganti, di qualità e dallo stile ricercato si erano trasformati in brandelli sporchi e mezzo strappati, non sarebbe nemmeno stato possibile rammendarli in seguito. Sotto, deserta e seminascosta, c'era la spiaggia di Merkala: quella che avrebbe potuto essere la sua salvezza, ma non lo fu.

Mi rifiutai di guardarlo negli occhi, non ebbi la tentazione di insultarlo o sfidarlo o dirgli "Ecco, questa è la mia rivincita, farabutto".

L'unica cosa che volevo era che si dimenticasse di nuovo di me. Non avevo mai immaginato che sarebbe ricomparso nella mia vita dopo il suo primo abbandono, ma la seconda volta era stata persino più crudele della prima. Adesso che avevo recuperato mio figlio, desideravo solo liberarmi definitivamente di quella canaglia. Ecco perché evitai il faccia a faccia; neppure lui mi cercò. Come sempre, si preoccupava innanzitutto di se stesso.

Appena vidi a distanza che iniziavano a trascinarlo verso una delle macchine, mi affrettai a portare Víctor e Phillippa dentro casa. Nick non tardò a seguirci, dietro di lui c'era il tassista, mentre il proprietario finiva di riferire alla polizia quella brutta storia che tutt'a un tratto aveva scosso un posto pacifico. Fu un'enorme fortuna che né la sua famiglia né i suoi ospiti si trovassero lì in quel momento.

Víctor non vedeva Nick da sei mesi, da quando avevamo lasciato Gerusalemme diretti a Londra. Eppure, forse per qualche collegamento nella sua piccola memoria, sembrò riconoscerlo. O, almeno, accolse con simpatia la presenza di quell'uomo che tanto aveva significato per noi nei giorni più tetri. Gli fu così gradito che nel giro di pochi minuti passò dalle mie braccia alle sue con tanta confidenza da tirargli la cravatta e portargliela fino all'orecchio. Sembrava che il fatto di essere stato sequestrato da Ramiro non avesse segnato mio figlio, e questo placò la mia inquietudine, facendomi sentire profondamente sollevata.

Mi avvicinai allora a Nick da dietro, poggiai il mento sulla sua spalla. Mentre gli infilavo una mano in tasca, gli dissi all'orecchio:

«Ti rubo il portafogli.»

Tirai fuori cinque banconote da una sterlina; nella fretta di arrivare al Monte Viejo, non mi ero neppure fermata a prendere la borsa o qualche soldo. Avevo portato con me solo le forbici, che erano di nuovo in tasca. Non avrei esitato a piantarle nel corpo dell'uomo che tanto avevo amato, se fosse stato il caso.

A un cambio di 98 pesetas al mercato libero tangerino, finii per dare al tassista il quintuplo di quello che lui stesso mi aveva chiesto. Strizzò gli occhi e il mozzicone consumato gli cadde quasi dalla bocca, ma non le rifiutò: ripiegò le banconote e le infilò nel taschino della camicia, sul petto.

Phillippa, intanto, era sprofondata in una poltrona, accanto al pianoforte di famiglia e a una gabbia con un pappagallo silenzioso. Aveva lo sguardo perso nel vuoto, il viso totalmente inespressivo: né angoscia né sollievo, né paura né soddisfazione, nulla. Le presi una mano, gliela strinsi tra le mie.

«Mi dispiace tantissimo che ti sia toccato affrontare tutto questo, *my dear*. E ti ringrazio di cuore per avere accudito Víctor con tanta dedizione. Domani andremo subito a comprare il tuo biglietto di ritorno.»

Mosse il mento su e giù. La sua unica famiglia era una zia in qualche angolo sperduto delle West Midlands; in Inghilterra non la attendeva niente di allettante, ma avevo intuito che avrebbe preferito andare in qualsiasi altro luogo, piuttosto che rimanere con noi in Marocco. Non avrebbe mai immaginato che prendersi cura di un unico bambino sarebbe stata fonte di tante tribolazioni.

Le lasciai la mano nel momento in cui vidi la sagoma del

commissario Vázquez che attraversava una delle arcate aperte sulla terrazza, con il mare sullo sfondo; il pomeriggio era così limpido che si riuscivano a vedere persino le dune di Tarifa, dall'altro lato dello Stretto. Mentre lui entrava, sentimmo che il motore della prima macchina si avviava. Gli agenti della polizia internazionale si stavano portando via Ramiro, lo allontanavano finalmente dal suo rifugio e dalle sue prede per rinchiuderlo intanto nella cella della Sûreté; non sapevo dove sarebbe stato trasferito dopo.

A passi lenti mi avvicinai a don Claudio.

«Mi spiace averla delusa ancora una volta, commissario. Anni fa mi ha ordinato di cercare un lavoro onesto, da semplice impiegata, a Tetuán e io non le ho dato retta e ho aperto un'attività con denaro di provenienza oscura. Questa volta mi ha chiesto di non muovermi finché non avessi ricevuto i suoi ordini, ma appena lei ha girato le spalle le ho disobbedito e ho provato a risolvere la situazione a modo mio.»

«Ha imparato già da molto tempo a badare a se stessa, signorina; avrei dovuto capirlo.»

Le sue parole risuonarono sobrie e severe, proprie del ruolo che aveva ricoperto a lungo. Ma nella sua espressione autoritaria mi sembrò di intravedere una certa stima.

«E quanto a quel delinquente» aggiunse, «stia tranquilla che non la disturberà più.»

Si girò e indicò la terrazza. «Il mio amico gode ancora di una certa influenza, ci penserà lui a farlo sparire dalla carta geografica.»

83

Quella sera Candelaria non preparò la tavola sotto il portico, ma in un angolo del giardino, illuminato da una delle lanterne e al riparo del caprifoglio. Solo un piccolo tavolo con due sedie. Félix portò un'altra bottiglia di vino, ma si dileguò con la scusa dell'inaugurazione di un nuovo locale pieno di quegli stranieri che lo seducevano tanto, chissà come era riuscito a farsi invitare. La contrabbandiera, dal canto suo, annunciò che, dopo la lunga giornata e la notte precedente, le faceva male perfino l'osso sacro. «Sogno da ore la mia branda, bambina» giurò prima di sparire dalla circolazione. In precedenza aveva portato a Phillippa un vassoio con un bicchiere di latte e un po' di frutta; la povera bambinaia non voleva neppure uscire dalla sua stanza.

Era appena calata la sera quando arrivò Nick, fresco di doccia, con i vestiti puliti, senza il suo borsone di pelle. Per il momento aveva deciso di trascorrere il fine settimana al Fahrar; non sapevamo ancora quanto e come si sarebbe prolungato il suo soggiorno. Lo aspettavo con Víctor seduto sulle ginocchia. Mi rifiutavo di separarmi da lui, come se dovessi riempire la crepa della sua breve assenza.

Al suo ingresso il cancello cigolò, lui mi portò dei fiori raccolti in qualche aiuola lungo il tragitto e un tamburo artigianale per mio figlio, comperato in un chiosco di strada da un abitante del posto. Senza che io mi alzassi, senza saluti né congratulazioni né una sola parola, si chinò verso di me e alla fine fece quello che non aveva mai osato fare a Gerusalemme: mi diede un lungo bacio sulla bocca.

Quella fu la prima di tante serate, la prima di tante cene sotto le stelle con il profumo del mare e del gelsomino, il preludio di un inevitabile avvicinamento tra noi.

Ci aspettava il resto dell'estate, non ci preoccupavamo ancora del futuro.

Epilogo

Quando Barbara Hutton atterrò a Tangeri all'inizio di agosto del 1947, c'erano già i suoi bei caffetani nel camerino, appesi alle grucce. Al tempo stesso, sul tavolo della Brax Insurance Ltd. nella City londinese c'era il dettagliato rapporto che avevo inviato: ventitré pagine dattiloscritte nelle quali si rendeva conto di tutti i punti di forza e di debolezza, delle fragilità e dei rischi potenziali di Sidi Hosni. In base a quei dati, venne stabilita la polizza assicurativa dei gioielli dei Romanov; seppi che era stato raggiunto un accordo accettabile perché, insieme a una delle mie creazioni in sontuosa seta indiana, la milionaria sfoggiò il suo diadema di smeraldi alla festa per l'inaugurazione del palazzo della kasbah. Io ci andai insieme a Nick; grazie a Ira Belline, riuscii a ottenere anche un invito per il mio amico Félix, che era al settimo cielo.

Si instaurò così una tradizione che sarebbe andata avanti per anni nelle terrazze con vista sul mare e sui tetti di Tangeri, e che avrebbe segnato un'epoca. Da lì sarebbero passati aristocratici e personaggi celebri e mondani al suono delle orchestre locali, o arrivate da New York, o da dove decideva la principessa, non era importante visto che si trattava solo di un prezzo da pagare. Con la stessa naturalezza capricciosa, faceva arrivare con un aereo privato da Parigi elementi decorativi, ornamenti floreali, centinaia di casse di champagne e altre prelibatezze allettanti. Gli alberghi di Tangeri in quei giorni si riempivano di ospiti provenienti da mezzo mondo, le fatture sarebbero state inviate dopo al palazzo a Ira Belline; la generosa padrona di casa provvedeva sempre a tutte le spese di viaggio. Spesso sentii poi la *housekeeper* lamentarsi della spudoratezza con cui molti abusavano della munificenza di madame Hutton, aggiungendo capricci e voglie personali a quelle spese.

Nel corso di quegli anni, oltre a un flusso variabile di amici, domestici e scrocconi a cui regalava vistosi gioielli o toglieva il saluto, nella turbolenta vita della ricca ereditiera si susseguirono matrimoni, divorzi e amanti di ogni genere. Collezionò sette mariti, e li portò quasi tutti a Sidi Hosni. Il quarto fu un principe russo in rovina, e il quinto il diplomatico dominicano Porfirio Rubirosa, celebre sia per la sua simpatica sfacciataggine sia per le sue doti amatorie. Vennero rimpiazzati da un tennista di alto livello e da un nobile decaduto di origine francese con presunti possedimenti in Indonesia; tra quelli che passarono dal suo cuore o dal suo letto senza arrivare a firmare un contratto, ci furono un giovane chitarrista errante, vari uomini anonimi che pagò per i loro servizi e perfino il torero Ángel Teruel, che inseguì per le arene di mezza Spagna quando lui aveva vent'anni e lei superava i sessanta.

A quel punto era così prematuramente decrepita che riusciva a stento a muoversi e spesso doveva essere portata in braccio; l'alcolismo, l'abuso di sostanze e l'insonnia, la depressione e i disordini alimentari l'avevano spinta più volte al suicidio. Aveva fallito nei suoi tentativi di farla finita, ma il tempo l'aveva resa sempre più vulnerabile. Morì all'età di sessantasei anni in un albergo di Beverly Hills, sola e distrutta. Dell'immensa fortuna che aveva ereditato nella sua infanzia, erano rimasti poco più di tremila dollari. Suo figlio era morto già da qualche anno, quindi creditori, ex mariti e presunti eredi si fiondarono come avvoltoi in cerca di una preda. Non lasciarono neppure quello che occorreva per rispettare la sua ultima volontà: essere sepolta a Tangeri.

Comunque, la città nella quale le spoglie di Barbara Hutton non arrivarono mai, alla fine degli anni Settanta non era più la stessa che lei aveva conosciuto. Il mondo sarebbe cambiato molto nei decenni successivi.

Proprio in quell'estate del '47 cominciò la fine dell'Impero britannico, la disintegrazione della più grande epica del potere universale che abbia mai visto. Ma lo scorrere del tempo, l'emergere di altre potenze, le aspirazioni alla libertà e la propria coscienza interna alterarono il corso delle vicende. La Gran Bretagna distrutta e stremata che era emersa dopo la Seconda guerra mondiale alla fine cedette: il 15 agosto di quell'anno, mentre a Sidi Hosni si preparavano le candele, gli aperitivi e i tappeti per l'inaugurazione, l'India, il gioiello dell'Impero, ottenne l'indipendenza. Da quel momento, con un inizio sanguinoso, nacquero due nazioni: l'India e il Pakistan.

La stessa cosa sarebbe accaduta in Palestina nei mesi successivi; Nick e io seguivamo le notizie con crescente preoccupazione. Verso la fine di novembre di quell'anno, l'Assemblea generale delle Nazioni Unite adottò la risoluzione con cui la Palestina veniva divisa in due Stati, uno ebraico e l'altro arabo. Nasceva così lo Stato di Israele: come era prevedibile, gli ebrei accolsero la decisione con gioia e gli arabi la rifiutarono categoricamente. E per la Gran Bretagna, al tempo stesso, arrivò il momento di togliersi di mezzo, prendendo le distanze dallo scoppio di una guerra civile che devastò la zona con un terrore sempre più brutale e cruento. Nella notte tra il 14 e il 15 maggio 1948 terminò il Mandato britannico sulla Palestina e sia le autorità che le forze armate abbandonarono il territorio. L'aspro conflitto arabo-israeliano avrebbe continuato a causare decine di migliaia di morti, protraendosi per decenni.

Nel frattempo, in quella Tangeri al culmine del suo splendore, dorata ed effervescente dopo la fine della Seconda guerra mondiale, nessuno aveva ancora previsto l'effetto contagio. Invece, una sorta di onda d'urto finì per propagarsi, e la recente decolonizzazione avviata quell'anno dall'Impero britannico venne replicata nel resto del mondo. Mancavano solo nove anni alla fine ufficiale del controllo straniero sul Marocco. Ma in quei giorni, quella nube non si profilava ancora all'orizzonte e nella fiorente Zona internazionale continuavano a nascere occasioni promettenti, come se quel mattino sgradito non dovesse mai arrivare.

In concomitanza degli avvenimenti storici che riempirono la stampa, anche nell'ambiente a noi più vicino ci furono allarmanti novità. La prima sorpresa arrivò via nave da Southampton e portò i due protagonisti, mio padre e mia suocera. Non avvisarono neppure: con un'audacia da giovani incoscienti, nonostante la loro età, Olivia Bonnard e Gonzalo Alvarado avevano deciso di venire a Tangeri per comunicarmi una doppia notizia. Innanzitutto, mi informarono che era arrivata un'offerta allettante da parte di un acquirente per la casa di The Boltons. Poi mi annunciarono la loro decisione di sposarsi.

Sicura che il mio parere sarebbe stato del tutto inutile, misi a tacere le mie opinioni, ingoiai i miei timori e mi limitai a sistemare i due all'Hotel Cecil, di fronte al mare, e a compiere poi i passi necessari perché potessero ufficializzare il loro desiderio. Di fedi religiose diverse, fu mio padre, da vero gentiluomo, a cedere: finirono per pronunciare il sì nella chiesa anglicana di Saint Andrew's davanti a un ristretto gruppo di invitati: Víctor, Nick e io, Candelaria e Félix, il vicario, il console britannico e Buckingham, il proprietario del Fahrar, al pianoforte. Sancimmo la loro unione con un pranzo nella terrazza dell'Hotel Villa de France; loro brindarono euforici e io, anche se non lo diedi a vedere, con scarsa convinzione. La loro idea iniziale era di andare a vivere insieme a Madrid, ma il rientro venne rimandato. Con il passare dei giorni, affascinati dalla piacevole vita del Nordafrica, finirono persino per visitare case in cui potersi fermare a lungo. Nessuno dei due aveva l'aria di voler lasciare quella terra temperata dove non esistevano tessere di razionamento, potevano parlare le rispettive lingue, leggere la stampa dei loro paesi di origine e stare vicini al nipote.

A quel punto, Nick era diventato per me una persona fondamentale, il compagno che aveva portato luce e complicità nella mia esistenza. I suoi viaggi da Gibilterra a Tangeri erano continui, attraversava lo Stretto un'infinità di volte per poter trascorrere con me tutto il tempo che il lavoro gli consentiva. Con tenacia e tatto, a furia di insistere e negoziare, riuscì a ottenere che Cora, la sua ex moglie, permettesse ai loro figli di passare un paio di settimane con lui; così Víctor e io conoscemmo Paul e Ashton, e tra noi si stabilì un legame di vero affetto. Con i bambini, allegri e abbrustoliti dal sole, condividemmo giornate al mare e gite al Bosque Diplomático, passeggiate al tramonto fino al muretto del boulevard e cene in giardino a base di limonata con la menta e i buonissimi spiedini della contrabbandiera. Andammo anche varie volte a trovare mia madre a Tetuán; alla piscina del Parc Brooks, invece, non tornammo mai.

Con la fine di agosto arrivò il momento della partenza dei figli di Nick, di Barbara Hutton e di tantissimi villeggianti. Dall'altro lato dell'Atlantico, invece, non ci furono addii, ma un benvenuto. Dopo più di due mesi di Tour Arcobaleno, Eva Perón era appena tornata in Argentina, dove venne accolta con euforia. Aveva visitato la Spagna con un folgorante successo; negli altri paesi – Italia, Francia, Principato di Monaco, Portogallo e Svizzera –, la gloria era stata piuttosto modesta. E a Londra, malgrado lei lo desiderasse intensamente, i reali non la ricevettero. Agli occhi dell'opinione pubblica del suo paese, però, il viaggio europeo nell'insieme fu un vero e proprio successo.

Nessuno parlò delle numerose cancellazioni fuori dalla madrepatria, né delle voci che circolavano a causa di alcune mete del viaggio. Certe malelingue misero anche in giro la voce che fosse passata dalla Svizzera per depositare milioni in misteriosi conti bancari, e che a Montecarlo avesse avuto un'avventura con Aristotele Onassis, grande amico di Alberto Dodero e anche lui armatore. Vero o falso che fosse, sta di fatto che Evita tornò in patria con una credibilità e un'immagine molto più solide. Nessuno, però, sospettava ancora che la stanchezza avvertita in alcune fasi del tour, il colorito cereo e le caviglie che tendevano a gonfiarsi e che la paziente Lillian Lagomarsino massaggiava tutte le notti potessero essere i primi segnali di un problema tristemente grave.

A pochi giorni dal suo arrivo a Buenos Aires, la Camera dei deputati approvò la legge con cui si stabiliva il suffragio universale e la parità di diritti politici tra uomini e donne in Argentina. Lei si era dedicata anima e corpo a quella causa; poco dopo rivolse alla folla che gremiva Plaza de Mayo un discorso che iniziava con le parole "Donne della mia patria...", durante il quale parlò di una lunga storia di lotte, inciampi e speranze, incomprensioni, rifiuti e giustizia. Dalle foto che le scattarono era evidente che non portava più quelle pettinature da teatrante con cui era andata in giro per tutta la Spagna, né le mise sgargianti e barocche che avevo visto durante gli eventi pubblici e nelle sue stanze del Pardo. Al rientro dall'Europa, Evita aveva deciso di adottare uno stile che la liberava dagli eccessi e le conferiva un'aria più appropriata al suo ruolo, all'insegna di una sobria eleganza. Sui giornali e sulle riviste di quei giorni, mi sembrò di riconoscere un non so che dei miei abiti di Digby Morton.

Nell'ascoltarla mentre si sgolava con quella profonda passione davanti a migliaia di cittadini, nessuno avrebbe potuto prevedere che alla sua morte mancavano meno di cinque anni; non sarebbe arrivata a compierne neppure trentaquattro. Divorata da un cancro al collo dell'utero, ma attiva ed energica fino alla fine, venne pianta dal suo popolo in un monumentale lutto che diede fondo a tutti i fiori del paese e riempì l'Argentina di lacrime, grandi processioni con torce, onori maestosi e code chilometriche per darle l'ultimo saluto. A partire da quel momento sarebbe diventata un'icona con difensori e detrattori, capace di suscitare passioni travolgenti e odi furiosi nonostante il passare del tempo. Quello che accadde in seguito al suo corpo imbalsamato sarebbe argomento per un altro romanzo.

Ma alla morte di Evita mancava ancora qualche anno, e in quei giorni mi preoccupavo solo del presente. Un presente che portò anche nuove prospettive all'orizzonte. Grazie alla mia relativa vicinanza al mondo di Barbara Hutton, così come era successo con la festa dell'Associazione della Stampa, si susseguirono gli inviti a diversi eventi; a volte li accettavo, altre li rifiutavo, dipendeva dal mio stato d'animo e dal tipo di incontro. Finché un venerdì sera, a una cena in una villa del Marshan a cui partecipammo io e Nick, qualcuno mise una proposta sul tavolo: lanciare una nuova stazione radio.

La fine della Seconda guerra mondiale aveva trasformato il nordovest dell'Africa in uno dei grandi centri di comunicazione del pianeta, un ponte tra l'America e decine di nazioni europee. Utilizzando vecchie infrastrutture militari o installando nuove costruzioni, innovazioni elettroniche e antenne, fra trasmettitori e ricevitori cominciavano a fluire messaggi e idee, propaganda e intrighi. La potente RCA americana aveva appena installato un ripetitore sulla vicina Charf Hill; Radio Tanger International e Pan American Radio trasmettevano già i loro programmi convivendo con emittenti più modeste. Tra sceneggiati, innocenti concorsi, pubblicità commerciale e musica apparentemente innocua, che fosse in arabo o in francese, in inglese o in spagnolo, il potenziale della radio per influenzare le opinioni continuava a crescere.

Con quella proposta salutammo l'estate.

Senza dire né sì né no, tenendoci per la vita, io e Nick tornammo a piedi fino a casa mia. Nick aveva l'esperienza, io i soldi che sarebbero arrivati dopo la vendita della casa di The Boltons, a nessuno dei due dispiaceva l'idea di fare qualcosa insieme. Il mondo si preparava a una guerra non fredda ma gelida e tutti noi avremmo dovuto attraversarlo, tra una cucitura e l'altra o tra le onde di una stazione radio.

Nota dell'autrice

Quando, nel giugno 2009, venne pubblicato *La notte ha cambiato rumore*, io ero una scrittrice sconosciuta, e la protagonista – una sarta coinvolta in un'attività di spionaggio – emerse tra le novità editoriali come un personaggio originale. La calorosa accoglienza dei lettori fece sì che il romanzo avesse un corso del tutto imprevisto e, sulla scia del suo successo, sorsero domande ricorrenti: continuerà? Ci sarà una seconda parte? Leggeremo un seguito?

Non risposi mai con un secco no, ma sapevo benissimo che in quel momento io e Sira Quiroga avevamo bisogno di mettere una distanza tra noi. Eppure, quasi dodici anni dopo, ci siamo incontrate di nuovo. Come nel romanzo precedente, ho utilizzato anche in questo caso parecchie fonti documentali e ho potuto contare ancora una volta sul generoso sostegno di varie persone.

Per delineare una panoramica dell'ambiente e dei fatti accaduti a Gerusalemme negli ultimi anni del Mandato britannico, sono di grande interesse i libri *Palestine between Politics and Terror 1945-47* (Golani, 2013), *One Palestine, Complete. Jews and Arabs under the British Mandate* (Segev, 2000), *Ploughing Sand. British Rule in Palestine, 1917-1948* (Shepherd, 2000) e *Mandate Days. British Lives in Palestine 1918-1948* (Sherman, 1997). Il funzionamento del Palestine Broadcasting Service è accuratamente descritto in *This is Jerusalem Calling. State Radio in Mandate Palestine* (Stanton, 2014). Quanto all'attentato al King David, possiamo trovarne una ricostruzione accurata in *By Blood and Fire. July 22, 1946. The Attack on Jerusalem's King David* (Clarke, 1981). Dell'attentato si fa menzione anche in alcuni libri dello scrittore Amos Oz, soprattutto nelle pagine dedicate alla sua infanzia all'interno di *Una storia di amo-*

re e di tenebra (2002, traduzione di Elena Loewenthal, Feltrinelli, Milano, 2003), la sua commovente autobiografia. Il periodo compare anche in *Gerusalemme, Gerusalemme!* di Dominic Lapierre e Larry Collins (1970, traduzione di Tito A. Spagnol, Mondadori, Milano, 1972).

Anche se superano l'arco temporale entro cui si svolge il romanzo, per comprendere l'influsso della presenza britannica in Palestina risultano illuminanti i ricordi e le riflessioni di coloro che vi hanno esercitato le proprie responsabilità in quegli anni. *The End of the British Mandate for Palestine, 1948. The Diary of Sir Henry Gurbey* (Golani, 2009) è una di quelle testimonianze. Un'altra visione molto significativa è quella dello spagnolo Pablo de Azcárate, diplomatico e funzionario delle Nazioni Unite che occupò vari posti di rilievo nella zona. Una riedizione del suo *Misión en Palestina. Nacimiento del Estado de Israel* è stata recentemente pubblicata (2019) nella collezione La Valija Diplomática, della casa editrice Cuadernos del Laberinto, con un ottimo studio preliminare e note di Jorge Ramos.

Su un piano più personale, vorrei esprimere i miei ringraziamenti alla giornalista del "País" Ángeles Espinosa, vecchia compagna della residenza universitaria e grande esperta del Medio Oriente, per avermi aiutata a dare coerenza alla terminologia della zona e del momento.

Pablo de Azcárate fu anche testimone delle vicende degli esuli spagnoli a Londra nei giorni in cui era ambasciatore della Repubblica in Gran Bretagna, ed ebbe senza dubbio contatti con molti degli espatriati che vengono citati in queste pagine. Su questi ultimi ha svolto ricerche Luis Monferrer Catalán (2007) nel suo esaustivo volume *Odisea en Albión. Los republicanos españoles exiliados en Gran Bretaña (1936-1977)*.

Per quanto riguarda la partecipazione di alcuni di loro alla BBC si trovano anche elementi significativi nei libri di Rafael Martínez Nadal *Antonio Torres, de la BBC a The Observer. Republicanos y monárquicos en el exilio. 1944-1956* (1996) e *José Castillejo, el hombre y su quehacer en La Voz de Londres. 1940-1945* (1998).

In un tono più leggero, sono molteplici i dettagli che Esteban Salazar Chapela raccoglie su quella colonia in *Perico en Londres*, una cronaca romanzata dell'esilio pubblicata inizialmente a Buenos Aires nel 1947 e ripubblicata dalla casa editrice Renacimiento nel 2019, con un'interessante introduzione e note di Francisca Montiel.

L'origine e la portata dei servizi esterni della BBC è documentata in lavori come *Let Truth Be Told. 50 Years of BBC External Broadcasting* (Mansell, 1982) e *A Skyful of Freedom. 60 Years of the BBC World Service* (Walker, 1992). Una minuziosa ricostruzione delle famose trasmissioni in spagnolo si trova all'interno della sezione *Locutores y presentadores del Servicio Latinoamericano de la BBC de Londres. Lista histórica*, sul sito La Galena del Sur (https://lagalenadelsur.wordpress.com) del giornalista uruguaiano Horacio A. Nigro Geolkiewsky.

Per raggruppare tutti sotto il grande denominatore della desolante situazione di Londra dopo la Seconda guerra mondiale, è estremamente ricco di informazioni ed evocativo il lavoro di David Kynaston (2007) *Austerity Britain 1945-48. A World to Build.* A questo riguardo, voglio manifestare qui la mia riconoscenza alla professoressa Elizabeth Murphy, stimatissima collega dei miei anni accademici, per avermi aiutata a mantenere la coerenza del testo nel suo ambiente e nel suo periodo.

A metà strada fra i nostri due paesi, desidero esprimere la mia gratitudine anche a Jimmy Burns Marañón – autore di *Papá espía* –, che anni fa ha accolto *La notte ha cambiato rumore* a Londra e con cui ho ancora vari incontri in sospeso. Senza la sua complicità, Tom Burns – suo padre – non avrebbe mai fatto colazione con Sira all'Embassy.

Per andare indietro nel tempo fino gli anni della Seconda guerra mondiale in Spagna e ricollocare nei loro luoghi esatti le proprietà e le istituzioni del Terzo Reich, è stato imprescindibile l'esaustivo lavoro di Peter Besas *Nazis en Madrid* (2015).

È possibile seguire nei dettagli il programma di Eva Perón durante il suo viaggio in Spagna grazie agli articoli di quotidiani come "ABC" e "La Vanguardia", e ai lavori di vari autori argentini. Riporta in maniera minuziosa l'itinerario di quelle settimane anche Enrique F. Widmann-Miguel in *Eva Perón en España. Junio, 1947* (2014); si concentra sul tour pure il libro *La enviada. El viaje de Eva Perón a Europa*, di Jorge Camarasa (1998), e sono illuminanti le pennellate della stessa Lillian Lagomarsino Guardo nelle sue memorie: *Y ahora... hablo yo* (1996). In una prospettiva più ampia, per approfondire il personaggio e la sua traiettoria, sono essenziali titoli come *Evita*, di Marysa Navarro (1994), *Evita íntima. Los sueños, las alegrías, el sufrimiento de la mujer más poderosa del mundo*, di Vera Pichel (1993), *Santa Evita*, di Tomás Martínez Eloy (1995, traduzione di Silvia Meucci, Sur, Roma, 2013) e *La passione secondo Eva*, di Abel Posse (1994, traduzione di Ilaria Magnani, Vallecchi, Firenze, 2012). Tra le opere più aggiornate e documentate spicca quella di Felipe Pigna, *Evita. Jirones de su vida* (2012). Dal punto di vista della Spagna, è illuminante il capitolo che José María de Areilza (1974), ambasciatore argentino in Spagna dal 1947 al 1950, dedica a Eva nel suo libro *Así los he visto*.

Con uno sguardo più personale, voglio esprimere la mia gratitudine a Mercedes Güiraldes, senior editor di Planeta Argentina, per i suoi giudizi accurati e affettuosi. Alla giornalista Catalina de Elía – autrice di *Maten a Duarte* (2020) –, per avermi permesso di familiarizzare con la figura del fratello della first lady. A Diego Arguindeguy, per avermi stupita con la sua sapienza e per aver disteso le sue ali erudite su tutto il romanzo. E al mio caro Nacho Iraola, direttore editoriale di Planeta nel Cono Sud, che ha teso il primo ponte perché *Sira* attraversasse l'Atlantico e mi ha sempre trattata nel modo in cui Evita avrebbe voluto essere accolta a Buckingham Palace.

Arrivati ormai alla quarta e ultima parte, fra le tante pubblicazioni su Barbara Hutton, segnalo *Million Dollar Baby. An Intimate Portrait of Barbara Hutton* (Van Rensselaer, 1979) e *Poor Little Rich Girl. The Life and Legend of Barbara Hutton* (Heymann, 1983), e la cronaca di qualcuno che la conobbe da vicino *In Search of a Prince. My Life with Barbara Hutton*, scritta nel 1988 da Mona Eldridge, che fu la sua segretaria particolare e trascorse con lei lunghi periodi a Tangeri.

Per ricostruire quei giorni gloriosi, sono straordinari i numerosi articoli di Domingo del Pino su vari giornali, così come i libri di Leopoldo Ceballos *Historia de Tánger. Memoria de la ciudad internacional* (2009) e *Tánger, Tánger* (2015). Altrettanto preziosi sono i ricordi condivisi da alcuni tangerini – di nascita o adottivi – che mantengono fresca la memoria dello splendore e del tramonto di quel microcosmo. Estendo quindi i miei ringraziamenti a Vicente Jorro, che ha vissuto nella zona del Parc Brooks, ha comprato quadri del palazzo di Sidi Hosni quando fu svuotato e ha sempre in serbo per me decine di storie affascinanti. A Ramón Buenaventura, che ha imparato a giocare a tennis all'Emsallah e che mi prestò suo nonno, il famoso giornalista Alberto España – autore della *Pequeña historia de Tánger* (1954) – per l'evento dell'Associazione internazionale della stampa. A Manolo Cantera, che ha alloggiato in un bungalow al Fahrar e potrebbe scrivere un'infinità di cronache su tutti quelli che sono passati da lì. A Sonia García Soubriet, che ha descritto magnificamente la decadenza di quel posto nel suo libro *El Jardín* (Al Bustán) (2007). A Chema Menéndez, che ha ricostruito nella sua opera *Diario España de Tánger* (2020) la carriera giornalistica di suo nonno, Jaime Menéndez, el Chato.

In riferimento a Tetuán, la mia gratitudine eterna va a Ricardo Barceló per le tante passeggiate e per la sua vicinanza sempre affettuosa, e a mia zia Estrella Vinuesa, per aver condiviso con me le storie di un tempo di cui ancora ricorda l'odore di sandalo dei bazar indiani della Luneta. Nel triste capitolo di coloro che non rivivranno più questi scenari, il mio tributo va alla memoria di Paco Trujillo e María Rosa Temboury, instancabili nel loro sforzo di mantenere viva la presenza degli spagnoli in Marocco attraverso l'associazione La Medina. E alla memoria di mio zio Enrique Vinuesa, che lì trascorse l'infanzia e la gioventù, e di mia cugina Elisa Álvarez Moreno, cresciuta nella nostalgia di quel Protettorato in cui transitarono prima i nostri nonni, poi le nostre madri e infine noi, tenute per mano.

Questo romanzo non sarebbe mai arrivato nelle librerie senza le consuete notti insonni delle meravigliose persone della casa editrice Planeta; la mia infinita gratitudine va dunque a tutti i suoi collaboratori e, segnatamente, per la loro costante vicinanza e complicità, a Belén López Celada, Isa Santos, Laura Franch, Ferran López Olmo e Sabrina Rinaldi, a Marc Rocamora, Lolita Torelló e Silvia Axpe, a Dolors Escoriza e al suo staff. E, in maniera molto particolare, a Lola Gulias, che è stata la prima a conoscere Sira, e a Raquel Gisbert, che si è lasciata sedurre e ha lasciato un pezzetto del suo cuore nella Gerusalemme di questo romanzo. Alla mia agente Antonia Kerrigan e ai suoi straordinari collaboratori. Alla mia famiglia e ai miei amici, in tutte le loro pieghe e sfaccettature.

Gran parte di questa storia è stata scritta durante la pandemia che negli ultimi tempi ha colpito il mondo. In questo modo intendo infine onorare tutti quelli i cui occhi si sono chiusi – come dice il famoso tango di Gardel – mentre il mondo va avanti, e si avvia verso un'auspicata normalità. A loro, e a tutti i lettori che hanno sostenuto *La notte ha cambiato rumore* nel corso degli anni, Sira e io dedichiamo questo nuovo incontro.